Émile Zola

1840 - 1902

- Les Rougon-Macquart -

7 - *L'assommoir*

- 1878 -

ISBN : 978-2-37884-542-1

Éditions Ararauna, 34400 Lunel, France

Dépôt légal : Mai 2021

TABLE DES MATIÈRES

Préface .... *p. 7*

I. .... *p. 8*

II. .... *p. 31*

III. .... *p. 54*

IV. .... *p. 78*

V. .... *p. 102*

VI. .... *p. 128*

VII. .... *p. 153*

VIII. .... *p. 184*

IX. .... *p. 214*

X. .... *p. 244*

XI. .... *p. 273*

XII. .... *p. 304*

XIII. .... *p. 329*

Préface

Les *Rougon-Macquart* doivent se composer d'une vingtaine de romans. Depuis 1869, le plan général est arrêté, et je le suis avec une rigueur extrême. *L'Assommoir* est venu à son heure, je l'ai écrit, comme j'écrirai les autres, sans me déranger une seconde de ma ligne droite. C'est ce qui fait ma force. J'ai un but auquel je vais.

Lorsque *l'Assommoir* a paru dans un journal, il a été attaqué avec une brutalité sans exemple, dénoncé, chargé de tous les crimes. Est-il bien nécessaire d'expliquer ici, en quelques lignes, mes intentions d'écrivain ? J'ai voulu peindre la déchéance fatale d'une famille ouvrière, dans le milieu empesté de nos faubourgs. Au bout de l'ivrognerie et de la fainéantise, il y a le relâchement des liens de la famille, les ordures de la promiscuité, l'oubli progressif des sentiments honnêtes, puis comme dénouement la honte et la mort. C'est la morale en action, simplement.

L'Assommoir est à coup sûr le plus chaste de mes livres. Souvent j'ai dû toucher à des plaies autrement épouvantables. La forme seule a effaré. On s'est fâché contre les mots. Mon crime est d'avoir eu la langue du peuple. Ah ! la forme, là est le grand crime ! Des dictionnaires de cette langue existent pourtant, des lettrés l'étudient et jouissent de sa verdeur, de l'imprévu et de la force de ses images. Elle est un régal pour les grammairiens fureteurs. N'importe, personne n'a entrevu que ma volonté était de faire un travail purement philologique, que je crois d'un vif intérêt historique et social.

Je ne me défends pas d'ailleurs. Mon œuvre me défendra. C'est une œuvre de vérité, le premier roman sur le peuple, qui ne mente pas et qui ait l'odeur du peuple. Et il ne faut point conclure que le peuple tout entier est mauvais, car mes personnages ne sont pas mauvais, ils ne sont qu'ignorants et gâtés par le milieu de rude besogne et de misère où ils vivent. Seulement, il faudrait lire mes romans, les comprendre, voir nettement leur ensemble, avant de porter les jugements tout faits, grotesques et odieux, qui circulent sur ma personne et sur mes œuvres. Ah ! si l'on savait combien mes amis s'égayent de la légende stupéfiante dont on amuse la foule ! Si l'on savait combien le buveur de sang, le romancier féroce, est un digne bourgeois, un homme d'étude et d'art, vivant sagement dans son coin, et dont l'unique ambition est de laisser une œuvre aussi large et aussi vivante qu'il pourra ! Je ne démens aucun conte, je travaille, je m'en remets au temps et à la bonne foi publique pour me découvrir enfin sous l'amas des sottises entassées.

ÉMILE ZOLA

Paris, 1er janvier 1877.

I

Gervaise avait attendu Lantier jusqu'à deux heures du matin. Puis, toute frissonnante d'être restée en camisole à l'air vif de la fenêtre, elle s'était assoupie, jetée en travers du lit, fiévreuse, les joues trempées de larmes. Depuis huit jours, au sortir du Veau-à-Deux-Têtes, où ils mangeaient, il l'envoyait se coucher avec les enfants et ne reparaissait que tard dans la nuit, en racontant qu'il cherchait du travail. Ce soir-là, pendant qu'elle guettait son retour, elle croyait l'avoir vu entrer au bal du Grand-Balcon, dont les dix fenêtres flambantes éclairaient d'une nappe d'incendie la coulée noire des boulevards extérieurs ; et, derrière lui, elle avait aperçu la petite Adèle, une brunisseuse qui dînait à leur restaurant, marchant à cinq ou six pas, les mains ballantes, comme si elle venait de lui quitter le bras pour ne pas passer ensemble sous la clarté crue des globes de la porte.

Quand Gervaise s'éveilla, vers cinq heures, raidie, les reins brisés, elle éclata en sanglots. Lantier n'était pas rentré. Pour la première fois, il découchait. Elle resta assise au bord du lit, sous le lambeau de perse déteinte qui tombait de la flèche attachée au plafond par une ficelle. Et, lentement, de ses yeux voilés de larmes, elle faisait le tour de la misérable chambre garnie, meublée d'une commode de noyer dont un tiroir manquait, de trois chaises de paille et d'une petite table graisseuse, sur laquelle traînait un pot à eau ébréché. On avait ajouté, pour les enfants, un lit de fer qui barrait la commode et emplissait les deux tiers de la pièce. La malle de Gervaise et de Lantier, grande ouverte dans un coin, montrait ses flancs vides, un vieux chapeau d'homme tout au fond, enfoui sous des chemises et des chaussettes sales ; tandis que, le long des murs, sur le dossier des meubles, pendaient un châle troué, un pantalon mangé par la boue, les dernières nippes dont les marchands d'habits ne voulaient pas. Au milieu de la cheminée, entre deux flambeaux de zinc dépareillés, il y avait un paquet de reconnaissances du Mont-de-Piété, d'un rose tendre. C'était la belle chambre de l'hôtel, la chambre du premier, qui donnait sur le boulevard.

Cependant, couchés côte à côte sur le même oreiller, les deux enfants dormaient. Claude, qui avait huit ans, ses petites mains rejetées hors de la couverture, respirait d'une haleine lente, tandis qu'Étienne, âgé de quatre ans seulement, souriait, un bras passé au cou de son frère. Lorsque le regard noyé de leur mère s'arrêta sur eux, elle eut une nouvelle crise de sanglots, elle tamponna un mouchoir sur sa bouche pour étouffer les légers cris qui lui échappaient. Et, pieds nus, sans songer à remettre ses savates tombées, elle retourna s'accouder à la fenêtre, elle reprit son attente de la nuit, interrogeant les trottoirs, au loin.

L'hôtel se trouvait sur le boulevard de la Chapelle, à gauche de la barrière Poissonnière. C'était une masure de deux étages, peinte en rouge lie de vin jusqu'au second, avec des persiennes pourries par la pluie. Au-dessus d'une lanterne aux vitres étoilées, on parvenait à lire, entre les deux fenêtres : *Hôtel Boncœur, tenu par Marsoullier*, en grandes lettres jaunes, dont la moisissure du plâtre avait emporté des morceaux. Gervaise, que la lanterne gênait, se haussait, son mouchoir sur les lèvres. Elle regardait à droite, du côté du boulevard de Rochechouart, où des groupes de bouchers, devant les abattoirs, stationnaient en tabliers sanglants ; et le vent frais apportait une puanteur par moments, une odeur fauve de bêtes massacrées. Elle regardait à gauche, enfilant un long ruban d'avenue, s'arrêtant, presque en face d'elle, à la masse blanche de l'hôpital de Lariboisière, alors en construction. Lentement, d'un bout à l'autre de l'horizon, elle suivait le mur de l'octroi, derrière lequel, la nuit, elle entendait parfois des cris d'assassinés ; et elle fouillait les angles écartés, les coins sombres, noirs d'humidité et d'ordure, avec la peur d'y découvrir le corps de Lantier, le ventre troué de coups de couteau. Quand elle levait les yeux, au-delà de cette muraille grise et interminable qui entourait la ville d'une bande de désert, elle apercevait une grande lueur, une poussière de soleil, pleine déjà du grondement matinal de Paris. Mais c'était toujours à la barrière Poissonnière qu'elle revenait, le cou tendu, s'étourdissant à voir couler, entre les deux pavillons trapus de l'octroi, le flot ininterrompu d'hommes, de bêtes, de charrettes, qui descendait des hauteurs de Montmartre et de la Chapelle. Il y avait là un piétinement de troupeau, une foule que de brusques arrêts étalaient en mares sur la chaussée, un défilé sans fin d'ouvriers allant au travail, leurs outils sur le dos, leur pain sous le bras ; et la cohue s'engouffrait dans Paris où elle se noyait, continuellement. Lorsque Gervaise, parmi tout ce monde, croyait reconnaître Lantier, elle se penchait davantage, au risque de tomber ; puis, elle appuyait plus fortement son mouchoir sur sa bouche, comme pour renfoncer sa douleur.

Une voix jeune et gaie lui fit quitter la fenêtre.

– Le bourgeois n'est donc pas là, madame Lantier ?

– Mais non, monsieur Coupeau, répondit-elle en tâchant de sourire.

C'était un ouvrier zingueur qui occupait, tout en haut de l'hôtel, un cabinet de dix francs. Il avait son sac passé à l'épaule. Ayant trouvé la clef sur la porte, il était entré, en ami.

– Vous savez, continua-t-il, maintenant, je travaille là, à l'hôpital... Hein ! quel joli mois de mai ! Ça pique dur, ce matin.

Et il regardait le visage de Gervaise, rougi par les larmes. Quand il vit que le lit n'était pas défait, il hocha doucement la tête ; puis, il vint jusqu'à la couchette des enfants qui dormaient toujours avec leurs mines roses de chérubins ; et, baissant la voix :

– Allons ! le bourgeois n'est pas sage, n'est-ce pas ?... Ne vous désolez pas, madame Lantier. Il s'occupe beaucoup de politique ; l'autre jour, quand on a voté pour Eugène Sue, un bon, paraît-il, il était comme un fou. Peut-être bien qu'il a passé la nuit avec des amis à dire du mal de cette crapule de Bonaparte.

– Non, non, murmura-t-elle avec effort, ce n'est pas ce que vous croyez. Je sais où est Lantier... Nous avons nos chagrins comme tout le monde, mon Dieu !

Coupeau cligna les yeux, pour montrer qu'il n'était pas dupe de ce mensonge. Et il partit, après lui avoir offert d'aller chercher son lait, si elle ne voulait pas sortir : elle était une belle et brave femme, elle pouvait compter sur lui, le jour où elle serait dans la peine. Gervaise, dès qu'il se fut éloigné, se remit à la fenêtre.

À la barrière, le piétinement de troupeau continuait, dans le froid du matin. On reconnaissait les serruriers à leurs bourgerons bleus, les maçons à leurs cottes blanches, les peintres à leurs paletots, sous lesquels de longues blouses passaient. Cette foule, de loin, gardait un effacement plâtreux, un ton neutre où le bleu déteint et le gris sale dominaient. Par moments, un ouvrier s'arrêtait court, rallumait sa pipe, tandis qu'autour de lui les autres marchaient toujours, sans un rire, sans une parole dite à un camarade, les joues terreuses, la face tendue vers Paris, qui, un à un, les dévorait, par la rue béante du Faubourg-Poissonnière. Cependant, aux deux coins de la rue des Poissonniers, à la porte des deux marchands de vin qui enlevaient leurs volets, des hommes ralentissaient le pas ; et, avant d'entrer, ils restaient au bord du trottoir, avec des regards obliques sur Paris, les bras mous, déjà gagnés à une journée de flâne. Devant les comptoirs, des groupes s'offraient des tournées, s'oubliaient là, debout, emplissant les salles, crachant, toussant, s'éclaircissant la gorge à coups de petits verres.

Gervaise guettait, à gauche de la rue, la salle du père Colombe, où elle pensait avoir vu Lantier, lorsqu'une grosse femme, nu-tête, en tablier, l'interpella du milieu de la chaussée.

– Dites donc, madame Lantier, vous êtes bien matinale !

Gervaise se pencha.

– Tiens ! c'est vous, madame Boche !... Oh ! j'ai un tas de besogne, aujourd'hui !

– Oui, n'est-ce pas ? les choses ne se font pas toutes seules.

Et une conversation s'engagea, de la fenêtre au trottoir. Madame Boche était concierge de la maison dont le restaurant du Veau-à-Deux-Têtes occupait le rez-de-chaussée. Plusieurs fois, Gervaise avait attendu Lantier dans sa loge, pour ne pas s'attabler seule avec tous les hommes qui mangeaient, à côté. La concierge raconta qu'elle allait à deux pas, rue de la

Charbonnière, pour trouver au lit un employé, dont son mari ne pouvait pas tirer le raccommodage d'une redingote. Ensuite, elle parla d'un de ses locataires qui était rentré avec une femme, la veille, et qui avait empêché le monde de dormir, jusqu'à trois heures du matin. Mais, tout en bavardant, elle dévisageait la jeune femme, d'un air de curiosité aiguë ; et elle semblait n'être venue là, se poser sous la fenêtre, que pour savoir.

– Monsieur Lantier est donc encore couché ? demanda-t-elle brusquement.

– Oui, il dort, répondit Gervaise, qui ne put s'empêcher de rougir.

Madame Boche vit les larmes lui remonter aux yeux, et, satisfaite sans doute, elle s'éloignait en traitant les hommes de sacrés fainéants, lorsqu'elle revint, pour crier :

– C'est ce matin que vous allez au lavoir, n'est-ce pas ?... J'ai quelque chose à laver, je vous garderai une place à côté de moi, et nous causerons.

Puis, comme prise d'une subite pitié :

– Ma pauvre petite, vous feriez bien mieux de ne pas rester là, vous prendrez du mal... Vous êtes violette.

Gervaise s'entêta encore à la fenêtre pendant deux mortelles heures, jusqu'à huit heures. Les boutiques s'étaient ouvertes. Le flot de blouses descendant des hauteurs avait cessé ; et seuls quelques retardataires franchissaient la barrière à grandes enjambées. Chez les marchands de vin, les mêmes hommes, debout, continuaient à boire, à tousser et à cracher. Aux ouvriers avaient succédé les ouvrières, les brunisseuses, les modistes, les fleuristes, se serrant dans leurs minces vêtements, trottant le long des boulevards extérieurs ; elles allaient par bandes de trois ou quatre, causaient vivement, avec de légers rires et des regards luisants jetés autour d'elles ; de loin en loin, une, toute seule, maigre, l'air pâle et sérieux, suivait le mur de l'octroi, en évitant les coulées d'ordures. Puis, les employés étaient passés, soufflant dans leurs doigts, mangeant leur pain d'un sou en marchant ; des jeunes gens efflanqués, aux habits trop courts, aux yeux battus, tout brouillés de sommeil ; de petits vieux qui roulaient sur leurs pieds, la face blême, usée par les longues heures du bureau, regardant leur montre pour régler leur marche à quelques secondes près. Et les boulevards avaient pris leur paix du matin ; les rentiers du voisinage se promenaient au soleil ; les mères, en cheveux, en jupes sales, berçaient dans leurs bras des enfants au maillot, qu'elles changeaient sur les bancs ; toute une marmaille mal mouchée, débraillée, se bousculait, se traînait par terre, au milieu de piaulements, de rires et de pleurs. Alors, Gervaise se sentit étouffer, saisie d'un vertige d'angoisse, à bout d'espoir ; il lui semblait que tout était fini, que les temps étaient finis, que Lantier ne rentrerait plus jamais. Elle allait, les regards perdus, des vieux abattoirs noirs de leur massacre et de leur puanteur, à l'hôpital neuf, blafard, montrant, par les trous encore béants de ses rangées de fenêtres, des salles nues où la mort devait faucher. En face d'elle, derrière le mur de l'octroi, le ciel éclatant, le lever de soleil qui grandissait au-dessus du réveil énorme de Paris, l'éblouissait.

La jeune femme était assise sur une chaise, les mains abandonnées, ne pleurant plus, lorsque Lantier entra tranquillement.

– C'est toi ! c'est toi ! cria-t-elle, en voulant se jeter à son cou.

– Oui, c'est moi. Après ? répondit-il. Tu ne vas pas commencer tes bêtises, peut-être !

Il l'avait écartée. Puis, d'un geste de mauvaise humeur, il lança à la volée son chapeau de feutre noir sur la commode. C'était un garçon de vingt-six ans, petit, très brun, d'une jolie figure, avec de minces moustaches, qu'il frisait toujours d'un mouvement machinal de la main. Il portait une cotte d'ouvrier, une vieille redingote tachée, qu'il pinçait à la taille, et avait en parlant un accent provençal très prononcé.

Gervaise, retombée sur la chaise, se plaignait doucement, par courtes phrases.

– Je n'ai pas pu fermer l'œil... Je croyais qu'on t'avait donné un mauvais coup... Où es-tu allé ? où as-tu passé la nuit ? Mon Dieu ! ne recommence pas, je deviendrais folle... Dis, Auguste, où es-tu allé ?

– Où j'avais affaire, parbleu ! dit-il avec un haussement d'épaules. J'étais à huit heures à la Glacière, chez cet ami qui doit monter une fabrique de chapeaux. Je me suis attardé. Alors, j'ai préféré coucher... Puis, tu sais, je n'aime pas qu'on me moucharde. Fiche-moi la paix !

La jeune femme se remit à sangloter. Les éclats de voix, les mouvements brusques de Lantier, qui culbutait les chaises, venaient de réveiller les enfants. Ils se dressèrent sur leur séant, demi-nus, débrouillant leurs cheveux de leurs petites mains ; et, entendant pleurer leur mère, ils poussèrent des cris terribles, pleurant eux aussi de leurs yeux à peine ouverts.

– Ah ! voilà la musique ! s'écria Lantier furieux. Je vous avertis, je reprends la porte, moi ! Et je file pour tout de bon, cette fois... Vous ne voulez pas vous taire ? Bonsoir ! je retourne d'où je viens.

Il avait déjà repris son chapeau sur la commode. Mais Gervaise se précipita, balbutiant :

– Non, non !

Et elle étouffa les larmes des petits sous des caresses. Elle baisait leurs cheveux, elle les recouchait avec des paroles tendres. Les petits, calmés tout d'un coup, riant sur l'oreiller, s'amusèrent à se pincer. Cependant, le père, sans même retirer ses bottes, s'était jeté sur le lit, l'air éreinté, la face marbrée par une nuit blanche. Il ne s'endormit pas, il resta les yeux grands ouverts, à faire le tour de la chambre.

– C'est propre, ici ! murmura-t-il.

Puis, après avoir regardé un instant Gervaise, il ajouta méchamment :

– Tu ne te débarbouilles donc plus ?

Gervaise n'avait que vingt-deux ans. Elle était grande, un peu mince, avec des traits fins, déjà tirés par les rudesses de sa vie. Dépeignée, en savates, grelottant sous sa camisole blanche où les meubles avaient laissé de leur poussière et de leur graisse, elle semblait vieillie de dix ans par les heures d'angoisse et de larmes qu'elle venait de passer. Le mot de Lantier la fit sortir de son attitude peureuse et résignée.

– Tu n'es pas juste, dit-elle en s'animant. Tu sais bien que je fais tout ce que je peux. Ce n'est pas ma faute, si nous sommes tombés ici... Je voudrais te voir, avec les deux enfants, dans une pièce où il n'y a pas même un fourneau pour avoir de l'eau chaude... Il fallait, en arrivant à Paris, au lieu de manger ton argent, nous établir tout de suite, comme tu l'avais promis.

– Dis donc ! cria-t-il, tu as croqué le magot avec moi ; ça ne te va pas, aujourd'hui, de cracher sur les bons morceaux !

Mais elle ne parut pas l'entendre, elle continua :

– Enfin, avec du courage, on pourra encore s'en tirer... J'ai vu, hier soir, madame Fauconnier, la blanchisseuse de la rue Neuve ; elle me prendra lundi. Si tu te mets avec ton ami de la Glacière, nous reviendrons sur l'eau avant six mois, le temps de nous nipper et de louer un trou quelque part, où nous serons chez nous... Oh ! il faudra travailler, travailler...

Lantier se tourna vers la ruelle, d'un air d'ennui. Gervaise alors s'emporta.

– Oui, c'est ça, on sait que l'amour du travail ne t'étouffe guère. Tu crèves d'ambition, tu voudrais être habillé comme un monsieur et promener des catins en jupes de soie. N'est-ce pas ? tu ne me trouves plus assez bien, depuis que tu m'as fait mettre toutes mes robes au Mont-de-Piété... Tiens ! Auguste, je ne voulais pas t'en parler, j'aurais attendu encore, mais je sais où tu as passé la nuit ; je t'ai vu entrer au Grand-Balcon avec cette traînée d'Adèle. Ah ! tu les choisis bien ! Elle est propre, celle-là ! elle a raison de prendre des airs de princesse... Elle a couché avec tout le restaurant.

D'un saut, Lantier se jeta à bas du lit. Ses yeux étaient devenus d'un noir d'encre dans son visage blême. Chez ce petit homme, la colère soufflait une tempête.

– Oui, oui, avec tout le restaurant ! répéta la jeune femme. Madame Boche va leur donner congé, à elle et à sa grande bringue de sœur, parce qu'il y a toujours une queue d'hommes dans l'escalier.

Lantier leva les deux poings ; puis, résistant au besoin de la battre, il lui saisit les bras, la secoua violemment, l'envoya tomber sur le lit des enfants, qui se mirent de nouveau à crier. Et il se recoucha, en bégayant, de l'air farouche d'un homme qui prend une résolution devant laquelle il hésitait encore :

– Tu ne sais pas ce que tu viens de faire, Gervaise... Tu as eu tort, tu verras.

Pendant un instant, les enfants sanglotèrent. Leur mère, restée ployée au bord du lit, les tenait dans une même étreinte ; et elle répétait cette phrase, à vingt reprises, d'une voix monotone :

– Ah ! si vous n'étiez pas là, mes pauvres petits !... Si vous n'étiez pas là !... Si vous n'étiez pas là !...

Tranquillement allongé, les yeux levés au-dessus de lui, sur le lambeau de perse déteinte, Lantier n'écoutait plus, s'enfonçait dans une idée fixe. Il resta ainsi près d'une heure, sans céder au sommeil, malgré la fatigue qui appesantissait ses paupières. Quand il se retourna, s'appuyant sur le coude, la face dure et déterminée, Gervaise achevait de ranger la chambre. Elle faisait le lit des enfants, qu'elle venait de lever et d'habiller. Il la regarda donner un coup de balai, essuyer les meubles ; la pièce restait noire, lamentable, avec son plafond fumeux, son papier décollé par l'humidité, ses trois chaises et sa commode éclopées, où la crasse s'entêtait et s'étalait sous le torchon. Puis, pendant qu'elle se lavait à grande eau, après avoir rattaché ses cheveux, devant le petit miroir rond, pendu à l'espagnolette, qui lui servait pour se raser, il parut examiner ses bras nus, son cou nu, tout le nu qu'elle montrait, comme si des comparaisons s'établissaient dans son esprit. Et il eut une moue des lèvres. Gervaise boitait de la jambe droite ; mais on ne s'en apercevait guère que les jours de fatigue, quand elle s'abandonnait, les hanches brisées. Ce matin-là, rompue par sa nuit, elle traînait sa jambe, elle s'appuyait aux murs.

Le silence régnait, ils n'avaient plus échangé une parole. Lui, semblait attendre. Elle, rongeant sa douleur, s'efforçant d'avoir un visage indifférent, se hâtait. Comme elle faisait un paquet de linge sale jeté dans un coin, derrière la malle, il ouvrit enfin les lèvres, il demanda :

– Qu'est-ce que tu fais ?... Où vas-tu ?

Elle ne répondit pas d'abord. Puis, lorsqu'il répéta sa question, furieusement, elle se décida.

– Tu le vois bien, peut-être... Je vais laver tout ça... Les enfants ne peuvent pas vivre dans la crotte.

Il lui laissa ramasser deux ou trois mouchoirs. Et, au bout d'un nouveau silence, il reprit :

– Est-ce que tu as de l'argent ?

Du coup, elle se releva, le regarda en face, sans lâcher les chemises sales des petits qu'elle tenait à la main.

– De l'argent ! où veux-tu donc que je l'aie volé ?... Tu sais bien que j'ai eu trois francs avant-hier sur ma jupe noire. Nous avons déjeuné deux fois là-dessus, et l'on va vite, avec la charcuterie... Non, sans doute, je n'ai pas d'argent. J'ai quatre sous pour le lavoir... Je n'en gagne pas comme certaines femmes.

Il ne s'arrêta pas à cette allusion. Il était descendu du lit, il passait en revue les quelques loques pendues autour de la chambre. Il finit par décrocher le pantalon et le châle, ouvrit la commode, ajouta au paquet une camisole et deux chemises de femme ; puis, il jeta le tout sur les bras de Gervaise en disant :

– Tiens, porte ça au clou.

– Tu ne veux pas que je porte aussi les enfants ? demanda-t-elle. Hein ! si l'on prêtait sur les enfants, ce serait un fameux débarras !

Elle alla au Mont-de-Piété, pourtant. Quand elle revint, au bout d'une demi-heure, elle posa une pièce de cent sous sur la cheminée, en joignant la reconnaissance aux autres, entre les deux flambeaux.

– Voilà ce qu'ils m'ont donné, dit-elle. Je voulais six francs, mais il n'y a pas eu moyen. Oh ! ils ne se ruineront pas... Et l'on trouve toujours un monde, là-dedans !

Lantier ne prit pas tout de suite la pièce de cent sous. Il aurait voulu qu'elle fît de la monnaie, pour lui laisser quelque chose. Mais il se décida à la glisser dans la poche de son gilet, quand il vit, sur la commode, un reste de jambon dans un papier, avec un bout de pain.

– Je n'ai pas osé aller chez la laitière, parce que nous lui devons huit jours, expliqua Gervaise. Mais je reviendrai de bonne heure, tu iras chercher du pain et des côtelettes panées, pendant que je ne serai pas là, et nous déjeunerons... Prends aussi un litre de vin.

Il ne dit pas non. La paix semblait se faire. La jeune femme achevait de mettre en paquet le linge sale. Mais quand elle voulut prendre les chemises et les chaussettes de Lantier au fond de la malle, il lui cria de laisser ça.

– Laisse mon linge, entends-tu ! Je ne veux pas !

– Qu'est-ce que tu ne veux pas ? demanda-t-elle en se redressant. Tu ne comptes pas, sans doute, remettre ces pourritures ? Il faut bien les laver.

Et elle l'examinait, inquiète, retrouvant sur son visage de joli garçon la même dureté, comme si rien, désormais, ne devait le fléchir. Il se fâcha, lui arracha des mains le linge qu'il rejeta dans la malle.

– Tonnerre de Dieu ! obéis-moi donc une fois ! Quand je te dis que je ne veux pas !

– Mais pourquoi ? reprit-elle, pâlissante, effleurée d'un soupçon terrible. Tu n'as pas besoin de tes chemises maintenant, tu ne vas pas partir... Qu'est-ce que ça peut te faire que je les emporte ?

Il hésita un instant, gêné par les yeux ardents qu'elle fixait sur lui.

– Pourquoi ? pourquoi ? bégayait-il... Parbleu ! tu vas dire partout que tu m'entretiens, que tu laves, que tu raccommodes. Eh bien ! ça m'embête, là ! Fais tes affaires, je ferai les miennes... Les blanchisseuses ne travaillent pas pour les chiens.

Elle le supplia, se défendit de s'être jamais plainte ; mais il ferma la malle brutalement, s'assit dessus, lui cria : Non ! dans la figure. Il était bien le maître de ce qui lui appartenait ! Puis, pour échapper aux regards dont elle le poursuivait, il retourna s'étendre sur le lit, en disant qu'il avait sommeil, et qu'elle ne lui cassât pas la tête davantage. Cette fois, en effet, il parut s'endormir.

Gervaise resta un moment indécise. Elle était tentée de repousser du pied le paquet de linge, de s'asseoir là, à coudre. La respiration régulière de Lantier finit par la rassurer. Elle prit la boule de bleu et le morceau de savon qui lui restaient de son dernier savonnage ; et s'approchant des petits qui jouaient tranquillement avec de vieux bouchons, devant la fenêtre, elle les baisa, en leur disant à voix basse :

– Soyez bien sages, ne faites pas de bruit. Papa dort.

Quand elle quitta la chambre, les rires adoucis de Claude et d'Étienne sonnaient seuls dans le grand silence, sous le plafond noir. Il était dix heures. Une raie de soleil entrait par la fenêtre entrouverte.

Sur le boulevard, Gervaise tourna à gauche et suivit la rue Neuve-de-la-Goutte-d'Or. En passant devant la boutique de madame Fauconnier, elle salua d'un petit signe de tête. Le lavoir où elle allait, était situé vers le milieu de la rue, à l'endroit où le pavé commençait à monter. Au-dessus d'un bâtiment plat, trois énormes réservoirs d'eau, des cylindres de zinc fortement boulonnés, mettaient leurs rondeurs grises ; tandis que, derrière, s'élevait le séchoir, un deuxième étage très haut, clos de tous les côtés par des persiennes à lames minces, au travers desquelles passait le grand air, et qui laissaient voir des pièces de linge séchant sur des fils de laiton. À droite des réservoirs, le tuyau étroit de la machine à vapeur soufflait, d'une haleine rude et régulière, des jets de fumée blanche. Gervaise, sans retrousser ses jupes, en femme habituée aux flaques, s'engagea sous la porte, encombrée de jarres d'eau de javelle. Elle connaissait déjà la maîtresse du lavoir, une petite femme délicate, aux yeux malades, assise dans un cabinet vitré, avec des registres devant elle, des pains de savon sur des étagères, des boules de bleu dans des bocaux, des livres de bicarbonates de soude en paquets. Et, en passant, elle lui réclama son battoir et sa brosse, qu'elle lui avait donnés à garder, lors de son dernier savonnage. Puis, après avoir pris son numéro, elle entra.

C'était un immense hangar, à plafond plat, à poutres apparentes, monté sur des piliers de fonte, fermé par de larges fenêtres claires. Un plein jour blafard passait librement dans la buée chaude suspendue comme un brouillard laiteux. Des fumées montaient de certains coins, s'étalant, noyant les fonds d'un voile bleuâtre. Il pleuvait une humidité lourde, chargée d'une odeur savonneuse, une odeur fade, moite, continue ; et, par moments, des souffles plus forts d'eau de javelle dominaient. Le long des batteries, aux deux côtés de l'allée centrale, il y avait des files de femmes, les bras nus jusqu'aux épaules, le cou nu, les jupes raccourcies montrant des bas de couleur et de gros souliers lacés. Elles tapaient furieusement, riaient, se renversaient pour crier un mot dans le vacarme, se penchaient au fond de leurs baquets, ordurières, brutales, dégingandées, trempées comme par une averse, les chairs rougies et fumantes. Autour d'elles, sous elles, coulait un grand ruissellement, les seaux d'eau chaude promenés et vidés d'un trait, les robinets d'eau froide ouverts, pissant de haut, les éclaboussements des battoirs, les égouttures des linges rincés, les mares où elles pataugeaient s'en allant par petits ruisseaux sur les dalles en pente. Et, au milieu des cris, des coups cadencés, du bruit murmurant de pluie, de cette clameur d'orage s'étouffant sous le plafond mouillé, la machine à vapeur, à droite, toute blanche d'une rosée fine, haletait et ronflait sans relâche, avec la trépidation dansante de son volant qui semblait régler l'énormité du tapage.

Cependant, Gervaise, à petits pas, suivait l'allée, en jetant des regards à droite et à gauche. Elle portait son paquet de linge passé au bras, la hanche haute, boitant plus fort, dans le va-et-vient des laveuses qui la bousculaient.

– Eh ! par ici, ma petite ! cria la grosse voix de madame Boche.

Puis, quand la jeune femme l'eut rejointe, à gauche, tout au bout, la concierge, qui frottait furieusement une chaussette, se mit à parler d'une façon continue, sans lâcher sa besogne.

– Mettez-vous là, je vous ai gardé votre place... Oh ! je n'en ai pas pour longtemps. Boche ne salit presque pas son linge... Et vous ? ça ne va pas traîner non plus, hein ? Il est tout petit, votre paquet. Avant midi, nous aurons expédié ça, et nous pourrons aller déjeuner... Moi, je donnais mon linge à une blanchisseuse de la rue Poulet ; mais elle m'emportait tout, avec son chlore et ses brosses. Alors, je lave moi-même. C'est tout gagné. Ça ne coûte que le savon... Dites donc, voilà des chemises que vous auriez dû mettre à couler. Ces gueux d'enfants, ma parole ! ça a de la suie au derrière.

Gervaise défaisait son paquet, étalait les chemises des petits ; et comme madame Boche lui conseillait de prendre un seau d'eau de lessive, elle répondit :

– Oh ! non, l'eau chaude suffira... Ça me connaît.

Elle avait trié le linge, mis à part les quelques pièces de couleur. Puis, après avoir empli son baquet de quatre seaux d'eau froide, pris au robinet, derrière elle, elle plongea le tas du linge blanc ; et, relevant sa jupe, la tirant entre ses cuisses, elle entra dans une boîte posée debout, qui lui arrivait au ventre.

– Ça vous connaît, hein ? répétait madame Boche. Vous étiez blanchisseuse dans votre pays, n'est-ce pas, ma petite ?

Gervaise, les manches retroussées, montrant ses beaux bras de blonde, jeunes encore, à peines rosés aux coudes, commençait à décrasser son linge. Elle venait d'étaler une chemise sur la planche étroite de la batterie, mangée et blanchie par l'usure de l'eau ; elle la frottait de savon, la retournait, la frottait de l'autre côté. Avant de répondre, elle empoigna son battoir, se mit à taper, criant ses phrases, les ponctuant à coups rudes et cadencés.

– Oui, oui, blanchisseuses... À dix ans... Il y a douze ans de ça... Nous allions à la rivière... Ça sentait meilleur qu'ici... Il fallait voir, il y avait un coin sous les arbres... avec de l'eau claire qui courait... Vous savez, à Plassans... Vous ne connaissez pas Plassans ?... près de Marseille ?

– C'est du chien, ça ! s'écria madame Boche, émerveillée de la rudesse des coups de battoir. Quelle mâtine ! elle vous aplatirait du fer, avec ses petits bras de demoiselle !

La conversation continua, très haut. La concierge, parfois, était obligée de se pencher, n'entendant pas. Tout le linge blanc fut battu, et ferme ! Gervaise le replongea dans le baquet, le reprit pièce par pièce pour le frotter de savon une seconde fois et le brosser. D'une main, elle fixait la pièce sur la batterie ; de l'autre main, qui tenait la courte brosse de chiendent, elle tirait du linge une mousse salie, qui, par longues bavures, tombait. Alors, dans le petit bruit de la brosse, elles se rapprochèrent, elles causèrent d'une façon plus intime.

– Non, nous ne sommes pas mariés, reprit Gervaise. Moi, je ne m'en cache pas. Lantier n'est pas si gentil pour qu'on souhaite d'être sa femme. S'il n'y avait pas les enfants, allez !... J'avais quatorze ans et lui dix-huit, quand nous avons eu notre premier. L'autre est venu quatre ans plus tard... C'est arrivé comme ça arrive toujours, vous savez. Je n'étais pas heureuse chez nous ; le père Macquart, pour un oui, pour un non, m'allongeait des coups de pied dans les reins. Alors, ma foi, on songe à s'amuser dehors... On nous aurait mariés, mais je ne sais plus, nos parents n'ont pas voulu.

Elle secoua ses mains, qui rougissaient sous la mousse blanche.

– L'eau est joliment dure à Paris, dit-elle.

Madame Boche ne lavait plus que mollement. Elle s'arrêtait, faisant durer son savonnage, pour rester là, à connaître cette histoire, qui torturait sa curiosité depuis quinze jours. Sa bouche était à demi ouverte dans sa grosse face ; ses yeux, à fleur de tête, luisaient. Elle pensait, avec la satisfaction d'avoir deviné :

– C'est ça, la petite cause trop. Il y a eu du grabuge.

Puis, tout haut :

– Il n'est pas gentil, alors ?

– Ne m'en parlez pas ! répondit Gervaise, il était très bien pour moi, là-bas ; mais, depuis que nous sommes à Paris, je ne peux plus en venir à bout... Il faut vous dire que sa mère est morte l'année dernière, en lui laissant quelque chose, dix-sept cents francs à peu près. Il voulait partir pour Paris. Alors, comme le père Macquart m'envoyait toujours des gifles sans crier gare, j'ai consenti à m'en aller avec lui ; nous avons fait le voyage avec les deux enfants. Il devait m'établir blanchisseuse et travailler de son état de chapelier. Nous aurions été très heureux... Mais, voyez-vous, Lantier est un ambitieux, un dépensier, un homme qui ne songe qu'à son amusement. Il ne vaut pas grand-chose, enfin... Nous sommes donc descendus à l'hôtel Montmartre, rue Montmartre. Et ç'a été des dîners, des voitures, le théâtre, une montre pour lui, une robe de soie pour moi ; car il n'a pas mauvais cœur, quand il a de l'argent. Vous comprenez, tout le tremblement, si bien qu'au bout de deux mois nous étions nettoyés. C'est à ce moment-là que nous sommes venus habiter l'hôtel Boncœur et que la sacrée vie a commencé...

Elle s'interrompit, serrée tout d'un coup à la gorge, rentrant ses larmes. Elle avait fini de brosser son linge.

– Il faut que j'aille chercher mon eau chaude, murmura-t-elle.

Mais madame Boche, très contrariée de cet arrêt dans les confidences, appela le garçon du lavoir qui passait.

– Mon petit Charles, vous serez bien gentil, allez donc chercher un seau d'eau chaude à madame, qui est pressée.

Le garçon prit le seau et le rapporta plein. Gervaise paya, c'était un sou le seau. Elle versa l'eau chaude dans le baquet, et savonna le linge une dernière fois, avec les mains, se ployant au-dessus de la batterie, au milieu d'une vapeur qui accrochait des filets de fumée grise dans ses cheveux blonds.

– Tenez, mettez donc des cristaux, j'en ai là, dit obligeamment la concierge.

Et elle vida dans le baquet de Gervaise le fond d'un sac de bicarbonate de soude, qu'elle avait apporté. Elle lui offrit aussi de l'eau de javelle ; mais la jeune femme refusa ; c'était bon pour les taches de graisse et les taches de vin.

– Je le crois un peu coureur, reprit madame Boche, en revenant à Lantier, sans le nommer.

Gervaise, les reins en deux, les mains enfoncées et crispées dans le linge, se contenta de hocher la tête.

– Oui, oui, continua l'autre, je me suis aperçue de plusieurs petites choses...

Mais elle se récria, devant le brusque mouvement de Gervaise qui s'était relevée, toute pâle, en la dévisageant.

– Oh ! non, je ne sais rien !... Il aime à rire, je crois, voilà tout... Ainsi, les deux filles qui logent chez nous, Adèle et Virginie, vous les connaissez, eh bien ! il plaisante avec elles, et ça ne va pas plus loin, j'en suis sûre.

La jeune femme, droite devant elle, la face en sueur, les bras ruisselants, la regardait toujours, d'un regard fixe et profond. Alors, la concierge se fâcha, s'appliqua un coup de poing sur la poitrine, en donnant sa parole d'honneur. Elle criait :

– Je ne sais rien, là, quand je vous le dis !

Puis, se calmant, elle ajouta d'une voix doucereuse, comme on parle à une personne à qui la vérité ne vaudrait rien :

– Moi, je trouve qu'il a les yeux francs... Il vous épousera, ma petite, je vous le promets !

Gervaise s'essuya le front de sa main mouillée. Elle tira de l'eau une autre pièce de linge, en hochant de nouveau la tête. Un instant, toutes deux gardèrent le silence. Autour d'elles, le lavoir s'était apaisé. Onze heures sonnaient. La moitié des laveuses, assises d'une jambe au bord de leurs baquets, avec un litre de vin débouché à leurs pieds, mangeaient des saucisses dans des morceaux de pain fendus. Seules, les ménagères venues là pour laver leurs petits paquets de linge, se hâtaient, en regardant l'œil-de-bœuf accroché au-dessus du bureau. Quelques coups de battoir partaient encore, espacés, au milieu des rires adoucis, des conversations qui s'empâtaient dans un bruit glouton de mâchoires ; tandis que la machine à vapeur, allant son train, sans repos ni trêve, semblait hausser la voix, vibrante, ronflante, emplissant l'immense salle. Mais pas une des femmes ne l'entendait ; c'était comme la respiration même du lavoir, une haleine ardente amassant sous les poutres du plafond l'éternelle buée qui flottait. La chaleur devenait intolérable ; des rais de soleil entraient à gauche, par les hautes fenêtres, allumant les vapeurs fumantes de nappes opalisées, d'un gris rose et d'un gris bleu très tendre. Et, comme des plaintes s'élevaient, le garçon Charles allait d'une fenêtre à l'autre, tirait des stores de grosse toile ; ensuite, il passa de l'autre côté, du côté de l'ombre, et ouvrit des vasistas. On l'acclamait, on battait des mains ; une gaieté formidable roulait. Puis, les derniers battoirs eux-mêmes se turent. Les laveuses, la bouche pleine, ne faisaient plus que des gestes avec les couteaux ouverts qu'elles tenaient au poing. Le silence devenait tel, qu'on entendait régulièrement, tout au bout, le grincement de la pelle du chauffeur, prenant du charbon de terre et le jetant dans le fourneau de la machine.

Cependant, Gervaise lavait son linge de couleur dans l'eau chaude, grasse de savon, qu'elle avait conservée. Quand elle eut fini, elle approcha un tréteau, jeta en travers toutes les pièces, qui faisaient à terre des mares bleuâtres. Et elle commença à rincer. Derrière elle, le robinet d'eau froide coulait au-dessus d'un vaste baquet, fixé au sol, et que traversaient deux barres de bois, pour soutenir le linge. Au-dessus, en l'air, deux autres barres passaient, où le linge achevait de s'égoutter.

– Voilà qui va être fini, ce n'est pas malheureux, dit madame Boche. Je reste pour vous aider à tordre tout ça.

– Oh ! ce n'est pas la peine, je vous remercie bien, répondit la jeune femme, qui pétrissait de ses poings et barbotait les pièces de couleur dans l'eau claire. Si j'avais des draps, je ne dis pas.

Mais il lui fallut pourtant accepter l'aide de la concierge. Elles tordaient toutes deux, chacune à un bout, une jupe, un petit lainage marron mauvais teint, d'où sortait une eau jaunâtre, lorsque madame Boche s'écria :

– Tiens ! la grande Virginie !... Qu'est-ce qu'elle vient laver ici, celle-là, avec ses quatre guenilles dans un mouchoir ?

Gervaise avait vivement levé la tête. Virginie était une fille de son âge, plus grande qu'elle, brune, jolie malgré sa figure un peu longue. Elle avait une vieille robe noire à volants, un ruban rouge au cou ; et elle était coiffée avec soin, le chignon pris dans un filet en chenille bleue. Un instant, au milieu de l'allée centrale, elle pinça les paupières, ayant l'air de chercher ; puis, quand elle eut aperçu Gervaise, elle vint passer près d'elle, raide, insolente, balançant ses hanches, et s'installa sur la même rangée, à cinq baquets de distance.

– En voilà un caprice ! continuait madame Boche, à voix plus basse. Jamais elle ne savonne une paire de manches... Ah ! une fameuse fainéante, je vous en réponds ! Une couturière qui ne recoud pas seulement ses bottines ! C'est comme sa sœur, la brunisseuse, cette gredine d'Adèle, qui manque l'atelier deux jours sur trois ! Ça n'a ni père ni mère connus, ça vit d'on ne sait quoi, et si l'on voulait parler... Qu'est-ce qu'elle frotte donc là ? Hein ? c'est un jupon ? Il est joliment dégoûtant, il a dû en voir de propres, ce jupon !

Madame Boche, évidemment, voulait faire plaisir à Gervaise. La vérité était qu'elle prenait souvent le café avec Adèle et Virginie, quand les petites avaient de l'argent. Gervaise ne répondait pas, se dépêchait, les mains fiévreuses. Elle venait de faire son bleu, dans un petit baquet monté sur trois pieds. Elle trempait ses pièces de blanc, les agitait un instant au fond de l'eau teintée, dont le reflet prenait une pointe de laque ; et, après les avoir tordues légèrement, elle les alignait sur les barres de bois, en haut. Pendant toute cette besogne, elle affectait de tourner le dos à Virginie. Mais elle entendait ses ricanements, elle sentait sur elle ses regards obliques. Virginie semblait n'être venue que pour la provoquer. Un instant, Gervaise s'était retournée, elles se regardèrent toutes deux, fixement.

– Laissez-la donc, murmura madame Boche. Vous n'allez peut-être pas vous prendre aux cheveux... Quand je vous dis qu'il n'y a rien ! Ce n'est pas elle, là !

À ce moment, comme la jeune femme pendait sa dernière pièce de linge, il y eut des rires à la porte du lavoir.

– C'est deux gosses qui demandent maman ! cria Charles.

Toutes les femmes se penchèrent. Gervaise reconnut Claude et Étienne. Dès qu'ils l'aperçurent, ils coururent à elle, au milieu des flaques, tapant sur les dalles les talons de leurs souliers dénoués. Claude, l'aîné, donnait la main à son petit frère. Les laveuses, sur leur passage, avaient de légers cris de tendresse, à les voir un peu effrayés, souriant pourtant. Et ils restèrent là, devant leur mère, sans se lâcher, levant leurs têtes blondes.

– C'est papa qui vous envoie ? demanda Gervaise.

Mais comme elle se baissait pour rattacher les cordons des souliers d'Étienne, elle vit, à un doigt de Claude, la clef de la chambre avec son numéro de cuivre, qu'il balançait.

– Tiens ! tu m'apportes la clef ! dit-elle, très surprise. Pourquoi donc ?

L'enfant, en apercevant la clef qu'il avait oubliée à son doigt, parut se souvenir et cria de sa voix claire :

– Papa est parti.

– Il est allé acheter le déjeuner, il vous a dit de venir me chercher ici ?

Claude regarda son frère, hésita, ne sachant plus. Puis, il reprit d'un trait :

– Papa est parti... Il a sauté du lit, il a mis toutes les affaires dans la malle, il a descendu la malle sur une voiture... Il est parti.

Gervaise, accroupie, se releva lentement, la figure blanche, portant les mains à ses joues et à ses tempes, comme si elle entendait sa tête craquer. Et elle ne put trouver qu'un mot, elle le répéta vingt fois sur le même ton :

– Ah ! mon Dieu !... ah ! mon Dieu !... ah ! mon Dieu !...

Madame Boche, cependant, interrogeait l'enfant à son tour, tout allumée de se trouver dans cette histoire.

– Voyons, mon petit, il faut dire les choses... C'est lui qui a fermé la porte et qui vous a dit d'apporter la clef, n'est-ce pas ?

Et, baissant la voix, à l'oreille de Claude :

– Est-ce qu'il y avait une dame dans la voiture ?

L'enfant se troubla de nouveau. Il recommença son histoire, d'un air triomphant :

– Il a sauté du lit, il a mis toutes les affaires dans la malle, il est parti...

Alors, comme madame Boche le laissait aller, il tira son frère devant le robinet. Ils s'amusèrent tous les deux à faire couler l'eau.

Gervaise ne pouvait pleurer. Elle étouffait, les reins appuyés contre son baquet, le visage toujours entre les mains. De courts frissons la secouaient. Par moments, un long soupir passait, tandis qu'elle s'enfonçait davantage les poings sur les yeux, comme pour s'anéantir dans le noir de son abandon. C'était un trou de ténèbres au fond duquel il lui semblait tomber.

– Allons, ma petite, que diable ! murmurait madame Boche.

– Si vous saviez ! si vous saviez ! dit-elle enfin tout bas. Il m'a envoyée ce matin porter mon châle et mes chemises au Mont-de-Piété pour payer cette voiture...

Et elle pleura. Le souvenir de sa course au Mont-de-Piété, en précisant un fait de la matinée, lui avait arraché les sanglots qui s'étranglaient dans sa gorge.

Cette course-là, c'était une abomination, la grosse douleur dans son désespoir. Les larmes coulaient sur son menton que ses mains avaient déjà mouillé, sans qu'elle songeât seulement à prendre son mouchoir.

– Soyez raisonnable, taisez-vous, on vous regarde, répétait madame Boche qui s'empressait autour d'elle. Est-il possible de se faire tant de mal pour un homme !... Vous l'aimiez donc toujours, hein ? ma pauvre chérie. Tout à l'heure, vous étiez joliment montée contre lui. Et vous voilà, maintenant, à le pleurer, à vous crever le cœur... Mon Dieu, que nous sommes bêtes !

Puis, elle se montra maternelle.

– Une jolie petite femme comme vous ! s'il est permis !... On peut tout vous raconter à présent, n'est-ce pas ? Eh bien ! vous vous souvenez, quand je suis passée sous votre fenêtre, je me doutais déjà... Imaginez-vous que, cette nuit, lorsque Adèle est rentrée, j'ai entendu un pas d'homme avec le sien. Alors, j'ai voulu savoir, j'ai regardé dans l'escalier. Le particulier était déjà au deuxième étage, mais j'ai bien reconnu la redingote de monsieur Lantier. Boche, qui faisait le guet, ce matin, l'a vu redescendre tranquillement... C'était avec Adèle, vous entendez. Virginie a maintenant un monsieur chez lequel elle va deux fois par semaine. Seulement, ce n'est guère propre tout de même, car elles n'ont qu'une chambre et une alcôve, et je ne sais trop où Virginie a pu coucher.

Elle s'interrompit un instant, se retournant, reprenant de sa grosse voix étouffée :

– Elle rit de vous voir pleurer, cette sans-cœur, là-bas. Je mettrais ma main au feu que son savonnage est une frime... Elle a emballé les deux autres et elle est venue ici pour leur raconter la tête que vous feriez.

Gervaise ôta ses mains, regarda. Quand elle aperçut devant elle Virginie, au milieu de trois ou quatre femmes, parlant bas, la dévisageant, elle fut prise d'une colère folle. Les bras en avant, cherchant à terre, tournant sur elle-même, dans un tremblement de tous ses membres, elle marcha quelques pas, rencontra un seau plein, le saisit à deux mains, le vida à toute volée.

– Chameau, va ! cria la grande Virginie.

Elle avait fait un saut en arrière, ses bottines seules étaient mouillées. Cependant, le lavoir, que les larmes de la jeune femme révolutionnaient depuis un instant, se bousculait pour voir la bataille. Des laveuses, qui achevaient leur pain, montèrent sur des baquets. D'autres accoururent, les mains pleines de savon. Un cercle se forma.

– Ah ! le chameau ! répétait la grande Virginie. Qu'est-ce qui lui prend, à cette enragée-là !

Gervaise en arrêt, le menton tendu, la face convulsée, ne répondait pas, n'ayant point encore le coup de gosier de Paris. L'autre continua :

– Va donc ! C'est las de rouler la province, ça n'avait pas douze ans que ça servait de paillasse à soldats, ça a laissé une jambe dans son pays... Elle est tombée de pourriture, sa jambe...

Un rire courut. Virginie, voyant son succès, s'approcha de deux pas, redressant sa haute taille, criant plus fort :

– Hein ! avance un peu, pour voir, que je te fasse ton affaire ! Tu sais, il ne faut pas venir nous embêter, ici... Est-ce que je la connais, moi, cette peau ! Si elle m'avait attrapée, je lui aurais joliment retroussé ses jupons ; vous auriez vu ça. Qu'elle dise seulement ce que je lui ai fait... Dis, Rouchie, qu'est-ce qu'on t'a fait ?

– Ne causez pas tant, bégaya Gervaise. Vous savez bien... On a vu mon mari, hier soir... Et taisez-vous, parce que je vous étranglerais, bien sûr.

– Son mari ! Ah ! elle est bonne, celle-là ! Le mari à madame ! comme si on avait des maris avec cette dégaine ! Ce n'est pas ma faute s'il t'a lâchée. Je ne te l'ai pas volé, peut-être. On peut me fouiller... Veux-tu que je te dise, tu l'empoisonnais, cet homme ! Il était trop gentil pour toi... Avait-il son collier, au moins ? Qui est-ce qui a trouvé le mari à madame ?... Il y aura récompense...

Les rires recommencèrent. Gervaise, à voix presque basse, se contentait toujours de murmurer :

– Vous savez bien, vous savez bien... C'est votre sœur, je l'étranglerai, votre sœur...

– Oui, va te frotter à ma sœur, reprit Virginie en ricanant. Ah ! c'est ma sœur ! C'est bien possible, ma sœur a un autre chic que toi... Mais est-ce que ça me regarde ! est-ce qu'on ne peut plus laver son linge tranquillement ! Flanque-moi la paix, entends-tu, parce qu'en voilà assez !

Et ce fut elle qui revint, après avoir donné cinq ou six coups de battoir, grisée par les injures, emportée. Elle se tut et recommença ainsi trois fois :

– Eh bien ! oui, c'est ma sœur. Là, es-tu contente ?... Ils s'adorent tous les deux. Il faut les voir se bécoter !... Et il t'a lâchée avec tes bâtards ! De jolis mômes qui ont des croûtes plein la figure ! Il y en a un d'un gendarme, n'est-ce pas ? et tu en as fait crever trois autres, parce que tu ne voulais pas de surcroît de bagage pour venir... C'est ton Lantier qui nous a raconté ça. Ah ! il en dit de belles, il en avait assez de ta carcasse !

– Salope ! salope ! salope ! hurla Gervaise, hors d'elle, reprise par un tremblement furieux.

Elle tourna, chercha une fois encore par terre ; et, ne trouvant que le petit baquet, elle le prit par les pieds, lança l'eau du bleu à la figure de Virginie.

– Rosse ! elle m'a perdu ma robe ! cria celle-ci, qui avait toute une épaule mouillée et sa main gauche teinte en bleu. Attends, gadoue !

À son tour, elle saisit un seau, le vida sur la jeune femme. Alors, une bataille formidable s'engagea. Elles couraient toutes deux le long des baquets, s'emparant des seaux pleins, revenant se les jeter à la tête. Et chaque déluge était accompagné d'un éclat de voix. Gervaise elle-même répondait, à présent.

– Tiens ! saleté !... Tu l'as reçu celui-là. Ça te calmera le derrière.

– Ah ! la carne ! Voilà pour ta crasse. Débarbouille-toi une fois dans ta vie.

– Oui, oui, je vas te dessaler, grande morue !

– Encore un !... Rince-toi les dents, fais ta toilette pour ton quart de ce soir, au coin de la rue Belhomme.

Elles finirent par emplir les seaux aux robinets. Et, en attendant qu'ils fussent pleins, elles continuaient leurs ordures. Les premiers seaux, mal lancés, les touchaient à peine. Mais elles se faisaient la main. Ce fut Virginie qui, la première, en reçut un en pleine figure ; l'eau, entrant par son cou, coula dans son dos et dans sa gorge, pissa par-dessous sa robe. Elle était encore tout étourdie, quand un second la prit de biais, lui donna une forte claque contre l'oreille gauche, en trempant son chignon, qui se déroula comme une ficelle. Gervaise fut d'abord atteinte aux jambes ; un seau lui emplit ses souliers, rejaillit jusqu'à ses cuisses ; deux autres l'inondèrent aux hanches. Bientôt, d'ailleurs, il ne fut plus possible de juger les coups. Elles étaient l'une et l'autre ruisselantes de la tête aux pieds, les corsages plaqués aux épaules, les jupes collant sur les reins, maigries, roidies, grelottantes, s'égouttant de tous les côtés ainsi que des parapluies pendant une averse.

– Elles sont rien drôles ! dit la voix enrouée d'une laveuse.

Le lavoir s'amusait énormément. On s'était reculé, pour ne pas recevoir les éclaboussures. Des applaudissements, des plaisanteries montaient, au milieu du bruit d'écluse des seaux vidés à toute volée. Par terre, des mares coulaient, les deux femmes pataugeaient jusqu'aux chevilles. Cependant, Virginie, ménageant une traîtrise, s'emparant brusquement d'un seau d'eau de lessive bouillante, qu'une de ses voisines avait laissé là, le jeta. Il y eut un cri. On crut Gervaise ébouillantée. Mais elle n'avait que le pied gauche brûlé légèrement. Et, de toutes ses forces, exaspérée par la douleur, sans le remplir cette fois, elle envoya un seau dans les jambes de Virginie, qui tomba.

Toutes les laveuses parlaient ensemble.

– Elle lui a cassé une patte !

– Dame ! l'autre a bien voulu la faire cuire !

– Elle a raison, après tout, la blonde, si on lui a pris son homme !

Mme Boche levait les bras au ciel, en s'exclamant. Elle s'était prudemment garée entre deux baquets ; et les enfants, Claude et Étienne, pleurant, suffoquant, épouvantés, se pendaient à sa robe, avec ce cri continu : Maman ! maman ! qui se brisait dans leurs sanglots. Quand elle vit Virginie par terre, elle accourut, tirant Gervaise par ses jupes, répétant :

– Voyons, allez-vous-en ! Soyez raisonnable... J'ai les sangs tournés, ma parole ! On n'a jamais vu une tuerie pareille.

Mais elle recula, elle retourna se réfugier entre les deux baquets, avec les enfants. Virginie venait de sauter à la gorge de Gervaise. Elle la serrait au cou, tâchait de l'étrangler. Alors, celle-ci, d'une violente secousse, se dégagea, se pendit à son tour à la queue de son chignon, comme si elle avait voulu lui arracher la tête. La bataille recommença, muette, sans un cri, sans une injure. Elles ne se prenaient pas corps à corps, s'attaquaient à la figure, les mains ouvertes et crochues, pinçant, griffant ce qu'elles empoignaient. Le ruban rouge et le filet en chenille bleue de la grande brune furent arrachés ; son corsage, craqué au cou, montra sa peau, tout un bout d'épaule ; tandis que la blonde, déshabillée, une manche de sa camisole blanche ôtée sans qu'elle sût comment, avait un accroc à sa chemise qui découvrait le pli nu de sa taille. Des lambeaux d'étoffe volaient. D'abord, ce fut sur Gervaise que le sang parut, trois longues égratignures descendant de la bouche sous le menton ; et elle garantissait ses yeux, les fermait à chaque claque, de peur d'être éborgnée. Virginie ne saignait pas encore. Gervaise visait ses oreilles, s'enrageait de ne pouvoir les prendre, quand elle saisit enfin l'une des boucles, une poire de verre jaune ; elle tira, fendit l'oreille ; le sang coula.

– Elles se tuent ! séparez-les, ces guenons ! dirent plusieurs voix.

Les laveuses s'étaient rapprochées. Il se formait deux camps : les unes excitaient les deux femmes comme des chiennes qui se battent ; les autres, plus nerveuses, toutes tremblantes, tournaient la tête, en avaient assez, répétaient qu'elles en seraient malades, bien sûr. Et une bataille générale faillit avoir lieu ; on se traitait de sans-cœur, de propre à rien ; des bras nus se tendaient ; trois gifles retentirent.

Mme Boche, pourtant, cherchait le garçon du lavoir.

– Charles ! Charles !... Où est-il donc ?

Et elle le trouva au premier rang, regardant, les bras croisés. C'était un grand gaillard, à cou énorme. Il riait, il jouissait des morceaux de peau que les deux femmes montraient. La petite blonde était grasse comme une caille. Ça serait farce, si sa chemise se fendait.

– Tiens ! murmura-t-il en clignant un œil, elle a une fraise sous le bras.

– Comment ! vous êtes là ! cria madame Boche en l'apercevant. Mais aidez-nous donc à les séparer !... Vous pouvez bien les séparer, vous !

– Ah bien ! non, merci ! s'il n'y a que moi ! dit-il tranquillement. Pour me faire griffer l'œil comme l'autre jour, n'est-ce pas ?... Je ne suis pas ici pour ça, j'aurais trop de besogne... N'ayez pas peur, allez ! Ça leur fait du bien, une petite saignée. Ça les attendrit.

La concierge parla alors d'aller avertir les sergents de ville. Mais la maîtresse du lavoir, la jeune femme délicate, aux yeux malades, s'y opposa formellement. Elle répéta à plusieurs reprises :

– Non, non, je ne veux pas, ça compromet la maison.

Par terre, la lutte continuait. Tout d'un coup, Virginie se redressa sur les genoux. Elle venait de ramasser un battoir, elle le brandissait. Elle râlait, la voix changée :

– Voilà du chien, attends ! Apprête ton linge sale !

Gervaise, vivement, allongea la main, prit également un battoir, le tint levé comme une massue. Et elle avait, elle aussi, une voix rauque.

– Ah ! tu veux la grande lessive... Donne ta peau, que j'en fasse des torchons !

Un moment, elles restèrent là, agenouillées, à se menacer. Les cheveux dans la face, la poitrine soufflante, boueuses, tuméfiées, elles se guettaient, attendant, reprenant haleine. Gervaise porta le premier coup ; son battoir glissa sur l'épaule de Virginie. Et elle se jeta de côté pour éviter le battoir de celle-ci, qui l'effleura à la hanche. Alors, mises en train, elles se tapèrent comme les laveuses tapent leur linge, rudement, en cadence. Quand elles se touchaient, le coup s'amortissait, on aurait dit une claque dans un baquet d'eau.

Autour d'elles, les blanchisseuses ne riaient plus ; plusieurs s'en étaient allées, en disant que ça leur cassait l'estomac ; les autres, celles qui restaient, allongeaient le cou, les yeux allumés d'une lueur de cruauté, trouvant ces gaillardes-là très crânes. Mme Boche avait emmené Claude et Étienne ; et l'on entendait, à l'autre bout, l'éclat de leurs sanglots mêlé aux heurts sonores des deux battoirs.

Mais Gervaise, brusquement, hurla. Virginie venait de l'atteindre à toute volée sur son bras nu, au-dessus du coude ; une plaque rouge parut, la chair enfla tout de suite. Alors, elle se rua. On crut qu'elle voulait assommer l'autre.

– Assez ! assez ! criait-on.

Elle avait un visage si terrible, que personne n'osa approcher. Les forces décuplées, elle saisit Virginie par la taille, la plia, lui colla la figure sur les dalles, les reins en l'air ; et, malgré les secousses, elle lui releva les jupes, largement. Dessous, il y avait un pantalon. Elle passa la main dans la fente, l'arracha, montra tout, les cuisses nues, les fesses nues. Puis, le battoir levé, elle se mit à battre, comme elle battait autrefois à Plassans, au bord de la Viorne, quand sa patronne lavait le linge de la garnison. Le bois mollissait dans les chairs avec un bruit mouillé. À chaque tape, une bande rouge marbrait la peau blanche.

– Oh ! oh ! murmurait le garçon Charles, émerveillé, les yeux agrandis.

Des rires, de nouveau, avaient couru. Mais bientôt le cri : Assez ! assez ! recommença. Gervaise n'entendait pas, ne se lassait pas. Elle regardait sa besogne, penchée, préoccupée de ne pas laisser une place sèche. Elle voulait toute cette peau battue, couverte de confusion. Et elle causait, prise d'une gaieté féroce, se rappelant une chanson de lavandière :

– Pan ! pan ! Margot au lavoir... Pan ! pan ! à coups de battoir... Pan ! pan ! va laver son cœur... Pan ! pan ! tout noir de douleur...

Et elle reprenait :

– Ça c'est pour toi, ça c'est pour ta sœur, ça c'est pour Lantier... Quand tu les verras, tu leur donneras ça... Attention ! je recommence. Ça c'est pour Lantier, ça c'est pour ta sœur, ça c'est pour toi... Pan ! pan ! Margot au lavoir... Pan ! pan ! à coups de battoir...

On dut lui arracher Virginie des mains. La grande brune, la figure en larmes, pourpre, confuse, reprit son linge, se sauva ; elle était vaincue. Cependant, Gervaise repassait la manche de sa camisole, rattachait ses jupes. Son bras la faisait souffrir, et elle pria madame Boche de lui mettre son linge sur l'épaule. La concierge racontait la bataille, disait ses émotions, parlait de lui visiter le corps, pour voir.

– Vous avez peut-être bien quelque chose de cassé... J'ai entendu un coup...

Mais la jeune femme voulait s'en aller. Elle ne répondait pas aux apitoiements, à l'ovation bavarde des laveuses qui l'entouraient, droites dans leurs tabliers. Quand elle fut chargée, elle gagna la porte, où ses enfants l'attendaient.

– C'est deux heures, ça fait deux sous, lui dit en l'arrêtant la maîtresse du lavoir, déjà réinstallée dans son cabinet vitré.

Pourquoi deux sous ? Elle ne comprenait plus qu'on lui demandait le prix de sa place. Puis, elle donna ses deux sous. Et, boitant fortement sous le poids du linge mouillé pendu à son épaule, ruisselante, le coude bleui, la joue en sang, elle s'en alla, en traînant de ses bras nus Étienne et Claude, qui trottaient à ses côtés, secoués encore et barbouillés de leurs sanglots.

Derrière elle, le lavoir reprenait son bruit énorme d'écluse. Les laveuses avaient mangé leur pain, bu leur vin, et elles tapaient plus dur, les faces allumées, égayées par le coup de torchon de Gervaise et de Virginie. Le long des baquets, de nouveau, s'agitaient une fureur de bras, des profils anguleux de marionnettes aux reins cassés, aux épaules déjetées, se pliant violemment comme sur des charnières. Les conversations continuaient d'un bout à l'autre des allées. Les voix, les rires, les mots gras, se mêlaient dans le grand gargouillement de l'eau. Les robinets crachaient, les seaux jetaient des flaquées, une rivière coulait sous les batteries. C'était le chien de l'après-midi, le linge pilé à coups de battoir. Dans l'immense salle, les fumées devenaient rousses, trouées seulement par des ronds de soleil, des balles d'or, que les déchirures des rideaux laissaient passer. On respirait l'étouffement tiède des odeurs savonneuses. Tout d'un coup, le hangar s'emplit d'une buée blanche ; l'énorme couvercle du cuvier où bouillait la lessive, montait mécaniquement le long d'une tige centrale à crémaillère ; et le trou béant du cuivre, au fond de sa maçonnerie de briques, exhalait des tourbillons de vapeur, d'une saveur sucrée de potasse. Cependant, à côté, les essoreuses fonctionnaient ; des paquets de linge, dans des cylindres de fonte, rendaient leur eau sous un tour de roue de la machine, haletante, fumante, secouant plus rudement le lavoir de la besogne continue de ses bras d'acier.

Quand Gervaise mit le pied dans l'allée de l'hôtel Boncœur, les larmes la reprirent. C'était une allée noire, étroite, avec un ruisseau longeant le mur, pour les eaux sales ; et cette puanteur qu'elle retrouvait lui faisait songer aux quinze jours passés là avec Lantier, quinze jours de misère et de querelles, dont le souvenir, à cette heure, était un regret cuisant. Il lui sembla entrer dans son abandon.

En haut, la chambre était nue, pleine de soleil, la fenêtre ouverte. Ce coup de soleil, cette nappe de poussière d'or dansante, rendait lamentables le plafond noir, les murs au papier arraché. Il n'y avait plus, à un clou de la cheminée, qu'un petit fichu de femme, tordu comme une ficelle. Le lit des enfants, tiré au milieu de la pièce, découvrait la commode, dont les tiroirs laissés ouverts montraient leurs flancs vides. Lantier s'était lavé et avait achevé la pommade, deux sous de pommade dans une carte à jouer ; l'eau grasse de ses mains emplissait la cuvette. Et il n'avait rien oublié, le coin occupé jusque-là par la malle paraissait à Gervaise faire un trou immense. Elle ne retrouva même pas le petit miroir rond, accroché à l'espagnolette. Alors, elle eut un pressentiment, elle regarda sur la cheminée : Lantier avait emporté les reconnaissances, le paquet rose tendre n'était plus là, entre les flambeaux de zinc dépareillés.

Elle pendit son linge au dossier d'une chaise, elle demeura debout, tournant, examinant les meubles, frappée d'une telle stupeur, que ses larmes ne coulaient plus. Il lui restait un sou sur les quatre sous gardés pour le lavoir. Puis, entendant rire à la fenêtre Étienne et Claude, déjà consolés, elle s'approcha, prit leurs têtes sous ses bras, s'oublia un instant devant cette chaussée grise, où elle avait vu, le matin, s'éveiller le peuple ouvrier, le travail géant de Paris. À cette heure, le pavé échauffé par les besognes du jour allumait une réverbération ardente au-dessus de la ville, derrière le mur de l'octroi. C'était sur ce pavé, dans cet air de fournaise, qu'on la jetait toute seule avec les petits ; et elle enfila d'un regard les boulevards extérieurs, à droite, à gauche, s'arrêtant aux deux bouts, prise d'une épouvante sourde, comme si sa vie, désormais, allait tenir là, entre un abattoir et un hôpital.

II

Trois semaines plus tard, vers onze heures et demie, un jour de beau soleil, Gervaise et Coupeau, l'ouvrier zingueur, mangeaient ensemble une prune, à l'Assommoir du père Colombe. Coupeau, qui fumait une cigarette sur le trottoir, l'avait forcée à entrer, comme elle traversait la rue, revenant de porter du linge ; et son grand panier carré de blanchisseuse était par terre, près d'elle, derrière la petite table de zinc.

L'Assommoir du père Colombe se trouvait au coin de la rue des Poissonniers et du boulevard de Rochechouart. L'enseigne portait, en longues lettres bleues, le seul mot : *Distillation*, d'un bout à l'autre. Il y avait à la porte, dans deux moitiés de futaille, des lauriers-roses poussiéreux. Le comptoir énorme, avec ses files de verres, sa fontaine et ses mesures d'étain, s'allongeait à gauche en entrant ; et la vaste salle, tout autour, était ornée de gros tonneaux peints en jaune clair, miroitants de vernis, dont les cercles et les cannelles de cuivre luisaient. Plus haut, sur des étagères, des bouteilles de liqueurs, des bocaux de fruits, toutes sortes de fioles en bon ordre, cachaient les murs, reflétaient dans la glace, derrière le comptoir, leurs taches vives, vert pomme, or pâle, laque tendre. Mais la curiosité de la maison était, au fond, de l'autre côté d'une barrière de chêne, dans une cour vitrée, l'appareil à distiller que les consommateurs voyaient fonctionner, des alambics aux longs cols, des serpentins descendant sous terre, une cuisine du diable devant laquelle venaient rêver les ouvriers soûlards.

À cette heure du déjeuner, l'Assommoir restait vide. Un gros homme de quarante ans, le père Colombe, en gilet à manches, servait une petite fille d'une dizaine d'années, qui lui demandait quatre sous de goutte dans une tasse. Une nappe de soleil entrait par la porte, chauffait le parquet toujours humide des crachats des fumeurs. Et, du comptoir, des tonneaux, de toute la salle, montait une odeur liquoreuse, une fumée d'alcool qui semblait épaissir et griser les poussières volantes du soleil.

Cependant, Coupeau roulait une nouvelle cigarette. Il était très propre, avec un bourgeron et une petite casquette de toile bleue, riant, montrant ses dents blanches. La mâchoire inférieure saillante, le nez légèrement écrasé, il avait de beaux yeux marron, la face d'un chien joyeux et bon enfant. Sa grosse chevelure frisée se tenait tout debout. Il gardait la peau encore tendre de ses vingt-six ans. En face de lui, Gervaise, en caraco d'orléans noir, la tête nue, achevait de manger sa prune, qu'elle tenait par la queue, du bout des doigts. Ils étaient près de la rue, à la première des quatre tables rangées le long des tonneaux, devant le comptoir.

Lorsque le zingueur eut allumé sa cigarette, il posa les coudes sur la table, avança la face, regarda un instant sans parler la jeune femme, dont le joli visage de blonde avait, ce jour-là, une transparence laiteuse de fine porcelaine. Puis, faisant allusion à une affaire connue d'eux seuls, débattue déjà, il demanda simplement, à demi-voix :

– Alors, non ? vous dites non ?

– Oh ! bien sûr, non, monsieur Coupeau, répondit tranquillement Gervaise souriante. Vous n'allez peut-être pas me parler de ça ici. Vous m'aviez promis pourtant d'être raisonnable... Si j'avais su, j'aurais refusé votre consommation.

Il ne reprit pas la parole, continua à la regarder, de tout près, avec une tendresse hardie et qui s'offrait, passionné surtout pour les coins de ses lèvres, de petits coins d'un rose pâle, un peu mouillé, laissant voir le rouge vif de la bouche, quand elle souriait. Elle, pourtant, ne se reculait pas, demeurait placide et affectueuse. Au bout d'un silence, elle dit encore :

– Vous n'y songez pas, vraiment. Je suis une vieille femme, moi ; j'ai un grand garçon de huit ans... Qu'est-ce que nous ferions ensemble ?

– Pardi ! murmura Coupeau en clignant les yeux, ce que font les autres !

Mais elle eut un geste d'ennui.

– Ah ! si vous croyez que c'est toujours amusant ? On voit bien que vous n'avez pas été en ménage... Non, monsieur Coupeau, il faut que je pense aux choses sérieuses. La rigolade, ça ne mène à rien, entendez-vous ! J'ai deux bouches à la maison, et qui avalent ferme, allez ! Comment voulez-vous que j'arrive à élever mon petit monde, si je m'amuse à la bagatelle ?... Et puis, écoutez, mon malheur a été une fameuse leçon. Vous savez, les hommes maintenant, ça ne fait plus mon affaire. On ne me repincera pas de longtemps.

Elle s'expliquait sans colère, avec une grande sagesse, très froide, comme si elle avait traité une question d'ouvrage, les raisons qui l'empêchaient de passer un corps de fichu à l'empois. On voyait qu'elle avait arrêté ça dans sa tête, après de mûres réflexions.

Coupeau, attendri, répétait :

– Vous me causez bien de la peine, bien de la peine...

– Oui, c'est ce que je vois, reprit-elle, et j'en suis fâchée pour vous, monsieur Coupeau... Il ne faut pas que ça vous blesse. Si j'avais des idées à rire, mon Dieu ! ça serait encore plutôt avec vous qu'avec un autre. Vous avez l'air bon garçon, vous êtes gentil. On se mettrait ensemble, n'est-ce pas ? et on irait tant qu'on irait. Je ne fais pas ma princesse, je ne dis point que ça n'aurait pas pu arriver... Seulement, à quoi bon, puisque je n'en ai pas envie ? Me voilà chez madame Fauconnier depuis quinze jours. Les petits vont à l'école. Je travaille, je suis contente... Hein, le mieux alors est de rester comme on est.

Et elle se baissa pour prendre son panier.

– Vous me faites causer, on doit m'attendre chez la patronne... Vous en trouverez une autre, allez ! monsieur Coupeau, plus jolie que moi, et qui n'aura pas deux marmots à traîner.

Il regardait l'œil-de-bœuf, encadré dans la glace. Il la fit rasseoir, en criant :

– Attendez donc ! Il n'est que onze heures trente-cinq... J'ai encore vingt-cinq minutes... Vous ne craignez pourtant pas que je fasse des bêtises ; il y a la table entre nous... Alors, vous me détestez, au point de ne pas vouloir faire un bout de causette ?

Elle posa de nouveau son panier, pour ne pas le désobliger ; et ils parlèrent en bons amis. Elle avait mangé, avant d'aller porter son linge ; lui, ce jour-là, s'était dépêché d'avaler sa soupe et son bœuf, pour venir la guetter. Gervaise, tout en répondant avec complaisance, regardait par les vitres, entre les bocaux de fruits à l'eau-de-vie, le mouvement de la rue, où l'heure du déjeuner mettait un écrasement de foule extraordinaire. Sur les deux trottoirs, dans l'étranglement étroit des maisons, c'était une hâte de pas, des bras ballants, un coudoiement sans fin. Les retardataires, des ouvriers retenus au travail, la mine maussade de faim, coupaient la chaussée à grandes enjambées, entraient en face chez un boulanger ; et, lorsqu'ils reparaissaient, une livre de pain sous le bras, ils allaient trois portes plus haut, au Veau-à-Deux-Têtes, manger un ordinaire de six sous. Il y avait aussi, à côté du boulanger, une fruitière qui vendait des pommes de terre frites et des moules au persil ; un défilé continu d'ouvrières, en longs tabliers, emportaient des cornets de pommes de terre et des moules dans des tasses ; d'autres, de jolies filles en cheveux, l'air délicat, achetaient des bottes de radis. Quand Gervaise se penchait, elle apercevait encore une boutique de charcutier, pleine de monde, d'où sortaient des enfants, tenant sur leur main, enveloppés d'un papier gras, une côtelette panée, une saucisse ou un bout de boudin tout chaud. Cependant, le long de la chaussée poissée d'une boue noire, même par les beaux temps, dans le piétinement de la foule en marche, quelques ouvriers quittaient déjà les gargotes, descendaient en bandes, flânant, les mains ouvertes battant les cuisses, lourds de nourriture, tranquilles et lents au milieu des bousculades de la cohue.

Un groupe s'était formé à la porte de l'Assommoir.

– Dis donc, Bibi-la-Grillade, demanda une voix enrouée, est-ce que tu payes une tournée de vitriol ?

Cinq ouvriers entrèrent, se tinrent debout.

– Ah ! ce voleur de père Colombe ! reprit la voix. Vous savez, il nous faut de la vieille, et pas des coquilles de noix, de vrais verres !

Le père Colombe, paisiblement, servait. Une autre société de trois ouvriers arriva. Peu à peu, les blouses s'amassaient à l'angle du trottoir, faisaient là une courte station, finissaient par se pousser dans la salle, entre les deux lauriers-roses gris de poussière.

– Vous êtes bête ! vous ne songez qu'à la saleté ! disait Gervaise à Coupeau. Sans doute que je l'aimais... Seulement, après la façon dégoûtante dont il m'a lâchée...

Ils parlaient de Lantier. Gervaise ne l'avait pas revu ; elle croyait qu'il vivait avec la sœur de Virginie, à la Glacière, chez cet ami qui devait monter une fabrique de chapeaux. D'ailleurs, elle ne songeait guère à courir après lui. Ça lui avait d'abord fait une grosse peine ; elle voulait même aller se jeter à l'eau ; mais, à présent, elle s'était raisonnée, tout se trouvait pour le mieux. Peut-être qu'avec Lantier elle n'aurait jamais pu élever les petits, tant il mangeait d'argent. Il pouvait venir embrasser Claude et Étienne, elle ne le flanquerait pas à la porte. Seulement, pour elle, elle se ferait hacher en morceaux avant de se laisser toucher du bout des doigts. Et elle disait ces choses en femme résolue, ayant son plan de vie bien arrêté, tandis que Coupeau, qui ne lâchait pas son désir de l'avoir, plaisantait, tournait tout à l'ordure, lui faisait sur Lantier des questions très crues, si gaiement, avec des dents si blanches, qu'elle ne pensait pas à se blesser.

– C'est vous qui le battiez, dit-il enfin. Oh ! vous n'êtes pas bonne ! Vous donnez le fouet au monde.

Elle l'interrompit par un long rire. C'était vrai, pourtant, elle avait donné le fouet à cette grande carcasse de Virginie. Ce jour-là, elle aurait étranglé quelqu'un de bien bon cœur. Et elle se mit à rire plus fort, parce que Coupeau lui racontait que Virginie, désolée d'avoir tout montré, venait de quitter le quartier. Son visage, pourtant, gardait une douceur enfantine ; elle avançait ses mains potelées, en répétant qu'elle n'écraserait pas une mouche ; elle ne connaissait les coups que pour en avoir déjà joliment reçu dans sa vie. Alors, elle en vint à causer de sa jeunesse, à Plassans. Elle n'était point coureuse du tout ; les hommes l'ennuyaient ; quand Lantier l'avait prise, à quatorze ans, elle trouvait ça gentil, parce qu'il se disait son mari et qu'elle croyait jouer au ménage. Son seul défaut, assurait-elle, était d'être très sensible, d'aimer tout le monde, de se passionner pour des gens qui lui faisaient ensuite mille misères. Ainsi, quand elle aimait un homme, elle ne songeait pas aux bêtises, elle rêvait uniquement de vivre toujours ensemble, très heureux. Et, comme Coupeau ricanait et lui parlait de ses deux enfants, qu'elle n'avait certainement pas mis couver sous le traversin, elle lui allongea des tapes sur les doigts, elle ajouta que, bien sûr, elle était bâtie sur le patron des autres femmes ; seulement, on avait tort de croire les femmes toujours acharnées après ça ; les femmes songeaient à leur ménage, se coupaient en quatre dans la maison, se couchaient trop lasses, le soir, pour ne pas dormir tout de suite. Elle, d'ailleurs, ressemblait à sa mère, une grosse travailleuse, morte à la peine, qui avait servi de bête de somme au père Macquart pendant plus de vingt ans. Elle était encore toute mince, tandis que sa mère avait des épaules à démolir les portes en passant ; mais ça n'empêchait pas, elle lui ressemblait par sa rage de s'attacher aux gens. Même, si elle boitait un peu, elle tenait ça de la pauvre femme, que le père Macquart rouait de coups. Cent fois, celle-ci lui avait raconté les nuits où le père, rentrant soûl, se montrait d'une galanterie si brutale, qu'il lui cassait les membres ; et, sûrement elle avait poussé une de ces nuits-là, avec sa jambe en retard.

– Oh ! ce n'est presque rien, ça ne se voit pas, dit Coupeau pour faire sa cour.

Elle hocha le menton ; elle savait bien que ça se voyait ; à quarante ans, elle se casserait en deux. Puis, doucement, avec un léger rire :

– Vous avez un drôle de goût d'aimer une boiteuse.

Alors, lui, les coudes toujours sur la table, avançant la face davantage, la complimenta en risquant les mots, comme pour la griser. Mais elle disait toujours non de la tête, sans se laisser tenter, caressée pourtant par cette voix câline. Elle écoutait, les regards dehors, paraissant s'intéresser de nouveau à la foule croissante. Maintenant, dans les boutiques vides, on donnait un coup de balai ; la fruitière retirait sa dernière poêlée de pommes de terre frites, tandis que le charcutier remettait en ordre les assiettes débandées de son comptoir. De tous les gargots, des bandes d'ouvriers sortaient ; des gaillards barbus se poussaient d'une claque, jouaient comme des gamins, avec le tapage de leurs gros souliers ferrés, écorchant le pavé dans une glissade ; d'autres, les deux mains au fond de leurs poches, fumaient d'un air réfléchi, les yeux au soleil, les paupières clignotantes. C'était un envahissement du trottoir, de la chaussée, des ruisseaux, un flot paresseux coulant des portes ouvertes, s'arrêtant au milieu des voitures, faisant une traînée de blouses, de bourgerons et de vieux paletots, toute pâlie et déteinte sous la nappe de lumière blonde qui enfilait la rue. Au loin, des cloches d'usine sonnaient ; et les ouvriers ne se pressaient pas, rallumaient des pipes ; puis, le dos arrondi, après s'être appelés d'un marchand de vin à l'autre, ils se décidaient à reprendre le chemin de l'atelier, en traînant les pieds. Gervaise s'amusa à suivre trois ouvriers, un grand et deux petits, qui se retournaient tous les dix pas ; ils finirent par descendre la rue, ils vinrent droit à l'Assommoir du père Colombe.

– Ah bien ! murmura-t-elle, en voilà trois qui ont un fameux poil dans la main !

– Tiens, dit Coupeau, je le connais, le grand ; c'est Mes-Bottes, un camarade.

L'Assommoir s'était empli. On parlait très fort, avec des éclats de voix qui déchiraient le murmure gras des enrouements. Des coups de poing sur le comptoir, par moments, faisaient tinter les verres. Tous debout, les mains croisées sur le ventre ou rejetées derrière le dos, les buveurs formaient de petits groupes, serrés les uns contre les autres ; il y avait des sociétés, près des tonneaux, qui devaient attendre un quart d'heure, avant de pouvoir commander leurs tournées au père Colombe.

– Comment ! c'est cet aristo de Cadet-Cassis ! cria Mes-Bottes, en appliquant une rude tape sur l'épaule de Coupeau. Un joli monsieur qui fume du papier et qui a du linge !... On veut donc épater sa connaissance, on lui paye des douceurs !

– Hein ! ne m'embête pas ! répondit Coupeau, très contrarié.

Mais l'autre ricanait.

– Suffit ! on est à la hauteur, mon bonhomme... Les mufes sont des mufes, voilà !

Il tourna le dos, après avoir louché terriblement, en regardant Gervaise. Celle-ci se reculait, un peu effrayée. La fumée des pipes, l'odeur forte de tous ces hommes, montaient dans l'air chargé d'alcool ; et elle étouffait, prise d'une petite toux.

– Oh ! c'est vilain de boire ! dit-elle à demi-voix.

Et elle raconta qu'autrefois, avec sa mère, elle buvait de l'anisette, à Plassans. Mais elle avait failli en mourir un jour, et ça l'avait dégoûtée ; elle ne pouvait plus voir les liqueurs.

– Tenez, ajouta-t-elle en montrant son verre, j'ai mangé ma prune ; seulement, je laisserai la sauce, parce que ça me ferait du mal.

Coupeau, lui aussi, ne comprenait pas qu'on pût avaler de pleins verres d'eau-de-vie. Une prune par-ci par-là, ça n'était pas mauvais. Quant au vitriol, à l'absinthe et aux autres cochonneries, bonsoir ! il n'en fallait pas. Les camarades avaient beau le blaguer, il restait à la porte, lorsque ces cheulards-là entraient à la mine à poivre. Le papa Coupeau, qui était zingueur comme lui, s'était écrabouillé la tête sur le pavé de la rue Coquenard, en tombant, un jour de ribote, de la gouttière du n° 25 ; et ce souvenir, dans la famille, les rendait tous sages. Lui, lorsqu'il passait rue Coquenard et qu'il voyait la place, il aurait plutôt bu l'eau du ruisseau que d'avaler un canon gratis chez le marchand de vin. Il conclut par cette phrase :

– Dans notre métier, il faut des jambes solides.

Gervaise avait repris son panier. Elle ne se levait pourtant pas, le tenait sur ses genoux, les regards perdus, rêvant, comme si les paroles du jeune ouvrier éveillaient en elle des pensées lointaines d'existence. Et elle dit encore, lentement, sans transition apparente :

– Mon Dieu ! je ne suis pas ambitieuse, je ne demande pas grand-chose... Mon idéal, ce serait de travailler tranquille, de manger toujours du pain, d'avoir un trou un peu propre pour dormir, vous savez, un lit, une table et deux chaises, pas davantage... Ah ! je voudrais aussi élever mes enfants, en faire de bons sujets, si c'était possible... Il y a encore un idéal, ce serait de ne pas être battue, si je me remettais jamais en ménage ; non, ça ne me plairait pas d'être battue... Et c'est tout, vous voyez, c'est tout...

Elle cherchait, interrogeait ses désirs, ne trouvait plus rien de sérieux qui la tentât. Cependant, elle reprit, après avoir hésité :

– Oui, on peut à la fin avoir le désir de mourir dans son lit... Moi, après avoir bien trimé toute ma vie, je mourrais volontiers dans mon lit, chez moi.

Et elle se leva. Coupeau, qui approuvait vivement ses souhaits, était déjà debout, s'inquiétant de l'heure. Mais ils ne sortirent pas tout de suite ; elle eut la curiosité d'aller regarder, au fond, derrière la barrière de chêne, le grand alambic de cuivre rouge, qui fonctionnait sous le vitrage clair de la petite cour ; et le zingueur, qui l'avait suivie, lui expliqua comment ça marchait, indiquant du doigt les différentes pièces de l'appareil, montrant l'énorme cornue d'où tombait un filet limpide d'alcool. L'alambic, avec ses récipients de forme étrange, ses enroulements sans fin de tuyaux, gardait une mine sombre ; pas une fumée ne s'échappait ; à peine entendait-on un souffle intérieur, un ronflement souterrain ; c'était comme une besogne de nuit faite en plein jour, par un travailleur morne, puissant et muet. Cependant, Mes-Bottes, accompagné de ses deux camarades, était venu s'accouder sur la barrière, en attendant qu'un coin du comptoir fût libre. Il avait un rire de poulie mal graissée, hochant la tête, les yeux attendris, fixés sur la machine à soûler. Tonnerre de Dieu ! elle était bien gentille ! Il y avait, dans ce gros bedon de cuivre, de quoi se tenir le gosier au frais pendant huit jours. Lui, aurait voulu qu'on lui soudât le bout du serpentin entre les dents, pour sentir le vitriol encore chaud, l'emplir, lui descendre jusqu'aux talons, toujours, toujours, comme un petit ruisseau. Dame ! il ne se serait plus dérangé, ça aurait joliment remplacé les dés à coudre de ce roussin de père Colombe ! Et les camarades ricanaient, disaient que cet animal de Mes-Bottes avait un fichu grelot, tout de même. L'alambic, sourdement, sans une flamme, sans une gaieté dans les reflets éteints de ses cuivres, continuait, laissait couler sa sueur d'alcool, pareil à une source lente et entêtée, qui à la longue devait envahir la salle, se répandre sur les boulevards extérieurs, inonder le trou immense de Paris. Alors, Gervaise, prise d'un frisson, recula ; et elle tâchait de sourire, en murmurant :

– C'est bête, ça me fait froid, cette machine... la boisson me fait froid...

Puis, revenant sur l'idée qu'elle caressait d'un bonheur parfait :

– Hein ? n'est-ce pas ? ça vaudrait bien mieux : travailler, manger du pain, avoir un trou à soi, élever ses enfants, mourir dans son lit...

– Et ne pas être battue, ajouta Coupeau gaiement. Mais je ne vous battrais pas, moi, si vous vouliez, madame Gervaise... Il n'y a pas de crainte, je ne bois jamais, puis je vous aime trop... Voyons, c'est pour ce soir, nous nous chaufferons les petons.

Il avait baissé la voix, il lui parlait dans le cou, tandis qu'elle s'ouvrait un chemin, son panier en avant, au milieu des hommes. Mais elle dit encore non, de la tête, à plusieurs reprises. Pourtant, elle se retournait, lui souriait, semblait heureuse de savoir qu'il ne buvait pas. Bien sûr, elle lui aurait dit oui, si elle ne s'était pas juré de ne point se remettre avec un homme. Enfin, ils gagnèrent la porte, ils sortirent. Derrière eux, l'Assommoir restait plein, soufflant jusqu'à la rue le bruit des voix enrouées et l'odeur liquoreuse des tournées de vitriol. On entendait Mes-Bottes traiter le père Colombe de fripouille, en l'accusant de n'avoir rempli son verre qu'à moitié. Lui, était un bon, un chouette, un d'attaque. Ah ! zut ! le singe pouvait se fouiller, il ne retournait pas à la boîte, il avait la flemme. Et il proposait aux deux camarades d'aller au Petit-Bonhomme-qui-tousse, une mine à poivre de la barrière Saint-Denis, où l'on buvait du chien tout pur.

– Ah ! on respire, dit Gervaise, sur le trottoir. Eh bien ! adieu, et merci, monsieur Coupeau... Je rentre vite.

Elle allait suivre le boulevard. Mais il lui avait pris la main, il ne la lâchait pas, répétant :

– Faites donc le tour avec moi, passez par la rue de la Goutte-d'Or, ça ne vous allonge guère... Il faut que j'aille chez ma sœur, avant de retourner au chantier... Nous nous accompagnerons.

Elle finit par accepter, et ils montèrent lentement la rue des Poissonniers, côte à côte, sans se donner le bras. Il lui parlait de sa famille. La mère, maman Coupeau, une ancienne giletière, faisait des ménages, à cause de ses yeux qui s'en allaient. Elle avait eu ses soixante-deux ans, le 3 du mois dernier. Lui, était le plus jeune. L'une de ses sœurs, madame Lerat, une veuve de trente-six ans, travaillait dans les fleurs et habitait la rue des Moines, aux Batignolles. L'autre, âgée de trente ans, avait épousé un chaîniste, ce pince-sans-rire de Lorilleux. C'était chez celle-là qu'il allait, rue de la Goutte-d'Or. Elle logeait dans la grande maison, à gauche. Le soir, il mangeait la pot-bouille chez les Lorilleux ; c'était une économie pour tous les trois. Même, il passait chez eux les avertir de ne pas l'attendre, parce qu'il était invité ce jour-là par un ami.

Gervaise, qui l'écoutait, lui coupa brusquement la parole pour lui demander en souriant :

– Vous vous appelez donc Cadet-Cassis, monsieur Coupeau ?

– Oh ! répondit-il, c'est un surnom que les camarades m'ont donné, parce que je prends généralement du cassis, quand ils m'emmènent de force chez le marchand de vin... Autant s'appeler Cadet-Cassis que Mes-Bottes, n'est-ce pas ?

– Bien sûr, ce n'est pas vilain, Cadet-Cassis, déclara la jeune femme.

Et elle l'interrogea sur son travail. Il travaillait toujours là, derrière le mur de l'octroi, au nouvel hôpital. Oh ! la besogne ne manquait pas, il ne quitterait certainement pas ce chantier avant l'année. Il y en avait des mètres et des mètres de gouttières !

– Vous savez, dit-il, je vois l'hôtel Boncœur, quand je suis là-haut... Hier, vous étiez à la fenêtre, j'ai fait aller les bras, mais vous ne m'avez pas aperçu.

Cependant, ils s'étaient déjà engagés d'une centaine de pas dans la rue de la Goutte-d'Or, lorsqu'il s'arrêta, levant les yeux, disant :

– Voilà la maison... Moi, je suis né plus loin, au 22... Mais cette maison-là, tout de même, fait un joli tas de maçonnerie ! C'est grand comme une caserne, là-dedans !

Gervaise haussait le menton, examinait la façade. Sur la rue, la maison avait cinq étages, alignant chacun à la file quinze fenêtres, dont les persiennes noires, aux lames cassées, donnaient un air de ruine à cet immense pan de muraille. En bas, quatre boutiques occupaient le rez-de-chaussée : à droite de la porte, une vaste salle de gargote graisseuse ; à gauche, un charbonnier, un mercier et une marchande de parapluies. La maison paraissait d'autant plus colossale qu'elle s'élevait entre deux petites constructions basses, chétives, collées contre elle ; et, carrée, pareille à un bloc de mortier gâché grossièrement, se pourrissant et s'émiettant sous la pluie, elle profilait sur le ciel clair, au-dessus des toits voisins, son énorme cube brut, ses flancs non crépis, couleur de boue, d'une nudité interminable de murs de prison, où des rangées de pierres d'attente semblaient des mâchoires caduques, bâillant dans le vide. Mais Gervaise regardait surtout la porte, une immense porte ronde, s'élevant jusqu'au deuxième étage, creusant un porche profond, à l'autre bout duquel on voyait le coup de jour blafard d'une grande cour. Au milieu de ce porche, pavé comme la rue, un ruisseau coulait, roulant une eau rose très tendre.

– Entrez donc, dit Coupeau, on ne vous mangera pas.

Gervaise voulut l'attendre dans la rue. Cependant, elle ne put s'empêcher de s'enfoncer sous le porche, jusqu'à la loge du concierge, qui était à droite. Et là, au seuil, elle leva de nouveau les yeux. À l'intérieur, les façades avaient six étages, quatre façades régulières enfermant le vaste carré de la cour. C'étaient des murailles grises, mangées d'une lèpre jaune, rayées de bavures par l'égouttement des toits, qui montaient toutes plates du pavé aux ardoises, sans une moulure, seuls les tuyaux de descente se coudaient aux étages, où les caisses béantes des plombs mettaient la tache de leur fonte rouillée. Les fenêtres sans persienne montraient des vitres nues, d'un vert glauque d'eau trouble. Certaines, ouvertes, laissaient pendre des matelas à carreaux bleus, qui prenaient l'air ; devant d'autres, sur des cordes tendues, des linges séchaient, toute la lessive d'un ménage, les chemises de l'homme, les camisoles de la femme, les culottes des gamins ; il y en avait une, au troisième, où s'étalait une couche d'enfant, emplâtrée d'ordure. Du haut en bas, les logements trop petits crevaient au-dehors, lâchaient des bouts de leur misère par toutes les fentes. En bas, desservant chaque façade, une porte haute et étroite, sans boiserie, taillée dans le nu du plâtre, creusait un vestibule lézardé, au fond duquel tournaient les marches boueuses d'un escalier à rampe de fer ; et l'on comptait ainsi quatre escaliers, indiqués par les quatre premières lettres de l'alphabet, peintes sur le mur. Les rez-de-chaussée étaient aménagés en immenses ateliers, fermés par des vitrages noirs de poussière : la forge d'un serrurier y flambait ; on entendait plus loin les coups de rabot d'un menuisier ; tandis que, près de la loge, un laboratoire de teinturier lâchait à gros bouillons ce ruisseau d'un rose tendre coulant sous le porche. Salie de flaques d'eau teintée, de copeaux, d'escarbilles de charbon, plantée d'herbe sur ses bords, entre ses pavés disjoints, la cour s'éclairait d'une clarté crue, comme coupée en deux par la ligne où le soleil s'arrêtait. Du côté de l'ombre, autour de la fontaine dont le robinet entretenait là une continuelle humidité, trois petites poules piquaient le sol, cherchaient des vers de terre, les pattes crottées. Et Gervaise lentement promenait son regard, l'abaissait du sixième étage au pavé, remontait, surprise de cette énormité, se sentant au milieu d'un organe vivant, au cœur même d'une ville, intéressée par la maison, comme si elle avait eu devant elle une personne géante.

– Est-ce que madame demande quelqu'un ? cria la concierge, intriguée, en paraissant à la porte de la loge.

Mais la jeune femme expliqua qu'elle attendait une personne. Elle retourna vers la rue ; puis, comme Coupeau tardait, elle revint, attirée, regardant encore. La maison ne lui semblait pas laide. Parmi les loques pendues aux fenêtres, des coins de gaieté riaient, une giroflée fleurie dans un pot, une cage de serins d'où tombait un gazouillement, des miroirs à barbe mettant au fond de l'ombre des éclats d'étoiles rondes. En bas, un menuisier chantait, accompagné par les sifflements réguliers de sa varlope ; pendant que, dans l'atelier de serrurerie, un tintamarre de marteaux battant en cadence faisait une grosse sonnerie argentine. Puis, à presque toutes les croisées ouvertes, sur le fond de la misère entrevue, des enfants montraient leurs têtes barbouillées et rieuses, des femmes cousaient, avec des profils calmes penchés sur l'ouvrage. C'était la reprise de la tâche après le déjeuner, les chambres vides des hommes travaillant au-dehors, la maison rentrant dans cette grande paix, coupée uniquement du bruit des métiers, du bercement d'un refrain, toujours le même, répété pendant des heures. La cour seulement était un peu humide. Si Gervaise avait demeuré là, elle aurait voulu un logement au fond, du côté du soleil. Elle avait fait cinq ou six pas, elle respirait cette odeur fade des logis pauvres, une odeur de poussière ancienne, de saleté rance ; mais, comme l'âcreté des eaux de teinture dominait, elle trouvait que ça sentait beaucoup moins mauvais qu'à l'hôtel Boncœur. Et elle choisissait déjà sa fenêtre, une fenêtre dans l'encoignure de gauche, où il y avait une petite caisse, plantée de haricots d'Espagne, dont les tiges minces commençaient à s'enrouler autour d'un berceau de ficelles.

– Je vous ai fait attendre, hein ? dit Coupeau, qu'elle entendit tout d'un coup près d'elle. C'est une histoire, quand je ne dîne pas chez eux, d'autant plus qu'aujourd'hui ma sœur a acheté du veau.

Et comme elle avait eu un léger tressaillement de surprise, il continua, en promenant à son tour ses regards :

– Vous regardiez la maison. C'est toujours loué du haut en bas. Il y a trois cents locataires, je crois... Moi, si j'avais eu des meubles, j'aurais guetté un cabinet... On serait bien ici, n'est-ce pas ?

– Oui, on serait bien, murmura Gervaise. À Plassans, ce n'était pas si peuplé, dans notre rue... Tenez, c'est gentil, cette fenêtre, au cinquième, avec des haricots.

Alors, avec son entêtement, il lui demanda encore si elle voulait. Dès qu'ils auraient un lit, ils loueraient là. Mais elle se sauvait, elle se hâtait sous le porche, en le priant de ne pas recommencer ses bêtises. La maison pouvait crouler, elle n'y coucherait bien sûr pas sous la même couverture que lui. Pourtant, Coupeau, en la quittant devant l'atelier de madame Fauconnier, put garder un instant dans la sienne sa main qu'elle lui abandonnait en toute amitié.

Pendant un mois, les bons rapports de la jeune femme et de l'ouvrier zingueur continuèrent. Il la trouvait joliment courageuse, quand il la voyait se tuer au travail, soigner les enfants, trouver encore le moyen de coudre le soir à toutes sortes de chiffons. Il y avait des femmes pas propres, noceuses, sur leur bouche ; mais, sacré mâtin ! elle ne leur ressemblait guère, elle prenait trop la vie au sérieux ! Alors, elle riait, elle se défendait modestement. Pour son malheur, elle n'avait pas été toujours aussi sage. Et elle faisait allusion à ses premières couches, dès quatorze ans ; elle revenait sur les litres d'anisette vidés avec sa mère, autrefois. L'expérience la corrigeait un peu, voilà tout. On avait tort de lui croire une grosse volonté ; elle était très faible, au contraire ; elle se laissait aller où on la poussait, par crainte de causer de la peine à quelqu'un. Son rêve était de vivre dans une société honnête, parce que la mauvaise société, disait-elle, c'était comme un coup d'assommoir, ça vous cassait le crâne, ça vous aplatissait une femme en moins de rien. Elle se sentait prise d'une sueur devant l'avenir et se comparait à un sou lancé en l'air, retombant pile ou face, selon les hasards du pavé. Tout ce qu'elle avait déjà vu, les mauvais exemples étalés sous ses yeux d'enfant, lui donnaient une fière leçon. Mais Coupeau la plaisantait de ses idées noires, la ramenait à tout son courage, en essayant de lui pincer les hanches ; elle le repoussait, lui allongeait des claques sur les mains, pendant qu'il criait en riant que, pour une femme faible, elle n'était pas d'un assaut commode. Lui, rigoleur, ne s'embarrassait pas de l'avenir. Les jours amenaient les jours, pardi ! On aurait toujours bien la niche et la pâtée. Le quartier lui semblait propre, à part une bonne moitié des soûlards dont on aurait pu débarrasser les ruisseaux. Il n'était pas méchant diable, tenait parfois des discours très sensés, avait même un brin de coquetterie, une raie soignée sur le côté de la tête, de jolies cravates, une paire de souliers vernis pour le dimanche. Avec cela, une adresse et une effronterie de singe, une drôlerie gouailleuse d'ouvrier parisien, pleine de bagou, charmante encore sur son museau jeune.

Tous deux avaient fini par se rendre une foule de services, à l'hôtel Boncœur. Coupeau allait lui chercher son lait, se chargeait de ses commissions, portait ses paquets de linge ; souvent, le soir, comme il revenait du travail le premier, il promenait les enfants, sur le boulevard extérieur. Gervaise, pour lui rendre ses politesses, montait dans l'étroit cabinet où il couchait, sous les toits ; et elle visitait ses vêtements, mettant des boutons aux cottes, reprisant les vestes de toile. Une grande familiarité s'établissait entre eux. Elle ne s'ennuyait pas, quand il était là, amusée des chansons qu'il apportait, de cette continuelle blague des faubourgs de Paris, toute nouvelle encore pour elle. Lui, à se frotter toujours contre ses jupes, s'allumait de plus en plus. Il était pincé, et ferme ! Ça finissait par le gêner. Il riait toujours, mais l'estomac si mal à l'aise, si serré, qu'il ne trouvait plus ça drôle. Les bêtises continuaient, il ne pouvait la rencontrer sans lui crier : « Quand est-ce ? » Elle savait ce qu'il voulait dire, et elle lui promettait la chose pour la semaine des quatre jeudis. Alors, il la taquinait, se rendait chez elle avec ses pantoufles à la main, comme pour emménager. Elle en plaisantait, passait très bien sa journée sans une rougeur dans les continuelles allusions polissonnes, au milieu desquelles il la faisait vivre. Pourvu qu'il ne fût pas brutal, elle lui tolérait tout. Elle se fâcha seulement un jour où, voulant lui prendre un baiser de force, il lui avait arraché des cheveux.

Vers les derniers jours de juin, Coupeau perdit sa gaieté. Il devenait tout chose. Gervaise, inquiète de certains regards, se barricadait la nuit. Puis, après une bouderie qui avait duré du dimanche au mardi, tout d'un coup, un mardi soir, il vint frapper chez elle, vers onze heures. Elle ne voulait pas lui ouvrir ; mais il avait la voix si douce et si tremblante, qu'elle finit par retirer la commode poussée contre la porte. Quand il fut entré, elle le crut malade, tant il lui parut pâle, les yeux rougis, le visage marbré. Et il restait debout, bégayant, hochant la tête. Non, non, il n'était pas malade. Il pleurait depuis deux heures, en haut, dans sa chambre ; il pleurait comme un enfant, en mordant son oreiller, pour ne pas être entendu des voisins. Voilà trois nuits qu'il ne dormait plus. Ça ne pouvait pas continuer comme ça.

– Écoutez, madame Gervaise, dit-il la gorge serrée, sur le point d'être repris par les larmes, il faut en finir, n'est-ce pas ?... Nous allons nous marier ensemble. Moi je veux bien, je suis décidé.

Gervaise montrait une grande surprise. Elle était très grave.

– Oh ! monsieur Coupeau, murmura-t-elle, qu'est-ce que vous allez chercher là ! Je ne vous ai jamais demandé cette chose, vous le savez bien... Ça ne me convenait pas, voilà tout... Oh ! non, non, c'est sérieux, maintenant, réfléchissez, je vous en prie.

Mais il continuait à hocher la tête, d'un air de résolution inébranlable. C'était tout réfléchi. Il était descendu, parce qu'il avait besoin de passer une bonne nuit. Elle n'allait pas le laisser remonter pleurer, peut-être ! Dès qu'elle aurait dit oui, il ne la tourmenterait plus, elle pourrait se coucher tranquille. Il voulait simplement lui entendre dire oui. On causerait le lendemain.

– Bien sûr, je ne dirai pas oui comme ça, reprit Gervaise. Je ne tiens pas à ce que, plus tard, vous m'accusiez de vous avoir poussé à faire une bêtise... Voyez-vous, monsieur Coupeau, vous avez tort de vous entêter. Vous ignorez vous-même ce que vous éprouvez pour moi. Si vous ne me rencontriez pas de huit jours, ça vous passerait, je parie. Les hommes, souvent, se marient pour une nuit, la première, et puis les nuits se suivent, les jours s'allongent, toute la vie, et ils sont joliment embêtés... Asseyez-vous là, je veux bien causer tout de suite.

Alors, jusqu'à une heure du matin, dans la chambre noire, à la clarté fumeuse d'une chandelle qu'ils oubliaient de moucher, ils discutèrent leur mariage, baissant la voix, afin de ne pas réveiller les deux enfants, Claude et Étienne, qui dormaient avec leur petit souffle, la tête sur le même oreiller. Et Gervaise revenait toujours à eux, les montrait à Coupeau ; c'était là une drôle de dot qu'elle lui apportait, elle ne pouvait pas vraiment l'encombrer de deux mioches. Puis, elle était prise de honte pour lui. Qu'est-ce qu'on dirait dans le quartier ? On l'avait connue avec son amant, on savait son histoire ; ce ne serait guère propre, quand on les verrait s'épouser, au bout de deux mois à peine. À toutes ces bonnes raisons, Coupeau répondait par des haussements d'épaules. Il se moquait bien du quartier ! Il ne mettait pas son nez dans les affaires des autres ; il aurait eu trop peur de le salir, d'abord ! Eh bien ! oui, elle avait eu Lantier avant lui. Où était le mal ? Elle ne faisait pas la vie, elle n'amènerait pas des hommes dans son ménage, comme tant de femmes, et des plus riches. Quant aux enfants, ils grandiraient, on les élèverait, parbleu ! Jamais il ne trouverait une femme aussi courageuse, aussi bonne, remplie de plus de qualités. D'ailleurs, ce n'était pas tout ça, elle aurait pu rouler sur les trottoirs, être laide, fainéante, dégoûtante, avoir une séquelle d'enfants crottés, ça n'aurait pas compté à ses yeux : il la voulait.

– Oui, je vous veux, répétait-il, en tapant son poing sur son genou d'un martèlement continu. Vous entendez bien, je vous veux... Il n'y a rien à dire à ça, je pense ?

Gervaise, peu à peu, s'attendrissait. Une lâcheté du cœur et des sens la prenait, au milieu de ce désir brutal dont elle se sentait enveloppée. Elle ne hasardait plus que des objections timides, les mains tombées sur ses jupes, la face noyée de douceur. Du dehors, par la fenêtre entrouverte, la belle nuit de juin envoyait des souffles chauds, qui effaraient la chandelle, dont la haute mèche rougeâtre charbonnait ; dans le grand silence du quartier endormi, on entendait seulement les sanglots d'enfant d'un ivrogne, couché sur le dos, au milieu du boulevard ; tandis que, très loin, au fond de quelque restaurant, un violon jouait un quadrille canaille à quelque noce attardée, une petite musique cristalline, nette et déliée comme une phrase d'harmonica. Coupeau, voyant la jeune femme à bout d'arguments, silencieuse et vaguement souriante, avait saisi ses mains, l'attirait vers lui. Elle était dans une de ces heures d'abandon dont elle se méfiait tant, gagnée, trop émue pour rien refuser et faire de la peine à quelqu'un. Mais le zingueur ne comprit pas qu'elle se donnait ; il se contenta de lui serrer les poignets à les broyer, pour prendre possession d'elle ; et ils eurent tous les deux un soupir, à cette légère douleur, dans laquelle se satisfaisait un peu de leur tendresse.

– Vous dites oui, n'est-ce pas ? demanda-t-il.

– Comme vous me tourmentez ! murmura-t-elle. Vous le voulez ? eh bien, oui... Mon Dieu, nous faisons là une grande folie, peut-être.

Il s'était levé, l'avait empoignée par la taille, lui appliquait un rude baiser sur la figure, au hasard. Puis, comme cette caresse faisait un gros bruit, il s'inquiéta le premier, regardant Claude et Étienne, marchant à pas de loup, baissant la voix.

– Chut ! soyons sages, dit-il, il ne faut pas réveiller les gosses... À demain.

Et il remonta à sa chambre. Gervaise, toute tremblante, resta près d'une heure assise au bord de son lit, sans songer à se déshabiller. Elle était touchée, elle trouvait Coupeau très honnête ; car elle avait bien cru un moment que c'était fini, qu'il allait coucher là. L'ivrogne, en bas, sous la fenêtre, avait une plainte plus rauque de bête perdue. Au loin, le violon à la ronde canaille se taisait.

Les jours suivants, Coupeau voulut décider Gervaise à monter un soir chez sa sœur, rue de la Goutte-d'Or. Mais la jeune femme, très timide, montrait un grand effroi de cette visite aux Lorilleux. Elle remarquait parfaitement que le zingueur avait une peur sourde du ménage. Sans doute il ne dépendait pas de sa sœur, qui n'était même pas l'aînée. Maman Coupeau donnerait son consentement des deux mains, car jamais elle ne contrariait son fils. Seulement, dans la famille, les Lorilleux passaient pour gagner jusqu'à dix francs par jour ; et ils tiraient de là une véritable autorité. Coupeau n'aurait pas osé se marier, sans qu'ils eussent avant tout accepté sa femme.

– Je leur ai parlé de vous, ils connaissent nos projets, expliquait-il à Gervaise. Mon Dieu ! que vous êtes enfant ! Venez ce soir... Je vous ai avertie, n'est-ce pas ? Vous trouverez ma sœur un peu raide. Lorilleux non plus n'est pas toujours aimable. Au fond, ils sont très vexés, parce que, si je me marie, je ne mangerai plus chez eux, et ce sera une économie de moins. Mais ça ne fait rien, ils ne vous mettront pas à la porte... Faites ça pour moi, c'est absolument nécessaire.

Ces paroles effrayaient Gervaise davantage. Un samedi soir, pourtant, elle céda. Coupeau vint la chercher à huit heures et demie. Elle s'était habillée : une robe noire, avec un châle à palmes jaunes en mousseline de laine imprimée, et un bonnet blanc garni d'une petite dentelle. Depuis six semaines qu'elle travaillait, elle avait économisé les sept francs du châle et les deux francs cinquante du bonnet ; la robe était une vieille robe nettoyée et refaite.

– Ils vous attendent, lui dit Coupeau, pendant qu'ils faisaient le tour par la rue des Poissonniers. Oh ! ils commencent à s'habituer à l'idée de me voir marié. Ce soir, ils ont l'air très gentil... Et puis, si vous n'avez jamais vu faire des chaînes d'or, ça vous amusera à regarder. Ils ont justement une commande pressée pour lundi.

– Ils ont de l'or chez eux ? demanda Gervaise.

– Je crois bien ! il y en a sur les murs, il y en a par terre, il y en a partout.

Cependant, ils s'étaient engagés sous la porte ronde et avaient traversé la cour. Les Lorilleux demeuraient au sixième, escalier B. Coupeau lui cria en riant d'empoigner ferme la rampe et de ne plus la lâcher. Elle leva les yeux, cligna les paupières, en apercevant la haute tour creuse de la cage de l'escalier, éclairée par trois becs de gaz, de deux étages en deux étages ; le dernier, tout en haut, avait l'air d'une étoile tremblotante dans un ciel noir, tandis que les deux autres jetaient de longues clartés, étrangement découpées, le long de la spirale interminable des marches.

– Hein ? dit le zingueur en arrivant au palier du premier étage, ça sent joliment la soupe à l'oignon. On a mangé de la soupe à l'oignon pour sûr.

En effet, l'escalier B, gris, sale, la rampe et les marches graisseuses, les murs éraflés montrant le plâtre, était encore plein d'une violente odeur de cuisine. Sur chaque palier, des couloirs s'enfonçaient, sonores de vacarme, des portes s'ouvraient, peintes en jaune, noircies à la serrure par la crasse des mains ; et, au ras de la fenêtre, le plomb soufflait une humidité fétide, dont la puanteur se mêlait à l'âcreté de l'oignon cuit. On entendait, du rez-de-chaussée au sixième, des bruits de vaisselle, des poêlons qu'on barbotait, des casseroles qu'on grattait avec des cuillers pour les récurer.

Au premier étage, Gervaise aperçut, dans l'entrebâillement d'une porte, sur laquelle le mot : *Dessinateur*, était écrit en grosses lettres, deux hommes attablés devant une toile cirée desservie, causant furieusement, au milieu de la fumée de leurs pipes. Le second étage et le troisième, plus tranquilles, laissaient passer seulement par les fentes des boiseries la cadence d'un berceau, les pleurs étouffés d'un enfant, la grosse voix d'une femme coulant avec un sourd murmure d'eau courante, sans paroles distinctes ; et elle put lire des pancartes clouées, portant des noms : *Madame Gaudron, cardeuse*, et plus loin : *Monsieur Madinier, atelier de cartonnage*. On se battait au quatrième : un piétinement dont le plancher tremblait, des meubles culbutés, un effroyable tapage de jurons et de coups ; ce qui n'empêchait pas les voisins d'en face de jouer aux cartes, la porte ouverte, pour avoir de l'air. Mais, quand elle fut au cinquième, Gervaise dut souffler, elle n'avait pas l'habitude de monter ; ce mur qui tournait toujours, ces logements entrevus qui défilaient, lui cassaient la tête. Une famille, d'ailleurs, barrait le palier ; le père lavait des assiettes sur un petit fourneau de terre, près du plomb, tandis que la mère, adossée à la rampe, nettoyait le bambin, avant d'aller le coucher. Cependant, Coupeau encourageait la jeune femme. Ils arrivaient. Et, lorsqu'il fut enfin au sixième, il se retourna pour l'aider d'un sourire. Elle, la tête levée, cherchait d'où venait un filet de voix, qu'elle écoutait depuis la première marche, clair et perçant, dominant les autres bruits. C'était, sous les toits, une petite vieille qui chantait en habillant des poupées à treize sous. Gervaise vit encore, au moment où une grande fille rentrait avec un seau dans une chambre voisine, un lit défait, où un homme en manches de chemise attendait, vautré, les yeux en l'air ; sur la porte refermée, une carte de visite écrite à la main indiquait : *Mademoiselle Clémence, repasseuse*. Alors, tout en haut, les jambes cassées, l'haleine courte, elle eut la curiosité de se pencher au-dessus de la rampe ; maintenant, c'était le bec de gaz d'en bas qui semblait une étoile, au fond du puits étroit des six étages ; et les odeurs, la vie énorme et grondante de la maison, lui arrivaient dans une seule haleine, battaient d'un coup de chaleur son visage inquiet, se hasardant là comme au bord d'un gouffre.

– Nous ne sommes pas arrivés, dit Coupeau. Oh ! c'est un voyage !

Il avait pris, à gauche, un long corridor. Il tourna deux fois, la première encore à gauche, la seconde à droite. Le corridor s'allongeait toujours, se bifurquait, resserré, lézardé, décrépi, de loin en loin éclairé par une mince flamme de gaz ; et les portes uniformes, à la file comme des portes de prison ou de couvent, continuaient à montrer, presque toutes grandes ouvertes, des intérieurs de misère et de travail, que la chaude soirée de juin emplissait d'une buée rousse. Enfin, ils arrivèrent à un bout de couloir complètement sombre.

– Nous y sommes, reprit le zingueur. Attention ! tenez-vous au mur ; il y a trois marches.

Et Gervaise fit encore une dizaine de pas, dans l'obscurité, prudemment. Elle buta, compta les trois marches. Mais, au fond du couloir, Coupeau venait de pousser une porte, sans frapper. Une vive clarté s'étala sur le carreau. Ils entrèrent.

C'était une pièce étranglée, une sorte de boyau, qui semblait le prolongement même du corridor. Un rideau de laine déteinte, en ce moment relevé par une ficelle, coupait le boyau en deux. Le premier compartiment contenait un lit, poussé sous un angle du plafond mansardé, un poêle de fonte encore tiède du dîner, deux chaises, une table et une armoire dont il avait fallu scier la corniche pour qu'elle pût tenir entre le lit et la porte. Dans le second compartiment se trouvait installé l'atelier : au fond, une étroite forge avec son soufflet ; à droite, un étau scellé au mur, sous une étagère où traînaient des ferrailles ; à gauche, auprès de la fenêtre, un établi tout petit, encombré de pinces, de cisailles, de scies microscopiques, grasses et très sales.

– C'est nous ! cria Coupeau, en s'avançant jusqu'au rideau de laine.

Mais on ne répondit pas tout de suite. Gervaise, fort émotionnée, remuée surtout par cette idée qu'elle allait entrer dans un lieu plein d'or, se tenait derrière l'ouvrier, balbutiant, hasardant des hochements de tête, pour saluer. La grande clarté, une lampe brûlant sur l'établi, un brasier de charbon flambant dans la forge, accroissait encore son trouble. Elle finit pourtant par voir madame Lorilleux, petite, rousse, assez forte, tirant de toute la vigueur de ses bras courts, à l'aide d'une grosse tenaille, un fil de métal noir, qu'elle passait dans les trous d'une filière, fixée à l'étau. Devant l'établi, Lorilleux, aussi petit de taille, mais d'épaules plus grêles, travaillait, du bout de ses pinces, avec une vivacité de singe, à un travail si menu, qu'il se perdait entre ses doigts noueux. Ce fut le mari qui leva le premier la tête, une tête aux cheveux rares, d'une pâleur jaune de vieille cire, longue et souffrante.

– Ah ! c'est vous, bien, bien ! murmura-t-il. Nous sommes pressés, vous savez... N'entrez pas dans l'atelier, ça nous gênerait. Restez dans la chambre.

Et il reprit son travail menu, la face de nouveau dans le reflet verdâtre d'une boule d'eau, à travers laquelle la lampe envoyait sur son ouvrage un rond de vive lumière.

– Prends les chaises ! cria à son tour Mme Lorilleux. C'est cette dame, n'est-ce pas ? Très bien, très bien !

Elle avait roulé le fil ; elle le porta à la forge, et là, activant le brasier avec un large éventail de bois, elle le mit à recuire, avant de le passer dans les derniers trous de la filière.

Coupeau avança les chaises, fit asseoir Gervaise au bord du rideau. La pièce était si étroite, qu'il ne put se caser à côté d'elle. Il s'assit en arrière, et il se penchait pour lui donner, dans le cou, des explications sur le travail. La jeune femme, interdite par l'étrange accueil des Lorilleux, mal à l'aise sous leurs regards obliques, avait un bourdonnement aux oreilles qui l'empêchait d'entendre. Elle trouvait la femme très vieille pour ses trente ans, l'air revêche, malpropre avec ses cheveux queue de vache, roulés sur sa camisole défaite. Le mari, d'une année plus âgé seulement, lui semblait un vieillard, aux minces lèvres méchantes, en manches de chemise, les pieds nus dans des pantoufles éculées. Et ce qui la consternait surtout, c'était la petitesse de l'atelier, les murs barbouillés, la ferraille ternie des outils, toute la saleté noire traînant là dans un bric-à-brac de marchand de vieux clous. Il faisait terriblement chaud. Des gouttes de sueur perlaient sur la face verdie de Lorilleux ; tandis que madame Lorilleux se décidait à retirer sa camisole, les bras nus, la chemise plaquant sur les seins tombés.

– Et l'or ? demanda Gervaise à demi-voix.

Ses regards inquiets fouillaient les coins, cherchaient, parmi toute cette crasse, le resplendissement qu'elle avait rêvé.

Mais Coupeau s'était mis à rire.

– L'or ? dit-il ; tenez, en voilà, en voilà encore, et en voilà à vos pieds !

Il avait indiqué successivement le fil aminci que travaillait sa sœur, et un autre paquet de fil, pareil à une liasse de fil de fer, accroché au mur, près de l'étau ; puis, se mettant à quatre pattes, il venait de ramasser par terre, sous la claie de bois qui recouvrait le carreau de l'atelier, un déchet, un brin semblable à la pointe d'une aiguille rouillée. Gervaise se récriait. Ce n'était pas de l'or, peut-être, ce métal noirâtre, vilain comme du fer ! Il dut mordre le déchet, lui montrer l'entaille luisante de ses dents. Et il reprenait ses explications : les patrons fournissaient l'or en fil, tout allié ; les ouvriers le passaient d'abord par la filière pour l'obtenir à la grosseur voulue, en ayant soin de le faire recuire cinq ou six fois pendant l'opération, afin qu'il ne cassât pas. Oh ! il fallait une bonne poigne et de l'habitude ! Sa sœur empêchait son mari de toucher aux filières, parce qu'il toussait. Elle avait de fameux bras, il lui avait vu tirer l'or aussi mince qu'un cheveu.

Cependant, Lorilleux, pris d'un accès de toux, se pliait sur son tabouret. Au milieu de la quinte, il parla, il dit d'une voix suffoquée, toujours sans regarder Gervaise, comme s'il eût constaté la chose uniquement pour lui :

– Moi, je fais la colonne.

Coupeau força Gervaise à se lever. Elle pouvait bien s'approcher, elle verrait. Le chaîniste consentit d'un grognement. Il enroulait le fil préparé par sa femme autour d'un mandrin, une baguette d'acier très mince. Puis, il donna un léger coup de scie, qui tout le long du mandrin coupa le fil, dont chaque tour forma un maillon. Ensuite, il souda. Les maillons étaient posés sur un gros morceau de charbon de bois. Il les mouillait d'une goutte de borax, prise dans le cul d'un verre cassé, à côté de lui ; et, rapidement, il les rougissait à la lampe, sous la flamme horizontale du chalumeau. Alors, quand il eut une centaine de maillons, il se remit une fois encore à son travail menu, appuyé au bord de la cheville, un bout de planchette que le frottement de ses mains avait poli. Il ployait la maille à la pince, la serrait d'un côté, l'introduisait dans la maille supérieure déjà en place, la rouvrait à l'aide d'une pointe ; cela avec une régularité continue, les mailles succédant aux mailles, si vivement, que la chaîne s'allongeait peu à peu sous les yeux de Gervaise, sans lui permettre de suivre et de bien comprendre.

– C'est la colonne, dit Coupeau. Il y a le jaseron, le forçat, la gourmette, la corde. Mais ça, c'est la colonne. Lorilleux ne fait que la colonne.

Celui-ci eut un ricanement de satisfaction. Il cria, tout en continuant à pincer les mailles, invisibles entre ses ongles noirs :

– Écoute donc, Cadet-Cassis !... J'établissais un calcul, ce matin. J'ai commencé à douze ans, n'est-ce pas ? Eh bien ! sais-tu quel bout de colonne j'ai dû faire au jour d'aujourd'hui ?

Il leva sa face pâle, cligna ses paupières rougies.

– Huit mille mètres, entends-tu ! Deux lieues !... Hein ! un bout de colonne de deux lieues ! Il y a de quoi entortiller le cou à toutes les femelles du quartier... Et, tu sais, le bout s'allonge toujours. J'espère bien aller de Paris à Versailles.

Gervaise était retournée s'asseoir, désillusionnée, trouvant tout très laid. Elle sourit pour faire plaisir aux Lorilleux. Ce qui la gênait surtout, c'était le silence gardé sur son mariage, sur cette affaire si grosse pour elle, sans laquelle elle ne serait certainement pas venue. Les Lorilleux continuaient à la traiter en curieuse importune amenée par Coupeau. Et une conversation s'étant enfin engagée, elle roula uniquement sur les locataires de la maison. Mme Lorilleux demanda à son frère s'il n'avait pas entendu en montant les gens du quatrième se battre. Ces Bénard s'assommaient tous les jours ; le mari rentrait soûl comme un cochon ; la femme aussi avait bien des torts, elle criait des choses dégoûtantes. Puis, on parla du dessinateur du premier, ce grand escogriffe de Baudequin, un poseur criblé de dettes, toujours fumant, toujours gueulant avec des camarades. L'atelier de cartonnage de M. Madinier n'allait plus que d'une patte ; le patron avait encore congédié deux ouvrières la veille ; ce serait pain bénit s'il faisait la culbute, car il mangeait tout, il laissait ses enfants le derrière nu. Mme Gaudron cardait drôlement ses matelas : elle se trouvait encore enceinte, ce qui finissait par n'être guère propre, à son âge. Le propriétaire venait de donner congé aux Coquet du cinquième ; ils devaient trois termes ; puis, ils s'entêtaient à allumer leur fourneau sur le carré ; même que, le samedi d'auparavant, mademoiselle Remanjou, la vieille du sixième, en reportant ses poupées, était descendue à temps pour empêcher le petit Linguerlot d'avoir le corps tout brûlé. Quant à mademoiselle Clémence, la repasseuse, elle se conduisait comme elle l'entendait, mais on ne pouvait pas dire, elle adorait les animaux, elle possédait un cœur d'or. Hein ! quel dommage, une belle fille pareille aller avec tous les hommes ! On la rencontrerait une nuit sur un trottoir, pour sûr.

– Tiens, en voilà une, dit Lorilleux à sa femme, en lui donnant le bout de chaîne auquel il travaillait depuis le déjeuner. Tu peux la dresser.

Et il ajouta, avec l'insistance d'un homme qui ne lâche pas aisément une plaisanterie :

– Encore quatre pieds et demi... Ça me rapproche de Versailles.

Cependant, madame Lorilleux, après l'avoir fait recuire, dressait la colonne, en la passant à la filière de réglage. Elle la mit ensuite dans une petite casserole de cuivre à long manche, pleine d'eau seconde, et la dérocha, au feu de la forge. Gervaise, de nouveau poussée par Coupeau, dut suivre cette dernière opération. Quand la chaîne fut dérochée, elle devint d'un rouge sombre. Elle était finie, prête à livrer.

– On livre en blanc, expliqua encore le zingueur. Ce sont les polisseuses qui frottent ça avec du drap.

Mais Gervaise se sentait à bout de courage. La chaleur, de plus en plus forte, la suffoquait. On laissait la porte fermée, parce que le moindre courant d'air enrhumait Lorilleux. Alors, comme on ne parlait pas toujours de leur mariage, elle voulut s'en aller, elle tira légèrement la veste de Coupeau. Celui-ci comprit. Il commençait, d'ailleurs, à être également embarrassé et vexé de cette affectation de silence.

– Eh bien, nous partons, dit-il. Nous vous laissons travailler.

Il piétina un instant, il attendit, espérant un mot, une allusion quelconque. Enfin, il se décida à entamer les choses lui-même.

– Dites donc, Lorilleux, nous comptons sur vous, vous serez le témoin de ma femme.

Le chaîniste leva la tête, joua la surprise, avec un ricanement ; tandis que sa femme, lâchant les filières, se plantait au milieu de l'atelier.

– C'est donc sérieux, murmura-t-il. Ce sacré Cadet-Cassis, on ne sait jamais s'il veut rire.

– Ah ! oui, madame est la personne, dit à son tour la femme en dévisageant Gervaise. Mon Dieu ! nous n'avons pas de conseil à vous donner, nous autres... C'est une drôle d'idée de se marier tout de même. Enfin, si ça vous va à l'un et à l'autre. Quand ça ne réussit pas, on s'en prend à soi, voilà tout. Et ça ne réussit pas souvent, pas souvent, pas souvent...

La voix ralentie sur ces derniers mots, elle hochait la tête, passant de la figure de la jeune femme à ses mains, à ses pieds, comme si elle avait voulu la déshabiller, pour lui voir les grains de la peau. Elle dut la trouver mieux qu'elle ne comptait.

– Mon frère est bien libre, continua-t-elle d'un ton plus pincé. Sans doute, la famille aurait peut-être désiré... On fait toujours des projets. Mais les choses tournent si drôlement... Moi, d'abord, je ne veux pas me disputer. Il nous aurait amené la dernière des dernières, je lui aurais dit : Épouse-la et fiche-moi la paix... Il n'était pourtant pas mal ici, avec nous. Il est assez gras, on voit bien qu'il ne jeûnait guère. Et toujours sa soupe chaude, juste à la minute... Dis donc, Lorilleux, tu ne trouves pas que madame ressemble à Thérèse, tu sais bien, cette femme d'en face qui est morte de la poitrine ?

– Oui, il y a un faux air, répondit le chaîniste.

– Et vous avez deux enfants, madame. Ah ! çà, par exemple, je l'ai dit à mon frère : Je ne comprends pas comment tu épouses une femme qui a deux enfants... Il ne faut pas vous fâcher, si je prends ses intérêts ; c'est bien naturel... Vous n'avez pas l'air forte, avec ça... N'est-ce pas, Lorilleux, madame n'a pas l'air forte ?

– Non, non, elle n'est pas forte.

Ils ne parlèrent pas de sa jambe. Mais Gervaise comprenait, à leurs regards obliques et au pincement de leurs lèvres, qu'ils y faisaient allusion. Elle restait devant eux, serrée dans son mince châle à palmes jaunes, répondant par des monosyllabes, comme devant des juges. Coupeau, la voyant souffrir, finit par crier :

– Ce n'est pas tout ça... Ce que vous dites et rien, c'est la même chose. La noce aura lieu le samedi 29 juillet. J'ai calculé sur l'almanach. Est-ce convenu ? ça vous va-t-il ?

– Oh ! ça nous va toujours, dit sa sœur. Tu n'avais pas besoin de nous consulter... Je n'empêcherai pas Lorilleux d'être témoin. Je veux avoir la paix.

Gervaise, la tête basse, ne sachant plus à quoi s'occuper, avait fourré le bout de son pied dans un losange de la claie de bois, dont le carreau de l'atelier était couvert ; puis, de peur d'avoir dérangé quelque chose en le retirant, elle s'était baissée, tâtant avec la main. Lorilleux, vivement, approcha la lampe. Et il lui examinait les doigts avec méfiance.

– Il faut prendre garde, dit-il, les petits morceaux d'or, ça se colle sous les souliers, et ça s'emporte, sans qu'on le sache.

Ce fut toute une affaire. Les patrons n'accordaient pas un milligramme de déchet. Et il montra la patte de lièvre, avec laquelle il brossait les parcelles d'or restées sur la cheville, et la peau étalée sur ses genoux, mise là pour les recevoir. Deux fois par semaine, on balayait soigneusement l'atelier ; on gardait les ordures, on les brûlait, on passait les cendres, dans lesquelles on trouvait par mois jusqu'à vingt-cinq et trente francs d'or.

Mme Lorilleux ne quittait pas du regard les souliers de Gervaise.

– Mais il n'y a pas à se fâcher, murmura-t-elle, avec un sourire aimable. Madame peut regarder ses semelles.

Et Gervaise, très rouge, se rassit, leva les pieds, fit voir qu'il n'y avait rien. Coupeau avait ouvert la porte en criant : Bonsoir ! d'une voix brusque. Il l'appela, du corridor. Alors, elle sortit à son tour, après avoir balbutié une phrase de politesse : elle espérait bien qu'on se reverrait et qu'on s'entendrait tous ensemble. Mais les Lorilleux s'étaient déjà remis à l'ouvrage, au fond du trou noir de l'atelier, où la petite forge luisait, comme un dernier charbon blanchissant dans la grosse chaleur d'un four. La femme, un coin de la chemise glissé sur l'épaule, la peau rougie par le reflet du brasier, tirait un nouveau fil, gonflait à chaque effort son cou, dont les muscles se roulaient, pareils à des ficelles. Le mari, courbé sous la lueur verte de la boule d'eau, recommençant un bout de chaîne, ployait la maille à la pince, la serrait d'un côté, l'introduisait dans la maille supérieure, la rouvrait à l'aide d'une pointe, continuellement, mécaniquement, sans perdre un geste pour essuyer la sueur de sa face.

Quand Gervaise déboucha des corridors sur le palier du sixième, elle ne put retenir cette parole, les larmes aux yeux :

– Ça ne promet pas beaucoup de bonheur.

Coupeau branla furieusement la tête. Lorilleux lui revaudrait cette soirée-là. Avait-on jamais vu un pareil grigou ! croire qu'on allait lui emporter trois grains de sa poussière d'or ! Toutes ces histoires, c'était de l'avarice pure. Sa sœur avait peut-être cru qu'il ne se marierait jamais, pour lui économiser quatre sous sur son pot-au-feu ? Enfin, ça se ferait quand même le 29 juillet. Il se moquait pas mal d'eux !

Mais Gervaise, en descendant l'escalier, se sentait toujours le cœur gros, tourmentée d'une bête de peur, qui lui faisait fouiller avec inquiétude les ombres grandies de la rampe. À cette heure, l'escalier dormait, désert, éclairé seulement par le bec de gaz du second étage, dont la flamme rapetissée mettait, au fond de ce puits de ténèbres, la goutte de clarté d'une veilleuse. Derrière les portes fermées, on entendait le gros silence, le sommeil écrasé des ouvriers couchés au sortir de table. Pourtant, un rire adouci sortait de la chambre de la repasseuse, tandis qu'un filet de lumière glissait par la serrure de mademoiselle Remanjou, taillant encore, avec un petit bruit de ciseaux, les robes de gaze des poupées à treize sous. En bas, chez madame Gaudron, un enfant continuait à pleurer. Et les plombs soufflaient une puanteur plus forte, au milieu de la grande paix, noire et muette.

Puis, dans la cour, pendant que Coupeau demandait le cordon d'une voix chantante, Gervaise se retourna, regarda une dernière fois la maison. Elle paraissait grandie sous le ciel sans lune. Les façades grises, comme nettoyées de leur lèpre et badigeonnées d'ombre, s'étendaient, montaient ;

et elles étaient plus nues encore, toutes plates, déshabillées des loques séchant le jour au soleil. Les fenêtres closes dormaient. Quelques-unes, éparses, vivement allumées, ouvraient des yeux, semblaient faire loucher certains coins. Au-dessus de chaque vestibule, de bas en haut, à la file, les vitres des six paliers, blanches d'une lueur pâle, dressaient une tour étroite de lumière. Un rayon de lampe, tombé de l'atelier de cartonnage, au second, mettait une traînée jaune sur le pavé de la cour, trouant les ténèbres qui noyaient les ateliers des rez-de-chaussée. Et, du fond de ces ténèbres, dans le coin humide, des gouttes d'eau, sonores au milieu du silence, tombaient une à une du robinet mal tourné de la fontaine. Alors, il sembla à Gervaise que la maison était sur elle, écrasante, glaciale à ses épaules. C'était toujours sa bête de peur, un enfantillage dont elle souriait ensuite.

– Prenez garde ! cria Coupeau.

Et elle dut, pour sortir, sauter par-dessus une grande mare, qui avait coulé de la teinturerie. Ce jour-là, la mare était bleue, d'un azur profond de ciel d'été, où la petite lampe de nuit du concierge allumait des étoiles.

III

Gervaise ne voulait pas de noce. À quoi bon dépenser de l'argent ? Puis, elle restait un peu honteuse ; il lui semblait inutile d'étaler le mariage devant tout le quartier. Mais Coupeau se récriait : on ne pouvait pas se marier comme ça, sans manger un morceau ensemble. Lui, se battait joliment l'œil du quartier ! Oh ! quelque chose de tout simple, un petit tour de balade l'après-midi, en attendant d'aller tordre le cou à un lapin, au premier gargot venu. Et pas de musique au dessert, bien sûr, pas de clarinette pour secouer le panier aux crottes des dames. Histoire de trinquer seulement, avant de revenir faire dodo chacun chez soi.

Le zingueur, plaisantant, rigolant, décida la jeune femme, lorsqu'il lui eut juré qu'on ne s'amuserait pas. Il aurait l'œil sur les verres, pour empêcher les coups de soleil. Alors, il organisa un pique-nique à cent sous par tête, chez Auguste, au Moulin-d'Argent, boulevard de la Chapelle. C'était un petit marchand de vin dans les prix doux, qui avait un bastringue au fond de son arrière-boutique, sous les trois acacias de sa cour. Au premier, on serait parfaitement bien. Pendant dix jours, il racola des convives, dans la maison de sa sœur, rue de la Goutte-d'Or : M. Madinier, Mlle Remanjou, Mme Gaudron et son mari. Il finit même par faire accepter à Gervaise deux camarades, Bibi-la-Grillade et Mes-Bottes ; sans doute Mes-Bottes levait le coude, mais il avait un appétit si farce, qu'on l'invitait toujours dans les pique-niques, à cause de la tête du marchand de soupe en voyant ce sacré trou-là avaler ses douze livres de pain. La jeune femme, de son côté, promit d'amener sa patronne, Mme Fauconnier, et les Boche, de très braves gens. Tout compte fait, on se trouverait quinze à table, c'était assez. Quand on est trop de monde, ça se termine toujours par des disputes.

Cependant, Coupeau n'avait pas le sou. Sans chercher à crâner, il entendait agir en homme propre. Il emprunta cinquante francs à son patron. Là-dessus, il acheta d'abord l'alliance, une alliance d'or de douze francs, que Lorilleux lui procura en fabrique pour neuf francs. Il se commanda ensuite une redingote, un pantalon et un gilet, chez un tailleur de la rue Myrrha, auquel il donna seulement un acompte de vingt-cinq francs ; ses souliers vernis et son bolivar pouvaient encore marcher. Quand il eut mis de côté les dix francs du pique-nique, son écot et celui de Gervaise, les enfants devant passer par-dessus le marché, il lui resta tout juste six francs, le prix d'une messe à l'autel des pauvres. Certes, il n'aimait pas les corbeaux, ça lui crevait le cœur de porter ses six francs à ces galfatres-là, qui n'en avaient pas besoin pour se tenir le gosier frais. Mais un mariage sans messe, on avait beau dire, ce n'était pas un mariage. Il alla lui-même à l'église marchander ; et, pendant une heure, il s'attrapa avec un vieux petit prêtre, en soutane sale, voleur comme une fruitière. Il avait envie de lui ficher des calottes. Puis, par blague, il lui demanda s'il ne trouverait pas, dans sa boutique, une messe d'occasion, point trop détériorée, et dont un couple bon enfant ferait encore son beurre. Le vieux petit prêtre, tout en grognant que Dieu n'aurait aucun plaisir à bénir son union, finit par lui laisser sa messe à cinq francs. C'était toujours vingt sous d'économie. Il lui restait vingt sous.

Gervaise, elle aussi, tenait à être propre. Dès que le mariage fut décidé, elle s'arrangea, fit des heures en plus, le soir, arriva à mettre trente francs de côté. Elle avait une grosse envie d'un petit mantelet de soie, affiché treize francs, rue du Faubourg-Poissonnière. Elle se le paya, puis racheta pour dix francs au mari d'une blanchisseuse, morte dans la maison de madame Fauconnier, une robe de laine gros bleu, qu'elle refit complètement à sa taille. Avec les sept francs qui restaient, elle eut une paire de gants de coton, une rose pour son bonnet et des souliers pour son aîné Claude. Heureusement les petits avaient des blouses possibles. Elle passa quatre nuits, nettoyant tout, visitant jusqu'aux plus petits trous de ses bas et de sa chemise.

Enfin, le vendredi soir, la veille du grand jour, Gervaise et Coupeau, en rentrant du travail, eurent encore à trimer jusqu'à onze heures. Puis, avant de se coucher chacun chez soi, ils passèrent une heure ensemble, dans la chambre de la jeune femme, bien contents d'être au bout de cet embarras. Malgré leur résolution de ne pas se casser les côtes pour le quartier, ils avaient fini par prendre les choses à cœur et par s'éreinter. Quand ils se dirent bonsoir, ils dormaient debout. Mais, tout de même, ils poussaient un gros soupir de soulagement. Maintenant, c'était réglé. Coupeau avait pour témoins M. Madinier et Bibi-la-Grillade ; Gervaise comptait sur Lorilleux et sur Boche. On devait aller tranquillement à la mairie et à l'église, tous les six, sans traîner derrière soi une queue de monde. Les deux sœurs du marié avaient même déclaré qu'elles resteraient chez elles, leur présence n'étant pas nécessaire. Seule maman Coupeau s'était mise à pleurer, en disant qu'elle partirait plutôt en avant pour se cacher dans un coin ; et on avait promis de l'emmener. Quant au rendez-vous de toute la société, il était fixé à une heure, au Moulin-d'Argent. De là, on irait gagner la faim dans la plaine Saint-Denis ; on prendrait le chemin de fer et on retournerait à pattes, le long de la grande route. La partie s'annonçait très bien, pas une bosse à tout avaler, mais un brin de rigolade, quelque chose de gentil et d'honnête.

Le samedi matin en s'habillant, Coupeau fut pris d'inquiétude, devant sa pièce de vingt sous. Il venait de songer que, par politesse, il lui faudrait offrir un verre de vin et une tranche de jambon aux témoins, en attendant le dîner. Puis, il y aurait peut-être des frais imprévus. Décidément, vingt sous, ça ne suffisait pas. Alors, après s'être chargé de conduire Claude et Étienne chez madame Boche, qui devait les amener le soir au dîner, il courut rue de la Goutte-d'Or et monta carrément emprunter dix francs à Lorilleux. Par exemple, ça lui écorchait le gosier, car il s'attendait à la grimace de son beau-frère. Celui-ci grogna, ricana d'un air de mauvaise bête, et finalement prêta les deux pièces de cent sous. Mais Coupeau entendit sa sœur qui disait entre ses dents que « ça commençait bien ».

Le mariage à la mairie était pour dix heures et demie. Il faisait très beau, un soleil du tonnerre, rôtissant les rues. Pour ne pas être regardés, les mariés, la maman et les quatre témoins se séparèrent en deux bandes. En avant, Gervaise marchait au bras de Lorilleux, tandis que M. Madinier conduisait maman Coupeau ; puis, à vingt pas, sur l'autre trottoir, venaient Coupeau, Boche et Bibi-la-Grillade. Ces trois-là étaient en redingote noire, le dos rond, les bras ballants ; Boche avait un pantalon jaune ; Bibi-la-Grillade, boutonné jusqu'au cou, sans gilet, laissait passer seulement un coin de cravate roulé en corde. Seul, M. Madinier portait un habit, un grand habit à queue carrée ; et les passants s'arrêtaient pour voir ce monsieur promenant la grosse mère Coupeau, en châle vert, en bonnet noir, avec des rubans rouges. Gervaise, très douce, gaie, dans sa robe d'un bleu dur, les épaules serrées sous son étroit mantelet, écoutait complaisamment les ricanements de Lorilleux, perdu au fond d'un immense paletot sac, malgré la chaleur ; puis, de temps à autre, au coude des rues, elle tournait un peu la tête, jetait un fin sourire à Coupeau, que ses vêtements neufs, luisant au soleil, gênaient.

Tout en marchant très lentement, ils arrivèrent à la mairie une grande demi-heure trop tôt. Et, comme le maire fut en retard, leur tour vint seulement vers onze heures. Ils attendirent sur des chaises, dans un coin de la salle, regardant le haut plafond et la sévérité des murs, parlant bas, reculant leurs sièges par excès de politesse, chaque fois qu'un garçon de bureau passait. Pourtant, à demi-voix, ils traitaient le maire de fainéant ; il devait être pour sûr chez sa blonde, à frictionner sa goutte ; peut-être bien aussi qu'il avait avalé son écharpe. Mais, quand le magistrat parut, ils se levèrent respectueusement. On les fit rasseoir. Alors, ils assistèrent à trois mariages, perdus dans trois noces bourgeoises, avec des mariés en blanc, des fillettes frisées, des demoiselles à ceintures roses, des cortèges interminables de messieurs et de dames sur leur trente-et-un, l'air très comme il faut. Puis, quand on les appela, ils faillirent ne pas être mariés, Bibi-la-Grillade ayant disparu. Boche le retrouva en bas, sur la place, fumant une pipe. Aussi, ils étaient encore de jolis cocos dans cette boîte, de se ficher du monde, parce qu'on n'avait pas de gants beurre frais à leur mettre sous le nez ! Et les formalités, la lecture du Code, les questions posées, la signature des pièces, furent expédiées si rondement, qu'ils se regardèrent, se croyant volés d'une bonne moitié de la cérémonie. Gervaise, étourdie, le cœur gonflé, appuyait son mouchoir sur ses lèvres. Maman Coupeau pleurait à chaudes larmes. Tous s'étaient appliqués sur le registre, dessinant leurs noms en grosses lettres boiteuses, sauf le marié qui avait tracé une croix, ne sachant pas écrire. Ils donnèrent chacun quatre sous pour les pauvres. Lorsque le garçon remit à Coupeau le certificat de mariage, celui-ci, le coude poussé par Gervaise, se décida à sortir encore cinq sous.

La trotte était bonne de la mairie à l'église. En chemin, les hommes prirent de la bière, maman Coupeau et Gervaise du cassis avec de l'eau. Et ils eurent à suivre une longue rue, où le soleil tombait d'aplomb, sans un filet d'ombre. Le bedeau les attendait au milieu de l'église vide ; il les poussa vers une petite chapelle, en leur demandant furieusement si c'était pour se moquer de la religion qu'ils arrivaient en retard. Un prêtre vint à grandes enjambées, l'air maussade, la face pâle de faim, précédé par un clerc en surplis sale qui trottinait. Il dépêcha sa messe, mangeant les phrases latines, se tournant, se baissant, élargissant les bras, en hâte, avec des regards obliques sur les mariés et sur les témoins. Les mariés, devant l'autel, très embarrassés, ne sachant pas quand il fallait s'agenouiller, se lever, s'asseoir, attendaient un geste du clerc. Les témoins, pour être convenables, se tenaient debout tout le temps ; tandis que maman Coupeau, reprise par les larmes, pleurait dans le livre de messe qu'elle avait emprunté à une voisine. Cependant, midi avait sonné, la dernière messe était dite, l'église s'emplissait du piétinement des sacristains, du vacarme, des chaises remises en place. On devait préparer le maître-autel pour quelque fête, car on entendait le marteau des tapissiers clouant des tentures. Et, au fond de la chapelle perdue, dans la poussière d'un coup de balai donné par le bedeau, le prêtre à l'air maussade promenait vivement ses mains sèches sur les têtes inclinées de Gervaise et de Coupeau, semblait les unir au milieu d'un déménagement, pendant une absence du bon Dieu, entre deux messes sérieuses. Quand la noce eut de nouveau signé sur un registre, à la sacristie, et qu'elle se retrouva en plein soleil, sous le porche, elle resta un instant là, ahurie et essoufflée d'avoir été menée au galop.

– Voilà ! dit Coupeau, avec un rire gêné.

Il se dandinait, il ne trouvait rien de rigolo. Pourtant, il ajouta :

– Ah bien ! ça ne traîne pas. Ils vous envoient ça en quatre mouvements... C'est comme chez les dentistes : on n'a pas le temps de crier ouf ! ils marient sans douleur.

– Oui, oui, de la belle ouvrage, murmura Lorilleux en ricanant. Ça se bâcle en cinq minutes et ça tient bon toute la vie... Ah ! ce pauvre Cadet-Cassis, va !

Et les quatre témoins donnèrent des tapes sur les épaules du zingueur qui faisait le gros dos. Pendant ce temps, Gervaise embrassait maman Coupeau, souriante, les yeux humides pourtant. Elle répondait aux paroles entrecoupées de la vieille femme :

– N'ayez pas peur, je ferai mon possible. Si ça tournait mal, ça ne serait pas de ma faute. Non, bien sûr, j'ai trop envie d'être heureuse... Enfin, c'est fait, n'est-ce pas ? C'est à lui et à moi de nous entendre et d'y mettre du nôtre.

Alors, on alla droit au Moulin-d'Argent. Coupeau avait pris le bras de sa femme. Ils marchaient vite, riant, comme emportés, à deux cents pas devant les autres, sans voir les maisons, ni les passants, ni les voitures. Les bruits assourdissants du faubourg sonnaient des cloches à leurs oreilles. Quand ils arrivèrent chez le marchand de vin, Coupeau commanda tout de suite deux litres, du pain et des tranches de jambon, dans le petit cabinet vitré du rez-de-chaussée, sans assiettes ni nappe, simplement pour casser une croûte. Puis, voyant Boche et Bibi-la-Grillade montrer un appétit sérieux, il fit venir un troisième litre et un morceau de brie. Maman Coupeau n'avait pas faim, était trop suffoquée pour manger. Gervaise, qui mourait de soif, buvait de grands verres d'eau à peine rougie.

– Ça me regarde, dit Coupeau, en passant immédiatement au comptoir, où il paya quatre francs cinq sous.

Cependant, il était une heure, les invités arrivaient. Mme Fauconnier, une femme grasse, belle encore, parut la première ; elle avait une robe écrue, à fleurs imprimées, avec une cravate rose et un bonnet très chargé de fleurs. Ensuite vinrent ensemble Mlle Remanjou, toute fluette dans l'éternelle robe noire qu'elle semblait garder même pour se coucher, et le ménage Gaudron, le mari, d'une lourdeur de brute, faisant craquer sa veste brune au moindre geste, la femme, énorme, étalant son ventre de femme enceinte, dont sa jupe, d'un violet cru, élargissait encore la rondeur. Coupeau expliqua qu'il ne faudrait pas attendre Mes-Bottes ; le camarade devait retrouver la noce sur la route de Saint-Denis.

– Ah bien ! s'écria madame Lerat en entrant, nous allons avoir une jolie saucée ! Ça va être drôle !

Et elle appela la société sur la porte du marchand de vin, pour voir les nuages, un orage d'un noir d'encre qui montait rapidement au sud de Paris. Mme Lerat, l'aînée des Coupeau, était une grande femme, sèche, masculine, parlant du nez, fagotée dans une robe puce trop large, dont les longs effilés la faisaient ressembler à un caniche maigre sortant de l'eau. Elle jouait avec son ombrelle comme avec un bâton. Quand elle eut embrassé Gervaise, elle reprit :

– Vous n'avez pas idée, on reçoit un soufflet dans la rue... On dirait qu'on vous jette du feu à la figure.

Tout le monde déclara alors sentir l'orage depuis longtemps. Quand on était sorti de l'église, M. Madinier avait bien vu ce dont il retournait. Lorilleux racontait que ses cors l'avaient empêché de dormir, à partir de trois heures du matin. D'ailleurs, ça ne pouvait pas finir autrement ; voilà trois jours qu'il faisait vraiment trop chaud.

– Oh ! ça va peut-être couler, répétait Coupeau, debout à la porte, interrogeant le ciel d'un regard inquiet. On n'attend plus que ma sœur, on pourrait tout de même partir, si elle arrivait.

Mme Lorilleux, en effet, était en retard. Mme Lerat venait de passer chez elle, pour la prendre ; mais comme elle l'avait trouvée en train de mettre son corset, elles s'étaient disputées toutes les deux. La grande veuve ajouta à l'oreille de son frère :

– Je l'ai plantée là. Elle est d'une humeur !... Tu verras quelle tête !

Et la noce dut patienter un quart d'heure encore, piétinant dans la boutique du marchand de vin, coudoyée, bousculée, au milieu des hommes qui entraient boire un canon sur le comptoir. Par moments, Boche, ou madame Fauconnier, ou Bibi-la-Grillade, se détachaient, s'avançaient au bord du trottoir, les yeux en l'air. Ça ne coulait pas du tout ; le jour baissait, des souffles de vent, rasant le sol, enlevaient de petits tourbillons de poussière blanche. Au premier coup de tonnerre, mademoiselle Remanjou se signa. Tous les regards se portaient avec anxiété sur l'œil-de-bœuf, au-dessus de la glace : il était déjà deux heures moins vingt.

– Allez-y ! cria Coupeau. Voilà les anges qui pleurent.

Une rafale de pluie balayait la chaussée, où des femmes fuyaient en tenant leurs jupes à deux mains. Et ce fut sous cette première ondée que madame Lorilleux arriva enfin, essoufflée, furibonde, se battant sur le seuil avec son parapluie qui ne voulait pas se fermer.

– A-t-on jamais vu ! bégayait-elle. Ça m'a pris juste à la porte. J'avais envie de remonter et de me déshabiller. J'aurais rudement bien fait... Ah ! elle est jolie, la noce ! Je le disais, je voulais tout renvoyer à samedi prochain. Et il pleut parce qu'on ne m'a pas écoutée ! Tant mieux ! tant mieux ! que le ciel crève !

Coupeau essaya de la calmer. Mais elle l'envoya coucher. Ce ne serait pas lui qui paierait sa robe, si elle était perdue. Elle avait une robe de soie noire, dans laquelle elle étouffait ; le corsage, trop étroit, tirait sur les boutonnières, la coupait aux épaules ; et la jupe, taillée en fourreau, lui serrait si fort les cuisses, qu'elle devait marcher à tout petits pas. Pourtant, les dames de la société la regardaient, les lèvres pincées, l'air ému de sa toilette. Elle ne parut même pas voir Gervaise, assise à côté de maman Coupeau. Elle appela Lorilleux, lui demanda son mouchoir ; puis, dans un coin de la boutique, soigneusement, elle essuya une à une les gouttes de pluie roulées sur la soie.

Cependant, l'ondée avait brusquement cessé. Le jour baissait encore, il faisait presque nuit, une nuit livide traversée par de larges éclairs. Bibi-la-Grillade répétait en riant qu'il allait tomber des curés, bien sûr. Alors, l'orage éclata avec une extrême violence. Pendant une demi-heure, l'eau tomba à seaux, la foudre gronda sans relâche. Les hommes, debout devant la porte, contemplaient le voile gris de l'averse, les ruisseaux grossis, la poussière d'eau volante montant du clapotement des flaques. Les femmes s'étaient assises, effrayées, les mains aux yeux. On ne causait plus, la gorge un peu serrée. Une plaisanterie faite sur le tonnerre par Boche, disant que saint Pierre éternuait là-haut, ne fit sourire personne. Mais, quand la foudre espaça ses coups, se perdit au loin, la société recommença à s'impatienter, se fâcha contre l'orage, jurant et montrant le poing aux nuées. Maintenant, du ciel couleur de cendre, une pluie fine tombait, interminable.

– Il est deux heures passées, cria Mme Lorilleux. Nous ne pouvons pourtant pas coucher ici !

Mlle Remanjou ayant parlé d'aller à la campagne tout de même, quand on devrait s'arrêter dans le fossé des fortifications, la noce se récria : les chemins devaient être jolis, on ne pourrait seulement pas s'asseoir sur l'herbe ; puis, ça ne paraissait pas fini, il reviendrait peut-être une saucée. Coupeau, qui suivait des yeux un ouvrier trempé marchant tranquillement sous la pluie, murmura :

– Si cet animal de Mes-Bottes nous attend sur la route de Saint-Denis, il n'attrapera pas un coup de soleil.

Cela fit rire. Mais la mauvaise humeur grandissait. Ça devenait crevant à la fin. Il fallait décider quelque chose. On ne comptait pas sans doute se regarder comme ça le blanc des yeux jusqu'au dîner. Alors, pendant un quart d'heure, en face de l'averse entêtée, on se creusa le cerveau. Bibi-la-Grillade proposait de jouer aux cartes ; Boche, de tempérament polisson et sournois, savait un petit jeu bien drôle, le jeu du confesseur ; Mme Gaudron parlait d'aller manger de la tarte aux oignons, chaussée Clignancourt ; Mme Lerat aurait souhaité qu'on racontât des histoires ; Gaudron ne s'embêtait pas, se trouvait bien là, offrait seulement de se mettre à table tout de suite. Et, à chaque proposition, on discutait, on se fâchait : c'était bête, ça endormirait tout le monde, on les prendrait pour des moutards. Puis, comme Lorilleux, voulant dire son mot, trouvait quelque chose de bien simple, une promenade sur les boulevards extérieurs jusqu'au Père-Lachaise, où l'on pourrait entrer voir le tombeau d'Héloïse et d'Abélard, si l'on avait le temps, madame Lorilleux, ne se contenant plus, éclata. Elle fichait le camp, elle ! Voilà ce qu'elle faisait ! Est-ce qu'on se moquait du monde ? Elle s'habillait, elle recevait la pluie, et c'était pour s'enfermer chez un marchand de vin ! Non, non, elle en avait assez d'une noce comme ça, elle préférait son chez-elle. Coupeau et Lorilleux durent barrer la porte. Elle répétait :

– Ôtez-vous de là ! Je vous dis que je m'en vais !

Son mari ayant réussi à la calmer, Coupeau s'approcha de Gervaise, toujours tranquille dans son coin, causant avec sa belle-mère et madame Fauconnier.

– Mais vous ne proposez rien, vous ! dit-il, sans oser encore la tutoyer.

– Oh ! tout ce qu'on voudra, répondit-elle en riant. Je ne suis pas difficile. Sortons, ne sortons pas, ça m'est égal. Je me sens très bien, je n'en demande pas plus.

Et elle avait, en effet, la figure tout éclairée d'une joie paisible. Depuis que les invités se trouvaient là, elle parlait à chacun d'une voix un peu basse et émue, l'air raisonnable, sans se mêler aux disputes. Pendant l'orage, elle était restée les yeux fixes, regardant les éclairs, comme voyant des choses graves, très loin, dans l'avenir, à ces lueurs brusques.

M. Madinier, pourtant, n'avait encore rien proposé. Il était appuyé contre le comptoir, les pans de son habit écartés, gardant son importance de patron. Il cracha longuement, roula ses gros yeux.

– Mon Dieu ! dit-il, on pourrait aller au musée...

Et il se caressa le menton, en consultant la société d'un clignement de paupières.

– Il y a des antiquités, des images, des tableaux, un tas de choses. C'est très instructif... Peut-être bien que vous ne connaissez pas ça. Oh ! c'est à voir, au moins une fois.

La noce se regardait, se tâtait. Non Gervaise ne connaissait pas ça ; Mme Fauconnier non plus, ni Boche, ni les autres, Coupeau croyait bien être monté un dimanche, mais il ne se souvenait plus bien. On hésitait cependant, lorsque Mme Lorilleux, sur laquelle l'importance de M. Madinier produisait une grande impression, trouva l'offre très comme il faut, très honnête. Puisqu'on sacrifiait la journée, et qu'on était habillé, autant valait-il visiter quelque chose pour son instruction. Tout le monde approuva. Alors, comme la pluie tombait encore un peu, on emprunta au marchand de vin des parapluies, de vieux parapluies, bleus, verts, marron, oubliés par les clients ; et l'on partit pour le musée.

La noce tourna à droite, descendit dans Paris par le faubourg Saint-Denis. Coupeau et Gervaise marchaient de nouveau en tête, courant, devançant les autres. M. Madinier donnait maintenant le bras à Mme Lorilleux, maman Coupeau étant restée chez le marchand de vin, à cause de ses jambes. Puis venaient Lorilleux et Mme Lerat, Boche et Mme Fauconnier, Bibi-la-Grillade et Mlle Remanjou, enfin le ménage Gaudron. On était douze. Ça faisait encore une jolie queue sur le trottoir.

– Oh ! nous n'y sommes pour rien, je vous jure, expliquait Mme Lorilleux à M. Madinier. Nous ne savons pas où il l'a prise, ou plutôt nous ne le savons que trop ; mais ce n'est pas à nous de parler, n'est-ce pas ?... Mon mari a dû acheter l'alliance. Ce matin, au saut du lit, il a fallu leur prêter dix francs, sans quoi rien ne se faisait plus... Une mariée qui n'amène seulement pas un parent à sa noce ! Elle dit avoir à Paris une sœur charcutière. Pourquoi ne l'a-t-elle pas invitée, alors ?

Elle s'interrompit, pour montrer Gervaise, que la pente du trottoir faisait fortement boiter.

– Regardez-la ! S'il est permis !... Oh ! la Banban !

Et ce mot : la Banban, courut dans la société. Lorilleux ricanait, disait qu'il fallait l'appeler comme ça. Mais Mme Fauconnier prenait la défense de Gervaise ; on avait tort de se moquer d'elle, elle était propre comme un sou et abattait fièrement l'ouvrage, quand il le fallait. Mme Lerat, toujours pleine d'allusions polissonnes, appelait la jambe de la petite « une quille d'amour » ; et elle ajoutait que beaucoup d'hommes aimaient ça, sans vouloir s'expliquer davantage.

La noce, débouchant de la rue Saint-Denis, traversa le boulevard. Elle attendit un moment, devant le flot des voitures ; puis, elle se risqua sur la chaussée, changée par l'orage en une mare de boue coulante. L'ondée reprenait, la noce venait d'ouvrir les parapluies ; et, sous les riflards lamentables, balancés à la main des hommes, les femmes se retroussaient, le défilé s'espaçait dans la crotte, tenant d'un trottoir à l'autre. Alors, deux voyous crièrent à la chienlit ; des promeneurs accoururent ; des boutiquiers, l'air amusé, se haussèrent derrière leurs vitrines. Au milieu du grouillement de la foule, sur les fonds gris et mouillés du boulevard, les couples en procession mettaient des taches violentes, la robe gros bleu de Gervaise, la robe écrue à fleurs imprimées de Mme Fauconnier, le pantalon jaune canari de Boche ; une raideur de gens endimanchés donnait des drôleries de carnaval à la redingote luisante de Coupeau et à l'habit carré de M. Madinier ; tandis que la belle toilette de Mme Lorilleux, les effilés de Mme Lerat, les jupes fripées de Mlle Remanjou, mêlaient les modes, traînaient à la file les décrochez-moi-ça du luxe des pauvres. Mais c'étaient surtout les chapeaux des messieurs qui égayaient, de vieux chapeaux conservés, ternis par l'obscurité de l'armoire, avec des formes pleines de comique, hautes, évasées, en pointe, des ailes extraordinaires, retroussées, plates, trop larges ou trop étroites. Et les sourires augmentaient encore, quand, tout au bout, pour clore le spectacle, Mme Gaudron, la cardeuse, s'avançait dans sa robe d'un violet cru, avec son ventre de femme enceinte, qu'elle portait énorme, très en avant. La noce, cependant, ne hâtait point sa marche, bonne enfant, heureuse d'être regardée, s'amusant des plaisanteries.

– Tiens ! la mariée ! cria l'un des voyous, en montrant Mme Gaudron. Ah ! malheur ! elle a avalé un rude pépin !

Toute la société éclata de rire. Bibi-la-Grillade, se tournant, dit que le gosse avait bien envoyé ça. La cardeuse riait le plus fort, s'étalait ; ça n'était pas déshonorant, au contraire ; il y avait plus d'une dame qui louchait en passant et qui aurait voulu être comme elle.

On s'était engagé dans la rue de Cléry. Ensuite, on prit la rue du Mail. Sur la place des Victoires, il y eut un arrêt. La mariée avait le cordon de son soulier gauche dénoué ; et, comme elle le rattachait, au pied de la statue de Louis XIV, les couples se serrèrent derrière elle, attendant, plaisantant sur le bout de mollet qu'elle montrait. Enfin, après avoir descendu la rue Croix-des-Petits-Champs, on arriva au Louvre.

M. Madinier, poliment, demanda à prendre la tête du cortège.

C'était très grand, on pouvait se perdre ; et lui, d'ailleurs, connaissait les beaux endroits, parce qu'il était souvent venu avec un artiste, un garçon bien intelligent, auquel une grande maison de cartonnage achetait des dessins, pour les mettre sur des boîtes. En bas, quand la noce se fut engagée dans le musée assyrien, elle eut un petit frisson. Fichtre ! il ne faisait pas chaud ; la salle aurait fait une fameuse cave. Et, lentement, les couples avançaient, le menton levé, les paupières battantes, entre les colosses de pierre, les dieux de marbre noir muets dans leur raideur hiératique, les bêtes monstrueuses, moitié chattes et moitié femmes, avec des figures de mortes, le nez aminci, les lèvres gonflées. Ils trouvaient tout ça très vilain. On travaillait joliment mieux la pierre au jour d'aujourd'hui. Une inscription en caractères phéniciens les stupéfia. Ce n'était pas possible, personne n'avait jamais lu ce grimoire. Mais M. Madinier, déjà sur le premier palier avec Mme Lorilleux, les appelait, criant sous les voûtes :

– Venez donc. Ce n'est rien, ces machines... C'est au premier qu'il faut voir.

La nudité sévère de l'escalier les rendit graves. Un huissier superbe, en gilet rouge, la livrée galonnée d'or, qui semblait les attendre sur le palier, redoubla leur émotion. Ce fut avec un grand respect, marchant le plus doucement possible, qu'ils entrèrent dans la galerie française.

Alors, sans s'arrêter, les yeux emplis de l'or des cadres, ils suivirent l'enfilade des petits salons, regardant passer les images, trop nombreuses pour être bien vues. Il aurait fallu une heure devant chacune, si l'on avait voulu comprendre. Que de tableaux, sacredié ! ça ne finissait pas. Il devait y en avoir pour de l'argent. Puis, au bout, M. Madinier les arrêta brusquement devant le *Radeau de la Méduse* ; et il leur expliqua le sujet. Tous, saisis, immobiles, ne disaient rien. Quand on se remit à marcher, Boche résuma le sentiment général : c'était tapé.

Dans la galerie d'Apollon, le parquet surtout émerveilla la société, un parquet luisant, clair comme un miroir, où les pieds des banquettes se reflétaient. Mademoiselle Remanjou fermait les yeux, parce qu'elle croyait marcher sur de l'eau. On criait à Mme Gaudron de poser ses souliers à plat, à cause de sa position. M. Madinier voulait leur montrer les dorures et les peintures du plafond ; mais ça leur cassait le cou, et ils ne distinguaient rien. Alors, avant d'entrer dans le salon carré, il indiqua une fenêtre du geste, en disant :

– Voilà le balcon d'où Charles IX a tiré sur le peuple.

Cependant, il surveillait la queue du cortège. D'un geste, il commanda une halte, au milieu du salon carré. Il n'y avait là que des chefs-d'œuvre, murmurait-il à demi-voix, comme dans une église. On fit le tour du salon. Gervaise demanda le sujet des *Noces de Cana* ; c'était bête de ne pas écrire les sujets sur les cadres. Coupeau s'arrêta devant la Joconde, à laquelle il trouva une ressemblance avec une de ses tantes. Boche et Bibi-la-Grillade ricanaient, en se montrant du coin de l'œil les femmes nues ; les cuisses de l'Antiope surtout leur causèrent un saisissement. Et, tout au bout, le ménage Gaudron, l'homme la bouche ouverte, la femme les mains sur son ventre, restaient béants, attendris et stupides, en face de la *Vierge* de Murillo.

Le tour du salon terminé, M. Madinier voulut qu'on recommençât ; ça en valait la peine. Il s'occupait beaucoup de Mme Lorilleux, à cause de sa robe de soie ; et, chaque fois qu'elle l'interrogeait, il répondait gravement, avec un grand aplomb. Comme elle s'intéressait à la maîtresse du Titien, dont elle trouvait la chevelure jaune pareille à la sienne, il la lui donna pour la *Belle Ferronnière*, une maîtresse d'Henri IV, sur laquelle on avait joué un drame, à l'Ambigu.

Puis, la noce se lança dans la longue galerie où sont les écoles italiennes et flamandes. Encore des tableaux, toujours des tableaux, des saints, des hommes et des femmes avec des figures qu'on ne comprenait pas, des paysages tout noirs, des bêtes devenues jaunes, une débandade de gens et de choses dont le violent tapage de couleurs commençait à leur causer un gros mal de tête. M. Madinier ne parlait plus, menait lentement le cortège, qui le suivait en ordre, tous les cous tordus et les yeux en l'air. Des siècles d'art passaient devant leur ignorance ahurie, la sécheresse fine des primitifs, les splendeurs des Vénitiens, la vie grasse et belle de lumière des Hollandais. Mais ce qui les intéressait le plus, c'étaient encore les copistes, avec leurs chevalets installés parmi le monde, peignant sans gêne ; une vieille dame, montée sur une grande échelle, promenant un pinceau à badigeon dans le ciel tendre d'une immense toile, les frappa d'une façon particulière. Peu à peu, pourtant, le bruit avait dû se répandre qu'une noce visitait le Louvre ; des peintres accouraient, la bouche fendue d'un rire ; des curieux s'asseyaient à l'avance sur des banquettes, pour assister commodément au défilé ; tandis que les gardiens, les lèvres pincées, retenaient des mots d'esprit. Et la noce, déjà lasse, perdant de son respect, traînait ses souliers à clous, tapait ses talons sur les parquets sonores, avec le piétinement d'un troupeau débandé, lâché au milieu de la propreté nue et recueillie des salles.

M. Madinier se taisait pour ménager un effet. Il alla droit à la *Kermesse* de Rubens. Là, il ne dit toujours rien, il se contenta d'indiquer la toile, d'un coup d'œil égrillard. Les dames, quand elles eurent le nez sur la peinture, poussèrent de petits cris ; puis, elles se détournèrent, très rouges. Les hommes les retinrent, rigolant, cherchant les détails orduriers.

– Voyez donc ! répétait Boche, ça vaut l'argent. En voilà un qui dégobille. Et celui-là, il arrose les pissenlits. Et celui-là, oh ! celui-là... Ah bien ! ils sont propres, ici !

– Allons-nous-en, dit M. Madinier, ravi de son succès. Il n'y a plus rien à voir de ce côté.

La noce retourna sur ses pas, traversa de nouveau le salon carré et la galerie d'Apollon. Mme Lerat et Mlle Remanjou se plaignaient, déclarant que les jambes leur rentraient dans le corps. Mais le cartonnier voulait montrer à Lorilleux les bijoux anciens. Ça se trouvait à côté, au fond d'une petite pièce, où il serait allé les yeux fermés. Pourtant, il se trompa, égara la noce le long de sept ou huit salles, désertes, froides, garnies seulement de vitrines sévères où s'alignaient une quantité innombrable de pots cassés et de bonshommes très laids. La noce frissonnait, s'ennuyait ferme. Puis, comme elle cherchait une porte, elle tomba dans les dessins. Ce fut une nouvelle course immense ; les dessins n'en finissaient pas, les salons succédaient aux salons, sans rien de drôle, avec des feuilles de papier gribouillées, sous des vitres, contre les murs. M. Madinier, perdant la tête, ne voulant point avouer qu'il était perdu, enfila un escalier, fit monter un étage à la noce. Cette fois, elle voyageait au milieu du musée de la marine, parmi des modèles d'instruments et de canons, des plans en relief, des vaisseaux grands comme des joujoux. Un autre escalier se rencontra, très loin, au bout d'un quart d'heure de marche. Et, l'ayant descendu, elle se retrouva en plein dans les dessins. Alors, le désespoir la prit, elle roula au hasard des salles, les couples toujours à la file, suivant M. Madinier qui s'épongeait le front, hors de lui, furieux contre l'administration, qu'il accusait d'avoir changé les portes de place. Les gardiens et les visiteurs la regardaient passer, pleins d'étonnement. En moins de vingt minutes, on la revit au salon carré, dans la galerie française, le long des vitrines où dorment les petits dieux de l'Orient. Jamais plus elle ne sortirait. Les jambes cassées, s'abandonnant, la noce faisait un vacarme énorme, laissant dans sa course le ventre de Mme Gaudron en arrière.

– On ferme ! on ferme ! crièrent les voix puissantes des gardiens.

Et elle faillit se laisser enfermer. Il fallut qu'un gardien se mît à sa tête, la reconduisit jusqu'à une porte. Puis, dans la cour du Louvre, lorsqu'elle eut repris ses parapluies au vestiaire, elle respira. M. Madinier retrouvait son aplomb ; il avait eu tort de ne pas tourner à gauche ; maintenant, il se souvenait que les bijoux étaient à gauche. Toute la société, d'ailleurs, affectait d'être contente d'avoir vu ça.

Quatre heures sonnaient. On avait encore deux heures à employer avant le dîner. On résolut de faire un tour, pour tuer le temps. Les dames, très lasses, auraient bien voulu s'asseoir ; mais, comme personne n'offrait des consommations, on se remit en marche, on suivit le quai. Là, une nouvelle averse arriva, si drue que, malgré les parapluies, les toilettes des dames s'abîmaient. Mme Lorilleux, le cœur noyé à chaque goutte qui mouillait sa robe, proposa de se réfugier sous le Pont-Royal ; d'ailleurs, si on ne la suivait pas, elle menaçait d'y descendre toute seule. Et le cortège alla sous le Pont-Royal. On y était joliment bien. Par exemple, on pouvait appeler ça une idée chouette ! Les dames étalèrent leurs mouchoirs sur les pavés, se reposèrent là, les genoux écartés, arrachant des deux mains les brins d'herbe poussés entre les pierres, regardant couler l'eau noire, comme si elles se trouvaient à la campagne. Les hommes s'amusèrent à crier très fort, pour éveiller l'écho de l'arche, en face d'eux ; Boche et Bibi-la-Grillade, l'un après l'autre, injuriaient le vide, lui lançaient à toute volée : « Cochon ! » et riaient beaucoup, quand l'écho leur renvoyait le mot ; puis, la gorge enrouée, ils prirent des cailloux plats et jouèrent à faire des ricochets. L'averse avait cessé, mais la société se trouvait si bien, qu'elle ne songeait plus à s'en aller. La Seine charriait des nappes grasses, de vieux bouchons et des épluchures de légumes, un tas d'ordures qu'un tourbillon retenait un instant, dans l'eau inquiétante, tout assombrie par l'ombre de la voûte ; tandis que, sur le pont, passait le roulement des omnibus et des fiacres, la cohue de Paris, dont on apercevait seulement les toits, à droite et à gauche, comme du fond d'un trou. Mademoiselle Remanjou soupirait ; s'il y avait eu des feuilles, ça lui aurait rappelé, disait-elle, un coin de la Marne, où elle allait, vers 1817, avec un jeune homme qu'elle pleurait encore.

Cependant, M. Madinier donna le signal du départ. On traversa le jardin des Tuileries, au milieu d'un petit peuple d'enfants dont les cerceaux et les ballons dérangèrent le bel ordre des couples. Puis, comme la noce, arrivée sur la place Vendôme, regardait la colonne, M. Madinier songea à faire une galanterie aux dames ; il leur offrit de monter dans la colonne, pour voir Paris. Son offre parut très farce. Oui, oui, il fallait monter, on en rirait longtemps. D'ailleurs, ça ne manquait pas d'intérêt pour les personnes qui n'avaient jamais quitté le plancher aux vaches.

– Si vous croyez que la Banban va se risquer là-dedans, avec sa quille ! murmurait Mme Lorilleux.

– Moi, je monterais volontiers, disait Mme Lerat, mais je ne veux pas qu'il y ait d'homme derrière moi.

Et la noce monta. Dans l'étroite spirale de l'escalier, les douze grimpaient à la file, butant contre les marches usées, se tenant aux murs. Puis, quand l'obscurité devint complète, ce fut une bosse de rires. Les dames poussaient de petits cris. Les messieurs les chatouillaient, leur pinçaient les jambes. Mais elles étaient bien bêtes de causer ! on a l'air de croire que ce sont des souris. D'ailleurs, ça restait sans conséquence ; ils savaient s'arrêter où il fallait, pour l'honnêteté. Puis, Boche trouva une plaisanterie que toute la société répéta. On appelait Mme Gaudron, comme si elle était restée en chemin, et on lui demandait si son ventre passait. Songez donc ! si elle s'était trouvée prise là, sans pouvoir monter ni descendre, elle aurait bouché le trou, on n'aurait jamais su comment s'en aller. Et l'on riait de ce ventre de femme enceinte, avec une gaieté formidable qui secouait la colonne. Ensuite, Boche, tout à fait lancé, déclara qu'on se faisait vieux, dans ce tuyau de cheminée ; ça ne finissait donc pas, on allait donc au ciel ? Et il cherchait à effrayer les dames, en criant que ça remuait. Cependant, Coupeau ne disait rien ; il venait derrière Gervaise, la tenait à la taille, la sentait s'abandonner. Lorsque, brusquement, on rentra dans le jour, il était juste en train de lui embrasser le cou.

– Eh bien ! vous êtes propres, ne vous gênez pas tous les deux ! dit Mme Lorilleux d'un air scandalisé.

Bibi-la-Grillade paraissait furieux. Il répétait entre ses dents :

– Vous en avez fait un bruit ! Je n'ai pas seulement pu compter les marches.

Mais M. Madinier, sur la plate-forme, montrait déjà les monuments. Jamais Mme Fauconnier ni Mlle Remanjou ne voulurent sortir de l'escalier ; la pensée seule du pavé, en bas, leur tournait les sangs ; et elles se contentaient de risquer des coups d'œil par la petite porte. Mme Lerat, plus crâne, faisait le tour de l'étroite terrasse, en se collant contre le bronze du dôme. Mais c'était tout de même rudement émotionnant, quand on songeait qu'il aurait suffi de passer une jambe. Quelle culbute, sacré Dieu ! Les hommes, un peu pâles, regardaient la place. On se serait cru en l'air, séparé de tout. Non, décidément, ça vous faisait froid aux boyaux. M. Madinier, pourtant, recommandait de lever les yeux, de les diriger devant soi, très loin ; ça empêchait le vertige. Et il continuait à indiquer du doigt les Invalides, le Panthéon, Notre-Dame, la tour Saint-Jacques, les buttes Montmartre. Puis, Mme Lorilleux eut l'idée de demander si l'on apercevait, sur le boulevard de la Chapelle, le marchand de vin où l'on allait manger, au Moulin-d'Argent. Alors, pendant dix minutes, on chercha, on se disputa même ; chacun plaçait le marchand de vin à un endroit. Paris, autour d'eux, étendait son immensité grise, aux lointains bleuâtres, ses vallées profondes, où roulait une houle de toitures ; toute la rive droite était dans l'ombre, sous un grand haillon de nuage cuivré ; et, du bord de ce nuage, frangé d'or, un large rayon coulait, qui allumait les milliers de vitres de la rive gauche d'un pétillement d'étincelles, détachant en lumière ce coin de la ville sur un ciel très pur, lavé par l'orage.

– Ce n'était pas la peine de monter pour nous manger le nez, dit Boche, furieux, en reprenant l'escalier.

La noce descendit, muette, boudeuse, avec la seule dégringolade des souliers sur les marches. En bas, M. Madinier voulait payer. Mais Coupeau se récria, se hâta de mettre dans la main du gardien vingt-quatre sous, deux sous par personne. Il était près de cinq heures et demie ; on avait tout juste le temps de rentrer. Alors, on revint par les boulevards et par le faubourg Poissonnière. Coupeau, pourtant, trouvait que la promenade ne pouvait pas se terminer comme ça ; il poussa tout le monde au fond d'un marchand de vin, où l'on prit du vermouth.

Le repas était commandé pour six heures. On attendait la noce depuis vingt minutes, au Moulin-d'Argent. Mme Boche, qui avait confié sa loge à une dame de la maison, causait avec maman Coupeau, dans le salon du premier, en face de la table servie ; et les deux gamins, Claude et Étienne, amenés par elle, jouaient à courir sous la table, au milieu d'une débandade de chaises. Lorsque Gervaise, en entrant, aperçut les petits, qu'elle n'avait pas vus de la journée, elle les prit sur ses genoux, les caressa, avec de gros baisers.

– Ont-ils été sages ? demanda-t-elle à Mme Boche. Ils ne vous ont pas trop fait endêver, au moins ?

Et, comme celle-ci lui racontait les mots à mourir de rire de ces vermines-là, pendant l'après-midi, elle les enleva de nouveau, les serra contre elle, prise d'une rage de tendresse.

– C'est drôle pour Coupeau tout de même, disait Mme Lorilleux aux autres dames, dans le fond du salon.

Gervaise avait gardé sa tranquillité souriante de la matinée. Depuis la promenade pourtant, elle devenait par moments toute triste, elle regardait son mari et les Lorilleux de son air pensif et raisonnable. Elle trouvait Coupeau lâche devant sa sœur. La veille encore, il criait fort, il jurait de les remettre à leur place, ces langues de vipères, s'ils lui manquaient. Mais en face d'eux, elle le voyait bien, il faisait le chien couchant, guettait sortir leurs paroles, était aux cent coups quand il les croyait fâchés. Et cela, simplement, inquiétait la jeune femme pour l'avenir.

Cependant, on n'attendait plus que Mes-Bottes, qui n'avait pas encore paru.

– Ah ! zut ! cria Coupeau, mettons-nous à table. Vous allez le voir abouler ; il a le nez creux, il sent la boustifaille de loin... Dites donc, il doit rire, s'il est toujours à faire le poireau sur la route de Saint-Denis !

Alors, la noce, très égayée, s'attabla avec un grand bruit de chaises. Gervaise était entre Lorilleux et M. Madinier, et Coupeau, entre Mme Fauconnier et Mme Lorilleux. Les autres convives se placèrent à leur goût, parce que ça finissait toujours par des jalousies et des disputes, lorsqu'on indiquait les couverts. Boche se glissa près de Mme Lerat. Bibi-la-Grillade eut pour voisines Mlle Remanjou et Mme Gaudron. Quant à Mme Boche et à maman Coupeau, tout au bout, elles gardèrent les enfants, elles se chargèrent de couper leur viande, de leur verser à boire, surtout pas beaucoup de vin.

– Personne ne dit le bénédicité ? demanda Boche, pendant que les dames arrangeaient leurs jupes sous la nappe, par peur des taches.

Mais Mme Lorilleux n'aimait pas ces plaisanteries-là. Et le potage au vermicelle, presque froid, fut mangé très vite, avec des sifflements de lèvres dans les cuillers. Deux garçons servaient, en petites vestes graisseuses, en tabliers d'un blanc douteux. Par les quatre fenêtres ouvertes sur les acacias de la cour, le plein jour entrait, une fin de journée d'orage, lavée et chaude encore. Le reflet des arbres, dans ce coin humide, verdissait la salle enfumée, faisait danser des ombres de feuilles au-dessus de la nappe, mouillée d'une odeur vague de moisi. Il y avait deux glaces, pleines de chiures de mouches, une à chaque bout, qui allongeaient la table à l'infini, couverte de sa vaisselle épaisse, tournant au jaune, où le gras des eaux de l'évier restait en noir dans les égratignures des couteaux. Au fond, chaque fois qu'un garçon remontait de la cuisine, la porte battait, soufflait une odeur forte de graillon.

– Ne parlons pas tous à la fois, dit Boche, comme chacun se taisait, le nez sur son assiette.

Et l'on buvait le premier verre de vin, en suivant des yeux deux tourtes aux godiveaux, servies par les garçons, lorsque Mes-Bottes entra.

– Eh bien ! vous êtes de la jolie fripouille, vous autres ! cria-t-il. J'ai usé mes plantes pendant trois heures sur la route, même qu'un gendarme m'a demandé mes papiers... Est-ce qu'on fait de ces cochonneries-là à un ami ! Fallait au moins m'envoyer un sapin par un commissionnaire. Ah ! non, vous savez, blague dans le coin, je la trouve raide. Avec ça, il pleuvait si fort, que j'avais de l'eau dans mes poches. Vrai, on y pêcherait encore une friture.

La société riait, se tordait. Cet animal de Mes-Bottes était allumé ; il avait bien déjà ses deux litres ; histoire seulement de ne pas se laisser embêter par tout ce sirop de grenouille que l'orage avait craché sur ses abattis.

– Eh ! le comte de Gigot-Fin ! dit Coupeau, va t'asseoir là-bas, à côté de Mme Gaudron. Tu vois, on t'attendait.

Oh ! ça ne l'embarrassait pas, il rattraperait les autres ; et il redemanda trois fois du potage, des assiettes de vermicelle, dans lesquelles il coupait d'énormes tranches de pain. Alors, quand on eut attaqué les tourtes, il devint la profonde admiration de toute la table. Comme il bâfrait ! Les garçons effarés faisaient la chaîne pour lui passer du pain, des morceaux finement coupés qu'il avalait d'une bouchée. Il finit par se fâcher ; il voulait un pain à côté de lui. Le marchand de vin, très inquiet, se montra un instant sur le seuil de la salle. La société, qui l'attendait, se tordit de nouveau. Ça la lui coupait au gargotier ! Quel sacré zig tout de même, ce Mes-Bottes ! Est-ce qu'un jour il n'avait pas mangé douze œufs durs et bu douze verres de vin, pendant que les douze coups de midi sonnaient ! On n'en rencontre pas beaucoup de cette force-là. Et Mlle Remanjou, attendrie, regardait Mes-Bottes mâcher, tandis que M. Madinier, cherchant un mot pour exprimer son étonnement presque respectueux, déclara une telle capacité extraordinaire.

Il y eut un silence. Un garçon venait de poser sur la table une gibelotte de lapin, dans un vaste plat, creux comme un saladier. Coupeau, très blagueur, en lança une bonne.

– Dites donc, garçon, c'est du lapin de gouttière, ça... Il miaule encore.

En effet, un léger miaulement, parfaitement imité, semblait sortir du plat. C'était Coupeau, qui faisait ça avec la gorge, sans remuer les lèvres ; un talent de société d'un succès certain, si bien qu'il ne mangeait jamais dehors sans commander une gibelotte. Ensuite, il ronronna. Les dames se tamponnaient la figure avec leurs serviettes, parce qu'elles riaient trop.

Mme Fauconnier demanda la tête ; elle n'aimait que la tête. Mlle Remanjou adorait les lardons. Et, comme Boche disait préférer les petits oignons, quand ils étaient bien revenus, Mme Lerat pinça les lèvres, en murmurant :

– Je comprends ça.

Elle était sèche comme un échalas, menait une vie d'ouvrière cloîtrée dans son train-train, n'avait pas vu le nez d'un homme chez elle depuis son veuvage, tout en montrant une préoccupation continuelle de l'ordure, une manie de mots à double entente et d'allusions polissonnes, d'une telle profondeur, qu'elle seule se comprenait. Boche, se penchant et réclamant une explication, tout bas, à l'oreille, elle reprit :

– Sans doute les petits oignons... Ça suffit, je pense.

Mais la conversation devenait sérieuse. Chacun parlait de son métier. M. Madinier exaltait le cartonnage ; il y avait de vrais artistes, dans la partie ; ainsi, il citait des bottes d'étrennes, dont il connaissait les modèles, des merveilles de luxe. Lorilleux, pourtant, ricanait ; il était très vaniteux de travailler l'or, il en voyait comme un reflet sur ses doigts et sur toute sa personne. Enfin, disait-il souvent, les bijoutiers, au temps jadis, portaient l'épée ; et il citait Bernard Palissy, sans savoir. Coupeau, lui, racontait une girouette, un chef-d'œuvre d'un de ses camarades ; ça se composait d'une colonne, puis d'une gerbe, puis d'une corbeille de fruits, puis d'un drapeau ; le tout, très bien reproduit, fait rien qu'avec des morceaux de zinc découpés et soudés. Mme Lerat montrait à Bibi-la-Grillade comment on tournait une queue de rose, en roulant le manche de son couteau entre ses doigts osseux. Cependant, les voix montaient, se croisaient ; on entendait, dans le bruit, des mots lancés très haut par Mme Fauconnier, en train de se plaindre de ses ouvrières, d'un petit chausson d'apprentie qui lui avait encore brûlé, la veille, une paire de draps.

– Vous avez beau dire, cria Lorilleux en donnant un coup de poing sur la table, l'or, c'est de l'or.

Et, au milieu du silence causé par cette vérité, il n'y eut plus que la voix fluette de Mlle Remanjou, continuant :

– Alors, je leur relève la jupe, je couds en dedans... Je leur plante une épingle dans la tête pour tenir le bonnet... Et c'est fait, on les vend treize sous.

Elle expliquait ses poupées à Mes-Bottes, dont les mâchoires, lentement, roulaient comme des meules. Il n'écoutait pas, il hochait la tête, guettant les garçons, pour ne pas leur laisser emporter les plats sans les avoir torchés. On avait mangé un fricandeau au jus et des haricots verts. On apportait le rôti, deux poulets maigres, couchés sur un lit de cresson, fané et cuit par le four. Au-dehors, le soleil mourait sur les branches hautes des acacias. Dans la salle, le reflet verdâtre s'épaississait des buées montant de la table, tachée de vin et de sauce, encombrée de la débâcle du couvert ; et, le long du mur, des assiettes sales, des litres vides, posés là par les garçons, semblaient les ordures balayées et culbutées de la nappe. Il faisait très chaud. Les hommes retirèrent leurs redingotes et continuèrent à manger en manches de chemise.

– Madame Boche, je vous en prie, ne les bourrez pas tant, dit Gervaise, qui parlait peu, surveillant de loin Claude et Étienne.

Elle se leva, alla causer un instant, debout derrière les chaises des petits. Les enfants, ça n'avait pas de raison, ça mangeait toute une journée sans refuser les morceaux ; et elle leur servit elle-même du poulet, un peu de blanc. Mais maman Coupeau dit qu'ils pouvaient bien, pour une fois, se donner une indigestion. Mme Boche, à voix basse, accusa Boche de pincer les genoux de Mme Lerat. Oh ! c'était un sournois, il godaillait. Elle avait bien vu sa main disparaître. S'il recommençait, jour de Dieu ! elle était femme à lui flanquer une carafe à la tête.

Dans le silence, M. Madinier causait politique.

– Leur loi du 31 mai est une abomination. Maintenant, il faut deux ans de domicile. Trois millions de citoyens sont rayés des listes... On m'a dit que Bonaparte, au fond, est très vexé, car il aime le peuple, il en a donné des preuves.

Lui, était républicain ; mais il admirait le prince à cause de son oncle, un homme comme il n'en reviendrait jamais plus. Bibi-la-Grillade se fâcha : il avait travaillé à l'Élysée, il avait vu le Bonaparte comme il voyait Mes-Bottes, là, en face de lui ; eh bien ! ce mufle de président ressemblait à un roussin, voilà ! On disait qu'il allait faire un tour du côté de Lyon ; ce serait un fameux débarras, s'il se cassait le cou dans un fossé. Et, comme la discussion tournait au vilain, Coupeau dut intervenir.

– Ah bien ! vous êtes encore innocents de vous attraper pour la politique !... En voilà une blague, la politique ! Est-ce que ça existe pour nous ?... On peut bien mettre ce qu'on voudra, un roi, un empereur, rien du tout, ça ne m'empêchera pas de gagner mes cinq francs, de manger et de dormir, pas vrai ?... Non, c'est trop bête !

Lorilleux hochait la tête. Il était né le même jour que le comte de Chambord, le 29 septembre 1820. Cette coïncidence le frappait beaucoup, l'occupait d'un rêve vague, dans lequel il établissait une relation entre le retour en France du roi et sa fortune personnelle. Il ne disait pas nettement ce qu'il espérait, mais il donnait à entendre qu'il lui arriverait alors quelque chose d'extraordinairement agréable. Aussi, à chacun de ses désirs trop gros pour être contenté, il renvoyait ça à plus tard, « quand le roi reviendrait ».

– D'ailleurs, raconta-t-il, j'ai vu un soir le comte de Chambord...

Tous les visages se tournèrent vers lui.

– Parfaitement. Un gros homme en paletot, l'air bon garçon... J'étais chez Péquignot, un de mes amis, qui vend des meubles, Grande-Rue de la Chapelle... Le comte de Chambord avait la veille laissé là un parapluie. Alors, il est entré, il a dit comme ça, tout simplement : « Voulez-vous bien me rendre mon parapluie ? » Mon Dieu ! oui, c'était lui, Péquignot m'a donné sa parole d'honneur.

Aucun des convives n'émit le moindre doute. On était au dessert. Les garçons débarrassaient la table avec un grand bruit de vaisselle. Et Mme Lorilleux, jusque-là très convenable, très dame, laissa échapper un : « Sacré salaud ! » parce que l'un des garçons, en enlevant un plat, lui avait fait couler quelque chose de mouillé dans le cou. Pour sûr, sa robe de soie était tachée. M. Madinier dut lui regarder le dos, mais il n'y avait rien, il le jurait. Maintenant, au milieu de la nappe, s'étalaient des œufs à la neige dans un saladier, flanqués de deux assiettes de fromage et de deux assiettes de fruits. Les œufs à la neige, les blancs trop cuits nageant sur la crème jaune, causèrent un recueillement ; on ne les attendait pas, on trouva ça distingué. Mes-Bottes mangeait toujours. Il avait redemandé un pain. Il acheva les deux fromages ; et, comme il restait de la crème, il se fit passer le saladier, au fond duquel il tailla de larges tranches, comme pour une soupe.

– Monsieur est vraiment bien remarquable, dit M. Madinier retombé dans son admiration.

Alors, les hommes se levèrent pour prendre leurs pipes. Ils restèrent un instant derrière Mes-Bottes, à lui donner des tapes sur les épaules, en lui demandant si ça allait mieux. Bibi-la-Grillade le souleva avec la chaise ; mais, tonnerre de Dieu ! l'animal avait doublé de poids. Coupeau, par blague, racontait que le camarade commençait seulement à se mettre en train, qu'il allait à présent manger comme ça du pain toute la nuit. Les garçons, épouvantés, disparurent. Boche, descendu depuis un instant, remonta en racontant la bonne tête du marchand de vin, en bas ; il était tout pâle dans son comptoir, la bourgeoise consternée venait d'envoyer voir si les boulangers restaient ouverts, jusqu'au chat de la maison qui avait l'air ruiné. Vrai, c'était trop cocasse, ça valait l'argent du dîner, il ne pouvait pas y avoir de pique-nique sans cet avale-tout de Mes-Bottes. Et les hommes, leurs pipes allumées, le couvaient d'un regard jaloux ; car enfin, pour tant manger, il fallait être solidement bâti !

– Je ne voudrais pas être chargée de vous nourrir, dit Mme Gaudron. Ah ! non, par exemple !

– Dites donc, la petite mère, faut pas blaguer, répondit Mes-Bottes, avec un regard oblique sur le ventre de sa voisine. Vous en avez avalé plus long que moi.

On applaudit, on cria bravo : c'était envoyé. Il faisait nuit noire, trois becs de gaz flambaient dans la salle, remuant de grandes clartés troubles, au milieu de la fumée des pipes. Les garçons, après avoir servi le café et le cognac, venaient d'emporter les dernières piles d'assiettes sales. En bas, sous les trois acacias, le bastringue commençait, un cornet à pistons et deux violons jouant très fort, avec des rires de femme, un peu rauques dans la nuit chaude.

– Faut faire un brûlot ! cria Mes-Bottes ; deux litres de casse-poitrine, beaucoup de citron et pas beaucoup de sucre !

Mais Coupeau, voyant en face de lui le visage inquiet de Gervaise, se leva en déclarant qu'on ne boirait pas davantage. On avait vidé vingt-cinq litres, chacun son litre et demi, en comptant les enfants comme des grandes personnes ; c'était déjà trop raisonnable. On venait de manger un morceau ensemble, en bonne amitié, sans flafla, parce qu'on avait de l'estime les uns pour les autres et qu'on désirait célébrer entre soi une fête de famille. Tout se passait très gentiment, on était gai, il ne fallait pas maintenant se cocarder cochonnément, si l'on voulait respecter les dames. En un mot, et comme fin finale, on s'était réuni pour porter une santé au conjungo, et non pour se mettre dans les brindezingues. Ce petit discours, débité d'une voix convaincue par le zingueur, qui posait la main sur sa poitrine à la chute de chaque phrase, eut la vive approbation de Lorilleux et de M. Madinier. Mais les autres, Boche, Gaudron, Bibi-la-Grillade, surtout Mes-Bottes, très allumés tous les quatre, ricanèrent, la langue épaissie, ayant une sacrée coquine de soif, qu'il fallait pourtant arroser.

– Ceux qui ont soif, ont soif, et ceux qui n'ont pas soif, n'ont pas soif, fit remarquer Mes-Bottes. Pour lors, on va commander le brûlot... On n'esbrouffe personne. Les aristos feront monter de l'eau sucrée.

Et comme le zingueur recommençait à prêcher, l'autre, qui s'était mis debout, se donna une claque sur la fesse, en criant :

– Ah ! tu sais, baise cadet !... Garçon, deux litres de vieille !

Alors, Coupeau dit que c'était très bien, qu'on allait seulement régler le repas tout de suite. Ça éviterait des disputes. Les gens bien élevés n'avaient pas besoin de payer pour les soûlards. Et, justement, Mes-Bottes, après s'être fouillé longtemps, ne trouva que trois francs sept sous. Aussi pourquoi l'avait-on laissé droguer sur la route de Saint-Denis ? Il ne pouvait pas se laisser noyer, il avait cassé la pièce de cent sous. Les autres étaient fautifs, voilà ! Enfin, il donna trois francs, gardant les sept sous pour son tabac du lendemain. Coupeau, furieux, aurait cogné, si Gervaise ne l'avait tiré par sa redingote, très effrayée, suppliante. Il se décida à emprunter deux francs à Lorilleux, qui, après les avoir refusés, se cacha pour les prêter, car sa femme, bien sûr, n'aurait jamais voulu.

Cependant, M. Madinier avait pris une assiette. Les demoiselles et les dames seules, Mme Lerat, Mme Fauconnier, Mlle Remanjou, déposèrent leur pièce de cent sous les premières, discrètement. Ensuite, les messieurs s'isolèrent à l'autre bout de la salle, firent les comptes. On était quinze ; ça montait donc à soixante-quinze francs. Lorsque les soixante-quinze francs furent dans l'assiette, chaque homme ajouta cinq sous pour les garçons. Il fallut un quart d'heure de calculs laborieux, avant de tout régler à la satisfaction de chacun.

Mais quand M. Madinier, qui voulait avoir affaire au patron, eut demandé le marchand de vin, la société resta saisie, en entendant celui-ci dire avec un sourire que ça ne faisait pas du tout son compte. Il y avait des suppléments. Et, comme ce mot de « supplément » était accueilli par des exclamations furibondes, il donna le détail : vingt-cinq litres, au lieu de vingt, nombre convenu à l'avance ; les œufs à la neige, qu'il avait ajoutés, en voyant le dessert un peu maigre ; enfin un carafon de rhum, servi avec le café, dans le cas où des personnes aimeraient le rhum. Alors, une querelle formidable s'engagea. Coupeau, pris à partie, se débattait : jamais il n'avait parlé de vingt litres ; quant aux œufs à la neige, ils rentraient dans le dessert, tant pis si le gargotier les avait ajoutés de son plein gré ; restait le carafon de rhum, une frime, une façon de grossir la note, en glissant sur la table des liqueurs dont on ne se méfiait pas.

– Il était sur le plateau au café, criait-il ; eh bien ! il doit être compté avec le café... Fichez-nous la paix. Emportez votre argent, et du tonnerre si nous remettons jamais les pieds dans votre baraque !

– C'est six francs de plus, répétait le marchand de vin. Donnez-moi mes six francs... Et je ne compte pas les trois pains de monsieur, encore !

Toute la société, serrée autour de lui, l'entourait d'une rage de gestes, d'un glapissement de voix que la colère étranglait. Les femmes, surtout, sortaient de leur réserve, refusaient d'ajouter un centime. Ah bien ! merci, elle était jolie, la noce ! C'était Mlle Remanjou, qui ne se fourrerait plus dans un de ces dîners-là ! Mme Fauconnier avait très mal mangé ; chez elle, pour ses quarante sous, elle aurait eu un petit plat à se lécher les doigts. Mme Gaudron se plaignait amèrement d'avoir été poussée au mauvais bout de la table, à côté de Mes-Bottes, qui n'avait pas montré le moindre égard. Enfin, ces parties tournaient toujours mal. Quand on voulait avoir du monde à son mariage, on invitait les personnes, parbleu ! Et Gervaise, réfugiée auprès de maman Coupeau, devant une des fenêtres, ne disait rien, honteuse, sentant que toutes ces récriminations retombaient sur elle.

M. Madinier finit par descendre avec le marchand de vin. On les entendit discuter en bas. Puis, au bout d'une demi-heure, le cartonnier remonta ; il avait réglé, en donnant trois francs. Mais la société restait vexée, exaspérée, revenant sans cesse sur la question des suppléments. Et le vacarme s'accrut d'un acte de vigueur de Mme Boche. Elle guettait toujours Boche, elle le vit, dans un coin, pincer la taille de Mme Lerat. Alors, à toute volée, elle lança une carafe qui s'écrasa contre le mur.

– On voit bien que votre mari est tailleur, madame, dit la grande veuve, avec son pincement de lèvres plein de sous-entendus. C'est un juponnier numéro un... Je lui ai pourtant allongé de fameux coups de pied, sous la table.

La soirée était gâtée. On devint de plus en plus aigre. M. Madinier proposa de chanter ; mais Bibi-la-Grillade, qui avait une belle voix, venait de disparaître ; et Mlle Remanjou, accoudée à une fenêtre, l'aperçut, sous les acacias, faisant sauter une grosse fille en cheveux. Le cornet à pistons et les deux violons jouaient, *Le Marchand de moutarde*, un quadrille où l'on tapait dans ses mains, à la pastourelle. Alors, il y eut une débandade : Mes-Bottes et le ménage Gaudron descendirent ; Boche lui-même fila. Des fenêtres, on voyait les couples tourner, entre les feuilles, auxquelles les lanternes pendues aux branches donnaient un vert peint et cru de décor. La nuit dormait, sans une haleine, pâmée par la grosse chaleur. Dans la salle, une conversation sérieuse s'était engagée entre Lorilleux et M. Madinier, pendant que les dames, ne sachant plus comment soulager leur besoin de colère, regardaient leurs robes, cherchant si elles n'avaient pas attrapé des taches.

Les effilés de Mme Lerat devaient avoir trempé dans le café. La robe écrue de Mme Fauconnier était pleine de sauce. Le châle vert de maman Coupeau, tombé d'une chaise, venait d'être retrouvé dans un coin, roulé et piétiné. Mais c'était surtout Mme Lorilleux qui ne décolérait pas. Elle avait une tache dans le dos, on avait beau lui jurer que non, elle la sentait. Et elle finit, en se tordant devant une glace, par l'apercevoir.

– Qu'est-ce que je disais ? cria-t-elle. C'est du jus de poulet. Le garçon payera la robe. Je lui ferai plutôt un procès... Ah ! la journée est complète. J'aurais mieux fait de rester couchée... Je m'en vais, d'abord. J'en ai assez, de leur fichue noce !

Elle partit rageusement, en faisant trembler l'escalier sous les coups de ses talons. Lorilleux courut derrière elle. Mais tout ce qu'il put obtenir, ce fut qu'elle attendrait cinq minutes sur le trottoir, si l'on voulait partir ensemble. Elle aurait dû s'en aller après l'orage, comme elle en avait eu l'envie. Coupeau lui revaudrait cette journée-là. Quand ce dernier la sut si furieuse, il parut consterné ; et Gervaise, pour lui éviter des ennuis, consentit à rentrer tout de suite. Alors, on s'embrassa rapidement. M. Madinier se chargea de reconduire maman Coupeau. Mme Boche devait, pour la première nuit, emmener Claude et Étienne coucher chez elle ; leur mère pouvait être sans crainte, les petits dormiraient sur des chaises, alourdis par une grosse indigestion d'œufs à la neige. Enfin, les mariés se sauvaient avec Lorilleux, laissant le reste de la noce chez le marchand de vin, lorsqu'une bataille s'engagea en bas, dans le bastringue, entre leur société et une autre société ; Boche et Mes-Bottes, qui avaient embrassé une dame, ne voulaient pas la rendre à deux militaires auxquels elle appartenait, et menaçaient de nettoyer tout le tremblement, dans le tapage enragé du cornet à pistons et des deux violons, jouant la polka des *Perles*.

Il était à peine onze heures. Sur le boulevard de la Chapelle, et dans tout le quartier de la Goutte-d'Or, la paye de grande quinzaine, qui tombait ce samedi-là, mettait un vacarme énorme de soûlerie. Mme Lorilleux attendait à vingt pas du Moulin-d'Argent, debout sous un bec de gaz. Elle prit le bras de Lorilleux, marcha devant, sans se retourner, d'un tel pas que Gervaise et Coupeau s'essoufflaient à les suivre. Par moments, ils descendaient du trottoir, pour laisser la place à un ivrogne, tombé là, les quatre fers en l'air. Lorilleux se retourna, cherchant à raccommoder les choses.

– Nous allons vous conduire à votre porte, dit-il.

Mais Mme Lorilleux, élevant la voix, trouvait ça drôle de passer sa nuit de noces dans ce trou infect de l'hôtel Boncœur. Est-ce qu'ils n'auraient pas dû remettre le mariage, économiser quatre sous et acheter des meubles, pour rentrer chez eux, le premier soir ? Ah ! ils allaient être bien, sous les toits, empilés tous les deux dans un cabinet de dix francs, où il n'y avait seulement pas d'air.

– J'ai donné congé, nous ne restons pas en haut, objecta Coupeau timidement. Nous gardons la chambre de Gervaise, qui est plus grande.

Mme Lorilleux s'oublia, se tourna d'un mouvement brusque.

– Ça, c'est plus fort ! cria-t-elle. Tu vas coucher dans la chambre à la Banban !

Gervaise devint toute pâle. Ce surnom, qu'elle recevait à la face pour la première fois, la frappait comme un soufflet. Puis, elle entendait bien l'exclamation de sa belle-sœur : la chambre à la Banban, c'était la chambre où elle avait vécu un mois avec Lantier, où les loques de sa vie passée traînaient encore. Coupeau ne comprit pas, fut seulement blessé du surnom.

– Tu as tort de baptiser les autres, répondit-il avec humeur. Tu ne sais pas, toi, qu'on t'appelle Queue-de-Vache, dans le quartier, à cause de tes cheveux. Là, ça ne te fait pas plaisir, n'est-ce pas ?... Pourquoi ne garderions-nous pas la chambre du premier ? Ce soir, les enfants n'y couchent pas, nous y serons très bien.

Mme Lorilleux n'ajouta rien, se renfermant dans sa dignité, horriblement vexée de s'appeler Queue-de-Vache. Coupeau, pour consoler Gervaise, lui serrait doucement le bras ; et il réussit même à l'égayer, en lui racontant à l'oreille qu'ils entraient en ménage avec la somme de sept sous toute ronde, trois gros sous et un petit sou, qu'il faisait sonner de la main dans la poche de son pantalon. Quand on fut arrivé à l'hôtel Boncœur, on se dit bonsoir d'un air fâché. Et au moment où Coupeau poussait les deux femmes au cou l'une de l'autre, en les traitant de bêtes, un pochard, qui semblait vouloir passer à droite, eut un brusque crochet à gauche, et vint se jeter entre elles.

– Tiens ! c'est le père Bazouge ! dit Lorilleux. Il a son compte, aujourd'hui.

Gervaise, effrayée, se collait contre la porte de l'hôtel. Le père Bazouge, un croque-mort d'une cinquantaine d'années, avait son pantalon noir taché de boue, son manteau noir agrafé sur l'épaule, son chapeau de cuir noir cabossé, aplati dans quelque chute.

– N'ayez pas peur, il n'est pas méchant, continuait Lorilleux. C'est un voisin ; la troisième chambre dans le corridor, avant d'arriver chez nous... Il serait propre, si son administration le voyait comme ça !

Cependant, le père Bazouge s'offusquait de la terreur de la jeune femme.

– Eh bien, quoi ! bégaya-t-il, on ne mange personne dans notre partie... J'en vaux un autre, allez, ma petite... Sans doute que j'ai bu un coup ! Quand l'ouvrage donne, faut bien se graisser les roues. Ce n'est pas vous, ni la compagnie, qui auriez descendu le particulier de six cents livres que nous avons amené à deux du quatrième sur le trottoir, et sans le casser encore... Moi, j'aime les gens rigolos.

Mais Gervaise se rentrait davantage dans l'angle de la porte, prise d'une grosse envie de pleurer, qui lui gâtait toute sa journée de joie raisonnable. Elle ne songeait plus à embrasser sa belle-sœur, elle suppliait Coupeau d'éloigner l'ivrogne. Alors, Bazouge, en chancelant, eut un geste plein de dédain philosophique.

– Ça ne vous empêchera pas d'y passer, ma petite... Vous serez peut-être bien contente d'y passer, un jour... Oui, j'en connais des femmes, qui diraient merci, si on les emportait.

Et, comme les Lorilleux se décidaient à l'emmener, il se retourna, il balbutia une dernière phrase, entre deux hoquets :

– Quand on est mort... écoutez ça... quand on est mort, c'est pour longtemps.

IV

Ce furent quatre années de dur travail. Dans le quartier, Gervaise et Coupeau étaient un bon ménage, vivant à l'écart, sans batteries, avec un tour de promenade régulier le dimanche, du côté de Saint-Ouen. La femme faisait des journées de douze heures chez Mme Fauconnier, et trouvait le moyen de tenir son chez elle propre comme un sou, de donner la pâtée à tout son monde, matin et soir. L'homme ne se soûlait pas, rapportait ses quinzaines, fumait une pipe à sa fenêtre avant de se coucher, pour prendre l'air. On les citait, à cause de leur gentillesse. Et, comme ils gagnaient à eux deux près de neuf francs par jour, on calculait qu'ils devaient mettre de côté pas mal d'argent.

Mais, dans les premiers temps surtout, il leur fallut joliment trimer, pour joindre les deux bouts. Leur mariage leur avait mis sur le dos une dette de deux cents francs. Puis, ils s'abominaient, à l'hôtel Boncœur ; ils trouvaient ça dégoûtant, plein de sales fréquentations ; et ils rêvaient d'être chez eux, avec des meubles à eux, qu'ils soigneraient. Vingt fois, ils calculèrent la somme nécessaire ; ça montait, en chiffre rond, à trois cent cinquante francs, s'ils voulaient tout de suite n'être pas embarrassés pour serrer leurs affaires et avoir sous la main une casserole ou un poêlon, quand ils en auraient besoin. Ils désespéraient d'économiser une si grosse somme en moins de deux années, lorsqu'il leur arriva une bonne chance : un vieux monsieur de Plassans leur demanda Claude, l'aîné des petits, pour le placer là-bas au collège ; une toquade généreuse d'un original, amateur de tableaux, que des bonshommes barbouillés autrefois par le mioche avaient vivement frappé. Claude leur coûtait déjà les yeux de la tête. Quand ils n'eurent plus à leur charge que le cadet, Étienne, ils amassèrent les trois cent cinquante francs en sept mois et demi. Le jour où ils achetèrent leurs meubles, chez un revendeur de la rue Belhomme, ils firent, avant de rentrer, une promenade sur les boulevards extérieurs, le cœur gonflé d'une grosse joie. Il y avait un lit, une table de nuit, une commode à dessus de marbre, une armoire, une table ronde avec sa toile cirée, six chaises, le tout en vieil acajou ; sans compter la literie, du linge, des ustensiles de cuisine presque neufs. C'était pour eux comme une entrée sérieuse et définitive dans la vie, quelque chose qui, en les faisant propriétaires, leur donnait de l'importance au milieu des gens bien posés du quartier.

Le choix d'un logement, depuis deux mois, les occupait. Ils voulurent, avant tout, en louer un dans la grande maison, rue de la Goutte-d'Or. Mais pas une chambre n'y était libre, ils durent renoncer à leur ancien rêve. Pour dire la vérité, Gervaise ne fut pas fâchée, au fond : le voisinage des Lorilleux, porte à porte, l'effrayait beaucoup. Alors, ils cherchèrent ailleurs. Coupeau, très justement, tenait à ne pas s'éloigner de l'atelier de Mme Fauconnier, pour que Gervaise pût, d'un saut, être chez elle à toutes les heures du jour. Et ils eurent enfin une trouvaille, une grande chambre, avec un cabinet et une cuisine, rue Neuve-de-la-Goutte-d'Or, presque en face de la blanchisseuse. C'était une petite maison à un seul étage, un escalier très raide, en haut duquel il y avait seulement deux logements, l'un à droite, l'autre à gauche ; le bas se trouvait habité par un loueur de voitures, dont le matériel occupait des hangars dans une vaste cour, le long de la rue. La jeune femme, charmée, croyait retourner en province ; pas de voisines, pas de cancans à craindre, un coin de tranquillité qui lui rappelait une ruelle de Plassans, derrière les remparts ; et, pour comble de chance, elle pouvait voir sa fenêtre, de son établi, sans quitter ses fers, en allongeant la tête.

L'emménagement eut lieu au terme d'avril. Gervaise était alors enceinte de huit mois. Mais elle montrait une belle vaillance, disant avec un rire que l'enfant l'aidait, lorsqu'elle travaillait ; elle sentait, en elle, ses petites menottes pousser et lui donner des forces. Ah bien ! elle recevait joliment Coupeau, les jours où il voulait la faire coucher pour se dorloter un peu ! Elle se coucherait aux grosses douleurs. Ce serait toujours assez tôt ; car, maintenant, avec une bouche de plus, il allait falloir donner un rude coup de collier. Et ce fut elle qui nettoya le logement, avant d'aider son mari à mettre les meubles en place. Elle eut une religion pour ces meubles, les essuyant avec des soins maternels, le cœur crevé à la vue de la moindre égratignure. Elle s'arrêtait, saisie, comme si elle se fût tapée elle-même, quand elle les cognait en balayant. La commode surtout lui était chère ; elle la trouvait belle, solide, l'air sérieux. Un rêve, dont elle n'osait parler, était d'avoir une pendule pour la mettre au beau milieu du marbre, où elle aurait produit un effet magnifique. Sans le bébé qui venait, elle se serait peut-être risquée à acheter sa pendule. Enfin, elle renvoyait ça à plus tard, avec un soupir.

Le ménage vécut dans l'enchantement de sa nouvelle demeure. Le lit d'Étienne occupait le cabinet, où l'on pouvait encore installer une autre couchette d'enfant. La cuisine était grande comme la main et toute noire ; mais, en laissant la porte ouverte, on y voyait assez clair ; puis, Gervaise n'avait pas à faire des repas de trente personnes, il suffisait qu'elle y trouvât la place de son pot-au-feu. Quant à la grande chambre, elle était leur orgueil. Dès le matin, ils fermaient les rideaux de l'alcôve, des rideaux de calicot blanc ; et la chambre se trouvait transformée en salle à manger, avec la table au milieu, l'armoire et la commode en face l'une de l'autre. Comme la cheminée brûlait jusqu'à quinze sous de charbon de terre par jour, ils l'avaient bouchée ; un petit poêle de fonte, posé sur la plaque de marbre, les chauffait pour sept sous pendant les grands froids. Ensuite, Coupeau avait orné les murs de son mieux, en se promettant des embellissements : une haute gravure représentant un maréchal de France, caracolant avec son bâton à la main, entre un canon et un tas de boulets, tenait lieu de glace ; au-dessus de la commode, les photographies de la famille étaient rangées sur deux lignes, à droite et à gauche d'un ancien bénitier de porcelaine dorée, dans lequel on mettait les allumettes ; sur la corniche de l'armoire, un buste de Pascal faisait pendant à un buste de Béranger, l'un grave, l'autre souriant, près du coucou, dont ils semblaient écouter le tic-tac. C'était vraiment une belle chambre.

– Devinez combien nous payons ici ? demandait Gervaise à chaque visiteur.

Et quand on estimait son loyer trop haut, elle triomphait, elle criait, ravie d'être si bien pour si peu d'argent :

– Cent cinquante francs, pas un liard de plus !... Hein ! c'est donné !

La rue Neuve-de-la-Goutte-d'Or elle-même entrait pour une bonne part dans leur contentement. Gervaise y vivait, allant sans cesse de chez elle chez Mme Fauconnier. Coupeau, le soir, descendait maintenant, fumait sa pipe sur le pas de la porte. La rue, sans trottoir, le pavé défoncé, montait. En haut, du côté de la rue de la Goutte-d'Or, il y avait des boutiques sombres, aux carreaux sales, des cordonniers, des tonneliers, une épicerie borgne, un marchand de vin en faillite, dont les volets fermés depuis des semaines se couvraient d'affiches. À l'autre bout, vers Paris, des maisons de quatre étages barraient le ciel, occupées à leur rez-de-chaussée par des blanchisseuses, les unes près des autres, en tas ; seule, une devanture de perruquier de petite ville, peinte en vert, toute pleine de flacons aux couleurs tendres, égayait ce coin d'ombre du vif éclair de ses plats de cuivre, tenus très propres. Mais la gaieté de la rue se trouvait au milieu, à l'endroit où les constructions, en devenant plus rares et plus basses, laissaient descendre l'air et le soleil. Les hangars du loueur de voitures, l'établissement voisin où l'on fabriquait de l'eau de Seltz, le lavoir, en face, élargissaient un vaste espace libre, silencieux, dans lequel les voix étouffées des laveuses et l'haleine régulière de la machine à vapeur semblaient grandir encore le recueillement. Des terrains profonds, des allées s'enfonçant entre des murs noirs, mettaient là un village. Et Coupeau, amusé par les rares passants qui enjambaient le ruissellement continu des eaux savonneuses, disait ce souvenir d'un pays où l'avait conduit un de ses oncles, à l'âge de cinq ans. La joie de Gervaise était, à gauche de sa fenêtre, un arbre planté dans une cour, un acacia allongeant une seule de ses branches, et dont la maigre verdure suffisait au charme de toute la rue.

Ce fut le dernier jour d'avril que la jeune femme accoucha. Les douleurs la prirent l'après-midi, vers quatre heures, comme elle repassait une paire de rideaux chez Mme Fauconnier. Elle ne voulut pas s'en aller tout de suite, restant là à se tortiller sur une chaise, donnant un coup de fer quand ça se calmait un peu ; les rideaux pressaient, elle s'entêtait à les finir

; puis, ça n'était peut-être qu'une colique, il ne fallait pas s'écouter pour un mal de ventre. Mais, comme elle parlait de se mettre à des chemises d'homme, elle devint blanche. Elle dut quitter l'atelier, traverser la rue, courbée en deux, se tenant aux murs. Une ouvrière offrait de l'accompagner ; elle refusa, elle la pria seulement de passer chez la sage-femme, à côté, rue de la Charbonnière. Le feu n'était pas à la maison, bien sûr. Elle en avait sans doute pour toute la nuit. Ça n'allait pas l'empêcher en rentrant de préparer le dîner de Coupeau ; ensuite, elle verrait à se jeter un instant sur le lit, sans même se déshabiller. Dans l'escalier, elle fut prise d'une telle crise, qu'elle dut s'asseoir au beau milieu des marches ; et elle serrait ses deux poings sur sa bouche, pour ne pas crier, parce qu'elle éprouvait une honte à être trouvée là par des hommes, s'il en montait. La douleur passa, elle put ouvrir sa porte, soulagée, pensant décidément s'être trompée. Elle faisait, ce soir-là, un ragoût de mouton avec des hauts de côtelettes. Tout marcha encore bien, pendant qu'elle pelurait ses pommes de terre. Les hauts de côtelettes revenaient dans un poêlon, quand les sueurs et les tranchées reparurent. Elle tourna son roux, en piétinant devant le fourneau, aveuglée par de grosses larmes. Si elle accouchait, n'est-ce pas ? ce n'était point une raison pour laisser Coupeau sans manger. Enfin le ragoût mijota sur un feu couvert de cendre. Elle revint dans la chambre, crut avoir le temps de mettre un couvert à un bout de la table. Et il lui fallut reposer bien vite le litre de vin ; elle n'eut plus la force d'arriver au lit, elle tomba et accoucha par terre, sur un paillasson. Lorsque la sage-femme arriva, un quart d'heure plus tard, ce fut là qu'elle la délivra.

Le zingueur travaillait toujours à l'hôpital. Gervaise défendit d'aller le déranger. Quand il rentra, à sept heures, il la trouva couchée, bien enveloppée, très pâle sur l'oreiller. L'enfant pleurait, emmailloté dans un châle, aux pieds de la mère.

– Ah ! ma pauvre femme ! dit Coupeau en embrassant Gervaise. Et moi qui rigolais, il n'y a pas une heure, pendant que tu criais aux petits pâtés !... Dis donc, tu n'es pas embarrassée, tu nous lâches ça, le temps d'éternuer.

Elle eut un faible sourire ; puis, elle murmura :

– C'est une fille.

– Juste ! reprit le zingueur, blaguant pour la remettre, j'avais commandé une fille !... Hein ! me voilà servi ! Tu fais donc tout ce que je veux ?

Et, prenant l'enfant, il continua :

– Qu'on vous voie un peu, Mlle Souillon !... Vous avez une petite frimousse bien noire. Ça blanchira, n'ayez pas peur. Il faudra être sage, ne pas faire la gourgandine, grandir raisonnable, comme papa et maman.

Gervaise, très sérieuse, regardait sa fille, les yeux grands ouverts, lentement assombris d'une tristesse. Elle hocha la tête ; elle aurait voulu un garçon, parce que les garçons se débrouillent toujours et ne courent pas tant de risques, dans ce Paris. La sage-femme dut enlever le poupon des mains de Coupeau. Elle défendit aussi à Gervaise de parler ; c'était déjà mauvais qu'on fît tant de bruit autour d'elle. Alors, le zingueur dit qu'il fallait prévenir maman Coupeau et les Lorilleux ; mais il crevait de faim, il voulait dîner auparavant. Ce fut un gros ennui pour l'accouchée de le voir se servir lui-même, courir à la cuisine chercher le ragoût, manger dans une assiette creuse, ne pas trouver le pain. Malgré la défense, elle se lamentait, se tournait entre les draps. Aussi, c'était bien bête de n'avoir pas pu mettre la table ; la colique l'avait assise par terre comme un coup de bâton. Son pauvre homme lui en voudrait, d'être là à se dorloter, quand il mangeait si mal. Les pommes de terre étaient-elles assez cuites au moins ? Elle ne se rappelait plus si elle les avait salées.

– Taisez-vous donc ! cria la sage-femme.

– Ah ! quand vous l'empêcherez de se miner, par exemple ! dit Coupeau la bouche pleine. Si vous n'étiez pas là, je parie qu'elle se lèverait pour me couper mon pain... Tiens-toi donc sur le dos, grosse dinde ! Faut pas te démolir, autrement tu en as pour quinze jours à te remettre sur tes pattes... Il est très bon, ton ragoût. Madame va en manger avec moi. N'est-ce pas, madame ?

La sage-femme refusa ; mais elle voulut bien boire un verre de vin, parce que ça l'avait émotionnée, disait-elle, de trouver la malheureuse femme avec le bébé sur le paillasson. Coupeau partit enfin, pour annoncer la nouvelle à la famille. Une demi-heure plus tard, il revint avec tout le monde, maman Coupeau, les Lorilleux, Mme Lerat, qu'il avait justement rencontrée chez ces derniers. Les Lorilleux, devant la prospérité du ménage, étaient devenus très aimables, faisaient un éloge outré de Gervaise, en laissant échapper de petits gestes restrictifs, des hochements de menton, des battements de paupières, comme pour ajourner leur vrai jugement. Enfin, ils savaient ce qu'ils savaient ; seulement, ils ne voulaient pas aller contre l'opinion de tout le quartier.

– Je t'amène la séquelle ! cria Coupeau. Tant pis ! ils ont voulu te voir... N'ouvre pas le bec, ça t'est défendu. Ils resteront là, à te regarder tranquillement, sans se formaliser, n'est-ce pas ?... Moi, je vais leur faire du café, et du chouette !

Il disparut dans la cuisine. Maman Coupeau, après avoir embrassé Gervaise, s'émerveillait de la grosseur de l'enfant. Les deux autres femmes avaient également appliqué de gros baisers sur les joues de l'accouchée. Et toutes trois, debout devant le lit, commentaient, en s'exclamant, les détails des couches, de drôles de couches, une dent à arracher, pas davantage. Mme Lerat examinait la petite partout, la déclarait bien conformée, ajoutait même, avec intention, que ça ferait une fameuse femme ; et, comme elle lui trouvait la tête trop pointue, elle la pétrissait légèrement, malgré ses cris, afin de l'arrondir. Mme Lorilleux lui arracha le bébé en se fâchant : ça suffisait pour donner tous les vices à une créature, de la tripoter ainsi, quand elle avait le crâne si tendre. Puis, elle chercha la ressemblance. On manqua se disputer. Lorilleux, qui allongeait le cou derrière les femmes, répétait que la petite n'avait rien de Coupeau ; un peu le nez peut-être, et encore ! C'était toute sa mère, avec des yeux d'ailleurs ; pour sûr, ces yeux-là ne venaient pas de la famille.

Cependant, Coupeau ne reparaissait plus. On l'entendait, dans la cuisine, se battre avec le fourneau et la cafetière. Gervaise se tournait les sangs ; ce n'était pas l'occupation d'un homme, de faire du café ; et elle lui criait comment il devait s'y prendre, sans écouter les « chut ! » énergiques de la sage-femme.

– Enlevez le baluchon ! dit Coupeau, qui rentra, la cafetière à la main. Hein ! est-elle assez canulante ! il faut qu'elle se cauchemarde... Nous allons boire ça dans des verres, n'est-ce pas ? parce que, voyez-vous, les tasses sont restées chez le marchand.

On s'assit autour de la table, et le zingueur voulut verser le café lui-même. Il sentait joliment fort, ce n'était pas de la roupie de sansonnet. Quand la sage-femme eut siroté son verre, elle s'en alla : tout marchait bien, on n'avait plus besoin d'elle ; si la nuit n'était pas bonne, on l'enverrait chercher le lendemain. Elle descendait encore l'escalier, que Mme Lorilleux la traita de licheuse et de propre à rien. Ça se mettait quatre morceaux de sucre dans son café, ça se faisait donner des quinze francs, pour vous laisser accoucher toute seule. Mais Coupeau la défendait ; il allongerait les quinze francs de bon cœur ; après tout, ces femmes-là passaient leur jeunesse à étudier, elles avaient raison de demander cher. Ensuite, Lorilleux se disputa avec Mme Lerat ; lui, prétendait que, pour avoir un garçon, il fallait tourner la tête de son lit vers le nord ; tandis qu'elle haussait les épaules, traitant ça d'enfantillage, donnant une autre recette, qui consistait à cacher sous le matelas, sans le dire à sa femme, une poignée d'orties fraîches, cueillies au soleil. On avait poussé la table près du lit. Jusqu'à dix heures, Gervaise, prise peu à peu d'une fatigue immense, resta souriante et stupide, la tête tournée sur l'oreiller ; elle voyait, elle entendait, mais elle ne trouvait plus la force de hasarder un geste ni une parole ; il lui semblait être morte, d'une mort très douce, du fond de laquelle elle était heureuse de regarder les autres vivre. Par moments, un vagissement de la petite montait, au milieu des grosses voix, des réflexions interminables sur un assassinat, commis la veille rue du Bon-Puits, à l'autre bout de la Chapelle.

Puis, comme la société songeait au départ, on parla du baptême. Les Lorilleux avaient accepté d'être parrain et marraine ; en arrière, ils rechignaient ; pourtant, si le ménage ne s'était pas adressé à eux, ils auraient fait une drôle de figure. Coupeau ne voyait guère la nécessité de baptiser la petite ; ça ne lui donnerait pas dix mille livres de rente, bien sûr ; et encore ça risquait de l'enrhumer. Moins on avait affaire aux curés, mieux ça valait. Mais maman Coupeau le traitait de païen. Les Lorilleux, sans aller manger le bon Dieu dans les églises, se piquaient d'avoir de la religion.

– Ce sera pour dimanche, si vous voulez, dit le chaîniste.

Et Gervaise, ayant consenti d'un signe de tête, tout le monde l'embrassa en lui recommandant de bien se porter. On dit adieu aussi au bébé. Chacun vint se pencher sur ce pauvre petit corps frissonnant, avec des risettes, des mots de tendresse, comme s'il avait pu comprendre. On l'appelait Nana, la caresse du nom d'Anna, que portait sa marraine.

– Bonsoir, Nana... Allons, Nana, soyez belle fille...

Quand ils furent enfin partis, Coupeau mit sa chaise tout contre le lit, et acheva sa pipe, en tenant dans la sienne la main de Gervaise. Il fumait lentement, lâchant des phrases entre deux bouffées, très ému.

– Hein ? ma vieille, ils t'ont cassé la tête ? Tu comprends, je n'ai pas pu les empêcher de venir. Après tout, ça prouve leur amitié... Mais, n'est-ce pas ? on est mieux seul. Moi, j'avais besoin d'être un peu seul, comme ça, avec toi. La soirée m'a paru d'un long !... Cette pauvre poule ! elle a eu bien du bobo ! Ces crapoussins-là, quand ça vient au monde, ça ne se doute guère du mal que ça fait. Vrai, ça doit être comme si on vous ouvrait les reins... Où est-il le bobo, que je l'embrasse ?

Il lui avait glissé délicatement sous le dos une de ses grosses mains, et il l'attirait, il lui baisait le ventre à travers le drap, pris d'un attendrissement d'homme rude pour cette fécondité endolorie encore. Il demandait s'il ne lui faisait pas du mal, il aurait voulu la guérir en soufflant dessus. Et Gervaise était bien heureuse. Elle lui jurait qu'elle ne souffrait plus du tout. Elle songeait seulement à se relever le plus tôt possible, parce qu'il ne fallait pas se croiser les bras, maintenant. Mais lui, la rassurait. Est-ce qu'il ne se chargeait pas de gagner la pâtée de la petite ? Il serait un grand lâche, si jamais il lui laissait cette gamine sur le dos. Ça ne lui semblait pas malin de savoir faire un enfant ; le mérite, pas vrai ? c'était de le nourrir.

Coupeau, cette nuit-là, ne dormit guère. Il avait couvert le feu du poêle. Toutes les heures, il dut se relever pour donner au bébé des cuillerées d'eau sucrée tiède. Ça ne l'empêcha pas de partir le matin au travail comme à son habitude. Il profita même de l'heure de son déjeuner, alla à la mairie faire sa déclaration. Pendant ce temps, Mme Boche, prévenue, était accourue passer la journée auprès de Gervaise. Mais celle-ci, après dix heures de profond sommeil, se lamentait, disait déjà se sentir toute courbaturée de garder le lit. Elle tomberait malade, si on ne la laissait pas se lever. Le soir, quand Coupeau revint, elle lui conta ses tourments : sans doute elle avait confiance en Mme Boche ; seulement ça la mettait hors d'elle de voir une étrangère s'installer dans sa chambre, ouvrir les tiroirs, toucher à ses affaires. Le lendemain, la concierge, en revenant d'une commission, la trouva debout, habillée, balayant et s'occupant du dîner de son mari. Et jamais elle ne voulut se recoucher. On se moquait d'elle, peut-être ! C'était bon pour les dames d'avoir l'air d'être cassées. Lorsqu'on n'était pas riche, on n'avait pas le temps. Trois jours après ses couches, elle repassait des jupons chez Mme Fauconnier, tapant ses fers, mise en sueur par la grosse chaleur du fourneau.

Dès le samedi soir, Mme Lorilleux apporta ses cadeaux de marraine : un bonnet de trente-cinq sous et une robe de baptême, plissée et garnie d'une petite dentelle, qu'elle avait eue pour six francs, parce qu'elle était défraîchie. Le lendemain, Lorilleux, comme parrain, donna à l'accouchée six livres de sucre. Ils faisaient les choses proprement. Même le soir, au repas qui eut lieu chez les Coupeau, ils ne se présentèrent point les mains vides. Le mari arriva avec un litre de vin cacheté sous chaque bras, tandis que la femme tenait un large flan acheté chez un pâtissier de la chaussée Clignancourt, très en renom. Seulement, les Lorilleux allèrent raconter leurs largesses dans tout le quartier ; ils avaient dépensé près de vingt francs. Gervaise, en apprenant leurs commérages, resta suffoquée et ne leur tint plus aucun compte de leurs bonnes manières.

Ce fut à ce dîner de baptême que les Coupeau achevèrent de se lier étroitement avec les voisins du palier. L'autre logement de la petite maison était occupé par deux personnes, la mère et le fils, les Goujet, comme on les appelait. Jusque-là, on s'était salué dans l'escalier et dans la rue, rien de plus ; les voisins semblaient un peu ours. Puis, la mère lui ayant monté un seau d'eau, le lendemain de ses couches, Gervaise avait jugé convenable de les inviter au repas, d'autant plus qu'elle les trouvait très bien. Et là, naturellement, on avait fait connaissance.

Les Goujet étaient du département du Nord. La mère raccommodait les dentelles ; le fils, forgeron de son état, travaillait dans une fabrique de boulons. Ils occupaient l'autre logement du palier depuis cinq ans. Derrière la paix muette de leur vie, se cachait tout un chagrin ancien : le père Goujet, un jour d'ivresse furieuse, à Lille, avait assommé un camarade à coups de barre de fer, puis s'était étranglé dans sa prison, avec son mouchoir. La veuve et l'enfant, venus à Paris après leur malheur, sentaient toujours ce drame sur leurs têtes, le rachetaient par une honnêteté stricte, une douceur et un courage inaltérables. Même il se mêlait un peu de fierté dans leur cas, car ils finissaient par se voir meilleurs que les autres. Mme Goujet, toujours vêtue de noir, le front encadré d'une coiffe monacale, avait une face blanche et reposée de matrone, comme si la pâleur des dentelles, le travail minutieux de ses doigts, lui donnaient un reflet de sérénité. Goujet était un colosse de vingt-trois ans, superbe, le visage rose, les yeux bleus, d'une force herculéenne. À l'atelier, les camarades l'appelaient la Gueule-d'Or, à cause de sa belle barbe jaune.

Gervaise se sentit tout de suite prise d'une grande amitié pour ces gens. Quand elle pénétra la première fois chez eux, elle resta émerveillée de la propreté du logis. Il n'y avait pas à dire, on pouvait souffler partout, pas un grain de poussière ne s'envolait. Et le carreau luisait, d'une clarté de glace. Mme Goujet la fit entrer dans la chambre de son fils, pour voir. C'était gentil et blanc comme dans la chambre d'une fille : un petit lit de fer garni de rideaux de mousseline, une table, une toilette, une étroite bibliothèque pendue au mur ; puis des images du haut en bas, des bonshommes découpés, des gravures coloriées fixées à l'aide de quatre clous, des portraits de toutes sortes de personnages, détachés des journaux illustrés. Mme Goujet disait, avec un sourire, que son fils était un grand enfant ; le soir, la lecture le fatiguait ; alors, il s'amusait à regarder ses images. Gervaise s'oublia une heure près de sa voisine, qui s'était remise à son tambour, devant une fenêtre. Elle s'intéressait aux centaines d'épingles attachant la dentelle, heureuse d'être là, respirant la bonne odeur de propreté du logement, où cette besogne délicate mettait un silence recueilli. Les Goujet gagnaient encore à être fréquentés. Ils faisaient de grosses journées et plaçaient plus du quart de leur quinzaine à la Caisse d'épargne. Dans le quartier, on les saluait, on parlait de leurs économies. Goujet n'avait jamais un trou, sortait avec des bourgerons propres, sans une tache. Il était très poli, même un peu timide, malgré ses larges épaules. Les blanchisseuses du bout de la rue s'égayaient à le voir baisser le nez, quand il passait. Il n'aimait pas leurs gros mots, trouvait ça dégoûtant que des femmes eussent sans cesse des saletés à la bouche. Un jour pourtant, il était rentré gris. Alors, Mme Goujet, pour tout reproche, l'avait mis en face d'un portrait de son père, une mauvaise peinture cachée pieusement au fond de la commode. Et, depuis cette leçon, Goujet ne buvait plus qu'à sa suffisance, sans haine pourtant contre le vin, car le vin est nécessaire à l'ouvrier. Le dimanche, il sortait avec sa mère, à laquelle il donnait le bras ; le plus souvent, il la menait du côté de Vincennes ; d'autres fois, il la conduisait au théâtre. Sa mère restait sa passion. Il lui parlait encore comme s'il était tout petit. La tête carrée, la chair alourdie par le rude travail du marteau, il tenait des grosses bêtes : dur d'intelligence, bon tout de même.

Les premiers jours, Gervaise le gêna beaucoup. Puis, en quelques semaines, il s'habitua à elle. Il la guettait pour lui monter ses paquets, la traitait en sœur, avec une brusque familiarité, découpant des images à son intention. Cependant, un matin, ayant tourné la clef sans frapper, il la surprit à moitié nue, se lavant le cou ; et, de huit jours, il ne la regarda pas en face, si bien qu'il finissait par la faire rougir elle-même.

Cadet-Cassis, avec son bagou parisien, trouvait la Gueule-d'Or bêta. C'était bien de ne pas licher, de ne pas souffler dans le nez des filles, sur les trottoirs ; mais il fallait pourtant qu'un homme fût un homme, sans quoi autant valait-il tout de suite porter des jupons. Il le blaguait devant Gervaise, en l'accusant de faire de l'œil à toutes les femmes du quartier ; et ce tambour-major de Goujet se défendait violemment. Ça n'empêchait pas les deux ouvriers d'être camarades. Ils s'appelaient le matin, partaient ensemble, buvaient parfois un verre de bière avant de rentrer. Depuis le dîner du baptême, ils se tutoyaient, parce que dire toujours « vous », ça allonge les phrases. Leur amitié en restait là, quand la Gueule-d'Or rendit à Cadet-Cassis un fier service, un de ces services signalés dont on se souvient la vie entière. C'était au 2 décembre. Le zingueur, par rigolade, avait eu la belle idée de descendre voir l'émeute ; il se fichait pas mal de la République, du Bonaparte et de tout le tremblement ; seulement, il adorait la poudre, les coups de fusil lui semblaient drôles. Et il allait très bien être pincé derrière une barricade, si le forgeron ne s'était rencontré là, juste à point pour le protéger de son grand corps et l'aider à filer. Goujet, en remontant la rue du Faubourg-Poissonnière, marchait vite, la figure grave. Lui, s'occupait de politique, était républicain, sagement, au nom de la justice et du bonheur de tous. Cependant, il n'avait pas fait le coup de fusil. Et il donnait ses raisons : le peuple se lassait de payer aux bourgeois les marrons qu'il tirait des cendres, en se brûlant les pattes ; février et juin étaient de fameuses leçons ; aussi, désormais, les faubourgs laisseraient-ils la ville s'arranger comme elle l'entendrait. Puis, arrivé sur la hauteur, rue des Poissonniers, il avait tourné la tête, regardant Paris ; on bâclait tout de même là-bas de la fichue besogne, le peuple un jour pourrait se repentir de s'être croisé les bras. Mais Coupeau ricanait, appelait trop bêtes les ânes qui risquaient leur peau, à la seule fin de conserver leurs vingt-cinq francs aux sacrés fainéants de la Chambre. Le soir, les Coupeau invitèrent les Goujet à dîner. Au dessert, Cadet-Cassis et la Gueule-d'Or se posèrent chacun deux gros baisers sur les joues. Maintenant, c'était à la vie à la mort.

Pendant trois années, la vie des deux familles coula, aux deux côtés du palier, sans un événement. Gervaise avait élevé la petite, en trouvant moyen de perdre, au plus, deux jours de travail par semaine. Elle devenait une bonne ouvrière de fin, gagnait jusqu'à trois francs. Aussi s'était-elle décidée à mettre Étienne, qui allait sur ses huit ans, dans une petite pension de la rue de Chartres, où elle payait cent sous. Le ménage, malgré la charge des deux enfants, plaçait des vingt francs et des trente francs chaque mois à la Caisse d'épargne. Quand leurs économies atteignirent la somme de six cents francs, la jeune femme ne dormit plus, obsédée d'un rêve d'ambition : elle voulait s'établir, louer une petite boutique, prendre à son tour des ouvrières. Elle avait tout calculé. Au bout de vingt ans, si le travail marchait, ils pouvaient avoir une rente, qu'ils iraient manger quelque part, à la campagne. Pourtant, elle n'osait se risquer. Elle disait chercher une boutique, pour se donner le temps de la réflexion. L'argent ne craignait rien à la Caisse d'épargne ; au contraire, il faisait des petits. En trois années, elle avait contenté une seule de ses envies, elle s'était acheté une pendule ; encore cette pendule, une pendule de palissandre, à colonnes torses, à balancier de cuivre doré, devait-elle être payée en un an, par acompte de vingt sous tous les lundis. Elle se fâchait, lorsque Coupeau parlait de la monter ; elle seule enlevait le globe, essuyait les colonnes avec religion, comme si le marbre de sa commode s'était transformé en chapelle. Sous le globe, derrière la pendule, elle cachait le livret de la Caisse d'épargne. Et souvent, quand elle rêvait à sa boutique, elle s'oubliait là, devant le cadran, à regarder fixement tourner les aiguilles, ayant l'air d'attendre quelque minute particulière et solennelle pour se décider.

Les Coupeau sortaient presque tous les dimanches avec les Goujet. C'étaient des parties gentilles, une friture à Saint-Ouen ou un lapin à Vincennes, mangés sans épate, sous le bosquet d'un traiteur. Les hommes buvaient à leur soif, revenaient sains comme l'œil, en donnant le bras aux dames. Le soir, avant de se coucher, les deux ménages comptaient, partageaient la dépense par moitié ; et jamais un sou en plus ou en moins ne soulevait une discussion. Les Lorilleux étaient jaloux des Goujet. Ça leur paraissait drôle, tout de même, de voir Cadet-Cassis et la Banban aller sans cesse avec des étrangers, quand ils avaient une famille. Ah bien ! oui ! ils s'en souciaient comme d'une guigne, de leur famille ! Depuis qu'ils avaient quatre sous de côté, ils faisaient joliment leur tête. Mme Lorilleux, très vexée de voir son frère lui échapper, recommençait à vomir des injures contre Gervaise. Mme Lerat, au contraire, prenait parti pour la jeune femme, la défendait en racontant des contes extraordinaires, des tentatives de séduction, le soir, sur le boulevard, dont elle la montrait sortant en héroïne de drame, flanquant une paire de claques à ses lâches agresseurs. Quant à maman Coupeau, elle tâchait de raccommoder tout le monde, de se faire bien venir de tous ses enfants : sa vue baissait de plus en plus, elle n'avait plus qu'un ménage, elle était contente de trouver cent sous chez les uns et chez les autres.

Le jour même où Nana prenait ses trois ans, Coupeau, en rentrant le soir, trouva Gervaise bouleversée. Elle refusait de parler, elle n'avait rien du tout, disait-elle. Mais, comme elle mettait la table à l'envers, s'arrêtant avec les assiettes pour tomber dans de grosses réflexions, son mari voulut absolument savoir.

– Eh bien ! voilà, finit-elle par avouer, la boutique du petit mercier, rue de la Goutte-d'Or, est à louer... J'ai vu ça, il y a une heure, en allant acheter du fil. Ça m'a donné un coup.

C'était une boutique très propre, juste dans la grande maison où ils rêvaient d'habiter autrefois. Il y avait la boutique, une arrière-boutique, avec deux autres chambres, à droite et à gauche ; enfin, ce qu'il leur fallait, les pièces un peu petites, mais bien distribuées. Seulement, elle trouvait ça trop cher : le propriétaire parlait de cinq cents francs.

– Tu as donc visité et demandé le prix ? dit Coupeau.

– Oh ! tu sais, par curiosité ! répondit-elle, en affectant un air d'indifférence. On cherche, on entre à tous les écriteaux, ça n'engage à rien... Mais celle-là est trop chère, décidément. Puis, ce serait peut-être une bêtise de m'établir.

Cependant, après le dîner, elle revint à la boutique du mercier. Elle dessina les lieux, sur la marge d'un journal. Et, peu à peu, elle en causait, mesurait les coins, arrangeait les pièces, comme si elle avait dû, dès le lendemain, y caser ses meubles. Alors, Coupeau la poussa à louer, en voyant sa grande envie ; pour sûr, elle ne trouverait rien de propre, à moins de cinq cents francs ; d'ailleurs, on obtiendrait peut-être une diminution. La seule chose ennuyeuse, c'était d'aller habiter la maison des Lorilleux, qu'elle ne pouvait pas souffrir. Mais elle se fâcha, elle ne détestait personne ; dans le feu de son désir, elle défendit même les Lorilleux ; ils n'étaient pas méchants au fond, on s'entendrait très bien. Et, quand ils furent couchés, Coupeau dormait déjà qu'elle continuait ses aménagements intérieurs, sans avoir pourtant, d'une façon nette, consenti à louer.

Le lendemain, restée seule, elle ne put résister au besoin d'enlever le globe de la pendule et de regarder le livret de la Caisse d'épargne. Dire que sa boutique était là-dedans, dans ces feuillets salis de vilaines écritures ! Avant d'aller au travail, elle consulta Mme Goujet, qui approuva beaucoup son projet de s'établir ; avec un homme comme le sien, bon sujet, ne buvant pas, elle était certaine de faire ses affaires et de ne pas être mangée. Au déjeuner, elle monta même chez les Lorilleux pour avoir leur avis ; elle désirait ne pas paraître se cacher de la famille. Mme Lorilleux resta saisie. Comment ! la Banban allait avoir une boutique, à cette heure ! Et, le cœur crevé, elle balbutia, elle dut se montrer très contente : sans doute, la boutique était commode, Gervaise avait raison de la prendre. Pourtant, lorsqu'elle se fut un peu remise, elle et son mari parlèrent de l'humidité de la cour, du jour triste des pièces du rez-de-chaussée. Oh ! c'était un bon coin pour les rhumatismes. Enfin, si elle était décidée à louer, n'est-ce pas ? leurs observations, bien certainement, ne l'empêcheraient pas de louer.

Le soir, Gervaise avouait franchement en riant qu'elle en serait tombée malade, si on l'avait empêchée d'avoir la boutique. Toutefois, avant de dire : « C'est fait ! » elle voulait emmener Coupeau voir les lieux et tâcher d'obtenir une diminution sur le loyer.

– Alors, demain, si ça te plaît, dit son mari. Tu viendras me prendre vers six heures à la maison où je travaille, rue de la Nation, et nous passerons rue de la Goutte-d'Or, en rentrant.

Coupeau terminait alors la toiture d'une maison neuve, à trois étages. Ce jour-là, il devait justement poser les dernières feuilles de zinc. Comme le toit était presque plat, il y avait installé son établi, un large volet sur deux tréteaux. Un beau soleil de mai se couchait, dorant les cheminées. Et, tout là-haut, dans le ciel clair, l'ouvrier taillait tranquillement son zinc à coups de cisaille, penché sur l'établi, pareil à un tailleur coupant chez lui une paire de culottes. Contre le mur de la maison voisine, son aide, un gamin de dix-sept ans, fluet et blond, entretenait le feu du réchaud en manœuvrant un énorme soufflet, dont chaque haleine faisait envoler un pétillement d'étincelles.

– Hé ! Zidore, mets les fers ! cria Coupeau.

L'aide enfonça les fers à souder au milieu de la braise, d'un rose pâle dans le plein jour. Puis, il se remit à souffler. Coupeau tenait la dernière feuille de zinc. Elle restait à poser au bord du toit, près de la gouttière ; là, il y avait une brusque pente, et le trou béant de la rue se creusait. Le zingueur, comme chez lui, en chaussons de lisières, s'avança, traînant les pieds, sifflotant l'air d'*Ohé ! les p'tits agneaux*. Arrivé devant le trou, il se laissa couler, s'arc-bouta d'un genou contre la maçonnerie d'une cheminée, resta à moitié chemin du pavé. Une de ses jambes pendait. Quand il se renversait pour appeler cette couleuvre de Zidore, il se rattrapait à un coin de la maçonnerie à cause du trottoir, là-bas, sous lui.

– Sacré lambin, va !... Donne donc les fers ! Quand tu regarderas en l'air, bougre d'efflanqué ! les alouettes ne te tomberont pas toutes rôties !

Mais Zidore ne se pressait pas. Il s'intéressait aux toits voisins, à une grosse fumée qui montait au fond de Paris, du côté de Grenelle ; ça pouvait bien être un incendie. Pourtant, il vint se mettre à plat ventre, la tête au-dessus du trou ; et il passa les fers à Coupeau. Alors, celui-ci commença à souder la feuille. Il s'accroupissait, s'allongeait, trouvant toujours son équilibre, assis d'une fesse, perché sur la pointe d'un pied, retenu par un doigt. Il avait un sacré aplomb, un toupet du tonnerre, familier, bravant le danger. Ça le connaissait. C'était la rue qui avait peur de lui. Comme il ne lâchait pas sa pipe, il se tournait de temps à autre, il crachait paisiblement dans la rue.

– Tiens ! Mme Boche ! cria-t-il tout d'un coup. Ohé ! Mme Boche !

Il venait d'apercevoir la concierge traversant la chaussée. Elle leva la tête, le reconnut. Et une conversation s'engagea du toit au trottoir. Elle cachait ses mains sous son tablier, le nez en l'air. Lui, debout maintenant, son bras gauche passé autour d'un tuyau, se penchait.

– Vous n'avez pas vu ma femme ? demanda-t-il.

– Non, bien sûr, répondit la concierge. Elle est par ici ?

– Elle doit venir me prendre... Et l'on se porte bien chez vous ?

– Mais oui, merci, c'est moi la plus malade, vous voyez... Je vais chaussée Clignancourt chercher un petit gigot. Le boucher, près du Moulin-Rouge, ne le vend que seize sous.

Ils haussaient la voix, parce qu'une voiture passait. Dans la rue de la Nation, large, déserte, leurs paroles, lancées à toute volée, avaient seulement fait mettre à sa fenêtre une petite vieille ; et cette vieille restait là, accoudée, se donnant la distraction d'une grosse émotion, à regarder cet homme, sur la toiture d'en face, comme si elle espérait le voir tomber d'une minute à l'autre.

– Eh bien ! bonsoir, cria encore Mme Boche. Je ne veux pas vous déranger.

Coupeau se tourna, reprit le fer que Zidore lui tendait. Mais au moment où la concierge s'éloignait, elle aperçut sur l'autre trottoir Gervaise, tenant Nana par la main. Elle relevait déjà la tête pour avertir le zingueur, lorsque la jeune femme lui ferma la bouche d'un geste énergique. Et, à demi-voix, afin de n'être pas entendue là-haut, elle dit sa crainte : elle redoutait, en se montrant tout d'un coup, de donner à son mari une secousse, qui le précipiterait. En quatre ans, elle était allée le chercher une seule fois à son travail. Ce jour-là, c'était la seconde fois. Elle ne pouvait pas assister à ça, son sang ne faisait qu'un tour, quand elle voyait son homme entre ciel et terre, à des endroits où les moineaux eux-mêmes ne se risquaient pas.

– Sans doute, ce n'est pas agréable, murmurait Mme Boche. Moi, le mien est tailleur, je n'ai pas ces tremblements.

– Si vous saviez, dans les premiers temps, dit encore Gervaise, j'avais des frayeurs du matin au soir. Je le voyais toujours, la tête cassée, sur une civière... Maintenant, je n'y pense plus autant. On s'habitue à tout. Il faut bien que le pain se gagne... N'importe, c'est un pain joliment cher, car on y risque ses os plus souvent qu'à son tour.

Elle se tut, cachant Nana dans sa jupe, craignant un cri de la petite. Malgré elle, toute pâle, elle regardait. Justement, Coupeau soudait le bord extrême de la feuille, près de la gouttière ; il se coulait le plus possible, ne pouvait atteindre le bout. Alors, il se risqua, avec ces mouvements ralentis des ouvriers, pleins d'aisance et de lourdeur. Un moment, il fut au-dessus du pavé, ne se tenant plus, tranquille, à son affaire ; et, d'en bas, sous le fer promené d'une main soigneuse, on voyait grésiller la petite flamme blanche de la soudure. Gervaise, muette, la gorge étranglée par l'angoisse, avait serré les mains, les élevait d'un geste machinal de supplication. Mais elle respira bruyamment, Coupeau venait de remonter sur le toit, sans se presser, en prenant le temps de cracher une dernière fois dans la rue.

– On moucharde donc ! cria-t-il gaiement en l'apercevant. Elle a fait la bête, n'est-ce pas ? Mme Boche ; elle n'a pas voulu appeler... Attends-moi, j'en ai encore pour dix minutes.

Il lui restait à poser un chapiteau de cheminée, une bricole de rien du tout. La blanchisseuse et la concierge demeurèrent sur le trottoir, causant du quartier, surveillant Nana, pour l'empêcher de barboter dans le ruisseau, où elle cherchait des petits poissons ; et les deux femmes revenaient toujours à la toiture, avec des sourires, des hochements de tête, comme pour dire qu'elles ne s'impatientaient pas. En face, la vieille n'avait pas quitté sa fenêtre, regardant l'homme, attendant.

– Qu'est-ce qu'elle a donc à espionner, cette bique ! dit Mme Boche. Une fichue mine !

Là-haut, on entendait la voix forte du zingueur chantant : *Ah ! qu'il fait donc bon cueillir la fraise !* Maintenant, penché sur son établi, il coupait son zinc en artiste. D'un tour de compas, il avait tracé une ligne, et il détachait un large éventail, à l'aide d'une paire de cisailles cintrées ; puis, légèrement, au marteau, il ployait cet éventail en forme de champignon pointu. Zidore s'était remis à souffler la braise du réchaud. Le soleil se couchait derrière la maison, dans une grande clarté rose, lentement pâlie, tournant au lilas tendre. Et, en plein ciel, à cette heure recueillie du jour, les silhouettes des deux ouvriers, grandies démesurément, se découpaient sur le fond limpide de l'air, avec la barre sombre de l'établi et l'étrange profil du soufflet.

Quand le chapiteau fut taillé, Coupeau jeta son appel :

– Zidore ! les fers !

Mais Zidore venait de disparaître. Le zingueur, en jurant, le chercha du regard, l'appela par la lucarne du grenier restée ouverte. Enfin, il le découvrit sur un toit voisin, à deux maisons de distance. Le galopin se promenait, explorait les environs, ses maigres cheveux blonds s'envolant au grand air, clignant les yeux en face de l'immensité de Paris.

– Dis donc, la flâne ! est-ce que tu te crois à la campagne ! dit Coupeau furieux. Tu es comme M. Béranger, tu composes des vers, peut-être !... Veux-tu bien me donner les fers ! A-t-on jamais vu ! se balader sur les toits ! Amène-z-y ta connaissance tout de suite, pour lui chanter des mamours... Veux-tu me donner les fers, sacrée andouille !

Il souda, il cria à Gervaise :

– Voilà, c'est fini... Je descends.

Le tuyau auquel il devait adapter le chapiteau, se trouvait au milieu du toit. Gervaise, tranquillisée, continuait à sourire en suivant ses mouvements. Nana, amusée tout d'un coup par la vue de son père, tapait dans ses petites mains. Elle s'était assise sur le trottoir, pour mieux voir là-haut.

– Papa ! papa ! criait-elle de toute sa force ; papa ! regarde donc !

Le zingueur voulut se pencher, mais son pied glissa. Alors, brusquement, bêtement, comme un chat dont les pattes s'embrouillent, il roula, il descendit la pente légère de la toiture, sans pouvoir se rattraper.

– Nom de Dieu ! dit-il d'une voix étouffée.

Et il tomba. Son corps décrivit une courbe molle, tourna deux fois sur lui-même, vint s'écraser au milieu de la rue avec le coup sourd d'un paquet de linge jeté de haut.

Gervaise, stupide, la gorge déchirée d'un grand cri, resta les bras en l'air. Des passants accoururent, un attroupement se forma. Mme Boche, bouleversée, fléchissant sur ses jambes, prit Nana entre ses bras, pour lui cacher la tête et l'empêcher de voir. Cependant, en face, la petite vieille, comme satisfaite, fermait tranquillement sa fenêtre.

Quatre hommes finirent par transporter Coupeau chez un pharmacien, au coin de la rue des Poissonniers ; et il demeura là près d'une heure, au milieu de la boutique, sur une couverture, pendant qu'on était allé chercher un brancard à l'hôpital Lariboisière. Il respirait encore, mais le pharmacien avait de petits hochements de tête. Maintenant, Gervaise, à genoux par terre, sanglotait d'une façon continue, barbouillée de ses larmes, aveuglée, hébétée. D'un mouvement machinal, elle avançait les mains, tâtait les membres de son mari, très doucement. Puis, elle les retirait, en regardant le pharmacien qui lui avait défendu de toucher ; et elle recommençait quelques secondes plus tard, ne pouvant s'empêcher de s'assurer s'il restait chaud, croyant lui faire du bien. Quand le brancard arriva enfin, et qu'on parla de partir pour l'hôpital, elle se releva, en disant violemment :

– Non, non, pas à l'hôpital !... Nous demeurons rue Neuve-de-la-Goutte-d'Or.

On eut beau lui expliquer que la maladie lui coûterait très cher, si elle prenait son mari chez elle. Elle répétait avec entêtement :

– Rue Neuve-de-la-Goutte-d'Or, je montrerai la porte... Qu'est-ce que ça vous fait ? J'ai de l'argent... C'est mon mari, n'est-ce pas ? Il est à moi, je le veux.

Et l'on dut rapporter Coupeau chez lui. Lorsque le brancard traversa la foule qui s'écrasait devant la boutique du pharmacien, les femmes du quartier parlaient de Gervaise avec animation : elle boitait, la mâtine, mais elle avait tout de même du chien ; bien sûr, elle sauverait son homme, tandis qu'à l'hôpital les médecins faisaient passer l'arme à gauche aux malades trop détériorés, histoire de ne pas se donner l'embêtement de les guérir. Mme Boche, après avoir emmené Nana chez elle, était revenue et racontait l'accident avec des détails interminables, toute secouée encore d'émotion.

– J'allais chercher un gigot, j'étais là, je l'ai vu tomber, répétait-elle. C'est à cause de sa petite, il a voulu la regarder, et patatras ! Ah ! Dieu de Dieu ! je ne demande pas à en voir tomber un second... Il faut pourtant que j'aille chercher mon gigot.

Pendant huit jours, Coupeau fut très bas. La famille, les voisins, tout le monde, s'attendaient à le voir tourner de l'œil d'un instant à l'autre. Le médecin, un médecin très cher qui se faisait payer cent sous la visite, craignait des lésions intérieures ; et ce mot effrayait beaucoup, on disait dans le quartier que le zingueur avait eu le cœur décroché par la secousse. Seule, Gervaise, pâlie par les veilles, sérieuse, résolue, haussait les épaules.

Son homme avait la jambe droite cassée ; ça, tout le monde le savait ; on la lui remettrait, voilà tout. Quant au reste, au cœur décroché, ce n'était rien. Elle le lui raccrocherait, son cœur. Elle savait comment les cœurs se raccrochent, avec des soins, de la propreté, une amitié solide. Et elle montrait une conviction superbe, certaine de le guérir, rien qu'à rester autour de lui et à le toucher de ses mains, dans les heures de fièvre. Elle ne douta pas une minute. Toute une semaine, on la vit sur ses pieds, parlant peu, recueillie dans son entêtement de le sauver, oubliant les enfants, la rue, la ville entière. Le neuvième jour, le soir où le médecin répondit enfin du malade, elle tomba sur une chaise, les jambes molles, l'échine brisée, tout en larmes. Cette nuit-là, elle consentit à dormir deux heures, la tête posée sur le pied du lit.

L'accident de Coupeau avait mis la famille en l'air. Maman Coupeau passait les nuits avec Gervaise ; mais, dès neuf heures, elle s'endormait sur sa chaise. Chaque soir, en rentrant du travail, Mme Lerat faisait un grand détour pour prendre des nouvelles. Les Lorilleux étaient d'abord venus deux et trois fois par jour, offrant de veiller, apportant même un fauteuil pour Gervaise. Puis, des querelles n'avaient pas tardé à s'élever sur la façon de soigner les malades. Mme Lorilleux prétendait avoir sauvé assez de gens dans sa vie pour savoir comment il fallait s'y prendre. Elle accusait aussi la jeune femme de la bousculer, de l'écarter du lit de son frère. Bien sûr, la Banban avait raison de vouloir quand même guérir Coupeau ; car enfin, si elle n'était pas allée le déranger rue de la Nation, il ne serait pas tombé. Seulement, de la manière dont elle l'accommodait, elle était certaine de l'achever.

Lorsqu'elle vit Coupeau hors de danger, Gervaise cessa de garder son lit avec autant de rudesse jalouse. Maintenant, on ne pouvait plus le lui tuer, et elle laissait approcher les gens sans méfiance. La famille s'étalait dans la chambre. La convalescence devait être très longue ; le médecin avait parlé de quatre mois. Alors, pendant les longs sommeils du zingueur, les Lorilleux traitèrent Gervaise de bête. Ça l'avançait beaucoup d'avoir son mari chez elle. À l'hôpital, il se serait remis sur pied deux fois plus vite. Lorilleux aurait voulu être malade, attraper un bobo quelconque, pour lui montrer s'il hésiterait une seconde à entrer à Lariboisière. Mme Lorilleux connaissait une dame qui en sortait ; eh bien ! elle avait mangé du poulet matin et soir. Et tous deux, pour la vingtième fois, refaisaient le calcul de ce que coûteraient au ménage les quatre mois de convalescence ; d'abord les journées de travail perdues, puis le médecin, les remèdes, et plus tard le bon vin, la viande saignante. Si les Coupeau croquaient seulement leurs quatre sous d'économies, ils devraient s'estimer fièrement heureux. Mais ils s'endetteraient, c'était à croire. Oh ! ça les regardait. Surtout, ils n'avaient pas à compter sur la famille, qui n'était pas assez riche, pour entretenir un malade chez lui. Tant pis pour la Banban, n'est-ce pas ? elle pouvait bien faire comme les autres, laisser porter son homme à l'hôpital. Ça la complétait, d'être une orgueilleuse.

Un soir, Mme Lorilleux eut la méchanceté de lui demander brusquement :

– Eh bien ! et votre boutique, quand la louez-vous ?

– Oui, ricana Lorilleux, le concierge vous attend encore.

Gervaise resta suffoquée. Elle avait complètement oublié la boutique. Mais elle voyait la joie mauvaise de ces gens, à la pensée que désormais la boutique était flambée. Dès ce soir-là, en effet, ils guettèrent les occasions pour la plaisanter sur son rêve tombé à l'eau. Quand on parlait d'un espoir irréalisable, ils renvoyaient la chose au jour où elle serait patronne, dans un beau magasin, donnant sur la rue. Et, derrière elle, c'étaient des gorges chaudes. Elle ne voulait pas faire d'aussi vilaines suppositions ; mais, en vérité, les Lorilleux avaient l'air maintenant d'être très contents de l'accident de Coupeau, qui l'empêchait de s'établir blanchisseuse, rue de la Goutte-d'Or.

Alors, elle-même voulut rire et leur montrer combien elle sacrifiait volontiers l'argent pour la guérison de son mari. Chaque fois qu'elle prenait en leur présence le livret de la Caisse d'épargne, sous le globe de la pendule, elle disait gaiement :

– Je sors, je vais louer ma boutique.

Elle n'avait pas voulu retirer l'argent tout d'une fois. Elle le redemandait par cent francs, pour ne pas garder un si gros tas de pièces dans sa commode ; puis, elle espérait vaguement quelque miracle, un rétablissement brusque, qui leur permettrait de ne pas déplacer la somme entière. À chaque course à la Caisse d'épargne, quand elle rentrait, elle additionnait sur un bout de papier l'argent qu'ils avaient encore là-bas. C'était uniquement pour le bon ordre. Le trou avait beau se creuser dans la monnaie, elle tenait, de son air raisonnable, avec son tranquille sourire, les comptes de cette débâcle de leurs économies. N'était-il pas déjà une consolation d'employer si bien cet argent, de l'avoir eu sous la main, au moment de leur malheur ? Et, sans un regret, d'une main soigneuse, elle replaçait le livret derrière la pendule, sous le globe.

Les Goujet se montrèrent très gentils pour Gervaise pendant la maladie de Coupeau. Mme Goujet était à son entière disposition ; elle ne descendait pas une fois sans lui demander si elle avait besoin de sucre, de beurre, de sel ; elle lui offrait toujours le premier bouillon, les soirs où elle mettait un pot-au-feu ; même, si elle la voyait trop occupée, elle soignait sa cuisine, lui donnait un coup de main pour la vaisselle. Goujet, chaque matin, prenait les seaux de la jeune femme, allait les emplir à la fontaine de la rue des Poissonniers ; c'était une économie de deux sous. Puis, après le dîner, quand la famille n'envahissait pas la chambre, les Goujet venaient tenir compagnie aux Coupeau. Pendant deux heures, jusqu'à dix heures, le forgeron fumait sa pipe, en regardant Gervaise tourner autour du malade. Il ne disait pas dix paroles de la soirée. Sa grande face blonde enfoncée entre ses épaules de colosse, il s'attendrissait à la voir verser de la tisane dans une tasse, remuer le sucre sans faire de bruit avec la cuiller. Lorsqu'elle bordait le lit et qu'elle encourageait Coupeau d'une voix douce, il restait tout secoué. Jamais il n'avait rencontré une aussi brave femme. Ça ne lui allait même pas mal de boiter, car elle en avait plus de mérite encore à se décarcasser tout le long de la journée auprès de son mari. On ne pouvait pas dire, elle ne s'asseyait pas un quart d'heure, le temps de manger. Elle courait sans cesse chez le pharmacien, mettait son nez dans des choses pas propres, se donnait un mal du tonnerre pour tenir en ordre cette chambre où l'on faisait tout ; avec ça, pas une plainte, toujours aimable, même les soirs où elle dormait debout, les yeux ouverts, tant elle était lasse. Et le forgeron, dans cet air de dévouement, au milieu des drogues traînant sur les meubles, se prenait d'une grande affection pour Gervaise, à la regarder ainsi aimer et soigner Coupeau de tout son cœur.

– Hein ? mon vieux, te voilà recollé, dit-il un jour au convalescent. Je n'étais pas en peine, ta femme est le bon Dieu.

Lui, devait se marier. Du moins, sa mère avait trouvé une jeune fille très convenable, une dentellière comme elle, qu'elle désirait vivement lui voir épouser. Pour ne pas la chagriner, il disait oui, et la noce était même fixée aux premiers jours de septembre. L'argent de l'entrée en ménage dormait depuis longtemps à la Caisse d'épargne. Mais il hochait la tête quand Gervaise lui parlait de ce mariage, il murmurait de sa voix lente :

– Toutes les femmes ne sont pas comme vous, Mme Coupeau. Si toutes les femmes étaient comme vous, on en épouserait dix.

Cependant, Coupeau, au bout de deux mois, put commencer à se lever. Il ne se promenait pas loin, du lit à la fenêtre, et encore soutenu par Gervaise. Là, il s'asseyait dans le fauteuil des Lorilleux, la jambe droite allongée sur un tabouret. Ce blagueur, qui allait rigoler des pattes cassées, les jours de verglas, était très vexé de son accident. Il manquait de philosophie. Il avait passé ces deux mois dans le lit, à jurer, à faire enrager le monde. Ce n'était pas une existence, vraiment, de vivre sur le dos, avec une quille ficelée et raide comme un saucisson.

Ah ! il connaîtrait le plafond, par exemple ; il y avait une fente, au coin de l'alcôve, qu'il aurait dessinée les yeux fermés. Puis, quand il s'installa dans le fauteuil, ce fut une autre histoire. Est-ce qu'il resterait longtemps cloué là, pareil à une momie ? La rue n'était pas si drôle, il n'y passait personne, ça puait l'eau de javelle toute la journée. Non, vrai, il se faisait trop vieux, il aurait donné dix ans de sa vie pour savoir seulement comment se portaient les fortifications. Et il revenait toujours à des accusations violentes contre le sort. Ça n'était pas juste, son accident ; ça n'aurait pas dû lui arriver, à lui, un bon ouvrier, pas fainéant, pas soûlard. À d'autres peut-être, il aurait compris.

– Le papa Coupeau, disait-il, s'est cassé le cou, un jour de ribote. Je ne puis pas dire que c'était mérité, mais enfin la chose s'expliquait... Moi, j'étais à jeun, tranquille comme Baptiste, sans une goutte de liquide dans le corps, et voilà que je dégringole en voulant me tourner pour faire une risette à Nana !... Vous ne trouvez pas ça trop fort ? S'il y a un bon Dieu, il arrange drôlement les choses. Jamais je n'avalerai ça.

Et, quand les jambes lui revinrent, il garda une sourde rancune contre le travail. C'était un métier de malheur, de passer ses journées comme les chats, le long des gouttières. Eux pas bêtes, les bourgeois ! ils vous envoyaient à la mort, bien trop poltrons pour se risquer sur une échelle, s'installant solidement au coin de leur feu et se fichant du pauvre monde. Et il en arrivait à dire que chacun aurait dû poser son zinc sur sa maison. Dame ! en bonne justice, on devait en venir là : si tu ne veux pas être mouillé, mets-toi à couvert. Puis, il regrettait de ne pas avoir appris un autre métier, plus joli et moins dangereux, celui d'ébéniste, par exemple. Ça, c'était encore la faute du père Coupeau ; les pères avaient cette bête d'habitude de fourrer quand même les enfants dans leur partie.

Pendant deux mois encore, Coupeau marcha avec des béquilles. Il avait d'abord pu descendre dans la rue, fumer une pipe devant la porte. Ensuite, il était allé jusqu'au boulevard extérieur, se traînant au soleil, restant des heures assis sur un banc. La gaieté lui revenait, son bagou d'enfer s'aiguisait dans ses longues flâneries. Et il prenait là, avec le plaisir de vivre, une joie à ne rien faire, les membres abandonnés, les muscles glissant à un sommeil très doux ; c'était comme une lente conquête de la paresse, qui profitait de sa convalescence pour entrer dans sa peau et l'engourdir, en le chatouillant. Il revenait bien portant, goguenard, trouvant la vie belle, ne voyant pas pourquoi ça ne durerait pas toujours. Lorsqu'il put se passer de béquilles, il poussa ses promenades plus loin, courut les chantiers pour revoir les camarades. Il restait les bras croisés en face des maisons en construction, avec des ricanements, des hochements de tête ; et il blaguait les ouvriers qui trimaient, il allongeait sa jambe, pour leur montrer où ça menait de s'esquinter le tempérament. Ces stations gouailleuses devant la besogne des autres satisfaisaient sa rancune contre le travail. Sans doute, il s'y remettrait, il le fallait bien ; mais ce serait le plus tard possible. Oh ! il était payé pour manquer d'enthousiasme. Puis, ça lui semblait si bon de faire un peu la vache !

Les après-midi où Coupeau s'ennuyait, il montait chez les Lorilleux. Ceux-ci le plaignaient beaucoup, l'attiraient par toutes sortes de prévenances aimables. Dans les premières années de son mariage, il leur avait échappé, grâce à l'influence de Gervaise. Maintenant, ils le reprenaient, en le plaisantant sur la peur que lui causait sa femme. Il n'était donc pas un homme ! Pourtant, les Lorilleux montraient une grande discrétion, célébraient d'une façon outrée les mérites de la blanchisseuse. Coupeau, sans se disputer encore, jurait à celle-ci que sa sœur l'adorait, et lui demandait d'être moins mauvaise pour elle. La première querelle du ménage, un soir, était venue au sujet d'Étienne. Le zingueur avait passé l'après-midi chez les Lorilleux. En rentrant, comme le dîner se faisait attendre et que les enfants criaient après la soupe, il s'en était pris brusquement à Étienne, lui envoyant une paire de calottes soignées. Et, pendant une heure, il avait ronchonné : ce mioche n'était pas à lui, il ne savait pas pourquoi il le tolérait dans la maison ; il finirait par le flanquer à la porte. Jusque-là, il avait accepté le gamin sans tant d'histoires. Le lendemain, il parlait de sa dignité. Trois jours après, il lançait des coups de pied au derrière du petit, matin et soir, si bien que l'enfant, quand il l'entendait monter, se sauvait chez les Goujet, où la vieille dentellière lui gardait un coin de la table pour faire ses devoirs.

Gervaise, depuis longtemps, s'était remise au travail. Elle n'avait plus la peine d'enlever et de replacer le globe de la pendule ; toutes les économies se trouvaient mangées ; et il fallait piocher dur, piocher pour quatre, car ils étaient quatre bouches à table. Elle seule nourrissait tout ce monde. Quand elle entendait les gens la plaindre, elle excusait vite Coupeau. Pensez donc ! il avait tant souffert, ce n'était pas étonnant, si son caractère prenait de l'aigreur ! Mais ça passerait avec la santé. Et si on lui laissait entendre que Coupeau semblait solide à présent, qu'il pouvait bien retourner au chantier, elle se récriait. Non, non, pas encore ! Elle ne voulait pas l'avoir de nouveau au lit. Elle savait bien ce que le médecin lui disait, peut-être ! C'était elle qui l'empêchait de travailler, en lui répétant chaque matin de prendre son temps, de ne pas se forcer. Elle lui glissait même des pièces de vingt sous dans la poche de son gilet. Coupeau acceptait ça comme une chose naturelle ; il se plaignait de toutes sortes de douleurs pour se faire dorloter ; au bout de six mois, sa convalescence durait toujours. Maintenant, les jours où il allait regarder travailler les autres, il entrait volontiers boire un canon avec les camarades. Tout de même, on n'était pas mal chez le marchand de vin ; on rigolait, on restait là cinq minutes. Ça ne déshonorait personne. Les poseurs seuls affectaient de crever de soif à la porte. Autrefois, on avait bien raison de le blaguer, attendu qu'un verre de vin n'a jamais tué un homme. Mais il se tapait la poitrine en se faisant un honneur de ne boire que du vin ; toujours du vin, jamais de l'eau-de-vie ; le vin prolongeait l'existence, n'indisposait pas, ne soûlait pas. Pourtant, à plusieurs reprises, après des journées de désœuvrement, passées de chantier en chantier, de cabaret en cabaret, il était rentré éméché. Gervaise, ces jours-là, avait fermé sa porte, en prétextant elle-même un gros mal de tête, pour empêcher les Goujet d'entendre les bêtises de Coupeau.

Peu à peu, cependant, la jeune femme s'attrista. Matin et soir, elle allait, rue de la Goutte-d'Or, voir la boutique, qui était toujours à louer ; et elle se cachait, comme si elle commettait un enfantillage indigne d'une grande personne. Cette boutique recommençait à lui tourner la tête ; la nuit, quand la lumière était éteinte, elle trouvait à y songer, les yeux ouverts, le charme d'un plaisir défendu. Elle faisait de nouveau ses calculs, deux cent cinquante francs pour le loyer, cent cinquante francs d'outils et d'installation, cent francs d'avance afin de vivre quinze jours, en tout cinq cents francs, au chiffre le plus bas. Si elle n'en parlait pas tout haut, continuellement, c'était de crainte de paraître regretter les économies mangées par la maladie de Coupeau. Elle devenait toute pâle souvent, ayant failli laisser échapper son envie, rattrapant sa phrase avec la confusion d'une vilaine pensée. Maintenant, il faudrait travailler quatre ou cinq années, avant d'avoir mis de côté une si grosse somme. Sa désolation était justement de ne pouvoir s'établir tout de suite ; elle aurait fourni aux besoins du ménage, sans compter sur Coupeau, en lui laissant des mois pour reprendre goût au travail ; elle se serait tranquillisée, certaine de l'avenir, débarrassée des peurs secrètes dont elle se sentait prise parfois, lorsqu'il revenait très gai, chantant, racontant quelque bonne farce de cet animal de Mes-Bottes, auquel il avait payé un litre.

Un soir, Gervaise se trouvant seule chez elle, Goujet entra et ne se sauva pas, comme à son habitude. Il s'était assis, il fumait en la regardant. Il devait avoir une phrase grave à prononcer ; il la retournait, la mûrissait, sans pouvoir lui donner une forme convenable. Enfin, après un gros silence, il se décida, il retira sa pipe de la bouche, pour dire tout d'un trait :

– Mme Gervaise, voudriez-vous me permettre de vous prêter de l'argent ?

Elle était penchée sur un tiroir de sa commode, cherchant des torchons. Elle se releva, très rouge. Il l'avait donc vue, le matin, rester en extase devant la boutique, pendant près de dix minutes ? Lui, souriait d'un air gêné, comme s'il avait fait là une proposition blessante. Mais elle refusa vivement ; jamais elle n'accepterait de l'argent sans savoir quand elle pourrait le rendre. Puis, il s'agissait vraiment d'une trop forte somme. Et comme il insistait, consterné, elle finit par crier :

– Mais votre mariage ? Je ne puis pas prendre l'argent de votre mariage, bien sûr !

– Oh ! ne vous gênez pas, répondit-il en rougissant à son tour. Je ne me marie plus. Vous savez, une idée... Vrai, j'aime mieux vous prêter l'argent.

Alors, tous deux baissèrent la tête. Il y avait entre eux quelque chose de très doux qu'ils ne disaient pas. Et Gervaise accepta. Goujet avait prévenu sa mère. Ils traversèrent le palier, allèrent la voir tout de suite. La dentellière était grave, un peu triste, son calme visage penché sur son tambour. Elle ne voulait pas contrarier son fils, mais elle n'approuvait plus le projet de Gervaise ; et elle dit nettement pourquoi : Coupeau tournait mal, Coupeau lui mangerait sa boutique. Elle ne pardonnait surtout point au zingueur d'avoir refusé d'apprendre à lire, pendant sa convalescence ; le forgeron s'était offert pour lui montrer, mais l'autre l'avait envoyé dinguer, en accusant la science de maigrir le monde. Cela avait presque fâché les deux ouvriers ; ils allaient chacun de son côté. D'ailleurs, Mme Goujet, en voyant les regards suppliants de son grand enfant, se montra très bonne pour Gervaise. Il fut convenu qu'on prêterait cinq cents francs aux voisins ; ils les rembourseraient en donnant chaque mois un acompte de vingt francs ; ça durerait ce que ça durerait.

– Dis donc ! le forgeron te fait de l'œil, s'écria Coupeau en riant, quand il apprit l'histoire. Oh ! je suis bien tranquille, il est trop godiche... On le lui rendra, son argent. Mais, vrai, s'il avait affaire à de la fripouille, il serait joliment jobardé.

Dès le lendemain, les Coupeau louèrent la boutique. Gervaise courut toute la journée, de la rue Neuve à la rue de la Goutte-d'Or. Dans le quartier, à la voir passer ainsi, légère, ravie au point de ne plus boiter, on racontait qu'elle avait dû se laisser faire une opération.

V

Justement, les Boche, depuis le terme d'avril, avaient quitté la rue des Poissonniers et tenaient la loge de la grande maison, rue de la Goutte-d'Or. Comme ça se rencontrait, tout de même ! Un des ennuis de Gervaise, qui avait vécu si tranquille sans concierge dans son trou de la rue Neuve, était de retomber sous la sujétion de quelque mauvaise bête, avec laquelle il faudrait se disputer pour un peu d'eau répandue, ou pour la porte refermée trop fort, le soir. Les concierges sont une si sale espèce ! Mais, avec les Boche, ce serait un plaisir. On se connaissait, on s'entendrait toujours. Enfin, ça se passerait en famille.

Le jour de la location, quand les Coupeau vinrent signer le bail, Gervaise se sentit le cœur tout gros, en passant sous la haute porte. Elle allait donc habiter cette maison vaste comme une petite ville, allongeant et entrecroisant les rues interminables de ses escaliers et de ses corridors. Les façades grises avec les loques des fenêtres séchant au soleil, la cour blafarde aux pavés défoncés de place publique, le ronflement de travail qui sortait des murs, lui causaient un grand trouble, une joie d'être enfin près de contenter son ambition, une peur de ne pas réussir et de se trouver écrasée dans cette lutte énorme contre la faim, dont elle entendait le souffle. Il lui semblait faire quelque chose de très hardi, se jeter au beau milieu d'une machine en branle, pendant que les marteaux du serrurier et les rabots de l'ébéniste tapaient et sifflaient, au fond des ateliers du rez-de-chaussée. Ce jour-là, les eaux de la teinturerie coulant sous le porche, étaient d'un vert pomme très tendre. Elle les enjamba, en souriant ; elle voyait dans cette couleur un heureux présage.

Le rendez-vous avec le propriétaire était dans la loge même des Boche. M. Marescot, un grand coutelier de la rue de la Paix, avait jadis tourné la meule, le long des trottoirs. On le disait riche aujourd'hui à plusieurs millions. C'était un homme de cinquante-cinq ans, fort, osseux, décoré, étalant ses mains immenses d'ancien ouvrier ; et un de ses bonheurs était d'emporter les couteaux et les ciseaux de ses locataires, qu'il aiguisait lui-même, par plaisir. Il passait pour n'être pas fier, parce qu'il restait des heures chez ses concierges, caché dans l'ombre de la loge, à demander des comptes. Il traitait là toutes ses affaires. Les Coupeau le trouvèrent devant la table graisseuse de Mme Boche, écoutant comment la couturière du second, dans l'escalier A, avait refusé de payer, d'un mot dégoûtant. Puis, quand on eut signé le bail, il donna une poignée de main au zingueur. Lui, aimait les ouvriers. Autrefois, il avait eu joliment du tirage. Mais le travail menait à tout. Et, après avoir compté les deux cent cinquante francs du premier semestre, qu'il engloutit dans sa vaste poche, il dit sa vie, il montra sa décoration.

Gervaise, cependant, demeurait un peu gênée en voyant l'attitude des Boche. Ils affectaient de ne pas la connaître. Ils s'empressaient autour du propriétaire, courbés en deux, guettant ses paroles, les approuvant de la tête. Mme Boche sortit vivement, alla chasser une bande d'enfants qui pataugeaient devant la fontaine, dont le robinet grand ouvert inondait le pavé ; et quand elle revint, droite et sévère dans ses jupes, traversant la cour avec de lents regards à toutes les fenêtres, comme pour s'assurer du bon ordre de la maison, elle eut un pincement de lèvres disant de quelle autorité elle était investie, maintenant qu'elle avait sous elle trois cents locataires. Boche, de nouveau, parlait de la couturière du second ; il était d'avis de l'expulser ; il calculait les termes en retard, avec une importance d'intendant dont la gestion pouvait être compromise. M. Marescot approuva l'idée de l'expulsion ; mais il voulait attendre jusqu'au demi-terme. C'était dur de jeter les gens à la rue, d'autant plus que ça ne mettait pas un sou dans la poche du propriétaire. Et Gervaise, avec un léger frisson, se demandait si on la jetterait à la rue, elle aussi, le jour où un malheur l'empêcherait de payer. La loge, enfumée, emplie de meubles noirs, avait une humidité et un jour livide de cave ; devant la fenêtre, toute la lumière tombait sur l'établi du tailleur, où traînait une vieille redingote à retourner ; tandis que Pauline, la petite des Boche, une enfant rousse de quatre ans, assise par terre, regardait sagement cuire un morceau de veau, baignée et ravie dans l'odeur forte de cuisine montant du poêlon.

M. Marescot tendait de nouveau la main au zingueur, lorsque celui-ci parla des réparations, en lui rappelant sa promesse verbale de causer de cela plus tard. Mais le propriétaire se fâcha ; il ne s'était engagé à rien ; jamais, d'ailleurs, on ne faisait des réparations dans une boutique. Pourtant, il consentit à aller voir les lieux, suivi des Coupeau et de Boche. Le petit mercier était parti en emportant son agencement de casiers et de comptoirs ; la boutique, toute nue, montrait son plafond noir, ses murs crevés, où des lambeaux d'un ancien papier jaune pendaient. Là, dans le vide sonore des pièces, une discussion furieuse s'engagea. M. Marescot criait que c'était aux commerçants à embellir leurs magasins, car enfin un commerçant pouvait vouloir de l'or partout, et lui, propriétaire, ne pouvait pas mettre de l'or ; puis, il raconta sa propre installation, rue de la Paix, où il avait dépensé plus de vingt mille francs. Gervaise, avec son entêtement de femme, répétait un raisonnement qui lui semblait irréfutable : dans un logement, n'est-ce pas, il ferait coller du papier ? alors, pourquoi ne considérait-il pas la boutique comme un logement ? Elle ne lui demandait pas autre chose, blanchir le plafond et remettre du papier.

Boche, cependant, restait impénétrable et digne ; il tournait, regardait en l'air, sans se prononcer. Coupeau avait beau lui adresser des clignements d'yeux, il affectait de ne pas vouloir abuser de sa grande influence sur le propriétaire. Il finit pourtant par laisser échapper un jeu de physionomie, un petit sourire mince accompagné d'un hochement de tête. Justement, M.

Marescot, exaspéré, l'air malheureux, écartant ses dix doigts dans une crampe d'avare auquel on arrache son or, cédait à Gervaise, promettait le plafond et le papier, à la condition qu'elle paierait la moitié du papier. Et il se sauva vite, ne voulant plus entendre parler de rien.

Alors, quand Boche fut seul avec les Coupeau, il leur donna des claques sur les épaules, très expansif. Hein ? c'était enlevé ! Sans lui, jamais ils n'auraient eu leur papier ni leur plafond. Avaient-ils remarqué comme le propriétaire l'avait consulté du coin de l'œil et s'était brusquement décidé en le voyant sourire ? Puis, en confidence, il avoua être le vrai maître de la maison : il décidait des congés, louait si les gens lui plaisaient, touchait les termes qu'il gardait des quinze jours dans sa commode. Le soir, les Coupeau, pour remercier les Boche, crurent poli de leur envoyer deux litres de vin. Ça méritait un cadeau.

Dès le lundi suivant, les ouvriers se mirent à la boutique. L'achat du papier fut surtout une grosse affaire. Gervaise voulait un papier gris à fleurs bleues, pour éclairer et égayer les murs. Boche lui offrit de l'emmener ; elle choisirait. Mais il avait des ordres formels du propriétaire, il ne devait pas dépasser le prix de quinze sous le rouleau. Ils restèrent une heure chez le marchand, la blanchisseuse revenait toujours à une perse très gentille de dix-huit sous, désespérée, trouvant les autres papiers affreux. Enfin, le concierge céda ; il arrangerait la chose, il compterait un rouleau de plus, s'il le fallait. Et Gervaise, en rentrant, acheta des gâteaux pour Pauline. Elle n'aimait pas rester en arrière, il y avait tout bénéfice avec elle à se montrer complaisant.

En quatre jours, la boutique devait être prête. Les travaux durèrent trois semaines. D'abord, on avait parlé de lessiver simplement les peintures. Mais ces peintures, anciennement lie de vin, étaient si sales et si tristes, que Gervaise se laissa entraîner à faire remettre toute la devanture en bleu clair, avec des filets jaunes. Alors, les réparations s'éternisèrent. Coupeau, qui ne travaillait toujours pas, arrivait dès le matin, pour voir si ça marchait. Boche lâchait la redingote ou le pantalon dont il refaisait les boutonnières, venait de son côté surveiller ses hommes. Et tous deux, debout en face des ouvriers, les mains derrière le dos, fumant, crachant, passaient la journée à juger chaque coup de pinceau. C'étaient des réflexions interminables, des rêveries profondes pour un clou à arracher. Les peintres, deux grands diables bons enfants, quittaient leurs échelles, se plantaient, eux aussi, au milieu de la boutique, se mêlant à la discussion, hochant la tête pendant des heures, en regardant d'un œil songeur leur besogne commencée. Le plafond se trouva badigeonné assez rapidement. Ce furent les peintures dont on faillit ne jamais sortir. Ça ne voulait pas sécher. Vers neuf heures, les peintres se montraient avec leurs pots à couleur, les posaient dans un coin, donnaient un coup d'œil, puis disparaissaient ; et on ne les revoyait plus. Ils étaient allés déjeuner, ou bien ils avaient dû finir une bricole, à côté, rue Myrha. D'autres fois, Coupeau emmenait toute la coterie boire un canon, Boche, les peintres, avec les camarades qui passaient ; c'était encore une après-midi flambée. Gervaise se mangeait les sangs. Brusquement, en deux jours, tout fut terminé, les peintures vernies, le papier collé, les saletés jetées au tombereau. Les ouvriers avaient bâclé ça comme en se jouant, sifflant sur leurs échelles, chantant à étourdir le quartier.

L'emménagement eut lieu tout de suite. Gervaise, les premiers jours, éprouvait des joies d'enfant, quand elle traversait la rue, en rentrant d'une commission. Elle s'attardait, souriait à son chez elle. De loin, au milieu de la file noire des autres devantures, sa boutique lui apparaissait toute claire, d'une gaieté neuve, avec son enseigne bleu tendre, où les mots : *Blanchisseuse de fin*, étaient peints en grandes lettres jaunes. Dans la vitrine, fermée au fond par des petits rideaux de mousseline, tapissée de papier bleu pour faire valoir la blancheur du linge, des chemises d'homme restaient en montre, des bonnets de femme pendaient, les brides nouées à des fils de laiton. Et elle trouvait sa boutique jolie, couleur du ciel. Dedans, on entrait encore dans du bleu ; le papier qui imitait une perse Pompadour, représentait une treille où couraient des liserons ; l'établi, une immense table tenant les deux tiers de la pièce, garni d'une épaisse couverture, se drapait d'un bout de cretonne à grands ramages bleuâtres, pour cacher les tréteaux. Gervaise s'asseyait sur un tabouret, soufflait un peu de contentement, heureuse de cette belle propreté, couvant des yeux ses outils neufs. Mais son premier regard allait toujours à sa mécanique, un poêle de fonte, où dix fers pouvaient chauffer à la fois, rangés autour du foyer, sur des plaques obliques. Elle venait se mettre à genoux, regardait avec la continuelle peur que sa petite bête d'apprentie ne fît éclater la fonte, en fourrant trop de coke.

Derrière la boutique, le logement était très convenable. Les Coupeau couchaient dans la première chambre, où l'on faisait la cuisine et où l'on mangeait ; une porte, au fond, ouvrait sur la cour de la maison. Le lit de Nana se trouvait dans la chambre de droite, un grand cabinet, qui recevait le jour par une lucarne ronde, près du plafond. Quant à Étienne, il partageait la chambre de gauche avec le linge sale, dont d'énormes tas traînaient toujours sur le plancher. Pourtant, il y avait un inconvénient, les Coupeau ne voulaient pas en convenir d'abord ; mais les murs pissaient l'humidité, et on ne voyait plus clair dès trois heures de l'après-midi.

Dans le quartier, la nouvelle boutique produisit une grosse émotion. On accusa les Coupeau d'aller trop vite et de faire des embarras. Ils avaient, en effet, dépensé les cinq cents francs des Goujet en installation, sans garder même de quoi vivre une quinzaine, comme ils se l'étaient promis. Le matin où Gervaise enleva ses volets pour la première fois, elle avait juste six francs dans son porte-monnaie. Mais elle n'était pas en peine, les pratiques arrivaient, ses affaires s'annonçaient très bien. Huit jours plus tard, le samedi, avant de se coucher, elle resta deux heures à calculer, sur un bout de papier ; et elle réveilla Coupeau, la mine luisante, pour lui dire qu'il y avait des mille et des cents à gagner, si l'on était raisonnable.

– Ah bien ! criait Mme Lorilleux dans toute la rue de la Goutte-d'Or, mon imbécile de frère en voit de drôles !... Il ne manquait plus à la Banban que de faire la vie. Ça lui va bien, n'est-ce pas ?

Les Lorilleux s'étaient brouillés à mort avec Gervaise. D'abord, pendant les réparations de la boutique, ils avaient failli crever de rage ; rien qu'à voir les peintres de loin, ils passaient sur l'autre trottoir, ils remontaient chez eux les dents serrées. Une boutique bleue à cette rien-du-tout, si ce n'était pas fait pour casser les bras des honnêtes gens ! Aussi, dès le second jour, comme l'apprentie vidait à la volée un bol d'amidon, juste au moment où Mme Lorilleux sortait, celle-ci avait-elle ameuté la rue en accusant sa belle-sœur de la faire insulter par ses ouvrières. Et tous rapports étaient rompus, on n'échangeait plus que des regards terribles, quand on se rencontrait.

– Oui, une jolie vie ! répétait Mme Lorilleux. On sait d'où il lui vient, l'argent de sa baraque ! Elle a gagné ça avec le forgeron... Encore du propre monde, de ce côté-là ! Le père ne s'est-il pas coupé la tête avec un couteau, pour éviter la peine à la guillotine ? Enfin, quelque sale histoire dans ce genre !

Elle accusait très carrément Gervaise de coucher avec Goujet. Elle mentait, elle prétendait les avoir surpris un soir ensemble, sur un banc du boulevard extérieur. La pensée de cette liaison, des plaisirs que devait goûter sa belle-sœur, l'exaspérait davantage, dans son honnêteté de femme laide. Chaque jour, le cri de son cœur lui revenait aux lèvres :

– Mais qu'a-t-elle donc sur elle, cette infirme, pour se faire aimer ! Est-ce qu'on m'aime, moi !

Puis, c'étaient des potins interminables avec les voisines. Elle racontait toute l'histoire. Allez, le jour du mariage, elle avait fait une drôle de tête ! Oh ! elle avait le nez creux, elle sentait déjà comment ça devait tourner. Plus tard, mon Dieu ! la Banban s'était montrée si douce, si hypocrite, qu'elle et son mari, par égard pour Coupeau, avaient consenti à être parrain et marraine de Nana ; même que ça coûtait bon, un baptême comme celui-là. Mais maintenant, voyez-vous ! la Banban pouvait être à l'article de la mort et avoir besoin d'un verre d'eau, ce ne serait pas elle, bien sûr, qui le lui donnerait. Elle n'aimait pas les insolentes, ni les coquines, ni les dévergondées. Quant à Nana, elle serait toujours bien reçue, si elle montait voir son parrain et sa marraine ; la petite, n'est-ce pas ? n'était point coupable des crimes de la mère. Coupeau, lui, n'avait pas besoin de conseil ; à sa place, tout homme aurait trempé le derrière de sa femme dans un baquet, en lui allongeant une paire de claques ; enfin, ça le regardait, on lui demandait seulement d'exiger du respect pour sa famille. Jour de Dieu ! si Lorilleux l'avait trouvée, elle, Mme Lorilleux, en flagrant délit ! ça ne se serait pas passé tranquillement, il lui aurait planté ses cisailles dans le ventre.

Les Boche, pourtant, juges sévères des querelles de la maison, donnaient tort aux Lorilleux. Sans doute, les Lorilleux étaient des personnes comme il faut, tranquilles, travaillant toute la sainte journée, payant régulièrement leur terme. Mais là, franchement, la jalousie les enrageait. Avec ça, ils auraient tondu un œuf. Des pingres, quoi ! des gens qui cachaient leur litre, quand on montait, pour ne pas offrir un verre de vin ; enfin, du monde pas propre. Un jour, Gervaise venait de payer aux Boche du cassis avec de l'eau de Seltz, qu'on buvait dans la loge, quand Mme Lorilleux était passée, très raide, en affectant de cracher devant la porte des concierges. Et, depuis lors, chaque samedi, Mme Boche, lorsqu'elle balayait les escaliers et les couloirs, laissait des ordures devant la porte des Lorilleux.

– Parbleu ! criait Mme Lorilleux, la Banban les gorge, ces goinfres ! Ah ! ils sont bien tous les mêmes !... Mais qu'ils ne m'embêtent pas ! J'irais me plaindre au propriétaire... Hier encore, j'ai vu ce sournois de Boche se frotter aux jupes de Mme Gaudron. S'attaquer à une femme de cet âge, qui a une demi-douzaine d'enfants, hein ? c'est de la cochonnerie pure !... Encore une saleté de leur part, et je préviens la mère Boche, pour qu'elle flanque une tripotée à son homme... Dame ! on rirait un peu.

Maman Coupeau voyait toujours les deux ménages, disant comme tout le monde, arrivant même à se faire retenir plus souvent à dîner, en écoutant complaisamment sa fille et sa belle-fille, un soir chacune. Mme Lerat, pour le moment, n'allait plus chez les Coupeau, parce qu'elle s'était disputée avec la Banban, au sujet d'un zouave qui venait découper le nez de sa maîtresse d'un coup de rasoir ; elle soutenait le zouave, elle trouvait le coup de rasoir très amoureux, sans donner ses raisons. Et elle avait encore exaspéré les colères de Mme Lorilleux, en lui affirmant que la Banban, dans la conversation, devant des quinze et des vingt personnes, l'appelait Queue-de-Vache sans se gêner. Mon Dieu ! oui, les Boche, les voisins maintenant l'appelaient Queue-de-Vache.

Au milieu de ces cancans, Gervaise, tranquille, souriante, sur le seuil de sa boutique, saluait les amis d'un petit signe de tête affectueux. Elle se plaisait à venir là, une minute, entre deux coups de fer, pour rire à la rue, avec le gonflement de vanité d'une commerçante, qui a un bout de trottoir à elle. La rue de la Goutte-d'Or lui appartenait, et les rues voisines, et le quartier tout entier. Quand elle allongeait la tête, en camisole blanche, les bras nus, ses cheveux blonds envolés dans le feu du travail, elle jetait un regard à gauche, un regard à droite, aux deux bouts, pour prendre d'un trait les passants, les maisons, le pavé et le ciel : à gauche, la rue de la Goutte-d'Or s'enfonçait, paisible, déserte, dans un coin de province, où des femmes causaient bas sur les portes ; à droite, à quelques pas, la rue des Poissonniers mettait un vacarme de voitures, un continuel piétinement de foule, qui refluait et faisait de ce bout un carrefour de cohue populaire. Gervaise aimait la rue, les cahots des camions dans les trous du gros pavé bossué, les bousculades des gens le long des minces trottoirs, interrompus par des cailloutis en pente raide ; ses trois mètres de ruisseau, devant sa boutique, prenaient une importance énorme, un fleuve large, qu'elle voulait très propre, un fleuve étrange et vivant, dont la teinturerie de la maison colorait les eaux des caprices les plus tendres, au milieu de la boue noire. Puis, elle s'intéressait à des magasins, une vaste épicerie, avec un étalage de fruits secs garanti par des filets à petites mailles, une lingerie et bonneterie d'ouvriers, balançant au moindre souffle des cottes et des blouses bleues, pendues les jambes et les bras écartés. Chez la fruitière, chez la tripière, elle apercevait des angles de comptoir, où des chats superbes et tranquilles ronronnaient. Sa voisine, Mme Vigouroux, la charbonnière, lui rendait son salut, une petite femme grasse, la face noire, les yeux luisants, fainéantant à rire avec des hommes, adossée contre sa devanture, que des bûches peintes sur un fond lie-de-vin décoraient d'un dessin compliqué de chalet rustique. Mmes Cudorge, la mère et la fille, ses autres voisines qui tenaient la boutique de parapluies, ne se montraient jamais, leur vitrine assombrie, leur porte close, ornée de deux petites ombrelles de zinc enduites d'une épaisse couche de vermillon vif. Mais Gervaise, avant de rentrer, donnait toujours un coup d'œil, en face d'elle, à un grand mur blanc, sans une fenêtre, percé d'une immense porte cochère, par laquelle on voyait le flamboiement d'une forge, dans une cour encombrée de charrettes et de carrioles, les brancards en l'air. Sur le mur, le mot : *Maréchalerie*, était écrit en grandes lettres, encadré d'un éventail de fers à cheval. Toute la journée, les marteaux sonnaient sur l'enclume, des incendies d'étincelles éclairaient l'ombre blafarde de la cour. Et, au bas de ce mur, au fond d'un trou, grand comme une armoire, entre une marchande de ferraille et une marchande de pommes de terre frites, il y avait un horloger, un monsieur en redingote, l'air propre, qui fouillait continuellement des montres avec des outils mignons, devant un établi où des choses délicates dormaient sous des verres ; tandis que, derrière lui, les balanciers de deux ou trois douzaines de coucous tout petits battaient à la fois, dans la misère noire de la rue et le vacarme cadencé de la maréchalerie.

Le quartier trouvait Gervaise bien gentille. Sans doute, on clabaudait sur son compte, mais il n'y avait qu'une voix pour lui reconnaître de grands yeux, une bouche pas plus longue que ça, avec des dents très blanches. Enfin, c'était une jolie blonde, et elle aurait pu se mettre parmi les plus belles, sans le malheur de sa jambe. Elle était dans ses vingt-huit ans, elle avait engraissé. Ses traits fins s'empâtaient, ses gestes prenaient une lenteur heureuse. Maintenant, elle s'oubliait parfois sur le bord d'une chaise, le temps d'attendre son fer, avec un sourire vague, la face noyée d'une joie gourmande. Elle devenait gourmande ; ça, tout le monde le disait ; mais ce n'était pas un vilain défaut, au contraire. Quand on gagne de quoi se payer de fins morceaux, n'est-ce pas ? on serait bien bête de manger des pelures de pommes de terre. D'autant plus qu'elle travaillait toujours dur, se mettant en quatre pour ses pratiques, passant elle-même les nuits, les volets fermés, lorsque la besogne était pressée. Comme on disait dans le quartier, elle avait la veine ; tout lui prospérait. Elle blanchissait la maison, M. Madinier, Mlle Remanjou, les Boche ; elle enlevait même à son ancienne patronne, Mme Fauconnier, des dames de Paris logées rue du Faubourg-Poissonnière. Dès la seconde quinzaine, elle avait dû prendre deux ouvrières, Mme Putois et la grande Clémence, cette fille qui habitait autrefois au sixième ; ça lui faisait trois personnes chez elle, avec son apprentie, ce petit louchon d'Augustine, laide comme un derrière de pauvre homme. D'autres auraient pour sûr perdu la tête dans ce coup de fortune. Elle était bien pardonnable de fricoter un peu le lundi, après avoir trimé la semaine entière. D'ailleurs, il lui fallait ça ; elle serait restée gnangnan, à regarder les chemises se repasser toutes seules, si elle ne s'était pas collé un velours sur la poitrine, quelque chose de bon dont l'envie lui chatouillait le jabot.

Jamais Gervaise n'avait encore montré tant de complaisance. Elle était douce comme un mouton, bonne comme du pain. À part Mme Lorilleux, qu'elle appelait Queue-de-Vache, pour se venger, elle ne détestait personne, elle excusait tout le monde. Dans le léger abandon de sa gueulardise, quand elle avait bien déjeuné et pris son café, elle cédait au besoin d'une indulgence générale. Son mot était : « On doit se pardonner entre soi, n'est-ce pas ? si l'on ne veut pas vivre comme des sauvages. » Quand on lui parlait de sa bonté, elle riait. Il n'aurait plus manqué qu'elle fût méchante ! Elle se défendait, elle disait n'avoir aucun mérite à être bonne. Est-ce que tous ses rêves n'étaient pas réalisés, est-ce qu'il lui restait à ambitionner quelque chose dans l'existence ? Elle rappelait son idéal d'autrefois, lorsqu'elle se trouvait sur le pavé travailler, manger du pain, avoir un trou à soi, élever ses enfants, ne pas être battue, mourir dans son lit. Et maintenant son idéal était dépassé ; elle avait tout, et en plus beau. Quant à mourir dans son lit, ajoutait-elle en plaisantant, elle y comptait, mais le plus tard possible, bien entendu.

C'était surtout pour Coupeau que Gervaise se montrait gentille. Jamais une mauvaise parole, jamais une plainte, derrière le dos de son mari. Le zingueur avait fini par se remettre au travail ; et, comme son chantier était alors à l'autre bout de Paris, elle lui donnait tous les matins quarante sous pour son déjeuner, sa goutte et son tabac. Seulement, deux jours sur six, Coupeau s'arrêtait en route, buvait les quarante sous avec un ami, et revenait déjeuner en racontant une histoire. Une fois même, il n'était pas allé loin, il s'était payé avec Mes-Bottes et trois autres un gueuleton soigné, des escargots, du rôti et du vin cacheté, au Capucin, barrière de la Chapelle ; puis, comme ses quarante sous ne suffisaient pas, il avait envoyé la note à sa femme par un garçon, en lui faisant dire qu'il était au clou. Celle-ci riait, haussait les épaules. Où était le mal, si son homme s'amusait un peu ? Il fallait laisser aux hommes la corde longue, quand on voulait vivre en paix dans son ménage. D'un mot à un autre, on en arrivait vite aux coups. Mon Dieu ! on devait tout comprendre, Coupeau souffrait encore de sa jambe, puis il se trouvait entraîné, il était bien forcé de faire comme les autres, sous peine de passer pour un mufle. D'ailleurs, ça ne tirait pas à conséquence ; s'il rentrait éméché, il se couchait, et deux heures après il n'y paraissait plus.

Cependant, les fortes chaleurs étaient venues. Une après-midi de juin, un samedi que l'ouvrage pressait, Gervaise avait elle-même bourré de coke la mécanique, autour de laquelle dix fers chauffaient, dans le ronflement du tuyau. À cette heure, le soleil tombait d'aplomb sur la devanture, le trottoir renvoyait une réverbération ardente, dont les grandes moires dansaient au plafond de la boutique ; et ce coup de lumière, bleui par le reflet du papier des étagères et de la vitrine, mettait au-dessus de l'établi un jour aveuglant, comme une poussière de soleil tamisée dans les linges fins. Il faisait là une température à crever. On avait laissé ouverte la porte de la rue, mais pas un souffle de vent ne venait ; les pièces qui séchaient en l'air, pendues aux fils de laiton, fumaient, étaient raides comme des copeaux en moins de trois quarts d'heure. Depuis un instant, sous cette lourdeur de fournaise, un gros silence régnait, au milieu duquel les fers seuls tapaient sourdement, étouffés par l'épaisse couverture garnie de calicot.

– Ah bien ! dit Gervaise, si nous ne fondons pas, aujourd'hui ! On retirerait sa chemise !

Elle était accroupie par terre, devant une terrine, occupée à passer du linge à l'amidon. En jupon blanc, la camisole retroussée aux manches et glissée des épaules, elle avait les bras nus, le cou nu, toute rose, si suante, que des petites mèches blondes de ses cheveux ébouriffés se collaient à sa peau. Soigneusement, elle trempait dans l'eau laiteuse des bonnets, des devants de chemises d'homme, des jupons entiers, des garnitures de pantalons de femme. Puis, elle roulait les pièces et les posait au fond d'un panier carré, après avoir plongé dans un seau et secoué sa main sur les corps des chemises et des pantalons qui n'étaient pas amidonnés.

– C'est pour vous, ce panier, Mme Putois, reprit-elle. Dépêchez-vous, n'est-ce pas ? Ça sèche tout de suite, il faudrait recommencer dans une heure.

Mme Putois, une femme de quarante-cinq ans, maigre, petite, repassait sans une goutte de sueur, boutonnée dans un vieux caraco marron. Elle n'avait pas même retiré son bonnet, un bonnet noir garni de rubans verts tournés au jaune. Et elle restait raide devant l'établi, trop haut pour elle, les coudes en l'air, poussant son fer avec des gestes cassés de marionnette. Tout d'un coup, elle s'écria :

– Ah ! non, Mlle Clémence, remettez votre camisole. Vous savez, je n'aime pas les indécences. Pendant que vous y êtes, montrez toute votre boutique. Il y a déjà trois hommes arrêtés en face.

La grande Clémence la traita de vieille bête, entre ses dents. Elle suffoquait, elle pouvait bien se mettre à l'aise ; tout le monde n'avait pas une peau d'amadou. D'ailleurs, est-ce qu'on voyait quelque chose ? Et elle levait les bras, sa gorge puissante de belle fille crevait sa chemise, ses épaules faisaient craquer les courtes manches. Clémence s'en donnait à se vider les moelles avant trente ans ; le lendemain des noces sérieuses, elle ne sentait plus le carreau sous ses pieds, elle dormait sur la besogne, la tête et le ventre comme bourrés de chiffons. Mais on la gardait quand même, car pas une ouvrière ne pouvait se flatter de repasser une chemise d'homme avec son chic. Elle avait la spécialité des chemises d'homme.

– C'est à moi, allez ! finit-elle par déclarer, en se donnant des claques sur la gorge. Et ça ne mord pas, ça ne fait bobo à personne.

– Clémence, remettez votre camisole, dit Gervaise. Mme Putois a raison, ce n'est pas convenable... On prendrait ma maison pour ce qu'elle n'est pas.

Alors, la grande Clémence se rhabilla en bougonnant. En voilà des giries ! Avec ça que les passants n'avaient jamais vu des nénais ! Et elle soulagea sa colère sur l'apprentie, ce louchon d'Augustine, qui repassait à côté d'elle du linge plat, des bas et des mouchoirs ; elle la bouscula, la poussa avec son coude. Mais Augustine, hargneuse, d'une méchanceté sournoise de monstre et de souffre-douleur, cracha par-derrière sur sa robe, sans qu'on la vit, pour se venger.

Gervaise pourtant venait de commencer un bonnet appartenant à Mme Boche, qu'elle voulait soigner. Elle avait préparé de l'amidon cuit pour le remettre à neuf. Elle promenait doucement, dans le fond de la coiffe, le polonais, un petit fer arrondi des deux bouts, lorsqu'une femme entra, osseuse, la face tachée de plaques rouges, les jupes trempées. C'était une maîtresse laveuse qui employait trois ouvrières au lavoir de la Goutte-d'Or.

– Vous arrivez trop tôt, Mme Bijard ! cria Gervaise. Je vous avais dit ce soir... Vous me dérangez joliment, à cette heure-ci !

Mais comme la laveuse se lamentait, craignant de ne pouvoir mettre couler le jour même, elle voulut bien lui donner le linge sale tout de suite. Elles allèrent chercher les paquets dans la pièce de gauche où couchait Étienne, et revinrent avec des brassées énormes, qu'elles empilèrent sur le carreau, au fond de la boutique. Le triage dura une grosse demi-heure. Gervaise faisait des tas autour d'elle, jetait ensemble les chemises d'homme, les chemises de femme, les mouchoirs, les chaussettes, les torchons. Quand une pièce d'un nouveau client lui passait entre les mains, elle la marquait d'une croix au fil rouge, pour la reconnaître. Dans l'air chaud, une puanteur fade montait de tout ce linge sale remué.

– Oh ! là, là, ça gazouille ! dit Clémence, en se bouchant le nez.

– Pardi ! si c'était propre, on ne nous le donnerait pas, expliqua tranquillement Gervaise. Ça sent son fruit, quoi !... Nous disions quatorze chemises de femme, n'est-ce pas, Mme Bijard ?... quinze, seize, dix-sept...

Elle continua à compter tout haut. Elle n'avait aucun dégoût, habituée à l'ordure ; elle enfonçait ses bras nus et roses au milieu des chemises jaunes de crasse, des torchons raidis par la graisse des eaux de vaisselle, des chaussettes mangées et pourries de sueur. Pourtant, dans l'odeur forte qui battait son visage penché au-dessus des tas, une nonchalance la prenait. Elle s'était assise au bord d'un tabouret, se courbant en deux, allongeant les mains à droite, à gauche, avec des gestes ralentis, comme si elle se grisait de cette puanteur humaine, vaguement souriante, les yeux noyés. Et il semblait que ses premières paresses vinssent de là, de l'asphyxie des vieux linges empoisonnant l'air autour d'elle.

Juste au moment où elle secouait une couche d'enfant, qu'elle ne reconnaissait pas, tant elle était pisseuse, Coupeau entra.

– Cré coquin ! bégaya-t-il, quel coup de soleil !... Ça vous tape dans la tête !

Le zingueur se retint à l'établi pour ne pas tomber. C'était la première fois qu'il prenait une pareille cuite. Jusque-là, il était rentré pompette, rien de plus. Mais, cette fois, il avait un gnon sur l'œil, une claque amicale égarée dans une bousculade. Ses cheveux frisés, où des fils blancs se montraient déjà, devaient avoir épousseté une encoignure de quelque salle louche de marchand de vin, car une toile d'araignée pendait à une mèche, sur la nuque. Il restait rigolo d'ailleurs, les traits un peu tirés et vieillis, la mâchoire inférieure saillant davantage, mais toujours bon enfant, disait-il, et la peau encore assez tendre pour faire envie à une duchesse.

– Je vais t'expliquer, reprit-il en s'adressant à Gervaise. C'est Pied-de-Céleri, tu le connais bien, celui qui a une quille de bois... Alors, il part pour son pays, il a voulu nous régaler... Oh ! nous étions d'aplomb, sans ce gueux de soleil... Dans la rue, le monde est malade. Vrai ! le monde festonne...

Et comme la grande Clémence s'égayait de ce qu'il avait vu la rue soûle, il fut pris lui-même d'une joie énorme dont il faillit étrangler. Il criait :

– Hein ! les sacrés pochards ! Ils sont d'une farce !... Mais ce n'est pas leur faute, c'est le soleil...

Toute la boutique riait, même Mme Putois qui n'aimait pas les ivrognes. Ce louchon d'Augustine avait un chant de poule, la bouche ouverte, suffoquant. Cependant, Gervaise soupçonnait Coupeau de n'être pas rentré tout droit, d'avoir passé une heure chez les Lorilleux, où il recevait de mauvais conseils. Quand il lui eut juré que non, elle rit à son tour, pleine d'indulgence, ne lui reprochant même pas d'avoir encore perdu une journée de travail.

– Dit-il des bêtises, mon Dieu ! murmura-t-elle. Peut-on dire des bêtises pareilles !

Puis, d'une voix maternelle :

– Va te coucher n'est-ce pas ? Tu vois, nous sommes occupées ; tu nous gênes... Ça fait trente-deux mouchoirs, Mme Bijard ; et deux autres, trente-quatre...

Mais Coupeau n'avait pas sommeil. Il resta là, à se dandiner, avec un mouvement de balancier d'horloge, ricanant d'un air entêté et taquin. Gervaise, qui voulait se débarrasser de Mme Bijard, appela Clémence, lui fit compter le linge pendant qu'elle l'inscrivait. Alors, à chaque pièce, cette grande vaurienne lâcha un mot cru, une saleté ; elle étalait les misères des clients, les aventures des alcôves, elle avait des plaisanteries d'atelier sur tous les trous et toutes les taches qui lui passaient par les mains. Augustine faisait celle qui ne comprend pas, ouvrait de grandes oreilles de petite fille vicieuse. Mme Putois pinçait les lèvres, trouvait ça bête, de dire ces choses devant Coupeau ; un homme n'a pas besoin de voir le linge ; c'est un de ces déballages qu'on évite chez les gens comme il faut. Quant à Gervaise, sérieuse, à son affaire, elle semblait ne pas entendre. Tout en écrivant, elle suivait les pièces d'un regard attentif, pour les reconnaître au passage ; et elle ne se trompait jamais, elle mettait un nom sur chacune, au flair, à la couleur. Ces serviettes-là appartenaient aux Goujet ; ça sautait aux yeux, elles n'avaient pas servi à essuyer le cul des poêlons. Voilà une taie d'oreiller qui venait certainement des Boche, à cause de la pommade dont Mme Boche emplâtrait tout son linge. Il n'y avait pas besoin non plus de mettre son nez sur les gilets de flanelle de M. Madinier, pour savoir qu'ils étaient à lui ; il teignait la laine, cet homme, tant il avait la peau grasse. Et elle savait d'autres particularités, les secrets de la propreté de chacun, les dessous des voisines qui traversaient la rue en jupes de soie, le nombre de bas, de mouchoirs, de chemises qu'on salissait par semaine, la façon dont les gens déchiraient certaines pièces, toujours au même endroit. Aussi était-elle pleine d'anecdotes. Les chemises de Mlle Remanjou, par exemple, fournissaient des commentaires interminables ; elles s'usaient par le haut, la vieille fille devait avoir les os des épaules pointus ; et jamais elles n'étaient sales, les eût-elle portées quinze jours, ce qui prouvait qu'à cet âge-là on est quasiment comme un morceau de bois, dont on serait bien en peine de tirer une larme de quelque chose. Dans la boutique, à chaque triage, on déshabillait ainsi tout le quartier de la Goutte-d'Or.

– Ça, c'est du nanan ! cria Clémence, en ouvrant un nouveau paquet.

Gervaise, prise brusquement d'une grande répugnance, s'était reculée.

– Le paquet de Mme Gaudron, dit-elle. Je ne veux plus la blanchir, je cherche un prétexte... Non, je ne suis pas plus difficile qu'une autre, j'ai touché à du linge bien dégoûtant dans ma vie ; mais, vrai, celui-là, je ne peux pas. Ça me ferait jeter du cœur sur du carreau... Qu'est-ce qu'elle fait donc, cette femme, pour mettre son linge dans un état pareil !

Et elle pria Clémence de se dépêcher. Mais l'ouvrière continuait ses remarques, fourrait ses doigts dans les trous, avec des allusions sur les pièces, qu'elle agitait comme les drapeaux de l'ordure triomphante. Cependant, les tas avaient monté autour de Gervaise. Maintenant, toujours assise au bord du tabouret, elle disparaissait entre les chemises et les jupons ; elle avait devant elle les draps, les pantalons, les nappes, une débâcle de malpropreté ; et, là-dedans, au milieu de cette mare grandissante, elle gardait ses bras nus, son cou nu, avec ses mèches de petits cheveux blonds collés à ses tempes, plus rose et plus alanguie. Elle retrouvait son air posé, son sourire de patronne attentive et soigneuse, oubliant le linge de Mme Gaudron, ne le sentant plus, fouillant d'une main dans les tas pour voir s'il n'y avait pas d'erreur. Ce louchon d'Augustine, qui adorait jeter des pelletées de coke dans la mécanique, venait de la bourrer à un tel point, que les plaques de fonte rougissaient. Le soleil oblique battait la devanture, la boutique flambait. Alors, Coupeau, que la grosse chaleur grisait davantage, fut pris d'une soudaine tendresse. Il s'avança vers Gervaise, les bras ouverts, très ému.

– T'es une bonne femme, bégayait-il. Faut que je t'embrasse.

Mais il s'emberlificota dans les jupons, qui lui barraient le chemin, et faillit tomber.

– Es-tu bassin ! dit Gervaise sans se fâcher. Reste tranquille, nous avons fini.

Non, il voulait l'embrasser, il avait besoin de ça, parce qu'il l'aimait bien. Tout en balbutiant, il tournait le tas des jupons, il butait dans le tas des chemises ; puis, comme il s'entêtait, ses pieds s'accrochèrent, il s'étala, le nez au beau milieu des torchons. Gervaise, prise d'un commencement d'impatience, le bouscula, en criant qu'il allait tout mélanger. Mais Clémence, Mme Putois elle-même, lui donnèrent tort. Il était gentil, après tout. Il voulait l'embrasser. Elle pouvait bien se laisser embrasser.

– Vous êtes heureuse, allez ! madame Coupeau, dit Mme Bijard, que son soûlard de mari, un serrurier, tuait de coups chaque soir en rentrant. Si le mien était comme ça, quand il s'est piqué le nez, ce serait un plaisir !

Gervaise, calmée, regrettait déjà sa vivacité. Elle aida Coupeau à se remettre debout. Puis, elle tendit la joue en souriant. Mais le zingueur, sans se gêner devant le monde, lui prit les seins.

– Ce n'est pas pour dire, murmurait-il, il chelingue rudement, ton linge ! Mais je t'aime tout de même, vois-tu !

– Laisse-moi, tu me chatouilles, cria-t-elle en riant plus fort. Quelle grosse bête ! On n'est pas bête comme ça !

Il l'avait empoignée, il ne la lâchait pas. Elle s'abandonnait, étourdie par le léger vertige qui lui venait du tas de linge, sans dégoût pour l'haleine vineuse de Coupeau. Et le gros baiser qu'ils échangèrent à pleine bouche, au milieu des saletés du métier, était comme une première chute, dans le lent avachissement de leur vie.

Cependant, Mme Bijard nouait le linge en paquets. Elle parlait de sa petite, âgée de deux ans, une enfant nommée Eulalie, qui avait déjà de la raison comme une femme. On pouvait la laisser seule ; elle ne pleurait jamais, elle ne jouait pas avec les allumettes. Enfin, elle emporta les paquets de linge un à un, sa grande taille cassée sous le poids, sa face se marbrant de taches violettes.

– Ce n'est plus tenable, nous grillons, dit Gervaise en s'essuyant la figure, avant de se remettre au bonnet de Mme Boche.

Et l'on parla de ficher des claques à Augustine, quand on s'aperçut que la mécanique était rouge. Les fers, eux aussi, rougissaient. Elle avait donc le diable dans le corps ! On ne pouvait pas tourner le dos sans qu'elle fit quelque mauvais coup. Maintenant, il fallait attendre un quart d'heure pour se servir des fers. Gervaise couvrit le feu de deux pelletées de cendre. Elle imagina en outre de tendre une paire de draps sur les fils de laiton du plafond, en manière de stores, afin d'amortir le soleil. Alors, on fut très bien dans la boutique. La température y était encore joliment douce ; mais on se serait cru dans une alcôve, avec un jour blanc, enfermé comme chez soi, loin du monde, bien qu'on entendit, derrière les draps, les gens marchant vite sur le trottoir ; et l'on avait la liberté de se mettre à son aise. Clémence retira sa camisole. Coupeau refusant toujours d'aller se coucher, on lui permit de rester, mais il dut promettre de se tenir tranquille dans un coin, car il s'agissait à cette heure de ne pas s'endormir sur le rôti.

– Qu'est-ce que cette vermine a encore fait du polonais ? murmurait Gervaise, en parlant d'Augustine.

On cherchait toujours le petit fer, que l'on retrouvait dans des endroits singuliers, où l'apprentie, disait-on, le cachait par malice. Gervaise acheva enfin la coiffe du bonnet de Mme Boche. Elle en avait ébauché les dentelles, les détirant à la main, les redressant d'un léger coup de fer. C'était un bonnet dont la passe, très ornée, se composait d'étroits bouillonnés alternant avec des entre-deux brodés. Aussi s'appliquait-elle, muette, soigneuse, repassant les bouillonnés et les entre-deux au coq, un œuf de fer fiché par une tige dans un pied de bois.

Alors, un silence régna. On n'entendit plus, pendant un instant, que les coups sourds, étouffés sur la couverture. Aux deux côtés de la vaste table carrée, la patronne, les deux ouvrières et l'apprentie, debout, se penchaient, toutes à leur besogne, les épaules arrondies, les bras promenés dans un va-et-vient continu. Chacune, à sa droite, avait un carreau, une brique plate, brûlée par les fers trop chauds. Au milieu de la table, au bord d'une assiette creuse pleine d'eau claire, trempaient un chiffon et une petite brosse. Un bouquet de grands lis, dans un ancien bocal de cerises à l'eau-de-vie, s'épanouissait, mettait là un coin de jardin royal, avec la touffe de ses larges fleurs de neige. Mme Putois avait attaqué le panier de linge préparé par Gervaise, des serviettes, des pantalons, des camisoles, des paires de manches. Augustine faisait traîner ses bas et ses torchons, le nez en l'air, intéressée par une grosse mouche qui volait. Quant à la grande Clémence, elle en était, depuis le matin, à sa trente-cinquième chemise d'homme.

– Toujours du vin, jamais de casse-poitrine ! dit tout d'un coup le zingueur, qui éprouva le besoin de faire cette déclaration. Le casse-poitrine, ça soûle, n'en faut pas !

Clémence prenait un fer à la mécanique, avec sa poignée de cuir garnie de tôle, et l'approchait de sa joue, pour s'assurer s'il était assez chaud. Elle le frotta sur son carreau, l'essuya sur un linge pendu à sa ceinture, et attaqua sa trente-cinquième chemise, en repassant d'abord l'empiècement et les deux manches.

– Bah ! monsieur Coupeau, dit-elle, au bout d'une minute, un petit verre de cric, ce n'est pas mauvais. Moi, ça me donne du chien... Puis, vous savez, plus vite on est tortillé, plus c'est drôle. Oh ! je ne me monte pas le bourrichon, je sais que je ne ferai pas de vieux os.

– Êtes-vous tannante avec vos idées d'enterrement ! interrompit Mme Putois, qui n'aimait pas les conversations tristes.

Coupeau s'était levé, et se fâchait, en croyant qu'on l'accusait d'avoir bu de l'eau-de-vie. Il le jurait sur sa tête, sur celles de sa femme et de son enfant, il n'avait pas une goutte d'eau-de-vie dans les veines. Et il s'approchait de Clémence, lui soufflant dans la figure pour qu'elle le sentît. Puis, quand il eut le nez sur ses épaules nues, il se mit à ricaner. Il voulait voir. Clémence, après avoir plié le dos de la chemise et donné un coup de fer des deux côtés, en était aux poignets et au col. Mais, comme il se poussait toujours contre elle, il lui fit faire un faux pli ; et elle dut prendre la brosse, au bord de l'assiette creuse, pour lisser l'amidon.

– Madame ! dit-elle, empêchez-le donc d'être comme ça après moi !

– Laisse-la, tu n'es pas raisonnable, déclara tranquillement Gervaise. Nous sommes pressées, entends-tu !

Elles étaient pressées, eh bien ! quoi ? ce n'était pas sa faute. Il ne faisait rien de mal. Il ne touchait pas, il regardait seulement. Est-ce qu'il n'était plus permis de regarder les belles choses que le bon Dieu a faites ? Elle avait tout de même de sacrés ailerons, cette dessalée de Clémence ! Elle pouvait se montrer pour deux sous et laisser tâter, personne ne regretterait son argent. L'ouvrière, cependant, ne se défendait plus, riait de ces compliments tout crus d'homme en ribote. Et elle en venait à plaisanter avec lui. Il la blaguait sur les chemises d'homme. Alors, elle était toujours dans les chemises d'homme. Mais oui, elle vivait là-dedans. Ah ! Dieu de Dieu ! elle les connaissait joliment, elle savait comment c'était fait. Il lui en avait passé par les mains, et des centaines, et des centaines ! Tous les blonds et tous les bruns du quartier portaient de son ouvrage sur le corps. Pourtant, elle continuait, les épaules secouées de son rire ; elle avait marqué cinq grands plis à plat dans le dos, en introduisant le fer par l'ouverture du plastron ; elle rabattait le pan de devant et le plissait également à larges coups.

– Ça, c'est la bannière ! dit-elle en riant plus fort.

Ce louchon d'Augustine éclata, tant le mot lui parut drôle. On la gronda. En voilà une morveuse qui riait des mots qu'elle ne devait pas comprendre ! Clémence lui passa son fer ; l'apprentie finissait les fers sur ses torchons et sur ses bas, quand ils n'étaient plus assez chauds pour les pièces amidonnées. Mais elle empoigna celui-là si maladroitement, qu'elle se fit une manchette, une longue brûlure au poignet. Et elle sanglota, elle accusa Clémence de l'avoir brûlée exprès. L'ouvrière, qui était allée chercher un fer très chaud pour le devant de la chemise, la consola tout de suite en la menaçant de lui repasser les deux oreilles, si elle continuait. Cependant, elle avait fourré une laine sous le plastron, elle poussait lentement le fer, laissant à l'amidon le temps de ressortir et de sécher. Le devant de chemise prenait une raideur et un luisant de papier fort.

– Sacré mâtin ! jura Coupeau, qui piétinait derrière elle, avec une obstination d'ivrogne.

Il se haussait, riant d'un rire de poulie mal graissée. Clémence, appuyée fortement sur l'établi, les poignets retournés, les coudes en l'air et écartés, pliait le cou, dans un effort ; et toute sa chair nue avait un gonflement, ses épaules remontaient avec le jeu lent des muscles mettant des battements sous la peau fine, la gorge s'enflait, moite de sueur, dans l'ombre rose de la chemise béante. Alors, il envoya les mains, il voulut toucher.

– Madame ! madame ! cria Clémence, faites-le tenir tranquille, à la fin !... Je m'en vais, si ça continue. Je ne veux pas être insultée.

Gervaise venait de poser le bonnet de Mme Boche sur un champignon garni d'un linge, et en tuyautait les dentelles minutieusement au petit fer. Elle leva les yeux juste au moment où le zingueur envoyait encore les mains, fouillant dans la chemise.

– Décidément, Coupeau, tu n'es pas raisonnable, dit-elle d'un air d'ennui, comme si elle avait grondé un enfant s'entêtant à manger ses confitures sans pain. Tu vas venir te coucher.

– Oui, allez-vous coucher, monsieur Coupeau, ça vaudra mieux, déclara Mme Putois.

– Ah bien ! bégaya-t-il sans cesser de ricaner, vous êtes encore joliment toc !... On ne peut plus rigoler, alors ? Les femmes, ça me connaît, je ne leur ai jamais rien cassé. On pince une dame, n'est-ce pas ? mais on ne va pas plus loin ; on honore simplement le sexe... Et puis, quand on étale sa marchandise, c'est pour qu'on fasse son choix, pas vrai ? Pourquoi la grande blonde montre-t-elle tout ce qu'elle a ? Non, ce n'est pas propre...

Et, se tournant vers Clémence :

– Tu sais, ma biche, tu as tort de faire ta poire... Si c'est parce qu'il y a du monde...

Mais il ne put continuer. Gervaise, sans violence, l'empoignait d'une main et lui posait l'autre main sur la bouche. Il se débattit, par manière de blague, pendant qu'elle le poussait au fond de la boutique, vers la chambre. Il dégagea sa bouche, il dit qu'il voulait bien se coucher, mais que la grande blonde allait venir lui chauffer les petons. Puis, on entendit Gervaise lui ôter ses souliers. Elle le déshabillait, en le bourrant un peu, maternellement. Lorsqu'elle tira sur sa culotte, il creva de rire, s'abandonnant, renversé, vautré au beau milieu du lit ; et il gigotait, il racontait qu'elle lui faisait des chatouilles. Enfin, elle l'emmaillota avec soin, comme un enfant. Était-il bien, au moins ? Mais il ne répondit pas, il cria à Clémence :

– Dis donc, ma biche, j'y suis, je t'attends.

Quand Gervaise retourna dans la boutique, ce louchon d'Augustine recevait décidément une claque de Clémence. C'était venu à propos d'un fer sale, trouvé sur la mécanique par Mme Putois ; celle-ci, ne se méfiant pas, avait noirci toute une camisole ; et comme Clémence, pour se défendre de ne pas avoir nettoyé son fer, accusait Augustine, jurait ses grands dieux que le fer n'était pas à elle, malgré la plaque d'amidon brûlé restée dessous, l'apprentie lui avait craché sur la robe, sans se cacher, par-devant, outrée d'une pareille injustice. De là, une calotte soignée. Le louchon rentra ses larmes, nettoya le fer, en le grattant, puis en l'essuyant, après l'avoir frotté avec un bout de bougie ; mais, chaque fois qu'elle devait passer derrière Clémence, elle gardait de la salive, elle crachait, riant en dedans, quand ça dégoulinait le long de la jupe.

Gervaise se remit à tuyauter les dentelles du bonnet. Et, dans le calme brusque qui se fit, on distingua, au fond de l'arrière-boutique, la voix épaisse de Coupeau. Il restait bon enfant, il riait tout seul, en lâchant des bouts de phrase.

– Est-elle bête, ma femme !... Est-elle bête de me coucher !... Hein ! c'est trop bête, en plein midi, quand on n'a pas dodo !

Mais, tout d'un coup, il ronfla. Alors, Gervaise eut un soupir de soulagement, heureuse de le savoir enfin en repos, cuvant sa soûlographie sur deux bons matelas. Et elle parla dans le silence, d'une voix lente et continue, sans quitter des yeux le petit fer à tuyauter, qu'elle maniait vivement.

– Que voulez-vous ? il n'a pas sa raison, on ne peut pas se fâcher. Quand je le bousculerais, ça n'avancerait à rien. J'aime mieux dire comme lui et le coucher ; au moins, c'est fini tout de suite et je suis tranquille... Puis, il n'est pas méchant, il m'aime bien. Vous avez vu tout à l'heure, il se serait fait hacher pour m'embrasser. C'est encore très gentil, ça ; car il y en a joliment, lorsqu'ils ont bu, qui vont voir les femmes... Lui, rentre tout droit ici. Il plaisante bien avec les ouvrières, mais ça ne va pas plus loin. Entendez-vous, Clémence, il ne faut pas vous blesser. Vous savez ce que c'est, un homme soûl ; ça tuerait père et mère, et ça ne s'en souviendrait seulement pas... Oh ! je lui pardonne de bon cœur. Il est comme tous les autres, pardi !

Elle disait ces choses mollement, sans passion, habituée déjà aux bordées de Coupeau, raisonnant encore ses complaisances pour lui, mais ne voyant déjà plus de mal à ce qu'il pinçât, chez elle, les hanches des filles. Quand elle se tut, le silence retomba, ne fut plus troublé. Mme Putois, à chaque pièce qu'elle prenait, tirait la corbeille, enfoncée sous la tenture de cretonne qui garnissait l'établi ; puis, la pièce repassée, elle haussait ses petits bras et la posait sur une étagère. Clémence achevait de plisser au fer sa trente-cinquième chemise d'homme. L'ouvrage débordait ; on avait calculé qu'il faudrait veiller jusqu'à onze heures, en se dépêchant. Tout l'atelier, maintenant, n'ayant plus de distraction, bûchait ferme, tapait dur. Les bras nus allaient, venaient, éclairaient de leurs taches roses la blancheur des linges. On avait encore empli de coke la mécanique, et comme le soleil, glissant entre les draps, frappait en plein sur le fourneau, on voyait la grosse chaleur monter dans le rayon, une flamme invisible dont le frisson secouait l'air. L'étouffement devenait tel, sous les jupes et les nappes séchant au plafond, que ce louchon d'Augustine, à bout de salive, laissait passer un coin de langue au bord des lèvres. Ça sentait la fonte surchauffée, l'eau d'amidon aigrie, le roussi des fers, une fadeur tiède de baignoire où les quatre ouvrières, se démanchant les épaules, mettaient l'odeur plus rude de leurs chignons et de leurs nuques trempées ; tandis que le bouquet de grands lis, dans l'eau verdie de son bocal, se fanait, en exhalant un parfum très pur, très fort. Et, par moments, au milieu du bruit des fers et du tisonnier grattant la mécanique, un ronflement de Coupeau roulait, avec la régularité d'un tic-tac énorme d'horloge, réglant la grosse besogne de l'atelier.

Les lendemains de culotte, le zingueur avait mal aux cheveux, un mal aux cheveux terrible qui le tenait tout le jour les crins défrisés, le bec empesté, la margoulette enflée et de travers. Il se levait tard, secouait ses puces sur les huit heures seulement ; et il crachait, traînaillait dans la boutique, ne se décidait pas à partir pour le chantier. La journée était encore perdue. Le matin, il se plaignait d'avoir des guibolles de coton, il s'appelait trop bête de gueuletonner comme ça, puisque ça vous démantibulait le tempérament. Aussi, on rencontrait un tas de gouapes, qui ne voulaient pas vous lâcher le coude ; on gobelottait malgré soi, on se trouvait dans toutes sortes de fourbis, on finissait par se laisser pincer et raide ! Ah ! fichtre non ! ça ne lui arriverait plus ; il n'entendait pas laisser ses bottes chez le mastroquet, à la fleur de l'âge. Mais, après le déjeuner, il se requinquait, poussant des hum ! hum ! pour se prouver qu'il avait encore un bon creux. Il commençait à nier la noce de la veille, un peu d'allumage peut-être. On n'en faisait plus de comme lui, solide au poste, une poigne du diable, buvant tout ce qu'il voulait sans cligner un œil. Alors, l'après-midi entière, il flânochait dans le quartier. Quand il avait bien embêté les ouvrières, sa femme lui donnait vingt sous pour qu'il débarrassât le plancher. Il filait, il allait acheter son tabac à la Petite-Civette, rue des Poissonniers, où il prenait généralement une prune, lorsqu'il rencontrait un ami. Puis, il achevait de casser la pièce de vingt sous chez François, au coin de la rue de la Goutte-d'Or, où il y avait un joli vin, tout jeune, chatouillant le gosier. C'était un mannezingue de l'ancien jeu, une boutique noire, sous un plafond bas, avec une salle enfumée, à côté, dans laquelle on vendait de la soupe. Et il restait là jusqu'au soir, à jouer des canons au tourniquet ; il avait l'œil chez François, qui promettait formellement de ne jamais présenter la note à la bourgeoise. N'est-ce pas ? il fallait bien se rincer un peu la dalle, pour la débarrasser des crasses de la veille. Un verre de vin en pousse un autre. Lui, d'ailleurs, toujours bon zigue, ne donnant pas une chiquenaude au sexe, aimant la rigolade, bien sûr, et se piquant le nez à son tour, mais gentiment, plein de mépris pour ces saloperies d'hommes tombés dans l'alcool, qu'on ne voit pas dessoûler ! Il rentrait gai et galant comme un pinson.

– Est-ce que ton amoureux est venu ? demandait-il parfois à Gervaise pour la taquiner. On ne l'aperçoit plus, il faudra que j'aille le chercher.

L'amoureux, c'était Goujet. Il évitait, en effet, de venir trop souvent, par peur de gêner et de faire causer. Pourtant, il saisissait les prétextes, apportait le linge, passait vingt fois sur le trottoir. Il y avait un coin dans la boutique, au fond, où il aimait rester des heures, assis sans bouger, fumant sa courte pipe. Le soir, après son dîner, une fois tous les dix jours, il se risquait, s'installait ; et il n'était guère causeur, la bouche cousue, les yeux sur Gervaise, ôtant seulement sa pipe de la bouche pour rire de tout ce qu'elle disait. Quand l'atelier veillait le samedi, il s'oubliait, paraissait s'amuser là plus que s'il était allé au spectacle. Des fois, les ouvrières repassaient jusqu'à trois heures du matin. Une lampe pendait du plafond, à un fil de fer ; l'abat-jour jetait un grand rond de clarté vive, dans lequel les linges prenaient des blancheurs molles de neige. L'apprentie mettait les volets de la boutique ; mais, comme les nuits de juillet étaient brûlantes, on laissait la porte ouverte sur la rue. Et, à mesure que l'heure avançait, les ouvrières se dégrafaient, pour être à l'aise. Elles avaient une peau fine, toute dorée dans le coup de lumière de la lampe, Gervaise surtout, devenue grasse, les épaules blondes, luisantes comme une soie, avec un pli de bébé au cou, dont il aurait dessiné de souvenir la petite fossette, tant il le connaissait. Alors, il était pris par la grosse chaleur de la mécanique, par l'odeur des linges fumant sous les fers ; et il glissait à un léger étourdissement, la pensée ralentie, les yeux occupés de ces femmes qui se hâtaient, balançant leurs bras nus, passant la nuit à endimancher le quartier. Autour de la boutique, les maisons voisines s'endormaient, le grand silence du sommeil tombait lentement. Minuit sonnait, puis une heure, puis deux heures. Les voitures, les passants s'en étaient allés. Maintenant, dans la rue déserte et noire, la porte envoyait seule une raie de jour, pareille à un bout d'étoffe jaune déroulé à terre. Par moments, un pas sonnait au loin, un homme approchait ; et, lorsqu'il traversait la raie de jour, il allongeait la tête, surpris des coups de fer qu'il entendait, emportant la vision rapide des ouvrières dépoitraillées, dans une buée rousse.

Goujet, voyant Gervaise embarrassée d'Étienne, et voulant le sauver des coups de pied au derrière de Coupeau, l'avait embauché pour tirer le soufflet, à sa fabrique de boulons. L'état de cloutier, s'il n'avait rien de flatteur en lui-même, à cause de la saleté de la forge et de l'embêtement de toujours taper sur les mêmes morceaux de fer, était un riche état, où l'on gagnait des dix et des douze francs par jour. Le petit, alors âgé de douze ans, pourrait s'y mettre bientôt, si le métier lui allait. Et Étienne était ainsi devenu un lien de plus entre la blanchisseuse et le forgeron. Celui-ci ramenait l'enfant, donnait des nouvelles de sa bonne conduite. Tout le monde disait en riant à Gervaise que Goujet avait un béguin pour elle. Elle le savait bien, elle rougissait comme une jeune fille, avec une fleur de pudeur qui lui mettait aux joues des tons vifs de pomme d'api. Ah ! le pauvre cher garçon, il n'était pas gênant ! Jamais il ne lui avait parlé de ça ; jamais un geste sale, jamais un mot polisson. On n'en rencontrait pas beaucoup de cette honnête pâte. Et, sans vouloir l'avouer, elle goûtait une grande joie à être aimée ainsi, pareillement à une sainte vierge. Quand il lui arrivait quelque ennui sérieux, elle songeait au forgeron ; ça la consolait. Ensemble, s'ils restaient seuls, ils n'étaient pas gênés du tout ; ils se regardaient avec des sourires, bien en face, sans se raconter ce qu'ils éprouvaient. C'était une tendresse raisonnable, ne songeant pas aux vilaines choses, parce qu'il faut encore mieux garder sa tranquillité, quand on peut s'arranger pour être heureux, tout en restant tranquille.

Cependant, Nana, vers la fin de l'été, bouleversa la maison. Elle avait six ans, elle s'annonçait comme une vaurienne finie. Sa mère la menait chaque matin, pour ne pas la rencontrer toujours sous ses pieds, dans une petite pension de la rue Polonceau, chez Mlle Josse. Elle y attachait par-derrière les robes de ses camarades, elle emplissait de cendre la tabatière de la maîtresse, trouvait des inventions moins propres encore, qu'on ne pouvait pas raconter. Deux fois, Mlle Josse la mit à la porte, puis la reprit, pour ne pas perdre les six francs, chaque mois. Dès la sortie de la classe, Nana se vengeait d'avoir été enfermée, en faisant une vie d'enfer sous le porche et dans la cour, où les repasseuses, les oreilles cassées, lui disaient d'aller jouer. Elle retrouvait là Pauline, la fille des Boche, et le fils de l'ancienne patronne de Gervaise, Victor, un grand dadais de dix ans, qui adorait galopiner en compagnie des toutes petites filles. Mme Fauconnier, qui ne s'était pas fâchée avec les Coupeau, envoyait elle-même son fils. D'ailleurs, dans la maison, il y avait un pullulement extraordinaire de mioches, des volées d'enfants qui dégringolaient les quatre escaliers à toutes les heures du jour, et s'abattaient sur le pavé, comme des bandes de moineaux criards et pillards. Mme Gaudron, à elle seule, en lâchait neuf, des blonds, des bruns, mal peignés, mal mouchés, avec des culottes jusqu'aux yeux, des bas tombés sur les souliers, des vestes fendues, montrant leur peau blanche sous la crasse. Une autre femme, une porteuse de pain, au cinquième, en lâchait sept. Il en sortait des tapées de toutes les chambres. Et, dans ce grouillement de vermines aux museaux roses, débarbouillés chaque fois qu'il pleuvait, on en voyait de grands, l'air ficelle, de gros, ventrus déjà comme des hommes, de petits, petits, échappés du berceau, mal d'aplomb encore, tout bêtes, marchant à quatre pattes quand ils voulaient courir. Nana régnait sur ce tas de crapauds ; elle faisait sa mademoiselle jordonne avec des filles deux fois plus grandes qu'elle, et daignait seulement abandonner un peu de son pouvoir à Pauline et à Victor, des confidents intimes qui appuyaient ses volontés. Cette fichue gamine parlait sans cesse de jouer à la maman, déshabillait les plus petits pour les rhabiller, voulait visiter les autres partout, les tripotait, exerçait un despotisme fantasque de grande personne ayant du vice. C'était, sous sa conduite, des jeux à se faire gifler. La bande pataugeait dans les eaux de couleur de la teinturerie, sortait de là les jambes teintes en bleu ou en rouge, jusqu'aux genoux ; puis, elle s'envolait chez le serrurier, où elle chipait des clous et de la limaille, et repartait pour aller s'abattre au milieu des copeaux du menuisier, des tas de copeaux énormes, amusants tout plein, dans lesquels on se roulait en montrant son derrière. La cour lui appartenait, retentissait du tapage des petits souliers se culbutant à la débandade, du cri perçant des voix qui s'enflaient chaque fois que la bande reprenait son vol. Certains jours même, la cour ne suffisait pas. Alors, la bande se jetait dans les caves, remontait, grimpait le long d'un escalier, enfilait un corridor, redescendait, reprenait un escalier, suivait un autre corridor, et cela sans se lasser, pendant des heures, gueulant toujours, ébranlant la maison géante d'un galop de bêtes nuisibles lâchées au fond de tous les coins.

– Sont-ils indignes, ces crapules-là ! criait Mme Boche. Vraiment, il faut que les gens aient bien peu de choses à faire, pour faire tant d'enfants... Et ça se plaint encore de n'avoir pas de pain !

Boche disait que les enfants poussaient sur la misère comme les champignons sur le fumier. La portière criait toute la journée, les menaçait de son balai. Elle finit par fermer la porte des caves, parce qu'elle apprit par Pauline, à laquelle elle allongea une paire de calottes, que Nana avait imaginé de jouer au médecin, là-bas dans l'obscurité ; cette vicieuse donnait des remèdes aux autres, avec des bâtons.

Or, une après-midi, il y eut une scène affreuse. Ça devait arriver, d'ailleurs. Nana s'avisa d'un petit jeu bien drôle. Elle avait volé, devant la loge, un sabot à Mme Boche. Elle l'attacha avec une ficelle, se mit à le traîner, comme une voiture. De son côté, Victor eut l'idée d'emplir le sabot de pelures de pomme. Alors, un cortège s'organisa. Nana marchait la première, tirant le sabot. Pauline et Victor s'avançaient à sa droite et à sa gauche. Puis, toute la flopée des mioches suivait en ordre, les grands d'abord, les petits ensuite, se bousculant ; un bébé en jupe, haut comme une botte, portant sur l'oreille un bourrelet défoncé, venait le dernier. Et le cortège chantait quelque chose de triste, des oh ! et des ah ! Nana avait dit qu'on allait jouer à l'enterrement ; les pelures de pomme, c'était le mort. Quand on eut fait le tour de la cour, on recommença. On trouvait ça joliment amusant.

– Qu'est-ce qu'ils font donc ? murmura Mme Boche, qui sortit de la loge pour voir, toujours méfiante et aux aguets.

Et lorsqu'elle eut compris :

– Mais c'est mon sabot ! cria-t-elle furieuse. Ah ! les gredins !

Elle distribua des taloches, souffleta Nana sur les deux joues, flanqua un coup de pied à Pauline, cette grande dinde qui laissait prendre le sabot de sa mère. Justement, Gervaise emplissait un seau, à la fontaine. Quand elle aperçut Nana le nez en sang, étranglée de sanglots, elle faillit sauter au chignon de la concierge. Est-ce qu'on tapait sur un enfant comme sur un bœuf ? Il fallait manquer de cœur, être la dernière des dernières. Naturellement, Mme Boche répliqua. Lorsqu'on avait une saloperie de fille pareille, on la tenait sous clef. Enfin, Boche lui-même parut sur le seuil de la loge, pour crier à sa femme de rentrer et de ne pas avoir tant d'explications avec de la saleté. Ce fut une brouille complète.

À la vérité, ça n'allait plus du tout bien entre les Boche et les Coupeau depuis un mois. Gervaise, très donnante de sa nature, lâchait à chaque instant des litres de vin, des tasses de bouillon, des oranges, des parts de gâteau. Un soir, elle avait porté à la loge un fond de saladier, de la barbe de capucin avec de la betterave, sachant que la concierge aurait fait des bassesses pour la salade. Mais, le lendemain, elle devint toute blanche en entendant Mlle Remanjou raconter comment Mme Boche avait jeté la barbe de capucin devant du monde, d'un air dégoûté, sous prétexte que, Dieu merci ! elle n'en était pas encore réduite à se nourrir de choses où les autres avaient pataugé. Et, dès lors, Gervaise coupa net à tous les cadeaux :

plus de litres de vin, plus de tasses de bouillon, plus d'oranges, plus de parts de gâteau, plus rien. Il fallait voir le nez des Boche ! Ça leur semblait comme un vol que les Coupeau leur faisaient. Gervaise comprenait sa faute ; car enfin, si elle n'avait point eu la bêtise de tant leur fourrer, ils n'auraient pas pris de mauvaises habitudes et seraient restés gentils. Maintenant, la concierge disait d'elle pis que pendre. Au terme d'octobre, elle fit des ragots à n'en plus finir au propriétaire, M. Marescot, parce que la blanchisseuse, qui mangeait son saint-frusquin en gueulardises, se trouvait en retard d'un jour pour son loyer, et même M. Marescot, pas très poli non plus celui-là, entra dans la boutique, le chapeau sur la tête, demandant son argent, qu'on lui allongea tout de suite d'ailleurs. Naturellement, les Boche avaient tendu la main aux Lorilleux. C'était à présent avec les Lorilleux qu'on godaillait dans la loge, au milieu des attendrissements de la réconciliation. Jamais on ne se serait fâché sans cette Banban, qui aurait fait battre des montagnes. Ah ! les Boche la connaissaient à cette heure, ils comprenaient combien les Lorilleux devaient souffrir. Et, quand elle passait, tous affectaient de ricaner, sous la porte.

Gervaise pourtant monta un jour chez les Lorilleux. Il s'agissait de maman Coupeau, qui avait alors soixante-sept ans. Les yeux de maman Coupeau étaient complètement perdus. Ses jambes non plus n'allaient pas du tout. Elle venait de renoncer à son dernier ménage par force, et menaçait de crever de faim, si on ne la secourait pas. Gervaise trouvait honteux qu'une femme de cet âge, ayant trois enfants, fût ainsi abandonnée du ciel et de la terre. Et comme Coupeau refusait de parler aux Lorilleux, en disant à Gervaise qu'elle pouvait bien monter, elle, celle-ci monta sous le coup d'une indignation, dont tout son cœur était gonflé.

En haut, elle entra sans frapper, comme une tempête. Rien n'était changé depuis le soir où les Lorilleux, pour la première fois, lui avaient fait un accueil si peu engageant. Le même lambeau de laine déteinte séparait la chambre de l'atelier, un logement en coup de fusil qui semblait bâti pour une anguille. Au fond, Lorilleux, penché sur son établi, pinçait un à un les maillons d'un bout de colonne, tandis que Mme Lorilleux tirait un fil d'or à la filière, debout devant l'étau. La petite forge, sous le plein jour, avait un reflet rose.

– Oui, c'est moi ! dit Gervaise. Ça vous étonne, parce que nous sommes à couteaux tirés ? Mais je ne viens pas pour moi ni pour vous, vous pensez bien... C'est pour maman Coupeau que je viens. Oui, je viens voir si nous la laisserons attendre un morceau de pain de la charité des autres.

– Ah bien ! en voilà une entrée ! murmura Mme Lorilleux ! Il faut avoir un fier toupet.

Et elle tourna le dos, elle se remit à tirer son fil d'or, en affectant d'ignorer la présence de sa belle-sœur. Mais Lorilleux avait levé sa face blême, criant :

– Qu'est-ce que vous dites ?

Puis, comme il avait parfaitement entendu, il continua :

– Encore des potins, n'est-ce pas ? Elle est gentille, maman Coupeau, de pleurer misère partout !... Avant-hier, pourtant, elle a mangé ici. Nous faisons ce que nous pouvons, nous autres. Nous n'avons pas le Pérou... Seulement, si elle va bavarder chez les autres, elle peut y rester, parce que nous n'aimons pas les espions.

Il reprit le bout de chaîne, tourna le dos à son tour, en ajoutant comme à regret :

– Quand tout le monde donnera cent sous par mois, nous donnerons cent sous.

Gervaise s'était calmée, toute refroidie par les figures en coin de rue des Lorilleux. Elle n'avait jamais mis les pieds chez eux sans éprouver un malaise. Les yeux à terre, sur les losanges de la claie de bois, où tombaient les déchets d'or, elle s'expliquait maintenant d'un air raisonnable. Maman Coupeau avait trois enfants ; si chacun donnait cent sous, ça ne ferait que quinze francs, et vraiment ce n'était pas assez, on ne pouvait pas vivre avec ça ; il fallait au moins tripler la somme. Mais Lorilleux se récriait. Où voulait-on qu'il volât quinze francs par mois ? Les gens étaient drôles, on le croyait riche parce qu'il avait de l'or chez lui. Puis, il tapait sur maman Coupeau : elle ne voulait pas se passer de café le matin, elle buvait la goutte, elle montrait les exigences d'une personne qui aurait eu de la fortune. Parbleu ! tout le monde aimait ses aises ; mais, n'est-ce pas ? quand on n'avait pas su mettre un sou de côté, on faisait comme les camarades, on se serrait le ventre. D'ailleurs, maman Coupeau n'était pas d'un âge à ne plus travailler ; elle y voyait encore joliment clair quand il s'agissait de piquer un bon morceau au fond du plat ; enfin, c'était une vieille rouée, elle rêvait de se dorloter. Même s'il en avait eu les moyens, il aurait cru mal agir en entretenant quelqu'un dans la paresse.

Cependant, Gervaise restait conciliante, discutait paisiblement ces mauvaises raisons. Elle tâchait d'attendrir les Lorilleux. Mais le mari finit par ne plus lui répondre. La femme maintenant était devant la forge, en train de dérocher un bout de chaîne, dans la petite casserole de cuivre à long manche, pleine d'eau seconde. Elle affectait toujours de tourner le dos, comme à cent lieues. Et Gervaise parlait encore, les regardant s'entêter au travail, au milieu de la poussière noire de l'atelier, le corps déjeté, les vêtements rapiécés et graisseux, devenus d'une dureté abêtie de vieux outils, dans leur besogne étroite de machine. Alors, brusquement, la colère remonta à sa gorge, elle cria :

– C'est ça, j'aime mieux ça, gardez votre argent !... Je prends maman Coupeau, entendez-vous ! J'ai ramassé un chat l'autre soir, je peux bien ramasser votre mère. Et elle ne manquera de rien, et elle aura son café et sa goutte !... Mon Dieu ! quelle sale famille !

Mme Lorilleux, du coup, s'était retournée. Elle brandissait la casserole, comme si elle allait jeter l'eau seconde à la figure de sa belle sœur. Elle bredouillait :

– Fichez le camp, ou je fais un malheur !... Et ne comptez pas sur les cent sous, parce que je ne donnerai pas un radis ! non pas un radis !... Ah bien ! oui, cent sous ! Maman vous servirait de domestique, et vous vous gobergeriez avec mes cent sous ! Si elle va chez vous, dites-lui ça, elle peut crever, je ne lui enverrai pas un verre d'eau... Allons, houp ! débarrassez le plancher !

– Quel monstre de femme ! dit Gervaise en refermant la porte avec violence.

Dès le lendemain, elle prit maman Coupeau chez elle. Elle mit son lit dans le grand cabinet où couchait Nana, et qui recevait le jour par une lucarne ronde, près du plafond. Le déménagement ne fut pas long, car maman Coupeau, pour tout mobilier, avait ce lit, une vieille armoire de noyer qu'on plaça dans la chambre au linge sale, une table et deux chaises ; on vendit la table, on fit rempailler les deux chaises. Et la vieille femme, le soir même de son installation, donnait un coup de balai, lavait la vaisselle, enfin se rendait utile, bien contente d'être tirée d'affaire. Les Lorilleux rageaient à crever, d'autant plus que Mme Lerat venait de se remettre avec les Coupeau. Un beau jour, les deux sœurs, la fleuriste et la chaîniste, avaient échangé des torgnoles, au sujet de Gervaise ; la première s'était risquée à approuver la conduite de celle-ci, vis-à-vis de leur mère ; puis, par un besoin de taquinerie, voyant l'autre exaspérée, elle en était arrivée à trouver les yeux de la blanchisseuse magnifiques, des yeux auxquels on aurait allumé des bouts de papier ; et là-dessus toutes deux, après s'être giflées, avaient juré de ne plus se revoir. Maintenant, Mme Lerat passait ses soirées dans la boutique, où elle s'amusait en dedans des cochonneries de la grande Clémence.

Trois années se passèrent. On se fâcha et on se raccommoda encore plusieurs fois. Gervaise se moquait pas mal des Lorilleux, des Boche et de tous ceux qui ne disaient point comme elle. S'ils n'étaient pas contents, n'est-ce pas ? ils pouvaient aller s'asseoir. Elle gagnait ce qu'elle voulait, c'était le principal. Dans le quartier, on avait fini par avoir pour elle beaucoup de considération, parce que, en somme, on ne trouvait pas des masses de pratiques aussi bonnes, payant recta, pas chipoteuse, pas râleuse. Elle prenait son pain chez Mme Coudeloup, rue des Poissonniers, sa viande chez le gros Charles, un boucher de la rue Polonceau, son épicerie chez Lehongre, rue de la Goutte-d'Or, presque en face de sa boutique.

François, le marchand de vin du coin de la rue, lui apportait son vin par paniers de cinquante litres. Le voisin Vigouroux, dont la femme devait avoir les hanches bleues, tant les hommes la pinçaient, lui vendait son coke au prix de la Compagnie du gaz. Et, l'on pouvait le dire, ses fournisseurs la servaient en conscience, sachant bien qu'il y avait tout à gagner avec elle, en se montrant gentil. Aussi, quand elle sortait dans le quartier, en savates et en cheveux, recevait-elle des bonjours de tous les côtés ; elle restait là chez elle, les rues voisines étaient comme les dépendances naturelles de son logement, ouvert de plain-pied sur le trottoir. Il lui arrivait maintenant de faire traîner une commission, heureuse d'être dehors, au milieu de ses connaissances. Les jours où elle n'avait pas le temps de mettre quelque chose au feu, elle allait chercher des portions, elle bavardait chez le traiteur, qui occupait la boutique de l'autre côté de la maison, une vaste salle avec de grands vitrages poussiéreux, à travers la saleté desquels on apercevait le jour terni de la cour, au fond. Ou bien, elle s'arrêtait et causait, les mains chargées d'assiettes et de bols, devant quelque fenêtre du rez-de-chaussée, un intérieur de savetier entrevu, le lit défait, le plancher encombré de loques, de deux berceaux éclopés et de la terrine à la poix pleine d'eau noire. Mais le voisin qu'elle respectait le plus était encore, en face, l'horloger, le monsieur en redingote, l'air propre, fouillant continuellement des montres avec des outils mignons ; et souvent elle traversait la rue pour le saluer, riant d'aise à regarder, dans la boutique étroite comme une armoire, la gaieté des petits coucous dont les balanciers se dépêchaient, battant l'heure à contretemps, tous à la fois.

VI

Une après-midi d'automne, Gervaise, qui venait de reporter du linge chez une pratique, rue des Portes-Blanches, se trouva dans le bas de la rue des Poissonniers comme le jour tombait. Il avait plu le matin, le temps était très doux, une odeur s'exhalait du pavé gras ; et la blanchisseuse, embarrassée de son grand panier, étouffait un peu, la marche ralentie, le corps abandonné, remontant la rue avec la vague préoccupation d'un désir sensuel, grandi dans sa lassitude. Elle aurait volontiers mangé quelque chose de bon. Alors, en levant les yeux, elle aperçut la plaque de la rue Marcadet, elle eut tout d'un coup l'idée d'aller voir Goujet à sa forge. Vingt fois, il lui avait dit de pousser une pointe, un jour qu'elle serait curieuse de regarder travailler le fer. D'ailleurs, devant les autres ouvriers, elle demanderait Étienne, elle semblerait s'être décidée à entrer uniquement pour le petit.

La fabrique de boulons et de rivets devait se trouver par là, dans ce bout de la rue Marcadet, elle ne savait pas bien où ; d'autant plus que les numéros manquaient souvent, le long des masures espacées par des terrains vagues. C'était une rue où elle n'aurait pas demeuré pour tout l'or du monde, une rue large, sale, noire de la poussière de charbon des manufactures voisines, avec des pavés défoncés et des ornières, dans lesquelles des flaques d'eau croupissaient. Aux deux bords, il y avait un défilé de hangars, de grands ateliers vitrés, de constructions grises, comme inachevées, montrant leurs briques et leurs charpentes, une débandade de maçonneries branlantes, coupées par des trouées sur la campagne, flanquées de garnis borgnes et de gargotes louches. Elle se rappelait seulement que la fabrique était près d'un magasin de chiffons et de ferraille, une sorte de cloaque ouvert à ras de terre, où dormaient pour des centaines de mille francs de marchandises, à ce que racontait Goujet. Et elle cherchait à s'orienter, au milieu du tapage des usines ; de minces tuyaux, sur les toits, soufflaient violemment des jets de vapeur ; une scierie mécanique avait des grincements réguliers, pareils à de brusques déchirures dans une pièce de calicot ; des manufactures de boutons secouaient le sol du roulement et du tic-tac de leurs machines. Comme elle regardait vers Montmartre, indécise, ne sachant pas si elle devait pousser plus loin, un coup de vent rabattit la suie d'une haute cheminée, empesta la rue ; et elle fermait les yeux, suffoquée, lorsqu'elle entendit un bruit cadencé de marteaux : elle était, sans le savoir, juste en face de la fabrique, ce qu'elle reconnut au trou plein de chiffons, à côté.

Cependant, elle hésita encore, ne sachant par où entrer. Une palissade crevée ouvrait un passage qui semblait s'enfoncer au milieu des plâtras d'un chantier de démolitions. Comme une mare d'eau bourbeuse barrait le chemin, on avait jeté deux planches en travers. Elle finit par se risquer sur les planches, tourna à gauche, se trouva perdue dans une étrange forêt de vieilles charrettes renversées les brancards en l'air, de masures en ruines dont les carcasses de poutres restaient debout. Au fond, trouant la nuit salie d'un reste de jour, un feu rouge luisait. Le bruit des marteaux avait cessé. Elle s'avançait prudemment, marchant vers la lueur, lorsqu'un ouvrier passa près d'elle, la figure noire de charbon, embroussaillée d'une barbe de bouc, avec un regard oblique de ses yeux pâles.

– Monsieur, demanda-t-elle, c'est ici, n'est-ce pas, que travaille un enfant du nom d'Étienne... C'est mon garçon.

– Étienne, Étienne, répétait l'ouvrier qui se dandinait, la voix enrouée ; Étienne, non, connais pas.

La bouche ouverte, il exhalait cette odeur d'alcool des vieux tonneaux d'eau-de-vie, dont on a enlevé la bonde. Et, comme cette rencontre d'une femme dans ce coin d'ombre commençait à le rendre goguenard, Gervaise recula, en murmurant :

– C'est bien ici pourtant que M. Goujet travaille ?

– Ah ! Goujet, oui ! dit l'ouvrier, connu Goujet !... Si c'est pour Goujet que vous venez... Allez au fond.

Et, se tournant, il cria de sa voix qui sonnait le cuivre fêlé :

– Dis donc, la Gueule-d'Or, voilà une dame pour toi !

Mais un tapage de ferraille étouffa ce cri. Gervaise alla au fond. Elle arriva à une porte, allongea le cou. C'était une vaste salle, où elle ne distingua d'abord rien. La forge, comme morte, avait dans un coin une lueur pâlie d'étoile, qui reculait encore l'enfoncement des ténèbres. De larges ombres flottaient. Et il y avait par moments des masses noires passant devant le feu, bouchant cette dernière tache de clarté, des hommes démesurément grandis dont on devinait les gros membres. Gervaise, n'osant s'aventurer, appelait de la porte, à demi-voix :

– Monsieur Goujet, monsieur Goujet...

Brusquement, tout s'éclaira. Sous le ronflement du soufflet, un jet de flamme blanche avait jailli. Le hangar apparut, fermé par des cloisons de planches, avec des trous maçonnés grossièrement, des coins consolidés à l'aide de murs de briques. Les poussières envolées du charbon badigeonnaient cette halle d'une suie grise. Des toiles d'araignée pendaient aux poutres, comme des haillons qui séchaient là-haut, alourdies par des années de saleté amassée. Autour des murailles, sur des étagères, accrochés à des clous ou jetés dans les angles sombres, un pêle-mêle de vieux fers, d'ustensiles cabossés, d'outils énormes, traînaient, mettaient des profils cassés, ternes et durs. Et la flamme blanche montait toujours, éclatante, éclairant d'un coup de soleil le sol battu, où l'acier poli de quatre enclumes, enfoncées dans leurs billots, prenait un reflet d'argent pailleté d'or.

Alors, Gervaise reconnut Goujet devant la forge, à sa belle barbe jaune. Étienne tirait le soufflet. Deux autres ouvriers étaient là. Elle ne vit que Goujet, elle s'avança, se posa devant lui.

– Tiens ! Mme Gervaise ! s'écria-t-il, la face épanouie ; quelle bonne surprise !

Mais, comme les camarades avaient de drôles de figures, il reprit en poussant Étienne vers sa mère :

– Vous venez voir le petit... Il est sage, il commence à avoir de la poigne.

– Ah bien ! dit-elle, ce n'est pas commode d'arriver ici... Je me croyais au bout du monde...

Et elle raconta son voyage. Ensuite, elle demanda pourquoi on ne connaissait pas le nom d'Étienne dans l'atelier. Goujet riait ; il lui expliqua que tout le monde appelait le petit Zouzou, parce qu'il avait des cheveux coupés ras, pareils à ceux d'un zouave. Pendant qu'ils causaient ensemble, Étienne ne tirait plus le soufflet, la flamme de la forge baissait, une clarté rose se mourait, au milieu du hangar redevenu noir. Le forgeron attendri regardait la jeune femme souriante, toute fraîche dans cette lueur. Puis, comme tous deux ne se disaient plus rien, noyés de ténèbres, il parut se souvenir, il rompit le silence :

– Vous permettez, madame Gervaise, j'ai quelque chose à terminer. Restez là, n'est-ce pas ? vous ne gênez personne.

Elle resta. Étienne s'était pendu de nouveau au soufflet. La forge flambait, avec des fusées d'étincelles ; d'autant plus que le petit, pour montrer sa poigne à sa mère, déchaînait une haleine énorme d'ouragan. Goujet, debout, surveillant une barre de fer qui chauffait, attendait, les pinces à la main. La grande clarté l'éclairait violemment, sans une ombre. Sa chemise roulée aux manches, ouverte au col, découvrait ses bras nus, sa poitrine nue, une peau rose de fille où frisaient des poils blonds ; et, la tête un peu basse entre ses grosses épaules bossuées de muscles, la face attentive, avec ses yeux pâles fixés sur la flamme, sans un clignement, il semblait un colosse au repos, tranquille dans sa force. Quand la barre fut blanche, il la saisit avec les pinces et la coupa au marteau sur une enclume, par bouts réguliers, comme s'il avait abattu des bouts de verre, à légers coups. Puis, il remit les morceaux au feu, où il les reprit un à un, pour les façonner. Il forgeait des rivets à six pans. Il posait les bouts dans une clouière, écrasait le fer qui formait la tête, aplatissait les six pans, jetait les rivets terminés, rouges encore, dont la tache vive s'éteignait sur le sol noir ; et cela d'un martèlement continu, balançant dans sa main droite un marteau de cinq livres, achevant un détail à chaque coup, tournant et travaillant son fer avec une telle adresse, qu'il pouvait causer et regarder le monde. L'enclume avait une sonnerie argentine. Lui, sans une goutte de sueur, très à l'aise, tapait d'un air bonhomme, sans paraître faire plus d'effort que les soirs où il découpait des images, chez lui.

– Oh ! ça, c'est du petit rivet, du vingt millimètres, disait-il pour répondre aux questions de Gervaise. On peut aller à ses trois cents par jour... Mais il faut de l'habitude, parce que le bras se rouille vite...

Et comme elle lui demandait si le poignet ne s'engourdissait pas à la fin de la journée, il eut un bon rire. Est-ce qu'elle le croyait une demoiselle ? Son poignet en avait vu de grises depuis quinze ans ; il était devenu en fer, tant il s'était frotté aux outils. D'ailleurs, elle avait raison : un monsieur qui n'aurait jamais forgé un rivet ni un boulon, et qui aurait voulu faire joujou avec son marteau de cinq livres, se serait collé une fameuse courbature au bout de deux heures. Ça n'avait l'air de rien, mais ça vous nettoyait souvent des gaillards solides en quelques années. Cependant, les autres ouvriers tapaient aussi, tous à la fois. Leurs grandes ombres dansaient dans la clarté, les éclairs rouges du fer sortant du brasier traversaient les fonds noirs, des éclaboussements d'étincelles partaient sous les marteaux, rayonnaient comme des soleils, au ras des enclumes. Et Gervaise se sentait prise dans le branle de la forge, contente, ne s'en allant pas. Elle faisait un large détour, pour se rapprocher d'Étienne sans risquer d'avoir les mains brûlées, lorsqu'elle vit entrer l'ouvrier sale et barbu, auquel elle s'était adressée, dans la cour.

– Alors, vous avez trouvé, madame ? dit-il de son air d'ivrogne goguenard. La Gueule-d'Or, tu sais, c'est moi qui t'ai indiqué à madame...

Lui, se nommait Bec-Salé, dit Boit-sans-Soif, le lapin des lapins, un boulonnier du grand chic, qui arrosait son fer d'un litre de tord-boyaux par jour. Il était allé boire une goutte, parce qu'il ne se sentait plus assez graissé pour attendre six heures. Quand il apprit que Zouzou s'appelait Étienne, il trouva ça trop farce ; et il riait en montrant ses dents noires. Puis, il reconnut Gervaise. Pas plus tard que la veille, il avait encore bu un canon avec Coupeau. On pouvait parler à Coupeau de Bec-Salé, dit Boit-sans-Soif, il dirait tout de suite : C'est un zig ! Ah ! cet animal de Coupeau ! il était bien gentil, il rendait les tournées plus souvent qu'à son tour.

– Ça me fait plaisir de vous savoir sa femme, répétait-il. Il mérite d'avoir une belle femme... N'est-ce pas ? la Gueule-d'Or, madame est une belle femme ?

Il se montrait galant, se poussait contre la blanchisseuse, qui reprit son panier et le garda devant elle, afin de le tenir à distance. Goujet, contrarié, comprenant que le camarade blaguait, à cause de sa bonne amitié pour Gervaise, lui cria :

– Dis donc, feignant ! pour quand les quarante millimètres ?... Es-tu d'attaque, maintenant que tu as le sac plein, sacré soiffard ?

Le forgeron voulait parler d'une commande de gros boulons qui nécessitaient deux frappeurs à l'enclume.

– Pour tout de suite, si tu veux, grand bébé ! répondit Bec-Salé, dit Boit-sans-Soif. Ça tète son pouce et ça fait l'homme ! Tu as beau être gros, j'en ai mangé d'autres !

– Oui, c'est ça, tout de suite. Arrive, et à nous deux !

– On y est, malin !

Ils se défiaient, allumés par la présence de Gervaise. Goujet mit au feu les bouts de fer coupés à l'avance ; puis, il fixa sur une enclume une clouière de fort calibre. Le camarade avait pris contre le mur deux masses de vingt livres, les deux grandes sœurs de l'atelier, que les ouvriers nommaient Fifine et Dédèle. Et il continuait à crâner, il parlait d'une demi-grosse de rivets qu'il avait forgés pour le phare de Dunkerque, des bijoux, des choses à placer dans un musée, tant c'était fignolé. Sacristi, non ! il ne craignait pas la concurrence ; avant de rencontrer un cadet comme lui, on pouvait fouiller toutes les boîtes de la capitale. On allait rire, on allait voir ce qu'on allait voir.

– Madame jugera, dit-il en se tournant vers la jeune femme.

– Assez causé ! cria Goujet. Zouzou, du nerf ! Ça ne chauffe pas, mon garçon.

Mais Bec-Salé, dit Boit-sans-Soif, demanda encore :

– Alors, nous frappons ensemble ?

– Pas du tout ! chacun son boulon, mon brave !

La proposition jeta un froid, et du coup le camarade, malgré son bagou, resta sans salive. Des boulons de quarante millimètres établis par un seul homme, ça ne s'était jamais vu ; d'autant plus que les boulons devaient être à tête ronde, un ouvrage d'une fichue difficulté, un vrai chef-d'œuvre à faire. Les trois autres ouvriers de l'atelier avaient quitté leur travail pour voir ; un grand sec pariait un litre que Goujet serait battu. Cependant, les deux forgerons prirent chacun une masse, les yeux fermés, parce que Fifine pesait une demi-livre de plus que Dédèle. Bec-Salé, dit Boit-sans-Soif, eut la chance de mettre la main sur Dédèle ; la Gueule-d'Or tomba sur Fifine. Et, en attendant que le fer blanchit, le premier, redevenu crâne, posa devant l'enclume en roulant des yeux tendres du côté de la blanchisseuse ; il se campait, tapait des appels du pied comme un monsieur qui va se battre, dessinait déjà le geste de balancer Dédèle à toute volée. Ah ! tonnerre de Dieu ! il était bon là ; il aurait fait une galette de la colonne Vendôme !

– Allons, commence ! dit Goujet, en plaçant lui-même dans la clouière un des morceaux de fer, de la grosseur d'un poignet de fille.

Bec-Salé, dit Boit-sans-Soif, se renversa, donna le branle à Dédèle, des deux mains. Petit, desséché, avec sa barbe de bouc et ses yeux de loup, luisant sous sa tignasse mal peignée, il se cassait à chaque volée du marteau, sautait du sol comme emporté par son élan. C'était un rageur, qui se battait avec son fer, par embêtement de le trouver si dur ; et même il poussait un grognement, quand il croyait lui avoir appliqué une claque soignée. Peut-être bien que l'eau-de-vie amollissait les bras des autres, mais lui avait besoin d'eau-de-vie dans les veines, au lieu de sang ; la goutte de tout à l'heure lui chauffait la carcasse comme une chaudière, il se sentait une sacrée force de machine à vapeur. Aussi, le fer avait-il peur de lui, ce soir-là ; il l'aplatissait plus mou qu'une chique. Et Dédèle valsait, il fallait voir ! Elle exécutait le grand entrechat, les petons en l'air, comme une baladeuse de l'Élysée-Montmartre, qui montre son linge ; car il s'agissait de ne pas flâner, le fer est si canaille, qu'il se refroidit tout de suite, à la seule fin de se ficher du marteau. En trente coups, Bec-Salé, dit Boit-sans-Soif, avait façonné la tête de son boulon. Mais il soufflait, les yeux hors de leurs trous, et il était pris d'une colère furieuse en entendant ses bras craquer. Alors, emballé, dansant et gueulant, il allongea encore deux coups, uniquement pour se venger de sa peine. Lorsqu'il le retira de la clouière, le boulon, déformé, avait la tête mal plantée d'un bossu.

– Hein ! est-ce torché ? dit-il tout de même, avec son aplomb, en présentant son travail à Gervaise.

– Moi, je ne m'y connais pas, monsieur, répondit la blanchisseuse d'un air de réserve.

Mais elle voyait bien, sur le boulon, les deux derniers coups de talon de Dédèle, et elle était joliment contente, elle se pinçait les lèvres pour ne pas rire, parce que Goujet à présent avait toutes les chances.

C'était le tour de la Gueule-d'Or. Avant de commencer, il jeta à la blanchisseuse un regard plein de tendresse confiante. Puis, il ne se pressa pas, il prit sa distance, lança le marteau de haut, à grandes volées régulières. Il avait le jeu classique, correct, balancé et souple. Fifine, dans ses deux mains, ne dansait pas un chahut de bastringue, les guibolles emportées par-dessus les jupes ; elle s'enlevait, retombait en cadence, comme une dame noble, l'air sérieux, conduisant quelque menuet ancien. Les talons de Fifine tapaient la mesure, gravement ; et ils s'enfonçaient dans le fer rouge, sur la tête du boulon, avec une science réfléchie, d'abord écrasant le métal au milieu, puis le modelant par une série de coups d'une précision rythmée. Bien sûr, ce n'était pas de l'eau-de-vie que la Gueule-d'Or avait dans les veines, c'était du sang, du sang pur, qui battait puissamment jusque dans son marteau, et qui réglait la besogne. Un homme magnifique au travail, ce gaillard-là ! Il recevait en plein la grande flamme de la forge. Ses cheveux courts, frisant sur son front bas, sa belle barbe jaune, aux anneaux tombants s'allumaient, lui éclairaient toute la figure de leurs fils d'or, une vraie figure d'or, sans mentir. Avec ça, un cou pareil à une colonne, blanc comme un cou d'enfant ; une poitrine vaste, large à y coucher une femme en travers ; des épaules et des bras sculptés qui paraissaient copiés sur ceux d'un géant, dans un musée. Quand il prenait son élan, on voyait ses muscles se gonfler, des montagnes de chair roulant et durcissant sous la peau ; ses épaules, sa poitrine, son cou enflaient ; il faisait de la clarté autour de lui, il devenait beau, tout-puissant, comme un bon Dieu. Vingt fois déjà, il avait abattu Fifine, les yeux sur le fer, respirant à chaque coup, ayant seulement à ses tempes deux grosses gouttes de sueur qui coulaient. Il comptait : vingt-et-un, vingt-deux, vingt-trois. Fifine continuait tranquillement ses révérences de grande dame.

– Quel poseur ! murmura en ricanant Bec-Salé, dit Boit-sans-Soif.

Et Gervaise, en face de la Gueule-d'Or, regardait avec un sourire attendri. Mon Dieu ! que les hommes étaient donc bêtes ! Est-ce que ces deux-là ne tapaient pas sur leurs boulons pour lui faire la cour !

Oh ! elle comprenait bien, ils se la disputaient à coups de marteau, ils étaient comme deux grands coqs rouges qui font les gaillards devant une petite poule blanche. Faut-il avoir des inventions, n'est-ce pas ? Le cœur a tout de même, parfois, des façons drôles de se déclarer. Oui, c'était pour elle, ce tonnerre de Dédèle et de Fifine sur l'enclume ; c'était pour elle, tout ce fer écrasé ; c'était pour elle, cette forge en branle, flambante d'un incendie, emplie d'un pétillement d'étincelles vives. Ils lui forgeaient là un amour, ils se la disputaient, à qui forgerait le mieux. Et, vrai, cela lui faisait plaisir au fond ; car enfin les femmes aiment les compliments. Les coups de marteau de la Gueule-d'Or surtout lui répondaient dans le cœur ; ils y sonnaient, comme sur l'enclume, une musique claire, qui accompagnait les gros battements de son sang. Ça semble une bêtise, mais elle sentait que ça lui enfonçait quelque chose là, quelque chose de solide, un peu du fer du boulon. Au crépuscule, avant d'entrer, elle avait eu, le long des trottoirs humides, un désir vague, un besoin de manger un bon morceau ; maintenant, elle se trouvait satisfaite, comme si les coups de marteau de la Gueule-d'Or l'avaient nourrie. Oh ! elle ne doutait pas de sa victoire. C'était à lui qu'elle appartiendrait. Bec-Salé, dit Boit-sans-Soif, était trop laid, dans sa cotte et son bourgeron sales, sautant d'un air de singe échappé. Et elle attendait, très rouge, heureuse de la grosse chaleur pourtant, prenant une jouissance à être secouée des pieds à la tête par les dernières volées de Fifine.

Goujet comptait toujours.

– Et vingt-huit ! cria-t-il enfin, en posant le marteau à terre. C'est fait, vous pouvez voir.

La tête du boulon était polie, nette, sans une bavure, un vrai travail de bijouterie, une rondeur de bille faite au moule. Les ouvriers la regardèrent en hochant le menton ; il n'y avait pas à dire, c'était à se mettre à genoux devant. Bec-Salé, dit Boit-sans-Soif, essaya bien de blaguer ; mais il barbota, il finit par retourner à son enclume, le nez pincé. Cependant, Gervaise s'était serrée contre Goujet, comme pour mieux voir. Étienne avait lâché le soufflet, la forge de nouveau s'emplissait d'ombre, d'un coucher d'astre rouge, qui tombait tout d'un coup à une grande nuit. Et le forgeron et la blanchisseuse éprouvaient une douceur en sentant cette nuit les envelopper, dans ce hangar noir de suie et de limaille, où des odeurs de vieux fers montaient ; ils ne se seraient pas crus plus seuls dans le bois de Vincennes, s'ils s'étaient donné un rendez-vous au fond d'un trou d'herbe. Il lui prit la main comme s'il l'avait conquise.

Puis, dehors, ils n'échangèrent pas un mot. Il ne trouva rien ; il dit seulement qu'elle aurait pu emmener Étienne, s'il n'y avait pas eu encore une demi-heure de travail. Elle s'en allait enfin, quand il la rappela, cherchant à la garder quelques minutes de plus.

– Venez donc, vous n'avez pas tout vu... Non, vrai, c'est très curieux.

Il la conduisit à droite, dans un autre hangar, où son patron installait toute une fabrication mécanique. Sur le seuil, elle hésita, prise d'une peur instinctive. La vaste salle, secouée par les machines, tremblait ; et de grandes ombres flottaient, tachées de feux rouges. Mais lui la rassura en souriant, jura qu'il n'y avait rien à craindre ; elle devait seulement avoir bien soin de ne pas laisser traîner ses jupes trop près des engrenages. Il marcha le premier, elle le suivit, dans ce vacarme assourdissant où toutes sortes de bruits sifflaient et ronflaient, au milieu de ces fumées peuplées d'êtres vagues, des hommes noirs affairés, des machines agitant leurs bras, qu'elle ne distinguait pas les uns des autres. Les passages étaient très étroits, il fallait enjamber des obstacles, éviter des trous, se ranger pour ne pas être bousculé. On ne s'entendait pas parler. Elle ne voyait rien encore, tout dansait. Puis, comme elle éprouvait au-dessus de sa tête la sensation d'un grand frôlement d'ailes, elle leva les yeux, elle s'arrêta à regarder les courroies, les longs rubans qui tendaient au plafond une gigantesque toile d'araignée, dont chaque fil se dévidait sans fin ; le moteur à vapeur se cachait dans un coin, derrière un petit mur de briques ; les courroies semblaient filer toutes seules, apporter le branle du fond de l'ombre, avec leur glissement continu, régulier, doux comme le vol d'un oiseau de nuit. Mais elle faillit tomber, en se heurtant à un des tuyaux du ventilateur, qui se ramifiait sur le sol battu, distribuant son souffle de vent aigre aux petites forges, près des machines. Et il commença par lui faire voir ça, il lâcha le vent sur un fourneau ; de larges flammes s'étalèrent des quatre côtés en éventail, une collerette de feu dentelée, éblouissante, à peine teintée d'une pointe de laque ; la lumière était si vive, que les petites lampes des ouvriers paraissaient des gouttes d'ombre dans du soleil. Ensuite, il haussa la voix pour donner des explications, il passa aux machines : les cisailles mécaniques qui mangeaient des barres de fer, croquant un bout à chaque coup de dents, crachant les bouts par-derrière, un à un ; les machines à boulons et à rivets, hautes, compliquées, forgeant les têtes d'une seule pesée de leur vis puissante ; les ébarbeuses, au volant de fonte, une boule de fonte qui battait l'air furieusement à chaque pièce dont elles enlevaient les bavures ; les taraudeuses, manœuvrées par des femmes, taraudant les boulons et leurs écrous, avec le tic-tac de leurs rouages d'acier luisant sous la graisse des huiles. Elle pouvait suivre ainsi tout le travail, depuis le fer en barre, dressé contre les murs, jusqu'aux boulons et aux rivets fabriqués, dont des caisses pleines encombraient les coins. Alors, elle comprit, elle eut un sourire en hochant le menton ; mais elle restait tout de même un peu serrée à la gorge, inquiète d'être si petite et si tendre parmi ces rudes travailleurs de métal, se retournant parfois, les sangs glacés, au coup sourd d'une ébarbeuse. Elle s'accoutumait à l'ombre, voyait des enfoncements où des hommes immobiles réglaient la danse haletante des volants, quand un fourneau lâchait brusquement le coup de lumière de sa collerette de flamme. Et malgré elle, c'était toujours au plafond qu'elle revenait, à la vie, au sang même des machines, au vol souple des courroies, dont elle regardait, les yeux levés, la force énorme et muette passer dans la nuit vague des charpentes.

Cependant, Goujet s'était arrêté devant une des machines à rivets. Il restait là, songeur, la tête basse, les regards fixes. La machine forgeait des rivets de quarante millimètres, avec une aisance tranquille de géante. Et rien n'était plus simple en vérité. Le chauffeur prenait le bout de fer dans le fourneau ; le frappeur le plaçait dans la clouière, qu'un filet d'eau continu arrosait pour éviter d'en détremper l'acier ; et c'était fait, la vis s'abaissait, le boulon sautait à terre, avec sa tête ronde comme coulée au moule. En douze heures, cette sacrée mécanique en fabriquait des centaines de kilogrammes. Goujet n'avait pas de méchanceté ; mais, à certains moments, il aurait volontiers pris Fifine pour taper dans toute cette ferraille, par colère de lui voir des bras plus solides que les siens. Ça lui causait un gros chagrin, même quand il se raisonnait, en se disant que la chair ne pouvait pas lutter contre le fer. Un jour, bien sûr, la machine tuerait l'ouvrier ; déjà leurs journées étaient tombées de douze francs à neuf francs, et on parlait de les diminuer encore ; enfin, elles n'avaient rien de gai, ces grosses bêtes, qui faisaient des rivets et des boulons comme elles auraient fait de la saucisse. Il regarda celle-là trois bonnes minutes sans rien dire ; ses sourcils se fronçaient, sa belle barbe jaune avait un hérissement de menace. Puis, un air de douceur et de résignation amollit peu à peu ses traits. Il se tourna vers Gervaise qui se serrait contre lui, il dit avec un sourire triste :

– Hein ! ça nous dégotte joliment ! Mais peut-être que plus tard ça servira au bonheur de tous.

Gervaise se moquait du bonheur de tous. Elle trouva les boulons à la mécanique mal faits.

– Vous me comprenez, s'écria-t-elle avec feu, ils sont trop bien faits... J'aime mieux les vôtres. On sent la main d'un artiste, au moins.

Elle lui causa un bien grand contentement en parlant ainsi, parce qu'un moment il avait eu peur qu'elle ne le méprisât, après avoir vu les machines. Dame ! s'il était plus fort que Bec-Salé, dit Boit-sans-Soif, les machines étaient plus fortes que lui. Lorsqu'il la quitta enfin dans la cour, il lui serra les poignets à les briser, à cause de sa grosse joie.

La blanchisseuse allait tous les samedis chez les Goujet pour reporter leur linge. Ils habitaient toujours la petite maison de la rue Neuve-de-la-Goutte-d'Or. La première année, elle leur avait rendu régulièrement vingt francs par mois, sur les cinq cents francs ; afin de ne pas embrouiller les comptes, on additionnait le livre à la fin du mois seulement, et elle ajoutait l'appoint nécessaire pour compléter les vingt francs, car le blanchissage des Goujet, chaque mois, ne dépassait guère sept ou huit francs. Elle venait donc de s'acquitter de la moitié de la somme environ, lorsque, un jour de terme, ne sachant plus par où passer, des pratiques lui ayant manqué de parole, elle avait dû courir chez les Goujet et leur emprunter son loyer. Deux autres fois, pour payer ses ouvrières, elle s'était adressée également à eux, si bien que la dette se trouvait remontée à quatre cent vingt-cinq francs. Maintenant, elle ne donnait plus un sou, elle se libérait par le blanchissage, uniquement. Ce n'était pas qu'elle travaillât moins ni que ses affaires devinssent mauvaises. Au contraire. Mais il se faisait des trous chez elle, l'argent avait l'air de fondre, et elle était contente, quand elle pouvait joindre les deux bouts. Mon Dieu ! pourvu qu'on vive, n'est-ce pas ? on n'a point trop à se plaindre. Elle engraissait, elle cédait à tous les petits abandons de son embonpoint naissant, n'ayant plus la force de s'effrayer en songeant à l'avenir. Tant pis ! l'argent viendrait toujours, ça le rouillait de le mettre de côté. Mme Goujet cependant restait maternelle pour Gervaise. Elle la chapitrait parfois avec douceur, non pas à cause de son argent, mais parce qu'elle l'aimait et qu'elle craignait de lui voir faire le saut. Elle n'en parlait seulement pas, de son argent. Enfin, elle y mettait beaucoup de délicatesse.

Le lendemain de la visite de Gervaise à la forge était justement le dernier samedi du mois. Lorsqu'elle arriva chez les Goujet, où elle tenait à aller elle-même, son panier lui avait tellement cassé les bras, qu'elle étouffa pendant deux bonnes minutes. On ne sait pas comme le linge pèse, surtout quand il y a des draps.

– Vous apportez bien tout ? demanda Mme Goujet.

Elle était très sévère là-dessus. Elle voulait qu'on lui rapportât son linge, sans qu'une pièce manquât, pour le bon ordre, disait-elle. Une autre de ses exigences était que la blanchisseuse vint exactement le jour fixé et chaque fois à la même heure ; comme ça, personne ne perdait son temps.

– Oh ! il y a bien tout, répondit Gervaise en souriant. Vous savez que je ne laisse rien en arrière.

– C'est vrai, confessa Mme Goujet, vous prenez des défauts, mais vous n'avez pas encore celui-là.

Et, pendant que la blanchisseuse vidait son panier, posant le linge sur le lit, la vieille femme fit son éloge : elle ne brûlait pas les pièces, ne les déchirait pas comme tant d'autres, n'arrachait pas les boutons avec le fer ; seulement elle mettait trop de bleu et amidonnait trop les devants de chemise.

– Tenez, c'est du carton, reprit-elle en faisant craquer un devant de chemise. Mon fils ne se plaint pas, mais ça lui coupe le cou... Demain, il aura le cou en sang, quand nous reviendrons de Vincennes.

– Non, ne dites pas ça ! s'écria Gervaise désolée. Les chemises pour s'habiller doivent être un peu raides, si l'on ne veut pas avoir un chiffon sur le corps. Voyez les messieurs... C'est moi qui fais tout votre linge. Jamais une ouvrière n'y touche, et je le soigne, je vous assure, je le recommencerais plutôt dix fois, parce que c'est pour vous, vous comprenez.

Elle avait rougi légèrement, en balbutiant la fin de la phrase. Elle craignait de laisser voir le plaisir qu'elle prenait à repasser elle-même les chemises de Goujet. Bien sûr, elle n'avait pas de pensées sales ; mais elle n'en était pas moins un peu honteuse.

– Oh ! je n'attaque pas votre travail, vous travaillez dans la perfection, je le sais, dit Mme Goujet. Ainsi, voilà un bonnet qui est perlé. Il n'y a que vous pour faire ressortir les broderies comme ça. Et les tuyautés sont d'un suivi ! Allez, je reconnais votre main tout de suite. Quand vous donnez seulement un torchon à une ouvrière, ça se voit... N'est-ce pas ? vous mettrez un peu moins d'amidon, voilà tout ! Goujet ne tient pas à avoir l'air d'un monsieur.

Cependant, elle avait pris le livre et effaçait les pièces d'un trait de plume. Tout y était bien. Quand elles réglèrent, elle vit que Gervaise lui comptait un bonnet six sous ; elle se récria, mais elle dut convenir qu'elle n'était vraiment pas chère pour le courant ; non, les chemises d'homme cinq sous, les pantalons de femme quatre sous, les taies d'oreiller un sou et demi, les tabliers un sou, ce n'était pas cher, attendu que bien des blanchisseuses prenaient deux liards ou même un sou de plus pour toutes ces pièces. Puis, lorsque Gervaise eut appelé le linge sale, que la vieille femme inscrivait, elle le fourra dans son panier, elle ne s'en alla pas, embarrassée, ayant aux lèvres une demande qui la gênait beaucoup.

– Mme Goujet, dit-elle enfin, si ça ne vous faisait rien, je prendrais l'argent du blanchissage, ce mois-ci.

Justement, le mois était très fort, le compte qu'elles venaient d'arrêter ensemble se montait à dix francs sept sous. Mme Goujet la regarda un moment d'un air sérieux. Puis, elle répondit :

– Mon enfant, ce sera comme il vous plaira. Je ne veux pas vous refuser cet argent, du moment où vous en avez besoin... Seulement, ce n'est guère le chemin de vous acquitter ; je dis cela pour vous, vous entendez. Vrai, vous devriez prendre garde.

Gervaise, la tête basse, reçut la leçon en bégayant. Les dix francs devaient compléter l'argent d'un billet qu'elle avait souscrit à son marchand de coke. Mais Mme Goujet devint plus sévère au mot de billet. Elle s'offrit en exemple : elle réduisait sa dépense, depuis qu'on avait baissé les journées de Goujet de douze francs à neuf francs. Quand on manquait de sagesse en étant jeune, on crevait la faim dans sa vieillesse. Pourtant, elle se retint, elle ne dit pas à Gervaise qu'elle lui donnait son linge uniquement pour lui permettre de payer sa dette ; autrefois, elle lavait tout, et elle recommencerait à tout laver, si le blanchissage devait encore lui faire sortir de pareilles sommes de la poche. Quand Gervaise tint les dix francs sept sous, elle remercia, elle se sauva vite. Et, sur le palier, elle se sentit à l'aise, elle eut envie de danser, car elle s'accoutumait déjà aux ennuis et aux saletés de l'argent, ne gardant de ces embêtements-là que le bonheur d'en être sortie, jusqu'à la prochaine fois.

Ce fut précisément ce samedi que Gervaise fit une drôle de rencontre, comme elle descendait l'escalier des Goujet. Elle dut se ranger contre la rampe, avec son panier, pour laisser passer une grande femme en cheveux qui montait, en portant sur la main, dans un bout de papier, un maquereau très frais, les ouïes saignantes. Et voilà qu'elle reconnut Virginie, la fille dont elle avait retroussé les jupes au lavoir. Toutes deux se regardèrent bien en face. Gervaise ferma les yeux, car elle crut un instant qu'elle allait recevoir le maquereau par la figure. Mais non, Virginie eut un mince sourire. Alors, la blanchisseuse, dont le panier bouchait l'escalier, voulut se montrer polie.

– Je vous demande pardon, dit-elle.

– Vous êtes toute pardonnée, répondit la grande brune.

Et elles restèrent au milieu des marches, elles causèrent, raccommodées du coup, sans avoir risqué une seule allusion au passé. Virginie, alors âgée de vingt-neuf ans, était devenue une femme superbe, découplée, la face un peu longue entre ses deux bandeaux d'un noir de jais. Elle raconta tout de suite son histoire pour se poser : elle était mariée maintenant, elle avait épousé au printemps un ancien ouvrier ébéniste qui sortait du service et qui sollicitait une place de sergent de ville, parce qu'une place, c'est plus sûr et plus comme il faut. Justement, elle venait d'acheter un maquereau pour lui.

– Il adore le maquereau, dit-elle. Il faut bien les gâter, ces vilains hommes, n'est-ce pas ?... Mais, montez donc. Vous verrez notre chez-nous... Nous sommes ici dans un courant d'air.

Quand Gervaise, après lui avoir à son tour conté son mariage, lui apprit qu'elle avait habité le logement, où elle était même accouchée d'une fille,

Virginie la pressa de monter plus vivement encore. Ça fait toujours plaisir de revoir les endroits où l'on a été heureux. Elle, pendant cinq ans, avait demeuré de l'autre côté de l'eau, au Gros-Caillou. C'était là qu'elle avait connu son mari, quand il était au service. Mais elle s'ennuyait, elle rêvait de revenir dans le quartier de la Goutte-d'Or, où elle connaissait tout le monde. Et, depuis quinze jours, elle occupait la chambre en face des Goujet. Oh ! toutes ses affaires étaient encore bien en désordre ; ça s'arrangerait petit à petit.

Puis, sur le palier, elles se dirent enfin leurs noms.

– Madame Coupeau.

– Madame Poisson.

Et, dès lors, elles s'appelèrent gros comme le bras Mme Poisson et Mme Coupeau, uniquement pour le plaisir d'être des dames, elles qui s'étaient connues autrefois dans des positions peu catholiques. Cependant, Gervaise conservait un fond de méfiance. Peut-être bien que la grande brune se raccommodait pour se mieux venger de la fessée du lavoir, en roulant quelque plan de mauvaise bête hypocrite. Gervaise se promettait de rester sur ses gardes. Pour le quart d'heure, Virginie se montrait trop gentille, il fallait bien être gentille aussi.

En haut, dans la chambre, Poisson, le mari, un homme de trente-cinq ans à la face terreuse, avec des moustaches et une impériale rouges, travaillait, assis devant une table, près de la fenêtre. Il faisait des petites boîtes. Il avait pour seuls outils un canif, une scie grande comme une lime à ongles, un pot à colle. Le bois qu'il employait provenait de vieilles boîtes à cigares, de minces planchettes d'acajou brut sur lesquelles il se livrait à des découpages et à des enjolivements d'une délicatesse extraordinaire. Tout le long de la journée, d'un bout de l'année à l'autre, il refaisait la même boîte, huit centimètres sur six. Seulement, il la marquetait, inventait des formes de couvercle, introduisait des compartiments. C'était pour s'amuser, une façon de tuer le temps, en attendant sa nomination de sergent de ville. De son ancien métier d'ébéniste, il n'avait gardé que la passion des petites boîtes. Il ne vendait pas son travail, il le donnait en cadeau aux personnes de sa connaissance.

Poisson se leva, salua poliment Gervaise, que sa femme lui présenta comme une ancienne amie. Mais il n'était pas causeur, il reprit tout de suite sa petite scie. De temps à autre, il lançait seulement un regard sur le maquereau, posé au bord de la commode. Gervaise fut très contente de revoir son ancien logement ; elle dit où les meubles étaient placés, et elle montra l'endroit où elle avait accouché, par terre. Comme ça se rencontrait, pourtant ! Quand elles s'étaient perdues de vue toutes deux, autrefois, elles n'auraient jamais cru se retrouver ainsi, en habitant l'une après l'autre la même chambre. Virginie ajouta de nouveaux détails sur elle et son mari : il avait fait un petit héritage d'une tante ; il l'établirait sans doute plus tard ;

pour le moment, elle continuait à s'occuper de couture, elle bâclait une robe par-ci par-là. Enfin, au bout d'une grosse demi-heure, la blanchisseuse voulut partir. Poisson tourna à peine le dos. Virginie, qui l'accompagna, promit de lui rendre sa visite ; d'ailleurs, elle lui donnait sa pratique, c'était une chose entendue. Et, comme elle la gardait sur le palier, Gervaise s'imagina qu'elle désirait lui parler de Lantier et de sa sœur Adèle, la brunisseuse. Elle en était toute révolutionnée à l'intérieur. Mais pas un mot ne fut échangé sur ces choses ennuyeuses, elles se quittèrent en se disant au revoir, d'un air très aimable.

– Au revoir, madame Coupeau.

– Au revoir, madame Poisson.

Ce fut là le point de départ d'une grande amitié. Huit jours plus tard, Virginie ne passait plus devant la boutique de Gervaise sans entrer ; et elle y taillait des bavettes de deux et trois heures, si bien que Poisson, inquiet, la croyant écrasée, venait la chercher, avec sa figure muette de déterré. Gervaise, à voir ainsi journellement la couturière, éprouva bientôt une singulière préoccupation ; elle ne pouvait lui entendre commencer une phrase, sans croire qu'elle allait causer de Lantier ; elle songeait invinciblement à Lantier, tout le temps qu'elle restait là. C'était bête comme tout, car enfin elle se moquait de Lantier, et d'Adèle, et de ce qu'ils étaient devenus l'un et l'autre ; jamais elle ne posait une question ; même elle ne se sentait pas curieuse d'avoir de leurs nouvelles. Non, ça la prenait en dehors de sa volonté. Elle avait leur idée dans la tête comme on a dans la bouche un refrain embêtant, qui ne veut pas vous lâcher. D'ailleurs, elle n'en gardait nulle rancune à Virginie, dont ce n'était point la faute, bien sûr. Elle se plaisait beaucoup avec elle, et la retenait dix fois avant de la laisser partir.

Cependant, l'hiver était venu, le quatrième hiver que les Coupeau passaient rue de la Goutte-d'Or. Cette année-là, décembre et janvier furent particulièrement durs. Il gelait à pierre fendre. Après le jour de l'an, la neige resta trois semaines dans la rue sans se fondre. Ça n'empêchait pas le travail, au contraire, car l'hiver est la belle saison des repasseuses. Il faisait joliment bon dans la boutique ! On n'y voyait jamais de glaçons aux vitres, comme chez l'épicier et le bonnetier d'en face. La mécanique, bourrée de coke, entretenait là une chaleur de baignoire ; les linges fumaient, on se serait cru en plein été ; et l'on était bien, les portes fermées, ayant chaud partout, tellement chaud, qu'on aurait fini par dormir, les yeux ouverts. Gervaise disait en riant qu'elle s'imaginait être à la campagne. En effet, les voitures ne faisaient plus de bruit en roulant sur la neige ; c'était à peine si l'on entendait le piétinement des passants ; dans le grand silence du froid, des voix d'enfants seules montaient, le tapage d'une bande de gamins, qui avaient établi une grande glissade, le long du ruisseau de la maréchalerie. Elle allait parfois à un des carreaux de la porte, enlevait de la main la buée, regardait ce que devenait le quartier par cette sacrée température ; mais pas un nez ne s'allongeait hors des boutiques voisines, le quartier, emmitouflé de neige, semblait faire le gros dos ; et elle échangeait seulement un petit signe de tête avec la charbonnière d'à côté, qui se promenait tête nue, la bouche fendue d'une oreille à l'autre, depuis qu'il gelait si fort.

Ce qui était bon surtout, par ces temps de chien, c'était de prendre, à midi, son café bien chaud. Les ouvrières n'avaient pas à se plaindre ; la patronne le faisait très fort et n'y mettait pas quatre grains de chicorée ; il ne ressemblait guère au café de Mme Fauconnier, qui était une vraie lavasse. Seulement, quand maman Coupeau se chargeait de passer l'eau sur le marc, ça n'en finissait plus, parce qu'elle s'endormait devant la bouillotte. Alors, les ouvrières, après le déjeuner, attendaient le café en donnant un coup de fer.

Justement, le lendemain des Rois, midi et demi sonnait, que le café n'était pas prêt. Ce jour-là, il s'entêtait à ne pas vouloir passer. Maman Coupeau tapait sur le filtre avec une petite cuiller ; et l'on entendait les gouttes tomber une à une, lentement, sans se presser davantage.

– Laissez-le donc, dit la grande Clémence. Ça le rend trouble... Aujourd'hui, bien sûr, il y aura de quoi boire et manger.

La grande Clémence mettait à neuf une chemise d'homme, dont elle détachait les plis du bout de l'ongle. Elle avait un rhume à crever, les yeux enflés, la gorge arrachée par des quintes de toux qui la pliaient en deux, au bord de l'établi. Avec ça, elle ne portait pas même un foulard au cou, vêtue d'un petit lainage à dix-huit sous, dans lequel elle grelottait. Près d'elle, Mme Putois, enveloppée de flanelle, matelassée jusqu'aux oreilles, repassait un jupon, qu'elle tournait autour de la planche à robe, dont le petit bout était posé sur le dossier d'une chaise ; et, par terre, un drap jeté empêchait le jupon de se salir, en frôlant le carreau. Gervaise occupait à elle seule la moitié de l'établi, avec des rideaux de mousseline brodée, sur lesquels elle poussait son fer tout droit, les bras allongés, pour éviter les faux plis. Tout d'un coup, le café qui se mit à couler bruyamment lui fit lever la tête. C'était ce louchon d'Augustine qui venait de pratiquer un trou au milieu du marc, en enfonçant une cuiller dans le filtre.

– Veux-tu te tenir tranquille ! cria Gervaise. Qu'est-ce que tu as donc dans le corps ? Nous allons boire de la boue, maintenant.

Maman Coupeau avait aligné cinq verres sur un coin libre de l'établi. Alors, les ouvrières lâchèrent leur travail. La patronne versait toujours le café elle-même, après avoir mis deux morceaux de sucre dans chaque verre. C'était l'heure attendue de la journée. Ce jour-là, comme chacune prenait son verre et s'accroupissait sur un petit banc, devant la mécanique, la porte de la rue s'ouvrit, Virginie entra, toute frissonnante.

– Ah ! mes enfants, dit-elle, ça vous coupe en deux ! Je ne sens plus mes oreilles. Quel gredin de froid !

– Tiens ! c'est Mme Poisson ! s'écria Gervaise. Ah bien ! vous arrivez à propos... Vous allez prendre du café avec nous.

– Ma foi ! ce n'est pas de refus... Rien que pour traverser la rue, on a l'hiver dans les os.

Il restait du café, heureusement. Maman Coupeau alla chercher un sixième verre, et Gervaise laissa Virginie se sucrer, par politesse. Les ouvrières s'écartèrent, firent à celle-ci une petite place près de la mécanique. Elle grelotta un instant, le nez rouge, serrant ses mains raidies autour de son verre, pour se réchauffer. Elle venait de chez l'épicier, où l'on gelait, rien qu'à attendre un quart de gruyère. Et elle s'exclamait sur la grosse chaleur de la boutique : vrai, on aurait cru entrer dans un four, ça aurait suffi pour réveiller un mort, tant ça vous chatouillait agréablement la peau. Puis, dégourdie, elle allongea ses grandes jambes. Alors, toutes les six, elles sirotèrent lentement leur café, au milieu de la besogne interrompue, dans l'étouffement moite des linges qui fumaient. Maman Coupeau et Virginie seules étaient assises sur des chaises ; les autres, sur leurs petits bancs, semblaient par terre ; même ce louchon d'Augustine avait tiré un coin du drap, sous le jupon, pour s'étendre. On ne parla pas tout de suite, les nez dans les verres, goûtant le café.

– Il est tout de même bon, déclara Clémence.

Mais elle faillit étrangler, prise d'une quinte. Elle appuyait sa tête contre le mur pour tousser plus fort.

– Vous êtes joliment pincée, dit Virginie. Où avez-vous donc empoigné ça ?

– Est-ce qu'on sait ! reprit Clémence, en s'essuyant la figure avec sa manche. Ça doit être l'autre soir. Il y en avait deux qui se dépiautaient, à la sortie du Grand-Balcon. J'ai voulu voir, je suis restée là, sous la neige. Ah ! quelle roulée c'était à mourir de rire. L'une avait le nez arraché ; le sang giclait par terre. Lorsque l'autre a vu le sang, un grand échalas comme moi, elle a pris ses cliques et ses claques... Alors, la nuit, j'ai commencé à tousser. Il faut dire aussi que ces hommes sont d'un bête, quand ils couchent avec une femme, ils vous découvrent toute la nuit...

– Une jolie conduite, murmura Mme Putois. Vous vous crevez, ma petite.

– Et si ça m'amuse de me crever, moi !... Avec ça que la vie est drôle. S'escrimer toute la sainte journée pour gagner cinquante-cinq sous, se brûler le sang du matin au soir devant la mécanique, non, vous savez, j'en ai par-dessus la tête !... Allez, ce rhume-là ne me rendra pas le service de m'emporter ; il s'en ira comme il est venu.

Il y eut un silence. Cette vaurienne de Clémence, qui dans les bastringues, menait le chahut avec des cris de merluche, attristait toujours le monde par ses idées de crevaison, quand elle était à l'atelier. Gervaise la connaissait bien et se contenta de dire :

– Vous n'êtes pas gaie, les lendemains de noce, vous !

Le vrai était que Gervaise aurait mieux aimé qu'on ne parlât pas de batteries de femmes. Ça l'ennuyait, à cause de la fessée du lavoir, quand on causait devant elle et Virginie de coups de sabot dans les quilles et de giroflées à cinq feuilles. Justement, Virginie la regardait en souriant.

– Oh ! murmura-t-elle, j'ai vu un crêpage de chignons, hier. Elles s'écharpillaient...

– Qui donc ? demanda Mme Putois.

– L'accoucheuse du bout de la rue et sa bonne, vous savez, une petite blonde... Une gale, cette fille ! Elle criait à l'autre : « Oui, oui, t'as décroché un enfant à la fruitière, même que je vais aller chez le commissaire, si tu ne me payes pas. » Et elle en débagoulait, fallait voir ! L'accoucheuse, là-dessus, lui a lâché une baffe, v'lan ! en plein museau. Voilà alors que ma sacrée gouine saute aux yeux de sa bourgeoise, et qu'elle la graffigne, et qu'elle la déplume, oh ! mais aux petits oignons ! Il a fallu que le charcutier la lui retirât des pattes.

Les ouvrières eurent un rire de complaisance. Puis, toutes burent une petite gorgée de café, d'un air gueulard.

– Vous croyez ça, vous, qu'elle a décroché un enfant ? reprit Clémence.

– Dame ! le bruit a couru dans le quartier, répondit Virginie. Vous comprenez, je n'y étais pas... C'est dans le métier, d'ailleurs. Toutes en décrochent.

– Ah bien ! dit Mme Putois, on est trop bête de se confier à elles. Merci, pour se faire estropier !... Voyez-vous, il y a un moyen souverain. Tous les soirs, on avale un verre d'eau bénite en se traçant sur le ventre trois signes de croix avec le pouce. Ça s'en va comme un vent.

Maman Coupeau, qu'on croyait endormie, hocha la tête pour protester. Elle connaissait un autre moyen, infaillible celui-là. Il fallait manger un œuf dur toutes les deux heures et s'appliquer des feuilles d'épinard sur les reins. Les quatre autres femmes restèrent graves. Mais ce louchon d'Augustine, dont les gaietés partaient toutes seules, sans qu'on sût jamais pourquoi, lâcha le gloussement de poule qui était son rire à elle. On l'avait oubliée. Gervaise releva le jupon, l'aperçut sur le drap qui se roulait comme un goret, les jambes en l'air. Et elle la tira de là-dessous, la mit debout d'une claque. Qu'est-ce qu'elle avait à rire, cette dinde ? Est-ce qu'elle devait écouter, quand les grandes personnes causaient ! D'abord, elle allait reporter le linge d'une amie de Mme Lerat, aux Batignolles. Tout en parlant, la patronne lui mettait le panier au bras et la poussait vers la porte. Le louchon, rechignant, sanglotant, s'éloigna en traînant les pieds dans la neige.

Cependant, maman Coupeau, Mme Putois et Clémence discutaient l'efficacité des œufs durs et des feuilles d'épinard. Alors, Virginie, qui restait rêveuse, son verre de café à la main, dit tout bas :

– Mon Dieu ! on se cogne, on s'embrasse, ça va toujours quand on a bon cœur...

Et, se penchant vers Gervaise, avec un sourire :

– Non, bien sûr, je ne vous en veux pas... L'affaire du lavoir, vous vous souvenez ?

La blanchisseuse demeura toute gênée. Voilà ce qu'elle craignait. Maintenant, elle devinait qu'il allait être question de Lantier et d'Adèle. La mécanique ronflait, un redoublement de chaleur rayonnait du tuyau rouge. Dans cet assoupissement, les ouvrières, qui faisaient durer leur café pour se remettre à l'ouvrage le plus tard possible, regardaient la neige de la rue, avec des mines gourmandes et alanguies. Elles en étaient aux confidences ; elles disaient ce qu'elles auraient fait, si elles avaient eu dix mille francs de rente ; elles n'auraient rien fait du tout, elles seraient restées comme ça des après-midi à se chauffer, en crachant de loin sur la besogne. Virginie s'était rapprochée de Gervaise, de façon à ne pas être entendue des autres. Et Gervaise se sentait toute lâche, à cause sans doute de la trop grande chaleur, si molle et si lâche, qu'elle ne trouvait pas la force de détourner la conversation ; même elle attendait les paroles de la grande brune, le cœur gros d'une émotion dont elle jouissait sans se l'avouer.

– Je ne vous fais pas de la peine, au moins ? reprit la couturière. Vingt fois déjà, ça m'est venu sur la langue. Enfin, puisque nous sommes là-dessus... C'est pour causer, n'est-ce pas ?... Ah ! bien sûr, non, je ne vous en veux pas de ce qui s'est passé. Parole d'honneur ! je n'ai pas gardé ça de rancune contre vous.

Elle tourna le fond de son café dans le verre, pour avoir tout le sucre, puis elle but trois gouttes, avec un petit sifflement des lèvres. Gervaise, la gorge serrée, attendait toujours, elle se demandait si réellement Virginie lui avait pardonné sa fessée tant que ça ; car elle voyait, dans ses yeux noirs, des étincelles jaunes s'allumer. Cette grande diablesse devait avoir mis sa rancune dans sa poche avec son mouchoir par-dessus.

– Vous aviez une excuse, continua-t-elle. On venait de vous faire une saleté, une abomination... Oh ! je suis juste, allez ! Moi, j'aurais pris un couteau.

Elle but encore trois gouttes, sifflant au bord du verre. Et elle quitta sa voix traînante, elle ajouta rapidement, sans s'arrêter :

– Aussi ça ne leur a pas porté bonheur, ah ! Dieu de Dieu ! non, pas bonheur du tout !... Ils étaient allés demeurer au diable, du côté de la Glacière, dans une sale rue où il y a toujours de la boue jusqu'aux genoux. Moi, deux jours après, je suis partie un matin pour déjeuner avec eux ; une fière course d'omnibus, je vous assure ! Eh bien ! ma chère, je les ai trouvés en train de se houspiller déjà. Vrai, comme j'entrais, ils s'allongeaient des calottes. Hein ! en voilà des amoureux !... Vous savez qu'Adèle ne vaut pas la corde pour la pendre. C'est ma sœur, mais ça ne m'empêche pas de dire qu'elle est dans la peau d'une fière salope. Elle m'a fait un tas de cochonneries ; ça serait trop long à conter, puis ce sont des affaires à régler entre nous... Quant à Lantier, dame ! vous le connaissez, il n'est pas bon non plus. Un petit monsieur, n'est-ce pas ? qui vous enlève le derrière pour un oui, pour un non ! Et il ferme le poing, lorsqu'il tape... Alors donc ils se sont échignés en conscience. Quand on montait l'escalier, on les entendait se bûcher. Un jour même, la police est venue. Lantier avait voulu une soupe à l'huile, une horreur qu'ils mangent dans le midi ; et, comme Adèle trouvait ça infect, ils se sont jeté la bouteille d'huile à la figure, la casserole, la soupière, tout le tremblement ; enfin, une scène à révolutionner un quartier.

Elle raconta d'autres tueries, elle ne tarissait pas sur le ménage, savait des choses à faire dresser les cheveux sur la tête. Gervaise écoutait toute cette histoire, sans un mot, la face pâle, avec un pli nerveux aux coins des lèvres qui ressemblait à un petit sourire. Depuis bientôt sept ans, elle n'avait plus entendu parler de Lantier. Jamais elle n'aurait cru que le nom de Lantier, ainsi murmuré à son oreille, lui causerait une pareille chaleur au creux de l'estomac. Non, elle ne se savait pas une telle curiosité de ce que devenait ce malheureux, qui s'était si mal conduit avec elle. Elle ne pouvait plus être jalouse d'Adèle, maintenant ; mais elle riait tout de même en dedans des raclées du ménage, elle voyait le corps de cette fille plein de bleus, et ça la vengeait, ça l'amusait. Aussi serait-elle restée là jusqu'au lendemain matin, à écouter les rapports de Virginie. Elle ne posait pas de questions, parce qu'elle ne voulait pas paraître intéressée tant que ça. C'était comme si, brusquement, on comblait un trou pour elle ; son passé, à cette heure, allait droit à son présent.

Cependant, Virginie finit par remettre son nez dans son verre ; elle suçait le sucre, les yeux à demi fermés. Alors, Gervaise, comprenant qu'elle devait dire quelque chose, prit un air indifférent, demanda :

– Et ils demeurent toujours à la Glacière ?

– Mais non ! répondit l'autre ; je ne vous ai donc pas raconté ?... Voici huit jours qu'ils ne sont plus ensemble. Adèle, un beau matin, a emporté ses frusques, et Lantier n'a pas couru après, je vous assure.

La blanchisseuse laissa échapper un léger cri, répétant tout haut :

– Ils ne sont plus ensemble !

– Qui donc ? demanda Clémence, en interrompant sa conversation avec maman Coupeau et Mme Putois.

– Personne, dit Virginie ; des gens que vous ne connaissez pas.

Mais elle examinait Gervaise, elle la trouvait joliment émue. Elle se rapprocha, sembla prendre un mauvais plaisir à recommencer ses histoires. Puis, tout d'un coup, elle lui demanda ce qu'elle ferait, si Lantier venait rôder autour d'elle ; car, enfin, les hommes sont si drôles, Lantier était bien capable de retourner à ses premières amours. Gervaise se redressa, se montra très nette, très digne. Elle était mariée, elle mettrait Lantier dehors, voilà tout. Il ne pouvait plus y avoir rien entre eux, même pas une poignée de main. Vraiment, elle manquerait tout à fait de cœur, si elle regardait un jour cet homme en face.

– Je sais bien, dit-elle, Étienne est de lui, il y a un lien que je ne peux pas rompre. Si Lantier a le désir d'embrasser Étienne, je le lui enverrai, parce qu'il est impossible d'empêcher un père d'aimer son enfant... Mais quant à moi, voyez-vous, Mme Poisson, je me laisserais plutôt hacher en petits morceaux que de lui permettre de me toucher du bout du doigt. C'est fini.

En prononçant ces derniers mots, elle traça en l'air une croix, comme pour sceller à jamais son serment. Et, désireuse de rompre la conversation, elle parut s'éveiller en sursaut, elle cria aux ouvrières :

– Dites donc, vous autres ! est-ce que vous croyez que le linge se repasse tout seul ?... En voilà des flemmes ! Houp ! à l'ouvrage !

Les ouvrières ne se pressèrent pas, engourdies d'une torpeur de paresse, les bras abandonnés sur leurs jupes, tenant toujours d'une main leurs verres vides, où un peu de marc de café restait. Elles continuèrent de causer.

– C'était la petite Célestine, disait Clémence. Je l'ai connue. Elle avait la folie des poils de chat... Vous savez, elle voyait des poils de chat partout, elle tournait toujours la langue comme ça, parce qu'elle croyait avoir des poils de chat plein la bouche.

– Moi, reprenait Mme Putois, j'ai eu pour amie une femme qui avait un ver... Oh ! ces animaux-là ont des caprices !... Il lui tortillait le ventre, quand elle ne lui donnait pas du poulet. Vous pensez, le mari gagnait sept francs, ça passait en gourmandises pour le ver...

– Je l'aurais guérie tout de suite, moi, interrompait maman Coupeau. Mon Dieu ! oui, on avale une souris grillée. Ça empoisonne le ver du coup.

Gervaise elle-même avait glissé de nouveau à une fainéantise heureuse. Mais elle se secoua, elle se mit debout. Ah bien ! en voilà une après-midi passée à faire les rosses ! C'était ça qui n'emplissait pas la bourse ! Elle retourna la première à ses rideaux ; mais elle les trouva salis d'une tache de café, et elle dut, avant de reprendre le fer, frotter la tache avec un linge mouillé. Les ouvrières s'étiraient devant la mécanique, cherchaient leurs poignées en rechignant. Dès que Clémence se remua, elle eut un accès de toux, à cracher sa langue ; puis, elle acheva sa chemise d'homme, dont elle épingla les manchettes et le col. Mme Putois s'était remise à son jupon.

– Eh bien ! au revoir, dit Virginie. J'étais descendue chercher un quart de gruyère. Poisson doit croire que le froid m'a gelée en route.

Mais, comme elle avait déjà fait trois pas sur le trottoir, elle rouvrit la porte pour crier qu'elle voyait Augustine au bout de la rue, en train de glisser sur la glace avec des gamins. Cette gredine-là était partie depuis deux grandes heures. Elle accourut rouge, essoufflée, son panier au bras, le chignon emplâtré par une boule de neige ; et elle se laissa gronder d'un air sournois, en racontant qu'on ne pouvait pas marcher, à cause du verglas. Quelque voyou avait dû, par blague, lui fourrer des morceaux de glace dans les poches ; car, au bout d'un quart d'heure, ses poches se mirent à arroser la boutique comme des entonnoirs.

Maintenant, les après-midi se passaient toutes ainsi. La boutique, dans le quartier, était le refuge des gens frileux. Toute la rue de la Goutte-d'Or savait qu'il y faisait chaud. Il y avait sans cesse là des femmes bavardes qui prenaient un air de feu devant la mécanique, leurs jupes troussées jusqu'aux genoux, faisant la petite chapelle. Gervaise avait l'orgueil de cette bonne chaleur, et elle attirait le monde, elle tenait salon, comme disaient méchamment les Lorilleux et les Boche. Le vrai était qu'elle restait obligeante et secourable, au point de faire entrer les pauvres, quand elle les voyait grelotter dehors. Elle se prit surtout d'amitié pour un ancien ouvrier peintre, un vieillard de soixante-dix ans, qui habitait dans la maison une soupente, où il crevait de faim et de froid ; il avait perdu ses trois fils en Crimée, il vivait au petit bonheur, depuis deux ans qu'il ne pouvait plus tenir un pinceau. Dès que Gervaise apercevait le père Bru, piétinant dans la neige pour se réchauffer, elle l'appelait, elle lui ménageait une place près du poêle ; souvent même elle le forçait à manger un morceau de pain avec du fromage. Le père Bru, le corps voûté, la barbe blanche, la face ridée comme une vieille pomme, demeurait des heures sans rien dire, à écouter le grésillement du coke. Peut-être évoquait-il ses cinquante années de travail sur des échelles, le demi-siècle passé à peindre des portes et à blanchir des plafonds aux quatre coins de Paris.

– Eh bien ! père Bru, lui demandait parfois la blanchisseuse, à quoi pensez-vous ?

– À rien, à toutes sortes de choses, répondait-il d'un air hébété.

Les ouvrières plaisantaient, racontaient qu'il avait des peines de cœur. Mais lui, sans les entendre, retombait dans son silence, dans son attitude morne et réfléchie.

À partir de cette époque, Virginie reparla souvent de Lantier à Gervaise. Elle semblait se plaire à l'occuper de son ancien amant, pour le plaisir de l'embarrasser, en faisant des suppositions. Un jour, elle dit l'avoir rencontré ; et, comme la blanchisseuse restait muette, elle n'ajouta rien, puis le lendemain seulement laissa entendre qu'il lui avait longuement parlé d'elle, avec beaucoup de tendresse. Gervaise était très troublée par ces conversations chuchotées à voix basse dans un angle de la boutique. Le nom de Lantier lui causait toujours une brûlure au creux de l'estomac, comme si cet homme eût laissé là, sous la peau, quelque chose de lui. Certes, elle se croyait bien solide, elle voulait vivre en honnête femme, parce que l'honnêteté est la moitié du bonheur. Aussi ne songeait-elle pas à Coupeau, dans cette affaire, n'ayant rien à se reprocher contre son mari, pas même en pensée. Elle songeait au forgeron, le cœur tout hésitant et malade. Il lui semblait que le retour du souvenir de Lantier en elle, cette lente possession dont elle était reprise, la rendait infidèle à Goujet, à leur amour inavoué, d'une douceur d'amitié. Elle vivait des journées tristes, lorsqu'elle se croyait coupable envers son bon ami. Elle aurait voulu n'avoir de l'affection que pour lui, en dehors de son ménage. Cela se passait très haut en elle, au-dessus de toutes les saletés, dont Virginie guettait le feu sur son visage.

Quand le printemps fut venu, Gervaise alla se réfugier auprès de Goujet. Elle ne pouvait plus ne réfléchir à rien, sur une chaise, sans penser aussitôt à son premier amant ; elle le voyait quitter Adèle, remettre son linge au fond de leur ancienne malle, revenir chez elle, avec la malle sur la voiture. Les jours où elle sortait, elle était prise tout d'un coup de peurs bêtes, dans la rue ; elle croyait entendre le pas de Lantier derrière elle, elle n'osait pas se retourner, tremblante, s'imaginant sentir ses mains la saisir à la taille. Bien sûr, il devait l'espionner ; il tomberait sur elle une après-midi ; et cette idée lui donnait des sueurs froides, parce qu'il l'embrasserait certainement dans l'oreille, comme il le faisait par taquinerie, autrefois. C'était ce baiser qui l'épouvantait ; à l'avance, il la rendait sourde, il l'emplissait d'un bourdonnement, dans lequel elle ne distinguait plus que le bruit de son cœur battant à grands coups. Alors, dès que ces peurs la prenaient, la forge était son seul asile ; elle y redevenait tranquille et souriante, sous la protection de Goujet, dont le marteau sonore mettait en fuite ses mauvais rêves.

Quelle heureuse saison ! La blanchisseuse soignait d'une façon particulière sa pratique de la rue des Portes-Blanches ; elle lui reportait toujours son linge elle-même, parce que cette course, chaque vendredi, était un prétexte tout trouvé pour passer rue Marcadet et entrer à la forge. Dès qu'elle tournait le coin de la rue, elle se sentait légère, gaie, comme si elle faisait une partie de campagne, au milieu de ces terrains vagues, bordés d'usines grises ; la chaussée noire de charbon, les panaches de vapeur sur les toits, l'amusaient autant qu'un sentier de mousse dans un bois de la banlieue, s'enfonçant entre de grands bouquets de verdure ; et elle aimait l'horizon blafard, rayé par les hautes cheminées des fabriques, la butte Montmartre qui bouchait le ciel, avec ses maisons crayeuses, percées des trous réguliers de leurs fenêtres. Puis, elle ralentissait le pas en arrivant, sautant les flaques d'eau, prenant plaisir à traverser les coins déserts et embrouillés du chantier de démolitions. Au fond, la forge luisait, même en plein midi. Son cœur sautait à la danse des marteaux. Quand elle entrait, elle était toute rouge, les petits cheveux blonds de sa nuque envolés comme ceux d'une femme qui arrive à un rendez-vous. Goujet l'attendait, les bras nus, la poitrine nue, tapant plus fort sur l'enclume, ces jours-là, pour se faire entendre de plus loin. Il la devinait, l'accueillait d'un bon rire silencieux, dans sa barbe jaune. Mais elle ne voulait pas qu'il se dérangeât de son travail, elle le suppliait de reprendre le marteau, parce qu'elle l'aimait davantage, lorsqu'il le brandissait de ses gros bras, bossués de muscles. Elle allait donner une légère claque sur la joue d'Étienne pendu au soufflet, et elle restait là une heure, à regarder les boulons. Ils n'échangeaient pas dix paroles. Ils n'auraient pas mieux satisfait leur tendresse dans une chambre, enfermés à double tour. Les ricanements de Bec-Salé, dit Boit-sans-Soif, ne les gênaient guère, car ils ne les entendaient même plus. Au bout d'un quart d'heure, elle commençait à étouffer un peu ; la chaleur, l'odeur forte, les fumées qui montaient, l'étourdissaient, tandis que les coups sourds la secouaient des talons à la gorge. Elle ne désirait plus rien alors, c'était son plaisir. Goujet l'aurait serrée dans ses bras que ça ne lui aurait pas donné une émotion si grosse. Elle se rapprochait de lui, pour sentir le vent de son marteau sur sa joue, pour être dans le coup qu'il tapait. Quand des étincelles piquaient ses mains tendres, elle ne les retirait pas, elle jouissait au contraire de cette pluie de feu qui lui cinglait la peau. Lui, bien sûr, devinait le bonheur qu'elle goûtait là ; il réservait pour le vendredi les ouvrages difficiles, afin de lui faire la cour avec toute sa force et toute son adresse ; il ne se ménageait plus, au risque de fendre les enclumes en deux, haletant, les reins vibrant de la joie qu'il lui donnait. Pendant un printemps, leurs amours emplirent ainsi la forge d'un grondement d'orage. Ce fut une idylle dans une besogne de géant, au milieu du flamboiement de la houille, de l'ébranlement du hangar, dont la carcasse noire de suie craquait. Tout ce fer écrasé, pétri comme de la cire rouge, gardait les marques rudes de leurs tendresses. Le vendredi, quand la blanchisseuse quittait la Gueule-d'Or, elle remontait lentement la rue des Poissonniers, contentée, lassée, l'esprit et la chair tranquilles.

Peu à peu, sa peur de Lantier diminua, elle redevint raisonnable. À cette époque, elle aurait encore vécu très heureuse, sans Coupeau, qui tournait mal, décidément. Un jour, elle revenait justement de la forge, lorsqu'elle crut reconnaître Coupeau dans l'Assommoir du père Colombe, en train de se payer des tournées de vitriol, avec Mes-Bottes, Bibi-la-Grillade et Bec-Salé, dit Boit-sans-Soif. Elle passa vite, pour ne pas avoir l'air de les moucharder. Mais elle se retourna : c'était bien Coupeau qui se jetait son petit verre de schnick dans le gosier, d'un geste familier déjà. Il mentait donc, il en était donc à l'eau-de-vie, maintenant ! Elle rentra désespérée ; toute son épouvante de l'eau-de-vie la reprenait. Le vin, elle le pardonnait, parce que le vin nourrit l'ouvrier ; les alcools, au contraire, étaient des saletés, des poisons qui ôtaient à l'ouvrier le goût du pain. Ah ! le gouvernement aurait bien dû empêcher la fabrication de ces cochonneries !

En arrivant rue de la Goutte-d'Or, elle trouva toute la maison bouleversée. Ses ouvrières avaient quitté l'établi, et étaient dans la cour, à regarder en l'air. Elle interrogea Clémence.

– C'est le père Bijard qui flanque une roulée à sa femme, répondit la repasseuse. Il était sous la porte, gris comme un Polonais, à la guetter revenir du lavoir... Il lui a fait grimper l'escalier à coups de poing, et maintenant il l'assomme là-haut, dans leur chambre... Tenez, entendez-vous les cris ?

Gervaise monta rapidement. Elle avait de l'amitié pour Mme Bijard, sa laveuse, qui était une femme d'un grand courage. Elle espérait mettre le holà. En haut, au sixième, la porte de la chambre était restée ouverte, quelques locataires s'exclamaient sur le carré, tandis que Mme Boche, devant la porte, criait :

– Voulez-vous bien finir !... On va aller chercher les sergents de ville, entendez-vous !

Personne n'osait se risquer dans la chambre, parce qu'on connaissait Bijard, une bête brute quand il était soûl. Il ne dessoûlait jamais, d'ailleurs. Les rares jours où il travaillait, il posait un litre d'eau-de-vie près de son étau de serrurier, buvant au goulot toutes les demi-heures. Il ne se soutenait plus autrement, il aurait pris feu comme une torche, si l'on avait approché une allumette de sa bouche.

– Mais on ne peut pas la laisser massacrer ! dit Gervaise toute tremblante.

Et elle entra. La chambre, mansardée, très propre, était nue et froide, vidée par l'ivrognerie de l'homme, qui enlevait les draps du lit pour les boire. Dans la lutte, la table avait roulé jusqu'à la fenêtre les deux chaises culbutées étaient tombées, les pieds en l'air. Sur le carreau, au milieu, Mme Bijard, les jupes encore trempées par l'eau du lavoir et collées à ses cuisses, les cheveux arrachés, saignante, râlait d'un souffle fort, avec des oh ! oh ! prolongés, à chaque coup de talon de Bijard. Il l'avait d'abord abattue de ses deux poings ; maintenant, il la piétinait.

– Ah ! garce !... ah ! garce !... ah ! garce !... grognait-il d'une voix étouffée, accompagnant de ce mot chaque coup, s'affolant à le répéter, frappant plus fort à mesure qu'il s'étranglait davantage.

Puis, la voix lui manqua, il continua de taper sourdement, follement, raidi dans sa cotte et son bourgeron déguenillés, la face bleuie sous sa barbe sale, avec son front chauve taché de grandes plaques rouges. Sur le carré, les voisins disaient qu'il la battait parce qu'elle lui avait refusé vingt sous, le matin. On entendit la voix de Boche, au bas de l'escalier. Il appelait Mme Boche, il lui criait :

– Descends, laisse-les se tuer, ça fera de la canaille de moins !

Cependant, le père Bru avait suivi Gervaise dans la chambre. À eux deux, ils tâchaient de raisonner le serrurier, de le pousser vers la porte. Mais il se retournait, muet, une écume aux lèvres ; et, dans ses yeux pâles, l'alcool flambait, allumait une flamme de meurtre. La blanchisseuse eut le poignet meurtri ; le vieil ouvrier alla tomber sur la table. Par terre, Mme Bijard soufflait plus fort, la bouche grande ouverte, les paupières closes. À présent, Bijard la manquait ; il revenait, s'acharnait, frappait à côté, enragé, aveuglé, s'attrapant lui-même avec les claques qu'il envoyait dans le vide. Et, pendant toute cette tuerie, Gervaise voyait, dans un coin de la chambre, la petite Lalie, alors âgée de quatre ans, qui regardait son père assommer sa mère. L'enfant tenait entre ses bras, comme pour la protéger, sa sœur Henriette, sevrée de la veille. Elle était debout, la tête serrée dans une coiffe d'indienne, très pâle, l'air sérieux. Elle avait un large regard noir, d'une fixité pleine de pensées, sans une larme.

Quand Bijard eut rencontré une chaise et se fut étalé sur le carreau, où on le laissa ronfler, le père Bru aida Gervaise à relever Mme Bijard. Maintenant, celle-ci pleurait à gros sanglots ; et Lalie, qui s'était approchée, la regardait pleurer, habituée à ces choses, résignée déjà. La blanchisseuse, en redescendant, au milieu de la maison calmée, voyait toujours devant elle ce regard d'enfant de quatre ans, grave et courageux comme un regard de femme.

– Monsieur Coupeau est sur le trottoir d'en face, lui cria Clémence, dès qu'elle l'aperçut. Il a l'air joliment poivré !

Coupeau traversait justement la rue. Il faillit enfoncer un carreau d'un coup d'épaule, en manquant la porte. Il avait une ivresse blanche, les dents serrées, le nez pincé. Et Gervaise reconnut tout de suite le vitriol de l'Assommoir, dans le sang empoisonné qui lui blêmissait la peau. Elle voulut rire, le coucher, comme elle faisait les jours où il avait le vin bon enfant. Mais il la bouscula, sans desserrer les lèvres ; et, en passant, en gagnant de lui-même son lit, il leva le poing sur elle. Il ressemblait à l'autre, au soûlard qui ronflait là-haut, las d'avoir tapé. Alors, elle resta toute froide, elle pensait aux hommes, à son mari, à Goujet, à Lantier, le cœur coupé, désespérant d'être jamais heureuse.

VII

La fête de Gervaise tombait le 19 juin. Les jours de fête, chez les Coupeau, on mettait les petits plats dans les grands ; c'étaient des noces dont on sortait ronds comme des balles, le ventre plein pour la semaine. Il y avait un nettoyage général de la monnaie. Dès qu'on avait quatre sous, dans le ménage, on les bouffait. On inventait des saints sur almanach, histoire de se donner des prétextes de gueuletons. Virginie approuvait joliment Gervaise de se fourrer de bons morceaux sous le nez. Lorsqu'on a un homme qui boit tout, n'est-ce pas ? c'est pain bénit de ne pas laisser la maison s'en aller en liquides et, de se garnir d'abord l'estomac. Puisque l'argent filait quand même, autant valait-il faire gagner au boucher qu'au marchand de vin. Et Gervaise, agourmandie, s'abandonnait à cette excuse. Tant pis ! ça venait de Coupeau, s'ils n'économisaient plus un rouge liard. Elle avait encore engraissé, elle boitait davantage, parce que sa jambe, qui s'enflait de graisse, semblait se raccourcir à mesure.

Cette année-là, un mois à l'avance, on causa de la fête. On cherchait des plats, on s'en léchait les lèvres. Toute la boutique avait une sacrée envie de nocer. Il fallait une rigolade à mort, quelque chose de pas ordinaire et de réussi. Mon Dieu ! on ne prenait pas tous les jours du bon temps. La grosse préoccupation de la blanchisseuse était de savoir qui elle inviterait ; elle désirait douze personnes à table, pas plus, pas moins. Elle, son mari, maman Coupeau, Mme Lerat, ça faisait déjà quatre personnes de la famille. Elle aurait aussi les Goujet et les Poisson. D'abord, elle s'était bien promis de ne pas inviter ses ouvrières, Mme Putois et Clémence, pour ne pas les rendre trop familières ; mais, comme on parlait toujours de la fête devant elles et que leurs nez s'allongeaient, elle finit par leur dire de venir. Quatre et quatre, huit, et deux, dix. Alors, voulant absolument compléter les douze, elle se réconcilia avec les Lorilleux, qui tournaient autour d'elle depuis quelque temps ; du moins, il fut convenu que les Lorilleux descendraient dîner et qu'on ferait la paix, le verre à la main. Bien sûr, on ne peut pas toujours rester brouillé dans les familles. Puis, l'idée de la fête attendrissait tous les cœurs. C'était une occasion impossible à refuser. Seulement, quand les Boche connurent le raccommodement projeté, ils se rapprochèrent aussitôt de Gervaise, avec des politesses, des sourires obligeants ; et il fallut les prier aussi d'être du repas. Voilà ! on serait quatorze, sans compter les enfants. Jamais elle n'avait donné un dîner pareil, elle en était tout effarée et glorieuse.

La fête tombait justement un lundi. C'était une chance : Gervaise comptait sur l'après-midi du dimanche pour commencer la cuisine. Le samedi, comme les repasseuses bâclaient leur besogne, il y eut une longue discussion dans la boutique, afin de savoir ce qu'on mangerait, décidément. Une seule pièce était adoptée depuis trois semaines : une oie grasse rôtie. On en causait avec des yeux gourmands. Même, l'oie était achetée. Maman Coupeau alla la chercher pour la faire soupeser à Clémence et à Mme Putois. Et il y eut des exclamations, tant la bête parut énorme, avec sa peau rude, ballonnée de graisse jaune.

– Avant ça, le pot-au-feu, n'est-ce pas ? dit Gervaise. Le potage et un petit morceau de bouilli, c'est toujours bon... Puis, il faudrait un plat à la sauce.

La grande Clémence proposa du lapin ; mais on ne mangeait que de ça ; tout le monde en avait par-dessus la tête. Gervaise rêvait quelque chose de plus distingué. Mme Putois ayant parlé d'une blanquette de veau, elles se regardèrent toutes avec un sourire qui grandissait. C'était une idée ; rien ne ferait l'effet d'une blanquette de veau.

– Après, reprit Gervaise, il faudrait encore un plat à la sauce.

Maman Coupeau songea à du poisson. Mais les autres eurent une grimace, en tapant leurs fers plus fort. Personne n'aimait le poisson, ça ne tenait pas à l'estomac, et c'était plein d'arêtes. Ce louchon d'Augustine ayant osé dire qu'elle aimait la raie, Clémence lui ferma le bec d'une bourrade. Enfin, la patronne venait de trouver une épinée de cochon aux pommes de terre, qui avait de nouveau épanoui les visages, lorsque Virginie entra comme un coup de vent, la figure allumée.

– Vous arrivez bien ! cria Gervaise. Maman Coupeau, montrez-lui donc la bête.

Et maman Coupeau alla chercher une seconde fois l'oie grasse, que Virginie dut prendre sur ses mains. Elle s'exclama : « Sacredié ! qu'elle était lourde ! » Mais elle la posa tout de suite au bord de l'établi, entre un jupon et un paquet de chemises. Elle avait la cervelle ailleurs ; elle emmena Gervaise dans la chambre du fond.

– Dites donc, ma petite, murmura-t-elle rapidement, je veux vous avertir... Vous ne devineriez jamais qui j'ai rencontré au bout de la rue ? Lantier, ma chère ! Il est là à rôder, à guetter... Alors, je suis accourue. Ça m'a effrayée pour vous, vous comprenez.

La blanchisseuse était devenue toute pâle. Que lui voulait-il donc, ce malheureux ? Et justement il tombait en plein dans les préparatifs de la fête. Jamais elle n'avait eu de chance ; on ne pouvait pas lui laisser prendre un plaisir tranquillement. Mais Virginie lui répondait qu'elle était bien bonne de se tourner la bile. Pardi ! si Lantier s'avisait de la suivre, elle appellerait un agent et le ferait coffrer. Depuis un mois que son mari avait obtenu sa place de sergent de ville, la grande brune prenait des allures cavalières et parlait d'arrêter tout le monde. Comme elle élevait la voix, en souhaitant d'être pincée dans la rue, à la seule fin d'emmener elle-même l'insolent au poste et de le livrer à Poisson, Gervaise, d'un geste, la supplia de se taire, parce que les ouvrières écoutaient. Elle rentra la première dans la boutique ; elle reprit, en affectant beaucoup de calme :

– Maintenant, il faudrait un légume ?

– Hein ? des petits pois au lard, dit Virginie. Moi, je ne mangerais que de ça.

– Oui, oui, des petits pois au lard ! approuvèrent toutes les autres, pendant qu'Augustine, enthousiasmée, enfonçait de grands coups de tisonnier dans la mécanique.

Le lendemain dimanche, dès trois heures, maman Coupeau alluma les deux fourneaux de la maison et un troisième fourneau en terre emprunté aux Boche. À trois heures et demie, le pot-au-feu bouillait dans une grosse marmite, prêtée par le restaurant d'à côté, la marmite du ménage ayant semblé trop petite. On avait décidé d'accommoder la veille la blanquette de veau et l'épinée de cochon, parce que ces plats-là sont meilleurs réchauffés ; seulement, on ne lierait la sauce de la blanquette qu'au moment de se mettre à table. Il resterait encore bien assez de besogne pour le lundi, le potage, les pois au lard, l'oie rôtie. La chambre du fond était tout éclairée par les trois brasiers ; des roux graillonnaient dans les poêlons, avec une fumée forte de farine brûlée ; tandis que la grosse marmite soufflait des jets de vapeur comme une chaudière, les flancs secoués par des glouglous graves et profonds. Maman Coupeau et Gervaise, un tablier blanc noué devant elles, emplissaient la pièce de leur hâte à éplucher du persil, à courir après le poivre et le sel, à tourner la viande avec la mouvette de bois. Elles avaient mis Coupeau dehors pour débarrasser le plancher. Mais elles eurent quand même du monde sur le dos toute l'après-midi. Ça sentait si bon la cuisine, dans la maison, que les voisines descendirent les unes après les autres, entrèrent sous des prétextes, uniquement pour savoir ce qui cuisait ; et elles se plantaient là, en attendant que la blanchisseuse fût forcée de lever les couvercles. Puis, vers cinq heures, Virginie parut ; elle avait encore vu Lantier ; décidément, on ne mettait plus les pieds dans la rue sans le rencontrer. Mme Boche, elle aussi, venait de l'apercevoir au coin du trottoir, avançant la tête d'un air sournois. Alors, Gervaise, qui justement allait acheter un sou d'oignons brûlés pour le pot-au-feu, fut prise d'un tremblement et n'osa plus sortir ; d'autant plus que la concierge et la couturière l'effrayaient beaucoup en racontant des histoires terribles, des hommes attendant des femmes avec des couteaux et des pistolets cachés sous leur redingote. Dame, oui ! on lisait ça tous les jours dans les journaux ; quand un de ces gredins-là enrage de retrouver une ancienne heureuse, il devient capable de tout. Virginie offrit obligeamment de courir chercher les oignons brûlés. Il fallait s'aider entre femmes, on ne pouvait pas laisser massacrer cette pauvre petite. Lorsqu'elle revint, elle dit que Lantier n'était plus là ; il avait dû filer, en se sachant découvert. La conversation, autour des poêlons, n'en roula pas moins sur lui jusqu'au soir. Mme Boche ayant conseillé d'instruire Coupeau, Gervaise montra une grande frayeur et la supplia de ne jamais lâcher un mot de ces choses. Ah bien ! ce serait du propre ! Son mari devait déjà se douter de l'affaire, car depuis quelques jours, en se couchant, il jurait et donnait des coups de poing dans le mur. Elle en restait les mains tremblantes, à l'idée que deux hommes se mangeraient pour elle ; elle connaissait Coupeau, il était jaloux à tomber sur Lantier avec ses cisailles. Et, pendant que, toutes quatre, elles s'enfonçaient dans ce drame, les sauces, sur les fourneaux garnis de cendre, mijotaient doucement ; la blanquette et l'épinée, quand maman Coupeau les découvrait, avaient un petit bruit, un frémissement discret ; le pot-au-feu gardait son ronflement de chantre endormi le ventre au soleil. Elles finirent par se tremper chacune une soupe dans une tasse, pour goûter le bouillon.

Enfin, le lundi arriva. Maintenant que Gervaise allait avoir quatorze personnes à dîner, elle craignait de ne pas pouvoir caser tout ce monde. Elle se décida à mettre le couvert dans la boutique ; et encore, dès le matin, mesura-t-elle avec un mètre, pour savoir dans quel sens elle placerait la table. Ensuite, il fallut déménager le linge, démonter l'établi ; c'était l'établi, posé sur d'autres tréteaux, qui devait servir de table. Mais, juste au milieu de tout ce remue-ménage, une cliente se présenta et fit une scène, parce qu'elle attendait son linge depuis le vendredi ; on se fichait d'elle, elle voulait son linge immédiatement. Alors, Gervaise s'excusa, mentit avec aplomb ; il n'y avait pas de sa faute, elle nettoyait sa boutique, les ouvrières reviendraient seulement le lendemain ; et elle renvoya la cliente calmée, en lui promettant de s'occuper d'elle à la première heure. Puis, lorsque l'autre fut partie, elle éclata en mauvaises paroles. C'est vrai, si l'on écoutait les pratiques, on ne prendrait pas même le temps de manger, on se tuerait la vie entière pour leurs beaux yeux ! On n'était pas des chiens à l'attache, pourtant ! Ah bien ! quand le Grand Turc en personne serait venu lui apporter un faux-col, quand il se serait agi de gagner cent mille francs, elle n'aurait pas donné un coup de fer ce lundi-là, parce qu'à la fin c'était son tour de jouir un peu.

La matinée entière fut employée à terminer les achats. Trois fois, Gervaise sortit et rentra chargée comme un mulet. Mais, au moment où elle repartait pour commander le vin, elle s'aperçut qu'elle n'avait plus assez d'argent. Elle aurait bien pris le vin à crédit ; seulement, la maison ne pouvait pas rester sans le sou, à cause des mille petites dépenses auxquelles on ne pense pas. Et, dans la chambre du fond, maman Coupeau et elle se désolèrent, calculèrent qu'il leur fallait au moins vingt francs. Où les trouver, ces quatre pièces de cent sous ? Maman Coupeau, qui autrefois avait fait le ménage d'une petite actrice du théâtre des Batignolles, parla la première du Mont-de-Piété. Gervaise eut un rire de soulagement. Était-elle bête ! elle n'y songeait plus. Elle plia vivement sa robe de soie noire dans une serviette, qu'elle épingla. Puis, elle cacha elle-même le paquet sous le tablier de maman Coupeau, en lui recommandant de le tenir bien aplati sur son ventre, à cause des voisins, qui n'avaient pas besoin de savoir ; et elle vint guetter sur la porte, pour voir si on ne suivait pas la vieille femme. Mais celle-ci n'était pas devant le charbonnier qu'elle la rappela.

– Maman ! maman !

Elle la fit rentrer dans la boutique, ôta de son doigt son alliance, en disant :

– Tenez, mettez ça avec. Nous aurons davantage.

Et quand maman Coupeau lui eut rapporté vingt-cinq francs, elle dansa de joie. Elle allait commander en plus six bouteilles de vin cacheté pour boire avec le rôti. Les Lorilleux seraient écrasés.

Depuis quinze jours, c'était le rêve des Coupeau : écraser les Lorilleux. Est-ce que ces sournois, l'homme et la femme, une jolie paire vraiment, ne s'enfermaient pas quand ils mangeaient un bon morceau, comme s'ils l'avaient volé ? Oui, ils bouchaient la fenêtre avec une couverture pour cacher la lumière et faire croire qu'ils dormaient. Naturellement, ça empêchait les gens de monter ; et ils bâfraient seuls, ils se dépêchaient de s'empiffrer, sans lâcher un mot tout haut. Même, le lendemain, ils se gardaient de jeter leurs os sur les ordures, parce qu'on aurait su alors ce qu'ils avaient mangé ; Mme Lorilleux allait, au bout de la rue, les lancer dans une bouche d'égout ; un matin, Gervaise l'avait surprise vidant là son panier plein d'écailles d'huîtres. Ah ! non, pour sûr, ces rapiats n'étaient pas larges des épaules, et toutes ces manigances venaient de leur rage à vouloir paraître pauvres. Eh bien ! on leur donnerait une leçon, on leur prouverait qu'on n'était pas chien. Gervaise aurait mis sa table au travers de la rue, si elle avait pu, histoire d'inviter chaque passant. L'argent, n'est-ce pas ? n'a pas été inventé pour moisir. Il est joli, quand il luit tout neuf au soleil. Elle leur ressemblait si peu maintenant, que, les jours où elle avait vingt sous, elle s'arrangeait de façon à laisser croire qu'elle en avait quarante.

Maman Coupeau et Gervaise parlèrent des Lorilleux, en mettant la table, dès trois heures. Elles avaient accroché de grands rideaux dans la vitrine ; mais, comme il faisait chaud, la porte restait ouverte, la rue entière passait devant la table. Les deux femmes ne posaient pas une carafe, une bouteille, une salière, sans chercher à y glisser une intention vexatoire pour les Lorilleux. Elles les avaient placés de manière à ce qu'ils pussent voir le développement superbe du couvert, et elles leur réservaient la belle vaisselle, sachant bien que les assiettes de porcelaine leur porteraient un coup.

– Non, non, maman, cria Gervaise, ne leur donnez pas ces serviettes-là ! J'en ai deux qui sont damassées.

– Ah bien ! murmura la vieille femme, ils en crèveront, c'est sûr.

Et elles se sourirent, debout aux deux côtés de cette grande table blanche, où les quatorze couverts alignés leur causaient un gonflement d'orgueil. Ça faisait comme une chapelle, au milieu de la boutique.

– Aussi, reprit Gervaise, pourquoi sont-ils si rats !... vous savez, ils ont menti, le mois dernier, quand la femme a raconté partout qu'elle avait perdu un bout de chaîne d'or, en allant reporter l'ouvrage. Vrai ! si celle-là perd jamais quelque chose !... C'était simplement une façon de pleurer misère et de ne pas vous donner vos cent sous.

– Je ne les ai encore vus que deux fois, mes cent sous, dit maman Coupeau.

– Voulez-vous parier ! le mois prochain, ils inventeront une autre histoire... Ça explique pourquoi ils bouchent leur fenêtre, quand ils mangent un lapin. N'est-ce pas ? on serait en droit de leur dire : « Puisque vous mangez un lapin, vous pouvez bien donner cent sous à votre mère. » Oh ! ils ont du vice !... Qu'est-ce que vous seriez devenue, si je ne vous avais pas prise avec nous ?

Maman Coupeau hocha la tête. Ce jour-là, elle était tout à fait contre les Lorilleux, à cause du grand repas que les Coupeau donnaient. Elle aimait la cuisine, les bavardages autour des casseroles, les maisons mises en l'air par les noces des jours de fête. D'ailleurs, elle s'entendait d'ordinaire assez bien avec Gervaise. Les autres jours, quand elles s'asticotaient ensemble, comme ça arrive dans tous les ménages, la vieille femme bougonnait, se disait horriblement malheureuse d'être ainsi à la merci de sa belle-fille. Au fond, elle devait garder une tendresse pour Mme Lorilleux ; c'était sa fille, après tout.

– Hein ? répéta Gervaise, vous ne seriez pas si grasse, chez eux ? Et pas de café, pas de tabac, aucune douceur !... Dites, est-ce qu'ils vous auraient mis deux matelas à votre lit ?

– Non, bien sûr, répondit maman Coupeau. Lorsqu'ils vont entrer, je me placerai en face de la porte pour voir leur nez.

Le nez des Lorilleux les égayait à l'avance. Mais il s'agissait de ne pas rester planté là, à regarder la table. Les Coupeau avaient déjeuné très tard, vers une heure, avec un peu de charcuterie, parce que les trois fourneaux étaient déjà occupés, et qu'ils ne voulaient pas salir la vaisselle lavée pour le soir. À quatre heures, les deux femmes furent dans leur coup de feu. L'oie rôtissait devant une coquille placée par terre, contre le mur, à côté de la fenêtre ouverte ; et la bête était si grosse, qu'il avait fallu l'enfoncer de force dans la rôtissoire. Ce louchon d'Augustine, assise sur un petit banc, recevant en plein le reflet d'incendie de la coquille, arrosait l'oie gravement avec une cuiller à long manche. Gervaise s'occupait des pois au lard. Maman Coupeau, la tête perdue au milieu de tous ces plats, tournait, attendait le moment de mettre réchauffer l'épinée et la blanquette. Vers cinq heures, les invités commencèrent à arriver. Ce furent d'abord les deux ouvrières, Clémence et Mme Putois, toutes deux endimanchées, la première en bleu, la seconde en noir ; Clémence tenait un géranium, Mme Putois, un héliotrope ; et Gervaise, qui justement avait les mains blanches de farine, dut leur appliquer à chacune deux gros baisers, les mains rejetées en arrière. Puis, sur leurs talons, Virginie entra, mise comme une dame, en robe de mousseline imprimée, avec une écharpe et un chapeau, bien qu'elle eût eu seulement la rue à traverser. Celle-là apportait un pot d'œillets rouges. Elle prit elle-même la blanchisseuse dans ses grands bras et la serra fortement. Enfin, parurent Boche avec un pot de pensées, Mme Boche avec un pot de réséda, Mme Lerat avec une citronnelle, un pot dont la terre avait sali sa robe de mérinos violet. Tout ce monde s'embrassait, s'entassait dans la chambre, au milieu des trois fourneaux et de la coquille, d'où montait une chaleur d'asphyxie. Les bruits de friture des poêlons couvraient les voix. Une robe qui accrocha la rôtissoire, causa une émotion. Ça sentait l'oie si fort, que les nez s'agrandissaient. Et Gervaise était très aimable, remerciait chacun de son bouquet, sans cesser pour cela de préparer la liaison de la blanquette, au fond d'une assiette creuse. Elle avait posé les pots dans la boutique, au bout de la table, sans leur enlever leur haute collerette de papier blanc. Un parfum doux de fleurs se mêlait à l'odeur de la cuisine.

– Voulez-vous qu'on vous aide ? dit Virginie. Quand je pense que vous travaillez depuis trois jours à toute cette nourriture, et qu'on va rafler ça en un rien de temps !

– Dame ! répondit Gervaise, ça ne se ferait pas tout seul... Non, ne vous salissez pas les mains. Vous voyez, tout est prêt. Il n'y a plus que le potage...

Alors, on se mit à l'aise. Les dames posèrent sur le lit leurs châles et leurs bonnets, puis relevèrent leurs jupes avec des épingles, pour ne pas les salir. Boche, qui avait renvoyé sa femme garder la loge jusqu'à l'heure du dîner, poussait déjà Clémence dans le coin de la mécanique, en lui demandant si elle était chatouilleuse ; et Clémence haletait, se tordait, pelotonnée et les seins crevant son corsage, car l'idée seule de chatouilles lui faisait courir un frisson partout. Les autres dames, afin de ne pas gêner les cuisinières, venaient également de passer dans la boutique, où elles se tenaient contre les murs, en face de la table ; mais, comme la conversation continuait par la porte ouverte, et qu'on ne s'entendait pas, à tous moments elles retournaient au fond, envahissant la pièce avec de brusques éclats de voix, entourant Gervaise qui s'oubliait à leur répondre, sa cuiller fumante au poing. On riait, on en lâchait de fortes. Virginie ayant dit qu'elle ne mangeait plus depuis deux jours, pour se faire un trou, cette grande sale de Clémence en raconta une plus raide : elle s'était creusée, en prenant le matin un bouillon pointu, comme les Anglais. Alors, Boche donna un moyen de digérer tout de suite, qui consistait à se serrer dans une porte, après chaque plat ; ça se pratiquait aussi chez les Anglais, ça permettait de manger douze heures à la file, sans se fatiguer l'estomac. N'est-ce pas ? la politesse veut qu'on mange, lorsqu'on est invité à dîner. On ne met pas du veau, et du cochon, et de l'oie, pour les chats. Oh ! la patronne pouvait être tranquille, on allait lui nettoyer ça si proprement, qu'elle n'aurait même pas besoin de laver sa vaisselle le lendemain. Et la société semblait s'ouvrir l'appétit en venant renifler au-dessus des poêlons et de la rôtissoire. Les dames finirent par faire les jeunes filles ; elles jouaient à se pousser, elles couraient d'une pièce à l'autre, ébranlant le plancher, remuant et développant les odeurs de cuisine avec leurs jupons, dans un vacarme assourdissant, où les rires se mêlaient au bruit du couperet de maman Coupeau, hachant du lard.

Justement, Goujet se présenta au moment où tout le monde sautait en criant, pour la rigolade. Il n'osait pas entrer, intimidé, avec un grand rosier blanc entre les bras, une plante magnifique dont la tige montait jusqu'à sa figure et mêlait des fleurs dans sa barbe jaune. Gervaise courut à lui, les joues enflammées par le feu des fourneaux. Mais il ne savait pas se débarrasser de son pot ; et, quand elle le lui eut pris des mains, il bégaya, n'osant l'embrasser. Ce fut elle qui dut se hausser, poser la joue contre ses lèvres ; même il était si troublé, qu'il l'embrassa sur l'œil, rudement, à l'éborgner. Tous deux restèrent tremblants.

– Oh ! monsieur Goujet, c'est trop beau ! dit-elle en plaçant le rosier à côté des autres fleurs, qu'il dépassait de tout son panache de feuillage.

– Mais non, mais non, répétait-il sans trouver autre chose.

Et, quand il eut poussé un gros soupir, un peu remis, il annonça qu'il ne fallait pas compter sur sa mère ; elle avait sa sciatique. Gervaise fut désolée ; elle parla de mettre un morceau d'oie de côté, car elle tenait absolument à ce que Mme Goujet mangeât de la bête. Cependant, on n'attendait plus personne. Coupeau devait flâner par là, dans le quartier, avec Poisson, qu'il était allé prendre chez lui, après le déjeuner ; ils ne tarderaient pas à rentrer, ils avaient promis d'être exacts pour six heures. Alors, comme le potage était presque cuit, Gervaise appela Mme Lerat, en disant que le moment lui semblait venu de monter chercher les Lorilleux. Mme Lerat, aussitôt, devint très grave : c'était elle qui avait mené toute la négociation et réglé entre les deux ménages comment les choses se passeraient. Elle remit son châle et son bonnet ; elle monta, raide dans ses jupes, l'air important. En bas, la blanchisseuse continua à tourner son potage, des pâtes d'Italie, sans dire un mot. La société, brusquement sérieuse, attendait avec solennité.

Ce fut Mme Lerat qui reparut la première. Elle avait fait le tour par la rue, pour donner plus de pompe à la réconciliation. Elle tint de la main la porte de la boutique grande ouverte, tandis que Mme Lorilleux, en robe de soie, s'arrêtait sur le seuil. Tous les invités s'étaient levés, Gervaise s'avança, embrassa sa belle-sœur, comme il était convenu, en disant :

– Allons, entrez. C'est fini, n'est-ce pas ?... Nous serons gentilles toutes les deux.

Et Mme Lorilleux répondit :

– Je ne demande pas mieux que ça dure toujours.

Quand elle fut entrée, Lorilleux s'arrêta également sur le seuil, et il attendit aussi d'être embrassé, avant de pénétrer dans la boutique. Ni l'un ni l'autre n'avait apporté de bouquet ; ils s'y étaient refusés, ils trouvaient qu'ils auraient trop l'air de se soumettre à la Banban, s'ils arrivaient chez elle avec des fleurs, la première fois. Cependant, Gervaise criait à Augustine de donner deux litres. Puis, sur un bout de la table, elle versa des verres de vin, appela tout le monde. Et chacun prit un verre, on trinqua à la bonne amitié de la famille. Il y eut un silence, la société buvait, les dames levaient le coude, d'un trait, jusqu'à la dernière goutte.

– Rien n'est meilleur avant la soupe, déclara Boche, avec un claquement de langue. Ça vaut mieux qu'un coup de pied au derrière.

Maman Coupeau s'était placée en face de la porte, pour voir le nez des Lorilleux. Elle tirait Gervaise par la jupe, elle l'emmena dans la pièce du fond. Et, toutes deux penchées au-dessus du potage, elles causèrent vivement, à voix basse.

– Hein ? quel pif ! dit la vieille femme. Vous n'avez pas pu les voir, vous. Mais moi, je les guettais... Quand elle a aperçu la table, tenez ! sa figure s'est tortillée comme ça, les coins de sa bouche sont montés toucher ses yeux ; et lui, ça l'a étranglé, il s'est mis à tousser... Maintenant, regardez-les, là-bas ; ils n'ont plus de salive, ils se mangent les lèvres.

– Ça fait de la peine, des gens jaloux à ce point, murmura Gervaise.

Vrai, les Lorilleux avaient une drôle de tête. Personne, bien sûr, n'aime à être écrasé ; dans les familles surtout, quand les uns réussissent, les autres ragent, c'est naturel. Seulement, on se contient, n'est-ce pas ? on ne se donne pas en spectacle. Eh bien ! les Lorilleux ne pouvaient pas se contenir. C'était plus fort qu'eux, ils louchaient, ils avaient le bec de travers. Enfin, ça se voyait si clairement, que les autres invités les regardaient et leur demandaient s'ils n'étaient pas indisposés. Jamais ils n'avaleraient la table avec ses quatorze couverts, son linge blanc, ses morceaux de pain coupés à l'avance. On se serait cru dans un restaurant des boulevards. Mme Lorilleux fit le tour, baissa le nez pour ne pas voir les fleurs ; et, sournoisement, elle tâta la grande nappe, tourmentée par l'idée qu'elle devait être neuve.

– Nous y sommes ! cria Gervaise, en reparaissant, souriante, les bras nus, ses petits cheveux blonds envolés sur les tempes.

Les invités piétinaient autour de la table. Tous avaient faim, bâillaient légèrement, l'air embêté.

– Si le patron arrivait, reprit la blanchisseuse, nous pourrions commencer.

– Ah bien ! dit Mme Lorilleux, la soupe a le temps de refroidir... Coupeau oublie toujours. Il ne fallait pas le laisser filer.

Il était déjà six heures et demie. Tout brûlait, maintenant ; l'oie serait trop cuite. Alors, Gervaise, désolée, parla d'envoyer quelqu'un dans le quartier voir, chez les marchands de vin, si l'on n'apercevait pas Coupeau. Puis, comme Goujet s'offrait, elle voulut aller avec lui ; Virginie, inquiète de son mari, les accompagna. Tous les trois, en cheveux, barraient le trottoir. Le forgeron, qui avait sa redingote, tenait Gervaise à son bras gauche et Virginie à son bras droit : il faisait le panier à deux anses, disait-il ; et le mot leur parut si drôle, qu'ils s'arrêtèrent, les jambes cassées par le rire. Ils se regardèrent dans la glace du charcutier, ils rirent plus fort. Entre Goujet tout noir, les deux femmes semblaient deux cocottes mouchetées, la couturière avec sa toilette de mousseline semée de bouquets roses, la blanchisseuse en robe de percale blanche à pois bleus, les poignets nus, une petite cravate de soie grise nouée au cou. Le monde se retournait pour les voir passer, si gais, si frais, endimanchés un jour de semaine, bousculant la foule qui encombrait la rue des Poissonniers, dans la tiède soirée de juin. Mais il ne s'agissait pas de rigoler. Ils allaient droit à la porte de chaque marchand de vin, allongeaient la tête, cherchaient devant le comptoir. Est-ce que cet animal de Coupeau était parti boire la goutte à l'Arc-de-Triomphe ? Déjà ils avaient battu tout le haut de la rue, regardant aux bons endroits : à *la Petite-Civette*, renommée pour les prunes ; chez la mère Baquet, qui vendait du vin d'Orléans à huit sous ; au *Papillon*, le rendez-vous des cochers, des gens difficiles. Pas de Coupeau. Alors, comme ils descendaient vers le boulevard, Gervaise, en passant devant François, le mastroquet du coin, poussa un léger cri.

– Quoi donc ? demanda Goujet.

La blanchisseuse ne riait plus. Elle était très blanche, et si émotionnée, qu'elle avait failli tomber. Virginie comprit tout d'un coup, en voyant chez François, assis à une table, Lantier qui dînait tranquillement. Les deux femmes entraînèrent le forgeron.

– Le pied m'a tourné, dit Gervaise, quand elle put parler.

Enfin, au bas de la rue, ils découvrirent Coupeau et Poisson dans l'Assommoir du père Colombe. Ils se tenaient debout, au milieu d'un tas d'hommes ; Coupeau, en blouse grise, criait, avec des gestes furieux et des coups de poing sur le comptoir ; Poisson, qui n'était pas de service ce jour-là, serré dans un vieux paletot marron, l'écoutait, la mine terne et silencieuse, hérissant son impériale et ses moustaches rouges. Goujet laissa les femmes au bord du trottoir, vint poser la main sur l'épaule du zingueur.

Mais quand ce dernier aperçut Gervaise et Virginie dehors, il se fâcha. Qui est-ce qui lui avait fichu des femelles de cette espèce ? Voilà que les jupons le relançaient maintenant ! Eh bien ! il ne bougerait pas, elles pouvaient manger leur saloperie de dîner toutes seules. Pour l'apaiser, il fallut que Goujet acceptât une tournée de quelque chose ; encore mit-il de la méchanceté à traîner cinq grandes minutes devant le comptoir. Lorsqu'il sortit enfin, il dit à sa femme :

– Ça ne me va pas... Je reste où j'ai affaire, entends-tu !

Elle ne répondit rien. Elle était toute tremblante. Elle avait dû causer de Lantier avec Virginie, car celle-ci poussa son mari et Goujet, en leur criant de marcher les premiers. Les deux femmes se mirent ensuite aux côtés du zingueur, pour l'occuper et l'empêcher de voir. Il était à peine allumé, plutôt étourdi d'avoir gueulé que d'avoir bu. Par taquinerie, comme elles semblaient vouloir suivre le trottoir de gauche, il les bouscula, il passa sur le trottoir de droite. Elles coururent, effrayées, et tâchèrent de masquer la porte de François. Mais Coupeau devait savoir que Lantier était là. Gervaise demeura stupide, en l'entendant grogner :

– Oui, n'est-ce pas ! ma biche, il y a là un cadet de notre connaissance. Faut pas me prendre pour un jobard... Que je te pince à te balader encore, avec tes yeux en coulisse !

Et il lâcha des mots crus. Ce n'était pas lui qu'elle cherchait, les coudes à l'air, la margoulette enfarinée ; c'était son ancien marlou. Puis, brusquement, il fut pris d'une rage folle contre Lantier. Ah ! le brigand, ah ! la crapule ! Il fallait que l'un des deux restât sur le trottoir, vidé comme un lapin. Cependant, Lantier paraissait ne pas comprendre, mangeait lentement du veau à l'oseille. On commençait à s'attrouper. Virginie emmena enfin Coupeau, qui se calma subitement, dès qu'il eut tourné le coin de la rue. N'importe, on revint à la boutique moins gaiement qu'on n'en était sorti.

Autour de la table, les invités attendaient avec des mines longues. Le zingueur donna des poignées de main, en se dandinant devant les dames. Gervaise, un peu oppressée, parlait à demi-voix, faisait placer le monde. Mais, brusquement, elle s'aperçut que, Mme Goujet n'étant pas venue, une place allait rester vide, la place à côté de Mme Lorilleux.

– Nous sommes treize ! dit-elle, très émue, voyant là une nouvelle preuve du malheur dont elle se sentait menacée depuis quelque temps.

Les dames, déjà assises, se levèrent d'un air inquiet et fâché. Mme Putois offrit de se retirer, parce que, selon elle, il ne fallait pas jouer avec ça ; d'ailleurs, elle ne toucherait à rien, les morceaux ne lui profiteraient pas. Quant à Boche, il ricanait : il aimait mieux être treize que quatorze ; les parts seraient plus grosses, voilà tout.

– Attendez ! reprit Gervaise. Ça va s'arranger.

Et, sortant sur le trottoir, elle appela le père Bru qui traversait justement la chaussée. Le vieil ouvrier entra, courbé, roidi, la face muette.

– Asseyez-vous là, mon brave homme, dit la blanchisseuse. Vous voulez bien manger avec nous, n'est-ce pas ?

Il hocha simplement la tête. Il voulait bien, ça lui était égal.

– Hein ! autant lui qu'un autre, continua-t-elle, baissant la voix. Il ne mange pas souvent à sa faim. Au moins, il se régalera encore une fois... Nous n'aurons pas de remords à nous emplir, maintenant.

Goujet avait les yeux humides, tant il était touché. Les autres s'apitoyèrent, trouvèrent ça très bien, en ajoutant que ça leur porterait bonheur à tous. Cependant, Mme Lorilleux ne semblait pas contente d'être près du vieux ; elle s'écartait, elle jetait des coups d'œil dégoûtés sur ses mains durcies, sur sa blouse rapiécée et déteinte. Le père Bru restait la tête basse, gêné surtout par la serviette qui cachait l'assiette, devant lui. Il finit par l'enlever et la posa doucement au bord de la table, sans songer à la mettre sur ses genoux.

Enfin, Gervaise servait le potage aux pâtes d'Italie, les invités prenaient leurs cuillers, lorsque Virginie fit remarquer que Coupeau avait encore disparu. Il était peut-être bien retourné chez le père Colombe. Mais la société se fâcha. Cette fois, tant pis ! on ne courrait pas après lui, il pouvait rester dans la rue, s'il n'avait pas faim. Et, comme les cuillers tapaient au fond des assiettes, Coupeau reparut, avec deux pots, un sous chaque bras, une giroflée et une balsamine. Toute la table battit des mains. Lui, galant, alla poser ses pots, l'un à droite, l'autre à gauche du verre de Gervaise ; puis, il se pencha, et, l'embrassant :

– Je t'avais oubliée, ma biche... Ça n'empêche pas, on s'aime tout de même, dans un jour comme le jour d'aujourd'hui.

– Il est très bien, monsieur Coupeau, ce soir, murmura Clémence à l'oreille de Boche. Il a tout ce qu'il lui faut, juste assez pour être aimable.

La bonne manière du patron rétablit la gaieté, un moment compromise. Gervaise, tranquillisée, était redevenue toute souriante. Les convives achevaient le potage. Puis les litres circulèrent, et l'on but le premier verre de vin, quatre doigts de vin pur, pour faire couler les pâtes. Dans la pièce voisine, on entendait les enfants se disputer. Il y avait là Étienne, Nana, Pauline et le petit Victor Fauconnier. On s'était décidé à leur installer une table pour eux quatre, en leur recommandant d'être bien sages. Ce louchon d'Augustine, qui surveillait les fourneaux, devait manger sur ses genoux.

– Maman ! maman ! s'écria brusquement Nana, c'est Augustine qui laisse tomber son pain dans la rôtissoire !

La blanchisseuse accourut et surprit le louchon en train de se brûler le gosier, pour avaler plus vite une tartine toute trempée de graisse d'oie bouillante. Elle la calotta, parce que cette satanée gamine criait que ce n'était pas vrai.

Après le bœuf, quand la blanquette apparut, servie dans un saladier, le ménage n'ayant pas de plat assez grand, un rire courut parmi les convives.

– Ça va devenir sérieux, déclara Poisson, qui parlait rarement.

Il était sept heures et demie. Ils avaient fermé la porte de la boutique, afin de ne pas être mouchardés par le quartier ; en face surtout, le petit horloger ouvrait des yeux comme des tasses, et leur ôtait les morceaux de la bouche, d'un regard si glouton, que ça les empêchait de manger. Les rideaux pendus devant les vitres laissaient tomber une grande lumière blanche, égale, sans une ombre, dans laquelle baignait la table, avec ses couverts encore symétriques, ses pots de fleurs habillés de hautes collerettes de papier ; et cette clarté pâle, ce lent crépuscule donnait à la société un air distingué. Virginie trouva le mot : elle regarda la pièce, close et tendue de mousseline, et déclara que c'était gentil. Quand une charrette passait dans la rue, les verres sautaient sur la nappe, les dames étaient obligées de crier aussi fort que les hommes. Mais on causait peu, on se tenait bien, on se faisait des politesses. Coupeau seul était en blouse, parce que, disait-il, on n'a pas besoin de se gêner avec des amis, et que la blouse est du reste le vêtement d'honneur de l'ouvrier. Les dames, sanglées dans leur corsage, avaient des bandeaux empâtés de pommade, où le jour se reflétait ; tandis que les messieurs, assis loin de la table, bombaient la poitrine et écartaient les coudes, par crainte de tacher leur redingote.

Ah ! tonnerre ! quel trou dans la blanquette ! Si l'on ne parlait guère, on mastiquait ferme. Le saladier se creusait, une cuiller plantée dans la sauce épaisse, une bonne sauce jaune qui tremblait comme une gelée. Là-dedans, on pêchait les morceaux de veau ; et il y en avait toujours, le saladier voyageait de main en main, les visages se penchaient et cherchaient des champignons. Les grands pains, posés contre le mur, derrière les convives, avaient l'air de fondre. Entre les bouchées, on entendait les culs des verres retomber sur la table. La sauce était un peu trop salée, il fallut quatre litres pour noyer cette bougresse de blanquette, qui s'avalait comme une crème et qui vous mettait un incendie dans le ventre. Et l'on n'eut pas le temps de souffler, l'épinée de cochon, montée sur un plat creux, flanquée de grosses pommes de terre rondes, arrivait au milieu d'un nuage. Il y eut un cri. Sacré nom ! c'était trouvé ! Tout le monde aimait ça. Pour le coup, on allait se mettre en appétit ; et chacun suivait le plat d'un œil oblique, en essuyant son couteau sur son pain, afin d'être prêt. Puis, lorsqu'on se fut servi, on se poussa du coude, on parla, la bouche pleine. Hein ? quel beurre, cette épinée ! quelque chose de doux et de solide qu'on sentait couler le long de son boyau, jusque dans ses bottes. Les pommes de terre étaient un sucre. Ça n'était pas salé ; mais, juste à cause des pommes de terre, ça demandait un coup d'arrosoir toutes les minutes. On cassa le goulot à quatre nouveaux litres. Les assiettes furent si proprement torchées, qu'on n'en changea pas pour manger les pois au lard. Oh ! les légumes ne tiraient pas à conséquence. On gobait ça à pleine cuiller, en s'amusant. De la vraie gourmandise enfin, comme qui dirait le plaisir des dames. Le meilleur, dans les pois, c'étaient les lardons, grillés à point, puant le sabot de cheval. Deux litres suffirent.

– Maman ! maman ! cria tout à coup Nana, c'est Augustine qui met ses mains dans mon assiette !

– Tu m'embêtes ! fiche-lui une claque ! répondit Gervaise, en train de se bourrer de petits pois.

Dans la pièce voisine, à la table des enfants, Nana faisait la maîtresse de maison. Elle s'était assise à côté de Victor et avait placé son frère Étienne près de la petite Pauline ; comme ça, ils jouaient au ménage, ils étaient des mariés en partie de plaisir. D'abord, Nana avait servi ses invités très gentiment, avec des mines souriantes de grande personne ; mais elle venait de céder à son amour des lardons, elle les avait tous gardés pour elle. Ce louchon d'Augustine, qui rôdait sournoisement autour des enfants, profitait de ça pour prendre les lardons à pleine main, sous prétexte de refaire le partage. Nana, furieuse, la mordit au poignet.

– Ah ! tu sais, murmura Augustine, je vais rapporter à ta mère qu'après la blanquette tu as dit à Victor de t'embrasser.

Mais tout rentra dans l'ordre, Gervaise et maman Coupeau arrivaient pour débrocher l'oie. À la grande table, on respirait, renversé sur les dossiers des chaises. Les hommes déboutonnaient leur gilet, les dames s'essuyaient la figure avec leur serviette. Le repas fut comme interrompu ; seuls, quelques convives, les mâchoires en branle, continuaient à avaler de grosses bouchées de pain, sans même s'en apercevoir. On laissait la nourriture se tasser, on attendait. La nuit, lentement, était tombée ; un jour sale, d'un gris de cendre, s'épaississait derrière les rideaux. Quand Augustine posa deux lampes allumées, une à chaque bout de la table, la débandade du couvert apparut sous la vive clarté, les assiettes et les fourchettes grasses, la nappe tachée de vin, couverte de miettes. On étouffait dans l'odeur forte qui montait. Cependant, les nez se tournaient vers la cuisine, à certaines bouffées chaudes.

– Peut-on vous donner un coup de main ? cria Virginie.

Elle quitta sa chaise, passa dans la pièce voisine. Toutes les femmes, une à une, la suivirent. Elles entourèrent la rôtissoire, elles regardèrent avec un intérêt profond Gervaise et maman Coupeau qui tiraient sur la bête. Puis, une clameur s'éleva, où l'on distinguait les voix aiguës et les sauts de joie des enfants. Et il y eut une rentrée triomphale : Gervaise portait l'oie, les bras raidis, la face suante, épanouie dans un large rire silencieux ; les femmes marchaient derrière elle, riaient comme elle ; tandis que Nana, tout au bout, les yeux démesurément ouverts, se haussait pour voir. Quand, l'oie fut sur la table, énorme, dorée, ruisselante de jus, on ne l'attaqua pas tout de suite. C'était un étonnement, une surprise respectueuse, qui avait coupé la voix à la société. On se la montrait avec des clignements d'yeux et des hochements de menton. Sacré mâtin ! quelle dame ! quelles cuisses et quel ventre !

– Elle ne s'est pas engraissée à lécher les murs, celle-là ! dit Boche.

Alors, on entra dans des détails sur la bête. Gervaise précisa des faits : la bête était la plus belle pièce qu'elle eût trouvée chez le marchand de volailles du faubourg Poissonnière ; elle pesait douze livres et demie à la balance du charbonnier ; on avait brûlé un boisseau de charbon pour la faire cuire, et elle venait de rendre trois bols de graisse. Virginie l'interrompit pour se vanter d'avoir vu la bête crue : on l'aurait mangée comme ça, disait-elle, tant la peau était fine et blanche, une peau de blonde, quoi ! Tous les hommes riaient avec une gueulardise polissonne, qui leur gonflait les lèvres. Cependant, Lorilleux et Mme Lorilleux pinçaient le nez, suffoqués de voir une oie pareille sur la table de la Banban.

– Eh bien ! voyons, on ne va pas la manger entière, finit par dire la blanchisseuse. Qui est-ce qui coupe ?... Non, non, pas moi ! C'est trop gros, ça me fait peur.

Coupeau s'offrait. Mon Dieu ! c'était bien simple : on empoignait les membres, on tirait dessus ; les morceaux restaient bons tout de même. Mais on se récria, on reprit de force le couteau de cuisine au zingueur ; quand il découpait, il faisait un vrai cimetière dans le plat. Pendant un moment, on chercha un homme de bonne volonté. Enfin, Mme Lerat dit d'une voix aimable :

– Écoutez, c'est à monsieur Poisson... certainement, à monsieur Poisson...

Et, comme la société semblait ne pas comprendre, elle ajouta avec une intention plus flatteuse encore :

– Bien sûr, c'est à monsieur Poisson qui a l'usage des armes.

Et elle passa au sergent de ville le couteau de cuisine qu'elle tenait à la main. Toute la table eut un rire d'aise et d'approbation. Poisson inclina la tête avec une raideur militaire et prit l'oie devant lui. Ses voisines, Gervaise et Mme Boche, s'écartèrent, firent de la place à ses coudes. Il découpait lentement, les gestes élargis, les yeux fixés sur la bête, comme pour la clouer au fond du plat. Quand il enfonça le couteau dans la carcasse, qui craqua, Lorilleux eut un élan de patriotisme. Il cria :

– Hein ! si c'était un Cosaque !

– Est-ce que vous vous êtes battu avec des Cosaques, monsieur Poisson ? demanda Mme Boche.

– Non, avec des Bédouins, répondit le sergent de ville, qui détachait une aile. Il n'y a plus de Cosaques.

Mais un gros silence se fit. Les têtes s'allongeaient, les regards suivaient le couteau. Poisson ménageait une surprise. Brusquement, il donna un dernier coup ; l'arrière-train de la bête se sépara et se tint debout, le croupion en l'air : c'était le bonnet d'évêque. Alors l'admiration éclata. Il n'y avait que les anciens militaires pour être aimables en société. Cependant, l'oie venait de laisser échapper un flot de jus par le trou béant de son derrière ; et Boche rigolait.

– Moi, je m'abonne, murmura-t-il, pour qu'on me fasse comme ça pipi dans la bouche.

– Oh ! le sale ! crièrent les dames. Faut-il être sale !

– Non, je ne connais pas d'homme aussi dégoûtant ! dit Mme Boche, plus furieuse que les autres. Tais-toi, entends-tu ! Tu dégoûterais une armée... Vous savez que c'est pour tout manger !

À ce moment, Clémence répétait, au milieu du bruit, avec insistance :

– Monsieur Poisson, écoutez, monsieur Poisson... Vous me garderez le croupion, n'est-ce pas !

– Ma chère, le croupion vous revient de droit, dit Mme Lerat, de son air discrètement égrillard.

Pourtant, l'oie était découpée. Le sergent de ville, après avoir laissé la société admirer le bonnet d'évêque pendant quelques minutes, venait d'abattre les morceaux et de les ranger autour du plat. On pouvait se servir. Mais les dames, qui dégrafaient leur robe, se plaignaient de la chaleur. Coupeau cria qu'on était chez soi, qu'il emmiellait les voisins ; et il ouvrit toute grande la porte de la rue, la noce continua au milieu du roulement des fiacres et de la bousculade des passants sur les trottoirs. Alors, les mâchoires reposées, un nouveau trou dans l'estomac, on recommença à dîner, on tomba sur l'oie furieusement. Rien qu'à attendre et à regarder découper la bête, disait ce farceur de Boche, ça lui avait fait descendre la blanquette et l'épinée dans les mollets.

Par exemple, il y eut là un fameux coup de fourchette ; c'est-à-dire que personne de la société ne se souvenait de s'être jamais collé une pareille indigestion sur la conscience. Gervaise, énorme, tassée sur les coudes, mangeait de gros morceaux de blanc, ne parlant pas, de peur de perdre une bouchée ; et elle était seulement un peu honteuse devant Goujet, ennuyée de se montrer ainsi, gloutonne comme une chatte. Goujet, d'ailleurs, s'emplissait trop lui-même, à la voir toute rose de nourriture. Puis, dans sa gourmandise, elle restait si gentille et si bonne ! Elle ne parlait pas, mais elle se dérangeait à chaque instant, pour soigner le père Bru et lui passer quelque chose de délicat sur son assiette. C'était même touchant de regarder cette gourmande s'enlever un bout d'aile de la bouche, pour le donner au vieux, qui ne semblait pas connaisseur et qui avalait tout, la tête basse, abêti de tant bâfrer, lui dont le gésier avait perdu le goût du pain. Les Lorilleux passaient leur rage sur le rôti ; ils en prenaient pour trois jours, ils auraient englouti le plat, la table et la boutique, afin de ruiner la Banban du coup. Toutes les dames avaient voulu de la carcasse ; la carcasse, c'est le morceau des dames. Mme Lerat, Mme Boche, Mme Putois grattaient des os, tandis que maman Coupeau, qui adorait le cou, en arrachait la viande avec ses deux dernières dents. Virginie, elle, aimait la peau, quand elle était rissolée, et chaque convive lui passait sa peau, par galanterie ; si bien que Poisson jetait à sa femme des regards sévères, en lui ordonnant de s'arrêter, parce qu'elle en avait assez comme ça : une fois déjà, pour avoir trop mangé d'oie rôtie, elle était restée quinze jours au lit, le ventre enflé. Mais Coupeau se fâcha et servit un haut de cuisse à Virginie, criant que, tonnerre de Dieu ! si elle ne le décrottait pas, elle n'était pas une femme. Est-ce que l'oie avait jamais fait du mal à quelqu'un ? Au contraire, l'oie guérissait les maladies de rate. On croquait ça sans pain, comme un dessert. Lui, en aurait bouffé toute la nuit, sans être incommodé ; et, pour crâner, il s'enfonçait un pilon entier dans la bouche. Cependant, Clémence achevait son croupion, le suçait avec un gloussement des lèvres, en se tordant de rire sur sa chaise, à cause de Boche qui lui disait tout bas des indécences. Ah ! nom de Dieu ! oui, on s'en flanqua une bosse ! Quand on y est, on y est, n'est-ce pas ? et si l'on ne se paie qu'un gueuleton par-ci par-là, on serait joliment godiche de ne pas s'en fourrer jusqu'aux oreilles. Vrai, on voyait les bedons se gonfler à mesure. Les dames étaient grosses. Ils pétaient dans leur peau, les sacrés goinfres ! La bouche ouverte, le menton barbouillé de graisse, ils avaient des faces pareilles à des derrières, et si rouges, qu'on aurait dit des derrières de gens riches, crevant de prospérité.

Et le vin donc, mes enfants ! ça coulait autour de la table comme l'eau coule de la Seine. Un vrai ruisseau, lorsqu'il a plu et que la terre a soif. Coupeau versait de haut, pour voir le jet rouge écumer ; et quand un litre était vide, il faisait la blague de retourner le goulot et de le presser, du geste familier aux femmes qui traient les vaches. Encore une négresse qui avait la gueule cassée ! Dans un coin de la boutique, le tas des négresses mortes grandissait, un cimetière de bouteilles sur lequel on poussait les ordures de la nappe. Mme Putois ayant demandé de l'eau, le zingueur indigné venait d'enlever lui-même les carafes. Est-ce que les honnêtes gens buvaient de l'eau ? Elle voulait donc avoir des grenouilles dans l'estomac ? Et les verres se vidaient d'une lampée, on entendait le liquide jeté d'un trait tomber dans la gorge, avec le bruit des eaux de pluie le long des tuyaux de descente, les jours d'orage. Il pleuvait du piqueton, quoi ! un piqueton qui avait d'abord un goût de vieux tonneau, mais auquel on s'habituait joliment, à ce point qu'il finissait par sentir la noisette. Ah ! Dieu de Dieu ! les jésuites avaient beau dire, le jus de la treille était tout de même une fameuse invention ! La société riait, approuvait ; car, enfin, l'ouvrier n'aurait pas pu vivre sans le vin, le papa Noé devait avoir planté la vigne pour les zingueurs, les tailleurs et les forgerons. Le vin décrassait et reposait du travail, mettait le feu au ventre des fainéants ; puis, lorsque le farceur vous jouait des tours, eh bien ! le roi n'était pas votre oncle, Paris vous appartenait. Avec ça que l'ouvrier, échiné, sans le sou, méprisé par les bourgeois, avait tant de sujets de gaieté, et qu'on était bien venu de lui reprocher une cocarde de temps à autre, prise à la seule fin de voir la vie en rose ! Hein ! à cette heure, justement, est-ce qu'on ne se fichait pas de l'empereur ? Peut-être bien que l'empereur lui aussi était rond, mais ça n'empêchait pas, on se fichait de lui, on le défiait bien d'être plus rond et de rigoler davantage. Zut pour les aristos ! Coupeau envoyait le monde à la balançoire. Il trouvait les femmes chouettes, il tapait sur sa poche où trois sous se battaient, en riant comme s'il avait remué des pièces de cent sous à la pelle. Goujet lui-même, si sobre d'habitude, se piquait le nez. Les yeux de Boche se rapetissaient, ceux de Lorilleux devenaient pâles, tandis que Poisson roulait des regards de plus en plus sévères dans sa face bronzée d'ancien soldat. Ils étaient déjà soûls comme des tiques. Et les dames avaient leur pointe, oh ! une culotte encore légère, le vin pur aux joues, avec un besoin de se déshabiller qui leur faisait enlever leur fichu ; seule, Clémence commençait à n'être plus convenable. Mais, brusquement, Gervaise se souvint des six bouteilles de vin cacheté ; elle avait oublié de les servir avec l'oie ; elle les apporta, on emplit les verres. Alors, Poisson se souleva et dit, son verre à la main :

– Je bois à la santé de la patronne.

Toute la société, avec un fracas de chaises remuées, se mit debout ; les bras se tendirent, les verres se choquèrent, au milieu d'une clameur.

– Dans cinquante ans d'ici ! cria Virginie.

– Non, non, répondit Gervaise émue et souriante, je serais trop vieille. Allez, il vient un jour où l'on est content de partir.

Cependant, par la porte grande ouverte, le quartier regardait et était de la noce. Des passants s'arrêtaient dans le coup de lumière élargi sur les pavés, et riaient d'aise, à voir ces gens avaler de si bon cœur. Les cochers, penchés sur leurs sièges, fouettant leurs rosses, jetaient un regard, lâchaient une rigolade : « Dis donc, tu ne paies rien ?... Ohé ! la grosse mère, je vas chercher l'accoucheuse !... » Et l'odeur de l'oie réjouissait et épanouissait la rue ; les garçons de l'épicier croyaient manger de la bête, sur le trottoir d'en face ; la fruitière et la tripière, à chaque instant, venaient se planter devant leur boutique, pour renifler l'air en se léchant les lèvres. Positivement, la rue crevait d'indigestion. Mesdames Cudorge, la mère et la fille, les marchandes de parapluies d'à côté, qu'on n'apercevait jamais, traversèrent la chaussée l'une derrière l'autre, les yeux en coulisse, rouges comme si elles avaient fait des crêpes. Le petit bijoutier, assis à son établi, ne pouvait plus travailler, soûl d'avoir compté les litres, très excité au milieu de ses coucous joyeux. Oui, les voisins en fumaient ! criait Coupeau. Pourquoi donc se serait-on caché ? La société, lancée, n'avait plus honte de se montrer à table ; au contraire, ça la flattait et l'échauffait, ce monde attroupé, béant de gourmandise ; elle aurait voulu enfoncer la devanture, pousser le couvert jusqu'à la chaussée, se payer là le dessert, sous le nez du public, dans le branle du pavé. On n'était pas dégoûtant à voir, n'est-ce pas ? Alors, on n'avait pas besoin de s'enfermer comme des égoïstes. Coupeau, voyant le petit horloger cracher là-bas des pièces de dix sous, lui montra de loin une bouteille ; et, l'autre ayant accepté de la tête, il lui porta la bouteille et un verre. Une fraternité s'établissait avec la rue. On trinquait à ceux qui passaient. On appelait les camarades qui avaient l'air bon zig. Le gueuleton s'étalait, gagnait de proche en proche, tellement que le quartier de la Goutte-d'Or entier sentait la boustifaille et se tenait le ventre dans un bacchanal de tous les diables.

Depuis un instant, Mme Vigouroux, la charbonnière, passait et repassait devant la porte.

– Eh ! madame Vigouroux ! madame Vigouroux ! hurla la société.

Elle entra, avec un rire de bête, débarbouillée, grasse à crever son corsage. Les hommes aimaient à la pincer, parce qu'ils pouvaient la pincer partout, sans jamais rencontrer un os. Boche la fit asseoir près de lui ; et, tout de suite, sournoisement, il prit son genou, sous la table. Mais elle, habituée à ça, vidait tranquillement un verre de vin, en racontant que les voisins étaient aux fenêtres, et que des gens, dans la maison, commençaient à se fâcher.

– Oh ! ça, c'est notre affaire, dit Mme Boche. Nous sommes les concierges, n'est-ce pas ? Eh bien, nous répondons de la tranquillité... Qu'ils viennent se plaindre, nous les recevrons joliment.

Dans la pièce du fond, il venait d'y avoir une bataille furieuse entre Nana et Augustine, à propos de la rôtissoire, que toutes les deux voulaient torcher. Pendant un quart d'heure, la rôtissoire avait rebondi sur le carreau, avec un bruit de vieille casserole. Maintenant, Nana soignait le petit Victor, qui avait un os d'oie dans le gosier ; elle lui fourrait les doigts sous le menton, en le forçant à avaler de gros morceaux de sucre, comme médicament. Ça ne l'empêchait pas de surveiller la grande table. Elle venait à chaque instant demander du vin, du pain, de la viande, pour Étienne et Pauline.

– Tiens ! crève ! lui disait sa mère. Tu me ficheras la paix, peut-être !

Les enfants ne pouvaient plus avaler, mais ils mangeaient tout de même, en tapant leur fourchette sur un air de cantique, afin de s'exciter.

Au milieu du bruit, cependant, une conversation s'était engagée entre le père Bru et maman Coupeau. Le vieux, que la nourriture et le vin laissaient blême, parlait de ses fils morts en Crimée. Ah ! si les petits avaient vécu, il aurait eu du pain tous les jours. Mais maman Coupeau, la langue un peu épaisse, se penchant, lui disait :

– On a bien du tourment avec les enfants, allez ! Ainsi, moi, j'ai l'air d'être heureuse ici, n'est-ce pas ? eh bien ! je pleure plus d'une fois... Non, ne souhaitez pas d'avoir des enfants.

Le père Bru hochait la tête.

– On ne veut plus de moi nulle part pour travailler, murmura-t-il. Je suis trop vieux. Quand j'entre dans un atelier, les jeunes rigolent et me demandent si c'est moi qui ai verni les bottes d'Henri IV... L'année dernière, j'ai encore gagné trente sous par jour à peindre un pont ; il fallait rester sur le dos, avec la rivière qui coulait en bas. Je tousse depuis ce temps... Aujourd'hui, c'est fini, on m'a mis à la porte de partout.

Il regarda ses pauvres mains raidies et ajouta :

– Ça se comprend, puisque je ne suis bon à rien. Ils ont raison, je ferais comme eux... Voyez-vous, le malheur, c'est que je ne sois pas mort. Oui, c'est ma faute. On doit se coucher et crever, quand on ne peut plus travailler.

– Vraiment, dit Lorilleux qui écoutait, je ne comprends pas comment le gouvernement ne vient pas au secours des invalides du travail... Je lisais ça l'autre jour dans un journal...

Mais Poisson crut devoir défendre le gouvernement.

– Les ouvriers ne sont pas des soldats, déclara-t-il. Les Invalides sont pour les soldats... Il ne faut pas demander des choses impossibles.

Le dessert était servi. Au milieu, il y avait un gâteau de Savoie, en forme de temple, avec un dôme à côtes de melon ; et, sur le dôme, se trouvait plantée une rose artificielle, près de laquelle se balançait un papillon en papier d'argent, au bout d'un fil de fer. Deux gouttes de gomme, au cœur de la fleur, imitaient deux gouttes de rosée. Puis, à gauche, un morceau de fromage blanc nageait dans un plat creux tandis que, dans un autre plat, à droite, s'entassaient de grosses fraises meurtries dont le jus coulait. Pourtant, il restait de la salade, de larges feuilles de romaine trempées d'huile.

– Voyons, Mme Boche, dit obligeamment Gervaise, encore un peu de salade. C'est votre passion, je le sais.

– Non, non, merci ! j'en ai jusque-là, répondit la concierge.

La blanchisseuse s'étant tournée du côté de Virginie, celle-ci fourra son doigt dans sa bouche, comme pour toucher la nourriture.

– Vrai, je suis pleine, murmura-t-elle. Il n'y a plus de place. Une bouchée n'entrerait pas.

– Oh ! en vous forçant un peu, reprit Gervaise qui souriait. On a toujours un petit trou. La salade, ça se mange sans faim... Vous n'allez pas laisser perdre de la romaine ?

– Vous la mangerez confite demain, dit Mme Lerat. C'est meilleur confit.

Ces dames soufflaient, en regardant d'un air de regret le saladier. Clémence raconta qu'elle avait un jour avalé trois bottes de cresson à son déjeuner. Mme Putois était plus forte encore, elle prenait des têtes de romaine sans les éplucher ; elle les broutait comme ça, à la croque-au-sel. Toutes auraient vécu de salade, s'en seraient payé des baquets. Et, cette conversation aidant, ces dames finirent le saladier.

– Moi, je me mettrais à quatre pattes dans un pré, répétait la concierge, la bouche pleine.

Alors, on ricana devant le dessert. Ça ne comptait pas, le dessert. Il arrivait un peu tard, mais ça ne faisait rien, on allait tout de même le caresser. Quand on aurait dû éclater comme des bombes, on ne pouvait pas se laisser embêter par des fraises et du gâteau. D'ailleurs, rien ne pressait, on avait le temps, la nuit entière si l'on voulait. En attendant, on emplit les assiettes de fraises et de fromage blanc. Les hommes allumaient les pipes ; et, comme les bouteilles cachetées étaient vides, ils revenaient aux litres, ils buvaient du vin en fumant. Mais on voulut que Gervaise coupât tout de suite le gâteau de Savoie. Poisson, très galant, se leva pour prendre la rose, qu'il offrit à la patronne, aux applaudissements de la société. Elle dut l'attacher avec une épingle, sur le sein gauche, du côté du cœur. À chacun de ses mouvements, le papillon voltigeait.

– Dites donc ! s'écria Lorilleux, qui venait de faire une découverte, mais c'est sur votre établi que nous mangeons !... Ah bien ! on n'a peut-être jamais autant travaillé dessus !

Cette plaisanterie méchante eut un grand succès. Les allusions spirituelles se mirent à pleuvoir : Clémence n'avalait plus une cuillerée de fraises, sans dire qu'elle donnait un coup de fer ; Mme Lerat prétendait que le fromage blanc sentait l'amidon ; tandis que Mme Lorilleux, entre ses dents, répétait que c'était trouvé, bouffer si vite l'argent, sur les planches où l'on avait eu tant de peine à le gagner. Une tempête de rires et de cris montait.

Mais, brusquement, une voix forte imposa silence à tout le monde. C'était Boche, debout, prenant un air déhanché et canaille, qui chantait le *Volcan d'amour, ou le Troupier séduisant*.

C'est moi, Blavin, que je séduis les belles...

Un tonnerre de bravos accueillit le premier couplet. Oui, oui, on allait chanter ! Chacun dirait la sienne. C'était plus amusant que tout. Et la société s'accouda sur la table, se renversa contre les dossiers des chaises, hochant le menton aux bons endroits, buvant un coup aux refrains. Cet animal de Boche avait la spécialité des chansons comiques. Il aurait fait rire les carafes, quand il imitait le tourlourou, les doigts écartés, le chapeau en arrière. Tout de suite après le *Volcan d'amour*, il entama la *Baronne de Follebiche*, un de ses succès. Lorsqu'il arriva au troisième couplet, il se retourna vers Clémence, il murmura d'une voix ralentie et voluptueuse :

La baronne avait du monde,
Mais c'étaient ses quatre sœurs,
Dont trois brunes, l'autre blonde,
Qu'avaient huit-z-yeux ravisseurs.

Alors, la société, enlevée, alla au refrain. Les hommes marquaient la mesure à coups de talons. Les dames avaient pris leur couteau et tapaient en cadence sur leur verre. Tous gueulaient :

Sapristi ! qu'est-ce qui paiera
La goutte à la pa..., à la pa... pa...,
Sapristi ! qu'est-ce qui paiera
La goutte à la pa... à la patrou... ou... ouille !

Les vitres de la boutique sonnaient, le grand souffle des chanteurs faisait envoler les rideaux de mousseline. Cependant, Virginie avait déjà disparu deux fois, et s'était, en rentrant, penchée à l'oreille de Gervaise, pour lui donner tout bas un renseignement. La troisième fois, lorsqu'elle revint, au milieu du tapage, elle lui dit :

– Ma chère, il est toujours chez François, il fait semblant de lire le journal... Bien sûr, il y a quelque coup de mistoufle.

Elle parlait de Lantier. C'était lui qu'elle allait ainsi guetter. À chaque nouveau rapport, Gervaise devenait grave.

– Est-ce qu'il est soûl ? demanda-t-elle à Virginie.

– Non, répondit la grande brune. Il a l'air rassis. C'est ça surtout qui est inquiétant. Hein ! pourquoi reste-t-il chez le marchand de vin, s'il est rassis ?... Mon Dieu ! mon Dieu ! pourvu qu'il n'arrive rien !

La blanchisseuse, très inquiète, la supplia de se taire. Un profond silence, tout d'un coup, s'était fait. Mme Putois venait de se lever et chantait : *À l'abordage !* Les convives, muets et recueillis, la regardaient ; même Poisson avait posé sa pipe au bord de la table, pour mieux l'entendre. Elle se tenait raide, petite et rageuse, la face blême sous son bonnet noir ; elle lançait son poing gauche en avant avec une fierté convaincue, en grondant d'une voix plus grosse qu'elle :

Qu'un forban téméraire
Nous chasse vent arrière !

Malheur au flibustier !
Pour lui point de quartier !

Enfants, aux caronades !
Rhum à pleines rasades !
Pirates et forbans
Sont gibiers de haubans !

Ça, c'était du sérieux. Mais, sacré mâtin ! ça donnait une vraie idée de la chose. Poisson, qui avait voyagé sur mer, dodelinait de la tête pour approuver les détails. On sentait bien, d'ailleurs, que cette chanson-là était dans le sentiment de Mme Putois. Coupeau se pencha pour raconter comment Mme Putois avait un soir, rue Poulet, souffleté quatre hommes qui voulaient la déshonorer.

Cependant, Gervaise, aidée de maman Coupeau, servit le café bien qu'on mangeât encore du gâteau de Savoie. On ne la laissa pas se rasseoir ; on lui criait que c'était son tour. Et elle se défendit, la figure blanche, l'air mal à son aise ; même on lui demanda si l'oie ne l'incommodait pas, par hasard. Alors, elle dit : *Ah ! laissez-moi dormir !* d'une voix faible et douce ; quand elle arrivait au refrain, à ce souhait d'un sommeil peuplé de beaux rêves, ses paupières se fermaient un peu, son regard noyé se perdait dans le noir, du côté de la rue. Tout de suite après, Poisson salua les dames d'un brusque signe de tête et entonna une chanson à boire, les *Vins de France*, mais il chantait comme une seringue ; le dernier couplet seul, le couplet patriotique, eut du succès, parce qu'en parlant du drapeau tricolore, il leva son verre très haut, le balança et finit par le vider au fond de sa bouche grande ouverte. Puis, des romances se succédèrent ; il fut question de Venise et des gondoliers dans la barcarolle de Mme Boche, de Séville et des Andalouses, dans le boléro de Mme Lorilleux, tandis que Lorilleux alla jusqu'à parler des parfums de l'Arabie, à propos des amours de Fatma la danseuse. Autour de la table grasse, dans l'air épaissi d'un souffle d'indigestion, s'ouvraient des horizons d'or, passaient des cous d'ivoire, des chevelures d'ébène, des baisers sous la lune aux sons des guitares, des bayadères semant sous leurs pas une pluie de perles et de pierreries ; et les hommes fumaient béatement leurs pipes, les dames gardaient un sourire inconscient de jouissance, tous croyaient être là-bas, en train de respirer de bonnes odeurs. Lorsque Clémence se mit à roucouler : *Faites un nid*, avec un tremblement de la gorge, ça causa aussi beaucoup de plaisir ; car ça rappelait la campagne, les oiseaux légers, les danses sous la feuillée, les fleurs au calice de miel, enfin ce qu'on voyait au bois de Vincennes, les jours où l'on allait tordre le cou à un lapin. Mais Virginie ramena la rigolade avec *Mon petit riquiqui*, elle imitait la vivandière, une main repliée sur la hanche, le coude arrondi ; elle versait la goutte de l'autre main, dans le vide, en tournant le poignet. Si bien que la société supplia alors maman Coupeau de chanter *la Souris*. La vieille femme refusait, jurant qu'elle ne savait pas cette polissonnerie-là. Pourtant, elle commença de son filet de voix cassé ; et son visage ridé, aux petits yeux vifs, soulignait les allusions, les terreurs de Mlle Lise serrant ses jupes à la vue de la souris. Toute la table riait ; les femmes ne pouvaient pas tenir leur sérieux, jetaient à leurs voisins des regards luisants ; ce n'était pas sale, après tout, il n'y avait pas de mots crus. Boche, pour dire le vrai, faisait la souris le long des mollets de la charbonnière. Ça aurait pu devenir du vilain, si Goujet, sur un coup d'œil de Gervaise, n'avait ramené le silence et le respect avec les *Adieux d'Abd-el-Kader*, qu'il grondait de sa voix de basse. Celui-là possédait un creux solide, par exemple ! Ça sortait de sa belle barbe jaune étalée, comme d'une trompette en cuivre. Quand il lança le cri : « Ô ma noble compagne ! » en parlant de la noire jument du guerrier, les cœurs battirent, on l'applaudit sans attendre la fin, tant il avait crié fort.

– À vous, père Bru, à vous ! dit maman Coupeau. Chantez la vôtre. Les anciennes sont les plus jolies, allez !

Et la société se tourna vers le vieux, insistant, l'encourageant. Lui, engourdi, avec son masque immobile de peau tannée, regardait le monde, sans paraître comprendre. On lui demanda s'il connaissait les *Cinq Voyelles*. Il baissa le menton ; il ne se rappelait plus ; toutes les chansons du bon temps se mêlaient dans sa caboche. Comme on se décidait à le laisser tranquille, il parut se souvenir, il bégaya d'une voix caverneuse :

Trou la la, trou la la,
Trou la, trou la, trou la la !

Sa face s'animait, ce refrain devait éveiller en lui de lointaines gaietés, qu'il goûtait seul, écoutant sa voix de plus en plus sourde, avec un ravissement d'enfant.

Trou la la, trou la la,
Trou la, trou la, trou la la !

– Dites donc, ma chère, vint murmurer Virginie à l'oreille de Gervaise, vous savez que j'en arrive encore. Ça me taquinait... Eh bien ! Lantier a filé de chez François.

– Vous ne l'avez pas rencontré dehors ? demanda la blanchisseuse.

– Non, j'ai marché vite, je n'ai pas eu l'idée de voir.

Mais Virginie, qui levait les yeux, s'interrompit et poussa un soupir étouffé.

– Ah ! mon Dieu !... Il est là, sur le trottoir d'en face ; il regarde ici.

Gervaise, toute saisie, hasarda un coup d'œil. Du monde s'était amassé dans la rue, pour entendre la société chanter. Les garçons épiciers, la tripière, le petit horloger faisaient un groupe, semblaient être au spectacle. Il y avait des militaires, des bourgeois en redingote, trois petites filles de cinq ou six ans, se tenant par la main, très graves, émerveillées. Et Lantier, en effet, se trouvait planté là, au premier rang, écoutant et regardant d'un air tranquille. Pour le coup, c'était du toupet. Gervaise sentit un froid lui monter des jambes au cœur, et elle n'osait plus bouger, pendant que le père Bru continuait :

Trou la la, trou la la,
Trou la, trou la, trou la la !

– Ah bien ! non, mon vieux, il y en a assez ! dit Coupeau. Est-ce que vous la savez tout entière ?... Vous nous la chanterez un autre jour, hein ! quand nous serons trop gais.

Il y eut des rires. Le vieux resta court, fit de ses yeux pâles le tour de la table, et reprit son air de brute songeuse. Le café était bu, le zingueur avait redemandé du vin. Clémence venait de se remettre à manger des fraises. Pendant un instant, les chansons cessèrent, on parlait d'une femme qu'on avait trouvée pendue le matin, dans la maison d'à côté. C'était le tour de Mme Lerat, mais il lui fallait des préparatifs. Elle trempa le coin de sa serviette dans un verre d'eau et se l'appliqua sur les tempes, parce qu'elle avait trop chaud. Ensuite, elle demanda une larme d'eau-de-vie, la but, s'essuya longuement les lèvres.

– L'*Enfant du bon Dieu*, n'est-ce pas ? murmura-t-elle, l'*Enfant du bon Dieu*...

Et, grande, masculine, avec son nez osseux et ses épaules carrées de gendarme, elle commença :

L'enfant perdu que sa mère abandonne,
Trouve toujours un asile au saint lieu.
Dieu qui le voit le défend de son trône.
L'enfant perdu, c'est l'enfant du bon Dieu.

Sa voix tremblait sur certains mots, traînait en notes mouillées ; elle levait en coin ses yeux vers le ciel, pendant que sa main droite se balançait devant sa poitrine et s'appuyait sur son cœur, d'un geste pénétré. Alors, Gervaise, torturée par la présence de Lantier, ne put retenir ses pleurs ; il lui semblait que la chanson disait son tourment, qu'elle était cette enfant perdue, abandonnée, dont le bon Dieu allait prendre la défense. Clémence, très soûle, éclata brusquement en sanglots ; et, la tête tombée au bord de la table, elle étouffait ses hoquets dans la nappe. Un silence frissonnant régnait. Les dames avaient tiré leur mouchoir, s'essuyaient les yeux, la face droite, en s'honorant de leur émotion. Les hommes, le front penché, regardaient fixement devant eux, les paupières battantes. Poisson, étranglant et serrant les dents, cassa à deux reprises des bouts de sa pipe, et les cracha par terre, sans cesser de fumer. Boche, qui avait laissé sa main sur le genou de la charbonnière, ne la pinçait plus, pris d'un remords et d'un respect vagues ; tandis que deux grosses larmes descendaient le long de ses joues. Ces noceurs-là étaient raides comme la justice et tendres comme des agneaux. Le vin leur sortait par les yeux, quoi ! Quand le refrain recommença, plus ralenti et plus larmoyant, tous se lâchèrent, tous viaupèrent dans leurs assiettes, se déboutonnant le ventre, crevant d'attendrissement.

Mais Gervaise et Virginie, malgré elles, ne quittaient plus du regard le trottoir d'en face. Mme Boche, à son tour, aperçut Lantier, et laissa échapper un léger cri, sans cesser de se barbouiller de ses larmes. Alors, toutes trois eurent des figures anxieuses, en échangeant d'involontaires signes de tête. Mon Dieu ! si Coupeau se retournait, si Coupeau voyait l'autre ! Quelle tuerie ! quel carnage ! Et elles firent si bien, que le zingueur leur demanda :

– Qu'est-ce que vous regardez donc ?

Il se pencha, il reconnut Lantier.

– Nom de Dieu ! c'est trop fort, murmura-t-il. Ah ! le sale mufe, ah ! le sale mufe... Non, c'est trop fort, ça va finir...

Et, comme il se levait en bégayant des menaces atroces, Gervaise le supplia à voix basse.

– Écoute, je t'en supplie... Laisse le couteau... Reste à ta place, ne fais pas un malheur.

Virginie dut lui enlever le couteau qu'il avait pris sur la table. Mais elle ne put l'empêcher de sortir et de s'approcher de Lantier. La société, dans son émotion croissante, ne voyait rien, pleurait plus fort, pendant que Mme Lerat chantait, avec une expression déchirante :

Orpheline on l'avait perdue,
Et sa voix n'était entendue
Que des grands arbres et du vent.

Le dernier vers passa comme un souffle lamentable de tempête. Mme Putois, en train de boire, fut si touchée, qu'elle renversa son vin sur la nappe. Cependant, Gervaise demeurait glacée, un poing serré contre la bouche pour ne pas crier, clignant les paupières d'épouvante, s'attendant à voir, d'une seconde à l'autre, l'un des deux hommes, là-bas, tomber assommé au milieu de la rue. Virginie et Mme Boche suivaient aussi la scène, profondément intéressées. Coupeau, surpris par le grand air, avait failli s'asseoir dans le ruisseau, en voulant se jeter sur Lantier. Celui-ci, les mains dans les poches, s'était simplement écarté. Et les deux hommes maintenant s'engueulaient, le zingueur surtout habillait l'autre proprement, le traitait de cochon malade, parlait de lui manger les tripes. On entendait le bruit enragé des voix, on distinguait des gestes furieux, comme s'ils allaient se dévisser les bras, à force de claques. Gervaise défaillait, fermait les yeux, parce que ça durait trop longtemps et qu'elle les croyait toujours sur le point de s'avaler le nez, tant ils se rapprochaient, la figure dans la figure. Puis, comme elle n'entendait plus rien, elle rouvrit les yeux, elle resta toute bête, en les voyant causer tranquillement.

La voix de Mme Lerat s'élevait, roucoulante et pleurarde, commençant un couplet :

Le lendemain, à demi morte,
On recueillit la pauvre enfant...

– Y a-t-il des femmes qui sont garces, tout de même ! dit Mme Lorilleux, au milieu de l'approbation générale.

Gervaise avait échangé un regard avec Mme Boche et Virginie. Ça s'arrangeait donc ? Coupeau et Lantier continuaient de causer au bord du trottoir. Ils s'adressaient encore des injures, mais amicalement. Ils s'appelaient « sacré animal », d'un ton où perçait une pointe de tendresse. Comme on les regardait, ils finirent par se promener doucement côte à côte, le long des maisons, tournant sur eux-mêmes tous les dix pas. Une conversation très vive s'était engagée. Brusquement, Coupeau parut se fâcher de nouveau, tandis que l'autre refusait, se faisait prier. Et ce fut le zingueur qui poussa Lantier et le força à traverser la rue, pour entrer dans la boutique.

– Je vous dis que c'est de bon cœur ! criait-il. Vous boirez un verre de vin... Les hommes sont des hommes, n'est-ce pas ? On est fait pour se comprendre...

Mme Lerat achevait le dernier refrain. Les dames répétaient toutes ensemble, en roulant leurs mouchoirs :

L'enfant perdu, c'est l'enfant du bon Dieu.

On complimenta beaucoup la chanteuse, qui s'assit en affectant d'être brisée. Elle demanda à boire quelque chose, parce qu'elle mettait trop de sentiment dans cette chanson-là, et qu'elle avait toujours peur de se décrocher un nerf. Toute la table, cependant, fixait les yeux sur Lantier, assis paisiblement à côté de Coupeau, mangeant déjà la dernière part du gâteau de Savoie, qu'il trempait dans un verre de vin. En dehors de Virginie et de Mme Boche, personne ne le connaissait. Les Lorilleux flairaient bien quelque micmac ; mais ils ne savaient pas, ils avaient pris un air pincé. Goujet, qui s'était aperçu de l'émotion de Gervaise, regardait le nouveau venu de travers. Comme un silence gêné se faisait, Coupeau dit simplement :

– C'est un ami.

Et, s'adressant à sa femme :

– Voyons, remue-toi donc !... Peut-être qu'il y a encore du café chaud.

Gervaise les contemplait l'un après l'autre, douce et stupide. D'abord, quand son mari avait poussé son ancien amant dans la boutique, elle s'était pris la tête entre les deux poings, du même geste instinctif que les jours de gros orage, à chaque coup de tonnerre. Ça ne lui semblait pas possible ; les murs allaient tomber et écraser tout le monde. Puis, en voyant les deux hommes assis, sans que même les rideaux de mousseline eussent bougé, elle avait subitement trouvé ces choses naturelles. L'oie la gênait un peu ; elle en avait trop mangé, décidément, et ça l'empêchait de penser. Une paresse heureuse l'engourdissait, la tenait tassée au bord de la table, avec le seul besoin de n'être pas embêtée. Mon Dieu ! à quoi bon se faire de la bile, lorsque les autres ne s'en font pas, et que les histoires paraissent s'arranger d'elles-mêmes, à la satisfaction générale ? Elle se leva pour aller voir s'il restait du café.

Dans la pièce du fond, les enfants dormaient. Ce louchon d'Augustine les avait terrorisés pendant tout le dessert, leur chipant leurs fraises, les intimidant par des menaces abominables. Maintenant, elle était très malade, accroupie sur un petit banc, la figure blanche, sans rien dire. La grosse Pauline avait laissé tomber sa tête contre l'épaule d'Étienne, endormi lui-même au bord de la table. Nana se trouvait assise sur la descente de lit, auprès de Victor, qu'elle tenait contre elle, un bras passé autour de son cou ; et, ensommeillée, les yeux fermés, elle répétait d'une voix faible et continue :

– Oh ! maman, j'ai bobo... oh ! maman, j'ai bobo...

– Pardi ! murmura Augustine, dont la tête roulait sur les épaules, ils sont paf ; ils ont chanté comme les grandes personnes.

Gervaise reçut un nouveau coup, à la vue d'Étienne. Elle se sentit étouffer, en songeant que le père de ce gamin était là, à côté, en train de manger du gâteau, sans qu'il eût seulement témoigné le désir d'embrasser le petit. Elle fut sur le point de réveiller Étienne, de l'apporter dans ses bras. Puis, une fois encore, elle trouva très bien la façon tranquille dont s'arrangeaient les choses. Il n'aurait pas été convenable, sûrement, de troubler la fin du dîner. Elle revint avec la cafetière et servit un verre de café à Lantier, qui d'ailleurs ne semblait pas s'occuper d'elle.

– Alors, c'est mon tour, bégayait Coupeau d'une voix pâteuse. Hein ! on me garde pour la bonne bouche... Eh bien ! je vais vous dire : *Qué cochon d'enfant !*

– Oui, oui, *Qué cochon d'enfant !* criait toute la table.

Le vacarme reprenait, Lantier était oublié. Les dames apprêtèrent leurs verres et leurs couteaux, pour accompagner le refrain. On riait à l'avance, en regardant le zingueur, qui se calait sur les jambes d'un air canaille. Il prit une voix enrouée de vieille femme.

Tous les matins, quand je m'lève,
J'ai l'cœur sens sus d'sous ;
J' l'envoi' chercher cont' la Grève
Un poisson d' quatr' sous.
Il rest' trois quarts d'heure en route,
Et puis, en rmontant,
I' m' lich' la moitié d' ma goutte :
Qué cochon d'enfant !

Et les dames, tapant sur leur verre, reprirent en chœur, au milieu d'une gaieté formidable :

Qué cochon d'enfant !
Qué cochon d'enfant !

La rue de la Goutte-d'Or elle-même, maintenant, s'en mêlait. Le quartier chantait *Qué cochon d'enfant !* En face, le petit horloger, les garçons épiciers, la tripière, la fruitière, qui savaient la chanson, allaient au refrain, en s'allongeant des claques pour rire. Vrai, la rue finissait par être soûle ; rien que l'odeur de noce qui sortait de chez les Coupeau, faisait festonner les gens sur les trottoirs. Il faut dire qu'à cette heure ils étaient joliment soûls, là-dedans. Ça grandissait petit à petit, depuis le premier coup de vin pur, après le potage. À présent, c'était le bouquet, tous braillant, tous éclatant de nourriture, dans la buée rousse des deux lampes qui charbonnaient. La clameur de cette rigolade énorme couvrait le roulement des dernières voitures. Deux sergents de ville, croyant à une émeute, accoururent ; mais, en apercevant Poisson, ils eurent un petit salut d'intelligence. Ils s'éloignèrent lentement, côte à côte, le long des maisons noires.

Coupeau en était à ce couplet :

L'dimanche, à la P'tite Villette,
Après la chaleur,

J'allons chez mon oncl' Tinette,
Qu'est maîtr' vidangeur.
Pour avoir des noyaux de c'rise,
En nous en r'tournant,
I's'roul'dans la marchandise :
Qué cochon d'enfant !
Qué cochon d'enfant !

Alors, la maison craqua, un tel gueulement monta dans l'air tiède et calme de la nuit, que ces gueulards-là s'applaudirent eux-mêmes, car il ne fallait pas espérer de pouvoir gueuler plus fort.

Personne de la société ne parvint jamais à se rappeler au juste comment la noce se termina. Il devait être très tard, voilà tout, parce qu'il ne passait plus un chat dans la rue. Peut-être bien, tout de même, qu'on avait dansé autour de la table, en se tenant par les mains. Ça se noyait dans un brouillard jaune, avec des figures rouges qui sautaient, la bouche fendue d'une oreille à l'autre. Pour sûr, on s'était payé du vin à la française vers la fin ; seulement, on ne savait plus si quelqu'un n'avait pas fait la farce de mettre du sel dans les verres. Les enfants devaient s'être déshabillés et couchés seuls. Le lendemain, Mme Boche se vantait d'avoir allongé deux calottes à Boche, dans un coin, où il causait de trop près avec la charbonnière ; mais Boche, qui ne se souvenait de rien, traitait ça de blague. Ce que chacun déclarait peu propre, c'était la conduite de Clémence, une fille à ne pas inviter, décidément ; elle avait fini par montrer tout ce qu'elle possédait, et s'était trouvée prise de mal de cœur, au point d'abîmer entièrement un des rideaux de mousseline. Les hommes, au moins, sortaient dans la rue ; Lorilleux et Poisson, l'estomac dérangé, avaient filé raide jusqu'à la boutique du charcutier. Quand on a été bien élevé, ça se voit toujours. Ainsi, ces dames, Mme Putois, Mme Lerat et Virginie, incommodées par la chaleur, étaient simplement allées dans la pièce du fond ôter leur corset ; même Virginie avait voulu s'étendre sur le lit, l'affaire d'un instant, pour empêcher les mauvaises suites. Puis, la société semblait avoir fondu, les uns s'effaçant derrière les autres, tous s'accompagnant, se noyant au fond du quartier noir, dans un dernier vacarme, une dispute enragée des Lorilleux, un « trou la la, trou la la », entêté et lugubre du père Bru. Gervaise croyait bien que Goujet s'était mis à sangloter en partant ; Coupeau chantait toujours ; quant à Lantier, il avait dû rester jusqu'à la fin, elle sentait même encore un souffle dans ses cheveux, à un moment, mais elle ne pouvait pas dire si ce souffle venait de Lantier ou de la nuit chaude.

Cependant, comme Mme Lerat refusait de retourner aux Batignolles à cette heure, on enleva du lit un matelas qu'on étendit pour elle dans un coin de la boutique, après avoir poussé la table. Elle dormit là, au milieu des miettes du dîner. Et, toute la nuit, dans le sommeil écrasé des Coupeau, cuvant la fête, le chat d'une voisine qui avait profité d'une fenêtre ouverte, croqua les os de l'oie, acheva d'enterrer la bête, avec le petit bruit de ses dents fines.

VIII

Le samedi suivant, Coupeau, qui n'était pas rentré dîner, amena Lantier vers dix heures. Ils avaient mangé ensemble des pieds de mouton, chez Thomas, à Montmartre.

– Faut pas gronder, la bourgeoise, dit le zingueur. Nous sommes sages, tu vois... Oh ! il n'y a pas de danger avec lui ; il vous met droit dans le bon chemin.

Et il raconta comment ils s'étaient rencontrés rue Rochechouart. Après le dîner, Lantier avait refusé une consommation au café de la *Boule noire*, en disant que, lorsqu'on était marié avec une femme gentille et honnête, on ne devait pas gouaper dans tous les bastringues. Gervaise écoutait avec un petit sourire. Bien sûr, non, elle ne songeait pas à gronder ; elle se sentait trop gênée. Depuis la fête, elle s'attendait bien à revoir son ancien amant un jour ou l'autre ; mais, à pareille heure, au moment de se mettre au lit, l'arrivée brusque des deux hommes l'avait surprise ; et, les mains tremblantes, elle rattachait son chignon roulé dans son cou.

– Tu ne sais pas, reprit Coupeau, puisqu'il a eu la délicatesse de refuser dehors une consommation, tu vas nous payer la goutte... Ah ! tu nous dois bien ça !

Les ouvrières étaient parties depuis longtemps. Maman Coupeau et Nana venaient de se coucher. Alors, Gervaise, qui tenait déjà un volet quand ils avaient paru, laissa la boutique ouverte, apporta sur un coin de l'établi des verres et le fond d'une bouteille de cognac. Lantier restait debout, évitait de lui adresser directement la parole. Pourtant, quand elle le servit, il s'écria :

– Une larme seulement, madame, je vous prie.

Coupeau les regarda, s'expliqua très carrément. Ils n'allaient pas faire les dindes, peut-être ! Le passé était le passé, n'est-ce pas ? Si on conservait de la rancune après des neuf ans et des dix ans, on finirait par ne plus voir personne. Non, non, il avait le cœur sur la main, lui ! D'abord, il savait à qui il avait affaire, à une brave femme et à un brave homme, à deux amis, quoi ! Il était tranquille, il connaissait leur honnêteté.

– Oh ! bien sûr... bien sûr... répétait Gervaise, les paupières baissées, sans comprendre ce qu'elle disait.

– C'est une sœur, maintenant, rien qu'une sœur ! murmura à son tour Lantier.

– Donnez-vous la main, nom de Dieu ! cria Coupeau, et foutons-nous des bourgeois ! Quand on a de ça dans le coco, voyez-vous, on est plus chouette que les millionnaires. Moi, je mets l'amitié avant tout, parce que l'amitié, c'est l'amitié, et qu'il n'y a rien au-dessus.

Il s'enfonçait de grands coups de poing dans l'estomac, l'air si ému, qu'ils durent le calmer. Tous trois, en silence, trinquèrent et burent leur goutte. Gervaise put alors regarder Lantier à son aise ; car, le soir de la fête, elle l'avait vu dans un brouillard. Il s'était épaissi, gras et rond, les jambes et les bras lourds, à cause de sa petite taille. Mais sa figure gardait de jolis traits sous la bouffissure de sa vie de fainéantise ; et comme il soignait toujours beaucoup ses minces moustaches, on lui aurait donné juste son âge, trente-cinq ans. Ce jour-là, il portait un pantalon gris et un paletot gros bleu comme un monsieur, avec un chapeau rond ; même il avait une montre et une chaîne d'argent, à laquelle pendait une bague, un souvenir.

– Je m'en vais, dit-il. Je reste au diable.

Il était déjà sur le trottoir, lorsque le zingueur le rappela pour lui faire promettre de ne plus passer devant la porte sans leur dire un petit bonjour. Cependant, Gervaise, qui venait de disparaître doucement, rentra en poussant devant elle Étienne, en manches de chemise, la face déjà endormie. L'enfant souriait, se frottait les yeux. Mais quand il aperçut Lantier, il resta tremblant et gêné, coulant des regards inquiets du côté de sa mère et de Coupeau.

– Tu ne reconnais pas ce monsieur ? demanda celui-ci.

L'enfant baissa la tête sans répondre. Puis, il eut un léger signe pour dire qu'il reconnaissait le monsieur.

– Eh bien ! ne fais pas la bête, va l'embrasser.

Lantier, grave et tranquille, attendait. Lorsque Étienne se décida à s'approcher, il se courba, tendit les deux joues, puis posa lui-même un gros baiser sur le front du gamin. Alors, celui-ci osa regarder son père. Mais, tout d'un coup, il éclata en sanglots, il se sauva comme un fou, débraillé, grondé par Coupeau qui le traitait de sauvage.

– C'est l'émotion, dit Gervaise, pâle et secouée elle-même.

– Oh ! il est très doux, très gentil d'habitude, expliquait Coupeau. Je l'ai crânement élevé, vous verrez... Il s'habituera à vous. Il faut qu'il connaisse les gens... Enfin, quand il n'y aurait eu que ce petit, on ne pouvait pas rester toujours brouillé, n'est-ce pas ? Nous aurions dû faire ça pour lui il y a beaux jours, car je donnerais plutôt ma tête à couper que d'empêcher un père de voir son enfant.

Là-dessus, il parla d'achever la bouteille de cognac. Tous trois trinquèrent de nouveau. Lantier ne s'étonnait pas, avait un beau calme. Avant de s'en aller, pour rendre ses politesses au zingueur, il voulut absolument fermer la boutique avec lui. Puis, tapant dans ses mains par propreté, il souhaita une bonne nuit au ménage.

– Dormez bien. Je vais tâcher de pincer l'omnibus... Je vous promets de revenir bientôt.

À partir de cette soirée, Lantier se montra souvent rue de la Goutte-d'Or. Il se présentait quand le zingueur était là, demandant de ses nouvelles dès la porte, affectant d'entrer uniquement pour lui. Puis, assis contre la vitrine, toujours en paletot, rasé et peigné, il causait poliment, avec les manières d'un homme qui aurait reçu de l'instruction. C'est ainsi que les Coupeau apprirent peu à peu des détails sur sa vie. Pendant les huit dernières années, il avait un moment dirigé une fabrique de chapeaux ; et quand on lui demandait pourquoi il s'était retiré, il se contentait de parler de la coquinerie d'un associé, un compatriote, une canaille qui avait mangé la maison avec les femmes. Mais son ancien titre de patron restait sur toute sa personne comme une noblesse à laquelle il ne pouvait plus déroger. Il se disait sans cesse près de conclure une affaire superbe, des maisons de chapellerie devaient l'établir, lui confier des intérêts énormes. En attendant, il ne faisait absolument rien, se promenait au soleil, les mains dans les poches, ainsi qu'un bourgeois. Les jours où il se plaignait, si l'on se risquait à lui indiquer une manufacture demandant des ouvriers, il semblait pris d'une pitié souriante, il n'avait pas envie de crever la faim, en s'échinant pour les autres. Ce gaillard-là, toutefois, comme disait Coupeau, ne vivait pas de l'air du temps. Oh ! c'était un malin, il savait s'arranger, il bibelotait quelque commerce, car enfin il montrait une figure de prospérité, il lui fallait bien de l'argent pour se payer du linge blanc et des cravates de fils de famille. Un matin, le zingueur l'avait vu se faire cirer, boulevard Montmartre. La vraie vérité était que Lantier, très bavard sur les autres, se taisait ou mentait quand il s'agissait de lui. Il ne voulait même pas dire où il demeurait. Non, il logeait chez un ami, là-bas, au diable, le temps de trouver une belle situation ; et il défendait aux gens de venir le voir, parce qu'il n'y était jamais.

– On rencontre dix positions pour une, expliquait-il souvent. Seulement, ce n'est pas la peine d'entrer dans des boîtes où l'on ne restera pas vingt-quatre heures... Ainsi, j'arrive un lundi chez Champion, à Montrouge. Le soir, Champion m'embête sur la politique ; il n'avait pas les mêmes idées que moi. Eh bien ! le mardi matin, je filais, attendu que nous ne sommes plus au temps des esclaves et que je ne veux pas me vendre pour sept francs par jour.

On était alors dans les premiers jours de novembre. Lantier apporta galamment des bouquets de violettes, qu'il distribuait à Gervaise et aux deux ouvrières. Peu à peu, il multiplia ses visites, il vint presque tous les jours. Il paraissait vouloir faire la conquête de la maison, du quartier entier ; et il commença par séduire Clémence et Mme Putois, auxquelles il témoignait, sans distinction d'âge, les attentions les plus empressées. Au bout d'un mois, les deux ouvrières l'adoraient. Les Boche, qu'il flattait beaucoup en allant les saluer dans leur loge, s'extasiaient sur sa politesse. Quant aux Lorilleux, lorsqu'ils surent quel était ce monsieur, arrivé au dessert, le jour de la fête, ils vomirent d'abord mille horreurs contre

Gervaise, qui osait introduire ainsi son ancien individu dans son ménage. Mais, un jour, Lantier monta chez eux, se présenta si bien en leur commandant une chaîne pour une dame de sa connaissance, qu'ils lui dirent de s'asseoir et le gardèrent une heure, charmés de sa conversation ; même, ils se demandaient comment un homme si distingué avait pu vivre avec la Banban. Enfin, les visites du chapelier chez les Coupeau n'indignaient plus personne et semblaient naturelles, tant il avait réussi à se mettre dans les bonnes grâces de toute la rue de la Goutte-d'Or. Goujet seul restait sombre. S'il se trouvait là, quand l'autre arrivait, il prenait la porte, pour ne pas être obligé de lier connaissance avec ce particulier.

Cependant, au milieu de cette coqueluche de tendresse pour Lantier, Gervaise, les premières semaines, vécut dans un grand trouble. Elle éprouvait au creux de l'estomac cette chaleur dont elle s'était sentie brûlée, le jour des confidences de Virginie. Sa grande peur venait de ce qu'elle redoutait d'être sans force, s'il la surprenait un soir toute seule et s'il s'avisait de l'embrasser. Elle pensait trop à lui, elle restait trop pleine de lui. Mais, lentement, elle se calma, en le voyant si convenable, ne la regardant pas en face, ne la touchant pas du bout des doigts, quand les autres avaient le dos tourné. Puis, Virginie, qui semblait lire en elle, lui faisait honte de ses vilaines pensées. Pourquoi tremblait-elle ? On ne pouvait pas rencontrer un homme plus gentil. Bien sûr, elle n'avait plus rien à craindre. Et la grande brune manœuvra un jour de façon à les pousser tous deux dans un coin et à mettre la conversation sur le sentiment. Lantier déclara d'une voix grave, en choisissant les termes, que son cœur était mort, qu'il voulait désormais se consacrer uniquement au bonheur de son fils. Il ne parlait jamais de Claude, qui était toujours dans le Midi. Il embrassait Étienne sur le front tous les soirs, ne savait que lui dire si l'enfant restait là, l'oubliait pour entrer en compliments avec Clémence. Alors, Gervaise, tranquillisée, sentit mourir en elle le passé. La présence de Lantier usait ses souvenirs de Plassans et de l'hôtel Boncœur. À le voir sans cesse, elle ne le rêvait plus. Même elle se trouvait prise d'une répugnance à la pensée de leurs anciens rapports. Oh ! c'était fini, bien fini. S'il osait un jour lui demander ça, elle lui répondrait par une paire de claques, elle instruirait plutôt son mari. Et, de nouveau, elle songeait sans remords, avec une douceur extraordinaire, à la bonne amitié de Goujet.

En arrivant un matin à l'atelier, Clémence raconta qu'elle avait rencontré la veille, vers onze heures, M. Lantier donnant le bras à une femme. Elle disait cela en mots très sales, avec de la méchanceté par-dessous, pour voir la tête de la patronne. Oui, M. Lantier grimpait la rue Notre-Dame-de-Lorette ; la femme était blonde, un de ces chameaux du boulevard à moitié crevés, le derrière nu sous leur robe de soie. Et elle les avait suivis, par blague. Le chameau était entré chez un charcutier acheter des crevettes et du jambon. Puis, rue de La Rochefoucauld, M. Lantier avait posé sur le trottoir, devant la maison, le nez en l'air, en attendant que la petite, montée toute seule, lui eût fait par la fenêtre le signe de la rejoindre. Mais Clémence eut beau ajouter des commentaires dégoûtants, Gervaise continuait à repasser tranquillement une robe blanche. Par moments, l'histoire lui mettait aux lèvres un petit sourire. Ces Provençaux, disait-elle, étaient tous enragés après les femmes ; il leur en fallait quand même ; ils en auraient ramassé sur une pelle dans un tas d'ordures. Et, le soir, quand le chapelier arriva, elle s'amusa des taquineries de Clémence, qui l'intriguait avec sa blonde. D'ailleurs, il semblait flatté d'avoir été aperçu. Mon Dieu ! c'était une ancienne amie, qu'il voyait encore de temps à autre, lorsque ça ne devait déranger personne ; une fille très chic, meublée en palissandre ; et il citait d'anciens amants à elle, un vicomte, un grand marchand de faïence, le fils d'un notaire. Lui, aimait les femmes qui embaument. Il poussait sous le nez de Clémence son mouchoir, que la petite lui avait parfumé, lorsque Étienne rentra. Alors, il prit son air grave, il baisa l'enfant, en ajoutant que la rigolade ne tirait pas à conséquence et que son cœur était mort. Gervaise, penchée sur son ouvrage, hocha la tête d'un air d'approbation. Et ce fut encore Clémence qui porta la peine de sa méchanceté, car elle avait bien senti Lantier la pincer déjà deux ou trois fois, sans avoir l'air, et elle crevait de jalousie de ne pas puer le musc comme le chameau du boulevard.

Quand le printemps revint, Lantier, tout à fait de la maison, parla d'habiter le quartier, afin d'être plus près de ses amis. Il voulait une chambre meublée dans une maison propre. Mme Boche, Gervaise elle-même, se mirent en quatre pour lui trouver ça. On fouilla les rues voisines. Mais il était trop difficile, il désirait une grande cour, il demandait un rez-de-chaussée, enfin toutes les commodités imaginables. Et maintenant, chaque soir, chez les Coupeau, il semblait mesurer la hauteur des plafonds, étudier la distribution des pièces, convoiter un logement pareil. Oh ! il n'aurait pas demandé autre chose, il se serait volontiers creusé un trou dans ce coin tranquille et chaud. Puis, il terminait chaque fois son examen par cette phrase :

– Sapristi, vous êtes joliment bien, tout de même !

Un soir, comme il avait dîné là et qu'il lâchait sa phrase au dessert, Coupeau, qui s'était mis à le tutoyer, lui cria brusquement :

– Faut rester ici, ma vieille, si le cœur t'en dit... On s'arrangera...

Et il expliqua que la chambre au linge sale, nettoyée, ferait une jolie pièce. Étienne coucherait dans la boutique, sur un matelas jeté par terre, voilà tout.

– Non, non, dit Lantier, je ne puis pas accepter. Ça vous gênerait trop. Je sais que c'est de bon cœur, mais on aurait trop chaud les uns sur les autres... Puis, vous savez, chacun sa liberté. Il me faudrait traverser votre chambre, et ça ne serait pas toujours drôle.

– Ah ! l'animal ! reprit le zingueur étranglant de rire, tapant sur la table pour s'éclaircir la voix, il songe toujours aux bêtises !... Mais, bougre de serin, on est inventif ! Pas vrai ? il y a deux fenêtres, dans la pièce. Eh bien ! on en colle une par terre, on en fait une porte. Alors, comprends-tu, tu entres par la cour, nous bouchons même cette porte de communication, si ça nous plaît. Ni vu ni connu, tu es chez toi, nous sommes chez nous.

Il y eut un silence. Le chapelier murmurait :

– Ah ! oui, de cette façon, je ne dis pas... Et encore non, je serais trop sur votre dos.

Il évitait de regarder Gervaise. Mais il attendait évidemment un mot de sa part pour accepter. Celle-ci était très contrariée de l'idée de son mari ; non pas que la pensée de voir Lantier demeurer chez eux la blessât ni l'inquiétât beaucoup ; mais elle se demandait où elle mettrait le linge sale. Cependant, le zingueur faisait valoir les avantages de l'arrangement. Le loyer de cinq cents francs avait toujours été un peu fort. Eh bien ! le camarade leur paierait la chambre toute meublée vingt francs par mois ; ce ne serait pas cher pour lui, et ça les aiderait au moment du terme. Il ajouta qu'il se chargeait de manigancer, sous leur lit, une grande caisse où tout le linge sale du quartier pourrait tenir. Alors, Gervaise hésita, parut consulter du regard maman Coupeau, que Lantier avait conquise depuis des mois, en lui apportant des boules de gomme pour son catarrhe.

– Vous ne nous gêneriez pas, bien sûr, finit-elle par dire. Il y aurait moyen de s'organiser...

– Non, non, merci, répéta le chapelier. Vous êtes trop gentils, ce serait abuser.

Coupeau, cette fois, éclata. Est-ce qu'il allait faire son andouille encore longtemps ? Quand on lui disait que c'était de bon cœur ! Il leur rendrait service, là, comprenait-il ! Puis, d'une voix furibonde, il gueula :

– Étienne, Étienne !

Le gamin s'était endormi sur la table. Il leva la tête en sursaut.

– Écoute, dis-lui que tu le veux... Oui, à ce monsieur-là... Dis-lui bien fort : Je le veux !

– Je le veux ! bégaya Étienne, la bouche empâtée de sommeil.

Tout le monde se mit à rire. Mais Lantier reprit bientôt son air grave et pénétré. Il serra la main de Coupeau, par-dessus la table, en disant :

– J'accepte... C'est de bonne amitié de part et d'autre, n'est-ce pas ? Oui, j'accepte pour l'enfant.

Dès le lendemain, le propriétaire, M. Marescot, étant venu passer une heure dans la loge des Boche, Gervaise lui parla de l'affaire. Il se montra d'abord inquiet, refusant, se fâchant, comme si elle lui avait demandé d'abattre toute une aile de sa maison. Puis, après une inspection minutieuse des lieux, lorsqu'il eut regardé en l'air pour voir si les étages supérieurs n'allaient pas être ébranlés, il finit par donner l'autorisation, mais à la condition de ne supporter aucun frais ; et les Coupeau durent lui signer un papier, dans lequel ils s'engageaient à rétablir les choses en l'état, à l'expiration de leur bail. Le soir même, le zingueur amena des camarades, un maçon, un menuisier, un peintre, de bons zigs qui feraient cette bricole-là après leur journée, histoire de rendre service. La pose de la nouvelle porte, le nettoyage de la pièce, n'en coûtèrent pas moins une centaine de francs, sans compter les litres dont on arrosa la besogne. Le zingueur dit aux camarades qu'il leur paierait ça plus tard, avec le premier argent de son locataire. Ensuite, il fut question de meubler la pièce. Gervaise y laissa l'armoire de maman Coupeau ; elle ajouta une table et deux chaises, prises dans sa propre chambre ; il lui fallut enfin acheter une table-toilette et un lit, avec la literie complète, en tout cent trente francs, qu'elle devait payer à raison de dix francs par mois. Si, pendant une dizaine de mois, les vingt francs de Lantier se trouvaient mangés à l'avance par les dettes contractées, plus tard il y aurait un joli bénéfice.

Ce fut dans les premiers jours de juin que l'installation du chapelier eut lieu. La veille, Coupeau avait offert d'aller avec lui chercher sa malle, pour lui éviter les trente sous d'un fiacre. Mais l'autre était resté gêné, disant que sa malle pesait trop lourd, comme s'il avait voulu cacher jusqu'au dernier moment l'endroit où il logeait. Il arriva dans l'après-midi, vers trois heures. Coupeau ne se trouvait pas là. Et Gervaise, à la porte de la boutique, devint toute pâle, en reconnaissant la malle sur le fiacre. C'était leur ancienne malle, celle avec laquelle elle avait fait le voyage de Plassans, aujourd'hui écorchée, cassée, tenue par des cordes. Elle la voyait revenir comme souvent elle l'avait rêvé, et elle pouvait s'imaginer que le même fiacre, le fiacre où cette garce de brunisseuse s'était fichue d'elle, la lui rapportait. Cependant, Boche donnait un coup de main à Lantier. La blanchisseuse les suivit, muette, un peu étourdie. Quand ils eurent déposé leur fardeau au milieu de la chambre, elle dit pour parler :

– Hein ? voilà une bonne affaire de faite ?

Puis, se remettant, voyant que Lantier, occupé à dénouer les cordes, ne la regardait seulement pas, elle ajouta :

– Monsieur Boche, vous allez boire un coup.

Et elle alla chercher un litre et des verres. Justement, Poisson, en tenue, passait sur le trottoir. Elle lui adressa un petit signe, clignant les yeux, avec un sourire. Le sergent de ville comprit parfaitement. Quand il était de service, et qu'on battait de l'œil, ça voulait dire qu'on lui offrait un verre de vin. Même, il se promenait des heures devant la blanchisseuse, à attendre qu'elle battît de l'œil. Alors, pour ne pas être vu, il passait par la cour, il sifflait son verre en se cachant.

– Ah ! ah ! dit Lantier, quand il le vit entrer, c'est vous, Badingue !

Il l'appelait Badingue par blague, pour se ficher de l'empereur. Poisson acceptait ça de son air raide, sans qu'on pût savoir si ça l'embêtait au fond. D'ailleurs, les deux hommes, quoique séparés par leurs convictions politiques, étaient devenus très bons amis.

– Vous savez que l'empereur a été sergent de ville à Londres, dit à son tour Boche. Oui, ma parole ! il ramassait les femmes soûles.

Gervaise pourtant avait rempli trois verres sur la table. Elle, ne voulait pas boire, se sentait le cœur tout barbouillé. Mais elle restait, regardant Lantier enlever les dernières cordes, prise du besoin de savoir ce que contenait la malle. Elle se souvenait, dans un coin, d'un tas de chaussettes, de deux chemises sales, d'un vieux chapeau. Est-ce que ces choses étaient encore là ? est-ce qu'elle allait retrouver les loques du passé ? Lantier, avant de soulever le couvercle, prit son verre et trinqua.

– À votre santé.

– À la vôtre, répondirent Boche et Poisson.

La blanchisseuse remplit de nouveau les verres. Les trois hommes s'essuyaient les lèvres de la main. Enfin, le chapelier ouvrit la malle. Elle était pleine d'un pêle-mêle de journaux, de livres, de vieux vêtements, de linge en paquets. Il en tira successivement une casserole, une paire de bottes, un buste de Ledru-Rollin avec le nez cassé, une chemise brodée, un pantalon de travail. Et Gervaise, penchée, sentait monter une odeur de tabac, une odeur d'homme malpropre, qui soigne seulement le dessus, ce qu'on voit de sa personne. Non, le vieux chapeau n'était plus dans le coin de gauche. Il y avait là une pelote qu'elle ne connaissait pas, quelque cadeau de femme. Alors, elle se calma, elle éprouva une vague tristesse, continuant à suivre les objets, en se demandant s'ils étaient de son temps ou du temps des autres.

– Dites donc, Badingue, vous ne connaissez pas ça ? reprit Lantier.

Il lui mettait sous le nez un petit livre imprimé à Bruxelles : *Les Amours de Napoléon III*, orné de gravures. On y racontait, entre autres anecdotes, comment l'empereur avait séduit la fille d'un cuisinier, âgée de treize ans ; et l'image représentait Napoléon III, les jambes nues, ayant gardé seulement le grand cordon de la Légion d'honneur, poursuivant une gamine qui se dérobait à sa luxure.

– Ah ! c'est bien ça ! s'écria Boche, dont les instincts sournoisement voluptueux étaient flattés. Ça arrive toujours comme ça !

Poisson restait saisi, consterné ; et il ne trouvait pas un mot pour défendre l'empereur. C'était dans un livre, il ne pouvait pas dire non. Alors, Lantier lui poussant toujours l'image sous le nez d'un air goguenard, il laissa échapper ce cri, en arrondissant les bras :

– Eh bien, après ? Est-ce que ce n'est pas dans la nature ?

Lantier eut le bec cloué par cette réponse. Il rangea ses livres et ses journaux sur une planche de l'armoire ; et comme il paraissait désolé de ne pas avoir une petite bibliothèque, pendue au-dessus de la table, Gervaise promit de lui en procurer une. Il possédait l'*Histoire de dix ans*, de Louis Blanc, moins le premier volume, qu'il n'avait jamais eu d'ailleurs, *les Girondins*, de Lamartine, en livraisons à deux sous, *les Mystères de Paris* et *le Juif errant*, d'Eugène Sue, sans compter un tas de bouquins philosophiques et humanitaires, ramassés chez les marchands de vieux clous. Mais il couvait surtout ses journaux d'un regard attendri et respectueux. C'était une collection faite par lui, depuis des années. Chaque fois qu'au café il lisait dans un journal un article réussi et selon ses idées, il achetait le journal, il le gardait. Il en avait ainsi un paquet énorme de toutes les dates et de tous les titres, empilés sans ordre aucun. Quand il eut sorti ce paquet du fond de la malle, il donna dessus des tapes amicales, en disant aux deux autres :

– Vous voyez ça ? eh bien, c'est à papa, personne ne peut se flatter d'avoir quelque chose d'aussi chouette... Ce qu'il y a là-dedans, vous ne vous l'imaginez pas. C'est-à-dire que, si on appliquait la moitié de ces idées, ça nettoierait du coup la société. Oui, votre empereur et tous ses roussins boiraient un bouillon...

Mais il fut interrompu par le sergent de ville, dont les moustaches et l'impériale rouges remuaient dans sa face blême.

– Et l'armée, dites donc, qu'est-ce que vous en faites ?

Alors, Lantier s'emporta. Il criait en donnant des coups de poing sur ses journaux :

– Je veux la suppression du militarisme, la fraternité des peuples... Je veux l'abolition des privilèges, des titres et des monopoles... Je veux l'égalité des salaires, la répartition des bénéfices, la glorification du prolétariat... Toutes les libertés, entendez-vous ! toutes !... Et le divorce !

– Oui, oui, le divorce, pour la morale ! appuya Boche.

Poisson avait pris un air majestueux. Il répondit :

– Pourtant, si je n'en veux pas de vos libertés, je suis bien libre.

– Si vous n'en voulez pas, si vous n'en voulez pas... bégaya Lantier, que la passion étranglait. Non, vous n'êtes pas libre !... Si vous n'en voulez pas, je vous foutrai à Cayenne, moi ! oui, à Cayenne, avec votre empereur et tous les cochons de sa bande !

Ils s'empoignaient ainsi, à chacune de leurs rencontres. Gervaise, qui n'aimait pas les discussions, intervenait d'ordinaire. Elle sortit de la torpeur où la plongeait la vue de la malle, toute pleine du parfum gâté de son ancien amour ; et elle montra les verres aux trois hommes.

– C'est vrai, dit Lantier, subitement calmé, prenant son verre. À la vôtre.

– À la vôtre, répondirent Boche et Poisson, qui trinquèrent avec lui.

Cependant, Boche se dandinait, travaillé par une inquiétude, regardant le sergent de ville du coin de l'œil.

– Tout ça entre nous, n'est-ce pas, monsieur Poisson ? murmura-t-il enfin. On vous montre et on vous dit des choses...

Mais Poisson ne le laissa pas achever. Il mit la main sur son cœur, comme pour expliquer que tout restait là. Il n'allait pas moucharder des amis, bien sûr. Coupeau étant arrivé, on vida un second litre. Le sergent de ville fila ensuite par la cour, reprit sur le trottoir sa marche raide et sévère, à pas comptés.

Dans les premiers temps, tout fut en l'air chez la blanchisseuse. Lantier avait bien sa chambre séparée, son entrée, sa clef ; mais, comme au dernier moment, on s'était décidé à ne pas condamner la porte de communication, il arrivait que, le plus souvent, il passait par la boutique. Le linge sale aussi embarrassait beaucoup Gervaise, car son mari ne s'occupait pas de la grande caisse dont il avait parlé ; et elle se trouvait réduite à fourrer le linge un peu partout, dans les coins, principalement sous son lit, ce qui manquait d'agrément pendant les nuits d'été. Enfin, elle était très ennuyée d'avoir chaque soir à faire le lit d'Étienne au beau milieu de la boutique ; lorsque les ouvrières veillaient, l'enfant dormait sur une chaise, en attendant. Aussi Goujet lui ayant parlé d'envoyer Étienne à Lille, où son ancien patron, un mécanicien, demandait des apprentis, elle fut séduite par ce projet, d'autant plus que le gamin, peu heureux à la maison, désireux d'être son maître, la suppliait de consentir. Seulement, elle craignait un refus net de la part de Lantier. Il était venu habiter chez eux, uniquement pour se rapprocher de son fils ; il n'allait pas vouloir le perdre juste quinze jours après son installation. Pourtant, quand elle lui parla en tremblant de l'affaire, il approuva beaucoup l'idée, disant que les jeunes ouvriers ont besoin de voir du pays. Le matin où Étienne partit, il lui fit un discours sur ses droits, puis il l'embrassa, il déclama :

– Souviens-toi que le producteur n'est pas un esclave, mais que quiconque n'est pas un producteur est un frelon.

Alors, le train-train de la maison reprit, tout se calma et s'assoupit dans de nouvelles habitudes. Gervaise s'était accoutumée à la débandade du linge sale, aux allées et venues de Lantier. Celui-ci parlait toujours de ses grandes affaires ; il sortait parfois, bien peigné, avec du linge blanc, disparaissait, découchait même, puis rentrait en affectant d'être éreinté, d'avoir la tête cassée, comme s'il venait de discuter, vingt-quatre heures durant, les plus graves intérêts. La vérité était qu'il la coulait douce. Oh ! il n'y avait pas de danger qu'il empoignât des durillons aux mains ! Il se levait d'ordinaire vers dix heures, faisait une promenade l'après-midi, si la couleur du soleil lui plaisait, ou bien, les jours de pluie, restait dans la boutique où il parcourait son journal. C'était son milieu, il crevait d'aise parmi les jupes, se fourrait au plus épais des femmes, adorant leurs gros mots, les poussant à en dire, tout en gardant lui-même un langage choisi ; et ça expliquait pourquoi il aimait tant à se frotter aux blanchisseuses, des filles pas bégueules. Lorsque Clémence lui dévidait son chapelet, il demeurait tendre et souriant, en tordant ses minces moustaches. L'odeur de l'atelier, ces ouvrières en sueur qui tapaient les fers de leurs bras nus, tout ce coin pareil à une alcôve où tramait le déballage des dames du quartier, semblait être pour lui le trou rêvé, un refuge longtemps cherché de paresse et de jouissance.

Dans les premiers temps, Lantier mangeait chez François, au coin de la rue des Poissonniers. Mais, sur les sept jours de la semaine, il dînait avec les Coupeau trois et quatre fois ; si bien qu'il finit par leur offrir de prendre pension chez eux : il leur donnerait quinze francs chaque samedi. Alors, il ne quitta plus la maison, il s'installa tout à fait. On le voyait du matin au soir aller de la boutique à la chambre du fond, en bras de chemise, haussant la voix, ordonnant ; il répondait même aux pratiques, il menait la baraque. Le vin de François lui ayant déplu, il persuada à Gervaise d'acheter désormais son vin chez Vigouroux, le charbonnier d'à côté, dont il allait pincer la femme avec Boche, en faisant les commandes. Puis, ce fut le pain de Coudeloup qu'il trouva mal cuit ; et il envoya Augustine chercher le pain à la boulangerie viennoise du faubourg Poissonnière, chez Meyer. Il changea aussi Lehongre, l'épicier, et ne garda que le boucher de la rue Polonceau, le gros Charles, à cause de ses opinions politiques. Au bout d'un mois, il voulut mettre toute la cuisine à l'huile. Comme disait Clémence, en le blaguant, la tache d'huile reparaissait quand même chez ce sacré Provençal. Il faisait lui-même les omelettes, des omelettes retournées des deux côtés, plus rissolées que des crêpes, si fermes qu'on aurait dit des galettes. Il surveillait maman Coupeau, exigeant les biftecks très cuits, pareils à des semelles de soulier, ajoutant de l'ail partout, se fâchant si l'on coupait de la fourniture dans la salade, des mauvaises herbes, criait-il, parmi lesquelles pouvait bien se glisser du poison. Mais son grand régal était un certain potage, du vermicelle cuit à l'eau, très épais, où il versait la moitié d'une bouteille d'huile. Lui seul en mangeait avec Gervaise, parce que les autres, les Parisiens, pour s'être un jour risqués à y goûter, avaient failli rendre tripes et boyaux.

Peu à peu, Lantier en était venu également à s'occuper des affaires de la famille. Comme les Lorilleux rechignaient toujours pour sortir de leur poche les cent sous de la maman Coupeau, il avait expliqué qu'on pouvait leur intenter un procès. Est-ce qu'ils se fichaient du monde ! c'étaient dix francs qu'ils devaient donner par mois ! Et il montait lui-même chercher les dix francs, d'un air si hardi et si aimable, que la chaîniste n'osait pas les refuser. Maintenant, Mme Lerat, elle aussi, donnait deux pièces de cent sous. Maman Coupeau aurait baisé les mains de Lantier, qui jouait en outre le rôle de grand arbitre, dans les querelles de la vieille femme et de

Gervaise. Quand la blanchisseuse, prise d'impatience, rudoyait sa belle-mère, et que celle-ci allait pleurer sur son lit, il les bousculait toutes les deux, les forçait à s'embrasser, en leur demandant si elles croyaient amuser le monde avec leurs bons caractères. C'était comme Nana : on l'élevait joliment mal, à son avis. En cela, il n'avait pas tort, car lorsque le père tapait dessus, la mère soutenait la gamine, et lorsque la mère à son tour cognait, le père faisait une scène. Nana, ravie de voir ses parents se manger, se sentant excusée à l'avance, commettait les cent dix-neuf coups. À présent, elle avait inventé d'aller jouer dans la maréchalerie en face ; elle se balançait la journée entière aux brancards des charrettes ; elle se cachait avec des bandes de voyous au fond de la cour blafarde, éclairée du feu rouge de la forge ; et, brusquement, elle reparaissait, courant, criant, dépeignée et barbouillée, suivie de la queue des voyous, comme si une volée de marteaux venait de mettre ces saloperies d'enfants en fuite. Lantier seul pouvait la gronder ; et encore elle savait joliment le prendre. Cette merdeuse de dix ans marchait comme une dame devant lui, se balançait, le regardait de côté, les yeux déjà pleins de vice. Il avait fini par se charger de son éducation : il lui apprenait à danser et à parler patois.

Une année s'écoula de la sorte. Dans le quartier, on croyait que Lantier avait des rentes, car c'était la seule façon de s'expliquer le grand train des Coupeau. Sans doute, Gervaise continuait à gagner de l'argent ; mais maintenant qu'elle nourrissait deux hommes à ne rien faire, la boutique pour sûr ne pouvait suffire ; d'autant plus que la boutique devenait moins bonne, des pratiques s'en allaient, les ouvrières godaillaient du matin au soir. La vérité était que Lantier ne payait rien, ni loyer ni nourriture. Les premiers mois, il avait donné des acomptes ; puis, il s'était contenté de parler d'une grosse somme qu'il devait toucher, grâce à laquelle il s'acquitterait plus tard, en un coup. Gervaise n'osait plus lui demander un centime. Elle prenait le pain, le vin, la viande à crédit. Les notes montaient partout, ça marchait par des trois francs et des quatre francs chaque jour. Elle n'avait pas allongé un sou au marchand de meubles ni aux trois camarades, le maçon, le menuisier et le peintre. Tout ce monde commençait à grogner, on devenait moins poli pour elle dans les magasins. Mais elle était comme grisée par la fureur de la dette ; elle s'étourdissait, choisissait les choses les plus chères, se lâchait dans sa gourmandise depuis qu'elle ne payait plus ; et elle restait très honnête au fond, rêvant de gagner du matin au soir des centaines de francs, elle ne savait pas trop de quelle façon, pour distribuer des poignées de pièces de cent sous à ses fournisseurs. Enfin, elle s'enfonçait, et à mesure qu'elle dégringolait, elle parlait d'élargir ses affaires. Pourtant, vers le milieu de l'été, la grande Clémence était partie, parce qu'il n'y avait pas assez de travail pour deux ouvrières et qu'elle attendait son argent pendant des semaines. Au milieu de cette débâcle, Coupeau et Lantier se faisaient des joues. Les gaillards, attablés jusqu'au menton, bouffaient la boutique, s'engraissaient de la ruine de l'établissement ; et ils s'excitaient l'un l'autre à mettre les morceaux doubles, et ils se tapaient sur le ventre en rigolant, au dessert, histoire de digérer plus vite.

Dans le quartier, le grand sujet de conversation était de savoir si réellement Lantier s'était remis avec Gervaise. Là-dessus, les avis se partageaient. À entendre les Lorilleux, la Banban faisait tout pour repincer le chapelier, mais lui ne voulait plus d'elle, la trouvait trop décatie, avait en ville des petites filles d'une frimousse autrement torchée. Selon les Boche, au contraire, la blanchisseuse, dès la première nuit, s'en était allée retrouver son ancien époux, aussitôt que ce jeanjean de Coupeau avait ronflé. Tout ça, d'une façon comme d'une autre, ne semblait guère propre ; mais il y a tant de saletés dans la vie, et de plus grosses, que les gens finissaient par trouver ce ménage à trois naturel, gentil même, car on ne s'y battait jamais et les convenances étaient gardées. Certainement, si l'on avait mis le nez dans d'autres intérieurs du quartier, on se serait empoisonné davantage. Au moins, chez les Coupeau, ça sentait les bons enfants. Tous les trois se livraient à leur petite cuisine, se culottaient et couchottaient ensemble à la papa, sans empêcher les voisins de dormir. Puis, le quartier restait conquis par les bonnes manières de Lantier. Cet enjôleur fermait le bec à toutes les bavardes. Même, dans le doute où l'on se trouvait de ses rapports avec Gervaise, quand la fruitière niait les rapports devant la tripière, celle-ci semblait dire que c'était vraiment dommage, parce qu'enfin ça rendait les Coupeau moins intéressants.

Cependant, Gervaise vivait tranquille de ce côté, ne pensait guère à ces ordures. Les choses en vinrent au point qu'on l'accusa de manquer de cœur. Dans la famille, on ne comprenait pas sa rancune contre le chapelier. Mme Lerat, qui adorait se fourrer entre les amoureux, venait tous les soirs ; et elle traitait Lantier d'homme irrésistible, dans les bras duquel les dames les plus huppées devaient tomber. Mme Boche n'aurait pas répondu de sa vertu, si elle avait eu dix ans de moins. Une conspiration sourde, continue, grandissait, poussait lentement Gervaise, comme si toutes les femmes, autour d'elle, avaient dû se satisfaire, en lui donnant un amant. Mais Gervaise s'étonnait, ne découvrait pas chez Lantier tant de séductions. Sans doute, il était changé à son avantage : il portait toujours un paletot, il avait pris de l'éducation dans les cafés et dans les réunions politiques. Seulement, elle qui le connaissait bien, lui voyait jusqu'à l'âme par les deux trous de ses yeux, et retrouvait là un tas de choses, dont elle gardait un léger frisson. Enfin, si ça plaisait tant aux autres, pourquoi les autres ne se risquaient-elles pas à tâter du monsieur ? Ce fut ce qu'elle laissa entendre un jour à Virginie, qui se montrait la plus chaude. Alors, Mme Lerat et Virginie, pour lui monter la tête, lui racontèrent les amours de Lantier et de la grande Clémence. Oui, elle ne s'était aperçue de rien ; mais, dès qu'elle sortait pour une course, le chapelier emmenait l'ouvrière dans sa chambre. Maintenant on les rencontrait ensemble, il devait l'aller voir chez elle.

– Eh bien ? dit la blanchisseuse, la voix un peu tremblante, qu'est-ce que ça peut me faire ?

Et elle regardait les yeux jaunes de Virginie, où des étincelles d'or luisaient, comme dans ceux des chats. Cette femme lui en voulait donc, qu'elle tâchait de la rendre jalouse ? Mais la couturière prit son air bête, en répondant :

– Ça ne peut rien vous faire, bien sûr... Seulement, vous devriez lui conseiller de lâcher cette fille avec laquelle il aura du désagrément.

Le pis était que Lantier se sentait soutenu et changeait de manières à l'égard de Gervaise. Maintenant, quand il lui donnait une poignée de main, il lui gardait un instant les doigts entre les siens. Il la fatiguait de son regard, fixait sur elle des yeux hardis, où elle lisait nettement ce qu'il lui demandait. S'il passait derrière elle, il enfonçait les genoux dans ses jupes, soufflait sur son cou, comme pour l'endormir. Pourtant, il attendit encore, avant d'être brutal et de se déclarer. Mais, un soir, se trouvant seul avec elle, il la poussa devant lui sans dire une parole, l'accula tremblante contre le mur, au fond de la boutique, et là voulut l'embrasser. Le hasard fit que Goujet entra juste à ce moment. Alors, elle se débattit, s'échappa. Et tous trois échangèrent quelques mots, comme si de rien n'était. Goujet, la face toute blanche, avait baissé le nez, en s'imaginant qu'il les dérangeait, qu'elle venait de se débattre pour ne pas être embrassée devant le monde.

Le lendemain, Gervaise piétina dans la boutique, très malheureuse, incapable de repasser un mouchoir ; elle avait le besoin de voir Goujet, de lui expliquer comment Lantier la tenait contre le mur. Mais, depuis qu'Étienne était à Lille, elle n'osait plus entrer à la forge, où Bec-Salé, dit Boit-sans-Soif, l'accueillait avec des rires sournois. Pourtant, l'après-midi, cédant à son envie, elle prit un panier vide, elle partit sous le prétexte d'aller prendre des jupons chez sa pratique de la rue des Portes-Blanches. Puis, quand elle fut rue Marcadet, devant la fabrique de boulons, elle se promena à petits pas, comptant sur une bonne rencontre. Sans doute, de son côté, Goujet devait l'attendre, car elle n'était pas là depuis cinq minutes, qu'il sortit comme par hasard.

– Tiens ! vous êtes en course, dit-il en souriant faiblement ; vous rentrez chez vous...

Il disait ça pour parler. Gervaise tournait justement le dos à la rue des Poissonniers. Et ils montèrent vers Montmartre, côte à côte, sans se prendre le bras. Ils devaient avoir la seule idée de s'éloigner de la fabrique, pour ne pas paraître se donner des rendez-vous devant la porte. La tête basse, ils suivaient la chaussée défoncée, au milieu du ronflement des usines. Puis, à deux cents pas, naturellement, comme s'ils avaient connu l'endroit, ils filèrent à gauche, toujours silencieux, et s'engagèrent dans un terrain vague. C'était, entre une scierie mécanique et une manufacture de boutons, une bande de prairie restée verte, avec des plaques jaunes d'herbe grillée ; une chèvre, attachée à un piquet, tournait en bêlant ; au fond, un arbre mort s'émiettait au grand soleil.

– Vrai ! murmura Gervaise, on se croirait à la campagne.

Ils allèrent s'asseoir sous l'arbre mort. La blanchisseuse mit son panier à ses pieds. En face d'eux, la butte Montmartre étageait ses rangées de hautes maisons jaunes et grises, dans des touffes de maigre verdure ; et, quand ils renversaient la tête davantage, ils apercevaient le large ciel d'une pureté ardente sur la ville, traversé au nord par un vol de petits nuages blancs. Mais la vive lumière les éblouissait, ils regardaient au ras de l'horizon plat les lointains crayeux des faubourgs, ils suivaient surtout la respiration du mince tuyau de la scierie mécanique, qui soufflait des jets de vapeur. Ces gros soupirs semblaient soulager leur poitrine oppressée.

– Oui, reprit Gervaise embarrassée par leur silence, je me trouvais en course, j'étais sortie...

Après avoir tant souhaité une explication, tout d'un coup elle n'osait plus parler. Elle était prise d'une grande honte. Et elle sentait bien, cependant, qu'ils étaient venus là d'eux-mêmes, pour causer de ça ; même ils en causaient sans avoir besoin de prononcer une parole. L'affaire de la veille restait entre eux comme un poids qui les gênait.

Alors, prise d'une tristesse atroce, les larmes aux yeux, elle raconta l'agonie de Mme Bijard, sa laveuse, morte le matin, après d'épouvantables douleurs.

– Ça venait d'un coup de pied que lui avait allongé Bijard, disait-elle d'une voix douce et monotone. Le ventre a enflé. Sans doute, il lui avait cassé quelque chose à l'intérieur. Mon Dieu ! en trois jours, elle a été tortillée... Ah ! il y a, aux galères, des gredins qui n'en ont pas tant fait. Mais la justice aurait trop de besogne, si elle s'occupait des femmes crevées par leurs maris. Un coup de pied de plus ou de moins, n'est-ce pas ? ça ne compte pas, quand on en reçoit tous les jours. D'autant plus que la pauvre femme voulait sauver son homme de l'échafaud et expliquait qu'elle s'était abîmé le ventre en tombant sur un baquet... Elle a hurlé toute la nuit avant de passer.

Le forgeron se taisait, arrachait des herbes dans ses poings crispés.

– Il n'y a pas quinze jours, continua Gervaise, elle avait sevré son dernier, le petit Jules ; et c'est encore une chance, car l'enfant ne pâtira pas... N'importe, voilà cette gamine de Lalie chargée de deux mioches. Elle n'a pas huit ans, mais elle est sérieuse et raisonnable comme une vraie mère. Avec ça, son père la roue de coups... Ah bien ! on rencontre des êtres qui sont nés pour souffrir.

Goujet la regarda et dit brusquement, les lèvres tremblantes :

– Vous m'avez fait de la peine, hier, oh ! oui, beaucoup de peine...

Gervaise, pâlissant, avait joint les mains. Mais lui, continuait :

– Je sais, ça devait arriver... Seulement, vous auriez dû vous confier à moi, m'avouer ce qu'il en était, pour ne pas me laisser dans des idées...

Il ne put achever. Elle s'était levée, en comprenant que Goujet la croyait remise avec Lantier, comme le quartier l'affirmait. Et, les bras tendus, elle cria :

– Non, non, je vous jure... Il me poussait, il allait m'embrasser, c'est vrai ; mais sa figure n'a pas même touché la mienne, et c'était la première fois qu'il essayait... Oh ! tenez, sur ma vie, sur celle de mes enfants, sur tout ce que j'ai de plus sacré !

Cependant, le forgeron hochait la tête. Il se méfiait, parce que les femmes disent toujours non. Gervaise alors devint très grave, reprit lentement :

– Vous me connaissez, monsieur Goujet, je ne suis guère menteuse... Eh bien ! non, ça n'est pas, ma parole d'honneur !... Jamais ça ne sera, entendez-vous ? jamais ! Le jour où ça arriverait, je deviendrais la dernière des dernières, je ne mériterais plus l'amitié d'un honnête homme comme vous.

Et elle avait, en parlant, une si belle figure, toute pleine de franchise, qu'il lui prit la main et la fit rasseoir. Maintenant, il respirait à l'aise, il riait en dedans. C'était la première fois qu'il lui tenait la main et qu'il la serrait dans la sienne. Tous deux restèrent muets. Au ciel, le vol de nuages blancs nageait avec une lenteur de cygne. Dans le coin du champ, la chèvre, tournée vers eux, les regardait en poussant à de longs intervalles réguliers un bêlement très doux. Et, sans se lâcher les doigts, les yeux noyés d'attendrissement, ils se perdaient au loin, sur la pente de Montmartre blafard, au milieu de la haute futaie des cheminées d'usine rayant l'horizon, dans cette banlieue plâtreuse et désolée, où les bosquets verts des cabarets borgnes les touchaient jusqu'aux larmes.

– Votre mère m'en veut, je le sais, reprit Gervaise à voix basse. Ne dites pas non... Nous vous devons tant d'argent !

Mais lui, se montra brutal, pour la faire taire. Il lui secoua la main, à la briser. Il ne voulait pas qu'elle parlât de l'argent. Puis, il hésita, il bégaya enfin :

– Écoutez, il y a longtemps que je songe à vous proposer une chose... Vous n'êtes pas heureuse. Ma mère assure que la vie tourne mal pour vous...

Il s'arrêta, un peu étouffé.

– Eh bien ! il faut nous en aller ensemble.

Elle le regarda, ne comprenant pas nettement d'abord, surprise par cette rude déclaration d'un amour dont il n'avait jamais ouvert les lèvres.

– Comment ça ? demanda-t-elle.

– Oui, continua-t-il la tête basse, nous nous en irions, nous vivrions quelque part, en Belgique si vous voulez... C'est presque mon pays... En travaillant tous les deux, nous serions vite à notre aise.

Alors, elle devint très rouge. Il l'aurait prise contre lui pour l'embrasser, qu'elle aurait eu moins de honte. C'était un drôle de garçon tout de même, de lui proposer un enlèvement, comme cela se passe dans les romans et dans la haute société. Ah bien ! autour d'elle, elle voyait des ouvriers faire la cour à des femmes mariées ; mais ils ne les menaient pas même à Saint-Denis, ça se passait sur place, et carrément.

– Ah ! monsieur Goujet, monsieur Goujet... murmurait-elle, sans trouver autre chose.

– Enfin, voilà, nous ne serions que tous les deux, reprit-il. Les autres me gênent, vous comprenez ?... Quand j'ai de l'amitié pour une personne, je ne peux pas voir cette personne avec d'autres.

Mais elle se remettait, elle refusait maintenant, d'un air raisonnable.

– Ce n'est pas possible, monsieur Goujet. Ce serait très mal... Je suis mariée, n'est-ce pas ? j'ai des enfants... Je sais bien que vous avez de l'amitié pour moi et que je vous fais de la peine. Seulement, nous aurions des remords, nous ne goûterions pas de plaisir... Moi aussi, j'éprouve de l'amitié pour vous, j'en éprouve trop pour vous laisser commettre des bêtises. Et ce seraient des bêtises, bien sûr... Non, voyez-vous, il vaut mieux demeurer comme nous sommes. Nous nous estimons, nous nous trouvons d'accord de sentiment. C'est beaucoup, ça m'a soutenue plus d'une fois. Quand on reste honnête, dans notre position, on en est joliment récompensé.

Il hochait la tête, en l'écoutant. Il l'approuvait, il ne pouvait pas dire le contraire. Brusquement, dans le grand jour, il la prit entre ses bras, la serra à l'écraser, lui posa un baiser furieux sur le cou, comme s'il avait voulu lui manger la peau. Puis, il la lâcha, sans demander autre chose ; et il ne parla plus de leur amour. Elle se secouait, elle ne se fâchait pas, comprenant que tous deux avaient bien gagné ce petit plaisir.

Le forgeron, cependant, secoué de la tête aux pieds par un grand frisson, s'écartait d'elle, pour ne pas céder à l'envie de la reprendre ; et il se traînait sur les genoux, ne sachant à quoi occuper ses mains, cueillant des fleurs de pissenlits, qu'il jetait de loin dans son panier. Il y avait là, au milieu de la nappe d'herbe brûlée, des pissenlits jaunes superbes. Peu à peu, ce jeu le calma, l'amusa. De ses doigts raidis par le travail du marteau, il cassait délicatement les fleurs, les lançait une à une, et ses yeux de bon chien riaient, lorsqu'il ne manquait pas la corbeille. La blanchisseuse s'était adossée à l'arbre mort, gaie et reposée, haussant la voix pour se faire entendre, dans l'haleine forte de la scierie mécanique. Quand ils quittèrent le terrain vague, côte à côte, en causant d'Étienne, qui se plaisait beaucoup à Lille, elle emporta son panier plein de fleurs de pissenlits.

Au fond, Gervaise ne se sentait pas devant Lantier si courageuse qu'elle le disait. Certes, elle était bien résolue à ne pas lui permettre de la toucher seulement du bout des doigts ; mais elle avait peur, s'il la touchait jamais, de sa lâcheté ancienne, de cette mollesse et de cette complaisance auxquelles elle se laissait aller, pour faire plaisir au monde. Lantier, pourtant, ne recommença pas sa tentative. Il se trouva plusieurs fois seul avec elle et se tint tranquille. Il semblait maintenant occupé de la tripière, une femme de quarante-cinq ans, très bien conservée. Gervaise, devant Goujet, parlait de la tripière, afin de le rassurer. Elle répondait à Virginie et à Mme Lerat, quand celles-ci faisaient l'éloge du chapelier, qu'il pouvait bien se passer de son admiration, puisque toutes les voisines avaient des béguins pour lui.

Coupeau, dans le quartier, gueulait que Lantier était un ami, un vrai. On pouvait baver sur leur compte, lui savait ce qu'il savait, se fichait du bavardage, du moment où il avait l'honnêteté de son côté. Quand ils sortaient tous les trois, le dimanche, il obligeait sa femme et le chapelier à marcher devant lui, bras dessus, bras dessous, histoire de crâner dans la rue ; et il regardait les gens, tout prêt à leur administrer un va-te-laver, s'ils s'étaient permis la moindre rigolade. Sans doute, il trouvait Lantier un peu fiérot, l'accusait de faire sa Sophie devant le vitriol, le blaguait parce qu'il savait lire et qu'il parlait comme un avocat. Mais, à part ça, il le déclarait un bougre à poils. On n'en aurait pas trouvé deux aussi solides dans la Chapelle. Enfin, ils se comprenaient, ils étaient bâtis l'un pour l'autre. L'amitié avec un homme, c'est plus solide que l'amour avec une femme.

Il faut dire une chose, Coupeau et Lantier se payaient ensemble des noces à tout casser. Lantier, maintenant, empruntait de l'argent à Gervaise, des dix francs, des vingt francs, quand il sentait de la monnaie dans la maison. C'était toujours pour ses grandes affaires. Puis, ces jours-là, il débauchait Coupeau, parlait d'une longue course, l'emmenait ; et, attablés nez à nez au fond d'un restaurant voisin, ils se flanquaient par le coco des plats qu'on ne peut manger chez soi, arrosés de vin cacheté. Le zingueur aurait préféré des ribotes dans le chic bon enfant ; mais il était impressionné par les goûts d'aristo du chapelier, qui trouvait sur la carte des noms de sauces extraordinaires. On n'avait pas idée d'un homme si douillet, si difficile. Ils sont tous comme ça, paraît-il, dans le Midi. Ainsi, il ne voulait rien d'échauffant, il discutait chaque fricot, au point de vue de la santé, faisant remporter la viande lorsqu'elle lui semblait trop salée ou trop poivrée. C'était encore pis pour les courants d'air, il en avait une peur bleue, il engueulait tout l'établissement, si une porte restait entrouverte. Avec ça, très chien, donnant deux sous au garçon pour des repas de sept et huit francs. N'importe, on tremblait devant lui, on les connaissait bien sur les boulevards extérieurs, des Batignolles à Belleville. Ils allaient, Grande-Rue des Batignolles, manger des tripes à la mode de Caen, qu'on leur servait sur de petits réchauds. En bas de Montmartre, ils trouvaient les meilleures huîtres du quartier, à la Ville-de-Bar-le-Duc. Quand ils se risquaient en haut de la butte, jusqu'au Moulin-de-la-Galette, on leur faisait sauter un lapin. Rue des Martyrs, les Lilas avaient la spécialité de la tête de veau ; tandis que, chaussée Clignancourt, les restaurants du Lion-d'Or et des Deux-Marronniers leur donnaient des rognons sautés à se lécher les doigts. Mais ils tournaient plus souvent à gauche, du côté de Belleville, avaient leur table gardée aux Vendanges-de-Bourgogne, au Cadran-Bleu, au Capucin, des maisons de confiance, où l'on pouvait demander de tout, les yeux fermés. C'étaient des parties sournoises, dont ils parlaient le lendemain matin à mots couverts, en chipotant les pommes de terre de Gervaise. Même un jour, dans un bosquet du Moulin-de-la-Galette, Lantier amena une femme, avec laquelle Coupeau le laissa au dessert.

Naturellement, on ne peut pas nocer et travailler. Aussi, depuis l'entrée du chapelier dans le ménage, le zingueur, qui fainéantait déjà pas mal, en était arrivé à ne plus toucher un outil. Quand il se laissait encore embaucher, las de traîner ses savates, le camarade le relançait au chantier, le blaguait à mort en le trouvant pendu au bout de sa corde à nœuds comme un jambon fumé ; et il lui criait de descendre prendre un canon. C'était réglé, le zingueur lâchait l'ouvrage, commençait une bordée qui durait des journées et des semaines. Oh ! par exemple, des bordées fameuses, une revue générale de tous les mastroquets du quartier, la soûlerie du matin cuvée à midi et repincée le soir, les tournées de casse-poitrine se succédant, se perdant dans la nuit, pareilles aux lampions d'une fête, jusqu'à ce que la dernière chandelle s'éteignît avec le dernier verre ! Cet animal de chapelier n'allait jamais jusqu'au bout. Il laissait l'autre s'allumer, le lâchait, rentrait en souriant de son air aimable. Lui, se piquait le nez proprement, sans qu'on s'en aperçût. Quand on le connaissait bien, ça se voyait seulement à ses yeux plus minces et à ses manières plus entreprenantes auprès des femmes. Le zingueur, au contraire, devenait dégoûtant, ne pouvait plus boire sans se mettre dans un état ignoble.

Ainsi, vers les premiers jours de novembre, Coupeau tira une bordée qui finit d'une façon tout à fait sale pour lui et pour les autres. La veille, il avait trouvé de l'ouvrage. Lantier, cette fois-là, était plein de beaux sentiments ; il prêchait le travail, attendu que le travail ennoblit l'homme. Même, le matin, il se leva à la lampe, il voulut accompagner son ami au chantier, gravement, honorant en lui l'ouvrier vraiment digne de ce nom. Mais, arrivés devant la Petite-Civette qui ouvrait, ils entrèrent prendre une prune, rien qu'une, dans le seul but d'arroser ensemble la ferme résolution d'une bonne conduite. En face du comptoir, sur un banc, Bibi-la-Grillade, le dos contre le mur, fumait sa pipe d'un air maussade.

– Tiens ! Bibi qui fait sa panthère, dit Coupeau. On a donc la flemme, ma vieille ?

– Non, non, répondit le camarade en s'étirant les bras. Ce sont les patrons qui vous dégoûtent... J'ai lâché le mien hier... Tous de la crapule, de la canaille...

Et Bibi-la-Grillade accepta une prune. Il devait être là, sur le banc, à attendre une tournée. Cependant, Lantier défendait les patrons ; ils avaient parfois joliment du mal, il en savait quelque chose, lui qui sortait des affaires. De la jolie fripouille, les ouvriers ! toujours en noce, se fichant de l'ouvrage, vous lâchant au beau milieu d'une commande, reparaissant quand leur monnaie est nettoyée. Ainsi, il avait eu un petit Picard, dont la toquade était de se trimbaler en voiture ; oui, dès qu'il touchait sa semaine, il prenait des fiacres pendant des journées. Est-ce que c'était là un goût de travailleur ? Puis, brusquement, Lantier se mit à attaquer aussi les patrons. Oh ! il voyait clair, il disait ses vérités à chacun. Une sale race après tout, des exploiteurs sans vergogne, des mangeurs de monde. Lui, Dieu merci ! pouvait dormir la conscience tranquille, car il s'était toujours conduit en ami avec ses hommes, et avait préféré ne pas gagner des millions comme les autres.

– Filons, mon petit, dit-il en s'adressant à Coupeau. Il faut être sage, nous serions en retard.

Bibi-la-Grillade, les bras ballants, sortit avec eux. Dehors, le jour se levait à peine, un petit jour sali par le reflet boueux du pavé ; il avait plu la veille, il faisait très doux. On venait d'éteindre les becs de gaz ; la rue des Poissonniers, où des lambeaux de nuit étranglés par les maisons flottaient encore, s'emplissait du sourd piétinement des ouvriers descendant vers Paris. Coupeau, son sac de zingueur passé à l'épaule, marchait de l'air esbrouffeur d'un citoyen qui est d'attaque, une fois par hasard. Il se tourna, il demanda :

– Bibi, veux-tu qu'on t'embauche ? le patron m'a dit d'amener un camarade, si je pouvais.

– Merci, répondit Bibi-la-Grillade, je me purge... Faut proposer ça à Mes-Bottes, qui cherchait hier une baraque... Attends, Mes-Bottes est bien sûr là-dedans.

Et, comme ils arrivaient au bas de la rue, ils aperçurent en effet Mes-Bottes chez le père Colombe. Malgré l'heure matinale, l'Assommoir flambait, les volets enlevés, le gaz allumé. Lantier resta sur la porte, en recommandant à Coupeau de se dépêcher, parce qu'ils avaient tout juste dix minutes.

– Comment ! tu vas chez ce roussin de Bourguignon ! cria Mes-Bottes, quand le zingueur lui eut parlé. Plus souvent qu'on me pince dans cette boîte ! Non, j'aimerais mieux tirer la langue jusqu'à l'année prochaine... Mais, mon vieux, tu ne resteras pas là trois jours, c'est moi qui te le dis !

– Vrai, une sale boîte ? demanda Coupeau inquiet.

– Oh ! tout ce qu'il y a de plus sale... On ne peut pas bouger. Le singe est sans cesse sur votre dos. Et avec ça des manières, une bourgeoise qui vous traite de soûlard, une boutique où il est défendu de cracher... Je les ai envoyés dinguer le premier soir, tu comprends.

– Bon ! me voilà prévenu. Je ne mangerai pas chez eux un boisseau de sel... J'en vais tâter ce matin ; mais si le patron m'embête, je te le ramasse et je te l'assois sur sa bourgeoise, tu sais, collés comme une paire de soles !

Le zingueur secouait la main du camarade, pour le remercier de son bon renseignement ; et il s'en allait, quand Mes-Bottes se fâcha. Tonnerre de Dieu ! est-ce que le Bourguignon allait les empêcher de boire la goutte ? Les hommes n'étaient plus des hommes, alors ? Le singe pouvait bien attendre cinq minutes. Et Lantier entra pour accepter la tournée, les quatre ouvriers se tinrent debout devant le comptoir. Cependant, Mes-Bottes, avec ses souliers éculés, sa blouse noire d'ordures, sa casquette aplatie sur le sommet du crâne, gueulait fort et roulait des yeux de maître dans l'Assommoir. Il venait d'être proclamé empereur des pochards et roi des cochons, pour avoir mangé une salade de hannetons vivants et mordu dans un chat crevé.

– Dites donc, espèce de Borgia ! cria-t-il au père Colombe, donnez-nous de la jaune, de votre pissat d'âne premier numéro.

Et quand le père Colombe, blême et tranquille dans son tricot bleu, eut empli les quatre verres, ces messieurs les vidèrent d'une lampée, histoire de ne pas laisser le liquide s'éventer.

– Ça fait tout de même du bien où ça passe, murmura Bibi-la-Grillade.

Mais cet animal de Mes-Bottes en racontait une comique. Le vendredi, il était si soûl, que les camarades lui avaient scellé sa pipe dans le bec avec une poignée de plâtre. Un autre en serait crevé, lui gonflait le dos et se pavanait.

– Ces messieurs ne renouvellent pas ? demanda le père Colombe de sa voix grasse.

– Si, redoublez-nous ça, dit Lantier. C'est mon tour.

Maintenant, on causait des femmes. Bibi-la-Grillade, le dernier dimanche, avait mené sa scie à Montrouge, chez une tante. Coupeau demanda des nouvelles de la Malle-des-Indes, une blanchisseuse de Chaillot, connue dans l'établissement. On allait boire, quand Mes-Bottes, violemment, appela Goujet et Lorilleux qui passaient. Ceux-ci vinrent jusqu'à la porte et refusèrent d'entrer. Le forgeron ne sentait pas le besoin de prendre quelque chose. Le chaîniste, blafard, grelottant, serrait dans sa poche les chaînes d'or qu'il reportait ; et il toussait, il s'excusait, en disant qu'une goutte d'eau-de-vie le mettait sur le flanc.

– En voilà des cafards ! grogna Mes-Bottes. Ça doit licher dans les coins.

Et quand il eut mis le nez dans son verre, il attrapa le père Colombe.

– Vieille drogue, tu as changé de litre !... Tu sais, ce n'est pas avec moi qu'il faut maquiller ton vitriol !

Le jour avait grandi, une clarté louche éclairait l'Assommoir, dont le patron éteignait le gaz. Coupeau, pourtant, excusait son beau-frère, qui ne pouvait pas boire, ce dont, après tout, on n'avait pas à lui faire un crime. Il approuvait même Goujet, attendu que c'était un honneur de ne jamais avoir soif. Et il parlait d'aller travailler, lorsque Lantier, avec son grand air d'homme comme il faut, lui infligea une leçon : on payait sa tournée, au moins, avant de se cavaler ; on ne lâchait pas des amis comme un pleutre, même pour se rendre à son devoir.

– Est-ce qu'il va nous bassiner longtemps avec son travail ! cria Mes-Bottes.

– Alors, c'est la tournée de monsieur ? demanda le père Colombe à Coupeau.

Celui-ci paya sa tournée. Mais, quand vint le tour de Bibi-la-Grillade, il se pencha à l'oreille du patron, qui refusa d'un lent signe de tête. Mes-Bottes comprit et se remit à invectiver cet entortillé de père Colombe. Comment ! une bride de son espèce se permettait de mauvaises manières à l'égard d'un camarade ! Tous les marchands de coco faisaient l'œil ! Il fallait venir dans les mines à poivre pour être insulté ! Le patron restait calme, se balançait sur ses gros poings, au bord du comptoir, en répétant poliment :

– Prêtez de l'argent à monsieur, ce sera plus simple.

– Nom de Dieu ! oui, je lui en prêterai, hurla Mes-Bottes. Tiens ! Bibi, jette-lui sa monnaie à travers la gueule, à ce vendu !

Puis, lancé, agacé par le sac que Coupeau avait gardé à son épaule, il continua, en s'adressant au zingueur :

– T'as l'air d'une nourrice. Lâche ton poupon. Ça rend bossu.

Coupeau hésita un instant ; et, paisiblement, comme s'il s'était décidé après de mûres réflexions, il posa son sac par terre, en disant :

– Il est trop tard, à cette heure. J'irai chez Bourguignon après le déjeuner. Je dirai que ma bourgeoise a eu des coliques... Écoutez, père Colombe, je laisse mes outils sous cette banquette, je les reprendrai à midi.

Lantier, d'un hochement de tête, approuva cet arrangement. On doit travailler, ça ne fait pas un doute ; seulement, quand on se trouve avec des amis, la politesse passe avant tout. Un désir de godaille les avait peu à peu chatouillés et engourdis tous les quatre, les mains lourdes, se tâtant du regard. Et, dès qu'ils eurent cinq heures de flâne devant eux, ils furent pris brusquement d'une joie bruyante, ils s'allongèrent des claques, se gueulèrent des mots de tendresse dans la figure, Coupeau surtout, soulagé, rajeuni, qui appelait les autres « ma vieille branche ! » On se mouilla encore d'une tournée générale ; puis, on alla à la Puce-qui-renifle, un petit bousingot où il y avait un billard. Le chapelier fit un instant son nez parce que c'était une maison pas très propre : le schnick y valait un franc le litre, dix sous une chopine en deux verres, et la société de l'endroit avait commis tant de saletés sur le billard, que les billes y restaient collées. Mais, la partie une fois engagée, Lantier qui avait un coup de queue extraordinaire, retrouva sa grâce et sa belle humeur, développant son torse, accompagnant d'un effet de hanches chaque carambolage.

Lorsque vint l'heure du déjeuner, Coupeau eut une idée. Il tapa des pieds, en criant :

– Faut aller prendre Bec-Salé. Je sais où il travaille... Nous l'emmènerons manger des pieds à la poulette chez la mère Louis.

L'idée fut acclamée. Oui, Bec-Salé, dit Boit-sans-Soif, devait avoir besoin de manger des pieds à la poulette. Ils partirent. Les rues étaient jaunes, une petite pluie tombait ; mais ils avaient déjà trop chaud à l'intérieur pour sentir ce léger arrosage sur leurs abattis. Coupeau les mena rue Marcadet, à la fabrique de boulons. Comme ils arrivaient une grosse demi-heure avant la sortie, le zingueur donna deux sous à un gamin pour entrer dire à Bec-Salé que sa bourgeoise se trouvait mal et le demandait tout de suite. Le forgeron parut aussitôt, en se dandinant, l'air bien calme, le nez flairant un gueuleton.

– Ah ! les cheulards ! dit-il, dès qu'il les aperçut cachés sous une porte. J'ai senti ça... Hein ? qu'est-ce qu'on mange ?

Chez la mère Louis, tout en suçant les petits os des pieds, on tapa de nouveau sur les patrons. Bec-Salé, dit Boit-sans-Soif, racontait qu'il y avait une commande pressée dans sa boîte. Oh ! le singe était coulant pour le quart d'heure ; on pouvait manquer à l'appel, il restait gentil, il devait s'estimer encore bien heureux quand on revenait. D'abord, il n'y avait pas de danger qu'un patron osât jamais flanquer dehors Bec-Salé, dit Boit-sans-Soif, parce qu'on n'en trouvait plus, des cadets de sa capacité. Après les pieds, on mangea une omelette. Chacun but son litre. La mère Louis faisait venir son vin de l'Auvergne, un vin couleur de sang qu'on aurait coupé au couteau. Ça commençait à être drôle, la bordée s'allumait.

– Qu'est-ce qu'il a, à m'emmoutarder, cet encloué de singe ? cria Bec-Salé au dessert. Est-ce qu'il ne vient pas d'avoir l'idée d'accrocher une cloche dans sa baraque ? Une cloche, c'est bon pour des esclaves... Ah bien ! elle peut sonner, aujourd'hui ! Du tonnerre si l'on me repince à l'enclume ! Voilà cinq jours que je me la foule, je puis bien le balancer... S'il me fiche un abattage, je l'envoie à Chaillot.

– Moi, dit Coupeau d'un air important, je suis obligé de vous lâcher, je vais travailler. Oui, j'ai juré à ma femme... Amusez-vous, je reste de cœur avec les camaros, vous savez.

Les autres blaguaient. Mais lui, semblait si décidé, que tous l'accompagnèrent, quand il parla d'aller chercher ses outils chez le père Colombe. Il prit son sac sous la banquette, le posa devant lui, pendant qu'on buvait une dernière goutte. À une heure, la société s'offrait encore des tournées. Alors, Coupeau, d'un geste d'ennui, reporta les outils sous la banquette ; ils le gênaient, il ne pouvait pas s'approcher du comptoir sans buter dedans. C'était trop bête, il irait le lendemain chez Bourguignon. Les quatre autres, qui se disputaient à propos de la question des salaires, ne s'étonnèrent pas, lorsque le zingueur, sans explication, leur proposa un petit tour sur le boulevard, pour se dérouiller les jambes. La pluie avait cessé. Le petit tour se borna à faire deux cents pas sur une même file, les bras ballants ; et ils ne trouvaient plus un mot, surpris par l'air, ennuyés d'être dehors. Lentement, sans avoir seulement à se consulter du coude, ils remontèrent d'instinct la rue des Poissonniers, où ils entrèrent chez François prendre un canon de la bouteille. Vrai, ils avaient besoin de ça pour se remettre. On tournait trop à la tristesse dans la rue, il y avait une boue à ne pas flanquer un sergent de ville à la porte. Lantier poussa les camarades dans le cabinet, un coin étroit occupé par une seule table, et qu'une cloison aux vitres dépolies séparait de la salle commune. Lui, d'ordinaire, se piquait le nez dans les cabinets, parce que c'était plus convenable. Est-ce que les camarades n'étaient pas bien là ? On se serait cru chez soi, on y aurait fait dodo sans se gêner. Il demanda le journal, l'étala tout grand, le parcourut, les sourcils froncés. Coupeau et Mes-Bottes avaient commencé un piquet. Deux litres et cinq verres traînaient sur la table.

– Eh bien ? qu'est-ce qu'ils chantent, dans ce papier-là ? demanda Bibi-la-Grillade au chapelier.

Il ne répondit pas tout de suite. Puis, sans lever les yeux :

– Je tiens la Chambre. En voilà des républicains de quatre sous, ces sacrés fainéants de la gauche ! Est-ce que le peuple les nomme pour baver leur eau sucrée !... Il croit en Dieu, celui-là, et il fait des mamours à ces canailles de ministres ! Moi, si j'étais nommé, je monterais à la tribune et je dirais : Merde ! Oui, pas davantage, c'est mon opinion !

– Vous savez que Badinguet s'est fichu des claques avec sa bourgeoise, l'autre soir, devant toute sa cour, raconta Bec-Salé, dit Boit-sans-Soif. Ma parole d'honneur ! Et à propos de rien, en s'asticotant. Badinguet était éméché.

– Lâchez-nous donc le coude, avec votre politique ! cria le zingueur. Lisez les assassinats, c'est plus rigolo.

Et revenant à son jeu, annonçant une tierce au neuf et trois dames :

– J'ai une tierce à l'égout et trois colombes... Les crinolines ne me quittent pas.

On vida les verres. Lantier se mit à lire tout haut :

« Un crime épouvantable vient de jeter l'effroi dans la commune de Gaillon (Seine-et-Marne). Un fils a tué son père à coups de bêche, pour lui voler trente sous... »

Tous poussèrent un cri d'horreur. En voilà un, par exemple, qu'ils seraient allés voir raccourcir avec plaisir ! Non, la guillotine, ce n'était pas assez ; il aurait fallu le couper en petits morceaux. Une histoire d'infanticide les révolta également ; mais le chapelier, très moral, excusa la femme en mettant tous les torts du côté de son séducteur ; car, enfin, si une crapule d'homme n'avait pas fait un gosse à cette malheureuse, elle n'aurait pas pu en jeter un dans les lieux d'aisances. Mais ce qui les enthousiasma, ce furent les exploits du marquis de T... sortant d'un bal à deux heures du matin et se défendant contre trois mauvaises gouapes, boulevard des Invalides ; sans même retirer ses gants, il s'était débarrassé des deux premiers scélérats avec des coups de tête dans le ventre, et avait conduit le troisième au poste, par une oreille. Hein ? quelle poigne ! C'était embêtant qu'il fût noble.

– Écoutez ça maintenant, continua Lantier. Je passe aux nouvelles de la haute. « La comtesse de Brétigny marie sa fille aînée au jeune baron de Valançay, aide de camp de Sa Majesté. Il y a, dans la corbeille, pour plus de trois cents mille francs de dentelle... »

– Qu'est-ce que ça nous fiche ! interrompit Bibi-la-Grillade. On ne leur demande pas la couleur de leur chemise... La petite a beau avoir de la dentelle, elle n'en verra pas moins la lune par le même trou que les autres.

Comme Lantier faisait mine d'achever sa lecture, Bec-Salé, dit Boit-sans-Soif, lui enleva le journal et s'assit dessus, en disant :

– Ah ! non, assez !... Le voilà au chaud... Le papier, ce n'est bon qu'à ça.

Cependant, Mes-Bottes, qui regardait son jeu, donnait un coup de poing triomphant sur la table. Il faisait quatre-vingt-treize.

– J'ai la Révolution, cria-t-il. Quinte mangeuse, portant son point dans l'herbe à la vache... Vingt, n'est-ce pas ?... Ensuite, tierce major dans les vitriers, vingt-trois ; trois bœufs, vingt-six ; trois larbins, vingt-neuf ; trois borgnes, quatre-vingt-douze... Et je joue An un de la République, quatre-vingt-treize.

– T'es rincé, mon vieux, crièrent les autres à Coupeau.

On commanda deux nouveaux litres. Les verres ne désemplissaient plus, la soûlerie montait. Vers cinq heures, ça commençait à devenir dégoûtant, si bien que Lantier se taisait et songeait à filer ; du moment où l'on gueulait et où l'on fichait le vin par terre, ce n'était plus son genre.

Justement, Coupeau se leva pour faire le signe de croix des pochards. Sur la tête il prononça Montpernasse, à l'épaule droite Menilmonte, à l'épaule gauche la Courtille, au milieu du ventre Bagnolet, et dans le creux de l'estomac trois fois Lapin sauté. Alors, le chapelier, profitant de la clameur soulevée par cet exercice, prit tranquillement la porte. Les camarades ne s'aperçurent même pas de son départ. Lui, avait déjà un joli coup de sirop. Mais, dehors, il se secoua, il retrouva son aplomb ; et il regagna tranquillement la boutique, où il raconta à Gervaise que Coupeau était avec des amis.

Deux jours se passèrent. Le zingueur n'avait pas reparu. Il roulait dans le quartier, on ne savait pas bien où. Des gens, pourtant, disaient l'avoir vu chez la mère Baquet, au Papillon, au Petit-Bonhomme-qui-tousse. Seulement, les uns assuraient qu'il était seul, tandis que les autres l'avaient rencontré en compagnie de sept ou huit soûlards de son espèce. Gervaise haussait les épaules d'un air résigné. Mon Dieu ! c'était une habitude à prendre. Elle ne courait pas après son homme ; même si elle l'apercevait chez un marchand de vin, elle faisait un détour, pour ne pas le mettre en colère ; et elle attendait qu'il rentrât, écoutant la nuit s'il ne ronflait pas à la porte. Il couchait sur un tas d'ordures, sur un banc, dans un terrain vague, en travers d'un ruisseau. Le lendemain, avec son ivresse mal cuvée de la veille, il repartait, tapait aux volets des consolations, se lâchait de nouveau dans une course furieuse, au milieu des petits verres, des canons et des litres, perdant et retrouvant ses amis, poussant des voyages dont il revenait plein de stupeur, voyant danser les rues, tomber la nuit et naître le jour, sans autre idée que de boire et de cuver sur place. Lorsqu'il cuvait, c'était fini. Gervaise alla pourtant, le second jour, à l'Assommoir du père Colombe, pour savoir ; on l'y avait revu cinq fois, on ne pouvait pas lui en dire davantage. Elle dut se contenter d'emporter les outils, restés sous la banquette.

Lantier, le soir, voyant la blanchisseuse ennuyée, lui proposa de la conduire au café-concert, histoire de passer un moment agréable. Elle refusa d'abord, elle n'était pas en train de rire. Sans cela, elle n'aurait pas dit non, car le chapelier lui faisait son offre d'un air trop honnête pour qu'elle se méfiât de quelque traîtrise. Il semblait s'intéresser à son malheur et se montrait vraiment paternel. Jamais Coupeau n'avait découché deux nuits. Aussi, malgré elle, toutes les dix minutes, venait-elle se planter sur la porte, sans lâcher son fer, regardant aux deux bouts de la rue si son homme n'arrivait pas. Ça la tenait dans les jambes, à ce qu'elle disait, des picotements qui l'empêchaient de rester en place. Bien sûr, Coupeau pouvait se démolir un membre, tomber sous une voiture et y rester : elle serait joliment débarrassée, elle se défendait de garder dans le cœur la moindre amitié pour un sale personnage de cette espèce. Mais, à la fin, c'était agaçant de toujours se demander s'il rentrerait ou s'il ne rentrerait pas. Et, lorsqu'on alluma le gaz, comme Lantier lui parlait de nouveau du café-concert, elle accepta. Après tout, elle se trouvait trop bête de refuser un plaisir, lorsque son mari, depuis trois jours, menait une vie de polichinelle. Puisqu'il ne rentrait pas, elle aussi allait sortir. La cambuse brûlerait, si elle voulait. Elle aurait fichu en personne le feu au bazar, tant l'embêtement de la vie commençait à lui monter au nez.

On dîna vite. En partant au bras du chapelier, à huit heures, Gervaise pria maman Coupeau et Nana de se mettre au lit tout de suite. La boutique était fermée. Elle s'en alla par la porte de la cour et donna la clef à Mme Boche, en lui disant que si son cochon rentrait, elle eût l'obligeance de le coucher. Le chapelier l'attendait sous la porte, bien mis, sifflant un air. Elle avait sa robe de soie. Ils suivirent doucement le trottoir, serrés l'un contre l'autre, éclairés par les coups de lumière des boutiques, qui les montraient se parlant à demi-voix, avec un sourire.

Le café-concert était boulevard de Rochechouart, un ancien petit café qu'on avait agrandi sur une cour, par une baraque en planches. À la porte, un cordon de boules de verre dessinait un portique lumineux. De longues affiches, collées sur des panneaux de bois, se trouvaient posées par terre, au ras du ruisseau.

– Nous y sommes, dit Lantier. Ce soir, débuts de Mlle Amanda, chanteuse de genre.

Mais il aperçut Bibi-la-Grillade, qui lisait également l'affiche. Bibi avait un œil au beurre noir, quelque coup de poing attrapé la veille.

– Eh bien ! et Coupeau ? demanda le chapelier, en cherchant autour de lui, vous avez donc perdu Coupeau ?

– Oh ! il y a beau temps, depuis hier, répondit l'autre. On s'est allongé un coup de tampon, en sortant de chez la mère Baquet. Moi, je n'aime pas les jeux de mains... Vous savez, c'est avec le garçon de la mère Baquet qu'on a eu des raisons, par rapport à un litre qu'il voulait nous faire payer deux fois... Alors, j'ai filé, je suis allé schloffer un brin.

Il bâillait encore, il avait dormi dix-huit heures. D'ailleurs, il était complètement dégrisé, l'air abêti, sa vieille veste pleine de duvet ; car il devait s'être couché dans son lit tout habillé.

– Et vous ne savez pas où est mon mari, monsieur ? interrogea la blanchisseuse.

– Mais non, pas du tout... Il était cinq heures, quand nous avons quitté la mère Baquet. Voilà !... Il a peut-être bien descendu la rue. Oui, même je crois l'avoir vu entrer au Papillon avec un cocher... Oh ! que c'est bête ! Vrai, on est bon à tuer !

Lantier et Gervaise passèrent une très agréable soirée au café-concert. À onze heures, lorsqu'on ferma les portes, ils revinrent en se baladant, sans se presser. Le froid piquait un peu, le monde se retirait par bandes ; et il y avait des filles qui crevaient de rire, sous les arbres, dans l'ombre, parce que les hommes rigolaient de trop près. Lantier chantait entre ses dents une des chansons de Mlle Amanda : *C'est dans l'nez qu'ça me chatouille.* Gervaise, étourdie, comme grise, reprenait le refrain. Elle avait eu très chaud. Puis, les deux consommations qu'elle avait bues lui tournaient sur le cœur, avec la fumée des pipes et l'odeur de toute cette société entassée. Mais elle emportait surtout une vive impression de Mlle Amanda. Jamais elle n'aurait osé se mettre nue comme ça devant le public. Il fallait être juste, cette dame avait une peau à faire envie. Et elle écoutait, avec une curiosité sensuelle, Lantier donner des détails sur la personne en question, de l'air d'un monsieur qui lui aurait compté les côtes en particulier.

– Tout le monde dort, dit Gervaise, après avoir sonné trois fois, sans que les Boche eussent tiré le cordon.

La porte s'ouvrit, mais le porche était noir, et quand elle frappa à la vitre de la loge pour demander sa clef, la concierge ensommeillée lui cria une histoire, à laquelle elle n'entendit rien d'abord. Enfin, elle comprit que le sergent de ville Poisson avait ramené Coupeau dans un drôle d'état, et que la clef devait être sur la serrure.

– Fichtre ! murmura Lantier, quand ils furent entrés, qu'est-ce qu'il a donc fait ici ? C'est une vraie infection.

En effet, ça puait ferme. Gervaise, qui cherchait des allumettes, marchait dans du mouillé. Lorsqu'elle fut parvenue à allumer une bougie, ils eurent devant eux un joli spectacle. Coupeau avait rendu tripes et boyaux ; il y en avait plein la chambre ; le lit en était emplâtré, le tapis également, et jusqu'à la commode qui se trouvait éclaboussée. Avec ça, Coupeau, tombé du lit où Poisson devait l'avoir jeté, ronflait là-dedans, au milieu de son ordure. Il s'y étalait, vautré comme un porc, une joue barbouillée, soufflant son haleine empestée par sa bouche ouverte, balayant de ses cheveux déjà gris la mare élargie autour de sa tête.

– Oh ! le cochon ! le cochon ! répétait Gervaise indignée, exaspérée. Il a tout sali... Non, un chien n'aurait pas fait ça, un chien crevé est plus propre.

Tous deux n'osaient bouger, ne savaient où poser le pied. Jamais le zingueur n'était revenu avec une telle culotte et n'avait mis la chambre dans une ignominie pareille. Aussi, cette vue-là portait un rude coup au sentiment que sa femme pouvait encore éprouver pour lui. Autrefois, quand il rentrait éméché ou poivré, elle se montrait complaisante et pas dégoûtée. Mais, à cette heure, c'était trop, son cœur se soulevait. Elle ne l'aurait pas pris avec des pincettes. L'idée seule que la peau de ce goujat toucherait sa peau, lui causait une répugnance, comme si on lui avait demandé de s'allonger à côté d'un mort, abîmé par une vilaine maladie.

– Il faut pourtant que je me couche, murmura-t-elle. Je ne puis pas retourner coucher dans la rue... Oh ! je lui passerai plutôt sur le corps.

Elle tâcha d'enjamber l'ivrogne et dut se retenir à un coin de la commode, pour ne pas glisser dans la saleté. Coupeau barrait complètement le lit. Alors, Lantier, qui avait un petit rire en voyant bien qu'elle ne ferait pas dodo sur son oreiller cette nuit-là, lui prit la main, en disant d'une voix basse et ardente :

– Gervaise... écoute, Gervaise...

Mais elle avait compris, elle se dégagea, éperdue, le tutoyant à son tour, comme jadis.

– Non, laisse-moi... Je t'en supplie, Auguste, rentre dans ta chambre... Je vais m'arranger, je monterai dans le lit par les pieds...

– Gervaise, voyons, ne fais pas la bête, répétait-il. Ça sent trop mauvais, tu ne peux pas rester... Viens. Qu'est-ce que tu crains ? Il ne nous entend pas, va !

Elle luttait, elle disait non de la tête, énergiquement. Dans son trouble, comme pour montrer qu'elle resterait là, elle se déshabillait, jetait sa robe de soie sur une chaise, se mettait violemment en chemise et en jupon, toute blanche, le cou et les bras nus. Son lit était à elle, n'est-ce pas ? elle voulait coucher dans son lit. À deux reprises, elle tenta encore de trouver un coin propre et de passer. Mais Lantier ne se lassait pas, la prenait à la taille, en disant des choses pour lui mettre le feu dans le sang. Ah ! elle était bien plantée, avec un loupiat de mari par-devant, qui l'empêchait de se fourrer honnêtement sous sa couverture, avec un sacré salaud d'homme par derrière, qui songeait uniquement à profiter de son malheur pour la ravoir ! Comme le chapelier haussait la voix, elle le supplia de se taire. Et elle écouta, l'oreille tendue vers le cabinet où couchaient Nana et maman Coupeau. La petite et la vieille devaient dormir, on entendait une respiration forte.

– Auguste, laisse-moi, tu vas les réveiller, reprit-elle, les mains jointes. Sois raisonnable. Un autre jour, ailleurs... Pas ici, pas devant ma fille...

Il ne parlait plus, il restait souriant ; et, lentement, il la baisa sur l'oreille, ainsi qu'il la baisait autrefois pour la taquiner et l'étourdir. Alors, elle fut sans force, elle sentit un grand bourdonnement, un grand frisson descendre dans sa chair. Pourtant, elle fit de nouveau un pas. Et elle dut reculer. Ce n'était pas possible, la dégoûtation était si grande, l'odeur devenait telle, qu'elle se serait elle-même mal conduite dans ses draps. Coupeau, comme sur de la plume, assommé par l'ivresse, cuvait sa bordée, les membres morts, la gueule de travers. Toute la rue aurait bien pu entrer embrasser sa femme, sans qu'un poil de son corps en remuât.

– Tant pis, bégayait-elle, c'est sa faute, je ne puis pas... Ah ! mon Dieu ! ah ! mon Dieu ! il me renvoie de mon lit, je n'ai plus de lit... Non, je ne puis pas, c'est sa faute.

Elle tremblait, elle perdait la tête. Et, pendant que Lantier la poussait dans sa chambre, le visage de Nana apparut à la porte vitrée du cabinet, derrière un carreau. La petite venait de se réveiller et de se lever doucement, en chemise, pâle de sommeil. Elle regarda son père roulé dans son vomissement ; puis, la figure collée contre la vitre, elle resta là, à attendre que le jupon de sa mère eût disparu chez l'autre homme, en face. Elle était toute grave. Elle avait de grands yeux d'enfant vicieuse, allumés d'une curiosité sensuelle.

IX

Cet hiver-là, maman Coupeau faillit passer, dans une crise d'étouffement. Chaque année, au mois de décembre, elle était sûre que son asthme la collait sur le dos pour des deux et trois semaines. Elle n'avait plus quinze ans, elle devait en avoir soixante-treize à la Saint-Antoine. Avec ça, très patraque, râlant pour un rien, quoique grosse et grasse. Le médecin annonçait qu'elle s'en irait en toussant, le temps de crier : Bonsoir, Jeanneton, la chandelle est éteinte !

Quand elle était dans son lit, maman Coupeau devenait mauvaise comme la gale. Il faut dire que le cabinet où elle couchait avec Nana n'avait rien de gai. Entre le lit de la petite et le sien, se trouvait juste la place de deux chaises. Le papier des murs, un vieux papier gris déteint, pendait en lambeaux. La lucarne ronde, près du plafond, laissait tomber un jour louche et pâle de cave. On se faisait joliment vieux là-dedans, surtout une personne qui ne pouvait pas respirer. La nuit encore, lorsque l'insomnie la prenait, elle écoutait dormir la petite, et c'était une distraction. Mais, dans le jour, comme on ne lui tenait pas compagnie du matin au soir, elle grognait, elle pleurait, elle répétait toute seule pendant des heures, en roulant sa tête sur l'oreiller :

– Mon Dieu ! que je suis malheureuse !... Mon Dieu que je suis malheureuse !... En prison, oui, c'est en prison qu'ils me feront mourir !

Et dès qu'une visite lui arrivait, Virginie ou Mme Boche, pour lui demander comment allait la santé, elle ne répondait pas, elle entamait tout de suite le chapitre de ses plaintes.

– Ah ! il est cher, le pain que je mange ici ! Non, je ne souffrirais pas autant chez des étrangers !... Tenez, j'ai voulu une tasse de tisane, eh bien ! on m'en a apporté plein un pot à eau, une manière de me reprocher d'en trop boire... C'est comme Nana, cette enfant que j'ai élevée, elle se sauve nu-pieds, le matin, et je ne la revois plus. On croirait que je sens mauvais. Pourtant, la nuit, elle dort joliment, elle ne se réveillerait pas une seule fois pour me demander si je souffre... Enfin, je les embarrasse, ils attendent que je crève. Oh ! ce sera bientôt fait. Je n'ai plus de fils, cette coquine de blanchisseuse me l'a pris. Elle me battrait, elle m'achèverait, si elle n'avait pas peur de la justice.

Gervaise, en effet, se montrait un peu rude par moments. La baraque tournait mal, tout le monde s'y aigrissait et s'envoyait promener au premier mot. Coupeau, un matin qu'il avait les cheveux malades, s'était écrié : « La vieille dit toujours qu'elle va mourir, et elle ne meurt jamais ! » parole qui avait frappé maman Coupeau au cœur. On lui reprochait ce qu'elle coûtait, on disait tranquillement que, si elle n'était plus là, il y aurait une grosse économie. À la vérité, elle ne se conduisait pas non plus comme elle aurait dû. Ainsi, quand elle voyait sa fille aînée, Mme Lerat, elle pleurait misère, accusait son fils et sa belle-fille de la laisser mourir de faim, tout ça pour lui tirer une pièce de vingt sous, qu'elle dépensait en gourmandises. Elle faisait aussi des cancans abominables avec les Lorilleux, en leur racontant à quoi passaient leurs dix francs, aux fantaisies de la blanchisseuse, des bonnets neufs, des gâteaux mangés dans les coins, des choses plus sales même qu'on n'osait pas dire. À deux ou trois reprises, elle faillit faire battre toute la famille. Tantôt elle était avec les uns, tantôt elle était avec les autres ; enfin, ça devenait un vrai gâchis.

Au plus fort de sa crise, cet hiver-là, une après-midi que Mme Lorilleux et Mme Lerat s'étaient rencontrées devant son lit, maman Coupeau cligna les yeux, pour leur dire de se pencher. Elle pouvait à peine parler. Elle souffla, à voix basse :

– C'est du propre !... Je les ai entendus cette nuit. Oui, oui, la Banban et le chapelier... Et ils menaient un train ! Coupeau est joli. C'est du propre !

Elle raconta, par phrases courtes, toussant et étouffant, que son fils avait dû rentrer ivre mort, la veille. Alors, comme elle ne dormait pas, elle s'était très bien rendu compte de tous les bruits, les pieds nus de la Banban trottant sur le carreau, la voix sifflante du chapelier qui l'appelait, la porte de communication poussée doucement, et le reste. Ça devait avoir duré jusqu'au jour, elle ne savait pas l'heure au juste, parce que, malgré ses efforts, elle avait fini par s'assoupir.

– Ce qu'il y a de plus dégoûtant, c'est que Nana aurait pu entendre, continua-t-elle. Justement, elle a été agitée toute la nuit, elle qui d'habitude dort à poings fermés ; elle sautait, elle se retournait, comme s'il y avait eu de la braise dans son lit.

Les deux femmes ne parurent pas surprises.

– Pardi ! murmura Mme Lorilleux, ça doit avoir commencé le premier jour... Du moment où ça plaît à Coupeau, nous n'avons pas à nous en mêler ! N'importe ! ce n'est guère honorable pour la famille.

– Moi, si j'étais là, expliqua Mme Lerat en pinçant les lèvres, je lui ferais une peur, je lui crierais quelque chose, n'importe quoi : Je te vois ! ou bien : V'là les gendarmes !... La domestique d'un médecin m'a dit que son maître lui avait dit que ça pouvait tuer raide une femme, dans un certain moment. Et si elle restait sur la place, n'est-ce pas ? ce serait bien fait, elle se trouverait punie par où elle aurait péché.

Tout le quartier sut bientôt que, chaque nuit, Gervaise allait retrouver Lantier. Mme Lorilleux, devant les voisines, avait une indignation bruyante ; elle plaignait son frère, ce jeanjean que sa femme peignait en jaune de la tête aux pieds ; et, à l'entendre, si elle entrait encore dans un pareil bazar, c'était uniquement pour sa pauvre mère, qui se trouvait forcée de vivre au milieu de ces abominations. Alors, le quartier tomba sur Gervaise. Ça devait être elle qui avait débauché le chapelier. On voyait ça dans ses yeux.

Oui, malgré les vilains bruits, ce sacré sournois de Lantier restait gobé, parce qu'il continuait ses airs d'homme comme il faut avec tout le monde, marchant sur les trottoirs en lisant le journal, prévenant et galant auprès des dames, ayant toujours à donner des pastilles et des fleurs. Mon Dieu ! lui, faisait son métier de coq ; un homme est un homme, on ne peut pas lui demander de résister aux femmes qui se jettent à son cou. Mais elle, n'avait pas d'excuse ; elle déshonorait la rue de la Goutte-d'Or. Et les Lorilleux, comme parrain et marraine, attiraient Nana chez eux pour avoir des détails. Quand ils la questionnaient d'une façon détournée, la petite prenait son air bêta, répondait en éteignant la flamme de ses yeux sous ses longues paupières molles.

Au milieu de cette indignation publique, Gervaise vivait tranquille, lasse et un peu endormie. Dans les commencements, elle s'était trouvée bien coupable, bien sale, et elle avait eu un dégoût d'elle-même. Quand elle sortait de la chambre de Lantier, elle se lavait les mains, elle mouillait un torchon et se frottait les épaules à les écorcher, comme pour enlever son ordure. Si Coupeau cherchait alors à plaisanter, elle se fâchait, courait en grelottant s'habiller au fond de la boutique ; et elle ne tolérait pas davantage que le chapelier la touchât, lorsque son mari venait de l'embrasser. Elle aurait voulu changer de peau en changeant d'homme. Mais, lentement, elle s'accoutumait. C'était trop fatigant de se débarbouiller chaque fois. Ses paresses l'amollissaient, son besoin d'être heureuse lui faisait tirer tout le bonheur possible de ses embêtements. Elle était complaisante pour elle et pour les autres, tâchait uniquement d'arranger les choses de façon à ce que personne n'eût trop d'ennui. N'est-ce pas ? pourvu que son mari et son amant fussent contents, que la maison marchât son petit train-train régulier, qu'on rigolât du matin au soir, tous gras, tous satisfaits de la vie et se la coulant douce, il n'y avait vraiment pas de quoi se plaindre. Puis, après tout, elle ne devait pas tant faire de mal, puisque ça s'arrangeait si bien, à la satisfaction d'un chacun ; on est puni d'ordinaire, quand on fait le mal. Alors, son dévergondage avait tourné à l'habitude. Maintenant, c'était réglé comme le boire et le manger ; chaque fois que Coupeau rentrait soûl, elle passait chez Lantier, ce qui arrivait au moins le lundi, le mardi et le mercredi de la semaine. Elle partageait ses nuits. Même, elle avait fini, lorsque le zingueur simplement ronflait trop fort, par le lâcher au beau milieu du sommeil, et allait continuer son dodo tranquille sur l'oreiller du voisin. Ce n'était pas qu'elle éprouvât plus d'amitié pour le chapelier. Non, elle le trouvait seulement plus propre, elle se reposait mieux dans sa chambre, où elle croyait prendre un bain. Enfin, elle ressemblait aux chattes qui aiment à se coucher en rond sur le linge blanc.

Maman Coupeau n'osa jamais parler de ça nettement. Mais, après une dispute, quand la blanchisseuse l'avait secouée, la vieille ne ménageait pas les allusions. Elle disait connaître des hommes joliment bêtes et des femmes joliment coquines ; et elle mâchait d'autres mots plus vifs, avec la verdeur de parole d'une ancienne giletière. Les premières fois, Gervaise l'avait regardée fixement, sans répondre. Puis, tout en évitant elle aussi de préciser, elle se défendit, par des raisons dites en général. Quand une femme avait pour homme un soûlard, un saligaud qui vivait dans la pourriture, cette femme était bien excusable de chercher de la propreté ailleurs. Elle allait plus loin, elle laissait entendre que Lantier était son mari autant que Coupeau, peut-être même davantage. Est-ce qu'elle ne l'avait pas connu à quatorze ans ? est-ce qu'elle n'avait pas deux enfants de lui ? Eh bien ! dans ces conditions, tout se pardonnait, personne ne pouvait lui jeter la pierre. Elle se disait dans la loi de la nature. Puis, il ne fallait pas qu'on l'ennuyât. Elle aurait vite fait d'envoyer à chacun son paquet. La rue de la Goutte-d'Or n'était pas si propre ! La petite Mme Vigouroux faisait la cabriole du matin au soir dans son charbon. Mme Lehongre, la femme de l'épicier, couchait avec son beau-frère, un grand baveux qu'on n'aurait pas ramassé sur une pelle. L'horloger d'en face, ce monsieur pincé, avait failli passer aux assises, pour une abomination : il allait avec sa propre fille, une effrontée qui roulait les boulevards. Et, le geste élargi, elle indiquait le quartier entier, elle en avait pour une heure rien qu'à étaler le linge sale de tout ce peuple, les gens couchés comme des bêtes, en tas, pères, mères, enfants, se roulant dans leur ordure. Ah ! elle en savait, la cochonnerie pissait de partout, ça empoisonnait les maisons d'alentour ! Oui, oui, quelque chose de propre que l'homme et la femme, dans ce coin de Paris, où l'on est les uns sur les autres, à cause de la misère ! On aurait mis les deux sexes dans un mortier, qu'on en aurait tiré pour toute marchandise de quoi fumer les cerisiers de la plaine Saint-Denis.

– Ils feraient mieux de ne pas cracher en l'air, ça leur retombe sur le nez, criait-elle, quand on la poussait à bout. Chacun dans son trou, n'est-ce pas ? Qu'ils laissent vivre les braves gens à leur façon, s'ils veulent vivre à la leur... Moi, je trouve que tout est bien, mais à la condition de ne pas être traînée dans le ruisseau par des gens qui s'y promènent, la tête la première.

Et maman Coupeau s'étant un jour montrée plus claire, elle lui avait dit, les dents serrées :

– Vous êtes dans votre lit, vous profitez de ça... Écoutez, vous avez tort, vous voyez bien que je suis gentille, car jamais je ne vous ai jeté à la figure votre vie, à vous ! Oh ! je sais, une jolie vie, des deux ou trois hommes, du vivant du père Coupeau... Non, ne toussez pas, j'ai fini de causer. C'est seulement pour vous demander de me ficher la paix, voilà tout !

La vieille femme avait manqué étouffer. Le lendemain, Goujet étant venu réclamer le linge de sa mère pendant une absence de Gervaise, maman Coupeau l'appela et le garda longtemps assis devant son lit. Elle connaissait bien l'amitié du forgeron, elle le voyait sombre et malheureux depuis quelque temps, avec le soupçon des vilaines choses qui se passaient.

Et, pour bavarder, pour se venger de la dispute de la veille, elle lui apprit la vérité crûment, en pleurant, en se plaignant, comme si la mauvaise conduite de Gervaise lui faisait surtout du tort. Lorsque Goujet sortit du cabinet, il s'appuyait aux murs, suffoquant de chagrin. Puis, au retour de la blanchisseuse, maman Coupeau lui cria qu'on la demandait tout de suite chez Mme Goujet, avec le linge repassé ou non ; et elle était si animée, que Gervaise flaira les cancans, devina la triste scène et le crève-cœur dont elle se trouvait menacée.

Très pâle, les membres cassés à l'avance, elle mit le linge dans le panier, elle partit. Depuis des années, elle n'avait pas rendu un sou aux Goujet. La dette montait toujours à quatre cent vingt-cinq francs. Chaque fois, elle prenait l'argent du blanchissage, en parlant de sa gêne. C'était une grande honte pour elle, parce qu'elle avait l'air de profiter de l'amitié du forgeron pour le jobarder. Coupeau, moins scrupuleux maintenant, ricanait, disait qu'il avait bien dû lui pincer la taille dans les coins, et qu'alors il était payé. Mais elle, malgré le commerce où elle était tombée avec Lantier, se révoltait, demandait à son mari s'il voulait déjà manger de ce pain-là. Il ne fallait pas mal parler de Goujet devant elle ; sa tendresse pour le forgeron lui restait comme un coin de son honneur. Aussi, toutes les fois qu'elle reportait le linge chez ces braves gens, se trouvait-elle prise d'un serrement au cœur, dès la première marche de l'escalier.

– Ah ! c'est vous enfin ! lui dit sèchement Mme Goujet, en lui ouvrant la porte. Quand j'aurai besoin de la mort, je vous l'enverrai chercher.

Gervaise entra, embarrassée, sans oser même balbutier une excuse. Elle n'était plus exacte, ne venait jamais à l'heure, se faisait attendre des huit jours. Peu à peu, elle s'abandonnait à un grand désordre.

– Voilà une semaine que je compte sur vous, continua la dentellière. Et vous mentez avec ça, vous m'envoyez votre apprentie me raconter des histoires : on est après mon linge, on va me le livrer le soir même, ou bien c'est un accident, le paquet qui est tombé dans un seau. Moi, pendant ce temps-là, je perds ma journée, je ne vois rien arriver et je me tourmente l'esprit. Non, vous n'êtes pas raisonnable... Voyons, qu'est-ce que vous avez, dans ce panier ! Est-ce tout, au moins ! M'apportez-vous la paire de draps que vous me gardez depuis un mois, et la chemise qui est restée en arrière, au dernier blanchissage ?

– Oui, oui, murmura Gervaise, la chemise y est. La voici.

Mais Mme Goujet se récria. Cette chemise n'était pas à elle, elle n'en voulait pas. On lui changeait son linge, c'était le comble ! Déjà, l'autre semaine, elle avait eu deux mouchoirs qui ne portaient pas sa marque. Ça ne la ragoûtait guère, du linge venu elle ne savait d'où. Puis, enfin, elle tenait à ses affaires.

– Et les draps ? reprit-elle. Ils sont perdus, n'est-ce pas ?... Eh bien ! ma petite, il faudra vous arranger, mais je les veux quand même demain matin, entendez-vous !

Il y eut un silence. Ce qui achevait de troubler Gervaise, c'était de sentir, derrière elle, la porte de la chambre de Goujet entrouverte. Le forgeron devait être là, elle le devinait ; et quel ennui, s'il écoutait tous ces reproches mérités, auxquels elle ne pouvait rien répondre ! Elle se faisait très souple, très douce, courbant la tête, posant le linge sur le lit le plus vivement possible. Mais ça se gâta encore, quand Mme Goujet se mit à examiner les pièces une à une. Elle les prenait, les rejetait, en disant :

– Ah ! vous perdez joliment la main. On ne peut plus vous faire des compliments tous les jours... Oui, vous salopez, vous cochonnez l'ouvrage, à cette heure... Tenez, regardez-moi ce devant de chemise, il est brûlé, le fer a marqué sur les plis. Et les boutons, ils sont arrachés. Je ne sais pas comment vous vous arrangez, il ne reste jamais un bouton... Oh ! par exemple, voilà une camisole que je ne vous paierai pas. Voyez donc ça ? La crasse y est, vous l'avez étalée simplement. Merci ! si le linge n'est même plus propre...

Elle s'arrêta, comptant les pièces. Puis, elle s'écria :

– Comment ! c'est ce que vous apportez ?... Il manque deux paires de bas, six serviettes, une nappe, des torchons... Vous vous moquez de moi, alors ! Je vous ai fait dire de tout me rendre, repassé ou non. Si dans une heure votre apprentie n'est pas ici avec le reste, nous nous fâcherons, Mme Coupeau, je vous en préviens.

À ce moment, Goujet toussa dans sa chambre. Gervaise eut un léger tressaillement. Comme on la traitait devant lui, mon Dieu ! Et elle resta au milieu de la chambre, gênée, confuse, attendant le linge sale. Mais, après avoir arrêté le compte, Mme Goujet avait tranquillement repris sa place près de la fenêtre, travaillant au raccommodage d'un châle de dentelle.

– Et le linge ? demanda timidement la blanchisseuse.

– Non, merci, répondit la vieille femme, il n'y a rien cette semaine.

Gervaise pâlit. On lui retirait la pratique. Alors, elle perdit complètement la tête, elle dut s'asseoir sur une chaise, parce que ses jambes s'en allaient sous elle. Et elle ne chercha pas à se défendre, elle trouva seulement cette phrase :

– Monsieur Goujet est donc malade ?

Oui, il était souffrant, il avait dû rentrer au lieu de se rendre à la forge, et il venait de s'étendre sur son lit pour se reposer. Mme Goujet causait gravement, en robe noire comme toujours, sa face blanche encadrée dans sa coiffe monacale. On avait encore baissé la journée des boulonniers ; de neuf francs, elle était tombée à sept francs, à cause des machines qui, maintenant, faisaient toute la besogne. Et elle expliquait qu'ils économisaient sur tout ; elle voulait de nouveau laver son linge elle-même. Naturellement, ce serait bien tombé, si les Coupeau lui avaient rendu l'argent prêté par son fils. Mais ce n'était pas elle qui leur enverrait les huissiers, puisqu'ils ne pouvaient pas payer. Depuis qu'elle parlait de la dette, Gervaise, la tête basse, semblait suivre le jeu agile de son aiguille reformant les mailles une à une.

– Pourtant, continuait la dentellière, en vous gênant un peu, vous arriveriez à vous acquitter. Car, enfin, vous mangez très bien, voire, dépensez beaucoup, j'en suis sûre... Quand vous nous donneriez seulement dix francs chaque mois...

Elle fut interrompue par la voix de Goujet qui l'appelait.

– Maman ! maman !

Et, lorsqu'elle revint s'asseoir, presque tout de suite, elle changea de conversation. Le forgeron l'avait sans doute suppliée de ne pas demander de l'argent à Gervaise. Mais, malgré elle, au bout de cinq minutes, elle parlait de nouveau de la dette. Oh ! elle avait prévu ce qui arrivait, le zingueur buvait la boutique, et il mènerait sa femme loin. Aussi jamais son fils n'aurait prêté les cinq cents francs, s'il l'avait écoutée. Aujourd'hui, il serait marié, il ne crèverait pas de tristesse, avec la perspective d'être malheureux toute sa vie. Elle s'animait, elle devenait très dure, accusant clairement Gervaise de s'être entendue avec Coupeau pour abuser de son bêta d'enfant. Oui, il y avait des femmes qui jouaient l'hypocrisie pendant des années et dont la mauvaise conduite finissait par éclater au grand jour.

– Maman ! maman ! appela une seconde fois la voix de Goujet, plus violemment.

Elle se leva, et quand elle reparut, elle dit, en se remettant à sa dentelle :

– Entrez, il veut vous voir.

Gervaise, tremblante, laissa la porte ouverte. Cette scène l'émotionnait, parce que c'était comme un aveu de leur tendresse devant Mme Goujet. Elle retrouva la petite chambre tranquille, tapissée d'images, avec son lit de fer étroit, pareille à la chambre d'un garçon de quinze ans. Ce grand corps de Goujet, les membres cassés par la confidence de maman Coupeau, était allongé sur le lit, les yeux rouges, sa belle barbe jaune encore mouillée. Il devait avoir défoncé son oreiller de ses poings terribles, dans le premier moment de rage, car la toile fendue laissait couler la plume.

– Écoutez, maman a tort, dit-il à la blanchisseuse d'une voix presque basse. Vous ne me devez rien, je ne veux pas qu'on parle de ça.

Il s'était soulevé, il la regardait. De grosses larmes aussitôt remontèrent à ses yeux.

– Vous souffrez, monsieur Goujet ? murmura-t-elle. Qu'est-ce que vous avez, je vous en prie !

– Rien, merci. Je me suis trop fatigué hier. Je vais dormir un peu.

Puis, son cœur se brisa, il ne put retenir ce cri :

– Ah ! mon Dieu ! mon Dieu ! jamais ça ne devait être, jamais ! Vous aviez juré. Et ça est, maintenant, ça est !... Ah ! mon Dieu ! ça me fait trop de mal, allez-vous-en !

Et, de la main, il la renvoyait, avec une douceur suppliante. Elle n'approcha pas du lit, elle s'en alla, comme il le demandait, stupide, n'ayant rien à lui dire pour le soulager. Dans la pièce d'à côté, elle reprit son panier ; et elle ne sortait toujours pas, elle aurait voulu trouver un mot. Mme Goujet continuait son raccommodage, sans lever la tête. Ce fut elle qui dit enfin :

– Eh bien ! bonsoir, renvoyez-moi mon linge, nous compterons plus tard.

– Oui, c'est ça, bonsoir, balbutia Gervaise.

Elle referma la porte lentement, avec un dernier coup d'œil dans ce ménage propre, rangé, où il lui semblait laisser quelque chose de son honnêteté. Elle revint à la boutique de l'air bête des vaches qui rentrent chez elles, sans s'inquiéter du chemin. Maman Coupeau, sur une chaise, près de la mécanique, quittait son lit pour la première fois. Mais la blanchisseuse ne lui fit pas même un reproche ; elle était trop fatiguée, les os malades comme si on l'avait battue ; elle pensait que la vie était trop dure à la fin, et qu'à moins de crever tout de suite, on ne pouvait pourtant pas s'arracher le cœur soi-même.

Maintenant, Gervaise se moquait de tout. Elle avait un geste vague de la main pour envoyer coucher le monde. À chaque nouvel ennui, elle s'enfonçait dans le seul plaisir de faire ses trois repas par jour. La boutique aurait pu crouler ; pourvu qu'elle ne fût pas dessous, elle s'en serait allée volontiers, sans une chemise. Et la boutique croulait, pas tout d'un coup, mais un peu matin et soir. Une à une, les pratiques se fâchaient et portaient leur linge ailleurs. M. Madinier, Mlle Remanjou, les Boche eux-mêmes, étaient retournés chez Mme Fauconnier, où ils trouvaient plus d'exactitude. On finit par se lasser de réclamer une paire de bas pendant trois semaines et de remettre des chemises avec les taches de graisse de l'autre dimanche. Gervaise, sans perdre un coup de dents, leur criait bon voyage, les arrangeait d'une propre manière, en se disant joliment contente de ne plus avoir à fouiller dans leur infection. Ah bien ! tout le quartier pouvait la lâcher, ça la débarrasserait d'un beau tas d'ordures ; puis, ce serait toujours de l'ouvrage de moins. En attendant, elle gardait seulement les mauvaises payes, les rouleuses, les femmes comme Mme Gaudron, dont pas une blanchisseuse de la rue Neuve ne voulait laver le linge, tant il puait. La boutique était perdue, elle avait dû renvoyer sa dernière ouvrière, Mme Putois ; elle restait seule avec son apprentie, ce louchon d'Augustine, qui bêtissait en grandissant ; et encore, à elles deux, elles n'avaient pas toujours de l'ouvrage, elles traînaient leur derrière sur les tabourets durant des après-midi entières. Enfin, un plongeon complet. Ça sentait la ruine.

Naturellement, à mesure que la paresse et la misère entraient, la malpropreté entrait aussi. On n'aurait pas reconnu cette belle boutique bleue, couleur du ciel, qui était jadis l'orgueil de Gervaise. Les boiseries et les carreaux de la vitrine, qu'on oubliait de laver, restaient du haut en bas éclaboussés par la crotte des voitures. Sur les planches, à la tringle de laiton, s'étalaient trois guenilles grises, laissées par des clientes mortes à l'hôpital. Et c'était plus minable encore à l'intérieur : l'humidité des linges séchant au plafond avait décollé le papier ; la perse pompadour étalait des lambeaux qui pendaient pareils à des toiles d'araignée lourdes de poussière ; la mécanique, cassée, trouée à coups de tisonnier, mettait dans son coin les débris de vieille fonte d'un marchand de bric-à-brac ; l'établi semblait avoir servi de table à toute une garnison, taché de café et de vin, emplâtré de confiture, gras des lichades du lundi. Avec ça, une odeur d'amidon aigre, une puanteur faite de moisi, de graillon et de crasse. Mais Gervaise se trouvait très bien là-dedans. Elle n'avait pas vu la boutique se salir ; elle s'y abandonnait et s'habituait au papier déchiré, aux boiseries graisseuses, comme elle en arrivait à porter des jupes fendues et à ne plus se laver les oreilles. Même la saleté était un nid chaud où elle jouissait de s'accroupir. Laisser les choses à la débandade, attendre que la poussière bouchât les trous et mit un velours partout, sentir la maison s'alourdir autour de soi dans un engourdissement de fainéantise, cela était une vraie volupté dont elle se grisait. Sa tranquillité d'abord ; le reste, elle s'en battait l'œil. Les dettes, toujours croissantes pourtant, ne la tourmentaient plus. Elle perdait de sa probité ; on paierait ou on ne paierait pas, la chose restait vague, et elle préférait ne pas savoir. Quand on lui fermait un crédit dans une maison, elle en ouvrait un autre dans la maison d'à côté. Elle brûlait le quartier, elle avait des poufs tous les dix pas. Rien que dans la rue de la Goutte-d'Or, elle n'osait plus passer devant le charbonnier, ni devant l'épicier, ni devant la fruitière ; ce qui lui faisait faire le tour par la rue des Poissonniers, quand elle allait au lavoir, une trotte de dix bonnes minutes. Les fournisseurs venaient la traiter de coquine. Un soir, l'homme qui avait vendu les meubles de Lantier, ameuta les voisins ; il gueulait qu'il la trousserait et se paierait sur la bête, si elle ne lui allongeait pas sa monnaie. Bien sûr, de pareilles scènes la laissaient tremblante ; seulement, elle se secouait comme un chien battu, et c'était fini, elle n'en dînait pas plus mal, le soir. En voilà des insolents qui l'embêtaient ! elle n'avait point d'argent, elle ne pouvait pas en fabriquer, peut-être ! Puis, les marchands volaient assez, ils étaient faits pour attendre. Et elle se rendormait dans son trou, en évitant de songer à ce qui arriverait forcément un jour. Elle ferait le saut, parbleu ! mais, jusque-là, elle entendait ne pas être taquinée.

Pourtant, maman Coupeau était remise. Pendant une année encore, la maison boulotta. L'été, naturellement, il y avait toujours un peu plus de travail, les jupons blancs et les robes de percale des baladeuses du boulevard extérieur. Ça tournait à la dégringolade lente, le nez davantage dans la crotte chaque semaine, avec des hauts et des bas cependant, des soirs où l'on se frottait le ventre devant le buffet vide, et d'autres où l'on mangeait du veau à crever. On ne voyait plus que maman Coupeau sur les trottoirs, cachant des paquets sous son tablier, allant d'un pas de promenade au Mont-de-Piété de la rue Polonceau. Elle arrondissait le dos, avait la mine confite et gourmande d'une dévote qui va à la messe ; car elle ne détestait pas ça, les tripotages d'argent l'amusaient, ce bibelotage de marchande à la toilette chatouillait ses passions de vieille commère. Les employés de la rue Polonceau la connaissaient bien ; ils l'appelaient la mère « Quatre francs », parce qu'elle demandait toujours quatre francs, quand ils lui en offraient trois, sur ses paquets gros comme deux sous de beurre. Gervaise aurait bazardé la maison ; elle était prise de la rage du clou, elle se serait tondu la tête, si on avait voulu lui prêter sur ses cheveux. C'était trop commode, on ne pouvait pas s'empêcher d'aller chercher là de la monnaie, lorsqu'on attendait après un pain de quatre livres. Tout le saint-frusquin y passait, le linge, les habits, jusqu'aux outils et aux meubles. Dans les commencements, elle profitait des bonnes semaines, pour dégager, quitte à rengager la semaine suivante. Puis, elle se moqua de ses affaires, les laissa perdre, vendit les reconnaissances. Une seule chose lui fendit le cœur, ce fut de mettre sa pendule en plan, pour payer un billet de vingt francs à un huissier qui venait la saisir. Jusque-là, elle avait juré de mourir plutôt de faim que de toucher à sa pendule. Quand maman Coupeau l'emporta, dans une petite caisse à chapeau, elle tomba sur une chaise, les bras mous, les yeux mouillés, comme si on lui enlevait sa fortune. Mais, lorsque maman Coupeau reparut avec vingt-cinq francs, ce prêt inespéré, ces cinq francs de bénéfice la consolèrent ; elle renvoya tout de suite la vieille femme chercher quatre sous de goutte dans un verre, à la seule fin de fêter la pièce de cent sous. Souvent maintenant, lorsqu'elles s'entendaient bien ensemble, elles lichaient ainsi la goutte sur un coin de l'établi, un mêlé, moitié eau-de-vie et moitié cassis. Maman Coupeau avait un chic pour rapporter le verre plein dans la poche de son tablier, sans renverser une larme. Les voisins n'avaient pas besoin de savoir, n'est-ce pas ? La vérité était que les voisins savaient parfaitement. La fruitière, la tripière, les garçons épiciers disaient : « Tiens ! la vieille va chez ma tante », ou bien : « Tiens ! la vieille rapporte son riquiqui dans sa poche. » Et, comme de juste, ça montait encore le quartier contre Gervaise. Elle bouffait tout, elle aurait bientôt fait d'achever sa baraque. Oui, oui, plus que trois ou quatre bouchées, la place serait nette comme torchette.

Au milieu de ce démolissement général, Coupeau prospérait. Ce sacré soiffard se portait comme un charme. Le pichenet et le vitriol l'engraissaient, positivement. Il mangeait beaucoup, se fichait de cet efflanqué de Lorilleux qui accusait la boisson de tuer les gens, lui répondait en se tapant sur le ventre, la peau tendue par la graisse, pareille à la peau d'un tambour. Il lui exécutait là-dessus une musique, les vêpres de la gueule, des roulements et des battements de grosse caisse à faire la fortune d'un arracheur de dents. Mais Lorilleux, vexé de ne pas avoir de ventre, disait que c'était de la graisse jaune, de la mauvaise graisse. N'importe, Coupeau se soûlait davantage, pour sa santé. Ses cheveux poivre et sel, en coup de vent, flambaient comme un brûlot. Sa face d'ivrogne, avec sa mâchoire de singe, se culottait, prenait des tons de vin bleu. Et il restait un enfant de la gaieté ; il bousculait sa femme, quand elle s'avisait de lui conter ses embarras. Est-ce que les hommes sont faits pour descendre dans ces embêtements ? La cambuse pouvait manquer de pain, ça ne le regardait pas. Il lui fallait sa pâtée matin et soir, et il ne s'inquiétait jamais d'où elle lui tombait. Lorsqu'il passait des semaines sans travailler, il devenait plus exigeant encore. D'ailleurs, il allongeait toujours des claques amicales sur les épaules de Lantier. Bien sûr, il ignorait l'inconduite de sa femme ; du moins des personnes, les Boche, les Poisson, juraient leurs grands dieux qu'il ne se doutait de rien, et que ce serait un grand malheur, s'il apprenait jamais la chose. Mais Mme Lerat, sa propre sœur, hochait la tête, racontait qu'elle connaissait des maris auxquels ça ne déplaisait pas. Une nuit, Gervaise elle-même, qui revenait de la chambre du chapelier, était restée toute froide en recevant, dans l'obscurité, une tape sur le derrière ; puis, elle avait fini par se rassurer, elle croyait s'être cognée contre le bateau du lit. Vrai, la situation était trop terrible ; son mari ne pouvait pas s'amuser à lui faire des blagues.

Lantier, lui non plus, ne dépérissait pas. Il se soignait beaucoup, mesurait son ventre à la ceinture de son pantalon, avec la continuelle crainte d'avoir à resserrer ou à desserrer la boucle ; il se trouvait très bien, il ne voulait ni grossir ni mincir, par coquetterie. Cela le rendait difficile sur la nourriture, car il calculait tous les plats de façon à ne pas changer sa taille. Même quand il n'y avait pas un sou à la maison, il lui fallait des œufs, des côtelettes, des choses nourrissantes et légères. Depuis qu'il partageait la patronne avec le mari, il se considérait comme tout à fait de moitié dans le ménage ; il ramassait les pièces de vingt sous qui traînaient, menait Gervaise au doigt et à l'œil, grognait, gueulait, avait l'air plus chez lui que le zingueur. Enfin, c'était une baraque qui avait deux bourgeois. Et le bourgeois d'occasion, plus malin, tirait à lui la couverture, prenait le dessus du panier de tout, de la femme, de la table et du reste. Il écrémait les Coupeau, quoi ! Il ne se gênait plus pour battre son beurre en public. Nana restait sa préférée, parce qu'il aimait les petites filles gentilles. Il s'occupait de moins en moins d'Étienne, les garçons, selon lui, devant savoir se débrouiller. Lorsqu'on venait demander Coupeau, on le trouvait toujours là, en pantoufles, en manches de chemise, sortant de l'arrière-boutique avec la tête ennuyée d'un mari qu'on dérange ; et il répondait pour Coupeau, il disait que c'était la même chose.

Entre ces deux messieurs, Gervaise ne riait pas tous les jours. Elle n'avait pas à se plaindre de sa santé, Dieu merci ! Elle aussi devenait trop grasse. Mais deux hommes sur le dos, à soigner et à contenter, ça dépassait ses forces, souvent. Ah ! Dieu de Dieu ! un seul mari vous esquinte déjà assez le tempérament ! Le pis était qu'ils s'entendaient très bien, ces mâtins-là. Jamais ils ne se disputaient : ils se ricanaient dans la figure, le soir, après le dîner, les coudes posés au bord de la table ; ils se frottaient l'un contre l'autre toute la journée, comme les chats qui cherchent et cultivent leur plaisir. Les jours où ils rentraient furieux, c'était sur elle qu'ils tombaient. Allez-y ! tapez sur la bête ! Elle avait bon dos ; ça les rendait meilleurs camarades de gueuler ensemble. Et il ne fallait pas qu'elle s'avisât de se rebéquer. Dans les commencements, quand l'un criait, elle suppliait l'autre du coin de l'œil, pour en tirer une parole de bonne amitié. Seulement, ça ne réussissait guère. Elle filait doux maintenant, elle pliait ses grosses épaules, ayant compris qu'ils s'amusaient à la bousculer, tant elle était ronde, une vraie boule. Coupeau, très mal embouché, la traitait avec des mots abominables. Lantier, au contraire, choisissait ses sottises, allait chercher les mots que personne ne dit et qui la blessaient plus encore. Heureusement, on s'accoutume à tout ; les mauvaises paroles, les injustices des deux hommes finissaient par glisser sur sa peau fine comme sur une toile cirée. Elle en était même arrivée à les préférer en colère, parce que, les fois où ils faisaient les gentils, ils l'assommaient davantage, toujours après elle, ne lui laissant plus repasser un bonnet tranquillement. Alors, ils lui demandaient des petits plats, elle devait saler et ne pas saler, dire blanc et dire noir, les dorloter, les coucher l'un après l'autre dans du coton. Au bout de la semaine, elle avait la tête et les membres cassés, elle restait hébétée, avec des yeux de folle. Ça use une femme, un métier pareil.

Oui, Coupeau et Lantier l'usaient, c'était le mot ; ils la brûlaient par les deux bouts, comme on dit de la chandelle. Bien sûr, le zingueur manquait d'instruction ; mais le chapelier en avait trop, ou du moins il avait une instruction comme les gens pas propres ont une chemise blanche, avec la crasse par-dessous. Une nuit, elle rêva qu'elle était au bord d'un puits ; Coupeau la poussait d'un coup de poing, tandis que Lantier lui chatouillait les reins pour la faire sauter plus vite. Eh bien ! ça ressemblait à sa vie. Ah ! elle était à bonne école, ça n'avait rien d'étonnant, si elle s'avachissait. Les gens du quartier ne se montraient guère justes, quand ils lui reprochaient les vilaines façons qu'elle prenait, car son malheur ne venait pas d'elle. Parfois, lorsqu'elle réfléchissait, un frisson lui courait sur la peau. Puis, elle pensait que les choses auraient pu tourner plus mal encore. Il valait mieux avoir deux hommes, par exemple, que de perdre les deux bras. Et elle trouvait sa position naturelle, une position comme il y en a tant ; elle tâchait de s'arranger là-dedans un petit bonheur. Ce qui prouvait combien ça devenait popote et bonhomme, c'était qu'elle ne détestait pas plus Coupeau que Lantier. Dans une pièce, à la Gaité, elle avait vu une garce qui abominait son mari et l'empoisonnait, à cause de son amant ; et elle s'était fâchée, parce qu'elle ne sentait rien de pareil dans son cœur. Est-ce qu'il n'était pas plus raisonnable de vivre en bon accord tous les trois ? Non, non, pas de ces bêtises-là ; ça dérangeait la vie, qui n'avait déjà rien de bien drôle. Enfin, malgré les dettes, malgré la misère qui les menaçait, elle se serait déclarée très tranquille, très contente, si le zingueur et le chapelier l'avaient moins échinée et moins engueulée.

Vers l'automne, malheureusement, le ménage se gâta encore. Lantier prétendait maigrir, faisait un nez qui s'allongeait chaque jour. Il renaudait à propos de tout, renâclait sur les potées de pommes de terre, une ratatouille dont il ne pouvait pas manger, disait-il, sans avoir des coliques. Les moindres bisbilles, maintenant, finissaient par des attrapages, où l'on se jetait la débine de la maison à la tête ; et c'était le diable pour se rabibocher, avant d'aller pioncer chacun dans son dodo. Quand il n'y a plus de son, les ânes se battent, n'est-ce pas ? Lantier flairait la panne ; ça l'exaspérait de sentir la maison déjà mangée, si bien nettoyée, qu'il voyait le jour où il lui faudrait prendre son chapeau et chercher ailleurs la niche et la pâtée. Il était bien accoutumé à son trou, ayant pris là ses petites habitudes, dorloté par tout le monde ; un vrai pays de cocagne, dont il ne remplacerait jamais les douceurs. Dame ! on ne peut pas s'être empli jusqu'aux oreilles et avoir encore les morceaux sur son assiette. Il se mettait en colère contre son ventre, après tout, puisque la maison à cette heure était dans son ventre. Mais il ne raisonnait point ainsi ; il gardait aux autres une fière rancune de s'être laissé rafaler en deux ans. Vrai, les Coupeau n'étaient guère râblés. Alors, il cria que Gervaise manquait d'économie. Tonnerre de Dieu ! qu'est-ce qu'on allait devenir ? Juste les amis le lâchaient, lorsqu'il était sur le point de conclure une affaire superbe, six mille francs d'appointements dans une fabrique, de quoi mettre toute la petite famille dans le luxe.

En décembre, un soir, on dîna par cœur. Il n'y avait plus un radis, Lantier, très sombre, sortait de bonne heure, battait le pavé pour trouver une autre cambuse, où l'odeur de la cuisine déridât les visages. Il restait des heures à réfléchir, près de la mécanique. Puis, tout d'un coup, il montra une grande amitié pour les Poisson. Il ne blaguait plus le sergent de ville en l'appelant Badingue, allait jusqu'à lui concéder que l'empereur était un bon garçon, peut-être. Il paraissait surtout estimer Virginie, une femme de tête, disait-il, et qui saurait joliment mener sa barque. C'était visible, il les pelotait. Même on pouvait croire qu'il voulait prendre pension chez eux. Mais il avait une caboche à double fond, beaucoup plus compliquée que ça. Virginie lui ayant dit son désir de s'établir marchande de quelque chose, il se roulait devant elle, il déclarait ce projet-là très fort. Oui, elle devait être bâtie pour le commerce, grande, avenante, active. Oh ! elle gagnerait ce qu'elle voudrait. Puisque l'argent était prêt depuis longtemps, l'héritage d'une tante, elle avait joliment raison de lâcher les quatre robes qu'elle bâclait par saison, pour se lancer dans les affaires ; et il citait des gens en train de réaliser des fortunes, la fruitière du coin de la rue, une petite marchande de faïence du boulevard extérieur ; car le moment était superbe, on aurait vendu les balayures des comptoirs. Cependant, Virginie hésitait ; elle cherchait une boutique à louer, elle désirait ne pas quitter le quartier. Alors, Lantier l'emmena dans les coins, causa tout bas avec elle pendant des dix minutes. Il semblait lui pousser quelque chose de force, et elle ne disait plus non, elle avait l'air de l'autoriser à agir. C'était comme un secret entre eux, avec des clignements d'yeux, des mots rapides, une sourde machination qui se trahissait jusque dans leurs poignées de main. Dès ce moment, le chapelier, en mangeant son pain sec, guetta les Coupeau de son regard en dessous, redevenu très parleur, les étourdissant de ses jérémiades continues. Toute la journée, Gervaise marchait dans cette misère qu'il étalait complaisamment. Il ne parlait pas pour lui, grand Dieu ! Il crèverait la faim avec les amis tant qu'on voudrait. Seulement, la prudence exigeait qu'on se rendît compte au juste de la situation. On devait pour le moins cinq cents francs dans le quartier, au boulanger, au charbonnier, à l'épicier et aux autres. De plus, on se trouvait en retard de deux termes, soit encore deux cent cinquante francs ; le propriétaire, M. Marescot, parlait même de les expulser, s'ils ne le payaient pas avant le 1er janvier. Enfin, le Mont-de-Piété avait tout pris, on n'aurait pas pu y porter pour trois francs de bibelots, tellement le lavage du logement était sérieux ; les clous restaient aux murs, pas davantage, et il y en avait bien deux livres de trois sous. Gervaise, empêtrée là-dedans, les bras cassés par cette addition, se fâchait, donnait des coups de poing sur la table, ou bien finissait par pleurer comme une bête. Un soir, elle cria :

– Je file demain, moi !... J'aime mieux mettre la clef sous la porte et coucher sur le trottoir, que de continuer à vivre dans des transes pareilles.

– Il serait plus sage, dit sournoisement Lantier, de céder le bail, si l'on trouvait quelqu'un... Lorsque vous serez décidés tous les deux à lâcher la boutique...

Elle l'interrompit, avec plus de violence :

– Mais tout de suite, tout de suite !... Ah ! je serais joliment débarrassée !

Alors, le chapelier se montra très pratique. En cédant le bail, on obtiendrait sans doute du nouveau locataire les deux termes en retard. Et il se risqua à parler des Poisson, il rappela que Virginie cherchait un magasin ; la boutique lui conviendrait peut-être. Il se souvenait à présent de lui en avoir entendu souhaiter une toute semblable. Mais la blanchisseuse, au nom de Virginie, avait subitement repris son calme. On verrait ; on parlait toujours de planter là son chez-soi dans la colère, seulement la chose ne semblait pas si facile, quand on réfléchissait.

Les jours suivants, Lantier eut beau recommencer ses litanies, Gervaise répondait qu'elle s'était vue plus bas et s'en était tirée. La belle avance, lorsqu'elle n'aurait plus sa boutique ! Ça ne lui donnerait pas du pain. Elle allait, au contraire, reprendre des ouvrières et se faire une nouvelle clientèle. Elle disait cela pour se débattre contre les bonnes raisons du chapelier, qui la montrait par terre, écrasée sous les frais, sans le moindre espoir de remonter sur sa bête. Mais il eut la maladresse de prononcer encore le nom de Virginie, et elle s'entêta alors furieusement. Non, non, jamais ! Elle avait toujours douté du cœur de Virginie ; si Virginie ambitionnait la boutique, c'était pour l'humilier. Elle l'aurait cédée peut-être à la première femme dans la rue, mais pas à cette grande hypocrite qui attendait certainement depuis des années de lui voir faire le saut. Oh ! ça expliquait tout. Elle comprenait à présent pourquoi des étincelles jaunes s'allumaient dans les yeux de chat de cette margot. Oui, Virginie gardait sur la conscience la fessée du lavoir, elle mijotait sa rancune dans la cendre. Eh bien ! elle agirait prudemment en mettant sa fessée sous verre, si elle ne voulait pas en recevoir une seconde. Et ça ne serait pas long, elle pouvait apprêter son pétard. Lantier, devant ce débordement de mauvaises paroles, remoucha d'abord Gervaise ; il l'appela tête de pioche, boîte à ragots, Mme Pètesec, et s'emballa au point de traiter Coupeau lui-même de pedzouille, en l'accusant de ne pas savoir faire respecter un ami par sa femme. Puis, comprenant que la colère allait tout compromettre, il jura qu'il ne s'occuperait jamais plus des histoires des autres, car on en est trop mal récompensé ; et il parut, en effet, ne pas pousser davantage à la cession du bail, guettant une occasion pour reparler de l'affaire et décider la blanchisseuse.

Janvier était arrivé, un sale temps, humide et froid. Maman Coupeau, qui avait toussé et étouffé tout décembre, dut se coller dans le lit, après les Rois. C'était sa rente ; chaque hiver, elle attendait ça. Mais, cet hiver, autour d'elle, on disait qu'elle ne sortirait plus de sa chambre que les pieds en avant ; et elle avait, à la vérité, un fichu râle qui sonnait joliment le sapin, grosse et grasse pourtant, avec un œil déjà mort et la moitié de la figure tordue. Bien sûr, ses enfants ne l'auraient pas achevée ; seulement, elle traînait depuis si longtemps, elle était si encombrante qu'on souhaitait sa mort, au fond, comme une délivrance pour tout le monde. Elle-même serait beaucoup plus heureuse, car elle avait fait son temps, n'est-ce pas ? et quand on a fait son temps, on n'a rien à regretter. Le médecin, appelé une fois, n'était même pas revenu. On lui donnait de la tisane, histoire de ne pas l'abandonner complètement. Toutes les heures, on entrait voir si elle vivait encore. Elle ne parlait plus, tant elle suffoquait ; mais, de son œil resté bon, vivant et clair, elle regardait fixement les personnes ; et il y avait bien des choses dans cet œil-là, des regrets du bel âge, des tristesses à voir les siens si pressés de se débarrasser d'elle, des colères contre cette vicieuse de Nana qui ne se gênait plus, la nuit, pour aller guetter en chemise par la porte vitrée.

Un lundi soir, Coupeau rentra paf. Depuis que sa mère était en danger, il vivait dans un attendrissement continu. Quand il fut couché, ronflant à poings fermés, Gervaise tourna encore un instant. Elle veillait maman Coupeau une partie de la nuit. D'ailleurs, Nana se montrait très brave, couchait toujours auprès de la vieille, en disant que si elle l'entendait mourir, elle avertirait bien tout le monde. Cette nuit-là, comme la petite dormait et que la malade semblait sommeiller paisiblement, la blanchisseuse finit par céder à Lantier, qui l'appelait de sa chambre, où il lui conseillait de venir se reposer un peu. Ils gardèrent seulement une bougie allumée, posée à terre, derrière l'armoire. Mais, vers trois heures, Gervaise sauta brusquement du lit, grelottante, prise d'une angoisse. Elle avait cru sentir un souffle froid lui passer sur le corps. Le bout de bougie était brûlé, elle renouait ses jupons dans l'obscurité, étourdie, les mains fiévreuses. Ce fut seulement dans le cabinet, après s'être cognée aux meubles, qu'elle put allumer une petite lampe. Au milieu du silence écrasé des ténèbres, les ronflements du zingueur mettaient seuls deux notes graves. Nana, étalée sur le dos, avait un petit souffle, entre ses lèvres gonflées. Et Gervaise, ayant baissé la lampe qui faisait danser de grandes ombres, éclaira le visage de maman Coupeau, la vit toute blanche, la tête roulée sur l'épaule, avec les yeux ouverts. Maman Coupeau était morte.

Doucement, sans pousser un cri, glacée et prudente, la blanchisseuse revint dans la chambre de Lantier. Il s'était rendormi. Elle se pencha, en murmurant :

– Dis donc, c'est fini, elle est morte.

Tout appesanti de sommeil, mal éveillé, il grogna d'abord :

– Fiche-moi la paix, couche-toi... Nous ne pouvons rien lui faire, si elle est morte.

Puis, il se leva sur un coude, demandant :

– Quelle heure est-il ?

– Trois heures.

– Trois heures seulement ! Couche-toi donc. Tu vas prendre du mal... Lorsqu'il fera jour, on verra.

Mais elle ne l'écoutait pas, elle s'habillait complètement. Lui, alors, se recolla sous la couverture, le nez contre la muraille, en parlant de la sacrée tête des femmes. Est-ce que c'était pressé d'annoncer au monde qu'il y avait un mort dans le logement ? Ça manquait de gaieté au milieu de la nuit ; et il était exaspéré de voir son sommeil gâté par des idées noires. Cependant, quand elle eut reporté dans sa chambre ses affaires, jusqu'à ses épingles à cheveux, elle s'assit chez elle, sanglotant à son aise, ne craignant plus d'être surprise avec le chapelier. Au fond, elle aimait bien maman Coupeau, elle éprouvait un gros chagrin, après n'avoir ressenti, dans le premier moment, que de la peur et de l'ennui, en lui voyant choisir si mal son heure pour s'en aller. Et elle pleurait toute seule, très fort dans le silence, sans que le zingueur cessât de ronfler ; il n'entendait rien, elle l'avait appelé et secoué, puis elle s'était décidée à le laisser tranquille, en réfléchissant que ce serait un nouvel embarras, s'il se réveillait. Comme elle retournait auprès du corps, elle trouva Nana sur son séant, qui se frottait les yeux. La petite comprit, allongea le menton pour mieux voir sa grand-mère, avec sa curiosité de gamine vicieuse ; elle ne disait rien, elle était un peu tremblante, étonnée et satisfaite en face de cette mort qu'elle se promettait depuis deux jours, comme une vilaine chose, cachée et défendue aux enfants ; et, devant ce masque blanc, aminci au dernier hoquet par la passion de la vie, ses prunelles de jeune chatte s'agrandissaient, elle avait cet engourdissement de l'échine dont elle était clouée derrière les vitres de la porte, quand elle allait moucharder là ce qui ne regarde pas les morveuses.

– Allons, lève-toi, lui dit sa mère à voix basse. Je ne veux pas que tu restes.

Elle se laissa couler du lit à regret, tournant la tête, ne quittant pas la morte du regard. Gervaise était fort embarrassée d'elle, ne sachant où la mettre, en attendant le jour. Elle se décidait à la faire habiller, lorsque Lantier, en pantalon et en pantoufles, vint la rejoindre ; il ne pouvait plus dormir, il avait un peu honte de sa conduite. Alors, tout s'arrangea.

– Qu'elle se couche dans mon lit, murmura-t-il. Elle aura de la place.

Nana leva sur sa mère et sur Lantier ses grands yeux clairs, en prenant son air bête, son air du jour de l'an, quand on lui donnait des pastilles de chocolat. Et on n'eut pas besoin de la pousser, bien sûr ; elle trotta en chemise, ses petons nus effleurant à peine le carreau ; elle se glissa comme une couleuvre dans le lit, qui était encore tout chaud, et s'y tint allongée, enfoncée, son corps fluet bossuant à peine la couverture. Chaque fois que sa mère entra, elle la vit les yeux luisants dans sa face muette, ne dormant pas, ne bougeant pas, très rouge et paraissant réfléchir à des affaires.

Cependant, Lantier avait aidé Gervaise à habiller maman Coupeau ; et ce n'était pas une petite besogne, car la morte pesait son poids. Jamais on n'aurait cru que cette vieille-là était si grasse et si blanche. Ils lui avaient mis des bas, un jupon blanc, une camisole, un bonnet ; enfin, son linge le meilleur. Coupeau ronflait toujours, deux notes, l'une grave, qui descendait, l'autre sèche, qui remontait ; on aurait dit de la musique d'église, accompagnant les cérémonies du Vendredi saint. Aussi, quand la morte fut habillée et proprement étendue sur son lit, Lantier se versa-t-il un verre de vin, pour se remettre, car il avait le cœur à l'envers. Gervaise fouillait dans la commode, cherchant un petit crucifix en cuivre, apporté par elle de Plassans ; mais elle se rappela que maman Coupeau elle-même devait l'avoir vendu. Ils avaient allumé le poêle. Ils passèrent le reste de la nuit, à moitié endormis sur des chaises, achevant le litre entamé, embêtés et se boudant, comme si c'était de leur faute.

Vers sept heures, avant le jour, Coupeau se réveilla enfin. Quand il apprit le malheur, il resta l'œil sec d'abord, bégayant, croyant vaguement qu'on lui faisait une farce. Puis, il se jeta par terre, il alla tomber devant la morte ; et il l'embrassait, il pleurait comme un veau, avec de si grosses larmes, qu'il mouillait le drap en s'essuyant les joues. Gervaise s'était remise à sangloter, très touchée de la douleur de son mari, raccommodée avec lui ; oui, il avait le fond meilleur qu'elle ne le croyait. Le désespoir de Coupeau se mêlait à un violent mal aux cheveux. Il se passait les doigts dans les crins, il avait la bouche pâteuse des lendemains de culotte, encore un peu allumé malgré ses dix heures de sommeil. Et il se plaignait, les poings serrés. Nom de Dieu ! sa pauvre mère qu'il aimait tant, la voilà qui était partie ! Ah ! qu'il avait mal au crâne, ça l'achèverait ! Une vraie perruque de braise sur sa tête, et son cœur avec ça qu'on lui arrachait maintenant ! Non, le sort n'était pas juste de s'acharner ainsi après un homme !

– Allons, du courage, mon vieux, dit Lantier en le relevant. Il faut se remettre.

Il lui versait un verre de vin, mais Coupeau refusa de boire.

– Qu'est-ce que j'ai donc ? j'ai du cuivre dans le coco... C'est maman, c'est quand je l'ai vue, j'ai eu le goût du cuivre... Maman, mon Dieu ! maman, maman...

Et il recommença à pleurer comme un enfant. Il but tout de même le verre de vin, pour éteindre le feu qui lui brûlait la poitrine. Lantier fila bientôt, sous le prétexte d'aller prévenir la famille et de passer à la mairie faire la déclaration. Il avait besoin de prendre l'air. Aussi ne se pressa-t-il pas, fumant des cigarettes, goûtant le froid vif de la matinée. En sortant de chez Mme Lerat, il entra même dans une crémerie des Batignolles prendre une tasse de café bien chaud. Et il resta là une bonne heure, à réfléchir.

Cependant, dès neuf heures, la famille se trouva réunie dans la boutique, dont on laissait les volets fermés. Lorilleux ne pleura pas ; d'ailleurs, il avait de l'ouvrage pressé, il remonta presque tout de suite à son atelier, après s'être dandiné un instant avec une figure de circonstance. Mme Lorilleux et Mme Lerat avaient embrassé les Coupeau et se tamponnaient les yeux, où de petites larmes roulaient. Mais la première, quand elle eut jeté un coup d'œil rapide autour de la morte, haussa brusquement la voix pour dire que ça n'avait pas de bon sens, que jamais on ne laissait auprès d'un corps une lampe allumée ; il fallait de la chandelle, et l'on envoya Nana acheter un paquet de chandelles, des grandes. Ah bien ! on pouvait mourir chez la Banban, elle vous arrangerait d'une drôle de façon ! Quelle cruche, ne pas savoir seulement se conduire avec un mort ! Elle n'avait donc enterré personne dans sa vie ? Mme Lerat dut monter chez les voisines pour emprunter un crucifix ; elle en rapporta un trop grand, une croix de bois noir où était cloué un Christ de carton peint, qui barra toute la poitrine de maman Coupeau, et dont le poids semblait l'écraser. Ensuite, on chercha de l'eau bénite ; mais personne n'en avait, ce fut Nana qui courut de nouveau jusqu'à l'église en prendre une bouteille. En un tour de main, le cabinet eut une autre tournure ; sur une petite table, une chandelle brûlait à côté d'un verre plein d'eau bénite, dans lequel trempait une branche de buis. Maintenant, si du monde venait, ce serait propre, au moins. Et l'on disposa les chaises en rond, dans la boutique, pour recevoir.

Lantier rentra seulement à onze heures. Il avait demandé des renseignements au bureau des pompes funèbres.

– La bière est de douze francs, dit-il. Si vous voulez avoir une messe, ce sera dix francs de plus. Enfin, il y a le corbillard, qui se paie suivant les ornements...

– Oh ! c'est bien inutile, murmura Mme Lorilleux, en levant la tête d'un air surpris et inquiet. On ne ferait pas revenir maman, n'est-ce pas ?... Il faut aller selon sa bourse.

– Sans doute, c'est ce que je pense, reprit le chapelier. J'ai seulement pris les chiffres pour votre gouverne... Dites-moi ce que vous désirez ; après le déjeuner, j'irai commander.

On parlait à demi-voix, dans le petit jour qui éclairait la pièce par les fentes des volets. La porte du cabinet restait grande ouverte ; et, de cette ouverture béante, sortait le gros silence de la mort. Des rires d'enfants montaient dans la cour, une ronde de gamines tournait, au pâle soleil d'hiver. Tout à coup, on entendit Nana, qui s'était échappée de chez les Boche, où on l'avait envoyée. Elle commandait de sa voix aiguë, et les talons battaient les pavés, tandis que ces paroles chantées s'envolaient avec un tapage d'oiseaux braillards :

Notre âne, notre âne,
Il a mal à la patte.
Madame lui a fait faire
Un joli patatoire,
Et des souliers lilas, la, la,
Et des souliers lilas !

Gervaise attendit pour dire à son tour :

– Nous ne sommes pas riches, bien sûr ; mais nous voulons encore nous conduire proprement... Si maman Coupeau ne nous a rien laissé, ce n'est pas une raison pour la jeter dans la terre comme un chien... Non, il faut une messe, avec un corbillard assez gentil...

– Et qui est-ce qui paiera ? demanda violemment Mme Lorilleux. Pas nous, qui avons perdu de l'argent la semaine dernière ; pas vous non plus, puisque vous êtes ratissés... Ah ! vous devriez voir pourtant où ça vous a conduits, de chercher à épater le monde !

Coupeau, consulté, bégaya, avec un geste de profonde indifférence ; il se rendormait sur sa chaise. Mme Lerat dit qu'elle paierait sa part. Elle était de l'avis de Gervaise, on devait se montrer propre. Alors, toutes deux, sur un bout de papier, elles calculèrent : en tout, ça monterait à quatre-vingt-dix francs environ, parce qu'elles se décidèrent, après une longue explication, pour un corbillard orné d'un étroit lambrequin.

– Nous sommes trois, conclut la blanchisseuse. Nous donnerons chacun trente francs. Ce n'est pas la ruine.

Mais Mme Lorilleux éclata, furieuse.

– Eh bien ! moi, je refuse, oui je refuse !... Ce n'est pas pour les trente francs. J'en donnerais cent mille, si je les avais, et s'ils devaient ressusciter maman... Seulement, je n'aime pas les orgueilleux. Vous avez une boutique, vous rêvez de crâner devant le quartier. Mais nous n'entrons pas là-dedans, nous autres. Nous ne posons pas... Oh ! vous vous arrangerez. Mettez des plumes sur le corbillard, si ça vous amuse.

– On ne vous demande rien, finit par répondre Gervaise. Lorsque je devrais me vendre moi-même, je ne veux avoir aucun reproche à me faire. J'ai nourri maman Coupeau sans vous, je l'enterrerai bien sans vous... Déjà une fois, je ne vous l'ai pas mâché : je ramasse les chats perdus, ce n'est pas pour laisser votre mère dans la crotte.

Alors, Mme Lorilleux pleura, et Lantier dut l'empêcher de partir. La querelle devenait si bruyante, que Mme Lerat, poussant des *chut !* énergiques, crut devoir aller doucement dans le cabinet, et jeta sur la morte un regard fâché et inquiet, comme si elle craignait de la trouver éveillée, écoutant ce qu'on discutait à côté d'elle. À ce moment, la ronde des petites filles reprenait dans la cour, le filet de voix perçant de Nana dominait les autres.

Notre âne, notre âne,
Il a bien mal au ventre,
Madame lui a fait faire
Un joli ventrouilloire,
Et des souliers lilas, la, la,
Et des souliers lilas !

– Mon Dieu ! que ces enfants sont énervants, avec leur chanson ! dit à Lantier Gervaise toute secouée et près de sangloter d'impatience et de tristesse. Faites-les donc taire, et reconduisez Nana chez la concierge à coups de pied quelque part !

Mme Lerat et Mme Lorilleux s'en allèrent déjeuner en promettant de revenir. Les Coupeau se mirent à table, mangèrent de la charcuterie, mais sans faim, en n'osant seulement pas taper leur fourchette. Ils étaient très ennuyés, hébétés, avec cette pauvre maman Coupeau qui leur pesait sur les épaules et leur paraissait emplir toutes les pièces. Leur vie se trouvait dérangée. Dans le premier moment, ils piétinaient sans trouver les objets, ils avaient une courbature, comme au lendemain d'une noce. Lantier reprit tout de suite la porte pour retourner aux pompes funèbres, emportant les trente francs de Mme Lerat et soixante francs que Gervaise était allée emprunter à Goujet, en cheveux, pareille à une folle. L'après-midi, quelques visites arrivèrent, des voisines mordues de curiosité, qui se présentaient soupirant, roulant des yeux éplorés ; elles entraient dans le cabinet, dévisageaient la morte, en faisant un signe de croix et en secouant le brin de buis trempé d'eau bénite ; puis, elles s'asseyaient dans la boutique, où elles parlaient de la chère femme, interminablement, sans se lasser de répéter la même phrase pendant des heures. Mlle Remanjou avait remarqué que son œil droit était resté ouvert, Mme Gaudron s'entêtait à lui trouver une belle carnation pour son âge, et Mme Fauconnier restait stupéfaite de lui avoir vu manger son café, trois jours auparavant. Vrai, on claquait vite, chacun pouvait graisser ses bottes. Vers le soir, les Coupeau commençaient à en avoir assez. C'était une trop grande affliction pour une famille, de garder un corps si longtemps. Le gouvernement aurait bien dû faire une autre loi là-dessus. Encore toute une soirée, toute une nuit et toute une matinée, non ! ça ne finirait jamais. Quand on ne pleure plus, n'est-ce pas ? le chagrin tourne à l'agacement, on finirait par mal se conduire. Maman Coupeau, muette et roide au fond de l'étroit cabinet, se répandait de plus en plus dans le logement, devenait d'un poids qui crevait le monde. Et la famille, malgré elle, reprenait son train-train, perdait de son respect.

– Vous mangerez un morceau avec nous, dit Gervaise à Mme Lerat et à Mme Lorilleux, lorsqu'elles reparurent. Nous sommes trop tristes, nous ne nous quitterons pas.

On mit le couvert sur l'établi. Chacun, en voyant les assiettes, songeait aux gueuletons qu'on avait faits là. Lantier était de retour. Lorilleux descendit. Un pâtissier venait d'apporter une tourte, car la blanchisseuse n'avait pas la tête à s'occuper de cuisine. Comme on s'asseyait, Boche entra dire que M. Marescot demandait à se présenter, et le propriétaire se présenta, très grave, avec sa large décoration sur sa redingote. Il salua en silence, alla droit au cabinet, où il s'agenouilla. Il était d'une grande piété ; il pria d'un air recueilli de curé, puis traça une croix en l'air, en aspergeant le corps avec la branche de buis. Toute la famille, qui avait quitté la table, se tenait debout, fortement impressionnée. M. Marescot, ayant achevé ses dévotions, passa dans la boutique et dit aux Coupeau :

– Je suis venu pour les deux loyers arriérés. Êtes-vous en mesure ?

– Non, monsieur, pas tout à fait, balbutia Gervaise, très contrariée d'entendre parler de ça devant les Lorilleux. Vous comprenez, avec le malheur qui nous arrive...

– Sans doute, mais chacun a ses peines, reprit le propriétaire en élargissant ses doigts immenses d'ancien ouvrier. Je suis bien fâché, je ne puis attendre davantage... Si je ne suis pas payé après-demain matin, je serai forcé d'avoir recours à une expulsion.

Gervaise joignit les mains, les larmes aux yeux, muette et l'implorant. D'un hochement énergique de sa grosse tête osseuse, il lui fit comprendre que les supplications étaient inutiles. D'ailleurs, le respect dû aux morts interdisait toute discussion. Il se retira discrètement, à reculons.

– Mille pardons de vous avoir dérangés, murmura-t-il. Après-demain matin, n'oubliez pas.

Et, comme en s'en allant il passait de nouveau devant le cabinet, il salua une dernière fois le corps d'une génuflexion dévote, à travers la porte grande ouverte.

On mangea d'abord vite, pour ne pas paraître y prendre du plaisir. Mais, arrivé au dessert, on s'attarda, envahi d'un besoin de bien-être. Par moments, la bouche pleine, Gervaise ou l'une des deux sœurs se levait, allait jeter un coup d'œil dans le cabinet, sans même lâcher sa serviette ; et quand elle se rasseyait, achevant sa bouchée, les autres la regardaient une seconde, pour voir si tout marchait bien, à côté. Puis, les dames se dérangèrent moins souvent, maman Coupeau fut oubliée. On avait fait un baquet de café, et du très fort, afin de se tenir éveillé toute la nuit. Les Poisson vinrent sur les huit heures. On les invita à en boire un verre. Alors, Lantier, qui guettait le visage de Gervaise, parut saisir une occasion attendue par lui depuis le matin. À propos de la saleté des propriétaires qui entraient demander de l'argent dans les maisons où il y avait un mort, il dit brusquement :

– C'est un jésuite, ce salaud, avec son air de servir la messe !... Mais, moi, à votre place, je lui planterais là sa boutique.

Gervaise, éreintée de fatigue, molle et énervée, répondit en s'abandonnant :

– Oui, bien sûr, je n'attendrai pas les hommes de loi... Ah ! j'en ai plein le dos, plein le dos.

Les Lorilleux, jouissant à l'idée que la Banban n'aurait plus de magasin, l'approuvèrent beaucoup. On ne se doutait pas de ce que coûtait une boutique. Si elle ne gagnait que trois francs chez les autres, au moins elle n'avait pas de frais, elle ne risquait pas de perdre de grosses sommes. Ils firent répéter cet argument-là à Coupeau, en le poussant ; il buvait beaucoup, il se maintenait dans un attendrissement continu, pleurant tout seul dans son assiette. Comme la blanchisseuse semblait se laisser convaincre, Lantier cligna les yeux, en regardant les Poisson. Et la grande Virginie intervint, se montra très aimable.

– Vous savez, on pourrait s'entendre. Je prendrais la suite du bail, j'arrangerais votre affaire avec le propriétaire... Enfin, vous seriez toujours plus tranquille.

– Non, merci, déclara Gervaise, qui se secoua, comme prise d'un frisson. Je sais où trouver les termes, si je veux. Je travaillerai ; j'ai mes deux bras, Dieu merci ! pour me tirer d'embarras.

– On causera de ça plus tard, se hâta de dire le chapelier. Ce n'est pas convenable, ce soir... Plus tard, demain, par exemple.

À ce moment, Mme Lerat, qui était allée dans le cabinet, poussa un léger cri. Elle avait eu peur, parce qu'elle avait trouvé la chandelle éteinte, brûlée jusqu'au bout. Tout le monde s'occupa à en rallumer une autre ; et l'on hochait la tête, en répétant que ce n'était pas bon signe, quand la lumière s'éteignait auprès d'un mort.

La veillée commença. Coupeau s'était allongé, pas pour dormir, disait-il, pour réfléchir ; et il ronflait cinq minutes après. Lorsqu'on envoya Nana coucher chez les Boche, elle pleura ; elle se régalait depuis le matin, à l'espoir d'avoir bien chaud dans le grand lit de son bon ami Lantier. Les Poisson restèrent jusqu'à minuit. On avait fini par faire du vin à la française, dans un saladier, parce que le café donnait trop sur les nerfs de ces dames. La conversation tournait aux effusions tendres. Virginie parlait de la campagne : elle aurait voulu être enterrée au coin d'un bois, avec des fleurs des champs sur sa tombe. Mme Lerat gardait déjà, dans son armoire, le drap pour l'ensevelir, et elle le parfumait toujours d'un bouquet de lavande ; elle tenait à avoir une bonne odeur sous le nez, quand elle mangerait les pissenlits par la racine. Puis, sans transition, le sergent de ville raconta qu'il avait arrêté une grande belle fille le matin, qui venait de voler dans la boutique d'un charcutier ; en la déshabillant chez le commissaire, on lui avait trouvé dix saucissons pendus autour du corps, devant et derrière. Et, Mme Lorilleux ayant dit d'un air de dégoût qu'elle n'en mangerait pas, de ces saucissons-là, la société s'était mise à rire doucement. La veillée s'égaya, en gardant les convenances. Mais comme on achevait le vin à la française, un bruit singulier, un ruissellement sourd, sortit du cabinet. Tous levèrent la tête, se regardèrent.

– Ce n'est rien, dit tranquillement Lantier, en baissant la voix. Elle se vide.

L'explication fit hocher la tête, d'un air rassuré, et la compagnie reposa les verres sur la table.

Enfin, les Poisson se retirèrent. Lantier partit avec eux : il allait chez un ami, disait-il, pour laisser son lit aux dames, qui pourraient s'y reposer une heure, chacune à son tour. Lorilleux monta se coucher tout seul, en répétant que ça ne lui était pas arrivé depuis son mariage. Alors, Gervaise et les deux sœurs, restées avec Coupeau endormi, s'organisèrent auprès du poêle, sur lequel elles tinrent du café chaud. Elles étaient là, pelotonnées, pliées en deux, les mains sous leur tablier, le nez au-dessus du feu, à causer très bas, dans le grand silence du quartier. Mme Lorilleux geignait : elle n'avait pas de robe noire, elle aurait pourtant voulu éviter d'en acheter une, car ils étaient bien gênés, bien gênés ; et elle questionna Gervaise, demandant si maman Coupeau ne laissait pas une jupe noire, cette jupe qu'on lui avait donnée pour sa fête. Gervaise dut aller chercher la jupe. Avec un pli à la taille, elle pourrait servir. Mais Mme Lorilleux voulait aussi du vieux linge, parlait du lit, de l'armoire, des deux chaises, cherchait des yeux les bibelots qu'il fallait partager. On manqua se fâcher. Mme Lerat mit la paix ; elle était plus juste : les Coupeau avaient eu la charge de la mère, ils avaient bien gagné ses quatre guenilles. Et, toutes trois, elles s'assoupirent de nouveau au-dessus du poêle, dans des ragots monotones. La nuit leur semblait terriblement longue. Par moments, elles se secouaient, buvaient du café, allongeaient la tête dans le cabinet, où la chandelle, qu'on ne devait pas moucher, brûlait avec une flamme rouge et triste, grossie par les champignons charbonneux de la mèche. Vers le matin, elles grelottaient, malgré la forte chaleur du poêle. Une angoisse, une lassitude d'avoir trop causé, les suffoquaient, la langue sèche, les yeux malades. Mme Lerat se jeta sur le lit de Lantier et ronfla comme un homme ; tandis que les deux autres, la tête tombée et touchant les genoux, dormaient devant le feu. Au petit jour, un frisson les réveilla. La chandelle de maman Coupeau venait encore de s'éteindre. Et, comme, dans l'obscurité, le ruissellement sourd recommençait, Mme Lorilleux donna l'explication à voix haute, pour se tranquilliser elle-même.

– Elle se vide, répéta-t-elle, en allumant une autre chandelle.

L'enterrement était pour dix heures et demie. Une jolie matinée, à mettre avec la nuit et avec la journée de la veille ! C'est-à-dire que Gervaise, tout en n'ayant pas un sou, aurait donné cent francs à celui qui serait venu prendre maman Coupeau trois heures plus tôt. Non, on a beau aimer les gens, ils sont trop lourds, quand ils sont morts ; et même plus on les aime, plus on voudrait se vite débarrasser d'eux.

Une matinée d'enterrement est par bonheur pleine de distractions. On a toutes sortes de préparatifs à faire. On déjeuna d'abord. Puis, ce fut justement le père Bazouge, le croque-mort du sixième, qui apporta la bière et le sac de son. Il ne dessoûlait pas, ce brave homme. Ce jour-là, à huit heures, il était encore tout rigolo d'une cuite prise la veille.

– Voilà, c'est pour ici, n'est-ce pas ? dit-il.

Et il posa la bière qui eut un craquement de boîte neuve.

Mais, comme il jetait à côté le sac de son, il resta les yeux écarquillés, la bouche ouverte, en apercevant Gervaise devant lui.

– Pardon, excuse, je me trompe, balbutia-t-il. On m'avait dit que c'était pour chez vous.

Il avait déjà repris le sac, la blanchisseuse dut lui crier :

– Laissez donc ça, c'est pour ici.

– Ah ! tonnerre de Dieu ! faut s'expliquer ! reprit-il en se tapant sur la cuisse. Je comprends, c'est la vieille...

Gervaise était devenue toute blanche. Le père Bazouge avait apporté la bière pour elle. Il continuait, se montrant galant, cherchant à s'excuser :

– N'est-ce pas ? on racontait hier qu'il y en avait une de partie, au rez-de-chaussée. Alors, moi, j'avais cru... Vous savez, dans notre métier, ces choses-là, ça entre par une oreille et ça sort de l'autre... Je vous fais tout de même mon compliment. Hein ? le plus tard, c'est encore le meilleur, quoique la vie ne soit pas toujours drôle, ah ! non, par exemple !

Elle l'écoutait, se reculait, avec la peur qu'il ne la saisît de ses grandes mains sales, pour l'emporter dans sa boîte. Déjà une fois, le soir de ses noces, il lui avait dit en connaître des femmes, qui le remercieraient, s'il montait les prendre. Eh bien ! elle n'en était pas là, ça lui faisait froid dans l'échine. Son existence s'était gâtée, mais elle ne voulait pas s'en aller si tôt ; oui, elle aimait mieux crever la faim pendant des années, que de crever la mort, l'histoire d'une seconde.

– Il est poivre, murmura-t-elle d'un air de dégoût mêlé d'épouvante. L'administration devrait au moins ne pas envoyer des pochards. On paye assez cher.

Alors, le croque-mort se montra goguenard et insolent.

– Dites donc, ma petite mère, ce sera pour une autre fois. Tout à votre service, entendez-vous ! Vous n'avez qu'à me faire signe. C'est moi qui suis le consolateur des dames... Et ne crache pas sur le père Bazouge, parce qu'il en a tenu dans ses bras de plus chic que toi, qui se sont laissé arranger sans se plaindre, bien contentes de continuer leur dodo à l'ombre.

– Taisez-vous, père Bazouge ! dit sévèrement Lorilleux, accouru au bruit des voix. Ce ne sont pas des plaisanteries convenables. Si l'on se plaignait, vous seriez renvoyé... Allons, fichez le camp, puisque vous ne respectez pas les principes.

Le croque-mort s'éloigna, mais on l'entendit longtemps sur le trottoir, qui bégayait :

– De quoi, les principes !... Il n'y a pas de principes... il n'y a pas de principes... il n'y a que l'honnêteté !

Enfin, dix heures sonnèrent. Le corbillard était en retard. Il y avait du monde dans la boutique, des amis et des voisins, M. Madinier, Mes-Bottes, Mme Gaudron, Mlle Remanjou ; et, toutes les minutes, entre les volets fermés, par l'ouverture béante de la porte, une tête d'homme ou de femme s'allongeait, pour voir si ce lambin de corbillard n'arrivait pas. La famille, réunie dans la pièce du fond, donnait des poignées de main. De courts silences se faisaient, coupés de chuchotements rapides, une attente agacée et fiévreuse, avec des courses brusques de robe, Mme Lorilleux qui avait oublié son mouchoir, ou bien Mme Lerat qui cherchait un paroissien à emprunter. Chacun, en arrivant, apercevait au milieu du cabinet, devant le lit, la bière ouverte ; et, malgré soi, chacun restait à l'étudier du coin de l'œil, calculant que jamais la grosse maman Coupeau ne tiendrait là-dedans. Tout le monde se regardait, avec cette pensée dans les yeux, sans se la communiquer. Mais, il y eut une poussée à la porte de la rue. M. Madinier vint annoncer d'une voix grave et contenue, en arrondissant les bras :

– Les voici !

Ce n'était pas encore le corbillard. Quatre croque-morts entrèrent à la file, d'un pas pressé, avec leurs faces rouges et leurs mains gourdes de déménageurs, dans le noir pisseux de leurs vêtements, usés et blanchis au frottement des bières. Le père Bazouge marchait le premier, très soûl et très convenable ; dès qu'il était à la besogne, il retrouvait son aplomb. Ils ne prononcèrent pas un mot, la tête un peu basse, pesant déjà maman Coupeau du regard. Et ça ne traîna pas, la pauvre vieille fut emballée, le temps d'éternuer. Le plus petit, un jeune qui louchait, avait vidé le son dans le cercueil, et l'étalait en le pétrissant, comme s'il voulait faire du pain. Un autre, un grand maigre celui-là, l'air farceur, venait d'étendre le drap par-dessus. Puis, une, deux, allez-y ! tous les quatre saisirent le corps, l'enlevèrent, deux aux pieds, deux à la tête. On ne retourne pas plus vite une crêpe. Les gens qui allongeaient le cou purent croire que maman Coupeau était sautée d'elle-même dans la boîte. Elle avait glissé là comme chez elle, oh ! tout juste, si juste, qu'on avait entendu son frôlement contre le bois neuf. Elle touchait de tous les côtés, un vrai tableau dans un cadre. Mais enfin elle y tenait, ce qui étonna les assistants ; bien sûr, elle avait dû diminuer depuis la veille. Cependant, les croque-morts s'étaient relevés et attendaient ; le petit louche prit le couvercle, pour inviter la famille à faire les derniers adieux ; tandis que Bazouge mettait des clous dans sa bouche et apprêtait le marteau. Alors, Coupeau, ses deux sœurs, Gervaise, d'autres encore, se jetèrent à genoux, embrassèrent la maman qui s'en allait, avec de grosses larmes, dont les gouttes chaudes tombaient et roulaient sur ce visage raidi, froid comme une glace. Il y avait un bruit prolongé de sanglots. Le couvercle s'abattit, le père Bazouge enfonça ses clous avec le chic d'un emballeur, deux coups pour chaque pointe ; et personne ne s'écouta pleurer davantage dans ce vacarme de meuble qu'on répare. C'était fini. On partait.

– S'il est possible de faire tant d'esbrouffe, dans un moment pareil ! dit Mme Lorilleux à son mari, en apercevant le corbillard devant la porte.

Le corbillard révolutionnait le quartier. La tripière appelait les garçons de l'épicier, le petit horloger était sorti sur le trottoir, les voisins se penchaient aux fenêtres. Et tout ce monde causait du lambrequin à franges de coton blanches. Ah ! les Coupeau auraient mieux fait de payer leurs dettes ! Mais, comme le déclaraient les Lorilleux, lorsqu'on a de l'orgueil, ça sort partout et quand même.

– C'est honteux ! répétait au même instant Gervaise, en parlant du chaîniste et de sa femme. Dire que ces rapiats n'ont pas même apporté un bouquet de violettes pour leur mère !

Les Lorilleux, en effet, étaient venus les mains vides. Mme Lerat avait donné une couronne de fleurs artificielles. Et l'on mit encore sur la bière une couronne d'immortelles et un bouquet achetés par les Coupeau. Les croque-morts avaient dû donner un fameux coup d'épaule pour hisser et charger le corps. Le cortège fut lent à s'organiser. Coupeau et Lorilleux, en redingote, le chapeau à la main, conduisaient le deuil ; le premier dans son attendrissement que deux verres de vin blanc, le matin, avaient entretenu, se tenait au bras de son beau-frère, les jambes molles et les cheveux malades. Puis marchaient les hommes, M. Madinier, très grave, tout en noir, Mes-Bottes, un paletot sur sa blouse, Boche, dont le pantalon jaune fichait un pétard, Lantier, Gaudron, Bibi-la-Grillade, Poisson, d'autres encore. Les dames arrivaient ensuite, au premier rang Mme Lorilleux qui traînait la jupe retapée de la morte, Mme Lerat cachant sous son châle son deuil improvisé, un caraco garni de lilas, et à la file Virginie, Mme Gaudron, Mme Fauconnier, Mlle Remanjou, tout le reste de la queue. Quand le corbillard s'ébranla et descendit lentement la rue de la Goutte-d'Or, au milieu des signes de croix et des coups de chapeau, les quatre croque-morts prirent la tête, deux en avant, les deux autres à droite et à gauche. Gervaise était restée pour fermer la boutique. Elle confia Nana à Mme Boche, et elle rejoignit le convoi en courant, pendant que la petite, tenue par la concierge, sous le porche, regardait d'un œil profondément intéressé sa grand-mère disparaître au fond de la rue, dans cette belle voiture.

Juste au moment où la blanchisseuse essoufflée rattrapait la queue, Goujet arrivait de son côté. Il se mit avec les hommes ; mais il se retourna, et la salua d'un signe de tête, si doucement, qu'elle se sentit tout d'un coup très malheureuse et qu'elle fut reprise par les larmes. Elle ne pleurait plus seulement maman Coupeau, elle pleurait quelque chose d'abominable, qu'elle n'aurait pas pu dire, et qui l'étouffait. Durant tout le trajet, elle tint son mouchoir appuyé contre ses yeux. Mme Lorilleux, les joues sèches et enflammées, la regardait de côté, en ayant l'air de l'accuser de faire du genre.

À l'église, la cérémonie fut vite bâclée. La messe traîna pourtant un peu, parce que le prêtre était très vieux. Mes-Bottes et Bibi-la-Grillade avaient préféré rester dehors, à cause de la quête. M. Madinier, tout le temps, étudia les curés, et il communiquait à Lantier ses observations : ces farceurs-là, en crachant leur latin, ne savaient seulement pas ce qu'ils dégoisaient ; ils vous enterraient une personne comme ils vous l'auraient baptisée ou mariée, sans avoir dans le cœur le moindre sentiment. Puis, M. Madinier blâma ce tas de cérémonies, ces lumières, ces voix tristes, cet étalage devant les familles. Vrai, on perdait les siens deux fois, chez soi et à l'église. Et tous les hommes lui donnaient raison, car ce fut encore un moment pénible, lorsque, la messe finie, il y eut un barbotement de prières, et que les assistants durent défiler devant le corps, en jetant de l'eau bénite. Heureusement, le cimetière n'était pas loin, le petit cimetière de La Chapelle, un bout de jardin qui s'ouvrait sur la rue Marcadet. Le cortège y arriva débandé, tapant les pieds, chacun causant de ses affaires. La terre dure sonnait, on aurait volontiers battu la semelle. Le trou béant, près duquel on avait posé la bière, était déjà tout gelé, blafard et pierreux comme une carrière à plâtre ; et les assistants, rangés autour des monticules de gravats, ne trouvaient pas drôle d'attendre par un froid pareil, embêtés aussi de regarder le trou. Enfin, un prêtre en surplis sortit d'une maisonnette, il grelottait, on voyait son haleine fumer, à chaque « de profundis » qu'il lâchait. Au dernier signe de croix, il se sauva, sans avoir envie de recommencer. Le fossoyeur prit sa pelle ; mais à cause de la gelée, il ne détachait que de grosses mottes, qui battaient une jolie musique là-bas au fond, un vrai bombardement sur le cercueil, une enfilade de coups de canon à croire que le bois se fendait. On a beau être égoïste, cette musique-là vous casse l'estomac. Les larmes recommencèrent. On s'en allait, on était dehors, qu'on entendait encore les détonations. Mes-Bottes, soufflant dans ses doigts, fit tout haut une remarque : Ah ! tonnerre de Dieu ! non ! la pauvre maman Coupeau n'allait pas avoir chaud !

– Mesdames et la compagnie, dit le zingueur aux quelques amis restés dans la rue avec la famille, si vous voulez bien nous permettre de vous offrir quelque chose...

Et il entra le premier chez un marchand de vin de la rue Marcadet, À-la-descente-du-cimetière. Gervaise, demeurée sur le trottoir, appela Goujet qui s'éloignait, après l'avoir saluée d'un nouveau signe de tête. Pourquoi n'acceptait-il pas un verre de vin ? Mais il était pressé, il retournait à l'atelier. Alors, ils se regardèrent un moment sans rien dire.

– Je vous demande pardon pour les soixante francs, murmura enfin la blanchisseuse. J'étais comme une folle, j'ai songé à vous...

– Oh ! il n'y a pas de quoi, vous êtes pardonnée, interrompit le forgeron. Et, vous savez, tout à votre service, s'il vous arrivait un malheur... Mais n'en dites rien à maman, parce qu'elle a ses idées, et que je ne veux pas la contrarier.

Elle le regardait toujours ; et, en le voyant si bon, si triste, avec sa belle barbe jaune, elle fut sur le point d'accepter son ancienne proposition, de s'en aller avec lui, pour être heureux ensemble quelque part. Puis, il lui vint une autre mauvaise pensée, celle de lui emprunter ses deux termes, à n'importe quel prix. Elle tremblait, elle reprit d'une voix caressante :

– Nous ne sommes pas fâchés, n'est-ce pas ?

Lui, hocha la tête, en répondant :

– Non, bien sûr, jamais nous ne serons fâchés... Seulement, vous comprenez, tout est fini.

Et il s'en alla à grandes enjambées, laissant Gervaise étourdie, écoutant sa dernière parole battre dans ses oreilles avec un bourdonnement de cloche. En entrant chez le marchand de vin, elle entendait sourdement au fond d'elle : « Tout est fini, eh bien ! tout est fini ; je n'ai plus rien à faire, moi, si tout est fini ! » Elle s'assit, elle avala une bouchée de pain et de fromage, vida un verre plein qu'elle trouva devant elle.

C'était, au rez-de-chaussée, une longue salle à plafond bas, occupée par deux grandes tables. Des litres, des quarts de pain, de larges triangles de brie sur trois assiettes, s'étalaient à la file. La société mangeait sur le pouce, sans nappe et sans couverts. Plus loin, près du poêle qui ronflait, les quatre croque-morts achevaient de déjeuner.

– Mon Dieu ! expliquait M. Madinier, chacun son tour. Les vieux font de la place aux jeunes... Ça va vous sembler bien vide, votre logement, quand vous rentrerez.

– Oh ! mon frère donne congé, dit vivement Mme Lorilleux. C'est une ruine, cette boutique.

On avait travaillé Coupeau. Tout le monde le poussait à céder le bail. Mme Lerat elle-même, très bien avec Lantier et Virginie depuis quelque temps, chatouillée par l'idée qu'ils devaient avoir un béguin l'un pour l'autre, parlait de faillite et de prison, en prenant des airs effrayés. Et, brusquement, le zingueur se fâcha, son attendrissement tournait à la fureur, déjà trop arrosé de liquide.

– Écoute, cria-t-il dans le nez de sa femme, je veux que tu m'écoutes ! Ta sacrée tête fait toujours des siennes. Mais, cette fois, je suivrai ma volonté, je t'avertis !

– Ah bien ! dit Lantier, si jamais on la réduit par de bonnes paroles ! Il faudrait un maillet pour lui entrer ça dans le crâne.

Et tous deux tapèrent un instant sur elle. Ça n'empêchait pas les mâchoires de fonctionner, le brie disparaissait, les litres coulaient comme des fontaines. Cependant, Gervaise mollissait sous les coups. Elle ne répondait rien, la bouche toujours pleine, se dépêchant, comme si elle avait eu très faim. Quand ils se lassèrent, elle leva doucement la tête, elle dit :

– En voilà assez, hein ? Je m'en fiche pas mal de la boutique ! Je n'en veux plus... Comprenez-vous, je m'en fiche ! Tout est fini !

Alors, on redemanda du fromage et du pain, on causa sérieusement. Les Poisson prenaient le bail et offraient de répondre des deux termes arriérés. D'ailleurs, Boche acceptait l'arrangement, d'un air d'importance, au nom du propriétaire. Il loua même, séance tenante, un logement aux Coupeau, le logement vacant du sixième, dans le corridor des Lorilleux. Quant à Lantier, mon Dieu ! il voulait bien garder sa chambre, si cela ne gênait pas les Poisson. Le sergent de ville s'inclina, ça ne le gênait pas du tout ; on s'entend toujours entre amis, malgré les idées politiques. Et Lantier, sans se mêler davantage de la cession, en homme qui a conclu enfin sa petite affaire, se confectionna une énorme tartine de fromage de Brie ; il se renversait, il la mangeait dévotement, le sang sous la peau, brûlant d'une joie sournoise, clignant les yeux pour guigner tour à tour Gervaise et Virginie.

– Eh ! père Bazouge ! appela Coupeau, venez donc boire un coup. Nous ne sommes pas fiers, nous sommes tous des travailleurs.

Les quatre croque-morts, qui s'en allaient, rentrèrent pour trinquer avec la société. Ce n'était pas un reproche, mais la dame de tout à l'heure pesait son poids et valait bien un verre de vin. Le père Bazouge regardait fixement la blanchisseuse, sans lâcher un mot déplacé. Elle se leva mal à l'aise, elle quitta les hommes qui achevaient de se cocarder. Coupeau, soûl comme une grive, recommençait à viauper et disait que c'était le chagrin.

Le soir, quand Gervaise se retrouva chez elle, elle resta abêtie sur une chaise. Il lui semblait que les pièces étaient désertes et immenses. Vrai, ça faisait un fameux débarras. Mais elle n'avait bien sûr pas laissé que maman Coupeau au fond du trou, dans le petit jardin de la rue Marcadet. Il lui manquait trop de choses, ça devait être un morceau de sa vie à elle, et sa boutique, et son orgueil de patronne, et d'autres sentiments encore, qu'elle avait enterrés ce jour-là. Oui, les murs étaient nus, son cœur aussi, c'était un déménagement complet, une dégringolade dans le fossé. Et elle se sentait trop lasse, elle se ramasserait plus tard, si elle pouvait.

À dix heures, en se déshabillant, Nana pleura, trépigna. Elle voulait coucher dans le lit de maman Coupeau. Sa mère essaya de lui faire peur ; mais la petite était trop précoce, les morts lui causaient seulement une grosse curiosité ; si bien que, pour avoir la paix, on finit par lui permettre de s'allonger à la place de maman Coupeau. Elle aimait les grands lits, cette gamine ; elle s'étalait, elle se roulait. Cette nuit-là, elle dormit joliment bien, dans la bonne chaleur et les chatouilles du matelas de plume.

X

Le nouveau logement des Coupeau se trouvait au sixième, escalier B. Quand on avait passé devant Mlle Remanjou, on prenait le corridor, à gauche. Puis, il fallait encore tourner. La première porte était celle des Bijard. Presque en face, dans un trou sans air, sous un petit escalier qui montait à la toiture, couchait le père Bru. Deux logements plus loin, on arrivait chez Bazouge. Enfin, contre Bazouge, c'étaient les Coupeau, une chambre et un cabinet donnant sur la cour. Et il n'y avait plus, au fond du couloir, que deux ménages, avant d'être chez les Lorilleux, tout au bout.

Une chambre et un cabinet, pas plus. Les Coupeau perchaient là, maintenant. Et encore la chambre était-elle large comme la main. Il fallait y faire tout, dormir, manger et le reste. Dans le cabinet, le lit de Nana tenait juste ; elle devait se déshabiller chez son père et sa mère, et on laissait la porte ouverte, la nuit, pour qu'elle n'étouffât pas. C'était si petit, que Gervaise avait cédé des affaires aux Poisson en quittant la boutique, ne pouvant tout caser. Le lit, la table, quatre chaises, le logement était plein. Même le cœur crevé, n'ayant pas le courage de se séparer de sa commode, elle avait encombré le carreau de ce grand coquin de meuble, qui bouchait la moitié de la fenêtre. Un des battants se trouvait condamné, ça enlevait de la lumière et de la gaieté. Quand elle voulait regarder dans la cour, comme elle devenait très grosse, elle n'avait pas la place de ses coudes, elle se penchait de biais, le cou tordu, pour voir.

Les premiers jours, la blanchisseuse s'asseyait et pleurait. Ça lui semblait trop dur, de ne plus pouvoir se remuer chez elle, après avoir toujours été au large. Elle suffoquait, elle restait à la fenêtre pendant des heures, écrasée entre le mur et la commode, à prendre des torticolis. Là seulement elle respirait. La cour, pourtant, ne lui inspirait guère que des idées tristes. En face d'elle, du côté du soleil, elle apercevait son rêve d'autrefois, cette fenêtre du cinquième où des haricots d'Espagne, à chaque printemps, enroulaient leurs tiges minces sur un berceau de ficelles. Sa chambre, à elle, était du côté de l'ombre, les pots de réséda y mouraient en huit jours. Ah ! non, la vie ne tournait pas gentiment, ce n'était guère l'existence qu'elle avait espérée. Au lieu d'avoir des fleurs sur sa vieillesse, elle roulait dans les choses qui ne sont pas propres. Un jour, en se penchant, elle eut une drôle de sensation, elle crut se voir en personne là-bas, sous le porche, près de la loge du concierge, le nez en l'air, examinant la maison pour la première fois ; et ce saut de treize ans en arrière lui donna un élancement au cœur. La cour n'avait pas changé, les façades nues à peine plus noires et plus lépreuses ; une puanteur montait des plombs rongés de rouille ; aux cordes des croisées, séchaient des linges, des couches d'enfant emplâtrées d'ordure ; en bas, le pavé défoncé restait sali des escarbilles de charbon du serrurier et des copeaux du menuisier ; même, dans le coin humide de la fontaine, une mare coulée de la teinturerie avait une belle teinte bleue, d'un bleu aussi tendre que le bleu de jadis. Mais elle, à cette heure, se sentait joliment changée et décatie. Elle n'était plus en bas, d'abord, la figure vers le ciel, contente et courageuse, ambitionnant un bel appartement. Elle était sous les toits, dans le coin des pouilleux, dans le trou le plus sale, à l'endroit où l'on ne recevait jamais la visite d'un rayon. Et ça expliquait ses larmes, elle ne pouvait pas être enchantée de son sort.

Cependant, lorsque Gervaise se fut un peu accoutumée, les commencements du ménage, dans le nouveau logement, ne se présentèrent pas mal. L'hiver était presque fini, les quatre sous des meubles cédés à Virginie avaient facilité l'installation. Puis, dès les beaux jours, il arriva une chance, Coupeau se trouva embauché pour aller travailler en province, à Étampes ; et là, il fit près de trois mois, sans se soûler, guéri un moment par l'air de la campagne. On ne se doute pas combien ça désaltère les pochards, de quitter l'air de Paris, où il y a dans les rues une vraie fumée d'eau-de-vie et de vin. À son retour, il était frais comme une rose, et il rapportait quatre cents francs, avec lesquels ils payèrent les deux termes arriérés de la boutique, dont les Poisson avaient répondu, ainsi que d'autres petites dettes du quartier, les plus criardes. Gervaise déboucha deux ou trois rues où elle ne passait plus. Naturellement, elle s'était mise repasseuse à la journée. Mme Fauconnier, très bonne femme, pourvu qu'on la flattât, avait bien voulu la reprendre. Elle lui donnait même trois francs, comme à une première ouvrière, par égard pour son ancienne position de patronne. Aussi le ménage semblait-il devoir boulotter. Même, avec du travail et de l'économie, Gervaise voyait le jour où ils pourraient tout payer et s'arranger un petit train-train supportable. Seulement, elle se promettait ça, dans la fièvre de la grosse somme gagnée par son mari. À froid, elle acceptait le temps comme il venait, elle disait que les belles choses ne duraient pas.

Ce dont les Coupeau eurent le plus à souffrir alors, ce fut de voir les Poisson s'installer dans leur boutique. Ils n'étaient point trop jaloux de leur naturel, mais on les agaçait, on s'émerveillait exprès devant eux sur les embellissements de leurs successeurs. Les Boche, surtout les Lorilleux, ne tarissaient pas. À les entendre, jamais on n'aurait vu une boutique plus belle. Et ils parlaient de l'état de saleté où les Poisson avaient trouvé les lieux, ils racontaient que le lessivage seul était monté à trente francs. Virginie, après des hésitations, s'était décidée pour un petit commerce d'épicerie fine, des bonbons, du chocolat, du café, du thé. Lantier lui avait vivement conseillé ce commerce, car il y avait, disait-il, des sommes énormes à gagner dans la friandise. La boutique fut peinte en noir, et relevée de filets jaunes, deux couleurs distinguées. Trois menuisiers travaillèrent huit jours à l'agencement des casiers, des vitrines, un comptoir avec des tablettes pour les bocaux, comme chez les confiseurs. Le petit héritage, que Poisson tenait en réserve, dut être rudement écorné. Mais Virginie triomphait, et les Lorilleux, aidés des portiers, n'épargnaient pas à Gervaise un casier, une vitrine, un bocal, amusés quand ils voyaient sa figure changer. On a beau n'être pas envieux, on rage toujours quand les autres chaussent vos souliers et vous écrasent.

Il y avait aussi une question d'homme par-dessous. On affirmait que Lantier avait quitté Gervaise. Le quartier déclarait ça très bien. Enfin, ça mettait un peu de morale dans la rue. Et tout l'honneur de la séparation revenait à ce finaud de chapelier, que les dames gobaient toujours. On donnait des détails, il avait dû calotter la blanchisseuse pour la faire tenir tranquille, tant elle était acharnée après lui. Naturellement, personne ne disait la vérité vraie ; ceux qui auraient pu la savoir, la jugeaient trop simple et pas assez intéressante. Si l'on voulait, Lantier avait en effet quitté Gervaise, en ce sens qu'il ne la tenait plus à sa disposition, le jour et la nuit ; mais il montait pour sûr la voir au sixième, quand l'envie l'en prenait, car Mlle Remanjou le rencontrait sortant de chez les Coupeau à des heures peu naturelles. Enfin, les rapports continuaient, de bric et de broc, va comme je te pousse, sans que l'un ni l'autre y eût beaucoup de plaisir ; un reste d'habitude, des complaisances réciproques, pas davantage. Seulement, ce qui compliquait la situation, c'était que le quartier, maintenant, fourrait Lantier et Virginie dans la même paire de draps. Là encore le quartier se pressait trop. Sans doute, le chapelier chauffait la grande brune ; et ça se trouvait indiqué, puisqu'elle remplaçait Gervaise en tout et pour tout, dans le logement. Il courait justement une blague, on prétendait qu'une nuit il était allé chercher Gervaise sur l'oreiller du voisin, et qu'il avait ramené et gardé Virginie sans la reconnaître avant le petit jour, à cause de l'obscurité. L'histoire faisait rigoler, mais il n'était réellement pas si avancé, il se permettait à peine de lui pincer les hanches. Les Lorilleux n'en parlaient pas moins devant la blanchisseuse des amours de Lantier et de Mme Poisson avec attendrissement, espérant la rendre jalouse. Les Boche, eux aussi, laissaient entendre que jamais ils n'avaient vu un plus beau couple. Le drôle, dans tout ça, c'était que la rue de la Goutte-d'Or ne semblait pas se formaliser du nouveau ménage à trois ; non, la morale, dure pour Gervaise, se montrait douce pour Virginie. Peut-être l'indulgence souriante de la rue venait-elle de ce que le mari était sergent de ville.

Heureusement, la jalousie ne tourmentait guère Gervaise. Les infidélités de Lantier la laissaient bien calme, parce que son cœur, depuis longtemps, n'était plus pour rien dans leurs rapports. Elle avait appris, sans chercher à les savoir, des histoires malpropres, des liaisons du chapelier avec toutes sortes de filles, les premiers chiens coiffés qui passaient dans la rue ; et ça lui faisait si peu d'effet, qu'elle avait continué d'être complaisante, sans même trouver en elle assez de colère pour rompre. Cependant, elle n'accepta pas si aisément le nouveau béguin de son amant. Avec Virginie, c'était autre chose. Ils avaient inventé ça dans le seul but de la taquiner tous les deux ; et si elle se moquait de la bagatelle, elle tenait aux égards. Aussi, lorsque Mme Lorilleux ou quelque autre méchante bête affectait en sa présence de dire que Poisson ne pouvait plus passer sous la porte Saint-Denis, devenait-elle toute blanche, la poitrine arrachée, une brûlure dans l'estomac. Elle pinçait les lèvres, elle évitait de se fâcher, ne voulant pas donner ce plaisir à ses ennemis. Mais elle dut quereller Lantier, car Mlle Remanjou crut distinguer le bruit d'un soufflet, une après-midi ; d'ailleurs, il y eut certainement une brouille, Lantier cessa de lui parler pendant quinze jours, puis il revint le premier, et le train-train parut recommencer, comme si de rien n'était. La blanchisseuse préférait en prendre son parti, reculant devant un crêpage de chignons, désireuse de ne pas gâter sa vie davantage. Ah ! elle n'avait plus vingt ans, elle n'aimait plus les hommes, au point de distribuer des fessées pour leurs beaux yeux et de risquer le poste. Seulement, elle additionnait ça avec le reste.

Coupeau blaguait. Ce mari commode, qui n'avait pas voulu voir le cocuage chez lui, rigolait à mort de la paire de cornes de Poisson. Dans son ménage, ça ne comptait pas ; mais, dans le ménage des autres, ça lui semblait farce, et il se donnait un mal du diable pour guetter ces accidents-là, quand les dames des voisins allaient regarder la feuille à l'envers. Quel jean-jean, ce Poisson ! et ça portait une épée, ça se permettait de bousculer le monde sur les trottoirs ! Puis, Coupeau poussait le toupet jusqu'à plaisanter Gervaise. Ah bien ! son amoureux la lâchait joliment ! Elle n'avait pas de chance : une première fois, les forgerons ne lui avaient pas réussi, et, pour la seconde, c'étaient les chapeliers qui lui claquaient dans la main. Aussi, elle s'adressait aux corps d'état pas sérieux. Pourquoi ne prenait-elle pas un maçon, un homme d'attache, habitué à gâcher solidement son plâtre ? Bien sûr, il disait ces choses en manière de rigolade, mais Gervaise n'en devenait pas moins toute verte, parce qu'il la fouillait de ses petits yeux gris, comme s'il avait voulu lui entrer les paroles avec une vrille. Lorsqu'il abordait le chapitre des saletés, elle ne savait jamais s'il parlait pour rire ou pour de bon. Un homme qui se soûle d'un bout de l'année à l'autre, n'a plus la tête à lui, et il y a des maris, très jaloux à vingt ans, que la boisson rend très coulants à trente sur le chapitre de la fidélité conjugale.

Il fallait voir Coupeau crâner dans la rue de la Goutte-d'Or ! Il appelait Poisson le cocu. Ça leur clouait le bec, aux bavardes ! Ce n'était plus lui, le cocu. Oh ! il savait ce qu'il savait. S'il avait eu l'air de ne pas entendre, dans le temps, c'était apparemment qu'il n'aimait pas les potins. Chacun connaît son chez soi et se gratte où ça le démange. Ça ne le démangeait pas, lui ; il ne pouvait pas se gratter, pour faire plaisir au monde. Eh bien ! et le sergent de ville, est-ce qu'il entendait ? Pourtant ça y était, cette fois ; on avait vu les amoureux, il ne s'agissait plus d'un cancan en l'air. Et il se fâchait, il ne comprenait pas comment un homme, un fonctionnaire du gouvernement, souffrait chez lui un pareil scandale. Le sergent de ville devait aimer la resucée des autres, voilà tout. Les soirs où Coupeau s'ennuyait, seul avec sa femme dans leur trou, sous les toits, ça ne l'empêchait pas de descendre chercher Lantier et de l'amener de force. Il trouvait la cambuse triste, depuis que le camarade n'était plus là. Il le raccommodait avec Gervaise, s'il les voyait en froid. Tonnerre de Dieu ! est-ce qu'on n'envoie pas le monde à la balançoire, est-ce qu'il est défendu de s'amuser comme on l'entend ? Il ricanait, des idées larges s'allumaient dans ses yeux vacillants de pochard, des besoins de tout partager avec le chapelier, pour embellir la vie. Et c'était surtout ces soirs-là que Gervaise ne savait plus s'il parlait pour rire ou pour de bon.

Au milieu de ces histoires, Lantier faisait le gros dos. Il se montrait paternel et digne. À trois reprises, il avait empêché des brouilles entre les Coupeau et les Poisson. Le bon accord des deux ménages entrait dans son contentement. Grâce aux regards tendres et fermes dont il surveillait Gervaise et Virginie, elles affectaient toujours l'une pour l'autre une grande amitié. Lui, régnant sur la blonde et sur la brune avec une tranquillité de pacha, s'engraissait de sa roublardise. Ce mâtin-là digérait encore les Coupeau qu'il mangeait déjà les Poisson. Oh ! ça ne le gênait guère ! une boutique avalée, il entamait une seconde boutique. Enfin, il n'y a que les hommes de cette espèce qui aient de la chance.

Ce fut cette année-là, en juin, que Nana fit sa première communion. Elle allait sur ses treize ans, grande déjà comme une asperge montée, avec un air d'effronterie ; l'année précédente, on l'avait renvoyée du catéchisme, à cause de sa mauvaise conduite ; et, si le curé l'admettait cette fois, c'était de peur de ne pas la voir revenir et de lâcher sur le pavé une païenne de plus. Nana dansait de joie en pensant à la robe blanche. Les Lorilleux, comme parrain et marraine, avaient promis la robe, un cadeau dont ils parlaient dans toute la maison ; Mme Lerat devait donner le voile et le bonnet, Virginie la bourse, Lantier le paroissien ; de façon que les Coupeau attendaient la cérémonie sans trop s'inquiéter. Même les Poisson, qui voulaient pendre la crémaillère, choisirent justement cette occasion, sans doute sur le conseil du chapelier. Ils invitèrent les Coupeau et les Boche, dont la petite faisait aussi sa première communion. Le soir, on mangerait chez eux un gigot et quelque chose autour.

Justement, la veille, au moment où Nana émerveillée regardait les cadeaux étalés sur la commode, Coupeau rentra dans un état abominable. L'air de Paris le reprenait. Et il attrapa sa femme et l'enfant, avec des raisons d'ivrogne, des mots dégoûtants qui n'étaient pas à dire dans la situation. D'ailleurs, Nana elle-même devenait mal embouchée, au milieu des conversations sales qu'elle entendait continuellement. Les jours de dispute, elle traitait très bien sa mère de chameau et de vache.

– Et du pain ! gueulait le zingueur. Je veux ma soupe, tas de rosses !... En voilà des femelles avec leurs chiffons ! Je m'assois sur les affûtiaux, vous savez, si je n'ai pas ma soupe !

– Quel lavement, quand il est paf ! murmura Gervaise impatientée.

Et, se tournant vers lui :

– Elle chauffe, tu nous embêtes.

Nana faisait la modeste, parce qu'elle trouvait ça gentil, ce jour-là. Elle continuait à regarder les cadeaux sur la commode, en affectant de baisser les yeux et de ne pas comprendre les vilains propos de son père. Mais le zingueur était joliment taquin, les soirs de ribote. Il lui parlait dans le cou.

– Je t'en ficherai, des robes blanches ! Hein ? c'est encore pour te faire des nichons dans ton corsage avec des boules de papier, comme l'autre dimanche ?... Oui, oui, attends un peu ! Je te vois bien tortiller ton derrière. Ça te chatouille, les belles frusques. Ça te monte le coco... Veux-tu décaniller de là, bougre de chenillon ! Retire tes patoches, colle-moi ça dans un tiroir, ou je te débarbouille avec !

Nana, la tête basse, ne répondait toujours rien. Elle avait pris le petit bonnet de tulle, elle demandait à sa mère combien ça coûtait. Et, comme Coupeau allongeait la main pour arracher le bonnet, ce fut Gervaise qui le repoussa, en criant :

– Mais laisse-la donc, cette enfant ! elle est gentille, elle ne fait rien de mal.

Alors le zingueur lâcha tout son paquet.

– Ah ! les garces ! La mère et la fille, ça fait la paire. Et c'est du propre d'aller manger le bon Dieu en guignant les hommes. Ose donc dire le contraire, petite salope !... Je vas t'habiller avec un sac, nous verrons si ça te grattera la peau. Oui, avec un sac, pour vous dégoûter, toi et tes curés. Est-ce que j'ai besoin qu'on te donne du vice ?... Nom de Dieu ! voulez-vous m'écouter, toutes les deux !

Et, du coup, Nana furieuse se tourna, pendant que Gervaise devait étendre les bras, afin de protéger les affaires que Coupeau parlait de déchirer. L'enfant regarda son père fixement ; puis, oubliant la modestie recommandée par son confesseur :

– Cochon ! dit-elle, les dents serrées.

Dès que le zingueur eut mangé sa soupe, il ronfla. Le lendemain, il s'éveilla très bon enfant. Il avait un reste de la veille, tout juste de quoi être aimable. Il assista à la toilette de la petite, attendri par la robe blanche, trouvant qu'un rien du tout donnait à cette vermine un air de vraie demoiselle. Enfin, comme il le disait, un père, en un pareil jour, était naturellement fier de sa fille. Et il fallait voir le chic de Nana, qui avait des sourires embarrassés de mariée, dans sa robe trop courte. Quand on descendit et qu'elle aperçut sur le seuil de la loge Pauline, également habillée, elle s'arrêta, l'enveloppa d'un regard clair, puis se montra très bonne, en la trouvant moins bien mise qu'elle, arrangée comme un paquet. Les deux familles partirent ensemble pour l'église. Nana et Pauline marchaient les premières, le paroissien à la main, retenant leurs voiles que le vent gonflait ; et elles ne causaient pas, crevant de plaisir à voir les gens sortir des boutiques, faisant une moue dévote pour entendre dire sur leur passage qu'elles étaient bien gentilles. Mme Boche et Mme Lorilleux s'attardaient, parce qu'elles se communiquaient leurs réflexions sur la Banban, une mange-tout, dont la fille n'aurait jamais communié si les parents ne lui avaient tout donné, oui, tout, jusqu'à une chemise neuve, par respect pour la sainte table. Mme Lorilleux s'occupait surtout de la robe, son cadeau à elle, foudroyant Nana et l'appelant « grande sale », chaque fois que l'enfant ramassait la poussière avec sa jupe, en s'approchant trop des magasins.

À l'église, Coupeau pleura tout le temps. C'était bête, mais il ne pouvait se retenir. Ça le saisissait, le curé faisant les grands bras, les petites filles pareilles à des anges défilant les mains jointes ; et la musique des orgues lui barbotait dans le ventre, et la bonne odeur de l'encens l'obligeait à renifler, comme si on lui avait poussé un bouquet dans la figure. Enfin, il voyait bleu, il était pincé au cœur. Il y eut particulièrement un cantique, quelque chose de suave, pendant que les gamines avalaient le bon Dieu, qui lui sembla couler dans son cou, avec un frisson tout le long de l'échine. Autour de lui, d'ailleurs, les personnes sensibles trempaient aussi leur mouchoir. Vrai, c'était un beau jour, le plus beau jour de la vie. Seulement, au sortir de l'église, quand il alla prendre un canon avec Lorilleux, qui était resté les yeux secs et qui le blaguait, il se fâcha, il accusa les corbeaux de brûler chez eux des herbes du diable pour amollir les hommes. Puis, après tout, il ne s'en cachait pas, ses yeux avaient fondu, ça prouvait simplement qu'il n'avait pas un pavé dans la poitrine. Et il commanda une autre tournée.

Le soir, la crémaillère fut très gaie, chez les Poisson. L'amitié régna sans un accroc, d'un bout à l'autre du repas. Lorsque les mauvais jours arrivent, on tombe ainsi sur de bonnes soirées, des heures où l'on s'aime entre gens qui se détestent. Lantier, ayant à sa gauche Gervaise et Virginie à sa droite, se montra aimable pour toutes les deux, leur prodiguant des tendresses de coq qui veut la paix dans son poulailler. En face, Poisson gardait sa rêverie calme et sévère de sergent de ville, son habitude de ne penser à rien, les yeux voilés, pendant ses longues factions sur les trottoirs. Mais les reines de la fête furent les deux petites, Nana et Pauline, auxquelles on avait permis de ne pas se déshabiller ; elles se tenaient raides, de crainte de tacher leurs robes blanches, et on leur criait, à chaque bouchée, de lever le menton, pour avaler proprement. Nana, ennuyée, finit par baver tout son vin sur son corsage ; ce fut une affaire, on la déshabilla, on lava immédiatement le corsage dans un verre d'eau.

Puis, au dessert, on causa sérieusement de l'avenir des enfants. Mme Boche avait fait son choix, Pauline allait entrer dans un atelier de reperceuses sur or et sur argent ; on gagnait là-dedans des cinq et six francs. Gervaise ne savait pas encore, Nana ne montrait aucun goût. Oh ! elle galopinait, elle montrait ce goût ; mais, pour le reste, elle avait des mains de beurre.

– Moi, à votre place, dit Mme Lerat, j'en ferais une fleuriste. C'est un état propre et gentil.

– Les fleuristes, murmura Lorilleux, toutes des Marie-couche-toi-là.

– Eh bien ! et moi ? reprit la grande veuve, les lèvres pincées. Vous êtes galant. Vous savez, je ne suis pas une chienne, je ne me mets pas les pattes en l'air, quand on siffle !

Mais toute la société la fit taire.

– Madame Lerat ! oh ! madame Lerat !

Et on lui indiquait du coin de l'œil les deux premières communiantes qui se fourraient le nez dans leurs verres pour ne pas rire. Par convenance, les hommes eux-mêmes avaient choisi jusque-là les mots distingués. Mais Mme Lerat n'accepta pas la leçon. Ce qu'elle venait de dire, elle l'avait entendu dans les meilleures sociétés. D'ailleurs, elle se flattait de savoir sa langue ; on lui faisait souvent compliment de la façon dont elle parlait de tout, même devant des enfants, sans jamais blesser la décence.

– Il y a des femmes très bien parmi les fleuristes, apprenez ça ! criait-elle. Elles sont faites comme les autres femmes, elles n'ont pas de la peau partout, bien sûr. Seulement, elles se tiennent, elles choisissent avec goût, quand elles ont une faute à faire... Oui, ça leur vient des fleurs. Moi, c'est ce qui m'a conservée...

– Mon Dieu ! interrompit Gervaise, je n'ai pas de répugnance pour les fleurs. Il faut que ça plaise à Nana, pas davantage ; on ne doit pas contrarier les enfants sur la vocation... Voyons, Nana, ne fais pas la bête, réponds. Ça te plaît-il, les fleurs ?

La petite, penchée au-dessus de son assiette, ramassait des miettes de gâteau avec son doigt mouillé, qu'elle suçait ensuite. Elle ne se dépêcha pas. Elle avait son rire vicieux.

– Mais oui, maman, ça me plaît, finit-elle par déclarer.

Alors, l'affaire fut tout de suite arrangée. Coupeau voulut bien que Mme Lerat emmenât l'enfant à son atelier, rue du Caire, dès le lendemain. Et la société parla gravement des devoirs de la vie. Boche disait que Nana et Pauline étaient des femmes, maintenant qu'elles avaient communié. Poisson ajoutait qu'elles devaient désormais savoir faire la cuisine, raccommoder les chaussettes, conduire une maison. On leur parla même de leur mariage et des enfants qui leur pousseraient un jour. Les gamines écoutaient et rigolaient en dessous, se frottaient l'une contre l'autre, le cœur gonflé d'être des femmes, rouges et embarrassées dans leurs robes blanches. Mais ce qui les chatouilla le plus, ce fut lorsque Lantier les plaisanta, en leur demandant si elles n'avaient pas déjà des petits maris. Et l'on fit avouer de force à Nana qu'elle aimait bien Victor Fauconnier, le fils de la patronne de sa mère.

– Ah bien ! dit Mme Lorilleux devant les Boche, comme on partait, c'est notre filleule, mais du moment où ils en font une fleuriste, nous ne voulons plus entendre parler d'elle. Encore une roulure pour les boulevards... Elle leur chiera du poivre, avant six mois.

En remontant se coucher, les Coupeau convinrent que tout avait bien marché et que les Poisson n'étaient pas de méchantes gens. Gervaise trouvait même la boutique proprement arrangée. Elle s'attendait à souffrir, en passant ainsi la soirée dans son ancien logement, où d'autres se carraient à cette heure ; et elle restait surprise de n'avoir pas ragé une seconde. Nana, qui se déshabillait, demanda à sa mère si la robe de la demoiselle du second, qu'on avait mariée le mois dernier, était en mousseline comme la sienne.

Mais ce fut là le dernier beau jour du ménage. Deux années s'écoulèrent, pendant lesquelles ils s'enfoncèrent de plus en plus. Les hivers surtout les nettoyaient. S'ils mangeaient du pain au beau temps, les fringales arrivaient avec la pluie et le froid, les danses devant le buffet, les dîners par cœur, dans la petite Sibérie de leur cambuse. Ce gredin de décembre entrait chez eux par-dessous la porte, et il apportait tous les maux, le chômage des ateliers, les fainéantises engourdies des gelées, la misère noire des temps humides. Le premier hiver, ils firent encore du feu quelquefois, se pelotonnant autour du poêle, aimant mieux avoir chaud que de manger ; le second hiver, le poêle ne se dérouilla seulement pas, il glaçait la pièce de sa mine lugubre de borne de fonte. Et ce qui leur cassait les jambes, ce qui les exterminait, c'était par-dessus tout de payer leur terme. Oh ! le terme de janvier, quand il n'y avait pas un radis à la maison et que le père Boche présentait la quittance ! Ça soufflait davantage de froid, une tempête du Nord. M. Marescot arrivait, le samedi suivant, couvert d'un bon paletot, ses grandes pattes fourrées dans des gants de laine ; et il avait toujours le mot d'expulsion à la bouche, pendant que la neige tombait dehors, comme si elle leur préparait un lit sur le trottoir, avec des draps blancs. Pour payer le terme, ils auraient vendu de leur chair. C'était le terme qui vidait le buffet et le poêle. Dans la maison entière, d'ailleurs, une lamentation montait. On pleurait à tous les étages, une musique de malheur ronflant le long de l'escalier et des corridors. Si chacun avait eu un mort chez lui, ça n'aurait pas produit un air d'orgues aussi abominable. Un vrai jour du jugement dernier, la fin des fins, la vie impossible, l'écrasement du pauvre monde. La femme du troisième allait faire huit jours au coin de la rue Belhomme. Un ouvrier, le maçon du cinquième, avait volé chez son patron.

Sans doute, les Coupeau devaient s'en prendre à eux seuls. L'existence a beau être dure, on s'en tire toujours, lorsqu'on a de l'ordre et de l'économie, témoins les Lorilleux qui allongeaient leurs termes régulièrement, pliés dans des morceaux de papier sales ; mais, ceux-là, vraiment, menaient une vie d'araignées maigres, à dégoûter du travail. Nana ne gagnait encore rien, dans les fleurs ; elle dépensait même pas mal pour son entretien. Gervaise, chez Mme Fauconnier, finissait par être mal regardée. Elle perdait de plus en plus la main, elle bousillait l'ouvrage, au point que la patronne l'avait réduite à quarante sous, le prix des gâcheuses. Avec ça, très fière, très susceptible, jetant à la tête de tout le monde son ancienne position de femme établie. Elle manquait des journées, elle quittait l'atelier, par coup de tête ; ainsi, une fois, elle s'était trouvée si vexée de voir Mme Fauconnier prendre Mme Putois chez elle, et de travailler ainsi coude à coude avec son ancienne ouvrière, qu'elle n'avait pas reparu de quinze jours. Après ces foucades, on la reprenait par charité, ce qui l'aigrissait davantage. Naturellement, au bout de la semaine, la paye n'était pas grasse ; et, comme elle le disait amèrement, c'était elle qui finirait un samedi par en redevoir à la patronne. Quant à Coupeau, il travaillait peut-être, mais alors il faisait, pour sûr, cadeau de son travail au gouvernement ; car Gervaise, depuis l'embauche d'Étampes, n'avait pas revu la couleur de sa monnaie. Les jours de sainte-touche, elle ne lui regardait plus les mains, quand il rentrait. Il arrivait les bras ballants, les goussets vides, souvent même sans mouchoir ; mon Dieu ! oui, il avait perdu son tire-jus, ou bien quelque fripouille de camarade le lui avait fait. Les premières fois, il établissait des comptes, il inventait des craques, des dix francs pour une souscription, des vingt francs coulés de sa poche par un trou qu'il montrait, des cinquante francs dont il arrosait des dettes imaginaires. Puis, il ne s'était plus gêné. L'argent s'évaporait, voilà ! Il ne l'avait plus dans la poche, il l'avait dans le ventre, une autre façon pas drôle de le rapporter à sa bourgeoise. La blanchisseuse, sur les conseils de Mme Boche, allait bien parfois guetter son homme à la sortie de l'atelier, pour pincer le magot tout frais pondu ; mais ça ne l'avançait guère, des camarades prévenaient Coupeau, l'argent filait dans les souliers ou dans un porte-monnaie moins propre encore. Mme Boche était très maligne sur ce chapitre, parce que Boche lui faisait passer au bleu des pièces de dix francs, des cachettes destinées à payer des lapins aux dames aimables de sa connaissance ; elle visitait les plus petits coins de ses vêtements, elle trouvait généralement la pièce qui manquait à l'appel dans la visière de la casquette, cousue entre le cuir et l'étoffe. Ah ! ce n'était pas le zingueur qui ouatait ses frusques avec de l'or ! Lui, se le mettait sous la chair. Gervaise ne pouvait pourtant pas prendre ses ciseaux et lui découdre la peau du ventre.

Oui, c'était la faute du ménage, s'il dégringolait de saison en saison. Mais ce sont de ces choses qu'on ne se dit jamais, surtout quand on est dans la crotte. Ils accusaient la malchance, ils prétendaient que Dieu leur en voulait. Un vrai bousin, leur chez-eux, à cette heure. La journée entière, ils s'empoignaient. Pourtant, ils ne se tapaient pas encore, à peine quelques claques parties toutes seules dans le fort des disputes. Le plus triste était qu'ils avaient ouvert la cage à l'amitié, les sentiments s'étaient envolés comme des serins. La bonne chaleur des pères, des mères et des enfants, lorsque ce petit monde se tient serré, en tas, se retirait d'eux, les laissait grelottants, chacun dans son coin. Tous les trois, Coupeau, Gervaise, Nana, restaient pareils à des crins, s'avalant pour un mot, avec de la haine plein les yeux ; et il semblait que quelque chose avait cassé, le grand ressort de la famille, la mécanique, qui, chez les gens heureux, fait battre les cœurs ensemble. Ah ! bien sûr, Gervaise n'était plus remuée comme autrefois, quand elle voyait Coupeau au bord des gouttières, à des douze et des quinze mètres du trottoir. Elle ne l'aurait pas poussé elle-même ; mais s'il était tombé naturellement, ma foi ! ça aurait débarrassé la surface de la terre d'un pas grand-chose. Les jours où le torchon brûlait, elle criait qu'on ne le lui rapporterait donc jamais sur une civière. Elle attendait ça, ce serait son bonheur qu'on lui rapporterait. À quoi servait-il, ce soûlard ? à la faire pleurer, à lui manger tout, à la pousser au mal. Eh bien ! des hommes si peu utiles, on les jetait le plus vite possible dans le trou, on dansait sur eux la polka de la délivrance. Et lorsque la mère disait : « Tue ! » la fille répondait : « Assomme ! » Nana lisait les accidents, dans le journal, avec des réflexions de fille dénaturée. Son père avait une telle chance, qu'un omnibus l'avait renversé, sans seulement le dessoûler. Quand donc crèvera-t-il, cette rosse ?

Au milieu de cette existence enragée par la misère, Gervaise souffrait encore des faims qu'elle entendait râler autour d'elle. Ce coin de la maison était le coin des pouilleux, où trois ou quatre ménages semblaient s'être donné le mot pour ne pas avoir du pain tous les jours. Les portes avaient beau s'ouvrir, elles ne lâchaient guère souvent des odeurs de cuisine. Le long du corridor, il y avait un silence de crevaison, et les murs sonnaient creux, comme des ventres vides. Par moments, des danses s'élevaient, des larmes de femmes, des plaintes de mioches affamés, des familles qui se mangeaient pour tromper leur estomac. On était là dans une crampe au gosier générale, bâillant par toutes ces bouches tendues ; et les poitrines se creusaient, rien qu'à respirer cet air, où les moucherons eux-mêmes n'auraient pas pu vivre, faute de nourriture. Mais la grande pitié de Gervaise était surtout le père Bru, dans son trou, sous le petit escalier. Il s'y retirait comme une marmotte, s'y mettait en boule, pour avoir moins froid ; il restait des journées sans bouger, sur un tas de paille. La faim ne le faisait même plus sortir, car c'était bien inutile d'aller gagner dehors de l'appétit, lorsque personne ne l'avait invité en ville. Quand il ne reparaissait pas de trois ou quatre jours, les voisins poussaient sa porte, regardaient s'il n'était pas fini. Non, il vivait quand même, pas beaucoup, mais un peu, d'un œil seulement ; jusqu'à la mort qui l'oubliait ! Gervaise, dès qu'elle avait du pain, lui jetait des croûtes. Si elle devenait mauvaise et détestait les hommes, à cause de son mari, elle plaignait toujours bien sincèrement les animaux ; et le père Bru, ce pauvre vieux, qu'on laissait crever, parce qu'il ne pouvait plus tenir un outil, était comme un chien pour elle, une bête hors de service, dont les équarrisseurs ne voulaient même pas acheter la peau ni la graisse. Elle en gardait un poids sur le cœur, de le savoir continuellement là, de l'autre côté du corridor, abandonné de Dieu et des hommes, se nourrissant uniquement de lui-même, retournant à la taille d'un enfant, ratatiné et desséché à la manière des oranges qui se racornissent sur les cheminées.

La blanchisseuse souffrait également beaucoup du voisinage de Bazouge, le croque-mort. Une simple cloison, très mince, séparait les deux chambres. Il ne pouvait pas se mettre un doigt dans la bouche sans qu'elle l'entendît. Dès qu'il rentrait, le soir, elle suivait malgré elle son petit ménage, le chapeau de cuir noir sonnant sourdement sur la commode comme une pelletée de terre, le manteau noir accroché et frôlant le mur avec le bruit d'ailes d'un oiseau de nuit, toute la défroque noire jetée au milieu de la pièce et l'emplissant d'un déballage de deuil. Elle l'écoutait piétiner, s'inquiétait au moindre de ses mouvements, sursautait s'il se tapait dans un meuble ou s'il bousculait sa vaisselle. Ce sacré soûlard était sa préoccupation, une peur sourde mêlée à une envie de savoir. Lui, rigolo, le sac plein tous les jours, la tête sens devant dimanche, toussait, crachait, chantait la mère Godichon, lâchait des choses pas propres, se battait avec les quatre murailles avant de trouver son lit. Et elle restait toute pâle, à se demander quel négoce il menait là ; elle avait des imaginations atroces, elle se fourrait dans la tête qu'il devait avoir apporté un mort et qu'il le remisait sous son lit. Mon Dieu ! les journaux racontaient bien une anecdote, un employé des pompes funèbres qui collectionnait chez lui les cercueils des petits enfants, histoire de s'éviter de la peine et de faire une seule course au cimetière. Pour sûr, quand Bazouge arrivait, ça sentait le mort à travers la cloison. On se serait cru logé devant le Père-Lachaise, en plein royaume des taupes. Il était effrayant, cet animal, à rire continuellement tout seul, comme si sa profession l'égayait. Même, quand il avait fini son sabbat et qu'il tombait sur le dos, il ronflait d'une façon extraordinaire, qui coupait la respiration à la blanchisseuse. Pendant des heures, elle tendait l'oreille, elle croyait que des enterrements défilaient chez le voisin.

Oui, le pis était que, dans ses terreurs, Gervaise se trouvait attirée jusqu'à coller son oreille contre le mur, pour mieux se rendre compte. Bazouge lui faisait l'effet que les beaux hommes font aux femmes honnêtes : elles voudraient les tâter, mais elles n'osent pas ; la bonne éducation les retient. Eh bien ! si la peur ne l'avait pas retenue, Gervaise aurait voulu tâter la mort, voir comment c'était bâti. Elle devenait si drôle par moments, l'haleine suspendue, attentive, attendant le mot du secret dans un mouvement de Bazouge, que Coupeau lui demandait en ricanant si elle avait un béguin pour le croque-mort d'à côté. Elle se fâchait, parlait de déménager, tant ce voisinage la répugnait ; et, malgré elle, dès que le vieux arrivait avec son odeur de cimetière, elle retombait à ses réflexions, et prenait l'air allumé et craintif d'une épouse qui rêve de donner des coups de canif dans le contrat. Ne lui avait-il pas offert deux fois de l'emballer, de l'emmener avec lui quelque part, sur un dodo où la jouissance du sommeil est si forte, qu'on oublie du coup toutes les misères ? Peut-être était-ce en effet bien bon. Peu à peu, une tentation plus cuisante lui venait d'y goûter. Elle aurait voulu essayer pour quinze jours, un mois. Oh ! dormir un mois, surtout en hiver, le mois du terme, quand les embêtements de la vie la crevaient ! Mais ce n'était pas possible, il fallait continuer de dormir toujours, si l'on commençait à dormir une heure ; et cette pensée la glaçait, son béguin de la mort s'en allait, devant l'éternelle et sévère amitié que demandait la terre.

Cependant, un soir de janvier, elle cogna des deux poings contre la cloison. Elle avait passé une semaine affreuse, bousculée par tout le monde, sans le sou, à bout de courage. Ce soir-là, elle n'était pas bien, elle grelottait la fièvre et voyait danser des flammes. Alors, au lieu de se jeter par la fenêtre, comme elle en avait eu l'envie un moment, elle se mit à taper et à appeler :

– Père Bazouge ! père Bazouge !

Le croque-mort ôtait ses souliers en chantant : *Il était trois belles filles*. L'ouvrage avait dû marcher dans la journée, car il paraissait plus ému encore que d'habitude.

– Père Bazouge ! père Bazouge ! cria Gervaise en haussant la voix.

Il ne l'entendait donc pas ? Elle se donnait tout de suite, il pouvait bien la prendre à son cou et l'emporter où il emportait ses autres femmes, les pauvres et les riches qu'il consolait. Elle souffrait de sa chanson : *Il était trois belles filles*, parce qu'elle y voyait le dédain d'un homme qui a trop d'amoureuses.

– Quoi donc ? quoi donc ? bégaya Bazouge, qui est-ce qui se trouve mal ?... On y va, la petite mère !

Mais, à cette voix enrouée, Gervaise s'éveilla comme d'un cauchemar. Qu'avait-elle fait ? elle avait tapé à la cloison, bien sûr. Alors ce fut un vrai coup de bâton sur ses reins, le trac lui serra les fesses, elle recula en croyant voir les grosses mains du croque-mort passer au travers du mur pour la saisir par la tignasse. Non, non, elle ne voulait pas, elle n'était pas prête. Si elle avait frappé, ce devait être avec le coude, en se retournant, sans en avoir l'idée. Et une horreur lui montait des genoux aux épaules, à la pensée de se voir trimbaler entre les bras du vieux, toute raide, la figure blanche comme une assiette.

– Eh bien ! il n'y a plus personne ? reprit Bazouge dans le silence. Attendez, on est complaisant pour les dames.

– Rien, ce n'est rien, dit enfin la blanchisseuse d'une voix étranglée. Je n'ai besoin de rien. Merci.

Pendant que le croque-mort s'endormait en grognant, elle demeura anxieuse, l'écoutant, n'osant remuer, de peur qu'il ne s'imaginât l'entendre frapper de nouveau. Elle se jurait bien de faire attention maintenant. Elle pouvait râler, elle ne demanderait pas du secours au voisin. Et elle disait cela pour se rassurer, car à certaines heures, malgré son taf, elle gardait toujours son béguin épouvanté.

Dans son coin de misère, au milieu de ses soucis et de ceux des autres, Gervaise trouvait pourtant un bel exemple de courage chez les Bijard. La petite Lalie, cette gamine de huit ans, grosse comme deux sous de beurre, soignait le ménage avec une propreté de grande personne ; et la besogne était rude, elle avait la charge de deux mioches, son frère Jules et sa sœur Henriette, des mômes de trois ans et de cinq ans, sur lesquels elle devait veiller toute la journée, même en balayant et en lavant la vaisselle. Depuis que le père Bijard avait tué sa bourgeoise d'un coup de pied dans le ventre, Lalie s'était faite la petite mère de tout ce monde. Sans rien dire, d'elle-même, elle tenait la place de la morte, cela au point que sa bête brute de père, pour compléter sans doute la ressemblance, assommait aujourd'hui la fille comme il avait assommé la maman autrefois. Quand il revenait soûl, il lui fallait des femmes à massacrer. Il ne s'apercevait seulement pas que Lalie était toute petite ; il n'aurait pas tapé plus fort sur une vieille peau. D'une claque, il lui couvrait la figure entière, et la chair avait encore tant de délicatesse, que les cinq doigts restaient marqués pendant deux jours. C'étaient des tripotées indignes, des trépignées pour un oui, pour un non, un loup enragé tombant sur un pauvre petit chat, craintif et câlin, maigre à faire pleurer, et qui recevait ça avec ses beaux yeux résignés, sans se plaindre. Non, jamais Lalie ne se révoltait. Elle pliait un peu le cou, pour protéger son visage ; elle se retenait de crier, afin de ne pas révolutionner la maison. Puis, quand le père était las de l'envoyer promener à coups de soulier aux quatre coins de la pièce, elle attendait d'avoir la force de se ramasser ; et elle se remettait au travail, débarbouillait ses enfants, faisait la soupe, ne laissait pas un grain de poussière sur les meubles. Ça rentrait dans sa tâche de tous les jours d'être battue.

Gervaise s'était prise d'une grande amitié pour sa voisine. Elle la traitait en égale, en femme d'âge, qui connaît l'existence. Il faut dire que Lalie avait une mine pâle et sérieuse, avec une expression de vieille fille. On lui aurait donné trente ans, quand on l'entendait causer. Elle savait très bien acheter, raccommoder, tenir son chez-elle, et elle parlait des enfants comme si elle avait eu déjà deux ou trois couches dans sa vie. À huit ans, cela faisait sourire les gens de l'entendre ; puis, on avait la gorge serrée, on s'en allait pour ne pas pleurer. Gervaise l'attirait le plus possible, lui donnait tout ce qu'elle pouvait, du manger, des vieilles robes. Un jour, comme elle lui essayait un ancien caraco à Nana, elle était restée suffoquée, en lui voyant l'échine bleue, le coude écorché et saignant encore, toute sa chair d'innocente martyrisée et collée aux os. Eh bien ! le père Bazouge pouvait apprêter sa boîte, elle n'irait pas loin de ce train-là ! Mais la petite avait prié la blanchisseuse de ne rien dire. Elle ne voulait pas qu'on embêtât son père à cause d'elle. Elle le défendait, assurait qu'il n'aurait pas été méchant, s'il n'avait pas bu. Il était fou, il ne savait plus. Oh ! elle lui pardonnait, parce qu'on doit tout pardonner aux fous.

Depuis lors, Gervaise veillait, tâchait d'intervenir, dès qu'elle entendait le père Bijard monter l'escalier. Mais, la plupart du temps, elle attrapait simplement quelque torgnole pour sa part. Dans la journée, quand elle entrait, elle trouvait souvent Lalie attachée au pied du lit de fer ; une idée du serrurier, qui, avant de sortir, lui ficelait les jambes et le ventre avec de la grosse corde, sans qu'on pût savoir pourquoi ; une toquade de cerveau dérangé par la boisson, histoire sans doute de tyranniser la petite, même lorsqu'il n'était plus là. Lalie, raide comme un pieu, avec des fourmis dans les jambes, restait au poteau pendant des journées entières ; même elle y resta une nuit, Bijard ayant oublié de rentrer. Quand Gervaise, indignée parlait de la détacher, elle la suppliait de ne pas déranger une corde, parce que son père devenait furieux, s'il ne retrouvait pas les nœuds faits de la même façon. Vrai, elle n'était pas mal, ça la reposait ; et elle disait cela en souriant, ses courtes jambes de chérubin enflées et mortes. Ce qui la chagrinait, c'était que ça n'avançait guère l'ouvrage, d'être collée à ce lit, en face de la débandade du ménage. Son père aurait bien dû inventer autre chose. Elle surveillait tout de même ses enfants, se faisait obéir, appelait près d'elle Henriette et Jules pour les moucher. Comme elle avait les mains libres, elle tricotait en attendant d'être délivrée, afin de ne pas perdre complètement son temps. Et elle souffrait surtout, lorsque Bijard la déficelait ; elle se traînait un bon quart d'heure par terre, ne pouvant se tenir debout, à cause du sang qui ne circulait plus.

Le serrurier avait aussi imaginé un autre petit jeu. Il mettait des sous à rougir dans le poêle, puis les posait sur un coin de la cheminée. Et il appelait Lalie, il lui disait d'aller chercher deux livres de pain. La petite, sans défiance, empoignait les sous, poussait un cri, les jetait en secouant sa menotte brûlée. Alors, il entrait en rage. Qui est-ce qui lui avait fichu une voirie pareille ! Elle perdait l'argent, maintenant ! Et il menaçait de lui enlever le troufignon, si elle ne ramassait pas l'argent tout de suite. Quand la petite hésitait, elle recevait un premier avertissement, une beigne d'une telle force qu'elle en voyait trente-six chandelles. Muette, avec deux grosses larmes au bord des yeux, elle ramassait les sous et s'en allait, en les faisant sauter dans le creux de sa main, pour les refroidir.

Non, jamais on ne se douterait des idées de férocité qui peuvent pousser au fond d'une cervelle de pochard. Une après-midi, par exemple, Lalie, après avoir tout rangé, jouait avec ses enfants. La fenêtre était ouverte, il y avait un courant d'air, et le vent engouffré dans le corridor poussait la porte par légères secousses.

– C'est M. Hardi, disait la petite. Entrez donc, monsieur Hardi. Donnez-vous donc la peine d'entrer.

Et elle faisait des révérences devant la porte, elle saluait le vent. Henriette et Jules, derrière elle, saluaient aussi, ravis de ce jeu-là, se tordant de rire comme si on les avait chatouillés. Elle était toute rose de les voir s'amuser de si bon cœur, elle y prenait même du plaisir pour son compte, ce qui lui arrivait le trente-six de chaque mois.

– Bonjour, monsieur Hardi. Comment vous portez-vous, monsieur Hardi ?

Mais une main brutale poussa la porte, le père Bijard entra. Alors, la scène changea, Henriette et Jules tombèrent sur leur derrière, contre le mur ; tandis que Lalie, terrifiée, restait au beau milieu d'une révérence. Le serrurier tenait un grand fouet de charretier tout neuf, à long manche de bois blanc, à lanière de cuir terminée par un bout de ficelle mince. Il posa ce fouet dans le coin du lit, il n'allongea pas son coup de soulier habituel à la petite, qui se garait déjà en présentant les reins. Un ricanement montrait ses dents noires, et il était très gai, très soûl, la trogne allumée d'une idée de rigolade.

– Hein ? dit-il, tu fais la traînée, bougre de trognon ! Je t'ai entendue danser d'en bas... Allons, avance ! Plus près, nom de Dieu ! et en face ; je n'ai pas besoin de renifler ton moutardier. Est-ce que je te touche, pour trembler comme un quiqui ?... Ôte-moi mes souliers.

Lalie, épouvantée de ne pas recevoir sa tatouille, redevenue toute pâle, lui ôta ses souliers. Il s'était assis au bord du lit, il se coucha habillé, resta les yeux ouverts, à suivre les mouvements de la petite dans la pièce. Elle tournait, abêtie sous ce regard, les membres travaillés peu à peu d'une telle peur, qu'elle finit par casser une tasse. Alors, sans se déranger, il prit le fouet, il le lui montra.

– Dis donc, le petit veau, regarde ça ; c'est un cadeau pour toi. Oui, c'est encore cinquante sous que tu me coûtes... Avec ce joujou-là, je ne serai plus obligé de courir, et tu auras beau te fourrer dans les coins. Veux-tu essayer ?... Ah ! tu casses les tasses !... Allons, houp ! danse donc, fais donc des révérences à M. Hardi !

Il ne se souleva seulement pas, vautré sur le dos, la tête enfoncée dans l'oreiller, faisant claquer le grand fouet par la chambre, avec un vacarme de postillon qui lance ses chevaux. Puis, abattant le bras, il cingla Lalie au milieu du corps, l'enroula, la déroula comme une toupie. Elle tomba, voulut se sauver à quatre pattes ; mais il la cingla de nouveau et la remit debout.

– Hop ! hop ! gueulait-il, c'est la course des bourriques !... Hein ? très chouette, le matin, en hiver ; je fais dodo, je ne m'enrhume pas, j'attrape les veaux de loin, sans écorcher mes engelures... Dans ce coin-là, touchée, margot ! Et dans cet autre coin, touchée aussi ! Et dans cet autre, touchée encore ! Ah ! si tu te fourres sous le lit, je cogne avec le manche... Hop ! hop ! à dada ! à dada !

Une légère écume lui venait aux lèvres, ses yeux jaunes sortaient de leurs trous noirs. Lalie, affolée, hurlante, sautait aux quatre angles de la pièce, se pelotonnait par terre, se collait contre les murs ; mais la mèche mince du grand fouet l'atteignait partout, claquant à ses oreilles avec des bruits de pétard, lui pinçant la chair de longues brûlures. Une vraie danse de bête à qui on apprend des tours. Ce pauvre petit chat valsait, fallait voir ! les talons en l'air comme les gamines qui jouent à la corde et qui crient : « Vinaigre ! » Elle ne pouvait plus souffler, rebondissant d'elle-même ainsi qu'une balle élastique, se laissant taper, aveuglée, lasse d'avoir cherché un trou. Et son loup de père triomphait, l'appelait vadrouille, lui demandait si elle en avait assez et si elle comprenait suffisamment qu'elle devait lâcher l'espoir de lui échapper, à cette heure.

Mais Gervaise, tout d'un coup, entra, attirée par les hurlements de la petite. Devant un pareil tableau, elle fut prise d'une indignation furieuse.

– Ah ! la saleté d'homme ! cria-t-elle. Voulez-vous bien la laisser, brigand ! Je vais vous dénoncer à la police, moi !

Bijard eut un grognement d'animal qu'on dérange. Il bégaya :

– Dites donc, vous, la Tortillard ! mêlez-vous un peu de vos affaires. Il faut peut-être que je mette des gants pour la trifouiller... C'est à la seule fin de l'avertir, vous voyez bien, histoire simplement de lui montrer que j'ai le bras long.

Et il lança un dernier coup de fouet qui atteignit Lalie au visage. La lèvre supérieure fut fendue, le sang coula. Gervaise avait pris une chaise, voulait tomber sur le serrurier. Mais la petite tendait vers elle des mains suppliantes, disait que ce n'était rien, que c'était fini. Elle épongeait le sang avec le coin de son tablier, et faisait taire ses enfants qui pleuraient à gros sanglots, comme s'ils avaient reçu la dégelée de coups de fouet.

Lorsque Gervaise songeait à Lalie, elle n'osait plus se plaindre. Elle aurait voulu avoir le courage de cette bambine de huit ans, qui en endurait à elle seule autant que toutes les femmes de l'escalier réunies. Elle l'avait vue au pain sec pendant trois mois, ne mangeant pas même des croûtes à sa faim, si maigre et si affaiblie, qu'elle se tenait aux murs pour marcher ; et, quand elle lui portait des restants de viande en cachette, elle sentait son cœur se fendre, en la regardant avaler avec de grosses larmes silencieuses, par petits morceaux, parce que son gosier rétréci ne laissait plus passer la nourriture. Toujours tendre et dévouée malgré ça, d'une raison au-dessus de son âge, remplissant ses devoirs de petite mère, jusqu'à mourir de sa maternité, éveillée trop tôt dans son innocence frêle de gamine. Aussi Gervaise prenait-elle exemple sur cette chère créature de souffrance et de pardon, essayant d'apprendre d'elle à taire son martyre. Lalie gardait seulement son regard muet, ses grands yeux noirs résignés, au fond desquels on ne devinait qu'une nuit d'agonie et de misère. Jamais une parole, rien que ses grands yeux noirs, ouverts largement.

C'est que, dans le ménage des Coupeau, le vitriol de l'Assommoir commençait à faire aussi son ravage. La blanchisseuse voyait arriver l'heure où son homme prendrait un fouet comme Bijard, pour mener la danse. Et le malheur qui la menaçait, la rendait naturellement plus sensible encore au malheur de la petite. Oui, Coupeau filait un mauvais coton. L'heure était passée où le cric lui donnait des couleurs. Il ne pouvait plus se taper sur le torse, et crâner, en disant que le sacré chien l'engraissait ; car sa vilaine graisse jaune des premières années avait fondu, et il tournait au sécot, il se plombait, avec des tons verts de macchabée pourrissant dans une mare. L'appétit, lui aussi, était rasé. Peu à peu, il n'avait plus eu de goût pour le pain, il en était même arrivé à cracher sur le fricot. On aurait pu lui servir la ratatouille la mieux accommodée, son estomac se barrait, ses dents molles refusaient de mâcher. Pour se soutenir, il lui fallait sa chopine d'eau-de-vie par jour ; c'était sa ration, son manger et son boire, la seule nourriture qu'il digérât. Le matin, dès qu'il sautait du lit, il restait un gros quart d'heure plié en deux, toussant et claquant des os, se tenant la tête et lâchant de la pituite, quelque chose d'amer comme chicotin qui lui ramonait la gorge. Ça ne manquait jamais, on pouvait apprêter Thomas à l'avance. Il ne retombait d'aplomb sur ses pattes qu'après son premier verre de consolation, un vrai remède dont le feu lui cautérisait les boyaux. Mais, dans la journée, les forces reprenaient. D'abord, il avait senti des chatouilles, des picotements sur la peau, aux pieds et aux mains ; et il rigolait, il racontait qu'on lui faisait des minettes, que sa bourgeoise devait mettre du poil à gratter entre les draps. Puis, ses jambes étaient devenues lourdes, les chatouilles avaient fini par se changer en crampes abominables qui lui pinçaient la viande comme dans un étau. Ça, par exemple, lui semblait moins drôle. Il ne riait plus, s'arrêtait court sur le trottoir, étourdi, les oreilles bourdonnantes, les yeux aveuglés d'étincelles. Tout lui paraissait jaune, les maisons dansaient, il festonnait trois secondes, avec la peur de s'étaler. D'autres fois, l'échine au grand soleil, il avait un frisson, comme une eau glacée qui lui aurait coulé des épaules au derrière. Ce qui l'enquiquinait le plus, c'était un petit tremblement de ses deux mains ; la main droite surtout devait avoir commis un mauvais coup, tant elle avait des cauchemars. Nom de Dieu ! il n'était donc plus un homme, il tournait à la vieille femme ! Il tendait furieusement ses muscles, il empoignait son verre, pariait de le tenir immobile, comme au bout d'une main de marbre ; mais, le verre, malgré son effort, dansait le chahut, sautait à droite, sautait à gauche, avec un petit tremblement pressé et régulier. Alors, il se le vidait dans le coco, furieux, gueulant qu'il lui en faudrait des douzaines et qu'ensuite il se chargeait de porter un tonneau sans remuer un doigt. Gervaise lui disait au contraire de ne plus boire, s'il voulait cesser de trembler. Et il se fichait d'elle, il buvait des litres à recommencer l'expérience, s'enrageant, accusant les omnibus qui passaient de lui bousculer son liquide.

Au mois de mars, Coupeau rentra un soir trempé jusqu'aux os ; il revenait avec Mes-Bottes de Montrouge, où ils s'étaient flanqué une ventrée de soupe à l'anguille ; et il avait reçu une averse, de la barrière des Fourneaux à la barrière Poissonnière, un fier ruban de queue. Dans la nuit, il fut pris d'une sacrée toux ; il était très rouge, galopé par une fièvre de cheval, battant des flancs comme un soufflet crevé. Quand le médecin des Boche l'eut vu le matin, et qu'il lui eut écouté dans le dos, il branla la tête, il prit Gervaise à part pour lui conseiller de faire porter tout de suite son mari à l'hôpital. Coupeau avait une fluxion de poitrine.

Et Gervaise ne se fâcha pas, bien sûr. Autrefois, elle se serait plutôt fait hacher que de confier son homme aux carabins. Lors de l'accident, rue de la Nation, elle avait mangé leur magot, pour le dorloter. Mais ces beaux sentiments-là n'ont qu'un temps, lorsque les hommes tombent dans la crapule. Non, non, elle n'entendait plus se donner un pareil tintouin. On pouvait le lui prendre et ne jamais le rapporter, elle dirait un grand merci. Pourtant, quand le brancard arriva et qu'on chargea Coupeau comme un meuble, elle devint toute pâle, les lèvres pincées ; et si elle rognonnait et trouvait toujours que c'était bien fait, son cœur n'y était plus, elle aurait voulu avoir seulement dix francs dans sa commode, pour ne pas le laisser partir. Elle l'accompagna à Lariboisière, regarda les infirmiers le coucher, au bout d'une grande salle, où les malades à la file, avec des mines de trépassés, se soulevaient et suivaient des yeux le camarade qu'on amenait ; une jolie crevaison là-dedans, une odeur de fièvre à suffoquer et une musique de poitrinaire à vous faire cracher vos poumons ; sans compter que la salle avait l'air d'un petit Père-Lachaise, bordée de lits tout blancs, une vraie allée de tombeaux. Puis, comme il restait aplati sur son oreiller, elle fila, ne trouvant pas un mot, n'ayant malheureusement rien dans la poche pour le soulager. Dehors, en face de l'hôpital, elle se retourna, elle jeta un coup d'œil sur le monument. Et elle pensait aux jours d'autrefois, lorsque Coupeau, perché au bord des gouttières, posait là-haut ses plaques de zinc, en chantant dans le soleil. Il ne buvait pas alors, il avait une peau de fille. Elle, de sa fenêtre de l'hôtel Boncœur, le cherchait, l'apercevait au beau milieu du ciel ; et tous les deux agitaient des mouchoirs, s'envoyaient des risettes par le télégraphe. Oui, Coupeau avait travaillé là-haut, en ne se doutant guère qu'il travaillait pour lui. Maintenant, il n'était plus sur les toits, pareil à un moineau rigoleur et putassier ; il était dessous, il avait bâti sa niche à l'hôpital, et il y venait crever, la couenne râpeuse. Mon Dieu, que le temps des amours semblait loin, aujourd'hui !

Le surlendemain, lorsque Gervaise se présenta pour avoir des nouvelles, elle trouva le lit vide. Une sœur lui expliqua qu'on avait dû transporter son mari à l'asile Sainte-Anne, parce que la veille, il avait tout d'un coup battu la campagne. Oh ! un déménagement complet, des idées de se casser la tête contre le mur, des hurlements qui empêchaient les autres malades de dormir. Ça venait de la boisson, paraissait-il. La boisson, qui couvait dans son corps, avait profité, pour lui attaquer et lui tordre les nerfs, de l'instant où la fluxion de poitrine le tenait sans forces sur le dos. La blanchisseuse rentra bouleversée. Son homme était fou à cette heure ! La vie allait devenir drôle, si on le lâchait. Nana criait qu'il fallait le laisser à l'hôpital, parce qu'il finirait par les massacrer toutes les deux.

Le dimanche seulement, Gervaise put se rendre à Sainte-Anne. C'était un vrai voyage. Heureusement, l'omnibus du boulevard Rochechouart à la Glacière passait près de l'asile. Elle descendit rue de la Santé, elle acheta deux oranges pour ne pas entrer les mains vides. Encore un monument, avec des cours grises, des corridors interminables, une odeur de vieux remèdes rances, qui n'inspirait pas précisément la gaieté. Mais, quand on l'eut fait entrer dans une cellule, elle fut toute surprise de voir Coupeau presque gaillard. Il était justement sur le trône, une caisse de bois très propre, qui ne répandait pas la moindre odeur ; et ils rirent de ce qu'elle le trouvait en fonction, son trou de balle au grand air. N'est-ce pas ? on sait bien ce que c'est qu'un malade. Il se carrait là-dessus comme un pape, avec son bagou d'autrefois. Oh ! il allait mieux, puisque ça reprenait son cours.

– Et la fluxion ? demanda la blanchisseuse.

– Emballée ! répondit-il. Ils m'ont retiré ça avec la main. Je tousse encore un peu, mais c'est la fin du ramonage.

Puis, au moment de quitter le trône pour se refourrer dans son lit, il rigola de nouveau.

– T'as le nez solide, t'as pas peur de prendre une prise, toi !

Et ils s'égayèrent davantage. Au fond, ils avaient de la joie. C'était par manière de se témoigner leur contentement, sans faire de phrases, qu'ils plaisantaient ainsi ensemble sur la plus fine. Il faut avoir eu des malades pour connaître le plaisir qu'on éprouve à les revoir bien travailler de tous les côtés.

Quand il fut dans son lit, elle lui donna les deux oranges, ce qui lui causa un attendrissement. Il redevenait gentil, depuis qu'il buvait de la tisane et qu'il ne pouvait plus laisser son cœur sur les comptoirs des mastroquets. Elle finit par oser lui parler de son coup de marteau, surprise de l'entendre raisonner comme au bon temps.

– Ah ! oui, dit-il en se blaguant lui-même, j'ai joliment rabâché !... Imagine-toi, je voyais des rats, je courais à quatre pattes pour leur mettre un grain de sel sous la queue. Et toi, tu m'appelais, des hommes voulaient t'y faire passer. Enfin, toutes sortes de bêtises, des revenants en plein jour... Oh ! je me souviens très bien, la caboche est encore solide... À présent, c'est fini, je rêvasse en m'endormant, j'ai des cauchemars, mais tout le monde a des cauchemars.

Gervaise resta près de lui jusqu'au soir. Quand l'interne vint, à la visite de six heures, il lui fit étendre les mains ; elles ne tremblaient presque plus, à peine un frisson qui agitait le bout des doigts. Cependant, comme la nuit tombait, Coupeau fut peu à peu pris d'une inquiétude. Il se leva deux fois sur son séant, regardant par terre, dans les coins d'ombre de la pièce. Brusquement, il allongea le bras et parut écraser une bête contre le mur.

– Qu'est-ce donc ? demanda Gervaise, effrayée.

– Les rats, les rats, murmura-t-il.

Puis, après un silence, glissant au sommeil, il se débattit, en lâchant des mots entrecoupés.

– Nom de Dieu ! ils me trouent la pelure !... Oh ! les sales bêtes !... Tiens bon ! serre tes jupes ! méfie-toi du salopiaud, derrière toi !... Sacré tonnerre, la voilà culbutée, et ces mufes qui rigolent !... Tas de mufes ! tas de fripouilles ! tas de brigands !

Il lançait des claques dans le vide, tirait sa couverture, la roulait en tapon contre sa poitrine, comme pour la protéger contre les violences des hommes barbus qu'il voyait. Alors, un gardien étant accouru, Gervaise se retira, toute glacée par cette scène. Mais, lorsqu'elle revint, quelques jours plus tard, elle trouva Coupeau complètement guéri. Les cauchemars eux-mêmes s'en étaient allés ; il avait un sommeil d'enfant, il dormait ses dix heures sans bouger un membre. Aussi permit-on à sa femme de l'emmener. Seulement, l'interne lui dit à la sortie les bonnes paroles d'usage, en lui conseillant de les méditer. S'il recommençait à boire, il retomberait et finirait par y laisser sa peau. Oui, ça dépendait uniquement de lui. Il avait vu comme on redevenait gaillard et gentil, quand on ne se soûlait pas. Eh bien ! il devait continuer à la maison sa vie sage de Sainte-Anne, s'imaginer qu'il était sous clef et que les marchands de vin n'existaient plus.

– Il a raison, ce monsieur, dit Gervaise dans l'omnibus qui les ramenait rue de la Goutte-d'Or.

– Sans doute qu'il a raison, répondit Coupeau.

Puis, après avoir songé une minute, il reprit :

– Oh ! tu sais, un petit verre par-ci par-là, ça ne peut pourtant pas tuer un homme, ça fait digérer.

Et, le soir même, il but un petit verre de cric, pour la digestion. Pendant huit jours, il se montra cependant assez raisonnable. Il était très traqueur au fond, il ne se souciait pas de finir à Bicêtre. Mais, sa passion l'emportait, le premier petit verre le conduisait malgré lui à un deuxième, à un troisième, à un quatrième ; et, dès la fin de la quinzaine, il avait repris sa ration ordinaire, sa chopine de tord-boyaux par jour. Gervaise, exaspérée, aurait cogné. Dire qu'elle était assez bête pour avoir rêvé de nouveau une vie honnête, quand elle l'avait vu dans tout son bon sens à l'asile ! Encore une heure de joie envolée, la dernière bien sûr ! Oh ! maintenant, puisque rien ne pouvait le corriger, pas même la peur de sa crevaison prochaine, elle jurait de ne plus se gêner ; le ménage irait à la six-quatre-deux, elle s'en battait l'œil ; et elle parlait de prendre, elle aussi, du plaisir où elle en trouverait. Alors, l'enfer recommença, une vie enfoncée davantage dans la crotte, sans coin d'espoir ouvert sur une meilleure saison. Nana, quand son père l'avait giflée, demandait furieusement pourquoi cette rosse n'était pas restée à l'hôpital. Elle attendait de gagner de l'argent, disait-elle, pour lui payer de l'eau-de-vie et le faire crever plus vite. Gervaise, de son côté, un jour que Coupeau regrettait leur mariage, s'emporta. Ah ! elle lui avait apporté la resucée des autres, ah ! elle s'était fait ramasser sur le trottoir, en l'enjôlant par ses mines de rosière ! Nom d'un chien ! il ne manquait pas d'aplomb ! Autant de paroles, autant de menteries. Elle ne voulait pas de lui, voilà la vérité. Il se traînait à ses pieds pour la décider, pendant qu'elle lui conseillait de bien réfléchir. Et si c'était à refaire, comme elle dirait non ! elle se laisserait plutôt couper un bras. Oui, elle avait vu la lune, avant lui ; mais une femme qui a vu la lune et qui est travailleuse, vaut mieux qu'un feignant d'homme qui salit son honneur et celui de sa famille dans tous les mannezingues. Ce jour-là, pour la première fois chez les Coupeau, on se flanqua une volée en règle, on se tapa même si dur, qu'un vieux parapluie et le balai furent cassés.

Et Gervaise tint parole. Elle s'avachit encore ; elle manquait l'atelier plus souvent, jacassait des journées entières, devenait molle comme une chiffe à la besogne. Quand une chose lui tombait des mains, ça pouvait bien rester par terre, ce n'était pas elle qui se serait baissée pour le ramasser. Les côtes lui poussaient en long. Elle voulait sauver son lard. Elle en prenait à son aise et ne donnait plus un coup de balai que lorsque les ordures manquaient de la faire tomber. Les Lorilleux, maintenant, affectaient de se boucher le nez, en passant devant sa chambre ; une vraie poison, disaient-ils. Eux, vivaient en sournois, au fond du corridor, se garant de toutes ces misères qui piaulaient dans ce coin de la maison, s'enfermant pour ne pas avoir à prêter des pièces de vingt sous. Oh ! des bons cœurs, des voisins joliment obligeants ! oui, c'était le chat ! On n'avait qu'à frapper et à demander du feu, ou une pincée de sel, ou une carafe d'eau, on était sûr de recevoir tout de suite la porte sur le nez. Avec ça, des langues de vipère. Ils criaient qu'ils ne s'occupaient jamais des autres, quand il était question de secourir leur prochain ; mais ils s'en occupaient du matin au soir, dès qu'il s'agissait de mordre le monde à belles dents. Le verrou poussé, une couverture accrochée pour boucher les fentes et le trou de la serrure, ils se régalaient de potins, sans quitter leurs fils d'or une seconde. La dégringolade de la Banban surtout les faisait ronronner la journée entière, comme des matous qu'on caresse. Quelle dèche, quel décatissage, mes amis ! Ils la guettaient aller aux provisions et rigolaient du tout petit morceau de pain qu'elle rapportait sous son tablier. Ils calculaient les jours où elle dansait devant le buffet. Ils savaient, chez elle, l'épaisseur de la poussière, le nombre d'assiettes sales laissées en plan, chacun des abandons croissants de la misère et de la paresse. Et ses toilettes donc, des guenilles dégoûtantes qu'une chiffonnière n'aurait pas ramassées ! Dieu de Dieu ! il pleuvait drôlement sur sa mercerie, à cette belle blonde, cette cato qui tortillait tant son derrière, autrefois, dans sa belle boutique bleue. Voilà où menaient l'amour de la fripe, les lichades et les gueuletons. Gervaise, qui se doutait de la façon dont ils l'arrangeaient, ôtait ses souliers, collait son oreille contre leur porte ; mais la couverture l'empêchait d'entendre. Elle les surprit seulement un jour en train de l'appeler « la grand-tétasse », parce que sans doute son devant de gilet était un peu fort, malgré la mauvaise nourriture qui lui vidait la peau. D'ailleurs, elle les avait quelque part ; elle continuait à leur parler, pour éviter les commentaires, n'attendant de ces salauds que des avanies, mais n'ayant même plus la force de leur répondre et de les lâcher là comme un paquet de sottises. Et puis, zut ! elle demandait son plaisir, rester en tas, tourner ses pouces, bouger quand il s'agissait de prendre du bon temps, pas davantage.

Un samedi, Coupeau lui avait promis de la mener au Cirque. Voir des dames galoper sur des chevaux et sauter dans des ronds de papier, voilà au moins qui valait la peine de se déranger. Coupeau justement venait de faire une quinzaine, il pouvait se fendre de quarante sous ; et même ils devaient manger tous les deux dehors, Nana ayant à veiller très tard ce soir-là chez son patron pour une commande pressée. Mais, à sept heures, pas de Coupeau ; à huit heures, toujours personne, Gervaise était furieuse. Son soûlard fricassait pour sûr la quinzaine avec les camarades, chez les marchands de vin du quartier. Elle avait lavé un bonnet, et s'escrimait, depuis le matin, sur les trous d'une vieille robe, voulant être présentable. Enfin, vers neuf heures, l'estomac vide, bleue de colère, elle se décida à descendre, pour chercher Coupeau dans les environs.

– C'est votre mari que vous demandez ? lui cria Mme Boche, en l'apercevant la figure à l'envers. Il est chez le père Colombe. Boche vient de prendre des cerises avec lui.

Elle dit merci. Elle fila raide sur le trottoir, en roulant l'idée de sauter aux yeux de Coupeau. Une petite pluie fine tombait, ce qui rendait la promenade encore moins amusante. Mais, quand elle fut arrivée devant l'Assommoir, la peur de la danser elle-même, si elle taquinait son homme, la calma brusquement et la rendit prudente. La boutique flambait, son gaz allumé, les glaces blanches comme des soleils, les fioles et les bocaux illuminant les murs de leurs verres de couleur. Elle resta là un instant, l'échine tendue, l'œil appliqué contre la vitre, entre deux bouteilles de l'étalage, à guigner Coupeau, dans le fond de la salle ; il était assis avec des camarades, autour d'une petite table de zinc, tous vagues et bleuis par la fumée des pipes ; et, comme on ne les entendait pas gueuler, ça faisait un drôle d'effet de les voir se démancher, le menton en avant, les yeux sortis de la figure. Était-il Dieu possible que des hommes pussent lâcher leurs femmes et leur chez-eux pour s'enfermer ainsi dans un trou où ils étouffaient ! La pluie lui dégouttait le long du cou ; elle se releva, elle s'en alla sur le boulevard extérieur, réfléchissant, n'osant pas entrer. Ah bien ! Coupeau l'aurait joliment reçue, lui qui ne voulait pas être relancé ! Puis, vrai, ça ne lui semblait guère la place d'une femme honnête. Cependant, sous les arbres trempés, un léger frisson la prenait, et elle songeait, hésitante encore, qu'elle était pour sûr en train de pincer quelque bonne maladie. Deux fois, elle retourna se planter devant la vitre, son œil collé de nouveau, vexée de retrouver ces sacrés pochards à couvert, toujours gueulant et buvant. Le coup de lumière de l'Assommoir se reflétait dans les flaques des pavés, où la pluie mettait un frémissement de petits bouillons. Elle se sauvait, elle pataugeait là-dedans, dès que la porte s'ouvrait et retombait, avec le claquement de ses bandes de cuivre. Enfin, elle s'appela trop bête, elle poussa la porte et marcha droit à la table de Coupeau. Après tout, n'est-ce pas ? c'était son mari qu'elle venait demander ; et elle y était autorisée, puisqu'il avait promis, ce soir-là, de la mener au Cirque. Tant pis ! elle n'avait pas envie de fondre comme un pain de savon, sur le trottoir.

– Tiens ! c'est toi, la vieille ! cria le zingueur, qu'un ricanement étranglait. Ah ! elle est farce, par exemple !... Hein ? pas vrai, elle est farce !

Tous riaient, Mes-Bottes, Bibi-la-Grillade, Bec-Salé, dit Boit-sans-Soif. Oui, ça leur semblait farce ; et ils n'expliquaient pas pourquoi. Gervaise restait debout, un peu étourdie. Coupeau lui paraissant très gentil, elle se risqua à dire :

– Tu sais, nous allons là-bas. Faut nous cavaler. Nous arriverons encore à temps pour voir quelque chose.

– Je ne peux pas me lever, je suis collé, oh ! sans blague, reprit Coupeau qui rigolait toujours. Essaie, pour te renseigner ; tire-moi le bras, de toutes tes forces, nom de Dieu ! plus fort que ça, ohé, hisse !... Tu vois, c'est ce roussin de père Colombe qui m'a vissé sur sa banquette.

Gervaise s'était prêtée à ce jeu ; et, quand elle lui lâcha le bras, les camarades trouvèrent la blague si bonne, qu'ils se jetèrent les uns sur les autres, braillant et se frottant les épaules comme des ânes qu'on étrille. Le zingueur avait la bouche fendue par un tel rire, qu'on lui voyait jusqu'au gosier.

– Fichue bête ! dit-il enfin, tu peux bien t'asseoir une minute. On est mieux là qu'à barboter dehors... Eh bien ! oui, je ne suis pas rentré, j'ai eu des affaires. Quand tu feras ton nez, ça n'avancera à rien... Reculez-vous donc, vous autres.

– Si madame voulait accepter mes genoux, ça serait plus tendre, dit galamment Mes-Bottes.

Gervaise, pour ne pas se faire remarquer, prit une chaise et s'assit à trois pas de la table. Elle regarda ce que buvaient les hommes, du casse-gueule qui luisait pareil à de l'or, dans les verres ; il y en avait une petite mare coulée sur la table, et Bec-Salé, dit Boit-sans-Soif, tout en causant, trempait son doigt, écrivait un nom de femme : *Eulalie*, en grosses lettres. Elle trouva Bibi-la-Grillade joliment ravagé, plus maigre qu'un cent de clous. Mes-Bottes avait un nez qui fleurissait, un vrai dahlia bleu de Bourgogne. Ils étaient très sales tous les quatre, avec leurs ordures de barbes raides et pisseuses comme des balais à pot de chambre, étalant des guenilles de blouses, allongeant des pattes noires aux ongles en deuil. Mais, vrai, on pouvait encore se montrer dans leur société, car s'ils gobelottaient depuis six heures, ils restaient tout de même comme il faut, juste à ce point où l'on charme ses puces. Gervaise en vit deux autres devant le comptoir en train de se gargariser, si pafs, qu'ils se jetaient leur petit verre sous le menton, et imbibaient leur chemise, en croyant se rincer la dalle. Le gros père Colombe, qui allongeait ses bras énormes, les porte-respect de son établissement, versait tranquillement les tournées. Il faisait très chaud, la fumée des pipes montait dans la clarté aveuglante du gaz, où elle roulait comme une poussière, noyant les consommateurs d'une buée, lentement épaissie ; et, de ce nuage, un vacarme sortait, assourdissant et confus, des voix cassées, des chocs de verre, des jurons et des coups de poing semblables à des détonations. Aussi Gervaise avait-elle pris sa figure en coin de rue, car une pareille vue n'est pas drôle pour une femme, surtout quand elle n'en a pas l'habitude ; elle étouffait, les yeux brûlés, la tête déjà alourdie par l'odeur d'alcool qui s'exhalait de la salle entière. Puis, brusquement, elle eut la sensation d'un malaise plus inquiétant derrière son dos. Elle se tourna, elle aperçut l'alambic, la machine à soûler, fonctionnant sous le vitrage de l'étroite cour, avec la trépidation profonde de sa cuisine d'enfer. Le soir, les cuivres étaient plus mornes, allumés seulement sur leur rondeur d'une large étoile rouge ; et l'ombre de l'appareil, contre la muraille du fond, dessinait des abominations, des figures avec des queues, des monstres ouvrant leurs mâchoires comme pour avaler le monde.

– Dis donc, Marie-bon-Bec, ne fais pas ta gueule ! cria Coupeau. Tu sais, à Chaillot les rabat-joie !... Qu'est-ce que tu veux boire ?

– Rien, bien sûr, répondit la blanchisseuse. Je n'ai pas dîné, moi.

– Eh bien ! raison de plus ; ça soutient, une goutte de quelque chose. Mais, comme elle ne se déridait pas, Mes-Bottes se montra galant de nouveau.

– Madame doit aimer les douceurs, murmura-t-il.

– J'aime les hommes qui ne se soûlent pas, reprit-elle en se fâchant. Oui, j'aime qu'on rapporte sa paie et qu'on soit de parole, quand on a fait une promesse.

– Ah ! c'est ça qui te chiffonne ! dit le zingueur, sans cesser de ricaner. Tu veux ta part. Alors, grande cruche, pourquoi refuses-tu une consommation ?... Prends donc, c'est tout bénéfice.

Elle le regarda fixement, l'air sérieux, avec un pli qui lui traversait le front d'une raie noire. Et elle répondit d'une voix lente :

– Tiens ! tu as raison, c'est une bonne idée. Comme ça, nous boirons la monnaie ensemble.

Bibi-la-Grillade se leva pour aller lui chercher un verre d'anisette. Elle approcha sa chaise, elle s'attabla. Pendant qu'elle sirotait son anisette, elle eut tout d'un coup un souvenir, elle se rappela la prune qu'elle avait mangée avec Coupeau, jadis, près de la porte, lorsqu'il lui faisait la cour. En ce temps-là, elle laissait la sauce des fruits à l'eau-de-vie. Et, maintenant, voici qu'elle se remettait aux liqueurs. Oh ! elle se connaissait, elle n'avait pas pour deux liards de volonté. On n'aurait eu qu'à lui donner une chiquenaude sur les reins pour l'envoyer faire une culbute dans la boisson. Même ça lui semblait très bon, l'anisette, peut-être un peu trop doux, un peu écœurant. Et elle suçait son verre, en écoutant Bec-Salé, dit Boit-sans-Soif, raconter sa liaison avec la grosse Eulalie, celle qui vendait du poisson dans la rue, une femme rudement maligne, une particulière qui le flairait chez les marchands de vin, tout en poussant sa voiture, le long des trottoirs ; les camarades avaient beau l'avertir et le cacher, elle le pinçait souvent, elle lui avait même, la veille, envoyé une limande par la figure, pour lui apprendre à manquer l'atelier. Par exemple, ça, c'était drôle. Bibi-la-Grillade et Mes-Bottes, les côtes crevées de rire, appliquaient des claques sur les épaules de Gervaise, qui rigolait enfin, comme chatouillée et malgré elle ; et ils lui conseillaient d'imiter la grosse Eulalie, d'apporter ses fers et de repasser les oreilles de Coupeau sur le zinc des mastroquets.

– Ah bien ! merci, cria Coupeau qui retourna le verre d'anisette vidé par sa femme, tu nous pompes joliment ça ! Voyez donc, la coterie, ça ne lanterne guère.

– Madame redouble ? demanda Bec-Salé, dit Boit-sans-Soif.

Non, elle en avait assez. Elle hésitait pourtant. L'anisette lui barbouillait le cœur. Elle aurait plutôt pris quelque chose de raide pour se guérir l'estomac. Et elle jetait des regards obliques sur la machine à soûler, derrière elle. Cette sacrée marmite, ronde comme un ventre de chaudronnière grasse, avec son nez qui s'allongeait et se tortillait, lui soufflait un frisson dans les épaules, une peur mêlée d'un désir. Oui, on aurait dit la fressure de métal d'une grande gueuse, de quelque sorcière qui lâchait goutte à goutte le feu de ses entrailles. Une jolie source de poison, une opération qu'on aurait dû enterrer dans une cave, tant elle était effrontée et abominable ! Mais ça n'empêchait pas, elle aurait voulu mettre son nez là-dedans, renifler l'odeur, goûter à la cochonnerie, quand même sa langue brûlée aurait dû en peler du coup comme une orange.

– Qu'est-ce que vous buvez donc là ? demanda-t-elle sournoisement aux hommes, l'œil allumé par la belle couleur d'or de leurs verres.

– Ça, ma vieille, répondit Coupeau, c'est le camphre du papa Colombe... Fais pas la bête, n'est-ce pas ? On va t'y faire goûter.

Et lorsqu'on lui eut apporté un verre de vitriol, et que sa mâchoire se contracta, à la première gorgée, le zingueur reprit, en se tapant sur les cuisses :

– Hein ! ça te rabote le sifflet !... Avale d'une lampée. Chaque tournée retire un écu de six francs de la poche du médecin.

Au deuxième verre, Gervaise ne sentit plus la faim qui la tourmentait. Maintenant, elle était raccommodée avec Coupeau, elle ne lui en voulait plus de son manque de parole. Ils iraient au Cirque une autre fois ; ce n'était pas si drôle, des faiseurs de tours qui galopaient sur des chevaux. Il ne pleuvait pas chez le père Colombe, et si la paie fondait dans le fil-en-quatre, on se la mettait sur le torse au moins, on la buvait limpide et luisante comme du bel or liquide. Ah ! elle envoyait joliment flûter le monde ! La vie ne lui offrait pas tant de plaisirs ; d'ailleurs, ça lui semblait une consolation d'être de moitié dans le nettoyage de la monnaie. Puisqu'elle était bien, pourquoi donc ne serait-elle pas restée ? On pouvait tirer le canon, elle n'aimait plus bouger, quand elle avait fait son tas. Elle mijotait dans une bonne chaleur, son corsage collé à son dos, envahie d'un bien-être qui lui engourdissait les membres. Elle rigolait toute seule, les coudes sur la table, les yeux perdus, très amusée par deux clients, un gros mastoc et un nabot, à une table voisine, en train de s'embrasser comme du pain, tant ils étaient gris. Oui, elle riait à l'Assommoir, à la pleine lune du père Colombe, une vraie vessie de saindoux, aux consommateurs fumant leur brûle-gueule, criant et crachant, aux grandes flammes du gaz qui allumaient les glaces et les bouteilles de liqueur. L'odeur ne la gênait plus ; au contraire, elle avait des chatouilles dans le nez, elle trouvait que ça sentait bon ; ses paupières se fermaient un peu, tandis qu'elle respirait très court, sans étouffement, goûtant la jouissance du lent sommeil dont elle était prise. Puis, après son troisième petit verre, elle laissa tomber son menton sur ses mains, elle ne vit plus que Coupeau et les camarades ; et elle demeura nez à nez avec eux, tout près, les joues chauffées par leur haleine, regardant leurs barbes sales, comme si elle en avait compté les poils. Ils étaient très soûls, à cette heure. Mes-Bottes bavait, la pipe aux dents, de l'air muet et grave d'un bœuf assoupi. Bibi-la-Grillade racontait une histoire, la façon dont il vidait un litre d'un trait, en lui fichant un tel baiser à la régalade, qu'on lui voyait le derrière. Cependant, Bec-Salé, dit Boit-sans-Soif, était allé chercher le tourniquet sur le comptoir et jouait des consommations avec Coupeau.

– Deux cents !... T'es rupin, tu amènes les gros numéros à tous coups.

La plume du tourniquet grinçait, l'image de la Fortune, une grande femme rouge, placée sous un verre, tournait et ne mettait plus au milieu qu'une tache ronde, pareille à une tache de vin.

– Trois cent cinquante !... T'as donc marché dedans, bougre de lascar ! Ah ! zut ! je ne joue plus !

Et Gervaise s'intéressait au tourniquet. Elle soiffait à tirelarigot, et appelait Mes-Bottes « mon fiston ». Derrière elle, la machine à soûler fonctionnait toujours, avec son murmure de ruisseau souterrain ; et elle désespérait de l'arrêter, de l'épuiser, prise contre elle d'une colère sombre, ayant des envies de sauter sur le grand alambic comme sur une bête, pour le taper à coups de talon et lui crever le ventre. Tout se brouillait, elle voyait la machine remuer, elle se sentait prise par ses pattes de cuivre, pendant que le ruisseau coulait maintenant au travers de son corps.

Puis, la salle dansa, avec les becs de gaz qui filaient comme des étoiles. Gervaise était poivre. Elle entendait une discussion furieuse entre Bec-Salé, dit Boit-sans-Soif, et cet encloué de père Colombe. En voilà un voleur de patron qui marquait à la fourchette ! On n'était pourtant pas à Bondy. Mais, brusquement, il y eut une bousculade, des hurlements, un vacarme de tables renversées. C'était le père Colombe qui flanquait la société dehors, sans se gêner, en un tour de main. Devant la porte, on l'engueula, on l'appela fripouille. Il pleuvait toujours, un petit vent glacé soufflait. Gervaise perdit Coupeau, le retrouva et le perdit encore. Elle voulait rentrer, elle tâtait les boutiques pour reconnaître son chemin. Cette nuit soudaine l'étonnait beaucoup. Au coin de la rue des Poissonniers, elle s'assit dans le ruisseau, elle se crut au lavoir. Toute l'eau qui coulait lui tournait la tête et la rendait très malade. Enfin, elle arriva, elle fila raide devant la porte des concierges, chez lesquels elle vit parfaitement les Lorilleux et les Poisson attablés, qui firent des grimaces de dégoût en l'apercevant dans ce bel état.

Jamais elle ne sut comment elle avait monté les six étages. En haut, au moment où elle prenait le corridor, la petite Lalie, qui entendait son pas, accourut, les bras ouverts dans un geste de caresse, riant et disant :

– Mme Gervaise, papa n'est pas rentré, venez donc voir dormir mes enfants... Oh ! ils sont gentils !

Mais, en face du visage hébété de la blanchisseuse, elle recula et trembla. Elle connaissait ce souffle d'eau-de-vie, ces yeux pâles, cette bouche convulsée. Alors, Gervaise passa en trébuchant, sans dire un mot, pendant que la petite, debout sur le seuil de sa porte, la suivait de son regard noir, muet et grave.

XI

Nana grandissait, devenait garce. À quinze ans, elle avait poussé comme un veau, très blanche de chair, très grasse, si dodue même qu'on aurait dit une pelote. Oui, c'était ça, quinze ans, toutes ses dents et pas de corset. Une vraie frimousse de margot, trempée dans du lait, une peau veloutée de pêche, un nez drôle, un bec rose, des quinquets luisants auxquels les hommes avaient envie d'allumer leur pipe. Son tas de cheveux blonds, couleur d'avoine fraîche, semblait lui avoir jeté de la poudre d'or sur les tempes, des taches de rousseur, qui lui mettaient là une couronne de soleil. Ah ! une jolie pépée, comme disaient les Lorilleux, une morveuse qu'on aurait encore dû moucher et dont les grosses épaules avaient les rondeurs pleines, l'odeur mûre d'une femme faite.

Maintenant, Nana ne fourrait plus des boules de papier dans son corsage. Des nichons lui étaient venus, une paire de nichons de satin blanc tout neufs. Et ça ne l'embarrassait guère, elle aurait voulu en avoir plein les bras, elle rêvait des tétais de nounou, tant la jeunesse est gourmande et inconsidérée. Ce qui la rendait surtout friande, c'était une vilaine habitude qu'elle avait prise de sortir un petit bout de sa langue entre ses quenottes blanches. Sans doute, en se regardant dans les glaces, elle s'était trouvée gentille ainsi. Alors, tout le long de la journée, pour faire la belle, elle tirait la langue.

– Cache donc ta menteuse ! lui criait sa mère.

Et il fallait souvent que Coupeau s'en mêlât, tapant du poing, gueulant avec des jurons :

– Veux-tu bien rentrer ton chiffon rouge !

Nana se montrait très coquette. Elle ne se lavait pas toujours les pieds, mais elle prenait ses bottines si étroites, qu'elle souffrait le martyre dans la prison de Saint-Crépin ; et si on l'interrogeait, en la voyant devenir violette, elle répondait qu'elle avait des coliques, pour ne pas confesser sa coquetterie. Quand le pain manquait à la maison, il lui était difficile de se pomponner. Alors, elle faisait des miracles, elle rapportait des rubans de l'atelier, elle s'arrangeait des toilettes, des robes sales couvertes de nœuds et de bouffettes. L'été était la saison de ses triomphes. Avec une robe de percale de six francs, elle passait tous ses dimanches, elle emplissait le quartier de la Goutte-d'Or de sa beauté blonde. Oui, on la connaissait des boulevards extérieurs aux fortifications, et de la chaussée de Clignancourt à la grande rue de la Chapelle. On l'appelait « la petite poule », parce qu'elle avait vraiment la chair tendre et l'air frais d'une poulette.

Une robe surtout lui alla à la perfection. C'était une robe blanche à pois roses, très simple, sans garniture aucune. La jupe, un peu courte, dégageait ses pieds ; les manches, largement ouvertes et tombantes, découvraient ses bras jusqu'aux coudes ; l'encolure du corsage, qu'elle ouvrait en cœur avec des épingles, dans un coin noir de l'escalier, pour éviter les calottes du père Coupeau, montrait la neige de son cou et l'ombre dorée de sa gorge. Et rien autre, rien qu'un ruban rose noué autour de ses cheveux blonds, un ruban dont les bouts s'envolaient sur sa nuque. Elle avait là-dedans une fraîcheur de bouquet. Elle sentait bon la jeunesse, le nu de l'enfant et de la femme.

Les dimanches furent pour elle, à cette époque, des journées de rendez-vous avec la foule, avec tous les hommes qui passaient et qui la reluquaient. Elle les attendait la semaine entière, chatouillée de petits désirs, étouffant, prise d'un besoin de grand air, de promenade au soleil, dans la cohue du faubourg endimanché. Dès le matin, elle s'habillait, elle restait des heures en chemise devant le morceau de glace accroché au-dessus de la commode ; et, comme toute la maison pouvait la voir par la fenêtre, sa mère se fâchait, lui demandait si elle n'avait pas bientôt fini de se promener en panais. Mais, elle, tranquille, se collait des accroche-cœur sur le front avec de l'eau sucrée, recousait les boutons de ses bottines ou faisait un point à sa robe, les jambes nues, la chemise glissée des épaules, dans le désordre de ses cheveux ébouriffés. Ah ! elle était chouette, comme ça ! disait le père Coupeau, qui ricanait et la blaguait ; une vraie Madeleine-la-Désolée ! Elle aurait pu servir de femme sauvage et se montrer pour deux sous. Il lui criait : « Cache donc ta viande, que je mange mon pain ! » Et elle était adorable, blanche et fine sous le débordement de sa toison blonde, rageant si fort que sa peau en devenait rose, n'osant répondre à son père et cassant son fil entre ses dents, d'un coup sec et furieux, qui secouait d'un frisson sa nudité de belle fille.

Puis, aussitôt après le déjeuner, elle filait, elle descendait dans la cour. La paix chaude du dimanche endormait la maison ; en bas, les ateliers étaient fermés ; les logements bâillaient par leurs croisées ouvertes, montraient des tables déjà mises pour le soir, qui attendaient les ménages, en train de gagner de l'appétit sur les fortifications ; une femme, au troisième, employait la journée à laver sa chambre, roulant son lit, bousculant ses meubles, chantant pendant des heures la même chanson, sur un ton doux et pleurard. Et, dans le repos des métiers, au milieu de la cour vide et sonore, des parties de volants s'engageaient entre Nana, Pauline et d'autres grandes filles. Elles étaient cinq ou six, poussées ensemble, qui devenaient les reines de la maison et se partageaient les œillades des messieurs. Quand un homme traversait la cour, des rires flûtés montaient, les froufrous de leurs jupes amidonnées passaient comme un coup de vent. Au-dessus d'elles, l'air des jours de fête flambait, brûlant et lourd, comme amolli de paresse et blanchi par la poussière des promenades.

Mais les parties de volants n'étaient qu'une frime pour s'échapper. Brusquement, la maison tombait à un grand silence. Elles venaient de se glisser dans la rue et de gagner les boulevards extérieurs. Alors, toutes les six, se tenant par les bras, occupant la largeur des chaussées, s'en allaient, vêtues de clair, avec leurs rubans noués autour de leurs cheveux nus. Les yeux vifs, coulant de minces regards par le coin pincé des paupières, elles voyaient tout, elles renversaient le cou pour rire, en montrant le gras du menton. Dans les gros éclats de gaieté, lorsqu'un bossu passait ou qu'une vieille femme attendait son chien au coin des bornes, leur ligne se brisait, les unes restaient en arrière, tandis que les autres les tiraient violemment ; et elles balançaient les hanches, se pelotonnaient, se dégingandaient, histoire d'attrouper le monde et de faire craquer leur corsage sous leurs formes naissantes. La rue était à elles ; elles y avaient grandi, en relevant leurs jupes le long des boutiques ; elles s'y retroussaient encore jusqu'aux cuisses, pour rattacher leurs jarretières. Au milieu de la foule lente et blême, entre les arbres grêles des boulevards, leur débandade courait ainsi, de la barrière Rochechouart à la barrière Saint-Denis, bousculant les gens, coupant les groupes en zigzag, se retournant et lâchant des mots dans les fusées de leurs rires. Et leurs robes envolées laissaient, derrière elles, l'insolence de leur jeunesse ; elles s'étalaient en plein air, sous la lumière crue, d'une grossièreté ordurière de voyous, désirables et tendres comme des vierges qui reviennent du bain, la nuque trempée.

Nana prenait le milieu, avec sa robe rose, qui s'allumait dans le soleil. Elle donnait le bras à Pauline, dont la robe, des fleurs jaunes sur un fond blanc, flambait aussi, piquée de petites flammes. Et comme elles étaient les plus grosses toutes les deux, les plus femmes et les plus effrontées, elles menaient la bande, elles se rengorgeaient sous les regards et les compliments. Les autres, les gamines, faisaient des queues à droite et à gauche, en tâchant de s'enfler pour être prises au sérieux. Nana et Pauline avaient dans le fond, des plans très compliqués de ruses coquettes. Si elles couraient à perdre haleine, c'était histoire de montrer leurs bas blancs et de faire flotter les rubans de leurs chignons. Puis, quand elles s'arrêtaient, en affectant de suffoquer, la gorge renversée et palpitante, on pouvait chercher, il y avait bien sûr par là une de leurs connaissances, quelque garçon du quartier ; et elles marchaient languissamment alors, chuchotant et riant entre elles, guettant, les yeux en dessous. Elles se cavalaient surtout pour ces rendez-vous du hasard, au milieu des bousculades de la chaussée. De grands garçons endimanchés, en veste et en chapeau rond, les retenaient un instant au bord du ruisseau, à rigoler et à vouloir leur pincer la taille. Des ouvriers de vingt ans, débraillés dans des blouses grises, causaient lentement avec elles, les bras croisés, leur soufflant au nez la fumée de leurs brûle-gueule. Ça ne tirait pas à conséquence, ces gamins avaient poussé en même temps qu'elles sur le pavé. Mais, dans le nombre, elles choisissaient déjà. Pauline rencontrait toujours un des fils de Mme Gaudron, un menuisier de dix-sept ans, qui lui payait des pommes. Nana apercevait du bout d'une avenue à l'autre Victor Fauconnier, le fils de la blanchisseuse, avec lequel elle s'embrassait dans les coins noirs. Et ça n'allait pas plus loin ; elles avaient trop de vice pour faire une bêtise sans savoir. Seulement, on en disait de raides.

Puis, quand le soleil tombait, la grande joie de ces mâtines était de s'arrêter aux faiseurs de tours. Des escamoteurs, des hercules arrivaient, qui étalaient sur la terre de l'avenue un tapis mangé d'usure. Alors, les badauds s'attroupaient, un cercle se formait, tandis que le saltimbanque, au milieu, jouait des muscles dans son maillot fané. Nana et Pauline restaient des heures debout, au plus épais de la foule. Leurs belles robes fraîches s'écrasaient entre les paletots et les bourgerons sales. Leurs bras nus, leur cou nu, leurs cheveux nus, s'échauffaient sous les haleines empestées, dans une odeur de vin et de sueur. Et elles riaient, amusées, sans un dégoût, plus roses et comme sur leur fumier naturel. Autour d'elles, les gros mots partaient, des ordures toutes crues, des réflexions d'hommes soûls. C'était leur langue, elles savaient tout, elles se retournaient avec un sourire, tranquilles d'impudeur, gardant la pâleur délicate de leur peau de satin.

La seule chose qui les contrariait était de rencontrer leurs pères, surtout quand ils avaient bu. Elles veillaient et s'avertissaient.

– Dis donc, Nana, criait tout d'un coup Pauline, voilà le père Coupeau !

– Ah bien ! il n'est pas poivre, non, c'est que je tousse ! disait Nana embêtée. Moi, je m'esbigne, vous savez ! Je n'ai pas envie qu'il secoue mes puces... Tiens ! il a piqué une tête ! Dieu de Dieu, s'il pouvait se casser la gueule !

D'autres fois, lorsque Coupeau arrivait droit sur elle, sans lui laisser le temps de se sauver, elle s'accroupissait, elle murmurait :

– Cachez-moi donc, vous autres !... Il me cherche, il a promis de m'enlever le ballon, s'il me pinçait encore à traîner ma peau.

Puis, lorsque l'ivrogne les avait dépassées, elle se relevait, et toutes le suivaient en pouffant de rire. Il la trouvera ! il ne la trouvera pas ! C'était un vrai jeu de cache-cache. Un jour pourtant, Boche était venu chercher Pauline par les deux oreilles, et Coupeau avait ramené Nana à coups de pied au derrière.

Le jour baissait, elles faisaient un dernier tour de balade, elles rentraient dans le crépuscule blafard, au milieu de la foule éreintée. La poussière de l'air s'était épaissie, et pâlissait le ciel lourd. Rue de la Goutte-d'Or, on aurait dit un coin de province, avec les commères sur les portes, des éclats de voix coupant le silence tiède du quartier vide de voitures. Elles s'arrêtaient un instant dans la cour, reprenaient les raquettes, tâchaient de faire croire qu'elles n'avaient pas bougé de là. Et elles remontaient chez elles, en arrangeant une histoire, dont elles ne se servaient souvent pas, lorsqu'elles trouvaient leurs parents trop occupés à s'allonger des gifles, pour une soupe mal salée ou pas assez cuite.

Maintenant, Nana était ouvrière, elle gagnait quarante sous chez Titreville, la maison de la rue du Caire où elle avait fait son apprentissage. Les Coupeau ne voulaient pas la changer, pour qu'elle restât sous la surveillance de Mme Lerat, qui était première dans l'atelier depuis dix ans. Le matin, pendant que la mère regardait l'heure au coucou, la petite partait toute seule, l'air gentil, serrée aux épaules par sa vieille robe noire trop étroite et trop courte ; et Mme Lerat était chargée de constater l'heure de son arrivée, qu'elle disait ensuite à Gervaise. On lui donnait vingt minutes pour aller de la rue de la Goutte-d'Or à la rue du Caire, ce qui était suffisant, car ces tortillons de filles ont des jambes de cerf. Des fois, elle arrivait juste, mais si rouge, si essoufflée, qu'elle venait bien sûr de dégringoler de la barrière en dix minutes, après avoir musé en chemin. Le plus souvent, elle avait sept minutes, huit minutes de retard ; et, jusqu'au soir, elle se montrait très câline pour sa tante, avec des yeux suppliants, tâchant ainsi de la toucher et de l'empêcher de parler. Mme Lerat, qui comprenait la jeunesse, mentait aux Coupeau, mais en sermonnant Nana dans des bavardages interminables, où elle parlait de sa responsabilité et des dangers qu'une jeune fille courait sur le pavé de Paris. Ah ! Dieu de Dieu ! la poursuivait-on assez elle-même ! Elle couvait sa nièce de ses yeux allumés de continuelles préoccupations polissonnes, elle restait tout échauffée à l'idée de garder et de mijoter l'innocence de ce pauvre petit chat.

– Vois-tu, lui répétait-elle, il faut tout me dire. Je suis trop bonne pour toi, je n'aurais plus qu'à me jeter à la Seine, s'il t'arrivait un malheur... Entends-tu, mon petit chat, si des hommes te parlaient, il faudrait tout me répéter, tout, sans oublier un mot... Hein ? on ne t'a encore rien dit, tu me le jures ?

Nana riait alors d'un rire qui lui pinçait drôlement la bouche. Non, non, les hommes ne lui parlaient pas. Elle marchait trop vite. Puis, qu'est-ce qu'ils lui auraient dit ? elle n'avait rien à démêler avec eux, peut-être ! Et elle expliquait ses retards d'un air de niaise : elle s'était arrêtée pour regarder les images, ou bien elle avait accompagné Pauline qui savait des histoires. On pouvait la suivre, si on ne la croyait pas ; elle ne quittait même jamais le trottoir de gauche ; et elle filait joliment, elle devançait toutes les autres demoiselles, comme une voiture. Un jour, à la vérité, Mme Lerat l'avait surprise, rue du Petit-Carreau, le nez en l'air, riant avec trois autres traînées de fleuristes, parce qu'un homme se faisait la barbe, à une fenêtre ; mais la petite s'était fâchée, en jurant qu'elle entrait justement chez le boulanger du coin acheter un pain d'un sou.

– Oh ! je veille, n'ayez pas peur, disait la grande veuve aux Coupeau. Je vous réponds d'elle comme de moi-même. Si un salaud voulait seulement la pincer, je me mettrais plutôt en travers.

L'atelier, chez Titreville, était une grande pièce à l'entresol, avec un large établi posé sur des tréteaux, occupant tout le milieu. Le long des quatre murs vides, dont le papier d'un gris pisseux montrait le plâtre par des éraflures, s'allongeaient des étagères encombrées de vieux cartons, de paquets, de modèles de rebut, oubliés là sous une épaisse couche de poussière. Au plafond, le gaz avait passé comme un badigeon de suie. Les deux fenêtres s'ouvraient si larges, que les ouvrières, sans quitter l'établi, voyaient défiler le monde sur le trottoir d'en face.

Mme Lerat, pour donner l'exemple, arrivait la première. Puis, la porte battait pendant un quart d'heure, tous les petits bonnichons de fleuristes entraient à la débandade, suantes, décoiffées. Un matin de juillet, Nana se présenta la dernière, ce qui d'ailleurs était assez dans ses habitudes.

– Ah bien ! dit-elle, ce ne sera pas malheureux quand j'aurai voiture !

Et, sans même ôter son chapeau, un caloquet noir qu'elle appelait sa casquette et qu'elle était lasse de retaper, elle s'approcha de la fenêtre, se pencha à droite et à gauche, pour voir dans la rue.

– Qu'est-ce que tu regardes donc ? lui demanda Mme Lerat, méfiante. Est-ce que ton père t'a accompagnée ?

– Non, bien sûr, répondit Nana tranquillement. Je ne regarde rien... Je regarde qu'il fait joliment chaud. Vrai, il y a de quoi vous donner du mal à vous faire courir ainsi.

La matinée fut d'une chaleur étouffante. Les ouvrières avaient baissé les jalousies, entre lesquelles elles mouchardaient le mouvement de la rue ; et elles s'étaient enfin mises au travail, rangées des deux côtés de la table, dont Mme Lerat occupait seule le haut bout. Elles étaient huit, ayant chacune devant soi son pot à colle, sa pince, ses outils et sa pelote à gaufrer. Sur l'établi traînait un fouillis de fils de fer, de bobines, d'ouate, de papier vert et de papier marron, de feuilles et de pétales, taillés dans de la soie, du satin ou du velours. Au milieu, dans le goulot d'une grande carafe, une fleuriste avait fourré un petit bouquet de deux sous, qui se fanait depuis la veille à son corsage.

– Ah ! vous ne savez pas, dit Léonie, une jolie brune, en se penchant sur sa pelote où elle gaufrait des pétales de rose, eh bien ! cette pauvre Caroline est joliment malheureuse avec ce garçon qui venait l'attendre le soir.

Nana, en train de couper de minces bandes de papier vert, s'écria :

– Pardi ! un homme qui lui fait des queues tous les jours !

L'atelier fut pris d'une gaieté sournoise, et Mme Lerat dut se montrer sévère. Elle pinça le nez, en murmurant :

– Tu es propre, ma fille, tu as de jolis mots ! Je rapporterai ça à ton père, nous verrons si ça lui plaira.

Nana gonfla les joues, comme si elle retenait un grand rire. Ah bien ! son père ! il en disait d'autres ! Mais Léonie, tout d'un coup, souffla très bas et très vite :

– Eh ! méfiez-vous ! la patronne !

En effet, Mme Titreville, une longue femme sèche, entrait. Elle se tenait d'ordinaire en bas, dans le magasin. Les ouvrières la craignaient beaucoup, parce qu'elle ne plaisantait jamais. Elle fit lentement le tour de l'établi, au-dessus duquel maintenant toutes les nuques restaient penchées, silencieuses et actives. Elle traita une ouvrière de sabot, l'obligea à recommencer une marguerite. Puis, elle s'en alla de l'air raide dont elle était venue.

– Houp ! houp ! répéta Nana, au milieu d'un grognement général.

– Mesdemoiselles, vraiment, mesdemoiselles ! dit Mme Lerat qui voulut prendre un air de sévérité. Vous me forcerez à des mesures...

Mais on ne l'écoutait pas, on ne la craignait guère. Elle se montrait trop tolérante, chatouillée parmi ces petites qui avaient de la rigolade plein les yeux, les prenant à part pour leur tirer les vers du nez sur leurs amants, leur faisant même les cartes, lorsqu'un bout de l'établi était libre. Sa peau dure, sa carcasse de gendarme tressautait d'une joie dansante de commère, dès qu'on était sur le chapitre de la bagatelle. Elle se blessait seulement des mots crus ; pourvu qu'on n'employât pas les mots crus, on pouvait tout dire.

Vrai ! Nana complétait à l'atelier une jolie éducation ! Oh ! elle avait des dispositions, bien sûr. Mais ça l'achevait, la fréquentation d'un tas de filles déjà éreintées de misère et de vice. On était là les unes sur les autres, on se pourrissait ensemble ; juste l'histoire des paniers de pommes, quand il y a des pommes gâtées. Sans doute, on se tenait devant la société, on évitait de paraître trop rosse de caractère, trop dégoûtante d'expressions. Enfin, on posait pour la demoiselle comme il faut. Seulement, à l'oreille, dans les coins, les saletés marchaient bon train. On ne pouvait pas se trouver deux ensemble, sans tout de suite se tordre de rire, en disant des cochonneries. Puis, on s'accompagnait le soir, c'était alors des confidences, des histoires à faire dresser les cheveux, qui attardaient sur les trottoirs les deux gamines, allumées au milieu des coudoiements de la foule. Et il y avait encore, pour les filles restées sages comme Nana, un mauvais air à l'atelier, l'odeur de bastringue et de nuits peu catholiques, apportée par les ouvrières coureuses, dans leurs chignons mal rattachés, dans leurs jupes si fripées qu'elles semblaient avoir couché avec. Les paresses molles des lendemains de noce, les yeux culottés, ce noir des yeux que Mme Lerat appelait honnêtement les coups de poing de l'amour, les déhanchements, les voix enrouées, soufflaient une perversion au-dessus de l'établi, parmi l'éclat et la fragilité des fleurs artificielles. Nana reniflait, se grisait, lorsqu'elle sentait à côté d'elle une fille qui avait déjà vu le loup. Longtemps elle s'était mise auprès de la grande Lisa, qu'on disait grosse ;

et elle coulait des regards luisants sur sa voisine, comme si elle s'était attendue à la voir enfler et éclater tout d'un coup. Pour apprendre du nouveau, ça paraissait difficile. La gredine savait tout, avait tout appris sur le pavé de la rue de la Goutte-d'Or. À l'atelier, simplement, elle voyait faire, il lui poussait peu à peu l'envie et le toupet de faire à son tour.

– On étouffe, murmura-t-elle en s'approchant d'une fenêtre comme pour baisser davantage la jalousie.

Mais elle se pencha, regarda de nouveau à droite et à gauche. Au même instant, Léonie qui guettait un homme, arrêté sur le trottoir d'en face, s'écria :

– Qu'est-ce qu'il fait là, ce vieux ? Il y a un quart d'heure qu'il espionne ici.

– Quelque matou, dit Mme Lerat. Nana, veux-tu bien venir t'asseoir ! Je t'ai défendu de rester à la fenêtre.

Nana reprit les queues de violettes qu'elle roulait, et tout l'atelier s'occupa de l'homme. C'était un monsieur bien vêtu, en paletot, d'une cinquantaine d'années ; il avait une face blême, très sérieuse et très digne, avec un collier de barbe grise, correctement taillé. Pendant une heure, il resta devant la boutique d'un herboriste, levant les yeux sur les jalousies de l'atelier. Les fleuristes poussaient des petits rires, qui s'étouffaient dans le bruit de la rue ; et elles se courbaient, très affairées au-dessus de l'ouvrage, avec des coups d'œil, pour ne pas perdre de vue le monsieur.

– Tiens ! fit remarquer Léonie, il a un lorgnon. Oh ! c'est un homme chic... Il attend Augustine, bien sûr.

Mais Augustine, une grande blonde laide, répondit aigrement qu'elle n'aimait pas les vieux. Et Mme Lerat, hochant la tête, murmura avec son sourire pincé, plein de sous-entendus :

– Vous avez tort, ma chère ; les vieux sont plus tendres.

À ce moment, la voisine de Léonie, une petite personne grasse, lui lâcha dans l'oreille une phrase ; et Léonie, brusquement, se renversa sur sa chaise, prise d'un accès de fou-rire, se tordant, jetant des regards vers le monsieur et riant plus fort. Elle bégayait :

– C'est ça, oh ! c'est ça !... Ah ! cette Sophie, est-elle sale !

– Qu'est-ce qu'elle a dit ? qu'est-ce qu'elle a dit ? demandait tout l'atelier brûlant de curiosité.

Léonie essuyait les larmes de ses yeux, sans répondre. Quand elle fut un peu calmée, elle se remit à gaufrer, en déclarant :

– Ça ne peut pas se répéter.

On insistait, elle refusait de la tête, reprise par des bouffées de gaieté. Alors Augustine, sa voisine de gauche, la supplia de le lui dire tout bas. Et Léonie, enfin, voulut bien le lui dire, les lèvres contre l'oreille. Augustine se renversa, se tordit à son tour. Puis, elle-même répéta la phrase, qui courut ainsi d'oreille à oreille, au milieu des exclamations et des rires étouffés. Lorsque toutes connurent la saleté de Sophie, elles se regardèrent, elles éclatèrent ensemble, un peu rouges et confuses pourtant. Seule, Mme Lerat ne savait pas. Elle était très vexée.

– C'est bien mal poli ce que vous faites là, mesdemoiselles, dit-elle. On ne se parle jamais tout bas, quand il y a du monde... Quelque indécence, n'est-ce pas ? Ah ! c'est du propre !

Elle n'osa pourtant pas demander qu'on lui répétât la saleté de Sophie, malgré son envie furieuse de la connaître. Mais, pendant un instant, le nez baissé, faisant de la dignité, elle se régala de la conversation des ouvrières. Une d'elles ne pouvait lâcher un mot, le mot le plus innocent, à propos de son ouvrage par exemple, sans qu'aussitôt les autres n'y entendissent malice ; elles détournaient le mot de son sens, lui donnaient une signification cochonne, mettaient des allusions extraordinaires sous des paroles simples comme celles-ci : « Ma pince est fendue », ou bien : « Qui est-ce qui a fouillé dans mon petit pot ? » Et elles rapportaient tout au monsieur qui faisait le pied de grue en face, c'était le monsieur qui arrivait quand même au bout des allusions. Ah ! les oreilles devaient lui corner ! Elles finissaient par dire des choses très bêtes, tant elles voulaient être malignes. Mais ça ne les empêchait pas de trouver ce jeu-là bien amusant, excitées, les yeux fous, allant de plus fort en plus fort. Mme Lerat n'avait pas à se fâcher, on ne disait rien de cru. Elle-même les fit toutes se rouler, en demandant :

– Mademoiselle Lisa, mon feu est éteint, passez-moi le vôtre.

– Ah ! le feu de Mme Lerat qui est éteint ! cria l'atelier.

Elle voulut commencer une explication.

– Quand vous aurez mon âge, mesdemoiselles...

Mais on ne l'écoutait pas, on parlait d'appeler le monsieur pour rallumer le feu de Mme Lerat.

Dans cette bosse de rires, Nana rigolait, il fallait voir ! Aucun mot à double entente ne lui échappait. Elle en lâchait elle-même de raides, en les appuyant du menton, rengorgée et crevant d'aise. Elle était dans le vice comme un poisson dans l'eau. Et elle roulait très bien ses queues de violettes, tout en se tortillant sur sa chaise. Oh ! un chic épatant, pas même le temps de rouler une cigarette. Rien que le geste de prendre une mince bande de papier vert, et, allez-y ! le papier filait et enveloppait le laiton ; puis, une goutte de gomme en haut pour coller, c'était fait, c'était un brin de verdure frais et délicat, bon à mettre sur les appas des dames. Le chic était dans les doigts, dans ses doigts minces de gourgandine, qui semblaient désossés, souples et câlins. Elle n'avait pu apprendre que ça du métier. On lui donnait à faire toutes les queues de l'atelier, tant elle les faisait bien.

Cependant, le monsieur du trottoir d'en face s'en était allé. L'atelier se calmait, travaillait dans la grosse chaleur. Quand sonna midi, l'heure du déjeuner, toutes se secouèrent. Nana, qui s'était précipitée vers la fenêtre, leur cria qu'elle allait descendre faire les commissions, si elles voulaient. Et Léonie lui commanda deux sous de crevettes, Augustine un cornet de pommes de terre frites, Lisa une botte de radis, Sophie une saucisse. Puis, comme elle descendait, Mme Lerat qui trouvait drôle son amour pour la fenêtre, ce jour-là, dit en la rattrapant de ses grandes jambes :

– Attends donc, je vais avec toi, j'ai besoin de quelque chose.

Mais voilà que, dans l'allée, elle aperçut le monsieur planté comme un cierge, en train de jouer de la prunelle avec Nana ! La petite devint très rouge. Sa tante lui prit le bras d'une secousse, la fit trotter sur le pavé, tandis que le particulier emboîtait le pas. Ah ! le matou venait pour Nana ! Eh bien ! c'était gentil, à quinze ans et demi, de traîner ainsi des hommes à ses jupes ! Et Mme Lerat, vivement, la questionnait. Oh ! mon Dieu ! Nana ne savait pas : il la suivait depuis cinq jours seulement, elle ne pouvait plus mettre le nez dehors, sans le rencontrer dans ses jambes ; elle le croyait dans le commerce, oui, un fabricant de boutons en os. Mme Lerat fut très impressionnée. Elle se retourna, guigna le monsieur du coin de l'œil.

– On voit bien qu'il a le sac, murmura-t-elle. Écoute, mon petit chat, il faudra tout me dire. Maintenant, tu n'as plus rien à craindre.

En causant, elles couraient de boutique en boutique, chez le charcutier, chez la fruitière, chez le rôtisseur. Et les commissions, dans des papiers gras, s'empilaient sur leurs mains. Mais elles restaient aimables, se dandinant, jetant derrière elles de légers rires et des œillades luisantes. Mme Lerat elle-même prenait des grâces, faisait la jeune fille, à cause du fabricant de boutons qui les suivait toujours.

– Il est très distingué, déclara-t-elle en rentrant dans l'allée. S'il avait seulement des intentions honnêtes...

Puis, comme elles montaient l'escalier, elle parut brusquement se souvenir.

– À propos, dis-moi donc ce que ces demoiselles se sont dit à l'oreille ; tu sais, la saleté de Sophie ?

Et Nana ne fit pas de façons. Seulement, elle prit Mme Lerat par le cou, la força à redescendre deux marches, parce que, vrai, ça ne pouvait pas se répéter tout haut, même dans un escalier. Et elle souffla le mot. C'était si gros, que la tante se contenta de hocher la tête, en arrondissant les yeux et en tordant la bouche. Enfin, elle savait, ça ne la démangeait plus.

Les fleuristes déjeunaient sur leurs genoux, pour ne pas salir l'établi. Elles se dépêchaient d'avaler, ennuyées de manger, préférant employer l'heure du repas à regarder les gens qui passaient ou à se faire des confidences dans les coins. Ce jour-là, on tâcha de savoir où se cachait le monsieur de la matinée ; mais, décidément, il avait disparu. Mme Lerat et Nana se jetaient des coups d'œil, les lèvres cousues. Et il était déjà une heure dix, les ouvrières ne paraissaient pas pressées de reprendre leurs pinces, lorsque Léonie, d'un bruit des lèvres, du prrrout ! dont les ouvriers peintres s'appellent, signala l'approche de la patronne. Aussitôt, toutes furent sur leurs chaises, le nez dans l'ouvrage. Mme Titreville entra et fit le tour, sévèrement.

À partir de ce jour, Mme Lerat se régala de la première histoire de sa nièce. Elle ne la lâchait plus, l'accompagnait matin et soir, en mettant en avant sa responsabilité. Ça ennuyait bien un peu Nana ; mais ça la gonflait tout de même, d'être gardée comme un trésor ; et les conversations quelles avaient dans les rues toutes les deux, avec le fabricant de boutons derrière elles, l'échauffaient et lui donnaient plutôt l'envie de faire le saut. Oh ! sa tante comprenait le sentiment ; même le fabricant de boutons, ce monsieur âgé déjà et si convenable, l'attendrissait, car enfin le sentiment chez les personnes mûres a toujours des racines plus profondes. Seulement, elle veillait. Oui, il lui passerait plutôt sur le corps avant d'arriver à la petite. Un soir, elle s'approcha du monsieur et lui envoya raide comme balle que ce qu'il faisait là n'était pas bien. Il la salua poliment, sans répondre, en vieux rocantin habitué aux rebuffades des parents. Elle ne pouvait vraiment pas se fâcher, il avait de trop bonnes manières. Et c'étaient des conseils pratiques sur l'amour, des allusions sur les salopiauds d'hommes, toutes sortes d'histoires de margots qui s'étaient bien repenties d'y avoir passé, dont Nana sortait languissante, avec des yeux de scélératesse dans son visage blanc.

Mais, un jour, rue du Faubourg-Poissonnière, le fabricant de boutons avait osé allonger son nez entre la nièce et la tante, pour murmurer des choses qui n'étaient pas à dire. Et Mme Lerat, effrayée, répétant qu'elle n'était même plus tranquille pour elle, lâcha tout le paquet à son frère. Alors, ce fut un autre train. Il y eut, chez les Coupeau, de jolis charivaris. D'abord, le zingueur flanqua une tripotée à Nana. Qu'est-ce qu'on lui apprenait ? cette gueuse-là donnait dans les vieux ! Ah bien ! qu'elle se laissât surprendre à se faire relicher dehors, elle était sûre de son affaire, il lui couperait le cou un peu vivement ! Avait-on jamais vu ! une morveuse qui se mêlait de déshonorer la famille ! Et il la secouait, en disant, nom de Dieu ! qu'elle eût à marcher droit, car ce serait lui qui la surveillerait à l'avenir. Dès qu'elle rentrait, il la visitait, il la regardait bien en face, pour deviner si elle ne rapportait pas une souris sur l'œil, un de ces petits baisers qui se fourrent là sans bruit. Il la flairait, la retournait. Un soir, elle reçut encore une danse, parce qu'il lui avait trouvé une tache noire au cou. La mâtine osait dire que ce n'était pas un suçon ! oui, elle appelait ça un bleu, tout simplement un bleu que Léonie lui avait fait en jouant. Il lui en donnerait des bleus, il l'empêcherait bien de rouscailler, lorsqu'il devrait lui casser les pattes. D'autres fois, quand il était de belle humeur, il se moquait d'elle, il la blaguait. Vrai ! un joli morceau pour les hommes, une soie tant elle était plate, et avec ça des salières aux épaules, grandes à y fourrer le poing ! Nana, battue pour les vilaines choses qu'elle n'avait pas commises, traînée dans la crudité des accusations abominables de son père, montrait la soumission sournoise et furieuse des bêtes traquées.

– Laisse-la donc tranquille ! répétait Gervaise plus raisonnable. Tu finiras par lui en donner l'envie, à force de lui en parler.

Ah ! oui, par exemple, l'envie lui en venait ! C'est-à-dire que ça lui démangeait par tout le corps, de se cavaler et d'y passer, comme disait le père Coupeau. Il la faisait trop vivre dans cette idée-là, une fille honnête s'y serait allumée. Même, avec sa façon de gueuler, il lui apprit des choses qu'elle ne savait pas encore, ce qui était bien étonnant. Alors, peu à peu, elle prit de drôles de manières. Un matin, il l'aperçut qui fouillait dans un papier, pour se coller quelque chose sur la frimousse. C'était de la poudre de riz, dont elle emplâtrait par un goût pervers le satin si délicat de sa peau. Il la barbouilla avec le papier, à lui écorcher la figure, en la traitant de fille de meunier. Une autre fois, elle rapporta des rubans rouges pour retaper sa casquette, ce vieux chapeau noir qui lui faisait tant de honte. Et il lui demanda furieusement d'où venaient ces rubans. Hein ? c'était sur le dos qu'elle avait gagné ça ! Ou bien elle les avait achetés à la foire d'empoigne ? Salope ou voleuse, peut-être, déjà toutes les deux. À plusieurs reprises, il lui vit ainsi dans les mains des objets gentils, une bague de cornaline, une paire de manches avec une petite dentelle, un de ces cœurs en doublé, des « Tâtez-y », que les filles se mettent entre les deux nénais. Coupeau voulait tout piler ; mais elle défendait ses affaires avec rage, c'était à elle, des dames les lui avaient données, ou encore elle avait fait des échanges à l'atelier. Par exemple, le cœur, elle l'avait trouvé rue d'Aboukir. Lorsque son père écrasa son cœur d'un coup de talon, elle resta toute droite, blanche et crispée, tandis qu'une révolte intérieure la poussait à se jeter sur lui, pour lui arracher quelque chose. Depuis deux ans, elle rêvait d'avoir ce cœur, et voilà qu'on le lui aplatissait ! Non, elle trouvait ça trop fort, ça finirait à la fin !

Cependant, Coupeau mettait plus de taquinerie que d'honnêteté dans la façon dont il entendait mener Nana au doigt et à l'œil. Souvent, il avait tort, et ses injustices exaspéraient la petite. Elle en vint à manquer l'atelier ; puis, quand le zingueur lui administra sa roulée, elle se moqua de lui, elle répondit qu'elle ne voulait plus retourner chez Titreville, parce qu'on la plaçait près d'Augustine, qui bien sûr devait avoir mangé ses pieds, tant elle trouillotait du goulot. Alors, Coupeau la conduisit lui-même rue du Caire, en priant la patronne de la coller toujours à côté d'Augustine, par punition. Chaque matin, pendant quinze jours, il prit la peine de descendre de la barrière Poissonnière pour accompagner Nana jusqu'à la porte de l'atelier. Et il restait cinq minutes sur le trottoir, afin d'être certain qu'elle était entrée. Mais, un matin, comme il s'était arrêté avec un camarade chez un marchand de vin de la rue Saint-Denis, il aperçut la mâtine, dix minutes plus tard, qui filait vite vers le bas de la rue, en secouant son panier aux crottes. Depuis quinze jours, elle le faisait poser, elle montait deux étages au lieu d'entrer chez Titreville, et s'asseyait sur une marche, en attendant qu'il fût parti. Lorsque Coupeau voulut s'en prendre à Mme Lerat, celle-ci lui cria très vertement qu'elle n'acceptait pas la leçon ; elle avait dit à sa nièce tout ce qu'elle devait dire contre les hommes, ce n'était pas sa faute si la gamine gardait du goût pour ces salopiauds ; maintenant, elle s'en lavait les mains, elle jurait de ne plus se mêler de rien, parce qu'elle savait ce qu'elle savait, des cancans dans la famille, oui, des personnes qui osaient l'accuser de se perdre avec Nana et de goûter un sale plaisir à lui voir exécuter sous ses yeux le grand écart. D'ailleurs, Coupeau apprit de la patronne que Nana était débauchée par une autre ouvrière, ce petit chameau de Léonie, qui venait de lâcher les fleurs pour faire la noce. Sans doute l'enfant, gourmande seulement de galette et de vacherie dans les rues, aurait encore pu se marier avec une couronne d'oranger sur la tête. Mais, fichtre ! il fallait se presser joliment si l'on voulait la donner à un mari sans rien de déchiré, propre et en bon état, complète enfin ainsi que les demoiselles qui se respectent.

Dans la maison, rue de la Goutte-d'Or, on parlait du vieux de Nana, comme d'un monsieur que tout le monde connaissait. Oh ! il restait très poli, un peu timide même, mais entêté et patient en diable, la suivant à dix pas d'un air de toutou obéissant. Des fois même, il entrait jusque dans la cour. Mme Gaudron le rencontra un soir sur le palier du second, qui filait le long de la rampe, le nez baissé, allumé et peureux. Et les Lorilleux menaçaient de déménager si leur chiffon de nièce amenait encore des hommes à son derrière, car ça devenait dégoûtant, l'escalier en était plein, on ne pouvait plus descendre, sans en voir à toutes les marches, en train de renifler et d'attendre ; vrai, on aurait cru qu'il y avait une bête en folie, dans ce coin de la maison. Les Boche s'apitoyaient sur le sort de ce pauvre monsieur, un homme si respectable, qui se toquait d'une petite coureuse. Enfin ! c'était un commerçant, ils avaient vu sa fabrique de boutons boulevard de la Villette, il aurait pu faire un sort à une femme, s'il était tombé sur une fille honnête. Grâce aux détails donnés par les concierges, tous les gens du quartier, les Lorilleux eux-mêmes, montraient la plus grande considération pour le vieux, quand il passait sur les talons de Nana, la lèvre pendante dans sa face blême, avec son collier de barbe grise, correctement taillé.

Pendant le premier mois, Nana s'amusa joliment de son vieux. Il fallait le voir, toujours en petoche autour d'elle. Un vrai fouille-au-pot, qui tâtait sa jupe par-derrière, dans la foule, sans avoir l'air de rien. Et ses jambes ! des cotrets de charbonnier, de vraies allumettes ! Plus de mousse sur le caillou, quatre cheveux frisant à plat dans le cou, si bien qu'elle était toujours tentée de lui demander l'adresse du merlan qui lui faisait la raie. Ah ! quel vieux birbe ! il était rien folichon !

Puis, à le retrouver sans cesse là, il ne lui parut plus si drôle. Elle avait une peur sourde de lui, elle aurait crié s'il s'était approché. Souvent, lorsqu'elle s'arrêtait devant un bijoutier, elle l'entendait tout d'un coup qui lui bégayait des choses dans le dos. Et c'était vrai ce qu'il disait, elle aurait bien voulu avoir une croix avec un velours au cou, ou encore de petites boucles d'oreilles de corail, si petites, qu'on croirait des gouttes de sang. Même, sans ambitionner des bijoux, elle ne pouvait vraiment pas rester un guenillon, elle était lasse de se retaper avec la gratte des ateliers de la rue du Caire, elle avait surtout assez de sa casquette, ce caloquet sur lequel les fleurs chipées chez Titreville faisaient un effet de gringuenaudes pendues comme des sonnettes au derrière d'un pauvre homme. Alors, trottant dans la boue, éclaboussée par les voitures, aveuglée par le resplendissement des étalages, elle avait des envies qui la tortillaient à l'estomac, ainsi que des fringales, des envies d'être bien mise, de manger dans les restaurants, d'aller au spectacle, d'avoir une chambre à elle avec de beaux meubles. Elle s'arrêtait toute pâle de désir, elle sentait monter du pavé de Paris une chaleur le long de ses cuisses, un appétit féroce de mordre aux jouissances dont elle était bousculée, dans la grande cohue des trottoirs. Et, ça ne manquait jamais, justement à ces moments-là, son vieux lui coulait à l'oreille des propositions. Ah ! comme elle lui aurait tapé dans la main, si elle n'avait pas eu peur de lui, une révolte intérieure qui la raidissait dans ses refus, furieuse et dégoûtée de l'inconnu de l'homme, malgré tout son vice.

Mais, lorsque l'hiver arriva, l'existence devint impossible chez les Coupeau. Chaque soir, Nana recevait sa raclée. Quand le père était las de la battre, la mère lui envoyait des torgnoles, pour lui apprendre à bien se conduire. Et c'étaient souvent des danses générales ; dès que l'un tapait, l'autre la défendait, si bien que tous les trois finissaient par se rouler sur le carreau, au milieu de la vaisselle cassée. Avec ça, on ne mangeait point à sa faim, on crevait de froid. Si la petite s'achetait quelque chose de gentil, un nœud de ruban, des boutons de manchettes, les parents le lui confisquaient et allaient le laver. Elle n'avait rien à elle que sa rente de calottes avant de se fourrer dans le lambeau de drap, où elle grelottait sous son petit jupon noir qu'elle étalait pour toute couverture. Non, cette sacrée vie-là ne pouvait pas continuer, elle ne voulait point y laisser sa peau. Son père, depuis longtemps, ne comptait plus ; quand un père se soûle comme le sien se soûlait, ce n'est pas un père, c'est une sale bête dont on voudrait bien être débarrassé. Et, maintenant, sa mère dégringolait à son tour dans son amitié. Elle buvait, elle aussi. Elle entrait par goût chercher son homme chez le père Colombe, histoire de se faire offrir des consommations ; et elle s'attablait très bien, sans afficher des airs dégoûtés comme la première fois, sifflant les verres d'un trait, traînant ses coudes pendant des heures et sortant de là avec les yeux hors de la tête. Lorsque Nana, en passant devant l'Assommoir, apercevait sa mère au fond, le nez dans la goutte, avachie au milieu des engueulades des hommes, elle était prise d'une colère bleue, parce que la jeunesse, qui a le bec tourné à une autre friandise, ne comprend pas la boisson. Ces soirs-là, elle avait un beau tableau, le papa pochard, la maman pocharde, un tonnerre de Dieu de cambuse où il n'y avait pas de pain et qui empoisonnait la liqueur. Enfin, une sainte ne serait pas restée là-dedans. Tant pis ! si elle prenait de la poudre d'escampette un de ces jours ; ses parents pourraient bien faire leur *mea culpa* et dire qu'ils l'avaient eux-mêmes poussée dehors.

Un samedi, Nana trouva en rentrant son père et sa mère dans un état abominable. Coupeau, tombé en travers du lit, ronflait. Gervaise, tassée sur une chaise, roulait la tête avec des yeux vagues et inquiétants ouverts sur le vide. Elle avait oublié de faire chauffer le dîner, un restant de ragoût. Une chandelle, qu'elle ne mouchait pas, éclairait la misère honteuse du taudis.

– C'est toi, chenillon ? bégaya Gervaise. Ah bien ! ton père va te ramasser !

Nana ne répondait pas, restait toute blanche, regardait le poêle froid, la table sans assiettes, la pièce lugubre où cette paire de soûlards mettaient l'horreur blême de leur hébétement. Elle n'ôta pas son chapeau, fit le tour de la chambre ; puis, les dents serrées, elle rouvrit la porte, elle s'en alla.

– Tu redescends ? demanda sa mère, sans pouvoir tourner la tête.

– Oui, j'ai oublié quelque chose. Je vais remonter... Bonsoir.

Et elle ne revint pas. Le lendemain, les Coupeau, dessoûlés, se battirent, en se jetant l'un l'autre à la figure l'envolement de Nana. Ah ! elle était loin, si elle courait toujours ! Comme on dit aux enfants pour les moineaux, les parents pouvaient aller lui mettre un grain de sel au derrière, ils la rattraperaient peut-être. Ce fut un grand coup qui écrasa encore Gervaise, car elle sentit très bien, malgré son avachissement, que la culbute de sa petite, en train de se faire caramboler, l'enfonçait davantage, seule maintenant, n'ayant plus d'enfant à respecter, pouvant se lâcher aussi bas qu'elle tomberait. Oui, ce chameau dénaturé lui emportait le dernier morceau de son honnêteté dans ses jupons sales. Et elle se grisa trois jours, furieuse, les poings serrés, la bouche enflée de mots abominables contre sa garce de fille. Coupeau, après avoir roulé les boulevards extérieurs et regardé sous le nez tous les torchons qui passaient, fumait de nouveau sa pipe, tranquille comme Baptiste ; seulement, quand il était à table, il se levait parfois, les bras en l'air, un couteau au poing, en criant qu'il était déshonoré ; et il se rasseyait pour finir sa soupe.

Dans la maison, où chaque mois des filles s'envolaient comme des serins dont on laisserait les cages ouvertes, l'accident des Coupeau n'étonna personne. Mais les Lorilleux triomphaient. Ah ! ils l'avaient prédit que la petite leur chierait du poivre ! C'était mérité, toutes les fleuristes tournaient mal. Les Boche et les Poisson ricanaient également, en faisant une dépense et un étalage extraordinaire de vertu. Seul, Lantier défendait sournoisement Nana. Mon Dieu ! sans doute, déclarait-il de son air puritain, une demoiselle qui se cavalait offensait toutes les lois ; puis, il ajoutait, avec une flamme dans le coin des yeux, que, sacredié ! la gamine était aussi trop jolie pour foutre la misère à son âge.

– Vous ne savez pas ? cria un jour Mme Lorilleux dans la loge des Boche, où la coterie prenait du café, eh bien ! vrai comme la lumière du jour nous éclaire, c'est la Banban qui a vendu sa fille... Oui, elle l'a vendue, et j'ai des preuves !... Ce vieux, qu'on rencontrait matin et soir dans l'escalier, il montait déjà donner des acomptes. Ça crevait les yeux. Et, hier donc ! quelqu'un les a aperçus ensemble à l'Ambigu, la donzelle et son matou... Ma parole d'honneur ! ils sont ensemble, vous voyez bien !

On acheva le café, en discutant ça. Après tout, c'était possible, il se passait des choses encore plus fortes. Et, dans le quartier, les gens les mieux posés finirent par répéter que Gervaise avait vendu sa fille.

Gervaise, maintenant, traînait ses savates, en se fichant du monde. On l'aurait appelée voleuse, dans la rue, qu'elle ne se serait pas retournée. Depuis un mois, elle ne travaillait plus chez Mme Fauconnier, qui avait dû la flanquer à la porte, pour éviter des disputes. En quelques semaines, elle était entrée chez huit blanchisseuses ; elle faisait deux ou trois jours dans chaque atelier, puis elle recevait son paquet, tellement elle cochonnait l'ouvrage, sans soin, malpropre, perdant la tête jusqu'à oublier son métier. Enfin, se sentant gâcheuse, elle venait de quitter le repassage, elle lavait à la journée, au lavoir de la rue Neuve ; patauger, se battre avec la crasse, redescendre dans ce que le métier a de rude et de facile, ça marchait encore, ça l'abaissait d'un cran sur la pente de sa dégringolade. Par exemple, le lavoir ne l'embellissait guère. Un vrai chien crotté, quand elle sortait de là-dedans, trempée, montrant sa chair bleuie. Avec ça, elle grossissait toujours, malgré ses danses devant le buffet vide, et sa jambe se tortillait si fort, qu'elle ne pouvait plus marcher près de quelqu'un, sans manquer de le jeter par terre, tant elle boitait.

Naturellement, lorsqu'on se décatit à ce point, tout l'orgueil de la femme s'en va. Gervaise avait mis sous elle ses anciennes fiertés, ses coquetteries, ses besoins de sentiments, de convenances et d'égards. On pouvait lui allonger des coups de soulier partout, devant et derrière, elle ne les sentait pas, elle devenait trop flasque et trop molle. Ainsi, Lantier l'avait complètement lâchée ; il ne la pinçait même plus pour la forme ; et elle semblait ne s'être pas aperçue de cette fin d'une longue liaison, lentement traînée et dénouée dans une lassitude mutuelle. C'était, pour elle, une corvée de moins. Même les rapports de Lantier et de Virginie la laissaient parfaitement calme, tant elle avait une grosse indifférence pour toutes ces bêtises dont elle rageait si fort autrefois. Elle leur aurait tenu la chandelle, s'ils avaient voulu. Personne maintenant n'ignorait la chose, le chapelier et l'épicière menaient un beau train. Ça leur était trop commode aussi, ce cornard de Poisson avait tous les deux jours un service de nuit, qui le faisait grelotter sur les trottoirs déserts, pendant que sa femme et le voisin, à la maison, se tenaient les pieds chauds. Oh ! ils ne se pressaient pas, ils entendaient sonner lentement ses bottes, le long de la boutique, dans la rue noire et vide, sans pour cela hasarder leurs nez hors de la couverture. Un sergent de ville ne connaît que son devoir, n'est-ce pas ? et ils restaient tranquillement jusqu'au jour à lui endommager sa propriété, pendant que cet homme sévère veillait sur la propriété des autres. Tout le quartier de la Goutte-d'Or rigolait de cette bonne farce. On trouvait drôle le cocuage de l'autorité. D'ailleurs, Lantier avait conquis ce coin-là. La boutique et la boutiquière allaient ensemble. Il venait de manger une blanchisseuse ; à présent, il croquait une épicière ; et s'il s'établissait à la file des mercières, des papetières, des modistes, il était de mâchoires assez larges pour les avaler.

Non, jamais on n'a vu un homme se rouler comme ça dans le sucre. Lantier avait joliment choisi son affaire en conseillant à Virginie un commerce de friandises. Il était trop provençal pour ne pas adorer les douceurs ; c'est-à-dire qu'il aurait vécu de pastilles, de boules de gomme, de dragées et de chocolat. Les dragées surtout, qu'il appelait des « amandes sucrées », lui mettaient une petite mousse aux lèvres, tant elles lui chatouillaient la gargamelle. Depuis un an, il ne vivait plus que de bonbons. Il ouvrait les tiroirs, se fichait des culottes tout seul, quand Virginie le priait de garder la boutique. Souvent, en causant, devant des cinq ou six personnes, il ôtait le couvercle d'un bocal du comptoir, plongeait la main, croquait quelque chose ; le bocal restait ouvert et se vidait. On ne faisait plus attention à ça, une manie, disait-il. Puis, il avait imaginé un rhume perpétuel, une irritation de la gorge, qu'il parlait d'adoucir. Il ne travaillait toujours pas, avait en vue des affaires de plus en plus considérables ; pour lors, il mijotait une invention superbe, le chapeau-parapluie, un chapeau qui se transformait sur la tête en riflard, aux premières gouttes d'une averse ; et il promettait à Poisson une moitié des bénéfices, il lui empruntait même des pièces de vingt francs, pour les expériences. En attendant, la boutique fondait sur sa langue ; toutes les marchandises y passaient, jusqu'aux cigares en chocolat et aux pipes de caramel rouge. Quand il crevait de sucreries, et que, pris de tendresse, il se payait une dernière lichade sur la patronne, dans un coin, celle-ci le trouvait tout sucré, les lèvres comme des pralines. Un homme joliment gentil à embrasser ! Positivement, il devenait tout miel. Les Boche disaient qu'il lui suffisait de tremper son doigt dans son café, pour en faire un vrai sirop.

Lantier, attendri par ce dessert continu, se montrait paternel pour Gervaise. Il lui donnait des conseils, la grondait de ne plus aimer le travail.

Que diable ! une femme, à son âge, devait savoir se retourner ! Et il l'accusait d'avoir toujours été gourmande. Mais, comme il faut tendre la main aux gens, même lorsqu'ils ne le méritent guère, il tâchait de lui trouver de petits travaux. Ainsi, il avait décidé Virginie à faire venir Gervaise une fois par semaine pour laver la boutique et les chambres ; ça la connaissait, l'eau de potasse ; et, chaque fois, elle gagnait trente sous. Gervaise arrivait le samedi matin, avec un seau et sa brosse, sans paraître souffrir de revenir ainsi faire une sale et humble besogne, la besogne des torchons de vaisselle, dans ce logement où elle avait trôné en belle patronne blonde. C'était un dernier aplatissement, la fin de son orgueil.

Un samedi, elle eut joliment du mal. Il avait plu trois jours, les pieds des pratiques semblaient avoir apporté dans le magasin toute la boue du quartier. Virginie était au comptoir, en train de faire la dame, bien peignée, avec un petit col et des manches de dentelle. À côté d'elle, sur l'étroite banquette de moleskine rouge, Lantier se prélassait, l'air chez lui, comme le vrai patron de la baraque ; et il envoyait négligemment la main dans un bocal de pastilles à la menthe, histoire de croquer du sucre, par habitude.

– Dites donc, Mme Coupeau ! cria Virginie qui suivait le travail de la laveuse, les lèvres pincées, vous laissez de la crasse, là-bas, dans ce coin. Frottez-moi donc un peu mieux ça !

Gervaise obéit. Elle retourna dans le coin, recommença à laver. Agenouillée par terre, au milieu de l'eau sale, elle se pliait en deux, les épaules saillantes, les bras violets et raidis. Son vieux jupon trempé lui collait aux fesses. Elle faisait sur le parquet un tas de quelque chose de pas propre, dépeignée, montrant par les trous de sa camisole l'enflure de son corps, un débordement de chairs molles qui voyageaient, roulaient et sautaient, sous les rudes secousses de sa besogne ; et elle suait tellement, que, de son visage inondé, pissaient de grosses gouttes.

– Plus on met de l'huile de coude, plus ça reluit, dit sentencieusement Lantier, la bouche pleine de pastilles.

Virginie, renversée avec un air de princesse, les yeux demi-clos, suivait toujours le lavage, lâchait des réflexions.

– Encore un peu à droite. Maintenant, faites bien attention à la boiserie... Vous savez, je n'ai pas été très contente, samedi dernier. Les taches étaient restées.

Et tous les deux, le chapelier et l'épicière, se carraient davantage, comme sur un trône, tandis que Gervaise se traînait à leurs pieds, dans la boue noire. Virginie devait jouir, car ses yeux de chat s'éclairèrent un instant d'étincelles jaunes, et elle regarda Lantier avec un sourire mince. Enfin, ça la vengeait donc de l'ancienne fessée du lavoir, qu'elle avait toujours gardée sur la conscience !

Cependant, un léger bruit de scie venait de la pièce du fond, lorsque Gervaise cessait de frotter. Par la porte ouverte, on apercevait, se détachant sur le jour blafard de la cour, le profil de Poisson, en congé ce jour-là, et profitant de son loisir pour se livrer à sa passion des petites boîtes. Il était assis devant une table et découpait, avec un soin extraordinaire, des arabesques dans l'acajou d'une caisse à cigares.

– Écoutez, Badingue ! cria Lantier, qui s'était remis à lui donner ce surnom, par amitié ; je retiens votre boîte, un cadeau pour une demoiselle.

Virginie le pinça, mais le chapelier galamment, sans cesser de sourire, lui rendit le bien pour le mal, en faisant la souris le long de son genou, sous le comptoir ; et il retira sa main d'une façon naturelle, lorsque le mari leva la tête, montrant son impériale et ses moustaches rouges, hérissées dans sa face terreuse.

– Justement, dit le sergent de ville, je travaillais à votre intention, Auguste. C'était un souvenir d'amitié.

– Ah ! fichtre alors, je garderai votre petite machine ! reprit Lantier en riant. Vous savez, je me la mettrai au cou avec un ruban.

Puis, brusquement, comme si cette idée en éveillait une autre :

– À propos ! s'écria-t-il, j'ai rencontré Nana, hier soir.

Du coup, l'émotion de cette nouvelle assit Gervaise dans la mare d'eau sale qui emplissait la boutique. Elle demeura suante, essoufflée, avec sa brosse à la main.

– Ah ! murmura-t-elle simplement.

– Oui, je descendais la rue des Martyrs, je regardais une petite qui se tortillait au bras d'un vieux, devant moi, et je me disais : Voilà un troufignon que je connais... Alors, j'ai redoublé le pas, je me suis trouvé nez à nez avec ma sacrée Nana... Allez, vous n'avez pas à la plaindre, elle est bien heureuse, une jolie robe de laine sur le dos, une croix d'or au cou, et l'air drolichon avec ça !

– Ah ! répéta Gervaise d'une voix plus sourde.

Lantier, qui avait fini les pastilles, prit un sucre d'orge dans un autre bocal.

– Elle a un vice, cette enfant ! continua-t-il. Imaginez-vous qu'elle m'a fait signe de la suivre, avec un aplomb bœuf. Puis, elle a remisé son vieux quelque part, dans un café... Oh ! épatant, le vieux ! vidé, le vieux !... Et elle est revenue me rejoindre sous une porte. Un vrai serpent ! gentille, et faisant sa tata, et vous lichant comme un petit chien ! Oui, elle m'a embrassé, elle a voulu savoir des nouvelles de tout le monde... Enfin, j'ai été bien content de la rencontrer.

– Ah ! dit une troisième fois Gervaise.

Elle se tassait, elle attendait toujours. Sa fille n'avait donc pas eu une parole pour elle ? Dans le silence, on entendait de nouveau la scie de Poisson. Lantier, égayé, suçait rapidement son sucre d'orge, avec un sifflement des lèvres.

– Eh bien ! moi, je puis la voir, je passerai de l'autre côté de la rue, reprit Virginie, qui venait encore de pincer le chapelier d'une main féroce. Oui, le rouge me monterait au front, d'être saluée en public par une de ces filles... Ce n'est pas parce que vous êtes là, Mme Coupeau, mais votre fille est une jolie pourriture. Poisson en ramasse tous les jours qui valent davantage.

Gervaise ne disait rien, ne bougeait pas, les yeux fixes dans le vide. Elle finit par hocher lentement la tête, comme pour répondre aux idées qu'elle gardait en elle, pendant que le chapelier, la mine friande, murmurait :

– De cette pourriture-là, on s'en ficherait volontiers des indigestions. C'est tendre comme du poulet...

Mais l'épicière le regardait d'un air si terrible, qu'il dut s'interrompre et l'apaiser par une gentillesse. Il guetta le sergent de ville, l'aperçut le nez sur sa petite boîte, et profita de ça pour fourrer le sucre d'orge dans la bouche de Virginie. Alors, celle-ci eut un rire complaisant. Puis, elle tourna sa colère contre la laveuse.

– Dépêchez-vous un peu, n'est-ce pas ? Ça n'avance guère la besogne, de rester là comme une borne... Voyons, remuez-vous, je n'ai pas envie de patauger dans l'eau jusqu'à ce soir.

Et elle ajouta plus bas, méchamment :

– Est-ce que c'est ma faute si sa fille fait la noce !

Sans doute, Gervaise n'entendit pas. Elle s'était remise à frotter le parquet, l'échine cassée, aplatie par terre et se traînant avec des mouvements engourdis de grenouille. De ses deux mains, crispées sur le bois de la brosse, elle poussait devant elle un flot noir, dont les éclaboussures la mouchetaient de boue, jusque dans ses cheveux. Il n'y avait plus qu'à rincer, après avoir balayé les eaux sales au ruisseau. Cependant, au bout d'un silence, Lantier qui s'ennuyait haussa la voix.

– Vous ne savez pas, Badingue, cria-t-il, j'ai vu votre patron hier, rue de Rivoli. Il est diablement ravagé, il n'en a pas pour six mois dans le corps... Ah ! dame ! avec la vie qu'il fait !

Il parlait de l'empereur. Le sergent de ville répondit d'un ton sec, sans lever les yeux :

– Si vous étiez le gouvernement, vous ne seriez pas si gras.

– Oh ! mon bon, si j'étais le gouvernement, reprit le chapelier en affectant une brusque gravité, les choses iraient un peu mieux, je vous en flanque mon billet... Ainsi, leur politique extérieure, vrai ! ça fait suer, depuis quelque temps. Moi, moi qui vous parle, si je connaissais seulement un journaliste, pour l'inspirer de mes idées...

Il s'animait, et comme il avait fini de croquer son sucre d'orge, il venait d'ouvrir un tiroir, dans lequel il prenait des morceaux de pâte de guimauve, qu'il gobait en gesticulant.

– C'est bien simple... Avant tout, je reconstituerais la Pologne, et j'établirais un grand État scandinave, qui tiendrait en respect le géant du Nord... Ensuite, je ferais une république de tous les petits royaumes allemands... Quant à l'Angleterre, elle n'est guère à craindre ; si elle bougeait, j'enverrais cent mille hommes dans l'Inde... Ajoutez que je reconduirais, la crosse dans le dos, le Grand Turc à la Mecque, et le pape à Jérusalem... Hein ? l'Europe serait vite propre. Tenez ! Badingue, regardez un peu...

Il s'interrompit pour prendre à poignée cinq ou six morceaux de pâte de guimauve.

– Eh bien ! ce ne serait pas plus long que d'avaler ça.

Et il jetait, dans sa bouche ouverte, les morceaux les uns après les autres.

– L'empereur a un autre plan, dit le sergent de ville, au bout de deux grandes minutes de réflexion.

– Laissez donc ! reprit violemment le chapelier. On le connaît, son plan ! L'Europe se fiche de nous... Tous les jours, les larbins des Tuileries ramassent votre patron sous la table, entre deux gadoues du grand monde.

Mais Poisson s'était levé. Il s'avança et mit la main sur son cœur, en disant :

– Vous me blessez, Auguste. Discutez sans faire de personnalités.

Virginie alors intervint, en les priant de lui flanquer la paix. Elle avait l'Europe quelque part. Comment deux hommes qui partageaient tout le reste, pouvaient-ils s'attraper sans cesse à propos de la politique ? Ils mâchèrent un instant de sourdes paroles. Puis, le sergent de ville, pour montrer qu'il n'avait pas de rancune, apporta le couvercle de sa petite boîte, qu'il venait de terminer ; on lisait dessus, en lettres marquetées : *À Auguste, souvenir d'amitié*. Lantier, très flatté, se renversa, s'étala, si bien qu'il était presque sur Virginie. Et le mari regardait ça, avec son visage couleur de vieux mur, dans lequel ses yeux troubles ne disaient rien ; mais les poils rouges de ses moustaches remuaient tout seuls par moments, d'une drôle de façon, ce qui aurait pu inquiéter un homme moins sûr de son affaire que le chapelier.

Cet animal de Lantier avait ce toupet tranquille qui plaît aux dames. Comme Poisson tournait le dos, il lui poussa l'idée farce de poser un baiser sur l'œil gauche de Mme Poisson. D'ordinaire, il montrait une prudence sournoise ; mais, quand il s'était disputé pour la politique, il risquait tout, histoire d'avoir raison sur la femme. Ces caresses goulues, chipées effrontément derrière le sergent de ville, le vengeaient de l'Empire, qui faisait de la France une maison à gros numéro. Seulement, cette fois, il avait oublié la présence de Gervaise. Elle venait de rincer et d'essuyer la boutique, elle se tenait debout près du comptoir, à attendre qu'on lui donnât ses trente sous. Le baiser sur l'œil la laissa très calme, comme une chose naturelle dont elle ne devait pas se mêler. Virginie parut un peu embêtée. Elle jeta les trente sous sur le comptoir, devant Gervaise. Celle-ci ne bougea pas, ayant l'air d'attendre toujours, secouée encore par le lavage, mouillée et laide comme un chien qu'on tirerait d'un égout.

– Alors, elle ne vous a rien dit ? demanda-t-elle enfin au chapelier.

– Qui ça ? cria-t-il. Ah ! oui, Nana !... Mais non, rien autre chose. La gueuse a une bouche ! un petit pot de fraises !

Et Gervaise s'en alla avec ses trente sous dans la main. Ses savates éculées crachaient comme des pompes, de véritables souliers à musique, qui jouaient un air en laissant sur le trottoir les empreintes mouillées de leurs larges semelles.

Dans le quartier, les soûlardes de son espèce racontaient maintenant qu'elle buvait pour se consoler de la culbute de sa fille. Elle-même, quand elle sifflait son verre de rogomme sur le comptoir, prenait des airs de drame, se jetait ça dans le plomb en souhaitant que ça la fît crever. Et, les jours où elle rentrait ronde comme une bourrique, elle bégayait que c'était le chagrin. Mais les gens honnêtes haussaient les épaules ; on la connaît celle-là, de mettre les culottes de poivre d'Assommoir sur le compte du chagrin ; en tout cas, ça devait s'appeler du chagrin en bouteille. Sans doute, au commencement, elle n'avait pas digéré la fugue de Nana. Ce qui restait en elle d'honnêteté se révoltait ; puis, généralement, une mère n'aime pas se dire que sa demoiselle, juste à la minute, se fait peut-être tutoyer par le premier venu. Mais elle était déjà trop abêtie, la tête malade et le cœur écrasé, pour garder longtemps cette honte. Chez elle, ça entrait et ça sortait. Elle restait très bien des huit jours sans songer à sa gourgandine ; et, brusquement, une tendresse ou une colère l'empoignait, des fois à jeun, des fois le sac plein, un besoin furieux de pincer Nana dans un petit endroit, où elle l'aurait peut-être embrassée, peut-être rouée de coups, selon son envie du moment. Elle finissait par n'avoir plus une idée bien nette de l'honnêteté. Seulement, Nana était à elle, n'est-ce pas ? Eh bien ! lorsqu'on a une propriété, on ne veut pas la voir s'évaporer.

Alors, dès que ces pensées la prenaient, Gervaise regardait dans les rues avec des yeux de gendarme. Ah ! si elle avait aperçu son ordure, comme elle l'aurait raccompagnée à la maison ! On bouleversait le quartier, cette année-là. On perçait le boulevard Magenta et le boulevard Ornano, qui emportaient l'ancienne barrière Poissonnière et trouaient le boulevard extérieur. C'était à ne plus s'y reconnaître. Tout un côté de la rue des Poissonniers était par terre. Maintenant, de la rue de la Goutte-d'Or, on voyait une immense éclaircie, un coup de soleil et d'air libre ; et, à la place des masures qui bouchaient la vue de ce côté, s'élevait, sur le boulevard Ornano, un vrai monument, une maison à six étages, sculptée comme une église, dont les fenêtres claires, tendues de rideaux brodés, sentaient la richesse. Cette maison-là, toute blanche, posée juste en face de la rue, semblait l'éclairer d'une enfilade de lumière. Même, chaque jour, elle faisait disputer Lantier et Poisson. Le chapelier ne tarissait pas sur les démolitions de Paris ; il accusait l'empereur de mettre partout des palais, pour renvoyer les ouvriers en province ; et le sergent de ville, pâle d'une colère froide, répondait qu'au contraire l'empereur songeait d'abord aux ouvriers, qu'il raserait Paris, s'il le fallait, dans le seul but de leur donner du travail. Gervaise, elle aussi, se montrait ennuyée de ces embellissements, qui lui dérangeaient le coin noir de faubourg auquel elle était accoutumée. Son ennui venait de ce que, précisément, le quartier s'embellissait à l'heure où elle-même tournait à la ruine. On n'aime pas, quand on est dans la crotte, recevoir un rayon en plein sur la tête. Aussi, les jours où elle cherchait Nana, rageait-elle d'enjamber des matériaux, de patauger le long des trottoirs en construction, de buter contre des palissades. La belle bâtisse du boulevard Ornano la mettait hors des gonds. Des bâtisses pareilles, c'était pour des catins comme Nana.

Cependant, elle avait eu plusieurs fois des nouvelles de la petite. Il y a toujours de bonnes langues qui sont pressées de vous faire un mauvais compliment. Oui, on lui avait conté que la petite venait de planter là son vieux, un beau coup de fille sans expérience. Elle était très bien chez ce vieux, dorlotée, adorée, libre même, si elle avait su s'y prendre. Mais la jeunesse est bête, elle devait s'en être allée avec quelque godelureau, on ne savait pas bien au juste. Ce qui semblait certain, c'était qu'une après-midi, sur la place de la Bastille, elle avait demandé à son vieux trois sous pour un petit besoin, et que le vieux l'attendait encore. Dans les meilleures compagnies, on appelle ça pisser à l'anglaise. D'autres personnes juraient l'avoir aperçue depuis, pinçant un chahut au Grand-Salon-de-la-Folie, rue de la Chapelle. Et ce fut alors que Gervaise s'imagina de fréquenter les bastringues du quartier. Elle ne passa plus devant la porte d'un bal sans entrer. Coupeau l'accompagnait. D'abord, ils firent simplement le tour des salles, en dévisageant les traînées qui se trémoussaient. Puis, un soir, ayant de la monnaie, ils s'attablèrent et burent un saladier de vin à la française, histoire de se rafraîchir et d'attendre voir si Nana ne viendrait pas. Au bout d'un mois, ils avaient oublié Nana, ils se payaient le bastringue pour leur plaisir, aimant regarder les danses. Pendant des heures, sans rien se dire, ils restaient le coude sur la table, hébétés au milieu du tremblement du plancher, s'amusant sans doute au fond à suivre de leurs yeux pâles les roulures de barrière, dans l'étouffement et la clarté rouge de la salle.

Justement, un soir de novembre, ils étaient entrés au Grand-Salon-de-la-Folie pour se réchauffer. Dehors, un petit frisquet coupait en deux la figure des passants. Mais la salle était bondée. Il y avait là-dedans un grouillement du tonnerre de Dieu, du monde à toutes les tables, du monde au milieu, du monde en l'air, un vrai tas de charcuterie ; oui, ceux qui aimaient les tripes à la mode de Caen, pouvaient se régaler. Quand ils eurent fait deux fois le tour sans trouver une table, ils prirent le parti de rester debout, à attendre qu'une société eût débarrassé le plancher. Coupeau se dandinait sur ses pieds, en blouse sale, en vieille casquette de drap sans visière, aplatie au sommet du crâne. Et, comme il barrait le passage, il vit un petit jeune homme maigre qui essuyait la manche de son paletot, après lui avoir donné un coup de coude.

– Dites donc ! cria-t-il, furieux, en retirant son brûle-gueule de sa bouche noire, vous ne pourriez pas demander excuse ?... Et ça fait le dégoûté encore, parce qu'on porte une blouse !

Le jeune homme s'était retourné, toisant le zingueur, qui continuait :

– Apprends un peu, bougre de greluchon, que la blouse est le plus beau vêtement, oui ! le vêtement du travail !... Je vas t'essuyer, moi, si tu veux, avec une paire de claques... A-t-on jamais vu des tantes pareilles qui insultent l'ouvrier !

Gervaise tâchait vainement de le calmer. Il s'étalait dans ses guenilles, il tapait sur sa blouse, en gueulant :

– Là-dedans, il y a la poitrine d'un homme !

Alors, le jeune homme se perdit au milieu de la foule, en murmurant :

– En voilà un sale voyou !

Coupeau voulut le rattraper. Plus souvent qu'il se laissât mécaniser par un paletot ! Il n'était seulement pas payé, celui-là ! Quelque pelure d'occasion pour lever une femme sans lâcher un centime. S'il le retrouvait, il le collait à genoux et lui faisait saluer la blouse. Mais l'étouffement était trop grand, on ne pouvait pas marcher. Gervaise et lui tournaient avec lenteur autour des danses ; un triple rang de curieux s'écrasaient, les faces allumées, lorsqu'un homme s'étalait ou qu'une dame montrait tout en levant la jambe ; et, comme ils étaient petits l'un et l'autre, ils se haussaient sur les pieds, pour voir quelque chose, les chignons et les chapeaux qui sautaient. L'orchestre, de ses instruments de cuivre fêlés, jouait furieusement un quadrille, une tempête dont la salle tremblait ; tandis que les danseurs, tapant des pieds, soulevaient une poussière qui alourdissait le flamboiement du gaz. La chaleur était à crever.

– Regarde donc ! dit tout d'un coup Gervaise.

– Quoi donc ?

– Ce caloquet de velours, là-bas.

Ils se grandirent. C'était, à gauche, un vieux chapeau de velours noir, avec deux plumes déguenillées qui se balançaient ; un vrai plumet de corbillard. Mais ils n'apercevaient toujours que ce chapeau, dansant un chahut de tous les diables, cabriolant, tourbillonnant, plongeant et jaillissant. Ils le perdaient parmi la débandade enragée des têtes, et ils le retrouvaient, se balançant au-dessus des autres, d'une effronterie si drôle, que les gens, autour d'eux, rigolaient, rien qu'à regarder ce chapeau danser, sans savoir ce qu'il y avait dessous.

– Eh bien ? demanda Coupeau.

– Tu ne reconnais pas ce chignon-là ? murmura Gervaise, étranglée. Ma tête à couper que c'est elle !

Le zingueur, d'une poussée, écarta la foule. Nom de Dieu ! oui, c'était Nana ! Et dans une jolie toilette encore ! Elle n'avait plus sur le derrière qu'une vieille robe de soie, toute poissée d'avoir essuyé les tables des caboulots, et dont les volants arrachés dégobillaient de partout. Avec ça, en taille, sans un bout de châle sur les épaules, montrant son corsage nu aux boutonnières craquées. Dire que cette gueuse-là avait eu un vieux rempli d'attentions, et qu'elle en était tombée à ce point, pour suivre quelque marlou qui devait la battre ! N'importe, elle restait joliment fraîche et friande, ébouriffée comme un caniche, et le bec rose sous son grand coquin de chapeau.

– Attends, je vas te la faire danser ! reprit Coupeau.

Nana ne se méfiait pas, naturellement. Elle se tortillait, fallait voir ! Et des coups de derrière à gauche, et des coups de derrière à droite, des révérences qui la cassaient en deux, des battements de pieds jetés dans la figure de son cavalier, comme si elle allait se fendre ! On faisait cercle, on l'applaudissait ; et, lancée, elle ramassait ses jupes, les retroussait jusqu'aux genoux, toute secouée par le branle du chahut, fouettée et tournant pareille à une toupie, s'abattant sur le plancher dans de grands écarts qui l'aplatissaient, puis reprenant une petite danse modeste, avec un roulement de hanches et de gorge d'un chic épatant. C'était à l'emporter dans un coin pour la manger de caresses.

Cependant, Coupeau, tombant en plein dans la pastourelle, dérangeait la figure et recevait des bourrades.

– Je vous dis que c'est ma fille ! cria-t-il. Laissez-moi passer !

Nana, précisément, s'en allait à reculons, balayant le parquet avec ses plumes, arrondissant son postérieur et lui donnant de petites secousses, pour que ce fût plus gentil. Elle reçut un maître coup de soulier, juste au bon endroit, se releva et devint toute pâle en reconnaissant son père et sa mère. Pas de chance, par exemple !

– À la porte ! hurlaient les danseurs.

Mais Coupeau, qui venait de retrouver dans le cavalier de sa fille le jeune homme maigre au paletot, se fichait pas mal du monde.

– Oui, c'est nous ! gueulait-il. Hein ! tu ne t'attendais pas... Ah ! c'est ici qu'on te pince, et avec un blanc-bec qui m'a manqué de respect tout à l'heure !

Gervaise, les dents serrées, le poussa, en disant :

– Tais-toi !... Il n'y a pas besoin de tant d'explications.

Et, s'avançant, elle flanqua à Nana deux gifles soignées. La première mit de côté le chapeau à plumes, la seconde resta marquée en rouge sur la joue blanche comme un linge. Nana, stupide, les reçut sans pleurer, sans se rebiffer. L'orchestre continuait, la foule se fâchait et répétait violemment :

– À la porte ! à la porte !

– Allons, file ! reprit Gervaise ; marche devant ! et ne t'avise pas de te sauver, ou je te fais coucher en prison !

Le petit jeune homme avait prudemment disparu. Alors, Nana marcha devant, très raide, encore dans la stupeur de sa mauvaise chance. Quand elle faisait mine de rechigner, une calotte par-derrière la remettait dans le chemin de la porte. Et ils sortirent ainsi tous les trois, au milieu des plaisanteries et des huées de la salle, tandis que l'orchestre achevait la pastourelle, avec un tel tonnerre que les trombones semblaient cracher des boulets.

La vie recommença. Nana, après avoir dormi douze heures dans son ancien cabinet, se montra très gentille pendant une semaine. Elle s'était rafistolé une petite robe modeste, elle portait un bonnet dont elle nouait les brides sous son chignon. Même, prise d'un beau feu, elle déclara qu'elle voulait travailler chez elle ; on gagnait ce qu'on voulait chez soi, puis on n'entendait pas les saletés de l'atelier ; et elle chercha de l'ouvrage, elle s'installa sur une table avec ses outils, se levant à cinq heures, les premiers jours, pour rouler ses queues de violettes. Mais, quand elle en eut livré quelques grosses, elle s'étira les bras devant la besogne, les mains tordues de crampes, ayant perdu l'habitude des queues et suffoquant de rester enfermée, elle qui s'était donné un si joli courant d'air de six mois. Alors, le pot à colle sécha, les pétales et le papier vert attrapèrent des taches de graisse, le patron vint trois fois lui-même faire des scènes en réclamant ses fournitures perdues. Nana se traînait, empochait toujours des tatouilles de son père, s'empoignait avec sa mère matin et soir, des querelles où les deux femmes se jetaient à la tête des abominations. Ça ne pouvait pas durer ; le douzième jour, la garce fila, emportant pour tout bagage sa robe modeste à son derrière et son bonnichon sur l'oreille. Les Lorilleux, que le retour et le repentir de la petite laissaient pincés, faillirent s'étaler les quatre fers en l'air, tant ils crevèrent de rire. Deuxième représentation, éclipse second numéro, les demoiselles pour Saint-Lazare, en voiture ! Non, c'était trop comique. Nana avait un chic pour se tirer les pattes ! Ah bien ! si les Coupeau voulaient la garder maintenant, ils n'avaient plus qu'à lui coudre son affaire et à la mettre en cage !

Les Coupeau, devant le monde, affectèrent d'être bien débarrassés. Au fond, ils rageaient. Mais la rage n'a toujours qu'un temps. Bientôt, ils apprirent, sans même cligner un œil, que Nana roulait le quartier. Gervaise, qui l'accusait de faire ça pour les déshonorer, se mettait au-dessus des potins ; elle pouvait rencontrer sa donzelle dans la rue, elle ne se salirait seulement pas la main à lui envoyer une baffe ; oui, c'était bien fini, elle l'aurait trouvée en train de crever par terre, la peau nue sur le pavé, qu'elle serait passée sans dire que ce chameau venait de ses entrailles. Nana allumait tous les bals des environs. On la connaissait de la Reine-Blanche au Grand-Salon-de-la-Folie. Quand elle entrait à l'Élysée-Montmartre, on montait sur les tables pour lui voir faire, à la pastourelle, l'écrevisse qui renifle. Comme on l'avait flanquée deux fois dehors, au Château-Rouge, elle rôdait seulement devant la porte, en attendant des personnes de sa connaissance. La Boule-Noire, sur le boulevard, et le Grand-Turc, rue des Poissonniers, étaient des salles comme il faut où elle allait lorsqu'elle avait du linge. Mais, de tous les bastringues du quartier, elle préférait encore le Bal de l'Ermitage, dans une cour humide, et le Bal Robert, impasse du Cadran, deux infectes petites salles éclairées par une demi-douzaine de quinquets, tenues à la papa, tous contents et tous libres, si bien qu'on laissait les cavaliers et leurs dames s'embrasser au fond, sans les déranger. Et Nana avait des hauts et des bas, de vrais coups de baguette, tantôt nippée comme une femme chic, tantôt balayant la crotte comme une souillon. Ah ! elle menait une belle vie !

Plusieurs fois, les Coupeau crurent apercevoir leur fille dans des endroits pas propres. Ils tournaient le dos, ils décampaient d'un autre côté, pour ne pas être obligés de la reconnaître. Ils n'étaient plus d'humeur à se faire blaguer par toute une salle, pour ramener chez eux une voirie pareille. Mais, un soir, vers dix heures, comme ils se couchaient, on donna des coups de poing dans la porte. C'était Nana qui, tranquillement, venait demander à coucher ; et dans quel état, bon Dieu ! nu-tête, une robe en loques, des bottines éculées, une toilette à se faire ramasser et conduire au Dépôt. Elle reçut une rossée, naturellement ; puis, elle tomba goulûment sur un morceau de pain dur, et s'endormit, éreintée, avec une dernière bouchée aux dents. Alors, ce train-train continua. Quand la petite se sentait un peu requinquée, elle s'évaporait un matin. Ni vu ni connu ! l'oiseau était parti. Et des semaines, des mois s'écoulaient, elle semblait perdue, lorsqu'elle reparaissait tout d'un coup, sans jamais dire d'où elle arrivait, des fois sale à ne pas être prise avec des pincettes, et égratignée du haut en bas du corps, d'autres fois bien mise, mais si molle et vidée par la noce, qu'elle ne tenait plus debout. Les parents avaient dû s'accoutumer. Les roulées n'y faisaient rien. Ils la trépignaient, ce qui ne l'empêchait pas de prendre leur chez eux comme une auberge, où l'on couchait à la semaine. Elle savait qu'elle payait son lit d'une danse ; elle se tâtait et venait recevoir la danse, s'il y avait bénéfice pour elle. D'ailleurs, on se lasse de taper. Les Coupeau finissaient par accepter les bordées de Nana. Elle rentrait, ne rentrait pas, pourvu qu'elle ne laissât pas la porte ouverte, ça suffisait. Mon Dieu ! l'habitude use l'honnêteté comme autre chose.

Une seule chose mettait Gervaise hors d'elle. C'était lorsque sa fille reparaissait avec des robes à queue et des chapeaux couverts de plumes.

Non, ce luxe-là, elle ne pouvait pas l'avaler. Que Nana fît la noce, si elle voulait ; mais, quand elle venait chez sa mère, qu'elle s'habillât au moins comme une ouvrière doit être habillée. Les robes à queue faisaient une révolution dans la maison : les Lorilleux ricanaient ; Lantier, tout émoustillé, tournait autour de la petite, pour renifler sa bonne odeur ; les Boche avaient défendu à Pauline de fréquenter cette rouchie, avec ses oripeaux. Et Gervaise se fâchait également des sommeils écrasés de Nana, lorsque, après une de ses fugues, elle dormait jusqu'à midi, dépoitraillée, le chignon défait et plein encore d'épingles à cheveux, si blanche, respirant si court, qu'elle semblait morte. Elle la secouait des cinq ou six fois dans la matinée, en la menaçant de lui flanquer sur le ventre une potée d'eau. Cette belle fille fainéante, à moitié nue, toute grasse de vice l'exaspérait en cuvant ainsi l'amour dont sa chair semblait gonflée, sans pouvoir même se réveiller. Nana ouvrait un œil, le refermait, s'étalait davantage.

Un jour, Gervaise qui lui reprochait sa vie crûment, et lui demandait si elle donnait dans les pantalons rouges, pour rentrer cassée à ce point, exécuta enfin sa menace en lui secouant sa main mouillée sur le corps. La petite, furieuse, se roula dans le drap, en criant :

– En voilà assez, n'est-ce pas ? maman ! Ne causons pas des hommes, ça vaudra mieux. Tu as fait ce que tu as voulu, je fais ce que je veux.

– Comment ? comment ? bégaya la mère.

– Oui, je ne t'en ai jamais parlé, parce que ça ne me regardait pas ; mais tu ne te gênais guère, je t'ai vue assez souvent te promener en chemise, en bas, quand papa ronflait... Ça ne te plaît plus maintenant, mais ça plaît aux autres. Fiche-moi la paix, fallait pas me donner l'exemple !

Gervaise resta toute pâle, les mains tremblantes, tournant sans savoir ce qu'elle faisait, pendant que Nana, aplatie sur la gorge, serrant son oreiller entre ses bras, retombait dans l'engourdissement de son sommeil de plomb.

Coupeau grognait, n'ayant même plus l'idée d'allonger des claques. Il perdait la boule, complètement. Et, vraiment, il n'y avait pas à le traiter de père sans moralité, car la boisson lui ôtait toute conscience du bien et du mal.

Maintenant, c'était réglé. Il ne dessoûlait pas de six mois, puis il tombait et entrait à Sainte-Anne ; une partie de campagne pour lui. Les Lorilleux disaient que monsieur le duc de Tord-Boyaux se rendait dans ses propriétés. Au bout de quelques semaines, il sortait de l'asile, réparé, recloué, et recommençait à se démolir, jusqu'au jour où, de nouveau sur le flanc, il avait encore besoin d'un raccommodage. En trois ans, il entra ainsi sept fois à Sainte-Anne. Le quartier racontait qu'on lui gardait sa cellule. Mais le vilain de l'histoire était que cet entêté soûlard se cassait davantage chaque fois, si bien que, de rechute en rechute, on pouvait prévoir la cabriole finale, le dernier craquement de ce tonneau malade dont les cercles pétaient les uns après les autres.

Avec ça, il oubliait d'embellir ; un revenant à regarder ! Le poison le travaillait rudement. Son corps imbibé d'alcool se ratatinait comme les fœtus qui sont dans des bocaux, chez les pharmaciens. Quand il se mettait devant une fenêtre, on apercevait le jour au travers de ses côtes, tant il était maigre. Les joues creuses, les yeux dégoûtant, pleurant assez de cire pour fournir une cathédrale, il ne gardait que sa truffe de fleurie, belle et rouge, pareille à un œillet au milieu de sa trogne dévastée. Ceux qui savaient son âge, quarante ans sonnés, avaient un petit frisson, lorsqu'il passait, courbé, vacillant, vieux comme les rues. Et le tremblement de ses mains redoublait, sa main droite surtout battait tellement la breloque, que, certains jours, il devait prendre son verre dans ses deux poings, pour le porter à ses lèvres. Oh ! ce nom de Dieu de tremblement ! c'était la seule chose qui le taquinât encore, au milieu de sa vacherie générale ! On l'entendait grogner des injures féroces contre ses mains. D'autres fois, on le voyait pendant des heures en contemplation devant ses mains qui dansaient, les regardant sauter comme des grenouilles, sans rien dire, ne se fâchant plus, ayant l'air de chercher quelle mécanique intérieure pouvait leur faire faire joujou de la sorte ; et, un soir, Gervaise l'avait trouvé ainsi, avec deux grosses larmes qui coulaient sur ses joues cuites de pochard.

Le dernier été, pendant lequel Nana traîna chez ses parents les restes de ses nuits, fut surtout mauvais pour Coupeau. Sa voix changea complètement, comme si le fil-en-quatre avait mis une musique nouvelle dans sa gorge. Il devint sourd d'une oreille. Puis, en quelques jours, sa vue baissa ; il lui fallait tenir la rampe de l'escalier, s'il ne voulait pas dégringoler. Quant à sa santé, elle se reposait, comme on dit. Il avait des maux de tête abominables, des étourdissements qui lui faisaient voir trente-six chandelles. Tout d'un coup, des douleurs aiguës le prenaient dans les bras et dans les jambes ; il pâlissait, il était obligé de s'asseoir, et restait sur une chaise hébété pendant des heures ; même, après une de ces crises, il avait gardé son bras paralysé tout un jour. Plusieurs fois, il s'alita ; il se pelotonnait, se cachait sous le drap, avec le souffle fort et continu d'un animal qui souffre. Alors, les extravagances de Sainte-Anne recommençaient. Méfiant, inquiet, tourmenté d'une fièvre ardente, il se roulait dans des rages folles, déchirait ses blouses, mordait les meubles de sa mâchoire convulsée ; ou bien il tombait à un grand attendrissement, lâchant des plaintes de fille, sanglotant et se lamentant de n'être aimé par personne. Un soir, Gervaise et Nana, qui rentraient ensemble, ne le trouvèrent plus dans son lit. À sa place, il avait couché le traversin. Et, quand elles le découvrirent, caché entre le lit et le mur, il claquait des dents, il racontait que des hommes allaient venir l'assassiner. Les deux femmes durent le recoucher et le rassurer comme un enfant.

Coupeau ne connaissait qu'un remède, se coller sa chopine de cric, un coup de bâton dans l'estomac, qui le mettait debout. Tous les matins, il guérissait ainsi sa pituite. La mémoire avait filé depuis longtemps, son crâne était vide ; et il ne se trouvait pas plus tôt sur les pieds, qu'il blaguait la maladie. Il n'avait jamais été malade. Oui, il en était à ce point où l'on crève en disant qu'on se porte bien. D'ailleurs, il déménageait aussi pour le reste. Quand Nana rentrait, après des six semaines de promenade, il semblait croire qu'elle revenait d'une commission dans le quartier. Souvent, accrochée au bras d'un monsieur, elle le rencontrait et rigolait, sans qu'il la reconnût. Enfin, il ne comptait plus, elle se serait assise sur lui, si elle n'avait pas trouvé de chaise.

Ce fut aux premières gelées que Nana s'esbigna une fois encore, sous le prétexte d'aller voir chez la fruitière s'il y avait des poires cuites. Elle sentait l'hiver, elle ne voulait pas claquer des dents devant le poêle éteint. Les Coupeau la traitèrent simplement de rosse, parce qu'ils attendaient les poires. Sans doute elle rentrerait ; l'autre hiver, elle était bien restée trois semaines pour descendre chercher deux sous de tabac. Mais les mois s'écoulèrent, la petite ne reparaissait plus. Cette fois, elle avait dû prendre un fameux galop. Lorsque juin arriva, elle ne revint pas davantage avec le soleil. Décidément, c'était fini, elle avait trouvé du pain blanc quelque part. Les Coupeau, un jour de dèche, vendirent le lit de fer de l'enfant, six francs tout ronds qu'ils burent à Saint-Ouen. Ça les encombrait, ce lit.

En juillet, un matin, Virginie appela Gervaise qui passait, et la pria de donner un coup de main pour la vaisselle, parce que la veille Lantier avait amené deux amis à régaler. Et, comme Gervaise lavait la vaisselle, une vaisselle joliment grasse du gueuleton du chapelier, celui-ci, en train de digérer encore dans la boutique, cria tout d'un coup :

– Vous ne savez pas, la mère ! j'ai vu Nana, l'autre jour.

Virginie, assise au comptoir, l'air soucieux en face des bocaux et des tiroirs qui se vidaient, hocha furieusement la tête. Elle se retenait, pour ne pas en lâcher trop long ; car ça finissait par sentir mauvais. Lantier voyait Nana bien souvent. Oh ! elle n'en aurait pas mis la main au feu, il était homme à faire pire, quand une jupe lui trottait dans la tête. Mme Lerat, qui venait d'entrer, très liée en ce moment avec Virginie dont elle recevait les confidences, fit sa moue pleine de gaillardise, en demandant :

– Dans quel sens l'avez-vous vue ?

– Oh ! dans le bon sens, répondit le chapelier, très flatté, riant et frisant ses moustaches. Elle était en voiture ; moi, je pataugeais sur le pavé... Vrai, je vous le jure ! Il n'y aurait pas à se défendre, car les fils de famille qui la tutoient de près sont bigrement heureux !

Son regard s'était allumé, il se tourna vers Gervaise, debout au fond de la boutique, en train d'essuyer un plat.

– Oui, elle était en voiture, et une toilette d'un chic !... Je ne la reconnaissais pas, tant elle ressemblait à une dame de la haute, les quenottes blanches dans sa frimousse fraîche comme une fleur. C'est elle qui m'a envoyé une risette avec son gant... Elle a fait un vicomte, je crois.

Oh ! très lancée ! Elle peut se ficher de nous tous, elle a du bonheur par-dessus la tête, cette gueuse !... L'amour de petit chat ! non, vous n'avez pas idée d'un petit chat pareil !

Gervaise essuyait toujours son plat, bien qu'il fût net et luisant depuis longtemps. Virginie réfléchissait, inquiète de deux billets qu'elle ne savait pas comment payer, le lendemain ; tandis que Lantier, gros et gras, suant le sucre dont il se nourrissait, emplissait de son enthousiasme pour les petits trognons bien mis la boutique d'épicerie fine, mangée déjà aux trois quarts, et où soufflait une odeur de ruine. Oui, il n'avait plus que quelques pralines à croquer, quelques sucres d'orge à sucer, pour nettoyer le commerce des Poisson. Tout d'un coup, il aperçut, sur le trottoir d'en face, le sergent de ville qui était de service et qui passait boutonné, l'épée battant la cuisse. Et ça l'égaya davantage. Il força Virginie à regarder son mari.

– Ah bien ! murmura-t-il, il a une bonne tête ce matin, Badingue !... Attention ! il serre trop les fesses, il a dû se faire coller un œil de verre quelque part, pour surprendre son monde.

Quand Gervaise remonta chez elle, elle trouva Coupeau assis au bord du lit, dans l'hébétement d'une de ses crises. Il regardait le carreau de ses yeux morts. Alors, elle s'assit elle-même sur une chaise, les membres cassés, les mains tombées le long de sa jupe sale. Et, pendant un quart d'heure, elle resta en face de lui, sans rien dire.

– J'ai eu des nouvelles, murmura-t-elle enfin. On a vu ta fille... Oui, ta fille est très chic et n'a plus besoin de toi. Elle est joliment heureuse, celle-là, par exemple !... Ah ! Dieu de Dieu ! je donnerais gros pour être à sa place.

Coupeau regardait toujours le carreau. Puis, il leva sa face ravagée, il eut un rire d'idiot, en bégayant :

– Dis donc, ma biche, je ne te retiens pas... T'es pas encore trop mal, quand tu te débarbouilles. Tu sais, comme on dit, il n'y a pas si vieille marmite qui ne trouve son couvercle... Dame ! si ça devait mettre du beurre dans les épinards !

XII

Ce devait être le samedi après le terme, quelque chose comme le 12 ou le 13 janvier, Gervaise ne savait plus au juste. Elle perdait la boule, parce qu'il y avait des siècles qu'elle ne s'était rien mis de chaud dans le ventre. Ah ! quelle semaine infernale ! un ratissage complet, deux pains de quatre livres le mardi qui avaient duré jusqu'au jeudi, puis une croûte sèche retrouvée la veille, et pas une miette depuis trente-six heures, une vraie danse devant le buffet ! Ce qu'elle savait, par exemple, ce qu'elle sentait sur son dos, c'était le temps de chien, un froid noir, un ciel barbouillé comme le cul d'une poêle, crevant d'une neige qui s'entêtait à ne pas tomber. Quand on a l'hiver et la faim dans les tripes, on peut serrer sa ceinture, ça ne vous nourrit guère.

Peut-être, le soir, Coupeau rapporterait-il de l'argent. Il disait qu'il travaillait. Tout est possible, n'est-ce pas ? et Gervaise, attrapée pourtant bien des fois, avait fini par compter sur cet argent-là. Elle, après toutes sortes d'histoires, ne trouvait plus seulement un torchon à laver dans le quartier ; même une vieille dame dont elle faisait le ménage, venait de la flanquer dehors, en l'accusant de boire ses liqueurs. On ne voulait d'elle nulle part, elle était brûlée ; ce qui l'arrangeait dans le fond, car elle en était tombée à ce point d'abrutissement, où l'on préfère crever que de remuer ses dix doigts. Enfin, si Coupeau rapportait sa paie, on mangerait quelque chose de chaud. Et, en attendant, comme midi n'avait pas sonné, elle restait allongée sur la paillasse, parce qu'on a moins froid et moins faim, lorsqu'on est allongé.

Gervaise appelait ça la paillasse ; mais, à la vérité, ça n'était qu'un tas de paille dans un coin. Peu à peu, le dodo avait filé chez les revendeurs du quartier. D'abord, les jours de débine, elle avait décousu le matelas, où elle prenait des poignées de laine, qu'elle sortait dans son tablier et vendait dix sous la livre, rue Belhomme. Ensuite, le matelas vidé, elle s'était fait trente sous de la toile, un matin, pour se payer du café. Les oreillers avaient suivi, puis le traversin. Restait le bois de lit, qu'elle ne pouvait mettre sous son bras, à cause des Boche, qui auraient ameuté la maison, s'ils avaient vu s'envoler la garantie du propriétaire. Et cependant, un soir, aidée de Coupeau, elle guetta les Boche en train de gueuletonner, et déménagea le lit tranquillement, morceau par morceau, les bateaux, les dossiers, le cadre de fond. Avec les dix francs de ce lavage, ils fricotèrent trois jours. Est-ce que la paillasse ne suffisait pas ? Même la toile était allée rejoindre celle du matelas, ils avaient ainsi achevé de manger le dodo, en se donnant une indigestion de pain, après une fringale de vingt-quatre heures. On poussait la paille d'un coup de balai, le poussier était toujours retourné, et ça n'était pas plus sale qu'autre chose.

Sur le tas de paille, Gervaise, tout habillée, se tenait en chien de fusil, les pattes ramenées sous sa guenille de jupon, pour avoir plus chaud. Et, pelotonnée, les yeux grands ouverts, elle remuait des idées pas drôles, ce jour-là. Ah ! non, sacré mâtin ! on ne pouvait continuer ainsi à vivre sans manger ! Elle ne sentait plus sa faim ; seulement, elle avait un plomb dans l'estomac, tandis que son crâne lui semblait vide. Bien sûr, ce n'était pas aux quatre coins de la turne qu'elle trouvait des sujets de gaieté ! Un vrai chenil, maintenant, où les levrettes qui portent des paletots, dans les rues, ne seraient pas demeurées en peinture. Ses yeux pâles regardaient les murailles nues. Depuis longtemps, ma tante avait tout pris. Il restait la commode, la table et une chaise ; encore le marbre et les tiroirs de la commode s'étaient-ils évaporés par le même chemin que le bois de lit. Un incendie n'aurait pas mieux nettoyé ça, les petits bibelots avaient fondu, à commencer par la toquante, une montre de douze francs, jusqu'aux photographies de la famille, dont une marchande lui avait acheté les cadres ; une marchande bien complaisante, chez laquelle elle portait une casserole, un fer à repasser, un peigne, et qui lui allongeait cinq sous, trois sous, deux sous, selon l'objet, de quoi remonter avec un morceau de pain. À présent, il ne restait plus qu'une vieille paire de mouchettes cassée, dont la marchande lui refusait un sou. Oh ! si elle avait su à qui vendre les ordures, la poussière et la crasse, elle aurait vite ouvert boutique, car la chambre était d'une jolie saleté ! Elle n'apercevait que des toiles d'araignée, dans les coins, et les toiles d'araignée sont peut-être bonnes pour les coupures, mais il n'y a pas encore de négociant qui les achète. Alors la tête tournée, lâchant l'espoir de faire du commerce, elle se recroquevillait davantage sur sa paillasse, elle préférait regarder par la fenêtre le ciel chargé de neige, un jour triste qui lui glaçait la moelle des os.

Que d'embêtements ! À quoi bon se mettre dans tous ses états et se turlupiner la cervelle ? Si elle avait pu pioncer au moins ! Mais sa pétaudière de cambuse lui trottait par la tête. M. Marescot, le propriétaire, était venu lui-même, la veille, leur dire qu'il les expulserait, s'ils n'avaient pas payé les deux termes arriérés dans les huit jours. Eh bien ! il les expulserait, ils ne seraient certainement pas plus mal sur le pavé ! Voyez-vous ce sagouin avec son pardessus et ses gants de laine, qui montait leur parler des termes, comme s'ils avaient eu un boursicot caché quelque part ! Nom d'un chien ! au lieu de se serrer le gaviot, elle aurait commencé par se coller quelque chose dans les badigoinces ! Vrai, elle le trouvait trop rossard, cet entripaillé, elle l'avait où vous savez, et profondément encore ! C'était comme sa bête brute de Coupeau, qui ne pouvait plus rentrer sans lui tomber sur le casaquin : elle le mettait dans le même endroit que le propriétaire. À cette heure, son endroit devait être bigrement large, car elle y envoyait tout le monde, tant elle aurait voulu se débarrasser du monde et de la vie. Elle devenait un vrai grenier à coups de poing. Coupeau avait un gourdin qu'il appelait son éventail à bourrique ; et il éventait la bourgeoise, fallait voir ! des suées abominables, dont elle sortait en nage. Elle, pas trop bonne non plus, mordait et griffait. Alors, on se trépignait dans la chambre vide, des peignées à se faire passer le goût du pain. Mais elle finissait par se ficher des dégelées comme du reste. Coupeau pouvait faire la Saint-Lundi des semaines entières, tirer des bordées qui duraient des mois, rentrer fou de boisson et vouloir la réguiser, elle s'était habituée, elle le trouvait tannant, pas davantage. Et c'était ces jours-là, qu'elle l'avait dans le derrière. Oui, dans le derrière, son cochon d'homme ! dans le derrière, les Lorilleux, les Boche et les Poisson ! dans le derrière, le quartier qui la méprisait ! Tout Paris y entrait, et elle l'y enfonçait d'une tape, avec un geste de suprême indifférence, heureuse et vengée pourtant de le fourrer là.

Par malheur, si l'on s'accoutume à tout, on n'a pas encore pu prendre l'habitude de ne point manger. C'était uniquement là ce qui défrisait Gervaise. Elle se moquait d'être la dernière des dernières, au fin fond du ruisseau, et de voir les gens s'essuyer, quand elle passait près d'eux. Les mauvaises manières ne la gênaient plus, tandis que la faim lui tordait toujours les boyaux. Oh ! elle avait dit adieu aux petits plats, elle était descendue à dévorer tout ce qu'elle trouvait. Les jours de noce, maintenant, elle achetait chez le boucher des déchets de viande à quatre sous la livre, las de traîner et de noircir dans une assiette ; et elle mettait ça avec une potée de pommes de terre, qu'elle touillait au fond d'un poêlon. Ou bien elle fricassait un cœur de bœuf, un rata dont elle se léchait les lèvres. D'autres fois, quand elle avait du vin, elle se payait une trempette, une vraie soupe de perroquet. Les deux sous de fromage d'Italie, les boisseaux de pommes blanches, les quarts de haricots secs cuits dans leur jus, étaient encore des régals qu'elle ne pouvait plus se donner souvent. Elle tombait aux arlequins, dans les gargots borgnes, où, pour un sou, elle avait des tas d'arêtes de poisson mêlées à des rognures de rôti gâté. Elle tombait plus bas, mendiait chez un restaurateur charitable les croûtes des clients, et faisait une panade, en les laissant mitonner le plus longtemps possible sur le fourneau d'un voisin. Elle en arrivait, les matins de fringale, à rôder avec les chiens, pour voir aux portes des marchands, avant le passage des boueux ; et c'était ainsi qu'elle avait parfois des plats de riches, des melons pourris, des maquereaux tournés, des côtelettes dont elle visitait le manche, par crainte des asticots. Oui, elle en était là ; ça répugne les délicats, cette idée ; mais si les délicats n'avaient rien tortillé de trois jours, nous verrions un peu s'ils bouderaient contre leur ventre ; ils se mettraient à quatre pattes et mangeraient aux ordures comme les camarades. Ah ! la crevaison des pauvres, les entrailles vides qui crient la faim, le besoin des bêtes claquant des dents et s'empiffrant de choses immondes, dans ce grand Paris si doré et si flambant ! Et dire que Gervaise s'était fichu des ventrées d'oie grasse ! Maintenant, elle pouvait s'en torcher le nez. Un jour, Coupeau lui ayant chipé deux bons de pain pour les revendre et les boire, elle avait failli le tuer d'un coup de pelle, affamée, enragée par le vol de ce morceau de pain.

Cependant, à force de regarder le ciel blafard, elle s'était endormie d'un petit sommeil pénible. Elle rêvait que ce ciel chargé de neige crevait sur elle, tant le froid la pinçait. Brusquement, elle se mit debout, réveillée en sursaut par un grand frisson d'angoisse. Mon Dieu ! est-ce qu'elle allait mourir ? Grelottante, hagarde, elle vit qu'il faisait jour encore. La nuit ne viendrait donc pas ! Comme le temps est long, quand on n'a rien dans le ventre ! Son estomac s'éveillait, lui aussi, et la torturait. Tombée sur la chaise, la tête basse, les mains entre les cuisses pour se réchauffer, elle calculait déjà le dîner, dès que Coupeau apporterait l'argent : un pain, un litre, deux portions de gras-double à la lyonnaise. Trois heures sonnèrent au coucou du père Bazouge. Il n'était que trois heures. Alors, elle pleura. Jamais elle n'aurait la force d'attendre sept heures. Elle avait un balancement de tout son corps, le dandinement d'une petite fille qui berce sa grosse douleur, pliée en deux, s'écrasant l'estomac, pour ne plus le sentir. Ah ! il vaut mieux accoucher que d'avoir faim ! Et, ne se soulageant pas, prise d'une rage, elle se leva, piétina, espérant rendormir sa faim comme un enfant qu'on promène. Pendant une demi-heure, elle se cogna aux quatre coins de la chambre vide. Puis, tout d'un coup, elle s'arrêta, les yeux fixes. Tant pis ! ils diraient ce qu'ils diraient, elle leur lécherait les pieds s'ils voulaient, mais elle allait emprunter dix sous aux Lorilleux.

L'hiver, dans cet escalier de la maison, l'escalier des pouilleux, c'étaient de continuels emprunts de dix sous, de vingt sous, des petits services que ces meurt-de-faim se rendaient les uns aux autres. Seulement, on serait plutôt mort que de s'adresser aux Lorilleux, parce qu'on les savait trop durs à la détente. Gervaise, en allant frapper chez eux, montrait un beau courage. Elle avait si peur, dans le corridor, qu'elle éprouva ce brusque soulagement des gens qui sonnent chez les dentistes.

– Entrez ! cria la voix aigre du chaîniste.

Comme il faisait bon, là-dedans ! La forge flambait, allumait l'étroit atelier de sa flamme blanche, pendant que Mme Lorilleux mettait à recuire une pelote de fil d'or. Lorilleux, devant son établi, suait, tant il avait chaud, en train de souder des maillons au chalumeau. Et ça sentait bon, une soupe aux choux mijotait sur le poêle, exhalant une vapeur qui retournait le cœur de Gervaise et la faisait s'évanouir.

– Ah ! c'est vous, grogna Mme Lorilleux, sans lui dire seulement de s'asseoir. Qu'est-ce que vous voulez ?

Gervaise ne répondit pas. Elle n'était pas trop mal avec les Lorilleux, cette semaine-là. Mais la demande des dix sous lui restait dans la gorge, parce qu'elle venait d'apercevoir Boche, carrément assis près du poêle, en train de faire des cancans. Il avait un air de se ficher du monde, cet animal ! Il riait comme un cul, le trou de la bouche arrondi, et les joues tellement bouffies qu'elles lui cachaient le nez ; un vrai cul, enfin !

– Qu'est-ce que vous voulez ? répéta Lorilleux.

– Vous n'avez pas vu Coupeau ? finit par balbutier Gervaise. Je le croyais ici.

Les chaînistes et le concierge ricanèrent. Non, bien sûr, ils n'avaient pas vu Coupeau. Ils n'offraient pas assez de petits verres pour voir Coupeau comme ça. Gervaise fit un effort et reprit en bégayant :

– C'est qu'il m'avait promis de rentrer... Oui, il doit m'apporter de l'argent... Et comme j'ai absolument besoin de quelque chose...

Un gros silence régna. Mme Lorilleux éventait rudement le feu de la forge, Lorilleux avait baissé le nez sur le bout de chaîne qui s'allongeait entre ses doigts, tandis que Boche gardait son rire de pleine lune, le trou de la bouche si rond, qu'on éprouvait l'envie d'y fourrer le doigt, pour voir.

– Si j'avais seulement dix sous, murmura Gervaise à voix basse.

Le silence continua.

– Vous ne pourriez pas me prêter dix sous ?... Oh ! je vous les rendrais ce soir !

Mme Lorilleux se tourna et la regarda fixement. En voilà une peloteuse qui venait les empaumer. Aujourd'hui, elle les tapait de dix sous, demain ce serait de vingt, et il n'y avait plus de raison pour s'arrêter. Non, non, pas de ça. Mardi, s'il fait chaud !

– Mais, ma chère, cria-t-elle, vous savez bien que nous n'avons pas d'argent ! Tenez, voilà la doublure de ma poche. Vous pouvez nous fouiller... Ce serait de bon cœur, naturellement.

– Le cœur y est toujours, grogna Lorilleux ; seulement, quand on ne peut pas, on ne peut pas.

Gervaise, très humble, les approuvait de la tête. Cependant, elle ne s'en allait pas, elle guignait l'or du coin de l'œil, les liasses d'or pendues au mur, le fil d'or que la femme tirait à la filière de toute la force de ses petits bras, les maillons d'or en tas sous les doigts noueux du mari. Et elle pensait qu'un bout de ce vilain métal noirâtre aurait suffi pour se payer un bon dîner. Ce jour-là, l'atelier avait beau être sale, avec ses vieux fers, sa poussière de charbon, sa crasse des huiles mal essuyées, elle le voyait resplendissant de richesses, comme la boutique d'un changeur. Aussi se risqua-t-elle à répéter, doucement :

– Je vous les rendrais, je vous les rendrais, bien sûr... Dix sous, ça ne vous gênerait pas.

Elle avait le cœur tout gonflé, en ne voulant pas avouer qu'elle se brossait le ventre depuis la veille. Puis, elle sentit ses jambes qui se cassaient, elle eut peur de fondre en larmes, bégayant encore :

– Vous seriez si gentils !... Vous ne pouvez pas savoir... Oui, j'en suis là, mon Dieu ! j'en suis là...

Alors, les Lorilleux pincèrent les lèvres et échangèrent un mince regard. La Banban mendiait, à cette heure ! Eh bien ! le plongeon était complet. C'est eux qui n'aimaient pas ça ! S'ils avaient su, ils se seraient barricadés, parce qu'on doit toujours être sur l'œil avec les mendiants, des gens qui s'introduisent dans les appartements sous des prétextes, et qui filent en déménageant les objets précieux. D'autant plus que, chez eux, il y avait de quoi voler ; on pouvait envoyer les doigts partout, et en emporter des trente et des quarante francs, rien qu'en fermant le poing. Déjà plusieurs fois, ils s'étaient méfiés, en remarquant la drôle de figure de Gervaise, quand elle se plantait devant l'or. Cette fois, par exemple, ils allaient la surveiller. Et, comme elle s'approchait davantage, les pieds sur la claie de bois, le chaîniste lui cria rudement, sans répondre davantage à sa demande :

– Dites donc ! faites un peu attention, vous allez encore emporter des brins d'or à vos semelles... Vrai, on dirait que vous avez là-dessous de la graisse, pour que ça colle.

Gervaise, lentement, recula. Elle s'était appuyée un instant à une étagère, et voyant Mme Lorilleux lui examiner les mains, elle les ouvrit toutes grandes, les montra, disant de sa voix molle, sans se fâcher, en femme tombée qui accepte tout :

– Je n'ai rien pris, vous pouvez regarder.

Et elle s'en alla, parce que l'odeur forte de la soupe aux choux et la bonne chaleur de l'atelier la rendaient trop malade.

Ah ! pour le coup, les Lorilleux ne la retinrent pas ! Bon voyage, du diable s'ils lui ouvraient encore ! Ils avaient assez vu sa figure, ils ne voulaient pas chez eux de la misère des autres, quand cette misère était méritée. Et ils se laissèrent aller à une grosse jouissance d'égoïsme, en se trouvant calés, bien au chaud, avec la perspective d'une fameuse soupe. Boche aussi s'étalait, enflant encore ses joues, si bien que son rire devenait malpropre. Ils se trouvaient tous joliment vengés des anciennes manières de la Banban, de la boutique bleue, des gueuletons, et du reste. C'était trop réussi, ça prouvait où conduisait l'amour de la frigousse. Au rancart les gourmandes, les paresseuses et les dévergondées !

– Que ça de genre ! ça vient quémander des dix sous ! s'écria Mme Lorilleux derrière le dos de Gervaise. Oui, je t'en fiche, je vas lui prêter dix sous tout de suite, pour qu'elle aille boire la goutte !

Gervaise traîna ses savates dans le corridor, alourdie, pliant les épaules. Quand elle fut à sa porte, elle n'entra pas, sa chambre lui faisait peur. Autant marcher, elle aurait plus chaud et prendrait patience. En passant, elle allongea le cou dans la niche du père Bru, sous l'escalier ; encore un, celui-là, qui devait avoir un bel appétit, car il déjeunait et dînait par cœur depuis trois jours ; mais il n'était pas là, il n'y avait que son trou, et elle éprouva une jalousie, en s'imaginant qu'on pouvait l'avoir invité quelque part. Puis, comme elle arrivait devant les Bijard, elle entendit des plaintes, elle entra, la clef étant toujours sur la serrure.

– Qu'est-ce qu'il y a donc ? demanda-t-elle.

La chambre était très propre. On voyait bien que Lalie avait, le matin encore, balayé et rangé les affaires. La misère avait beau souffler là-dedans, emporter les frusques, étaler sa ribambelle d'ordures, Lalie venait derrière, et récurait tout, et donnait aux choses un air gentil. Si ce n'était pas riche, ça sentait bon la ménagère, chez elle. Ce jour-là, ses deux enfants, Henriette et Jules, avaient trouvé de vieilles images, qu'ils découpaient tranquillement dans un coin. Mais Gervaise fut toute surprise de trouver Lalie couchée, sur son étroit lit de sangle, le drap au menton, très pâle. Elle couchée, par exemple ! elle était donc bien malade !

– Qu'est-ce que vous avez ? répéta Gervaise, inquiète.

Lalie ne se plaignait plus. Elle souleva lentement ses paupières blanches, et voulut sourire de ses lèvres qu'un frisson convulsait.

– Je n'ai rien, souffla-t-elle très bas, oh ! bien vrai, rien du tout.

Puis, les yeux refermés, avec un effort :

– J'étais trop fatiguée tous ces jours-ci, alors je fiche la paresse, je me dorlote, vous voyez.

Mais son visage de gamine, marbré de taches livides, prenait une telle expression de douleur suprême, que Gervaise, oubliant sa propre agonie, joignit les mains et tomba à genoux près d'elle. Depuis un mois, elle la voyait se tenir aux murs pour marcher, pliée en deux par une toux qui sonnait joliment le sapin. La petite ne pouvait même plus tousser. Elle eut un hoquet, des filets de sang coulèrent aux coins de sa bouche.

– Ce n'est pas ma faute, je ne me sens guère forte, murmura-t-elle comme soulagée. Je me suis traînée, j'ai mis un peu d'ordre... C'est assez propre, n'est-ce pas ?... Et je voulais nettoyer les vitres, mais les jambes m'ont manqué. Est-ce bête ! Enfin, quand on a fini, on se couche.

Elle s'interrompit pour dire :

– Voyez donc si mes enfants ne se coupent pas avec leurs ciseaux.

Et elle se tut, tremblante, écoutant un pas lourd qui montait l'escalier. Brutalement, le père Bijard poussa la porte. Il avait son coup de bouteille comme à l'ordinaire, les yeux flambant de la folie furieuse du vitriol. Quand il aperçut Lalie couchée, il tapa sur ses cuisses avec un ricanement, il décrocha le grand fouet, en grognant :

– Ah ! nom de Dieu, c'est trop fort ! nous allons rire !... Les vaches se mettent à la paille en plein midi, maintenant !... Est-ce que tu te moques des paroissiens, sacrée feignante ?... Allons, houp ! décanillons !

Il faisait déjà claquer le fouet au-dessus du lit. Mais l'enfant, suppliante, répétait :

– Non, papa, je t'en prie, ne frappe pas... Je te jure que tu aurais du chagrin... Ne frappe pas.

– Veux-tu sauter, gueula-t-il plus fort, ou je te chatouille les côtes !... Veux-tu sauter, bougre de rosse !

Alors, elle dit doucement :

– Je ne puis pas, comprends-tu ?... Je vais mourir.

Gervaise s'était jetée sur Bijard et lui arrachait le fouet. Lui, hébété, restait devant le lit de sangle. Qu'est-ce qu'elle chantait là, cette morveuse ? Est-ce qu'on meurt si jeune, quand on n'a pas été malade ! Quelque frime pour se faire donner du sucre ! Ah ! il allait se renseigner, et si elle mentait !

– Tu verras, c'est la vérité, continuait-elle. Tant que j'ai pu, je vous ai évité de la peine... Sois gentil, à cette heure, et dis-moi adieu, papa.

Bijard tortillait son nez, de peur d'être mis dedans. C'était pourtant vrai qu'elle avait une drôle de figure, une figure allongée et sérieuse de grande personne. Le souffle de la mort, qui passait dans la chambre, le dessoûlait. Il promena un regard autour de lui, de l'air d'un homme tiré d'un long sommeil, vit le ménage en ordre, les deux enfants débarbouillés, en train de jouer et de rire. Et il tomba sur une chaise, balbutiant :

– Notre petite mère, notre petite mère...

Il ne trouvait que ça, et c'était déjà bien tendre pour Lalie, qui n'avait jamais été tant gâtée. Elle consola son père. Elle était surtout ennuyée de s'en aller ainsi, avant d'avoir élevé tout à fait ses enfants. Il en prendrait soin, n'est-ce pas ? Elle lui donna de sa voix mourante des détails sur la façon de les arranger, de les tenir propres. Lui, abruti, repris par les fumées de l'ivresse, roulait la tête en la regardant passer de ses yeux ronds. Ça remuait en lui toutes sortes de choses ; mais il ne trouvait plus rien, et avait la couenne trop brûlée pour pleurer.

– Écoute encore, reprit Lalie après un silence. Nous devons quatre francs sept sous au boulanger ; il faudra payer ça... Mme Gaudron a un fer à nous que tu lui réclameras... Ce soir, je n'ai pas pu faire de la soupe, mais il reste du pain, et tu mettras chauffer les pommes de terre...

Jusqu'à son dernier râle, ce pauvre chat restait la petite mère de tout son monde. En voilà une qu'on ne remplacerait pas, bien sûr ! Elle mourait d'avoir eu à son âge la raison d'une vraie mère, la poitrine encore trop tendre et trop étroite pour contenir une aussi large maternité. Et, s'il perdait ce trésor, c'était bien la faute de sa bête féroce de père. Après avoir tué la maman d'un coup de pied, est-ce qu'il ne venait pas de massacrer la fille ! Les deux bons anges seraient dans la fosse, et lui n'aurait plus qu'à crever comme un chien au coin d'une borne.

Gervaise, cependant, se retenait pour ne pas éclater en sanglots. Elle tendait les mains, avec le désir de soulager l'enfant ; et, comme le lambeau de drap glissait, elle voulut le rabattre et arranger le lit. Alors, le pauvre petit corps de la mourante apparut. Ah ! Seigneur ! quelle misère et quelle pitié ! Les pierres auraient pleuré. Lalie était toute nue, un reste de camisole aux épaules en guise de chemise ; oui, toute nue, et d'une nudité saignante et douloureuse de martyre. Elle n'avait plus de chair, les os trouaient la peau. Sur les côtes, de minces zébrures violettes descendaient jusqu'aux cuisses, les cinglements du fouet imprimés là tout vifs. Une tache livide cerclait le bras gauche, comme si la mâchoire d'un étau avait broyé ce membre si tendre, pas plus gros qu'une allumette. La jambe droite montrait une déchirure mal fermée, quelque mauvais coup rouvert chaque matin en trottant pour faire le ménage. Des pieds à la tête, elle n'était qu'un noir. Oh ! ce massacre de l'enfance, ces lourdes pattes d'homme écrasant cet amour de quiqui, cette abomination de tant de faiblesse râlant sous une pareille croix ! On adore dans les églises des saintes fouettées dont la nudité est moins pure. Gervaise, de nouveau, s'était accroupie, ne songeant plus à tirer le drap, renversée par la vue de ce rien du tout pitoyable, aplati au fond du lit ; et ses lèvres tremblantes cherchaient des prières.

– Madame Coupeau, murmura la petite, je vous en prie...

De ses bras trop courts, elle cherchait à rabattre le drap, toute pudique, prise de honte pour son père. Bijard, stupide, les yeux sur ce cadavre qu'il avait fait, roulait toujours la tête, du mouvement ralenti d'un animal qui a de l'embêtement.

Et quand elle eut recouvert Lalie, Gervaise ne put rester là davantage. La mourante s'affaiblissait, ne parlant plus, n'ayant plus que son regard, son ancien regard noir de petite fille résignée et songeuse, qu'elle fixait sur ses deux enfants, en train de découper leurs images. La chambre s'emplissait d'ombre, Bijard cuvait sa bordée dans l'hébétement de cette agonie. Non, non, la vie était trop abominable ! Ah ! quelle sale chose ! ah ! quelle sale chose ! Et Gervaise partit, descendit l'escalier, sans savoir, la tête perdue, si gonflée d'emmerdement qu'elle se serait volontiers allongée sous les roues d'un omnibus, pour en finir.

Tout en courant, en bougonnant contre le sacré sort, elle se trouva devant la porte du patron, où Coupeau prétendait travailler. Ses jambes l'avaient conduite là, son estomac reprenait sa chanson, la complainte de la faim en quatre-vingt-dix couplets, une complainte qu'elle savait par cœur. De cette manière, si elle pinçait Coupeau à la sortie, elle mettrait la main sur la monnaie, elle achèterait les provisions. Une petite heure d'attente au plus, elle avalerait bien encore ça, elle qui se suçait les pouces depuis la veille.

C'était rue de la Charbonnière, à l'angle de la rue de Chartres, un fichu carrefour dans lequel le vent jouait aux quatre coins. Nom d'un chien ! il ne faisait pas chaud, à arpenter le pavé. Encore si l'on avait eu des fourrures ! Le ciel restait d'une vilaine couleur de plomb, et la neige, amassée là-haut, coiffait le quartier d'une calotte de glace. Rien ne tombait, mais il y avait un gros silence en l'air, qui apprêtait pour Paris un déguisement complet, une jolie robe de bal, blanche et neuve. Gervaise levait le nez, en priant le bon Dieu de ne pas lâcher sa mousseline tout de suite. Elle tapait des pieds, regardait une boutique d'épicier, en face, puis tournait les talons, parce que c'était inutile de se donner trop faim à l'avance. Le carrefour n'offrait pas de distractions. Les quelques passants filaient raide, entortillés dans des cache-nez ; car, naturellement, on ne flâne pas, quand le froid vous serre les fesses. Cependant, Gervaise aperçut quatre ou cinq femmes qui montaient la garde comme elle, à la porte du maître zingueur ; encore des malheureuses, bien sûr, des épouses guettant la paie, pour l'empêcher de s'envoler chez le marchand de vin. Il y avait une grande haridelle, une figure de gendarme, collée contre le mur, prête à sauter sur le dos de son homme. Une petite, toute noire, l'air humble et délicat, se promenait de l'autre côté de la chaussée. Une autre, empotée, avait amené ses deux mioches, qu'elle traînait à droite et à gauche, grelottant et pleurant. Et toutes, Gervaise comme ses camarades de faction, passaient et repassaient, en se jetant des coups d'œil obliques, sans se parler. Une agréable rencontre, ah ! oui, je t'en fiche ! Elles n'avaient pas besoin de lier connaissance, pour connaître leur numéro. Elles logeaient toutes à la même enseigne, chez misère et compagnie. Ça donnait plus froid encore, de les voir piétiner et se croiser silencieusement, dans cette terrible température de janvier.

Pourtant, pas un chat ne sortait de chez le patron. Enfin, un ouvrier parut, puis deux, puis trois ; mais ceux-là, sans doute, étaient de bons zigs, qui rapportaient fidèlement leur prêt, car ils eurent un hochement de tête en apercevant les ombres rôdant devant l'atelier. La grande haridelle se collait davantage à côté de la porte ; et, tout d'un coup, elle tomba sur un petit homme pâlot, en train d'allonger prudemment la tête. Oh ! ce fut vite réglé ! elle le fouilla, lui ratissa la monnaie. Pincé, plus de braise, pas de quoi boire une goutte ! Alors, le petit homme, vexé et désespéré, suivit son gendarme en pleurant de grosses larmes d'enfant. Des ouvriers sortaient toujours, et comme la forte commère, avec ses deux mioches, s'était approchée, un grand brun, l'air roublard, qui l'aperçut, rentra vivement pour prévenir le mari ; lorsque celui-ci arriva en se dandinant, il avait étouffé deux roues de derrière, deux belles pièces de cent sous neuves, une dans chaque soulier. Il prit l'un de ses gosses sur son bras, il s'en alla en contant des craques à sa bourgeoise qui le querellait. Il y en avait de rigolos, sautant d'un bond dans la rue, pressés de courir béquiller leur quinzaine avec les amis. Il y en avait aussi de lugubres, la mine rafalée, serrant dans leur poing crispé les trois ou quatre journées sur quinze qu'ils avaient faites, se traitant de feignants et faisant des serments d'ivrogne. Mais le plus triste, c'était la douleur de la petite femme noire, humble et délicate : son homme, un beau garçon, venait de se cavaler sous son nez, si brutalement, qu'il avait failli la jeter par terre ; et elle rentrait seule, chancelant le long des boutiques, pleurant toutes les larmes de son corps.

Enfin, le défilé avait cessé. Gervaise, droite au milieu de la rue, regardait la porte. Ça commençait à sentir mauvais. Deux ouvriers attardés se montrèrent encore, mais toujours pas de Coupeau. Et, comme elle demandait aux ouvriers si Coupeau n'allait pas sortir, eux qui étaient à la couleur, lui répondirent en blaguant que le camarade venait tout juste de filer avec Lantimêche par une porte de derrière, pour mener les poules pisser. Gervaise comprit. Encore une menterie de Coupeau, elle pouvait aller voir s'il pleuvait ! Alors, lentement, traînant sa paire de ripatons éculés, elle descendit la rue de la Charbonnière. Son dîner courait joliment devant elle, et elle le regardait courir, dans le crépuscule jaune, avec un petit frisson. Cette fois, c'était fini. Pas un fifrelin, plus un espoir, plus que de la nuit et de la faim. Ah ! une belle nuit de crevaison, cette nuit sale qui tombait sur ses épaules !

Elle montait lourdement la rue des Poissonniers, lorsqu'elle entendit la voix de Coupeau. Oui, il était là, à la Petite-Civette, en train de se faire payer une tournée par Mes-Bottes. Ce farceur de Mes-Bottes, vers la fin de l'été, avait eu le truc d'épouser pour de vrai une dame, très décatie déjà, mais qui possédait de beaux restes ; oh ! une dame de la rue des Martyrs, pas de la gnognotte de barrière. Et il fallait voir cet heureux mortel, vivant en bourgeois, les mains dans les poches, bien vêtu, bien nourri. On ne le reconnaissait plus, tellement il était gras. Les camarades disaient que sa femme avait de l'ouvrage tant qu'elle voulait chez des messieurs de sa connaissance. Une femme comme ça et une maison de campagne, c'est tout ce qu'on peut désirer pour embellir la vie. Aussi Coupeau guignait-il Mes-Bottes avec admiration. Est-ce que le lascar n'avait pas jusqu'à une bague d'or au petit doigt !

Gervaise posa la main sur l'épaule de Coupeau, au moment où il sortait de la Petite-Civette.

– Dis donc, j'attends, moi... J'ai faim. C'est tout ce que tu paies ?

Mais il lui riva son clou de la belle façon.

– T'as faim, mange ton poing !... Et garde l'autre pour demain.

C'est lui qui trouvait ça pataugueule, de jouer le drame devant le monde ! Eh bien ! quoi ! il n'avait pas travaillé, les boulangers pétrissaient tout de même. Elle le prenait peut-être pour un dépuceleur de nourrices, à venir l'intimider avec ses histoires.

– Tu veux donc que je vole, murmura-t-elle d'une voix sourde.

Mes-Bottes se caressait le menton d'un air conciliant.

– Non, ça, c'est défendu, dit-il. Mais quand une femme sait se retourner...

Et Coupeau l'interrompit pour crier bravo ! Oui, une femme devait savoir se retourner. Mais la sienne avait toujours été une guimbarde, un tas. Ce serait sa faute, s'ils crevaient sur la paille. Puis, il retomba dans son admiration devant Mes-Bottes. Était-il assez suiffard, l'animal ! Un vrai propriétaire ; du linge blanc et des escarpins un peu chouettes ! Fichtre ! ce n'était pas de la ripopée ! En voilà un au moins dont la bourgeoise menait bien la barque !

Les deux hommes descendaient vers le boulevard extérieur. Gervaise les suivait. Au bout d'un silence, elle reprit, derrière Coupeau :

– J'ai faim, tu sais... J'ai compté sur toi. Faut me trouver quelque chose à claquer.

Il ne répondit pas, et elle répéta sur un ton navrant d'agonie :

– Alors, c'est tout ce que tu paies ?

– Mais, nom de Dieu ! puisque je n'ai rien ! gueula-t-il, en se retournant furieusement. Lâche-moi, n'est-ce pas ? ou je cogne !

Il levait déjà le poing. Elle recula et parut prendre une décision.

– Va, je te laisse, je trouverai bien un homme.

Du coup, le zingueur rigola. Il affectait de prendre la chose en blague, il la poussait, sans en avoir l'air. Par exemple, c'était une riche idée ! Le soir, aux lumières, elle pouvait encore faire des conquêtes. Si elle levait un homme, il lui recommandait le restaurant du Capucin, où il y avait des petits cabinets dans lesquels on mangeait parfaitement. Et, comme elle s'en allait sur le boulevard extérieur, blême et farouche, il lui cria encore :

– Écoute donc, rapporte-moi du dessert, moi j'aime les gâteaux... Et, si ton monsieur est bien nippé, demande-lui un vieux paletot, j'en ferai mon beurre.

Gervaise, poursuivie par ce bagou infernal, marchait vite. Puis, elle se trouva seule au milieu de la foule, elle ralentit le pas. Elle était bien résolue. Entre voler et faire ça, elle aimait mieux faire ça, parce qu'au moins elle ne causerait du tort à personne. Elle n'allait jamais disposer que de son bien. Sans doute, ce n'était guère propre ; mais le propre et le pas propre se brouillaient dans sa caboche, à cette heure ; quand on crève de faim, on ne cause pas tant philosophie, on mange le pain qui se présente. Elle était remontée jusqu'à la chaussée Clignancourt. La nuit n'en finissait plus d'arriver. Alors, en attendant, elle suivit les boulevards, comme une dame qui prend l'air avant de rentrer pour la soupe.

Ce quartier où elle éprouvait une honte, tant il embellissait, s'ouvrait maintenant de toutes parts au grand air. Le boulevard Magenta, montant du cœur de Paris, et le boulevard Ornano, s'en allant dans la campagne, l'avaient troué à l'ancienne barrière, un fier abattis de maisons, deux vastes avenues encore blanches de plâtre, qui gardaient à leurs flancs les rues du Faubourg-Poissonnière et des Poissonniers, dont les bouts s'enfonçaient, écornés, mutilés, tordus comme des boyaux sombres. Depuis longtemps, la démolition du mur de l'octroi avait déjà élargi les boulevards extérieurs, avec les chaussées latérales et le terre-plein au milieu pour les piétons, planté de quatre rangées de petits platanes. C'était un carrefour immense débouchant au loin sur l'horizon, par des voies sans fin, grouillantes de foule, se noyant dans le chaos perdu des constructions. Mais, parmi les hautes maisons neuves, bien des masures branlantes restaient debout ; entre les façades sculptées, des enfoncements noirs se creusaient, des chenils bâillaient, étalant les loques de leurs fenêtres. Sous le luxe montant de Paris, la misère du faubourg crevait et salissait ce chantier d'une ville nouvelle, si hâtivement bâtie.

Perdue dans la cohue du large trottoir, le long des petits platanes, Gervaise se sentait seule et abandonnée. Ces échappées d'avenues, tout là-bas, lui vidaient l'estomac davantage ; et dire que, parmi ce flot de monde, où il y avait pourtant des gens à leur aise, pas un chrétien ne devinait sa situation et ne lui glissait dix sous dans la main ! Oui, c'était trop grand, c'était trop beau, sa tête tournait et ses jambes s'en allaient, sous ce pan démesuré de ciel gris, tendu au-dessus d'un si vaste espace. Le crépuscule avait cette sale couleur jaune des crépuscules parisiens, une couleur qui donne envie de mourir tout de suite, tellement la vie des rues semble laide. L'heure devenait louche, les lointains se brouillaient d'une teinte boueuse. Gervaise, déjà lasse, tombait justement en plein dans la rentrée des ouvriers. À cette heure, les dames en chapeau, les messieurs bien mis habitant les maisons neuves, étaient noyés au milieu du peuple, des processions d'hommes et de femmes encore blêmes de l'air vicié des ateliers. Le boulevard Magenta et la rue du Faubourg-Poissonnière en lâchaient des bandes, essoufflées de la montée. Dans le roulement plus assourdi des omnibus et des fiacres, parmi les haquets, les tapissières, les fardiers, qui rentraient vides et au galop, un pullulement toujours croissant de blouses et de bourgerons couvrait la chaussée. Les commissionnaires revenaient, leurs crochets sur les épaules. Deux ouvriers, allongeant le pas, faisaient côte à côte de grandes enjambées, en parlant très fort, avec des gestes, sans se regarder ; d'autres, seuls, en paletot et en casquette, marchaient au bord du trottoir, le nez baissé ; d'autres venaient par cinq ou six, se suivant et n'échangeant pas une parole, les mains dans les poches, les yeux pâles. Quelques-uns gardaient leurs pipes éteintes entre les dents. Des maçons, dans un sapin, qu'ils avaient frété à quatre et sur lequel dansaient leurs auges, passaient en montrant leurs faces blanches aux portières. Des peintres balançaient leurs pots à couleur ; un zingueur rapportait une longue échelle, dont il manquait d'éborgner le monde ; tandis qu'un fontainier, attardé, avec sa boîte sur le dos, jouait l'air du bon roi Dagobert dans sa petite trompette, un air de tristesse au fond du crépuscule navré. Ah ! la triste musique, qui semblait accompagner le piétinement du troupeau, les bêtes de somme se traînant, éreintées ! Encore une journée de finie ! Vrai, les journées étaient longues et recommençaient trop souvent. À peine le temps de s'emplir et de cuver son manger, il faisait déjà grand jour, il fallait reprendre son collier de misère. Les gaillards pourtant sifflaient, tapant des pieds, filant raides, le bec tourné vers la soupe. Et Gervaise laissait couler la cohue, indifférente aux chocs, coudoyée à droite, coudoyée à gauche, roulée au milieu du flot ; car les hommes n'ont pas le temps de se montrer galants, quand ils sont cassés en deux de fatigue et galopés par la faim.

Brusquement, en levant les yeux, la blanchisseuse aperçut devant elle l'ancien hôtel Boncœur. La petite maison, après avoir été un café suspect, que la police avait fermé, se trouvait abandonnée, les volets couverts d'affiches, la lanterne cassée, s'émiettant et se pourrissant du haut en bas sous la pluie, avec les moisissures de son ignoble badigeon lie-de-vin. Et rien ne paraissait changé autour d'elle. Le papetier et le marchand de tabac étaient toujours là. Derrière, par-dessus les constructions basses, on apercevait encore des façades lépreuses de maisons à cinq étages, haussant leurs grandes silhouettes délabrées. Seul, le bal du Grand-Balcon n'existait plus ; dans la salle aux dix fenêtres flambantes venait de s'établir une scierie de sucre, dont on entendait les sifflements continus. C'était pourtant là, au fond de ce bouge de l'hôtel Boncœur, que toute la sacrée vie avait commencé. Elle restait debout, regardant la fenêtre du premier, où une persienne arrachée pendait, et elle se rappelait sa jeunesse avec Lantier, leurs premiers attrapages, la façon dégoûtante dont il l'avait lâchée. N'importe, elle était jeune, tout ça lui semblait gai, vu de loin. Vingt ans seulement, mon Dieu ! et elle tombait au trottoir. Alors, la vue de l'hôtel lui fit mal, elle remonta le boulevard, du côté de Montmartre.

Sur les tas de sable, entre les bancs, des gamins jouaient encore, dans la nuit croissante. Le défilé continuait, les ouvrières passaient, trottant, se dépêchant, pour rattraper le temps perdu aux étalages ; une grande, arrêtée, laissait sa main dans celle d'un garçon, qui l'accompagnait à trois portes de chez elle ; d'autres, en se quittant, se donnaient des rendez-vous pour la nuit, au Grand-Salon-de-la-Folie ou à la Boule-Noire. Au milieu des groupes, des ouvriers à façon s'en retournaient, leurs toilettes pliées sous le bras. Un fumiste, attelé à des bricoles, tirant une voiture remplie de gravats, manquait de se faire écraser par un omnibus. Cependant, parmi la foule plus rare, couraient des femmes en cheveux, redescendues après avoir allumé le feu, et se hâtant pour le dîner ; elles bousculaient le monde, se jetaient chez les boulangers et les charcutiers, repartaient sans traîner, avec des provisions dans les mains. Il y avait des petites filles de huit ans, envoyées en commission, qui s'en allaient le long des boutiques, serrant sur leur poitrine de grands pains de quatre livres aussi hauts qu'elles, pareils à de belles poupées jaunes, et qui s'oubliaient pendant des cinq minutes devant des images, la joue appuyée contre leurs grands pains. Puis, le flot s'épuisait, les groupes s'espaçaient, le travail était rentré ; et, dans les flamboiements du gaz, après la journée finie, montait la sourde revanche des paresses et des noces qui s'éveillaient.

Ah ! oui, Gervaise avait fini sa journée ! Elle était plus éreintée que tout ce peuple de travailleurs, dont le passage venait de la secouer. Elle pouvait se coucher là et crever, car le travail ne voulait plus d'elle, et elle avait assez peiné dans son existence, pour dire : « À qui le tour ? moi, j'en ai ma claque ! » Tout le monde mangeait, à cette heure. C'était bien la fin, le soleil avait soufflé sa chandelle, la nuit serait longue. Mon Dieu ! s'étendre à son aise et ne plus se relever, penser qu'on a remisé ses outils pour toujours et qu'on fera la vache éternellement ! Voilà qui est bon, après s'être esquintée pendant vingt ans ! Et Gervaise, dans les crampes qui lui tordaient l'estomac, pensait malgré elle aux jours de fête, aux gueuletons et aux rigolades de sa vie. Une fois surtout, par un froid de chien, un jeudi de la mi-carême, elle avait joliment nocé. Elle était bien gentille, blonde et fraîche, en ce temps-là. Son lavoir, rue Neuve, l'avait nommée reine, malgré sa jambe. Alors, on s'était baladé sur les boulevards, dans des chars ornés de verdure, au milieu du beau monde qui la reluquait joliment. Des messieurs mettaient leurs lorgnons comme pour une vraie reine. Puis, le soir, on avait fichu un Balthazar à tout casser, et jusqu'au jour on avait joué des guiboles. Reine, oui, reine ! avec une couronne et une écharpe, pendant vingt-quatre heures, deux fois le tour du cadran ! Et, alourdie, dans les tortures de sa faim, elle regardait par terre, comme si elle eût cherché le ruisseau où elle avait laissé choir sa majesté tombée.

Elle leva de nouveau les yeux. Elle se trouvait en face des abattoirs qu'on démolissait ; la façade éventrée montrait des cours sombres, puantes, encore humides de sang. Et, lorsqu'elle eut redescendu le boulevard, elle vit aussi l'hôpital de Lariboisière, avec son grand mur gris, au-dessus duquel se dépliaient en éventail les ailes mornes, percées de fenêtres régulières ; une porte, dans la muraille, terrifiait le quartier, la porte des morts, dont le chêne solide, sans une fissure, avait la sévérité et le silence d'une pierre tombale. Alors, pour s'échapper, elle poussa plus loin, elle descendit jusqu'au pont du chemin de fer. Les hauts parapets de forte tôle boulonnée lui masquaient la voie ; elle distinguait seulement, sur l'horizon lumineux de Paris, l'angle élargi de la gare, une vaste toiture, noire de la poussière du charbon ; elle entendait, dans ce vaste espace clair, des sifflets de locomotives, les secousses rythmées des plaques tournantes, toute une activité colossale et cachée. Puis, un train passa, sortant de Paris, arrivant avec l'essoufflement de son haleine et son roulement peu à peu enflé. Et elle n'aperçut de ce train qu'un panache blanc, une brusque bouffée qui déborda du parapet et se perdit. Mais le pont avait tremblé, elle-même restait dans le branle de ce départ à toute vapeur. Elle se tourna, comme pour suivre la locomotive invisible, dont le grondement se mourait. De ce côté, elle devinait la campagne, le ciel libre, au fond d'une trouée, avec de hautes maisons à droite et à gauche, isolées, plantées sans ordre, présentant des façades, des murs non crépis, des murs peints de réclames géantes, salis de la même teinte jaunâtre par la suie des machines. Oh ! si elle avait pu partir ainsi, s'en aller là-bas, en dehors de ces maisons de misère et de souffrance ! Peut-être aurait-elle recommencé à vivre. Puis, elle se retrouva lisant stupidement les affiches collées contre la tôle. Il y en avait de toutes les couleurs. Une, petite, d'un joli bleu, promettait cinquante francs de récompense pour une chienne perdue. Voilà une bête qui avait dû être aimée !

Gervaise reprit lentement sa marche. Dans le brouillard d'ombre fumeuse qui tombait, les becs de gaz s'allumaient ; et ces longues avenues, peu à peu noyées et devenues noires, reparaissaient toutes braisillantes, s'allongeant encore et coupant la nuit, jusqu'aux ténèbres perdues de l'horizon. Un grand souffle passait, le quartier élargi enfonçait des cordons de petites flammes sous le ciel immense et sans lune.

C'était l'heure, où d'un bout à l'autre des boulevards, les marchands de vin, les bastringues, les bousingots, à la file, flambaient gaiement dans la rigolade des premières tournées et du premier chahut. La paie de grande quinzaine emplissait le trottoir d'une bousculade de gouapeurs tirant une bordée. Ça sentait dans l'air la noce, une sacrée noce, mais gentille encore, un commencement d'allumage, rien de plus. On s'empiffrait au fond des gargotes ; par toutes les vitres éclairées, on voyait des gens manger, la bouche pleine, riant sans même prendre la peine d'avaler. Chez les marchands de vin, des pochards s'installaient déjà, gueulant et gesticulant. Et un bruit du tonnerre de Dieu montait, des voix glapissantes, des voix grasses, au milieu du continuel roulement des pieds sur le trottoir : « Dis donc ! viens-tu becqueter ?... Arrive, clampin ! je paie un canon de la bouteille... Tiens ! v'la Pauline ! ah bien ! non, on va rien se tordre ! » Les portes battaient, lâchant des odeurs de vin et des bouffées de cornet à pistons. On faisait queue devant l'Assommoir du père Colombe, allumé comme une cathédrale pour une grand-messe ; et, nom de Dieu ! on aurait dit une vraie cérémonie, car les bons zigs chantaient là-dedans avec des mines de chantres au lutrin, les joues enflées, le bedon arrondi. On célébrait la sainte Touche, quoi ! une sainte bien aimable, qui doit tenir la caisse au paradis. Seulement, à voir avec quel entrain ça débutait, les petits rentiers, promenant leurs épouses, répétaient en hochant la tête qu'il y aurait bigrement des hommes soûls dans Paris, cette nuit-là. Et la nuit était très sombre, morte et glacée, au-dessus de ce bousin, trouée uniquement par les lignes de feu des boulevards, aux quatre points du ciel.

Plantée devant l'Assommoir, Gervaise songeait. Si elle avait eu deux sous, elle serait entrée boire la goutte. Peut-être qu'une goutte lui aurait coupé la faim. Ah ! elle en avait bu des gouttes ! Ça lui semblait bien bon tout de même. Et, de loin, elle contemplait la machine à soûler, en sentant que son malheur venait de là, et en faisant le rêve de s'achever avec de l'eau-de-vie, le jour où elle aurait de quoi. Mais un frisson lui passa dans les cheveux, elle vit que la nuit était noire. Allons, la bonne heure arrivait. C'était l'instant d'avoir du cœur et de se montrer gentille, si elle ne voulait pas crever au milieu de l'allégresse générale. D'autant plus que de voir les autres bâfrer ne lui remplissait pas précisément le ventre. Elle ralentit encore le pas, regarda autour d'elle. Sous les arbres, traînait une ombre plus épaisse. Il passait peu de monde, des gens pressés, traversant vivement le boulevard. Et, sur ce large trottoir sombre et désert, où venaient mourir les gaietés des chaussées voisines, des femmes, debout, attendaient. Elles restaient de longs moments immobiles, patientes, raidies comme les petits platanes maigres ; puis, lentement, elles se mouvaient, traînaient leurs savates sur le sol glacé, faisaient dix pas et s'arrêtaient de nouveau, collées à la terre. Il y en avait une, au tronc énorme, avec des jambes et des bras d'insecte, débordante et roulante, dans une guenille de soie noire, coiffée d'un foulard jaune ; il y en avait une autre, grande, sèche, en cheveux, qui avait un tablier de bonne ; et d'autres encore, des vieilles replâtrées, des jeunes très sales, si sales, si minables, qu'un chiffonnier ne les aurait pas ramassées. Gervaise, pourtant, ne savait pas, tâchait d'apprendre, en faisant comme elles. Une émotion de petite fille la serrait à la gorge ; elle ne sentait pas si elle avait honte, elle agissait dans un vilain rêve. Pendant un quart d'heure, elle se tint toute droite. Des hommes filaient, sans tourner la tête. Alors, elle se remua à son tour, elle osa accoster un homme qui sifflait, les mains dans les poches, et elle murmura d'une voix étranglée :

– Monsieur, écoutez donc...

L'homme la regarda de côté et s'en alla en sifflant plus fort.

Gervaise s'enhardissait. Et elle s'oublia dans l'âpreté de cette chasse, le ventre creux, s'acharnant après son dîner qui courait toujours. Longtemps, elle piétina, ignorante de l'heure et du chemin. Autour d'elle, les femmes muettes et noires, sous les arbres, voyageaient, enfermaient leur marche dans le va-et-vient régulier des bêtes en cage. Elles sortaient de l'ombre, avec une lenteur vague d'apparitions ; elles passaient dans le coup de lumière d'un bec de gaz, où leur masque blafard nettement surgissait ; et elles se noyaient de nouveau, reprises par l'ombre, balançant la raie blanche de leur jupon, retrouvant le charme frissonnant des ténèbres du trottoir. Des hommes se laissaient arrêter, causaient pour la blague, repartaient en rigolant. D'autres, discrets, effacés, s'éloignaient, à dix pas derrière une femme. Il y avait de gros murmures, des querelles à voix étouffée, des marchandages furieux, qui tombaient tout d'un coup à de grands silences. Et Gervaise, aussi loin qu'elle s'enfonçait, voyait s'espacer ces factions de femme dans la nuit, comme si, d'un bout à l'autre des boulevards extérieurs, des femmes fussent plantées. Toujours, à vingt pas d'une autre, elle en apercevait une autre. La file se perdait, Paris entier était gardé. Elle, dédaignée, s'enrageait, changeait de place, allait maintenant de la chaussée de Clignancourt à la grande rue de la Chapelle.

– Monsieur, écoutez donc...

Mais les hommes passaient. Elle partait des abattoirs, dont les décombres puaient le sang. Elle donnait un regard à l'ancien hôtel Boncœur, fermé et louche. Elle passait devant l'hôpital de Lariboisière, comptait machinalement le long des façades les fenêtres éclairées, brûlant comme des veilleuses d'agonisant, avec des lueurs pâles et tranquilles. Elle traversait le pont du chemin de fer, dans le branle des trains, grondant et déchirant l'air du cri désespéré de leurs sifflets. Oh ! que la nuit faisait toutes ces choses tristes ! Puis, elle tournait sur ses talons, elle s'emplissait les yeux des mêmes maisons, du défilé toujours semblable de ce bout d'avenue ; et cela à dix, à vingt reprises, sans relâche, sans un repos d'une minute sur un banc. Non, personne ne voulait d'elle. Sa honte lui semblait grandir de ce dédain. Elle descendait encore vers l'hôpital, elle remontait vers les abattoirs. C'était sa promenade dernière, des cours sanglantes où l'on assommait, aux salles blafardes où la mort raidissait les gens dans les draps de tout le monde. Sa vie avait tenu là.

– Monsieur, écoutez donc...

Et, brusquement, elle aperçut son ombre par terre. Quand elle approchait d'un bec de gaz, l'ombre vague se ramassait et se précisait, une ombre énorme, trapue, grotesque tant elle était ronde. Cela s'étalait, le ventre, la gorge, les hanches, coulant et flottant ensemble. Elle louchait si fort de la jambe, que, sur le sol, l'ombre faisait la culbute à chaque pas ; un vrai guignol ! Puis, lorsqu'elle s'éloignait, le guignol grandissait, devenait géant, emplissait le boulevard, avec des révérences qui lui cassaient le nez contre les arbres et contre les maisons. Mon Dieu ! qu'elle était drôle et effrayante ! Jamais elle n'avait si bien compris son avachissement. Alors, elle ne put s'empêcher de regarder ça, attendant les becs de gaz, suivant des yeux le chahut de son ombre. Ah ! elle avait là une belle gaupe qui marchait à côté d'elle ! Quelle touche ! Ça devait attirer les hommes tout de suite. Et elle baissait la voix, elle n'osait plus que bégayer dans le dos des passants.

– Monsieur, écoutez donc...

Cependant, il devait être très tard. Ça se gâtait, dans le quartier. Les gargots étaient fermés, le gaz rougissait chez les marchands de vin, d'où sortaient des voix empâtées d'ivresse. La rigolade tournait aux querelles et aux coups. Un grand diable dépenaillé gueulait : « Je vas te démolir, numérote tes os ! » Une fille s'était empoignée avec son amant, à la porte d'un bastringue, l'appelant sale mufe et cochon malade, tandis que l'amant répétait : « Et ta sœur ? » sans trouver autre chose. La soûlerie soufflait dehors un besoin de s'assommer, quelque chose de farouche, qui donnait aux passants plus rares des visages pâles et convulsés. Il y eut une bataille, un soûlard tomba pile, les quatre fers en l'air, pendant que son camarade, croyant lui avoir réglé son compte, fuyait en tapant ses gros souliers. Des bandes braillaient de sales chansons, de grands silences se faisaient, coupés par des hoquets et des chutes sourdes d'ivrognes. La noce de la quinzaine finissait toujours ainsi, le vin coulait si fort depuis six heures, qu'il allait se promener sur les trottoirs. Oh ! de belles fusées, des queues de renard élargies au beau milieu du pavé, que les gens attardés et délicats étaient obligés d'enjamber, pour ne pas marcher dedans ! Vrai, le quartier était propre ! Un étranger, qui serait venu le visiter avant le balayage du matin, en aurait emporté une jolie idée. Mais, à cette heure, les soûlards étaient chez eux, ils se fichaient de l'Europe. Nom de Dieu ! les couteaux sortaient des poches et la petite fête s'achevait dans le sang. Des femmes marchaient vite, des hommes rôdaient avec des yeux de loup, la nuit s'épaississait, gonflée d'abominations.

Gervaise allait toujours, gambillant, remontant et redescendant avec la seule pensée de marcher sans cesse. Des somnolences la prenaient, elle s'endormait, bercée par sa jambe ; puis, elle regardait en sursaut autour d'elle, et elle s'apercevait qu'elle avait fait cent pas sans connaissance, comme morte. Ses pieds à dormir debout s'élargissaient dans ses savates trouées. Elle ne se sentait plus, tant elle était lasse et vide. La dernière idée nette qui l'occupât, fut que sa garce de fille, au même instant, mangeait peut-être des huîtres. Ensuite, tout se brouilla, elle resta les yeux ouverts, mais il lui fallait faire un trop grand effort pour penser. Et la seule sensation qui persistait en elle, au milieu de l'anéantissement de son être, était celle d'un froid de chien, d'un froid aigu et mortel comme jamais elle n'en avait éprouvé. Bien sûr, les morts n'ont pas si froid dans la terre. Elle souleva pesamment la tête, elle reçut au visage un cinglement glacial. C'était la neige qui se décidait enfin à tomber du ciel fumeux, une neige fine, drue, qu'un léger vent soufflait en tourbillons. Depuis trois jours, on l'attendait. Elle tombait au bon moment.

Alors, dans cette première rafale, Gervaise, réveillée, marcha plus vite. Des hommes couraient, se hâtaient de rentrer, les épaules déjà blanches. Et, comme elle en voyait un qui venait lentement sous les arbres, elle s'approcha, elle dit encore :

– Monsieur, écoutez donc...

L'homme s'était arrêté. Mais il n'avait pas semblé entendre. Il tendait la main, il murmurait d'une voix basse :

– La charité, s'il vous plaît...

Tous deux se regardèrent. Ah ! mon Dieu ! Ils en étaient là, le père Bru mendiant, Mme Coupeau faisant le trottoir ! Ils demeuraient béants en face l'un de l'autre. À cette heure, ils pouvaient se donner la main. Toute la soirée, le vieil ouvrier avait rôdé, n'osant aborder le monde ; et la première personne qu'il arrêtait, était une meurt-de-faim comme lui. Seigneur !

n'était-ce pas une pitié ? avoir travaillé cinquante ans, et mendier ! s'être vue une des plus fortes blanchisseuses de la rue de la Goutte-d'Or, et finir au bord du ruisseau ! Ils se regardaient toujours. Puis, sans rien se dire, ils s'en allèrent chacun de son côté, sous la neige qui les fouettait.

C'était une vraie tempête. Sur ces hauteurs, au milieu de ces espaces largement ouverts, la neige fine tournoyait, semblait soufflée à la fois des quatre points du ciel. On ne voyait pas à dix pas, tout se noyait dans cette poussière volante. Le quartier avait disparu, le boulevard paraissait mort, comme si la rafale venait de jeter le silence de son drap blanc sur les hoquets des derniers ivrognes. Gervaise, péniblement, allait toujours, aveuglée, perdue. Elle touchait les arbres pour se retrouver. À mesure qu'elle avançait, les becs de gaz sortaient de la pâleur de l'air, pareils à des torches éteintes. Puis, tout d'un coup, lorsqu'elle traversait un carrefour, ces lueurs elles-mêmes manquaient ; elle était prise et roulée dans un tourbillon blafard, sans distinguer rien qui pût la guider. Sous elle, le sol fuyait, d'une blancheur vague. Des murs gris l'enfermaient. Et, quand elle s'arrêtait, hésitante, tournant la tête, elle devinait, derrière ce voile de glace, l'immensité des avenues, les files interminables des becs de gaz, tout cet infini noir et désert de Paris endormi.

Elle était là, à la rencontre du boulevard extérieur et des boulevards de Magenta et d'Ornano, rêvant de se coucher par terre, lorsqu'elle entendit un bruit de pas. Elle courut, mais la neige lui bouchait les yeux, et les pas s'éloignaient, sans qu'elle pût saisir s'ils allaient à droite ou à gauche. Enfin elle aperçut les larges épaules d'un homme, une tache sombre et dansante, s'enfonçant dans un brouillard. Oh ! celui-là, elle le voulait, elle ne le lâcherait pas ! Et elle courut plus fort, elle l'atteignit, le prit par la blouse.

– Monsieur, monsieur, écoutez donc...

L'homme se tourna. C'était Goujet.

Voilà qu'elle raccrochait la Gueule-d'Or, maintenant ! Mais qu'avait-elle donc fait au bon Dieu, pour être ainsi torturée jusqu'à la fin ? C'était le dernier coup, se jeter dans les jambes du forgeron, être vue par lui au rang des roulures de barrière, blême et suppliante. Et ça se passait sous un bec de gaz, elle apercevait son ombre difforme qui avait l'air de rigoler sur la neige, comme une vraie caricature. On aurait dit une femme soûle. Mon Dieu ! ne pas avoir une fichette de pain, ni une goutte de vin dans le corps, et être prise pour une femme soûle ! C'était sa faute, pourquoi se soûlait-elle ? Bien sûr, Goujet croyait qu'elle avait bu et qu'elle faisait une sale noce.

Goujet, cependant, la regardait, tandis que la neige effeuillait des pâquerettes dans sa belle barbe jaune. Puis, comme elle baissait la tête en reculant, il la retint.

– Venez, dit-il.

Et il marcha le premier. Elle le suivit. Tous deux traversèrent le quartier muet, filant sans bruit le long des murs. La pauvre Mme Goujet était morte au mois d'octobre, d'un rhumatisme aigu. Goujet habitait toujours la petite maison de la rue Neuve, sombre et seul. Ce jour-là, il s'était attardé à veiller un camarade blessé. Quand il eut ouvert la porte et allumé une lampe, il se tourna vers Gervaise, restée humblement sur le palier. Il dit très bas, comme si sa mère avait encore pu l'entendre :

– Entrez.

La première chambre, celle de Mme Goujet, était conservée pieusement dans l'état où elle l'avait laissée. Près de la fenêtre, sur une chaise, le tambour se trouvait posé, à côté du grand fauteuil qui semblait attendre la vieille dentellière. Le lit était fait, et elle aurait pu se coucher, si elle avait quitté le cimetière pour venir passer la soirée avec son enfant. La chambre gardait un recueillement, une odeur d'honnêteté et de bonté.

– Entrez, répéta plus haut le forgeron.

Elle entra, peureuse, de l'air d'une fille qui se coule dans un endroit respectable. Lui, était tout pâle et tout tremblant, d'introduire ainsi une femme chez sa mère morte. Ils traversèrent la pièce à pas étouffés, comme pour éviter la honte d'être entendus. Puis, quand il eut poussé Gervaise dans sa chambre, il ferma la porte. Là, il était chez lui. C'était l'étroit cabinet qu'elle connaissait, une chambre de pensionnaire, avec un petit lit de fer garni de rideaux blancs. Contre les murs, seulement, les images découpées s'étaient encore étalées et montaient jusqu'au plafond. Gervaise, dans cette pureté, n'osait avancer, se retirait, loin de la lampe. Alors, sans une parole, pris d'une rage, il voulut la saisir et l'écraser entre ses bras. Mais elle défaillait, elle murmura :

– Oh ! mon Dieu !... oh ! mon Dieu !...

Le poêle, couvert de poussière de coke, brûlait encore, et un restant de ragoût, que le forgeron avait laissé au chaud, en croyant rentrer, fumait devant le cendrier. Gervaise, dégourdie par la grosse chaleur, se serait mise à quatre pattes pour manger dans le poêlon. C'était plus fort qu'elle, son estomac se déchirait, et elle se baissa, avec un soupir. Mais Goujet avait compris. Il posa le ragoût sur la table, coupa du pain, lui versa à boire.

– Merci ! merci ! disait-elle. Oh ! que vous êtes bon ! Merci !

Elle bégayait, elle ne pouvait plus prononcer les mots. Lorsqu'elle empoigna la fourchette, elle tremblait tellement qu'elle la laissa retomber. La faim qui l'étranglait lui donnait un branle sénile de la tête. Elle dut prendre avec les doigts. À la première pomme de terre qu'elle se fourra dans la bouche, elle éclata en sanglots. De grosses larmes roulaient le long de ses joues, tombaient sur son pain. Elle mangeait toujours, elle dévorait goulûment son pain trempé de ses larmes, soufflant très fort, le menton convulsé. Goujet la força à boire, pour qu'elle n'étouffât pas ; et son verre eut un petit claquement contre ses dents.

– Voulez-vous encore du pain ? demandait-il à demi-voix.

Elle pleurait, elle disait non, elle disait oui, elle ne savait pas. Ah ! Seigneur ! que cela est bon et triste de manger, quand on crève !

Et lui, debout en face d'elle, la contemplait. Maintenant, il la voyait bien, sous la vive clarté de l'abat-jour. Comme elle était vieillie et dégommée ! La chaleur fondait la neige sur ses cheveux et ses vêtements, elle ruisselait. Sa pauvre tête branlante était toute grise, des mèches grises que le vent avait envolées. Le cou engoncé dans les épaules, elle se tassait, laide et grosse à donner envie de pleurer. Et il se rappelait leurs amours, lorsqu'elle était toute rose, tapant ses fers, montrant le pli de bébé qui lui mettait un si joli collier au cou. Il allait, dans ce temps, la reluquer pendant des heures, satisfait de la voir. Plus tard, elle était venue à la forge, et là ils avaient goûté de grosses jouissances, tandis qu'il frappait sur son fer et qu'elle restait dans la danse de son marteau. Alors, que de fois il avait mordu son oreiller, la nuit, en souhaitant de la tenir ainsi dans sa chambre ! Oh ! il l'aurait cassée, s'il l'avait prise, tant il la désirait ! Et elle était à lui, à cette heure, il pouvait la prendre. Elle achevait son pain, elle torchait ses larmes au fond du poêlon, ses grosses larmes silencieuses qui tombaient toujours dans son manger.

Gervaise se leva. Elle avait fini. Elle demeura un instant la tête basse, gênée, ne sachant pas s'il voulait d'elle. Puis, croyant voir une flamme s'allumer dans ses yeux, elle porta la main à sa camisole, elle ôta le premier bouton. Mais Goujet s'était mis à genoux, il lui prenait les mains, en disant doucement :

– Je vous aime, madame Gervaise, oh ! je vous aime encore et malgré tout, je vous le jure !

– Ne dites pas cela, monsieur Goujet ! s'écria-t-elle, affolée de le voir ainsi à ses pieds. Non, ne dites pas cela, vous me faites trop de peine !

Et comme il répétait qu'il ne pouvait pas avoir deux sentiments dans sa vie, elle se désespéra davantage.

– Non, non, je ne veux plus, j'ai trop de honte... pour l'amour de Dieu ! relevez-vous. C'est ma place, d'être par terre.

Il se releva, il était tout frissonnant, et d'une voix balbutiante :

– Voulez-vous me permettre de vous embrasser ?

Elle, éperdue de surprise et d'émotion, ne trouvait pas une parole. Elle dit oui de la tête. Mon Dieu ! elle était à lui, il pouvait faire d'elle ce qu'il lui plairait. Mais il allongeait seulement les lèvres.

– Ça suffit entre nous, madame Gervaise, murmura-t-il. C'est toute notre amitié, n'est-ce pas ?

Il la baisa sur le front, sur une mèche de ses cheveux gris. Il n'avait embrassé personne, depuis que sa mère était morte. Sa bonne amie Gervaise seule lui restait dans l'existence. Alors, quand il l'eut baisée avec tant de respect, il s'en alla à reculons tomber en travers de son lit, la gorge crevée de sanglots. Et Gervaise ne put pas demeurer là plus longtemps ; c'était trop triste et trop abominable, de se retrouver dans ces conditions, lorsqu'on s'aimait. Elle lui cria :

– Je vous aime, monsieur Goujet, je vous aime bien aussi...

– Oh ! ce n'est pas possible, je comprends... Adieu, adieu, car ça nous étoufferait tous les deux.

Et elle traversa en courant la chambre de Mme Goujet, elle se retrouva sur le pavé. Quand elle revint à elle, elle avait sonné rue de la Goutte-d'Or, Boche tirait le cordon. La maison était toute sombre. Elle entra là-dedans, comme dans son deuil. À cette heure de nuit, le porche, béant et délabré, semblait une gueule ouverte. Dire que jadis elle avait ambitionné un coin de cette carcasse de caserne ! Ses oreilles étaient donc bouchées, qu'elle n'entendait pas à cette époque la sacrée musique de désespoir qui ronflait derrière les murs ! Depuis le jour où elle y avait fichu les pieds, elle s'était mise à dégringoler. Oui, ça devait porter malheur d'être ainsi les uns sur les autres, dans ces grandes gueuses de maisons ouvrières ; on y attrapait le choléra de la misère. Ce soir-là, tout le monde paraissait crevé. Elle écoutait seulement les Boche ronfler, à droite ; tandis que Lantier et Virginie, à gauche, faisaient un ronron, comme des chats qui ne dorment pas et qui ont chaud, les yeux fermés. Dans la cour, elle se crut au milieu d'un vrai cimetière ; la neige faisait par terre un carré pâle ; les hautes façades montaient, d'un gris livide, sans une lumière, pareilles à des pans de ruine ; et pas un soupir, l'ensevelissement de tout un village raidi de froid et de faim. Il lui fallut enjamber un ruisseau noir, une mare lâchée par la teinturerie, fumant et s'ouvrant un lit boueux dans la blancheur de la neige. C'était une eau couleur de ses pensées. Elles avaient coulé, les belles eaux bleu tendre et rose tendre !

Puis, en montant les six étages, dans l'obscurité, elle ne put s'empêcher de rire ; un vilain rire, qui lui faisait du mal. Elle se souvenait de son idéal, anciennement : travailler tranquille, manger toujours du pain, avoir un trou un peu propre pour dormir, bien élever ses enfants, ne pas être battue, mourir dans son lit. Non, vrai, c'était comique, comme tout ça se réalisait ! Elle ne travaillait plus, elle ne mangeait plus, elle dormait sur l'ordure, sa fille courait le guilledou, son mari lui flanquait des tatouilles ; il ne lui restait qu'à crever sur le pavé, et ce serait tout de suite, si elle trouvait le courage de se flanquer par la fenêtre, en rentrant chez elle. N'aurait-on pas dit qu'elle avait demandé au ciel trente mille francs de rente et des égards ? Ah ! vrai, dans cette vie, on a beau être modeste, on peut se fouiller ! Pas même la pâtée et la niche, voilà le sort commun. Et ce qui redoublait son mauvais rire, c'était de se rappeler son bel espoir de se retirer à la campagne, après vingt ans de repassage. Eh bien ! elle y allait, à la campagne. Elle voulait son coin de verdure au Père-Lachaise.

Lorsqu'elle s'engagea dans le corridor, elle était comme folle. Sa pauvre tête tournait. Au fond, sa grosse douleur venait d'avoir dit un adieu éternel au forgeron. C'était fini entre eux, ils ne se reverraient jamais. Puis, là-dessus, toutes les autres idées de malheur arrivaient et achevaient de lui casser le crâne. En passant, elle allongea le nez chez les Bijard, elle aperçut Lalie morte, l'air content d'être allongée, en train de se dorloter pour toujours. Ah bien ! les enfants avaient plus de chance que les grandes personnes ! Et, comme la porte du père Bazouge laissait passer une raie de lumière, elle entra droit chez lui, prise d'une rage de s'en aller par le même voyage que la petite.

Ce vieux rigolo de père Bazouge était revenu, cette nuit-là, dans un état de gaieté extraordinaire. Il avait pris une telle culotte, qu'il ronflait par terre, malgré la température ; et ça ne l'empêchait pas de faire sans doute un joli rêve, car il semblait rire du ventre, en dormant. La camoufle, restée allumée, éclairait sa défroque, son chapeau noir aplati dans un coin, son manteau noir qu'il avait tiré sur ses genoux, comme un bout de couverture.

Gervaise, en l'apercevant, venait tout d'un coup de se lamenter si fort, qu'il se réveilla.

– Nom de Dieu ! fermez donc la porte ! Ça fiche un froid !... Hein ! c'est vous !... Qu'est-ce qu'il y a ? qu'est-ce que vous voulez ?

Alors, Gervaise, les bras tendus, ne sachant plus ce qu'elle bégayait, se mit à le supplier avec passion.

– Oh ! emmenez-moi, j'en ai assez, je veux m'en aller... Il ne faut pas me garder rancune. Je ne savais pas, mon Dieu ! On ne sait jamais, tant qu'on n'est pas prête... Oh ! oui, l'on est content d'y passer un jour !... Emmenez-moi, emmenez-moi, je vous crierai merci !

Et elle se mettait à genoux, toute secouée d'un désir qui la pâlissait. Jamais elle ne s'était ainsi roulée aux pieds d'un homme. La trogne du père Bazouge, avec sa bouche tordue et son cuir encrassé par la poussière des enterrements, lui semblait belle et resplendissante comme un soleil. Cependant, le vieux, mal éveillé, croyait à quelque mauvaise farce.

– Dites donc, murmurait-il, il ne faut pas me la faire !

– Emmenez-moi, répéta plus ardemment Gervaise. Vous vous rappelez, un soir, j'ai cogné à la cloison ; puis, j'ai dit que ce n'était pas vrai, parce que j'étais encore trop bête... Mais, tenez ! donnez vos mains, je n'ai plus peur ! Emmenez-moi faire dodo, vous sentirez si je remue... Oh ! je n'ai que cette envie, oh ! je vous aimerai bien !

Bazouge, toujours galant, pensa qu'il ne devait pas bousculer une dame, qui semblait avoir un tel béguin pour lui. Elle déménageait, mais elle avait tout de même de beaux restes, quand elle se montait.

– Vous êtes joliment dans le vrai, dit-il d'un air convaincu ; j'en ai encore emballé trois, aujourd'hui, qui m'auraient donné un fameux pourboire, si elles avaient pu envoyer la main à la poche... Seulement, ma petite mère, ça ne peut pas s'arranger comme ça...

– Emmenez-moi, emmenez-moi, criait toujours Gervaise, je veux m'en aller...

– Dame ! il y a une petite opération auparavant... Vous savez, couic !

Et il fit un effort de la gorge, comme s'il avalait sa langue. Puis, trouvant la blague bonne, il ricana.

Gervaise s'était relevée lentement. Lui non plus ne pouvait donc rien pour elle ? Elle rentra dans sa chambre, stupide, et se jeta sur sa paille, en regrettant d'avoir mangé. Ah ! non, par exemple, la misère ne tuait pas assez vite !

XIII

Coupeau tira une bordée, cette nuit-là. Le lendemain, Gervaise reçut dix francs de son fils Étienne, qui était mécanicien dans un chemin de fer ; le petit lui envoyait des pièces de cent sous de temps à autre, sachant qu'il n'y avait pas gras à la maison. Elle mit un pot-au-feu et le mangea toute seule, car cette rosse de Coupeau ne rentra pas davantage le lendemain. Le lundi personne, le mardi personne encore. Toute la semaine se passa. Ah ! nom d'un chien ! si une dame l'avait enlevé, c'est ça qui aurait pu s'appeler une chance. Mais, juste le dimanche, Gervaise reçut un papier imprimé, qui lui fit peur d'abord, parce qu'on aurait dit une lettre du commissaire de police. Puis, elle se rassura, c'était simplement pour lui apprendre que son cochon était en train de crever à Sainte-Anne. Le papier disait ça plus poliment, seulement ça revenait au même. Oui, c'était bien une dame qui avait enlevé Coupeau, et cette dame s'appelait Sophie Tourne-de-l'œil, la dernière bonne amie des pochards.

Ma foi, Gervaise ne se dérangea pas. Il connaissait le chemin, il reviendrait bien tout seul de l'asile ; on l'y avait tant de fois guéri, qu'on lui ferait une fois de plus la mauvaise farce de le remettre sur ses pattes. Est-ce qu'elle ne venait pas d'apprendre le matin même que, pendant huit jours, on avait aperçu Coupeau, rond comme une balle, roulant les marchands de vin de Belleville, en compagnie de Mes-Bottes ! Parfaitement, c'était même Mes-Bottes qui finançait ; il avait dû jeter le grappin sur le magot de sa bourgeoise, des économies gagnées au joli jeu que vous savez. Ah ! ils buvaient là du propre argent, capable de flanquer toutes les mauvaises maladies ! Tant mieux, si Coupeau en avait empoigné des coliques ! Et Gervaise était surtout furieuse, en songeant que ces deux bougres d'égoïstes n'auraient seulement pas songé à venir la prendre pour lui payer une goutte. A-t-on jamais vu ! une noce de huit jours, et pas une galanterie aux dames ! Quand on boit seul, on crève seul, voilà !

Pourtant, le lundi, comme Gervaise avait un bon petit repas pour le soir, un reste de haricots et une chopine, elle se donna le prétexte qu'une promenade lui ouvrirait l'appétit. La lettre de l'asile, sur la commode, l'embêtait. La neige avait fondu, il faisait un temps de demoiselle, gris et doux, avec un fond vif dans l'air qui ragaillardissait. Elle partit à midi, car la course était longue ; il fallait traverser Paris, et sa gigue restait toujours en retard. Avec ça, il y avait une suée de monde dans les rues ; mais le monde l'amusait, elle arriva très gentiment. Lorsqu'elle se fut nommée, on lui en raconta une raide : il paraît qu'on avait repêché Coupeau au Pont-Neuf ; il s'était élancé par-dessus le parapet, en croyant voir un homme barbu qui lui barrait le chemin. Un joli saut, n'est-ce pas ? et quant à savoir comment Coupeau se trouvait sur le Pont-Neuf, c'était une chose qu'il ne pouvait pas expliquer lui-même.

Cependant, un gardien conduisit Gervaise. Elle montait un escalier, lorsqu'elle entendit des gueulements qui lui donnèrent froid aux os.

– Hein ? il en fait, une musique ! dit le gardien.

– Qui donc ? demanda-t-elle.

– Mais votre homme ! Il gueule comme ça depuis avant-hier. Et il danse, vous allez voir.

Ah ! mon Dieu ! quelle vue ! Elle resta saisie. La cellule était matelassée du haut en bas ; par terre, il y avait deux paillassons, l'un sur l'autre ; et, dans un coin, s'allongeaient un matelas et un traversin, pas davantage. Là-dedans, Coupeau dansait et gueulait. Un vrai chienlit de la Courtille, avec sa blouse en lambeaux et ses membres qui battaient l'air ; mais un chienlit pas drôle, oh ! non, un chienlit dont le chahut effrayant vous faisait dresser tout le poil du corps. Il était déguisé en un-qui-va-mourir. Cré nom ! quel cavalier seul ! Il butait contre la fenêtre, s'en retournait à reculons, les bras marquant la mesure, secouant les mains, comme s'il avait voulu se les casser et les envoyer à la figure du monde. On rencontre des farceurs dans les bastringues, qui imitent ça ; seulement, ils l'imitent mal, il faut voir sauter ce rigodon des soûlards, si l'on veut juger quel chic ça prend, quand c'est exécuté pour de bon. La chanson a son cachet aussi, une engueulade continue de carnaval, une bouche grande ouverte lâchant pendant des heures les mêmes notes de trombone enroué. Coupeau, lui, avait le cri d'une bête dont on a écrasé la patte. Et, en avant l'orchestre, balancez vos dames !

– Seigneur ! qu'est-ce qu'il a donc ?... qu'est-ce qu'il a donc ?... répétait Gervaise, prise de taf.

Un interne, un gros garçon blond et rose, en tablier blanc, tranquillement assis, prenait des notes. Le cas était curieux, l'interne ne quittait pas le malade.

– Restez un instant, si vous voulez, dit-il à la blanchisseuse ; mais tenez-vous tranquille... Essayez de lui parler, il ne vous reconnaîtra pas.

Coupeau, en effet, ne parut même pas apercevoir sa femme. Elle l'avait mal vu en entrant tant il se disloquait. Quand elle le regarda sous le nez, les bras lui tombèrent. Était-ce Dieu possible qu'il eût une figure pareille, avec du sang dans les yeux et des croûtes plein les lèvres ? Elle ne l'aurait bien sûr pas reconnu. D'abord, il faisait trop de grimaces, sans dire pourquoi, la margoulette tout d'un coup à l'envers, le nez froncé, les joues tirées, un vrai museau d'animal. Il avait la peau si chaude, que l'air fumait autour de lui ; et son cuir était comme verni, ruisselant d'une sueur lourde qui dégoulinait. Dans sa danse de chicard enragé, on comprenait tout de même qu'il n'était pas à son aise, la tête lourde, avec des douleurs dans les membres.

Gervaise s'était rapprochée de l'interne, qui battait un air du bout des doigts sur le dossier de sa chaise.

– Dites donc, monsieur, c'est sérieux alors, cette fois ?

L'interne hocha la tête sans répondre.

– Dites donc, est-ce qu'il ne jacasse pas tout bas ?... Hein ? vous entendez, qu'est-ce que c'est ?

– Des choses qu'il voit, murmura le jeune homme. Taisez-vous, laissez-moi écouter.

Coupeau parlait d'une voix saccadée. Pourtant, une flamme de rigolade lui éclairait les yeux. Il regardait par terre, à droite, à gauche, et tournait, comme s'il avait flâné au bois de Vincennes, en causant tout seul.

– Ah ! çà, c'est gentil, c'est pommé... Il y a des chalets, une vraie foire. Et de la musique un peu chouette ! Quel Balthazar ! ils cassent les pots, là-dedans... Très chic ! V'là que ça s'illumine ; des ballons rouges en l'air, et ça saute, et ça file !... Oh ! oh ! que de lanternes dans les arbres ! Il fait joliment bon ! Ça pisse de partout, des fontaines, des cascades, de l'eau qui chante, oh ! d'une voix d'enfant de chœur... Épatant les cascades !

Et il se redressait, comme pour mieux entendre la chanson délicieuse de l'eau ; il aspirait l'air fortement, croyant boire la pluie fraîche envolée des fontaines. Mais, peu à peu, sa face reprit une expression d'angoisse. Alors, il se courba, il fila plus vite le long des murs de la cellule, avec de sourdes menaces.

– Encore des fourbis, tout ça !... Je me méfiais... Silence, tas de gouapes ! Oui, vous vous fichez de moi. C'est pour me turlupiner que vous buvez et que vous braillez là-dedans avec vos traînées... Je vas vous démolir, moi, dans votre chalet !... Nom de Dieu ! voulez-vous me foutre la paix !

Il serrait les poings ; puis, il poussa un cri rauque, il s'aplatit en courant. Et il bégayait, les dents claquant d'épouvante :

– C'est pour que je me tue. Non, je ne me jetterai pas !... Toute cette eau, ça signifie que je n'ai pas de cœur. Non, je ne me jetterai pas !

Les cascades, qui fuyaient à son approche, s'avançaient quand il reculait. Et, tout d'un coup, il regarda stupidement autour de lui, il balbutia, d'une voix à peine distincte :

– Ce n'est pas possible, on a embauché des physiciens contre moi !

– Je m'en vais, monsieur, bonsoir ! dit Gervaise à l'interne. Ça me retourne trop, je reviendrai.

Elle était blanche. Coupeau continuait son cavalier seul, de la fenêtre au matelas, et du matelas à la fenêtre, suant, s'échinant, battant la même mesure. Alors, elle se sauva. Mais elle eut beau dégringoler l'escalier, elle entendit jusqu'en bas le sacré chahut de son homme. Ah ! mon Dieu ! qu'il faisait bon dehors, on respirait !

Le soir, toute la maison de la Goutte-d'Or causait de l'étrange maladie du père Coupeau. Les Boche, qui traitaient la Banban par-dessous la jambe maintenant, lui offrirent pourtant un cassis dans leur loge, histoire d'avoir des détails. Mme Lorilleux arriva, Mme Poisson aussi. Ce furent des commentaires interminables. Boche avait connu un menuisier qui s'était mis tout nu dans la rue Saint-Martin, et qui était mort en dansant la polka ; celui-là buvait de l'absinthe. Ces dames se tortillèrent de rire, parce que ça leur semblait drôle tout de même, quoique triste. Puis, comme on ne comprenait pas bien, Gervaise repoussa le monde, cria pour avoir de la place ; et, au milieu de la loge, tandis que les autres regardaient, elle fit Coupeau, braillant, sautant, se démanchant avec des grimaces abominables. Oui, parole d'honneur ! c'était tout à fait ça ! Alors, les autres s'épatèrent : pas possible ! un homme n'aurait pas duré trois heures à un commerce pareil. Eh bien ! elle le jurait sur ce qu'elle avait de plus sacré, Coupeau durait depuis la veille, trente-six heures déjà. On pouvait aller y voir, d'ailleurs, si on ne la croyait pas. Mais, Mme Lorilleux déclara que, merci bien ! elle était revenue de Sainte-Anne ; elle empêcherait même Lorilleux d'y ficher les pieds. Quant à Virginie, dont la boutique tournait de plus mal en plus mal, et qui avait une figure d'enterrement, elle se contenta de murmurer que la vie n'était pas toujours gaie, ah ! sacredié, non ! On acheva le cassis, Gervaise souhaita le bonsoir à la compagnie. Lorsqu'elle ne parlait plus, elle prenait tout de suite la tête d'un ahuri de Chaillot, les yeux grands ouverts. Sans doute elle voyait son homme en train de valser. Le lendemain, en se levant, elle se promit de ne plus aller là-bas. À quoi bon ? Elle ne voulait pas perdre la boule, à son tour. Cependant, toutes les dix minutes, elle retombait dans ses réflexions, elle était sortie, comme on dit. Ça serait curieux pourtant, s'il faisait toujours ses ronds de jambe. Quand midi sonna, elle ne put tenir davantage, elle ne s'aperçut pas de la longueur du chemin, tant le désir et la peur de ce qui l'attendait lui occupaient la cervelle.

Oh ! elle n'eut pas besoin de demander des nouvelles. Dès le bas de l'escalier, elle entendit la chanson de Coupeau. Juste le même air, juste la même danse. Elle pouvait croire qu'elle venait de descendre à la minute, et qu'elle remontait. Le gardien de la veille, qui portait des pots de tisane dans le corridor, cligna de l'œil en la rencontrant, pour se montrer aimable.

– Alors, toujours ! dit-elle.

– Oh ! toujours ! répondit-il sans s'arrêter.

Elle entra, mais elle se tint dans le coin de la porte, parce qu'il y avait du monde avec Coupeau. L'interne blond et rose était debout, ayant cédé sa chaise à un vieux monsieur décoré, chauve et la figure en museau de fouine. C'était bien sûr le médecin en chef, car il avait des regards minces et perçants comme des vrilles. Tous les marchands de mort subite vous ont de ces regards-là.

Gervaise, d'ailleurs, n'était pas venue pour ce monsieur, et elle se haussait derrière son crâne, mangeant Coupeau des yeux. Cet enragé dansait et gueulait plus fort que la veille. Elle avait bien vu, autrefois, à des bals de la mi-carême, des garçons de lavoir solides s'en donner pendant toute une nuit ; mais jamais, au grand jamais, elle ne se serait imaginé qu'un homme pût prendre du plaisir si longtemps ; quand elle disait prendre du plaisir, c'était une façon de parler, car il n'y a pas de plaisir à faire malgré soi des sauts de carpe, comme si on avait avalé une poudrière. Coupeau, trempé de sueur, fumait davantage, voilà tout. Sa bouche semblait plus grande, à force de crier. Oh ! les dames enceintes faisaient bien de rester dehors. Il avait tant marché du matelas à la fenêtre, qu'on voyait son petit chemin à terre ; le paillasson était mangé par ses savates.

Non, vrai, ça n'offrait rien de beau, et Gervaise, tremblante, se demandait pourquoi elle était revenue. Dire que, la veille au soir, chez les Boche, on l'accusait d'exagérer le tableau ! Ah bien ! elle n'en avait pas fait la moitié assez ! Maintenant, elle voyait mieux comment Coupeau s'y prenait, elle ne l'oublierait jamais plus, les yeux grands ouverts sur le vide. Pourtant, elle saisissait des phrases, entre l'interne et le médecin. Le premier donnait des détails sur la nuit, avec des mots qu'elle ne comprenait pas. Toute la nuit, son homme avait causé et pirouetté, voilà ce que ça signifiait au fond. Puis, le vieux monsieur chauve, pas très poli d'ailleurs, parut enfin s'apercevoir de sa présence ; et, quand l'interne lui eut dit qu'elle était la femme du malade, il se mit à l'interroger, d'un air méchant de commissaire de police.

– Est-ce que le père de cet homme buvait ?

– Oui, monsieur, un petit peu, comme tout le monde... Il s'est tué en dégringolant d'un toit, un jour de ribote.

– Est-ce que sa mère buvait ?

– Dame ! monsieur, comme tout le monde, vous savez, une goutte par-ci, une goutte par-là... Oh ! la famille est très bien !... Il y a eu un frère, mort très jeune dans des convulsions.

Le médecin la regardait de son œil perçant. Il reprit, de sa voix brutale :

– Vous buvez aussi, vous ?

Gervaise bégaya, se défendit, posa la main sur son cœur pour donner sa parole sacrée.

– Vous buvez ! Prenez garde, voyez où mène la boisson... Un jour ou l'autre, vous mourrez ainsi.

Alors, elle resta collée contre le mur. Le médecin avait tourné le dos. Il s'accroupit, sans s'inquiéter s'il ne ramassait pas la poussière du paillasson avec sa redingote ; il étudia longtemps le tremblement de Coupeau, l'attendant au passage, le suivant du regard. Ce jour-là, les jambes sautaient à leur tour, le tremblement était descendu des mains dans les pieds ; un vrai polichinelle, dont on aurait tiré les fils, rigolant des membres, le tronc raide comme du bois. Le mal gagnait petit à petit. On aurait dit une musique sous la peau ; ça partait toutes les trois ou quatre secondes, roulait un instant ; puis ça s'arrêtait et ça reprenait, juste le petit frisson qui secoue les chiens perdus, quand ils ont froid l'hiver, sous une porte. Déjà le ventre et les épaules avaient un frémissement d'eau sur le point de bouillir. Une drôle de démolition tout de même, s'en aller en se tordant, comme une fille à laquelle les chatouilles font de l'effet !

Coupeau, cependant, se plaignait d'une voix sourde. Il semblait souffrir beaucoup plus que la veille. Ses plaintes entrecoupées laissaient deviner toutes sortes de maux. Des milliers d'épingles le piquaient. Il avait partout sur la peau quelque chose de pesant ; une bête froide et mouillée se tramait sur ses cuisses et lui enfonçait des crocs dans la chair. Puis, c'étaient d'autres bêtes qui se collaient à ses épaules, en lui arrachant le dos à coups de griffes.

– J'ai soif, oh ! j'ai soif ! grognait-il continuellement.

L'interne prit un pot de limonade sur une planchette et le lui donna. Il saisit le pot à deux mains, aspira goulûment une gorgée, en répandant la moitié du liquide sur lui ; mais il cracha tout de suite la gorgée, avec un dégoût furieux, en criant :

– Nom de Dieu ! c'est de l'eau-de-vie !

Alors, l'interne, sur un signe du médecin, voulut lui faire boire de l'eau, sans lâcher la carafe. Cette fois, il avala la gorgée, en hurlant, comme s'il avait avalé du feu.

– C'est de l'eau-de-vie, nom de Dieu ! c'est de l'eau-de-vie !

Depuis la veille, tout ce qu'il buvait était de l'eau-de-vie. Ça redoublait sa soif, et il ne pouvait plus boire, parce que tout le brûlait. On lui avait apporté un potage, mais on cherchait à l'empoisonner bien sûr, car ce potage sentait le vitriol. Le pain était aigre et gâté. Il n'y avait que du poison autour de lui. La cellule puait le soufre. Même il accusait des gens de frotter des allumettes sous son nez pour l'empester.

Le médecin venait de se relever et écoutait Coupeau, qui maintenant voyait de nouveau des fantômes en plein midi. Est-ce qu'il ne croyait pas apercevoir sur les murs des toiles d'araignée grandes comme des voiles de bateau. Puis, ces toiles devenaient des filets avec des mailles qui se rétrécissaient et s'allongeaient, un drôle de joujou ! Des boules noires voyageaient dans les mailles, de vraies boules d'escamoteurs, d'abord grosses comme des billes, puis grosses comme des boulets ; et elles enflaient, et elles maigrissaient, histoire simplement de l'embêter. Tout d'un coup, il cria :

– Oh ! les rats, v'là les rats, à cette heure !

C'étaient les boules qui devenaient des rats. Ces sales animaux grossissaient, passaient à travers le filet, sautaient sur le matelas, où ils s'évaporaient. Il y avait aussi un singe, qui sortait du mur, qui rentrait dans le mur, en s'approchant chaque fois si près de lui, qu'il reculait, de peur d'avoir le nez croqué. Brusquement, ça changea encore ; les murs devaient cabrioler, car il répétait, étranglé de terreur et de rage :

– C'est ça, aïe donc ! secouez-moi, je m'en fiche !... Aïe donc ! la cambuse ! aïe donc ! par terre !... Oui, sonnez les cloches, tas de corbeaux ! jouez de l'orgue pour m'empêcher d'appeler la garde !... Et ils ont mis une machine derrière le mur, ces racailles ! Je l'entends bien, elle ronfle, ils vont nous faire sauter... Au feu ! nom de Dieu ! au feu. On crie au feu ! voilà que ça flambe. Oh ! ça s'éclaire, ça s'éclaire ! tout le ciel brûle, des feux rouges, des feux verts, des feux jaunes... À moi ! au secours ! au feu !

Ses cris se perdaient dans un râle. Il ne marmottait plus que des mots sans suite, une écume à la bouche, le menton mouillé de salive. Le médecin se frottait le nez avec le doigt, un tic qui lui était sans doute habituel, en face des cas graves. Il se tourna vers l'interne, lui demanda à mi-voix :

–Et la température, toujours quarante degrés, n'est-ce pas ?

– Oui, monsieur.

Le médecin fit une moue. Il demeura encore là deux minutes, les yeux fixés sur Coupeau. Puis, il haussa les épaules, en ajoutant :

– Le même traitement, bouillon, lait, limonade citrique, extrait mou de quinquina en potion... Ne le quittez pas, et faites-moi appeler.

Il sortit, Gervaise le suivit, pour lui demander s'il n'y avait plus d'espoir. Mais il marchait si raide dans le corridor, qu'elle n'osa pas l'aborder. Elle resta plantée là un instant, hésitant à rentrer voir son homme. La séance lui semblait déjà joliment rude. Comme elle l'entendait crier encore que la limonade sentait l'eau-de-vie, ma foi ! elle fila, ayant assez d'une représentation. Dans les rues, le galop des chevaux et le bruit des voitures lui firent croire que tout Sainte-Anne était à ses trousses. Et ce médecin qui l'avait menacée ! Vrai, elle croyait déjà avoir la maladie.

Naturellement, rue de la Goutte-d'Or, les Boche et les autres l'attendaient. Dès qu'elle parut sous la porte, on l'appela dans la loge. Eh bien ! est-ce que le père Coupeau durait toujours ? Mon Dieu ! oui, il durait toujours. Boche semblait stupéfait et consterné : il avait parié un litre que le père Coupeau n'irait pas jusqu'au soir. Comment ! il durait encore ! Et toute la société s'étonnait, en se tapant sur les cuisses. En voilà un gaillard qui résistait ! Mme Lorilleux calcula les heures : trente-six heures et vingt-quatre heures, soixante heures. Sacré mâtin ! soixante heures déjà qu'il jouait des quilles et de la gueule ! On n'avait jamais vu un pareil tour de force. Mais Boche, qui riait jaune à cause de son litre, questionnait

Gervaise d'un air de doute, en lui demandant si elle était bien sûre qu'il n'eût pas défilé la parade derrière son dos. Oh ! non, il sautait trop fort, il n'en avait pas envie. Alors, Boche, insistant davantage, la pria de refaire un peu comme il faisait, pour voir. Oui, oui, encore un peu ! à la demande générale ! la société lui disait qu'elle serait bien gentille, car justement il y avait là deux voisines, qui n'avaient pas vu la veille, et qui venaient de descendre exprès pour assister au tableau. La concierge criait au monde de se ranger, les gens débarrassaient le milieu de la loge, en se poussant du coude, avec un frémissement de curiosité. Cependant, Gervaise baissait la tête. Vrai, elle craignait de se rendre malade. Pourtant, désirant prouver que ce n'était pas histoire de se faire prier, elle commença deux ou trois petits sauts ; mais elle devint toute chose, elle se rejeta en arrière ; parole d'honneur, elle ne pouvait pas ! Un murmure de désappointement courut : c'était dommage, elle imitait ça à la perfection. Enfin, si elle ne pouvait pas ! Et, comme Virginie retournait à sa boutique, on oublia le père Coupeau, pour causer vivement du ménage Poisson, une pétaudière maintenant ; la veille, les huissiers étaient venus ; le sergent de ville allait perdre sa place ; quant à Lantier, il tournait autour de la fille du restaurant d'à côté, une femme magnifique, qui parlait de s'établir tripière. Dame ! on en rigolait, on voyait déjà une tripière installée dans la boutique ; après la friandise, le solide. Ce cocu de Poisson avait une bonne tête, dans tout ça ; comment diable un homme, dont le métier était d'être malin, se montrait-il si godiche chez lui. Mais on se tut brusquement, en apercevant Gervaise qu'on ne regardait plus et qui s'essayait toute seule au fond de la loge, tremblant des pieds et des mains, faisant Coupeau. Bravo ! c'était ça, on n'en demandait pas davantage. Elle resta hébétée, ayant l'air de sortir d'un rêve. Puis, elle fila raide. Bien le bonsoir, la compagnie ! elle montait pour tâcher de dormir.

Le lendemain, les Boche la virent partir à midi, comme les deux autres jours. Ils lui souhaitaient bien de l'agrément. Ce jour-là, à Sainte-Anne, le corridor tremblait des gueulements et des coups de talon de Coupeau. Elle tenait encore la rampe de l'escalier, qu'elle l'entendit hurler :

– En v'là des punaises !... Rappliquez un peu par ici, que je vous désosse !... Ah ! ils veulent m'escoffier, ah ! les punaises !... Je suis plus rupin que vous tous ! Décarrez, nom de Dieu !

Un instant, elle souffla devant la porte. Il se battait donc avec une armée ! Quand elle entra, ça croissait et ça embellissait. Coupeau était fou furieux, un échappé de Charenton ! Il se démenait au milieu de la cellule, envoyant les mains partout, sur lui, sur les murs, par terre, culbutant, tapant dans le vide ; et il voulait ouvrir la fenêtre, et il se cachait, se défendait, appelait, répondait, tout seul pour faire ce sabbat, de l'air exaspéré d'un homme cauchemardé par une flopée de monde. Puis, Gervaise comprit qu'il s'imaginait être sur un toit, en train de poser des plaques de zinc. Il faisait le soufflet avec sa bouche, il remuait des fers dans le réchaud, se mettait à genoux, pour passer le pouce sur les bords du paillasson, en croyant qu'il le soudait. Oui, son métier lui revenait, au moment de crever ; et s'il gueulait si fort, s'il se crochait sur son toit, c'était que des mufes l'empêchaient d'exécuter proprement son travail. Sur tous les toits voisins, il y avait de la fripouille qui le mécanisait. Avec ça, ces blagueurs lui lâchaient des bandes de rats dans les jambes. Ah ! les sales bêtes, il les voyait toujours ! Il avait beau les écraser, en frottant son pied sur le sol de toutes ses forces, il en passait de nouvelles ribambelles, le toit en était noir. Est-ce qu'il n'y avait pas des araignées aussi ! Il serrait rudement son pantalon pour tuer contre sa cuisse de grosses araignées, qui s'étaient fourrées là. Sacré tonnerre ! il ne finirait jamais sa journée, on voulait le perdre, son patron allait l'envoyer à Mazas. Alors, en se dépêchant, il crut qu'il avait une machine à vapeur dans le ventre ; la bouche grande ouverte, il soufflait de la fumée, une fumée épaisse qui emplissait la cellule et qui sortait par la fenêtre ; et penché, soufflant toujours, il regardait dehors le ruban de fumée se dérouler, monter dans le ciel, où il cachait le soleil.

– Tiens ! cria-t-il, c'est la bande de la chaussée Clignancourt, déguisée en ours, avec des flafla...

Il restait accroupi devant la fenêtre, comme s'il avait suivi un cortège dans une rue, du haut d'une toiture.

– V'là la cavalcade, des lions et des panthères qui font des grimaces... Il y a des mômes habillés en chiens et en chats... Il y a la grande Clémence, avec sa tignasse pleine de plumes. Ah ! sacredié ! elle fait la culbute, elle montre tout ce qu'elle a !... Dis donc, ma biche, faut nous carapater... Eh ! bougres de roussins, voulez-vous bien ne pas la prendre !... Ne tirez pas, tonnerre ! ne tirez pas...

Sa voix montait, rauque, épouvantée, et il se baissait vivement, répétant que la rousse et les pantalons rouges étaient en bas, des hommes qui le visaient avec des fusils. Dans le mur, il voyait le canon d'un pistolet braqué sur sa poitrine. On venait lui reprendre la fille.

– Ne tirez pas, nom de Dieu ! ne tirez pas...

Puis, les maisons s'effondraient, il imitait le craquement d'un quartier qui croule ; et tout disparaissait, tout s'envolait. Mais il n'avait pas le temps de souffler, d'autres tableaux passaient, avec une mobilité extraordinaire. Un besoin furieux de parler lui emplissait la bouche de mots, qu'il lâchait sans suite, avec un barbotement de la gorge. Il haussait toujours la voix.

– Tiens, c'est toi, bonjour !... Pas de blague ! ne me fais pas manger tes cheveux.

Et il passait la main devant son visage, il soufflait pour écarter des poils. L'interne l'interrogea :

– Qui voyez-vous donc ?

– Ma femme, pardi !

Il regardait le mur, tournant le dos à Gervaise.

Celle-ci eut un joli trac, et elle examina aussi le mur, pour voir si elle ne s'apercevait pas. Lui, continuait de causer.

– Tu sais, ne m'embobine pas... Je ne veux pas qu'on m'attache... Fichtre ! te voilà belle, t'as une toilette chic. Où as-tu gagné ça, vache ! Tu viens de la retape, chameau ! Attends un peu que je t'arrange !... Hein ? tu caches ton monsieur derrière tes jupes. Qu'est-ce que c'est que celui-là ? Fais donc la révérence, pour voir... Nom de Dieu ! c'est encore lui !

D'un saut terrible, il alla se heurter la tête contre la muraille ; mais la tenture rembourrée amortit le coup. On entendit seulement le rebondissement de son corps sur le paillasson, où la secousse l'avait jeté.

– Qui voyez-vous donc ? répéta l'interne.

– Le chapelier ! le chapelier ! hurlait Coupeau.

Et, l'interne ayant interrogé Gervaise, celle-ci bégaya sans pouvoir répondre, car cette scène remuait en elle tous les embêtements de sa vie. Le zingueur allongeait les poings.

– À nous deux, mon cadet ! Faut que je te nettoie à la fin ! Ah ! tu viens tout de go, avec cette drogue au bras, pour te ficher de moi en public. Eh bien ! je vas t'estrangouiller, oui, oui, moi ! et sans mettre des gants encore !... Ne fais pas le fendant... Empoche ça. Et atout ! atout ! atout !

Il lançait ses poings dans le vide. Alors, une fureur s'empara de lui. Ayant rencontré le mur en reculant, il crut qu'on l'attaquait par-derrière. Il se retourna, s'acharna sur la tenture. Il bondissait, sautait d'un coin à un autre, tapait du ventre, des fesses, d'une épaule, roulait, se relevait. Ses os mollissaient, ses chairs avaient un bruit d'étoupes mouillées. Et il accompagnait ce joli jeu de menaces atroces, de cris gutturaux et sauvages. Cependant, la bataille devait mal tourner pour lui, car sa respiration devenait courte, ses yeux sortaient de leurs orbites ; et il semblait peu à peu pris d'une lâcheté d'enfant.

– À l'assassin ! à l'assassin !... Foutez le camp, tous les deux. Oh ! les salauds, ils rigolent. La voilà les quatre fers en l'air, cette garce !... Il faut qu'elle y passe, c'est décidé... Ah ! le brigand, il la massacre ! Il lui coupe une quille avec son couteau. L'autre quille est par terre, le ventre est en deux, c'est plein de sang... Oh ! mon Dieu, oh ! mon Dieu, oh ! mon Dieu...

Et, baigné de sueur, les cheveux dressés sur le front, effrayant, il s'en alla à reculons, en agitant violemment les bras, comme pour repousser l'abominable scène. Il jeta deux plaintes déchirantes, il s'étala à la renverse sur le matelas, dans lequel ses talons s'étaient empêtrés.

– Monsieur, monsieur, il est mort ! dit Gervaise, les mains jointes.

L'interne s'était avancé, tirant Coupeau au milieu du matelas. Non, il n'était pas mort. On l'avait déchaussé ; ses pieds nus passaient, au bout ; et ils dansaient tout seuls, l'un à côté de l'autre, en mesure, d'une petite danse pressée et régulière.

Justement, le médecin entra. Il amenait deux collègues, un maigre et un gras, décorés comme lui. Tous les trois se penchèrent, sans rien dire, regardant l'homme partout ; puis, rapidement, à demi-voix, ils causèrent. Ils avaient découvert l'homme des cuisses aux épaules, Gervaise voyait, en se haussant, ce torse nu étalé. Eh bien ! c'était complet, le tremblement était descendu des bras et monté des jambes, le tronc lui-même entrait en gaieté, à cette heure ! Positivement, le polichinelle rigolait aussi du ventre. C'étaient des risettes le long des côtes, un essoufflement de la berdouille, qui semblait crever de rire. Et tout marchait, il n'y avait pas à dire ! les muscles se faisaient vis-à-vis, la peau vibrait comme un tambour, les poils valsaient en se saluant. Enfin, ça devait être le grand branle-bas, comme qui dirait le galop de la fin, quand le jour paraît et que tous les danseurs se tiennent par la patte en tapant du talon.

– Il dort, murmura le médecin en chef.

Et il fit remarquer la figure de l'homme aux deux autres. Coupeau, les paupières closes, avait de petites secousses nerveuses qui lui tiraient toute la face. Il était plus affreux encore, ainsi écrasé, la mâchoire saillante, avec le masque déformé d'un mort qui aurait eu des cauchemars. Mais les médecins, ayant aperçu les pieds, vinrent mettre leurs nez dessus d'un air de profond intérêt. Les pieds dansaient toujours. Coupeau avait beau dormir, les pieds dansaient. Oh ! leur patron pouvait ronfler, ça ne les regardait pas, ils continuaient leur train-train, sans se presser ni se ralentir. De vrais pieds mécaniques, des pieds qui prenaient leur plaisir où ils le trouvaient.

Pourtant, Gervaise, ayant vu les médecins poser leurs mains sur le torse de son homme, voulut le tâter elle aussi. Elle s'approcha doucement, lui appliqua sa main sur une épaule. Et elle la laissa une minute. Mon Dieu ! qu'est-ce qui se passait donc là-dedans ? Ça dansait jusqu'au fond de la viande ; les os eux-mêmes devaient sauter. Des frémissements, des ondulations arrivaient de loin, coulaient pareils à une rivière, sous la peau. Quand elle appuyait un peu, elle sentait les cris de souffrance de la moelle. À l'œil nu, on voyait seulement les petites ondes creusant des fossettes, comme à la surface d'un tourbillon ; mais, dans l'intérieur, il devait y avoir un joli ravage. Quel sacré travail ! un travail de taupe ! C'était le vitriol de l'Assommoir qui donnait là-bas des coups de pioche. Le corps entier en était saucé, et dame ! il fallait que ce travail s'achevât, émiettant, emportant Coupeau, dans le tremblement général et continu de toute la carcasse.

Les médecins s'en étaient allés. Au bout d'une heure, Gervaise, restée avec l'interne, répéta à voix basse :

– Monsieur, monsieur, il est mort...

Mais l'interne, qui regardait les pieds, dit non de la tête. Les pieds nus, hors du lit, dansaient toujours. Ils n'étaient guère propres, et ils avaient les ongles longs. Des heures encore passèrent. Tout d'un coup, ils se raidirent, immobiles. Alors, l'interne se tourna vers Gervaise, en disant :

– Ça y est.

La mort seule avait arrêté les pieds.

Quand Gervaise rentra rue de la Goutte-d'Or, elle trouva chez les Boche un tas de commères qui jabotaient d'une voix allumée. Elle crut qu'on l'attendait pour avoir des nouvelles, comme les autres jours.

– Il est claqué, dit-elle en poussant la porte, tranquillement, la mine éreintée et abêtie.

Mais on ne l'écoutait pas. Toute la maison était en l'air. Oh ! une histoire impayable ! Poisson avait pigé sa femme avec Lantier. On ne savait pas au juste les choses, parce que chacun racontait ça à sa manière. Enfin, il était tombé sur leur dos au moment où les deux autres ne l'attendaient pas. Même on ajoutait des détails que les dames se répétaient en pinçant les lèvres. Une vue pareille, naturellement, avait fait sortir Poisson de son caractère. Un vrai tigre ! Cet homme, peu causeur, qui semblait marcher avec un bâton dans le derrière, s'était mis à rugir et à bondir. Puis, on n'avait plus rien entendu. Lantier devait avoir expliqué l'affaire au mari. N'importe, ça ne pouvait plus aller loin. Et Boche annonçait que la fille du restaurant d'à côté prenait décidément la boutique, pour y installer une triperie. Ce roublard de chapelier adorait les tripes.

Cependant, Gervaise, en voyant arriver Mme Lorilleux avec Mme Lerat, répéta mollement :

– Il est claqué... Mon Dieu ! quatre jours à gigoter et à gueuler...

Alors, les deux sœurs ne purent pas faire autrement que de tirer leurs mouchoirs. Leur frère avait eu bien des torts, mais enfin c'était leur frère. Boche haussa les épaules, en disant assez haut pour être entendu de tout le monde :

– Bah ! c'est un soûlard de moins !

Depuis ce jour, comme Gervaise perdait la tête souvent, une des curiosités de la maison était de lui voir faire Coupeau. On n'avait plus besoin de la prier, elle donnait le tableau gratis, tremblant des pieds et des mains, lâchant de petits cris involontaires. Sans doute elle avait pris ce tic-là à Sainte-Anne, en regardant trop longtemps son homme. Mais elle n'était pas chanceuse, elle n'en crevait pas comme lui. Ça se bornait à des grimaces de singe échappé, qui lui faisaient jeter des trognons de choux par les gamins, dans les rues.

Gervaise dura ainsi pendant des mois. Elle dégringolait plus bas encore, acceptait les dernières avanies, mourait un peu de faim tous les jours. Dès qu'elle possédait quatre sous, elle buvait et battait les murs. On la chargeait des sales commissions du quartier. Un soir, on avait parié qu'elle ne mangerait pas quelque chose de dégoûtant ; et elle l'avait mangé, pour gagner dix sous. M. Marescot s'était décidé à l'expulser de la chambre du sixième. Mais, comme on venait de trouver le père Bru mort dans son trou, sous l'escalier, le propriétaire avait bien voulu lui laisser cette niche. Maintenant, elle habitait la niche du père Bru. C'était là-dedans, sur de la vieille paille, qu'elle claquait du bec, le ventre vide et les os glacés. La terre ne voulait pas d'elle, apparemment. Elle devenait idiote, elle ne songeait seulement pas à se jeter du sixième sur le pavé de la cour, pour en finir. La mort devait la prendre petit à petit, morceau par morceau, en la traînant ainsi jusqu'au bout dans la sacrée existence qu'elle s'était faite. Même on ne sut jamais au juste de quoi elle était morte. On parla d'un froid et chaud. Mais la vérité était qu'elle s'en allait de misère, des ordures et des fatigues de sa vie gâtée. Elle creva d'avachissement, selon le mot des Lorilleux. Un matin, comme ça sentait mauvais dans le corridor, on se rappela qu'on ne l'avait pas vue depuis deux jours ; et on la découvrit déjà verte, dans sa niche.

Justement, ce fut le père Bazouge qui vint, avec la caisse des pauvres sous le bras, pour l'emballer. Il était encore joliment soûl, ce jour-là, mais bon zig tout de même, et gai comme un pinson. Quand il eut reconnu la pratique à laquelle il avait affaire, il lâcha des réflexions philosophiques, en préparant son petit ménage.

– Tout le monde y passe... On n'a pas besoin de se bousculer, il y a de la place pour tout le monde... Et c'est bête d'être pressé, parce qu'on arrive moins vite... Moi, je ne demande pas mieux que de faire plaisir. Les uns veulent, les autres ne veulent pas. Arrangez un peu ça, pour voir... En v'la une qui ne voulait pas, puis elle a voulu. Alors, on l'a fait attendre... Enfin, ça y est, et, vrai ! elle l'a gagné ! Allons-y gaiement !

Et, lorsqu'il empoigna Gervaise dans ses grosses mains noires, il fut pris d'une tendresse, il souleva doucement cette femme qui avait eu un si long béguin pour lui. Puis, en l'allongeant au fond de la bière avec un soin paternel, il bégaya, entre deux hoquets :

– Tu sais... écoute bien... c'est moi, Bibi-la-Gaieté, dit le consolateur des dames... Va, t'es heureuse. Fais dodo, ma belle !

Collection « Les Rougon-Macquart » :

1 - La fortune des Rougon

2 - La curée

3 - Le ventre de Paris

4 - La conquête de Plassans

5 - La faute de l'abbé Mouret

6 - Son Excellence Eugène Rougon

7 - L'assommoir

8 - Une page d'amour

9 - Nana

10 - Pot-bouille

11 - Au Bonheur des dames

12 - La joie de vivre

13 - Germinal

14 - L'œuvre

15 - La terre

16 - Le rêve

17 - La bête humaine

18 - L'argent

19 - La débâcle

20 - Le docteur Pascal

Printed in Great Britain
by Amazon

18445191R00200